全本全注全译丛书

中华经典名著

李　辉◎译注

韩诗外传

中华书局

图书在版编目(CIP)数据

韩诗外传/李辉译注. —北京:中华书局,2024.4
(中华经典名著全本全注全译丛书)
ISBN 978-7-101-16576-0

Ⅰ.韩… Ⅱ.李… Ⅲ.①《韩诗外传》-注释②《韩诗外传》-译文 Ⅳ.I207.22

中国国家版本馆 CIP 数据核字(2024)第 053603 号

书　　名	韩诗外传
译 注 者	李　辉
丛 书 名	中华经典名著全本全注全译丛书
责任编辑	刘胜利
责任印制	陈丽娜
出版发行	中华书局
	(北京市丰台区太平桥西里 38 号　100073)
	http://www.zhbc.com.cn
	E-mail:zhbc@zhbc.com.cn
印　　刷	北京中科印刷有限公司
版　　次	2024 年 4 月第 1 版
	2024 年 4 月第 1 次印刷
规　　格	开本/880×1230 毫米　1/32
	印张 17¾　字数 400 千字
印　　数	1-8000 册
国际书号	ISBN 978-7-101-16576-0
定　　价	46.00 元

目录

前言

　　《诗经》是周代典礼仪式中乐用歌诗的结集，在经过春秋以下赋《诗》、引《诗》、说《诗》等活动的广泛流传和阐说之后，逐渐经典化，成为先秦时期重要的经典文献。传至汉代，虽然经过秦火之厄，但"以其讽诵，不独在竹帛"，《诗经》的流传和阐释依然不辍，而且出现了传授各不相同的四家《诗》学，分别是：《鲁诗》，鲁人申培公所传；《齐诗》，齐人辕固生所传；《韩诗》，燕人韩婴所传；《毛诗》，鲁人毛亨、毛苌所传。其中前三家属于今文《诗》学，在西汉时即立为博士官学，各以家法教授，代有传承，而古文《毛诗》则未得立为官学（仅在汉平帝时期王莽当政时曾短暂立于学官）。但至东汉以下，《毛诗》渐兴，谢曼卿、卫宏、郑众、贾逵、马融、郑玄等并为其作传注，遂使《毛诗》独盛，而三家《诗》浸微。据《隋书·经籍志》："《齐诗》魏代已亡，《鲁诗》亡于西晋。《韩诗》虽存，无传之者。"至唐以下，《韩诗章句》《韩诗翼要》《韩诗内传》等《韩诗》著作又俱亡佚，仅《韩诗外传》一书传世，成为汉代《韩诗》学硕果仅存的文献。

　　据《汉书·儒林传》，韩婴为燕人，文帝时为博士，景帝时为常山太傅，武帝时曾与董仲舒辩论，"其人精悍，处事分明，仲舒不能难也"。韩婴精于《易》《诗》之学，独成一家之言。从《韩诗外传》援引贾谊《新书》，及屡引《老子》等道家学说来看，其成书当在汉文帝之后，汉武帝"独尊儒术"之前，很大可能是在汉景帝期间。《春秋繁露·为人者天》

《山川颂》等篇中即有本于《韩诗外传》的内容，可见汉武帝时《外传》之说即已流传开来。

至于《韩诗外传》的体例，《汉书·儒林传》言："婴推诗人之意，而作内、外《传》数万言，其语颇与齐、鲁间殊，然归一也。"《汉书·艺文志》亦言："汉兴，鲁申公为《诗》训故，而齐辕固、燕韩生皆为之传，或取《春秋》，采杂说，咸非其本义。"可知，与训诂经文字词、揭明篇章大旨、论说诗之本事等有所不同，"传"这种撰述方式，旨在采取杂说，推衍诗义。王世贞《读〈韩诗外传〉》言："《韩诗外传》杂记夫子之绪言与诸春秋战国之说，大抵引《诗》以证事，而非引事以明《诗》。"可谓至言。《外传》在记叙故事之后，常于章末引《诗》辞，并以"此之谓也""（某人）之谓也"总结、照应前文。显然，这种"传"的撰述方式，与其说是解《诗》，不如说是用《诗》，《诗》辞只是所述古事古语在"经典"中的一个佐证，而不是论说的主体，是故，出现《诗》辞的上、下句杂引自两首诗的情况（参卷五题解），也就不足为奇了。不过，虽然如此，也并不能简单认为其书浮泛不切，牵强游骋，如钱惟善《韩诗外传序》云："《外传》虽非解经之详，断章取义，要有合于孔门商、赐言《诗》之旨。"陈澧《东塾读书记·论〈韩诗外传〉》也认为："《礼记·坊记》《表记》《缁衣》《大学》引《诗》者尤多似《外传》，盖孔门学《诗》者，皆不拘守于所谓本义。"可见《外传》采杂说以推衍诗义的撰述方式，是春秋战国以来赋《诗》及引《诗》、说《诗》惯例的延续，且汉代《诗》学著述中，不唯《韩诗》有传，《齐诗》及《毛诗》也有此体，因此，以驳杂不纯、不合经义来訾论《外传》，反倒是对先秦两汉时期《诗》之为"经"的地位、《诗》的阐释与传授传统不甚了解了。

而且，在"引《诗》以证事"的惯常体例中，《外传》也自有《韩诗》师法、家法在，主要体现在以下几个方面：一、全书凡308章，其中284章皆有引《诗》辞，分布于《诗经》122首诗中，各章所引《诗》辞有不少与《毛诗》不同的异文，与之相应，也呈现出与《毛诗》不同的诗旨。这些内容正体现出《韩诗》经文文本与经义传授的自家本色。二、今本《外传》虽非汉代原书，但其引《诗》的次第仍呈现出一定的规律性，即各章引《诗》次第与诸诗在《诗》中的篇次大体吻合。可见，虽然《外传》各章所叙的人物、道理相对独立，不成系统，但韩婴在纂辑时，同一诗辞或引自同一诗的诸章前后相属，这说明《外传》一书仍是以《诗》为纲，组织全书，条贯各章。从这个角度来看，《外传》仍可视作附翼《诗》的著作，《韩诗》的篇次等文本情况仍可借由《外传》推知一二。三、部分章节似是就《诗》之某句而引发，或敷衍故事，或论说礼制，或讲说道理，都是围绕《诗》句而展开。如卷六第二十二章章首以"《诗》曰：'恺悌君子，民之父母'"发起，后紧接以"君子为民父母，何如"的设问，以此引出后文关于何为"民之父母"的解答；卷五第三十章章首以"如岁之旱，草不溃茂"二句发端，章末引《召旻》"如彼岁旱，草不溃茂"来照应。从中可见，这两章的论说和行文都是就《大雅·洞酌》《召旻》中的诗句而生发。另如卷八第八章论凤凰之德、第十三章论策命九赐之礼，也有可能是就《大雅·卷阿》《江汉》相应诗句敷说开去而成。四、《外传》也不全是断章取义、引《诗》证事论理，也有涉及《韩诗》经义、诗篇背景与本旨的内容。如卷一第二章、第二十八章论《召南·行露》《甘棠》的历史本事；卷八第三章论《大雅·崧高》《烝民》的历史本事；卷二第三章论《鄘风·载驰》编入《诗经》之缘由；卷五第一章论《关雎》为《风》之始，其中包含的《韩诗》"四始"之说；又有《外传》之佚文论《郑风·溱洧》的创作情境，曰："郑国之俗，三月上巳之日，于两水上招魂续魄，被除不祥，故诗人愿与所说者俱往观也。"（《太平御览》卷八八六引）诸如此类都说明，其书虽为"外传"之体，但"韩诗"家说是它的第一属性，这是十分显著和确定的。也正因此，陈乔枞《韩诗遗说考》、王先谦《诗三家义集疏》才会全采《外传》之文，析于各诗章句之下，借以考存《韩诗》遗说。

在充分认识《韩诗外传》的体例及与经义的关系之后，我们再来了解其杂引古事古语的一些情况。首先，十分明显的是，《外传》所记述的古事古语不少都互见于《荀子》《吕氏春秋》《尚书》《易经》《左传》《晏子春秋》《论语》《孟子》《韩非子》《老子》《庄子》《尚书大传》《礼记》《孔子家语》等文献,包括与韩婴时代相近的贾谊《新书》,以及今文家口诵讲授的著作如《尚书大传》《公羊传》《穀梁传》等,都在《外传》的引述之列。以《公羊传》为例,自公羊高五世相授,至汉景帝时,公羊寿才与弟子胡毋生著于竹帛,其成书时代与《外传》同时甚或稍晚。这都说明先秦两汉时期文献的流传可能是多源而平行的,并不一定存在单一、明确的承袭关系,因此互文间或是详略有别,或是时世、名氏不同,或是褒贬评价不同,或是援引《诗》辞不同,就都不足为奇了。一些传闻异辞,甚至不排除韩婴有意地取舍和改造,以符合其经义思想,如卷四第二十二章并见《荀子·非十二子》,而《外传》则删去了对子思、孟轲的批驳。所以,这些互文,一方面可资以校勘古籍、考辨古史,但另一方面也应该审慎地处理文本间的异同源流问题。同样,《外传》不少章节,也见于《史记》《淮南子》《说苑》《新序》《列女传》《论衡》《高士传》《渚宫旧事》等晚于韩婴的文献中,对此,我们也需谨慎考辨。

总之,这些文本现象反映了早期文本纂述与流传过程的复杂形态,而《外传》成书于汉初,此时正是先秦文本多源流传与杂出的时代,也是从战国诸子遗绪到汉代儒学、经学新传统逐渐形成的转换时期,因此,《外传》一书对古事古语的纂辑、对经义的比附和阐释,都具有一定代表性,对其后相关文献的生成和流传具有重要的指示和影响作用。

回到《外传》本身,书中叙述了两百多个栩栩如生的历史人物故事,他们远起上古,近迄蒯通、曹参等与韩婴同时而略早的当代,他们当中既有贤明仁爱的君主、贤能有谋的大臣、竭诚敢谏的直臣、独善其身的隐士、安贫乐道的穷士、奉养双亲的孝子、忠勇死节的义士、贞明识礼的贤女,也有昏庸、奢靡、奸佞、谄谀、愚昧的不肖之徒,对此韩婴都鲜明地表达了自己抑恶扬善的态度,常以“君子闻之曰”或引《诗》曰及“此之谓也”来臧否人物,揭明主旨。这些人物故事,有些虽然与历史人物真实的行迹、时代、交游、形象等不尽相符,但形象饱满,叙事生动,文笔新奇，有些还具有寓言、小说家的笔法。如"螳臂当车"（卷八第三十三章）、"螳螂捕蝉，黄雀在后"（卷十第二十一章），都成了耳熟能详的成语典故。至如"孔子、子贡于阿谷试处子"（卷一第三章）、"孔子见狸迹鼠而鼓瑟，曾子闻而识其有贪狼之心"（卷七第二十六章）等，前人多讥其不合圣人形象，违背经旨，甚且将其剔除出《外传》，则未免固陋，既不了解战国以来孔门故事不断衍生、流变的方式，也不了解《外传》一书的体例。而且，这些篇章的存在，反而使得《外传》一书在附翼《诗经》之外，有了独特的文学价值，如晁公武认为《外传》"文辞清婉，有先秦风"（《郡斋读书志》），王世贞认为其书"明健可诵"（《读〈韩诗外传〉》），卢文弨也认为"其得流传至今者，岂非以文辞赡逸，为人所爱玩哉"（《校〈韩诗外传〉序》）。

　　除了叙事故事，《外传》中还有不少论理的文字，涉及治国理政、道德修养、典章制度、礼乐教化、天地自然、民生风俗乃至医药养生等方面的主题，综合反映了先秦至汉初人们对社会人生的思考。这些论理文字，不论是否有所本，均能从中看出韩婴的一些思想倾向。受到汉初思想大环境的影响，书中屡引《老子》之言（见卷三第二十一章、第三十八章、卷七第十章、卷九第十六章等），其他一些言论如"故惟其无为，能长生久视，而无累于物矣"（卷一第二十三章），"福生于无为，而患生于多欲"（卷五第二十七章），多主张"无为""寡欲""清静""逍遥""任自然"，这在汉初思想环境下不足为怪。但总体上，韩婴仍以儒家思想为底色，书中讨论的政治思想和个人道德修养，如关于君王应该如何修身、明德、为政、治国、御民等，多符合儒家之道。书中还记载了很多孔子及孔门弟子的嘉言懿行，是研究孔门师生形象、德行及论学情形的重要资料。书中多处引用《论语》《孟子》，尤其是《荀子》，引用达五十余条。因此，汪中等学者认为韩婴属于荀学一脉。但实际上《外传》在引述《荀子》文本时，并非完全承袭，上文所举卷四第二十二章对《非十二子》的删节即是一例。再如卷五第五章袭自《荀子·儒效》，但将《儒效》中的三处"法后王"改作"法先王",将"敦《诗》《书》"者为俗儒改作"杀《诗》《书》"者为俗儒。另外在人性论上,荀子主张性恶,而《外传》卷六第十六章则曰"言天之所生,皆有仁义礼智顺善之心。不知天之所以命生,则无仁义礼智顺善之心"云云,臧琳《经义杂记·韩子知命说》认为"即孟子性善之说","孟子之后,程朱以前,知性善者,韩君一人而已"。再如,卷五第十七章更是明言性善,其文曰:"茧之性为丝,弗得女工燔以沸汤,抽其统理,则不成为丝。卵之性为雏,不得良鸡覆伏孚育,积日累久,则不成为雏。夫人性善,非得明王圣主扶携,内之以道,则不成为君子。"认为天所赋命的人的才性之中,有美善的潜质,顺因之,扶携之,"内之以道",则可以成为君子。因此,韩婴强调"学习"的重要性,也都是基于性善的认识,屡言"材虽美,不学不高"(卷三第十五章)、"学问之道无他焉,求其放心而已"(卷四第二十七章)、"美材也,而不闻君子之道,隐小物以害大物者,灾必及其身矣"(卷六第九章),顺善之心,率性修道,教而为善,这都与荀子"化性起伪"的主张有所不同。总之,《外传》引述《荀子》甚多固不可否认,但并不能简单以引述的多少来判断其思想渊源,况且《外传》杂引史传百家,其个人的思想常常隐而不显,反而是从一些互文的异同取舍中能见出他的趣尚,其对荀学的依违态度正是由此透露出的。

以上介绍了《韩诗外传》一书的体例、与《韩诗》经说的关系、与其他文献的互见、叙事论理的内容与趣向等问题,让我们对《韩诗外传》在保存《韩诗》家说,反映早期文本的纂辑与流传、校勘古书、考辨古史等方面的文献价值有了更全面深刻的认识。下面我们再简单介绍一下《韩诗外传》的流传与历代注说情况。

据《汉书·艺文志》载录,《韩诗外传》原为六卷,而《隋书·经籍志》及唐宋以下诸史志及诸家书目著录,均为十卷。可知,当时的《外传》已不是汉代时的原貌了。或以为并《韩诗内传》四卷为一书(沈家本《〈世说新语〉注所引书目》、杨树达《韩诗内传未亡说》),但从《群书治要》等类书引述来看,《内传》《外传》固各自为书,并未混一。今所知

《外传》最早的版刻，为北宋庆历中李用章刻本，其末题云："蒙文相公改正三千余字。"（见洪迈《容斋续笔·韩婴诗》）文相公即文彦博，其所校订，不可谓少，但宋本今已亡佚，无缘得知其详。今存最早的刻本，为元至正十五年（1355）海岱刘贞刻于嘉兴路儒学，此本明代以后递有修补。明代时另有多种《外传》版本，据屈守元先生《韩诗外传笺疏·凡例》，明本大致有两个版本系统，一是沈辨之野竹斋本，一是薛来芙蓉泉书屋本，诸本互有异同，舛误之处不在少数。故至清代以下，学者对《外传》做了深入校订，其较著者，有赵怀玉《韩诗外传校正》、周廷寀《韩诗外传校注》，二书先后一年间刊布，互不相谋，周氏多据《荀子》《吕氏春秋》《说苑》《新序》等书，校其异同，间用己意疏释，而赵氏则并据《文选》注、《初学记》《太平御览》等所引《外传》参校，补阙正讹，二书后由吴棠于光绪乙亥合刊通行。又有陈士珂《韩诗外传疏证》，备录三十余种互见之书于《外传》各章之下，读者两相参读，异同晓然，文义自见。又有许瀚《韩诗外传校议》、俞樾《曲园杂纂·读韩诗外传》、孙诒让《札迻》各有札记十数条，对《外传》故训及文本脱讹、窜乱等多有发明。而陈乔枞《韩诗遗说考》、王先谦《诗三家义集疏》则以《诗经》为纲，条析《外传》引《诗》诸文于相关篇章之下，以考论《韩诗》遗说及与鲁、齐、毛诗之异同。民国以来，又有赵善诒《韩诗外传补正》、许维遹《韩诗外传集释》、屈守元《韩诗外传笺疏》，综合前人诸说，旁参博引，校释《外传》，渐臻完善。至于译注本，则有赖炎元《韩诗外传今注今译》、魏达纯《韩诗外传译注》及数种选译本，各书互有优劣，不一一备举。

综上，本书在注释时，综合参考前人对《外传》校订和研究成果，在参比诸书异文、阐说《韩诗》文义方面尤加注意，务以《韩诗》说解《外传》，或者也可以说，是据《外传》以考知《韩诗》说。以此为原则，本书并有如下几条凡例：

一、本书正文以许维遹《韩诗外传集释》为本，其书间有排印错误，或校改未当者，则据他本改订。

二、《外传》与他书多有互文，他书之异文有助于校释《外传》，或了解文本流衍者，则于注释中交代异文，以做参照。他书之古注，如《吕氏春秋》《淮南子》高诱注、《荀子》杨倞注等，有助于《外传》文义理解者，亦常以引用。

三、本书于各章引《诗》，注释及译文谨遵《韩诗》家说及各章上下文义，尤其是尽可能引用陆德明《经典释文》《文选》李善注、《后汉书》李贤注等文献所保存的薛君《韩诗章句》等《韩诗》故训，毛传、郑笺、孔疏等《毛诗》家说及宋以下诸家解说，与《韩诗》说相合者，间亦采以为说。

四、《外传》各章引《诗》与《毛诗》多有异文，旧刻本多改从《毛诗》，今悉遵《韩诗》之旧，于注释中一一标明与《毛诗》异文，以见《韩诗》经文的面貌。

五、《外传》与其前或其后诸书多有互文，但因文本源流复杂，本书为免考证烦琐，谨慎起见，注释中只注"并见于"，而不言"本于"，读者和研究者可循此自加详察。

六、据唐宋古书古注所引，今本《外传》十卷之外尚有佚文，赵怀玉、周廷寀、陈士珂、陈乔枞、赵善诒、屈守元等均有辑佚，尤以屈守元《笺疏》考辨翔实。今参考诸家所辑，去其误收，并录存疑者，附于书后，供读者参考。

七、书后又附有"《韩诗外传》引《诗》索引"，以《外传》所引《诗》之诗题为纲，后标明其在《外传》中的卷数及章数，以俾读者方便查阅与考索《韩诗》遗说。

以上对《韩诗外传》的简要介绍，不免疏略固陋，又书中注释、译文的错误亦在所难免，尚祈读者方家批评指正。本书的出版，多赖中华书局熊瑞敏编辑的促成，相与讨论，匡我良多，在此谨致谢忱！

李辉

2020年孟秋于北京七贤村

卷一

【题解】

《韩诗外传》卷一共二十八章，各章所引《诗》主要出自《周南》《召南》《邶风》《鄘风》《卫风》。各章在义理和人物、故事上缺少逻辑联系，各章次序主要是以所引诗篇相同者集凑排在一起，如第八至十二章引"我心匪石，不可转也。我心匪席，不可卷也"（3次）及"我心匪鉴，不可以茹""忧心悄悄，愠于群小"，即均出自《邶风·柏舟》。另，本卷引《鄘风·相鼠》中诗句4次、《邶风·北门》3次、《邶风·旄丘》2次、《邶风·雄雉》3次，也都集中排在一起。又，第二十章中共引了《鄘风·蝃蝀》《邶风·静女》《邶风·雄雉》，且后二诗以一"《诗》曰"连引之。这些都可见出《韩诗外传》引论《诗》的一般原则。

本卷在说诗上遵循《韩诗外传》的一般阐说方式，多是断章取义，但亦有一些章节对我们了解《诗经》相关问题有所助益。如第二十八章载邵伯庐于树下，听断民讼，"于是诗人见邵伯之所休息树下，美而歌之"，遂有《召南·甘棠》之作；第二章载"《行露》之人"，"见一物不具，一礼不备，守节贞理，守死不往"，君子"扬而歌之"，遂有《召南·行露》之作。于此可见，《韩诗外传》引诗说诗，虽多是推演之辞，但也有论说诗篇创作背景和诗歌本事者，是《韩诗》学说的遗存，具有重要的学术价值。再如，第三章引《周南·汉广》"南有乔木，不可休思"，正可证《毛诗》"息"为"思"字之误。其他一些引诗与《毛诗》也多有异文，如《毛诗·汝坟》"虽则如毁"，《韩诗》作"虽则如煜"（第十七章）；《毛诗·甘棠》"蔽芾甘棠，勿剪勿伐"，《韩诗》作"蔽芾甘棠，勿划勿伐"（第二十八章），这些异文对了解汉代《诗经》文本具有重要的价值。

《韩诗外传》所记述的人物故事和说理文字，多与先秦两汉经传诸子文献相同。就本卷而言，其中一些章节并见于《国语》《战国策》《庄子》《荀子》《尚书大传》《大戴礼记》《礼记》《春秋繁露》《淮南子》《说苑》《新序》《列女传》《孔子家语》《孔丛子》等，相关文献的时代或有先后，内容或有详略出入，思想学派也或有不同，但文本之间相互参证，对于研究《韩诗外传》的文本来源、文字训诂和义理阐说，以及中国早期文本的生成与流变等问题都有重要帮助。

第一章

曾子仕于莒①，得粟三秉②。方是之时，曾子重其禄而轻其身。亲没之后，齐迎以相，楚迎以令尹③，晋迎以上卿④。方是之时，曾子重其身而轻其禄。怀其宝而迷其国者，不可与语仁⑤。窭其身而约其亲者⑥，不可与语孝。任重道远者，不择地而息。家贫亲老者，不择官而仕。故君子桥褐趋时⑦，当务为急。传云：不逢时而仕，任事而敦其虑⑧，为之使而不入其谋，贫焉故也。《诗》曰⑨："夙夜在公⑩，实命不同⑪。"

【注释】

①曾子：名参，字子舆，春秋末年鲁国南武城（今山东嘉祥）人。孔子的晚期弟子之一。与其父曾点同师孔子，是儒家学派的重要代表人物。莒（jǔ）：周朝国名。在今山东莒县。

②秉:古时量器名。十斗为一斛,十六斛为一秉。

③令尹:职官名。春秋时楚国的执政官,相当于国相。

④上卿:周代天子、诸侯国皆设卿,分上、中、下三等,上卿为最高的
   等级。

⑤怀其宝而迷其国者,不可与语仁:《论语·阳货》:"怀其宝而迷其
   邦,可谓仁乎?"宝,此指德行才学。

⑥约:简陋,贫困。

⑦挢:通"屩(juē)",草鞋。褐:用葛、麻等织成的粗布。趋时:抓紧
   时机,顺应时势。屈守元《韩诗外传笺疏》(后简称"《笺疏》"):
   "屩褐趋时,即'家贫亲老,不择官而仕'之意。"

⑧任事而敦其虑:屈守元《笺疏》疑"敦"上夺一"不"字。"任事而
   不敦其虑"与"为之使而不入其谋",语正相偶,指为之任事驱使
   但不出谋划策。敦,竭尽,尽力。

⑨《诗》曰:引诗见《诗经·召南·小星》。

⑩夙(sù)夜:昼夜,早晚。

⑪实:有。《毛诗》作"寔",陆德明《经典释文》:"《韩诗》作'实',
   云:'有也。'"范家相《三家诗拾遗》:"宵征之所以肃肃者,有命自
   天,不得而同也。"按,陈乔枞《韩诗遗说考》:"《毛诗叙》云:'《小
   星》,惠及下也。夫人无妒忌之行,惠及贱妾。'与《韩诗》说异。"
   王先谦《诗三家义集疏》(后简称"《集疏》"):"《外传》多推演之
   词,而义必相比,明此诗是卑官奉使,故取与曾子仕莒事相傥。"

【译文】

   曾子在莒国做官,得到三秉粟子的俸禄。在那个时候,曾子看重俸
禄而轻视自身。他父母去世之后,齐国迎接他去做国相,楚国迎接他去
做令尹,晋国迎接他去做上卿,他都拒绝了。在这个时候,曾子看重自身
而轻视俸禄。身怀才学本事,而听任国家迷乱的人,不足以和他谈论仁
道。窘困自身,而且使得父母生活穷困的人,不足以和他谈论孝道。背

着重物走远路的人，不选择地方就歇息。家中贫穷而父母年老的人，不选择官职的大小就去做官。所以君子穿着草鞋、粗布衣服，抓紧时机出来做官，做当前急切应该做的事情。传文说：君子没有遇到好机会出去做官，就只替人做事但不费力谋虑，受人驱使但不替人谋划，这只是因为贫困的缘故。《诗经》说："昼夜为公家的事奔忙，是我的命和别人不同。"

第二章①

传曰：夫《行露》之人许嫁矣②，然而未往也。见一物不具，一礼不备③，守节贞理④，守死不往。君子以为得妇道之宜，故举而传之，扬而歌之，以绝无道之求，防污道之行乎？《诗》曰⑤："虽速我讼⑥，亦不尔从⑦。"

【注释】

①本章并见《列女传·贞顺》，以为召南申女之事。

②《行露》：即《诗经·召南·行露》。

③见一物不具，一礼不备：周时婚礼包括纳采、问名、纳吉、纳征、请期、亲迎六礼，本文既言"许嫁"，据《仪礼·士昏礼》郑注"许嫁，已受纳征礼也"，则"一物不具，一礼不备"当是亲迎之礼、物不具备。《行露》诗中"室家不足"，即指夫家之礼不备足。

④贞：坚定，坚守。《释名·释言语》："贞，定也，精定不动惑也。"

⑤《诗》曰：引诗见《诗经·召南·行露》。

⑥速：招致，迫使。讼：诉讼，打官司。

⑦尔：《毛诗》作"女"。

【译文】

传文说：《行露》诗中的女子已经答应出嫁，然而最终没有前往夫家。因为见到男方一些婚事的礼物没有具备，一些婚事的礼节没有周全，所以她持守节操，坚守义理，宁死也不前往夫家。君子认为女子的行为符合妇道，因此标举出她的事迹使它流传，用诗歌来颂扬，以此来杜绝不合乎道义的求婚，防止污损道义的行为吧？《诗经》说："即使同我打官司，我也不会屈从你。"

第三章①

孔子南游适楚②，至于阿谷之隧③，有处子佩璜而浣者④。孔子曰："彼妇人其可与言矣乎？"抽觵以授子贡⑤，曰："善为之辞，以观其语。"子贡曰："吾北鄙之人也⑥，将南之楚。逢天之暑，思心潭潭⑦，愿乞一饮，以表我心⑧。"妇人对曰："阿谷之隧，隐曲之汜⑨，其水载清载浊⑩，流而趋海。欲饮则饮，何问于婢子⑪！"受子贡觵，迎流而挹之⑫，奂然而弃之⑬，从流而挹之⑭，奂然而溢之，坐置之沙上⑮，曰："礼固不亲授⑯。"子贡以告。孔子曰："丘知之矣。"抽琴去其轸⑰，以授子贡曰："善为之辞，以观其语。"子贡曰："向子之言⑱，穆如清风⑲，不悖我语⑳，和畅我心。于此有琴而无轸，愿借子以调其音。"妇人对曰："吾野鄙之人也，僻陋而无心㉑，五音不知㉒，安能调琴？"子贡以告。孔子曰："丘知之矣。"抽绨绤五两以授子贡㉓，曰："善为之辞，以观其语。"子贡曰："吾北鄙之人也，将南之楚。于此有绨绤五两，吾不敢以当子身㉔，敢置之水浦。"妇人对曰："行客之人，嗟然永久㉕，分其资财，弃之野鄙。吾年甚少，何敢受子？子不早去，今窃有狂夫守之者矣㉖。"《诗》曰㉗："南有乔木，不可休思㉘。汉有游女^㉙,不可求思。"此之谓也。

【注释】

①本章并见《列女传·辩通》。按,《孔丛子·儒服》及洪迈《容斋随笔》等皆谓孔子阿谷之事,为后世厚诬圣人之辞。

②孔子:名丘,字仲尼,春秋末期鲁国陬邑(今山东曲阜)人。儒家学派创始人。孔子的言行事迹和思想,主要见于他的弟子及再传弟子纂辑的《论语》一书中。适:去,往。

③阿谷:春秋时楚国地名。隧(suì):山谷中艰险的道路。

④处子:处女,未出嫁的女子。璜(huáng):半璧形的玉。浣(huàn):洗。

⑤抽:取。觞(shāng):古代的酒器。子贡:姓端木,名赐,字子贡,又字子赣,以字行,春秋末年卫国人,孔子的得意门生,在"孔门十哲"中以"言语"闻名,能言善辩,善于经商,办事通达,历仕鲁、卫。

⑥鄙:郊野边远之处。

⑦潭潭:此处形容因天热口渴而内心烦躁。潭,通"燂(xún)"。《说文·火部》:"燂,火热也。"

⑧表:发散,外扬。《列女传·辩通》作"伏",降伏、消暑之意,亦通。

⑨隐曲:幽深曲折。汜(sì):由干流分出又汇合到干流的水。

⑩载:则。句中语助词。

⑪婢子:女子自我谦称。

⑫迎流:正对着水流,逆流。挹(yì):舀水,取水。

⑬奂然:水盛多的样子。

⑭从流:顺流。

⑮坐:古人双膝跪地,把臀部靠在脚后跟上。

⑯礼固不亲授:《礼记·内则》:"非祭非丧,不相授器,其相授,则女受以篚,其无篚则皆坐奠之而后取之。"本文女子即遵此礼与子

贡相授受。

⑰轸（zhěn）：琴轸，琴上调弦的小柱。

⑱向：刚才。

⑲穆如清风：语见《诗经·大雅·烝（zhēng）民》。穆，温和。

⑳悖（bèi）：谬误。此用作意动用法，不以我言为谬误。

㉑僻陋：见识浅陋。《列女传·辩通》作"陋固"，可知非指身居偏僻简陋之地。心：思想，见识。

㉒五音：宫、商、角、徵、羽五个音阶。

㉓绤绤（chī xì）：细葛布称"绤"，粗葛布称"绤"。五两：许维通《集释》："'五两'犹言'五匹'。古之布帛，每匹两端对卷，故谓之两。"

㉔当子身：指亲自交给你。

㉕嗟：嗟叹。此指说话。永久：长久。

㉖窃：谦辞，表示不确定的推测语气。守：犹主也。《广雅·释诂》："主，守也。"狂夫主之，即以狂夫称之。《列女传·辩通》作"狂夫名之"，义同。其下又有："子贡以告孔子，孔子曰：'丘已知之矣，斯妇人达于人情而知礼。'"

㉗《诗》曰：引诗见《诗经·周南·汉广》。

㉘思：语助词。《毛诗》讹作"息"。

㉙游女：汉水上的女神。《文选》嵇康《琴赋》李善注引薛君《韩诗章句》："游女，汉神也。言汉神时见，不可得而求之。"按，三家《诗》皆以《汉广》与郑交甫有关。《文选》郭璞《江赋》李善注引《韩诗内传》："郑交甫遵彼汉皋台下，遇二女，与言曰：'愿请子之佩。'二女与交甫。交甫受而怀之，超然而去，十步循探之，即亡矣，回顾二女，亦即亡矣。"可与本章相参，盖皆推演之辞。

【译文】

孔子南游去楚国，走到阿谷中艰险的路上，见有一位姑娘佩戴着玉璜在浣洗衣服。孔子说："那姑娘大概可以和她谈一谈吧？"就拿出一只酒杯交给子贡，说："你好好和她谈谈，以观察她的言语。"子贡就去和姑娘说："我是北方边远之地的人，要往南去楚国。碰上天气炎热，内心像火一样烦躁，想讨一杯水喝，以发散我内心的暑热。"姑娘回答说："阿谷中艰险的路上，这幽深曲折的河流，它有时清澈有时浑浊，一直流到海里。你想喝就喝，干嘛问我！"姑娘接过子贡的酒杯，逆着水流取水，装满水后又倒掉，顺着水流取水，装满水后又溢出一些，然后跪坐好把酒杯搁置在沙地上，说："按照礼节，我不能把这杯水亲手交给你。"子贡把姑娘的话告诉孔子。孔子说："我知道了。"于是取出琴，拿掉调弦的琴轸，把琴交给子贡，说："你好好和她谈谈，以观察她的言语。"子贡拿着琴去对姑娘说："刚才你说的话，温和得如同清风，不认为我的话违背礼仪，使我心中十分和畅。现在这里有一张琴，但没有琴轸，想请你帮忙调一调音。"姑娘回答说："我是乡野粗鄙之人，见识浅陋，没有主见，不懂五音，哪里能调琴呢？"子贡把这话告诉孔子。孔子说："我知道了。"又拿出五匹细葛布粗葛布交给子贡，说："你好好和她谈谈，以观察她的言语。"子贡就去对姑娘说："我是北方边远之地的人，要往南去楚国。这里有五匹细葛布粗葛布，我不敢直接拿来送给你，冒昧地把它放在岸边，请你收下。"姑娘回答说："你这赶路的人，在此唠叨了这么久，又拿出财物，扔在这郊野。我年龄还小，哪里敢接受你的东西？你不及早离开，恐怕要有人称你为狂夫了。"《诗经》说："南方高大的乔木，不可以靠着它休息。汉水上的女神，不可以追求她。"说的就是姑娘这样的人。

第四章①

哀公问孔子曰②："有智者寿乎？"孔子曰："然。人有三死而非命也者③，自取之也。居处不理④，饮食不节，佚劳过度者⑤，病共杀之⑥。居下而好干上⑦，嗜欲无厌⑧，求索不止者，刑共杀之。少以敌众，弱以侮强，忿不量力者，兵共杀之。故有三死而非命也者，自取之也。"《诗》曰⑨："人而无仪，不死何为！"

【注释】

①本章并见《说苑·杂言》《孔子家语·五仪解》，又《文子·符言》载老子之言，略同。

②哀公：名将，鲁国国君，鲁定公之子。在位期间，鲁国政权被"三桓"大夫把持，哀公试图恢复国君权力，未果，终致流亡越国。在位二十七年。

③非命：遭遇灾祸而非自然死亡。

④居处不理：薛据《孔子集语·孔子御》所引《外传》及《说苑·杂言》《孔子家语·五仪解》均作"寝处不时"。

⑤佚（yì）：安逸。

⑥共：一起，合计。

⑦干：干犯，冒犯。

⑧厌：满足。

⑨《诗》曰：引诗见《诗经·鄘（yōng）风·相鼠》。

【译文】

鲁哀公问孔子说："有智慧的人能长寿吗？"孔子说："能。人有三种死于非命的情况，都是自取灭亡。一是起居没有规律，饮食没有节制，安逸或劳累过度的人，各种疾病会一齐杀死他。二是身居下位却喜欢冒犯上司，嗜好和欲望不知满足，不停求取的人，各种刑罚会一齐杀死他。三是以少数抵抗多数，以弱小侵侮强大，愤怒却不自量力的人，各种兵器会一齐杀死他。所以人有三种死于非命的情况，都是自取灭亡。"《诗经》说："人如果没有礼仪，不去死还干什么！"

第五章①

传曰:在天者莫明乎日月,在地者莫明于水火②,在人者莫明乎礼义。故日月不高则所照不远,水火不积则光炎不博③,礼义不加乎国家则功名不白④。故人之命在天,国之命在礼。君人者降礼尊贤而王⑤,重法爱民而霸,好利多诈而危,权谋倾覆而亡。《诗》曰⑥:"人而无礼,胡不遄死⑦!"

【注释】

①本章并见《荀子·天论》。

②明于水火:据下文"光炎不博",此处偏指火之光明。又,本句下《荀子·天论》有"在物者莫明于珠玉"句。

③光炎:光芒。《荀子·天论》作"晖润",兼水、火而言,此则偏指火。炎,通"焰"。

④加:施加。白:显著,彰明。

⑤君人:即人君,国君。降:通"隆",尊崇,崇尚。《荀子·天论》作"隆"。

⑥《诗》曰:引诗见《诗经·鄘风·相鼠》。

⑦遄(chuán):速,疾速。

【译文】

传文说:在天上的没有比日月更光明的,在地上的没有比火更光明的,在人身上的没有比礼义更光明的。所以日月不高悬的话,就照耀得不广远;火不积聚的话,光芒就不盛大;礼义不用来治理国家的话,执政者的功绩和名声就不能显著。所以人的命数在于天,国家的命数在于礼。君主崇尚礼数、尊敬贤人就会称王天下,重视法律、爱护百姓就会称霸诸侯,贪图私利、多行诡诈就会身处危险,专于权谋、倾覆他国就会身亡。《诗经》说:"人如果没有礼仪,为什么不速死!"

第六章①

君子有辩善之度②,以治气养性③,则身后彭祖④;修身自强,则名配尧、禹⑤。宜于时则达,厄于穷则处,信礼者也⑥。凡用心之术,由礼则理达⑦,不由礼则悖乱。饮食衣服,动静居处,由礼则和节⑧,不由礼则垫陷生疾⑨。容貌态度,进退趋步⑩,由礼则雅,不由礼则夷固⑪。故人无礼则不生,事无礼则不成,国无礼则不宁,王无礼则死亡无日矣⑫。《诗》曰:"人而无礼,胡不遄死!"

【注释】

①本章并见《荀子·修身》。

②辩:《荀子·修身》作"扁",王念孙《读书杂志·荀子》:"扁,读为'遍'。……遍善者,无所往而不善也。"即在任何地方都妥善。

③性:生命。《荀子·修身》作"生"。

④身后彭祖:指后于彭祖而身死。彭祖,相传为唐尧时臣,因封于彭,故称。传说他善养生,有导引之术,活到八百岁高龄。

⑤尧:伊祁姓,陶唐氏,名放勋,中国传说中的圣贤帝王,是五帝之一。禹:姒姓,夏后氏,名文命,为夏后氏首领、夏朝开国君王。以治理黄河有功,受舜禅让而继承帝位,是中国古代传说时代与尧、舜齐名的贤圣帝王。

⑥信:确实。

⑦理达:通达。

⑧和节:中和有序。

⑨垫陷:溺陷,陷入困境。《荀子·修身》作"触陷"。

⑩趋(qū):同"趋",快步,疾行。步:慢步,徐行。

⑪夷固:傲慢鄙陋。《荀子·修身》杨倞注:"夷,倨也。固,陋也。"

⑫无日:不日,不久。

【译文】

　　君子有在任何地方都能妥善的法度,以此来调理情绪,保养生命,就可以比彭祖还长寿;用来修身自强,就可以名声与尧、禹相匹配。在顺宜之时能够通达,在穷厄之时能够自处,这确实是守礼的人。大凡在动用心思时,按照礼来就会事理通达,不按照礼来就会悖逆错乱。饮食、穿衣,运动、静止、居处,按照礼来就会中和有序,不按照礼来就会陷入困境而生病。仪容、态度,进退、快步或慢步,按照礼来就文雅,不按照礼来就傲慢鄙陋。所以,人没有礼就不能生存,做事情没有礼就不能成功,国家没有礼就不能安宁,君王没有礼就很快会死。《诗经》说:"人如果没有礼仪,为什么不速死!"

第七章

　　传曰:不仁之至忽其亲,不忠之至倍其君①,不信之至欺其友。此三者,圣人之所杀而不赦也。《诗》曰②:"人而无礼③,不死何为!"

【注释】

①倍:通"背",背叛。

②《诗》曰:引诗见《诗经·鄘风·相鼠》。

③礼:《毛诗》作"仪"。

【译文】

　　传文说:不仁的极端是怠慢他的父母,不忠的极端是背叛他的君主,不诚信的极端是欺骗他的朋友。有这三种行为的人,圣人会处死而不会赦免他。《诗经》说:"人如果没有礼仪,不去死还干什么!"

第八章①

　　王子比干杀身以成其忠②，尾生杀身以成其信③，伯夷、叔齐杀身以成其廉④。此四子者，皆天下之通士也，岂不爱其身哉？为夫义之不立，名之不显，则士耻之，故杀身以遂其行⑤。由是观之，卑贱贫穷，非士之耻也。夫士之所耻者，天下举忠而士不与焉⑥，举信而士不与焉，举廉而士不与焉。三者存乎身，名传于世，与日月并而不息，天不能杀，地不能生，当桀、纣之世⑦，不之能污也⑧。然则非恶生而乐死也，恶富贵好贫贱也，由其理，尊贵及己而仕，不辞也。孔子曰⑨："富而可求也，虽执鞭之士，吾亦为之。如不可求，从吾所好。"故厄穷而不悯⑩，劳辱而不苟，然后能有致也⑪。《诗》曰⑫："我心匪石⑬，不可转也。我心匪席，不可卷也。"此之谓也。

【注释】

①本章并见《说苑·立节》。

②比干：子姓，殷商宗室，是商王太丁之子，帝乙之弟，帝辛纣王的叔父。商纣时官少师，因屡次劝谏纣王，被剖心而死。《论语》中称微子、箕子、比干为"殷三仁"。

③尾生：春秋时鲁国一位坚守信约的人。相传尾生与女子约会于桥下，女子未按期来，而河水上涨，尾生为守约，抱桥柱而被淹死。事见《庄子·盗跖》《战国策·燕策一》《史记·苏秦列传》等。

④伯夷、叔齐：商代末期孤竹国君主的两个儿子。相传其父遗命传位叔齐，叔齐让位给伯夷，伯夷不受，二人先后离开孤竹国，逃到周国。周武王伐纣，二人不满武王身为藩属讨伐君主，加上自己

世为商臣，力谏。武王灭商，两人愤怒，耻食周粟，隐居首阳山，采薇为食，最终饿死，孟子称其为"圣之清者"。事见《孟子·万章下》《史记·伯夷列传》。

⑤遂：成就，实现。

⑥举：全，尽。与：参与。

⑦桀（jié）：姒姓，夏后氏，履癸，谥号桀，夏朝末代君主，是历史上有名的暴君。纣（zhòu）：子姓，名受或受德，谥号纣，亦称帝辛，商朝末代君主。纣王沉湎酒色、穷兵黩武、重刑厚敛、拒谏饰非，与夏桀并称"桀纣"，是古代暴君的典型。

⑧之：许维遹《集释》："'不'下'之'字疑涉上文而衍。《说苑·立节篇》无。"

⑨孔子曰：引文见《论语·述而》。

⑩厄穷：穷困，困厄。悯：忧愁。

⑪致：成就。

⑫《诗》曰：引诗见《诗经·邶（bèi）风·柏舟》。

⑬匪：同"非"。

【译文】

王子比干献出了生命以成全自己的忠心，尾生献出了生命以成全自己的诚信，伯夷、叔齐献出了生命以成全自己的清廉。这四个人，都是天下通达事理的人，难道他们不爱惜自己的生命吗？只是因为道义没有树立，名声没有显扬，那么士人就为之感到耻辱，所以献出生命也要成就他们的操行。由此看来，卑贱贫穷，不是士人的耻辱。士人感到耻辱的，是天下人全都忠心而自己却不在其中，天下人全都诚信而自己却不在其中，天下人全都清廉而自己却不在其中。如果忠心、诚信、清廉三者士人都拥有了，那么他的名声就可以流传后世，可以和日月同在而不会湮灭，就是天也不能抹杀它，地也不能增长它，即便生活在桀、纣的时代，也不能污损他的名声。但是士也并非厌恶活着而乐意死亡，厌恶富贵而喜欢贫贱,如果遵循理法,尊贵的地位降到自己身上,要出去做官,他也不会推辞。孔子说:"富贵如果是合乎道义可以追求的,即使是执鞭驾车的事,我也干。如果不合乎道义不可以追求,那我还是顺从我自己的喜好吧。"所以士虽然穷困也不忧愁,虽然劳累屈辱也不苟且偷安,做到这样然后才能有所成就。《诗经》说:"我的心不是石头,不能随便转动。我的心不是席子,不能随便卷起。"说的就是这样的人。

第九章①

原宪居鲁②,环堵之室③,茨以蒿莱④,蓬户瓮牖⑤,揉桑而为枢⑥,上漏下湿,匡坐而弦歌⑦。子贡乘肥马,衣轻裘,中绀而表素⑧,轩车不容巷而往见之⑨。原宪楮冠黎杖而应门⑩,正冠则缨绝,振襟则肘见,纳履则踵决⑪。子贡曰:"嘻!先生何病也?"原宪仰而应之曰:"宪闻之,无财之谓贫,学而不能行之谓病。宪贫也,非病也。若夫希世而行⑫,比周而友⑬,学以为人,教以为己,仁义之匿⑭,车马之饰,衣裘之丽,宪不忍为之也。"子贡逡巡⑮,面有惭色,不辞而去。原宪乃徐步曳杖歌《商颂》而反,声满于天地,如出金石。天子不得而臣也,诸侯不得而友也。故养身者忘家,养志者忘身⑯。身且不爱,孰能忝之⑰?《诗》曰:"我心匪石,不可转也。我心匪席,不可卷也。"

【注释】

①本章并见《庄子·让王》《史记·仲尼弟子列传》《新序·节士》《高士传》。

②原宪：字子思，春秋末年宋国人。孔子弟子，孔门七十二贤之一。原宪出身贫寒，个性清高狷介，一生安贫乐道。

③环堵：四周环着每面一方丈的土墙。堵，古代版筑土墙，一版之长，五版之高，为一堵。

④茨（cí）：用茅草盖屋。蒿莱：皆草名。泛指野草、杂草。

⑤蓬户：用蓬草编成的门户。瓮牖（yǒu）：用破瓮做的窗。

⑥揉桑：使桑木弯曲。《庄子·让王》司马彪注："屈桑条为户枢。"枢：门的转轴。

⑦匡坐：正坐，端坐。匡，正，端正。

⑧绀（gàn）：深青带红的颜色。

⑨轩车：有屏障的车，古代大夫以上所乘。

⑩楮（chǔ）冠：以楮树皮所制之冠，多为贫士、隐士所用。藜：通"蔾"，一年生草本植物，茎直立，可以做拐杖。应：应接，迎接。

⑪履（lǚ）：鞋子。踵（zhǒng）：脚后跟。决：破口。

⑫希世：迎合世俗。《庄子·让王》司马彪注："希，望也。所行常顾世誉而动，故曰希世而行。"

⑬比周：结党营私。

⑭慝：同"慝（tè）"，邪恶。此指干坏事。

⑮逡（qūn）巡：徘徊不前，迟疑尴尬。

⑯忘身：指忘记、不计较身体的物质需求。

⑰忝（tiǎn）：羞辱，侮辱。

【译文】

原宪居住在鲁国，屋子只有四面墙，用蒿莱遮盖屋顶，用蓬草编成门，用破瓮口做窗户，用桑木揉成门扇的转轴，下雨的时候，房屋就漏雨地湿，原宪照样端坐着弹琴唱歌。子贡乘坐着肥马拉的车，穿着轻便的裘袍，袍子里面是深青带红色的，外面是白色的，他乘坐的轩车进不了原宪屋前的窄巷，只能下车走进去见原宪。原宪戴着用楮树皮做的帽子、拄着藜杖在门口迎接他，他端正一下冠帽，帽带就断了，抖动一下衣襟，胳膊就露出来了，穿上鞋子，鞋后跟就破了。子贡说："哎！先生怎么这么困苦啊？"原宪仰起头回答说："我听说，没有钱财叫作贫穷，学了道理不能践行叫作困苦。我原宪只是贫穷，并不困苦。至于那些迎合世俗来做事，结伙营私来交友，学习是为了得到别人的肯定，教人是为了使自己受益，干坏事而损害仁义，追求车马的装饰和衣服的华丽，我原宪不忍心做这样的事情。"子贡听完之后，徘徊不前，脸上露出惭愧的神色，没有向原宪告辞就离开了。原宪于是慢步拖着藜杖，唱着《商颂》回屋去，那歌声充满天地之间，像编钟、玉磬发出来的一样。天子不能让他做自己的臣子，诸侯不能和他交朋友。所以保养身体的人会忘记家庭，保养志气的人会忘记身体。自己的身体尚且不爱惜，谁还能羞辱得了他呢？《诗经》说："我的心不是石头，不能随便转动。我的心不是席子，不能随便卷起。"

第十章①

传曰：所谓士者，虽不能尽乎道术②，必有由也③；虽不能尽乎美善，必有处也④。言不务多，务审其所谓；行不务多，务审其所由而已⑤。行既已尊之⑥，言既已由之⑦，若肌肤性命之不可易也。《诗》曰："我心匪石，不可转也。我心匪席，不可卷也。"

【注释】

①本章并见《荀子·哀公》《大戴礼记·哀公问五仪》《孔子家语·五仪解》。

②道术：治国的学说、主张。

③由：遵循。《荀子·哀公》《孔子家语·五仪解》作"率"，杨倞注：
　　"率，循也。虽不能尽遍，必循处其一隅。言有所执守也。"
④处：持守，执守。此句句下，《荀子·哀公》《大戴礼记·哀公问五仪》
　　《孔子家语·五仪解》皆有"是故知不务多，务审其所知"二句。
⑤由：行。
⑥尊：通"遵"，遵循。《荀子·哀公》《大戴礼记·哀公问五仪》《孔
　　子家语·五仪解》作"由"，与上"行不务多，务审其所由"相合。
⑦由：《荀子·哀公》作"谓"，与上"言不务多，务审其所谓"相合。

【译文】

传文说：所谓士，虽然不能够完全施展他的治国主张，但一定有所遵
循；虽然不能完全做到善美，但一定有所持守。言语不务求多，而务在明
察自己所说的话；行为不务求多，而务在明察自己所做的事。行为既然
已经遵循了自己的主张，言语既然已经遵循了自己的主张，就像肌肤性
命一样不能更改。《诗经》说："我的心不是石头，不能随便转动。我的心
不是席子，不能随便卷起。"

第十一章①

　　传曰：君子洁其身而同者合焉，善其音而类者应焉②。
马鸣而马应之，牛鸣而牛应之，非知也，其势然也。故新沐
者必弹冠③，新浴者必振衣，莫能以己之皭皭④，容人之混汍
然⑤。《诗》曰⑥："我心匪鉴，不可以茹⑦。"

【注释】

①本章并见《荀子·不苟》。
②音：言论。《荀子·不苟》作"言"。
③弹冠：掸去帽子上的灰尘。

④皭皭（jiào）：洁白的样子。《荀子·不苟》作"㵰㵰"，杨倞注："明察之貌。"

⑤混沄（yún）：浑浊貌。《荀子·不苟》作"挶挶"，杨倞注："惛也。"又，《楚辞·渔父》"新沐者必弹冠，新浴者必振衣，安能以身之察察，受物之汶汶者乎"，可与本文相参。

⑥《诗》曰：引诗见《诗经·邶风·柏舟》。

⑦我心匪鉴，不可以茹：王先谦《集疏》："徐敖云：'《外传》意以鉴之照物，无论妍媸美恶，皆能容纳，我则不能以身之察察，受物之汶汶矣。'"匪，同"非"。鉴，铜镜。茹，容纳。

【译文】

传文说：君子保持自身清白，与他志同道合的人就会应合他；君子使他的言论合乎善道，与他同类的人就会应合他。马一鸣叫，其他马就来应和它，牛一鸣叫，其他牛就来应和它，这不是马、牛多有智慧，而是自然的情势就是这样。所以，刚洗过头的人一定要掸一掸帽子，刚洗过澡的人一定要抖一抖衣服，谁也不能拿自己洁净的身体，去容纳别人的污浊。《诗经》说："我的心不是铜镜，不可以什么都容纳。"

第十二章①

荆伐陈②，陈西门坏，因其降民使修之，孔子过而不式③。子贡执辔而问曰④："礼过三人则下，二人则式。今陈之修门者众矣，夫子不为式，何也？"孔子曰："国亡而弗知，不智也；知而不争，非忠也；争而不死，非勇也。修门者虽众，不能行一于此，吾故弗式也。"《诗》曰⑤："忧心悄悄⑥，愠于群小⑦。"小人成群，何足礼哉？

【注释】

① 本章并见《说苑·立节》及定县汉简《儒家者言》。

② 荆：周代楚国的别称。陈：周朝诸侯国，国君妫姓，是虞舜后裔。荆伐陈，其事在鲁哀公九年（前486）、十年（前485）。《春秋》载："哀公九年夏，楚人伐陈。""十年冬，楚公子结帅师伐陈。"

③ 式：通"轼"，古代设在车厢前供立乘者凭扶的横木。乘车时若遇到值得尊敬或同情的人或物时，须双手扶轼，胸紧靠横木，这个礼节叫作扶轼礼。

④ 子贡：《说苑·立节》作"子路"。执辔（pèi）：手持马缰驾车。

⑤《诗》曰：引诗见《诗经·邶风·柏舟》。

⑥ 悄悄（qiǎo）：忧伤的样子。

⑦ 愠（yùn）于群小：本意是指被群小所怒恨，而《外传》引此，乃指孔子怒恨群小。又，《荀子·宥坐》亦引《诗》云："小人成群，斯足忧矣。"《汉书·刘向传》载刘向上封事亦引《诗》云："小人成群，诚足愠也。"《孟子·尽心》赵岐注："愠于群小，怨小人聚而非议贤者也。"诸说皆与《外传》义合。然王先谦《集疏》谓"若以愠属己言，是愠群小而非愠于群小"，诸说乃"推演之语，非本《诗》意"。愠，怒恨。

【译文】

楚国讨伐陈国，陈国都城的西门坏了，楚国就利用投降的陈国百姓去修理西门，孔子乘车路过，没有向修理城门的人行扶轼礼。子贡为孔子执辔驾车，就问孔子说："按照礼仪，乘坐马车遇到三个人就要下车行礼，遇到两个人就要行扶轼礼。现在陈国修城门的人众多，老师却不对他们行扶轼礼，这是为什么？"孔子说："国家要灭亡了却不知道，这是不智慧；知道要灭国了却不去抗争，这是不忠诚；抗争了却不能为国效死，这是不勇敢。修城门的人虽然众多，却没人能践行智慧、忠诚、勇敢中的一条，所以我不行扶轼礼。"《诗经》说："我忧心忡忡，怒恨这一群小人。"

对那些成群的小人,哪值得行礼呢?

第十三章①

传曰:喜名者必多怨,好与者必多辱②。唯灭迹于人③,能随天地自然,为能胜理而无爱名④。名兴则道不用,道行则人无位矣⑤。夫利为害本,而福为祸先。唯不求利者为无害,不求福者为无祸。《诗》曰⑥:"不忮不求⑦,何用不臧⑧!"

【注释】

①本章并见《淮南子·诠言训》《文子·符言》。

②与:赞誉。

③灭迹于人:指遁迹于众人之中,不露才扬己。

④胜:王念孙《读书杂志·淮南内篇》:"胜,亦任也。言任理而不爱名也。'随天地自然',即所谓任理也。"

⑤无位:无意于名位。

⑥《诗》曰:引诗见《诗经·邶风·雄雉》。

⑦忮(zhì):嫉妒。求:贪求。

⑧臧:善。

【译文】

传文说:喜欢名声的人必然多遭怨恨,喜欢赞誉的人必然多遭羞辱。只有将自己隐遁于众人之中,不露才扬己,顺应天地自然,才能胜任道义而不爱慕虚名。如果好名之心生起,那么道就得不到推行;如果道得到了推行,那么他也就无意于名位。利是灾害的根源,福是祸患的先导。只有不求利的人才不会有灾害,不求福的人才不会有祸患。《诗经》说:"不嫉妒,不贪求,还能有什么不好的!"

第十四章①

传曰:聪者耳闻,明者目见。聪明则仁爱著而廉耻分矣。故非其道而行之,虽劳不至。非其有而求之,虽强不得。故智者不为非其事,廉者不求非其有,是以害远而名彰也。《诗》云:"不忮不求,何用不臧!"

【注释】

①本章并见《说苑·杂言》。

【译文】

传文说:耳聪的人用耳朵听,目明的人用眼睛看。一个人耳聪目明,就能仁爱昭著而廉耻分明。所以走的不是正确的道路,即使再劳碌也不能到达目的地。求的不是属于自己的东西,即使再勉强也得不到。所以明智的人不做不恰当的事,廉洁的人不求不属于他的东西,这样才可以远离祸害而名声彰显。《诗经》说:"不嫉妒,不贪求,还能有什么不好的!"

第十五章

传曰:安命养性者不待积委而富①,名号传乎世者不待势位而显,德义畅乎中而无外求也。信哉,贤者之不以天下为名利者也。《诗》曰:"不忮不求,何用不臧!"

【注释】

①积委:积聚,积累。《周礼·遗人》"掌邦之委积",郑注:"少曰委,多曰积。"

【译文】

传文说：安然顺从命运以涵养本性的人，不必等到积聚了财货才变得富有；名声传扬于世的人，不必等到拥有了权势地位才名声显赫，这都是因为他们内心充满道德仁义，因而无需向外界索求名利。确实啊，贤明的人是不会在天下追求名利的。《诗经》说："不嫉妒，不贪求，还能有什么不好的！"

第十六章①

古者天子左五钟，右五钟②。将出，则撞黄钟③，而右五钟皆应之。马鸣中律④，驾者有文⑤，御者有数⑥。立则磬折⑦，拱则抱鼓，行步中规，折旋中矩⑧。然后太师奏升车之乐，告出也。入则撞蕤宾⑨，而左五钟皆应之，以治容貌。容貌得则颜色齐，颜色齐则肌肤安。蕤宾有声，鹊震马鸣，及保介之虫⑩，无不延颈以听。在内者皆玉色，在外者皆金声⑪。然后少师奏升堂之乐⑫，即席告入也。此言音乐相和⑬，物类相感⑭，同声相应之义也⑮。《诗》云⑯："钟鼓乐之。"此之谓也。

【注释】

①本章并见《尚书大传·皋陶谟》。

②左五钟，右五钟：古时音乐分为十二律，十二律分阴阳，奇数黄钟、大簇、姑洗、蕤宾、夷则、无射六律为阳律，名曰"六律"；偶数林钟、南吕、应钟、大吕、夹钟、中吕六律为阴律，名曰"六吕"。依照十二律各造一钟，把黄钟、蕤宾分别悬挂在宫殿的南面、北面，其余则东、西各五钟。

③黄钟：乐律十二律中之第一律。《尚书大传·皋陶谟》郑注："黄钟

在阳,阳气动,西五钟在阴,阴气静,君将出,故以动告静,静者皆和也。"

④中律:指符合律管所奏的音高。

⑤驾者:把车和马拴系在一起的人。有文:有文章节度。指合乎礼仪规范。

⑥御者:赶车的人。有数:有礼数。

⑦磬(qìng)折:弯腰曲折如磬背一样,表示谦恭。磬,古代的一种乐器。状如曲尺。用玉、石或金属制成,悬挂于架上,击打而鸣。

⑧折旋:曲行,古代行礼时的动作。

⑨蕤(ruí)宾:十二律中之第七律。《尚书大传·皋陶谟》郑注:"蕤宾在阴,东五钟在阳,君入,故以静告动,动者则亦皆和之也。"

⑩倮(luǒ):赤体。指身无羽毛鳞甲的动物。介:有甲壳的动物。《尚书大传·皋陶谟》郑注:"皆守物及阴之类也。"

⑪在内者皆玉色,在外者皆金声:指宫内的人都有像玉一样温润和顺的神色,宫外的人都有像钟一样浑厚宽广的声音。《尚书大传·皋陶谟》郑注:"玉色,反其正性也;金声,其事杀。"

⑫少师:古代官名。乐官,大师之佐。

⑬音乐相和:指不同的乐律之间相互应和,即上文"撞黄钟,而右五钟皆应之""撞蕤宾,而左五钟皆应之"之类。《尚书大传·皋陶谟》作"至乐相和"。

⑭物类相感:指不同物类在乐声中相互感应,即上文"蕤宾有声,鹄震马鸣,及倮介之虫,无不延颈以听"之类。《尚书大传·皋陶谟》作"物动相生"。

⑮同声相应:指同类的声乐之间相互应和,即上文"在内者皆玉色,在外者皆金声"之类。

⑯《诗》曰:引诗见《诗经·周南·关雎(jū)》。

【译文】

古代天子在殿堂左边悬挂五口钟,在殿堂右边也悬挂五口钟。天子将要出宫时,就撞击挂在殿堂南面的黄钟,并撞击殿堂右边的五口钟,来与黄钟相应和。马的鸣叫声合于钟声的节律,拴套车马的人有节度,驾车的人有礼数。站立时要像磬一样略微弯腰,拱手时要像怀里抱着鼓一样,行走的步法要符合规矩,曲行周旋也要符合规矩。然后太师奏起登车的乐曲,宣告天子出宫了。天子回宫时,就撞击挂在殿堂北面的蕤宾乐钟,并撞击殿堂左边的五口钟,来与蕤宾相应和,以这钟声来修饰仪容。仪容得体,就面容气色整齐庄重,面容气色整齐庄重,就身体安好。蕤宾发出的声音,能使鸿鹄振翅高飞,马匹鸣叫,甚至身上没有羽毛麟甲的动物和甲虫等,都无不伸长脖子来倾听。宫里的人都有像玉一样温润和顺的神色,宫外的人都有像钟一样浑厚宽广的声音。然后少师奏起升堂的乐曲,来到席前,宣告天子回宫了。这说的是不同的乐律之间相互应和,不同的物类之间相互感应,同类的乐声相互呼应的道理。《诗经》说:"撞击钟鼓,用来娱乐。"说的就是这个意思。

第十七章①

枯鱼衔索②,几何不蠹③?二亲之寿,忽如过客④。树木欲茂,霜露不使;贤士欲养,二亲不待。故曰:家贫亲老,不择官而仕也⑤。《诗》曰⑥:"虽则如毁,父母孔迩⑦。"此之谓也。

【注释】

①本章并见《说苑·建本》《孔子家语·致思》,为子路之言。

②枯鱼:因缺水而干死的鱼。衔索:从鱼口串过绳索。

③蠹(dù):蛀虫。这里指生蛀虫。

④忽:迅速。客:旧作"隙",许维遹《集释》据许瀚《韩诗外传校议》

（后简称《校议》）说改作"客"。

⑤家贫亲老，不择官而仕也：亦见本卷第一章、卷七第七章。

⑥《诗》曰：引诗见《诗经·周南·汝坟》。

⑦虽则如煓（huǐ），父母孔迩（ěr）：薛君《韩诗章句》："煓，烈火也。孔，甚也。迩，近也。……以王室政教如烈火矣，犹触冒而仕者，以父母甚迫近饥寒之忧，为此禄仕。"煓，《毛诗》作"燬"。

【译文】

干死的鱼串在绳索上，还能有多少时间不生虫呢？父母的寿命，迅速得如同匆匆过客。树木希望长得茂盛，但霜露却不使它如愿；贤明的士人希望供养父母，父母却不等待。所以说：家里贫穷，父母年老，就不要选择官职，赶紧去当官。《诗经》说："虽然王室政治衰乱如同烈火，但父母的生活十分迫近饥寒，我还是得出仕。"说的就是这个意思。

第十八章①

孔子曰："君子有三忧。弗知，可无忧与？知而不学，可无忧与？学而不行，可无忧与？"《诗》曰②："未见君子，忧心惙惙③。"

【注释】

①《礼记·杂记下》："君子有三患：未之闻，患弗得闻也。既闻之，患弗得学也。既学之，患弗能行也。"与本章义近。

②《诗》曰：引诗见《诗经·召南·草虫》。

③惙惙（chuò）：忧愁不安的样子。

【译文】

孔子说："君子有三种忧虑：不知道某一知识，能没有忧虑吗？知道了却不能学，能没有忧虑吗？学了却不能去实行，能没有忧虑吗？"《诗经》说："没有见到君子，忧心不安。"

第十九章①

鲁公甫文伯死②，其母不哭也。季孙闻之曰③："公甫文伯之母，贞女也。子死不哭，必有方矣。"使人问焉。对曰："昔是子也，吾使之事仲尼。仲尼去鲁，送之不出鲁郊，赠之不与家珍。病不见士之来视者，死不见士之流泪者。死之日，宫女缞绖而从者十人④。此不足于士而有余于妇人也，吾是以不哭也。"《诗》曰⑤："乃如之人兮，德音无良⑥。"

【注释】

①本章并见《国语·鲁语下》《战国策·赵策》《礼记·檀弓下》《列女传·母仪》《孔丛子·记义》。

②公甫文伯：即公甫歜（chù），公甫穆伯、敬姜之子，季悼子之孙，鲁大臣。

③季孙：即季孙斯，又称"季桓子"，季平子季孙意如之子，春秋鲁国执政大夫。

④缞（cuī）：古代丧服，用麻布制成，披在胸前。绖（dié）：古代用麻做的丧带，系在腰上或头上。从：从死，陪葬。

⑤《诗》曰：引诗见《诗经·邶风·日月》。

⑥德音：道德声誉。

【译文】

鲁国的公甫文伯死了，他的母亲不哭泣。季孙听到这件事，说："公甫文伯的母亲，是一位贞节的女子。儿子死了她不哭，一定有她的道理。"季孙派人去问她。她回答说："以前，这个孩子，我让他去师事孔子。孔子离开鲁国,他去送行,没送出鲁国的郊外就回来了,送给孔子的礼物也不是家里珍贵的东西。他生病了,不见有士人来探望,死后不见有士人为他流泪。但死的那天,宫女为他穿戴缞绖、想要从死的却有十人。这说明他礼待士人不足,而宠爱妇人太过分了,我因此不哭。"《诗经》说:"竟然有像这样的人,道德声誉一点不好。"

第二十章①

传曰:天地有合,则生气有精矣②。阴阳消息,则变化有时矣。时得则治,时失则乱。故人生而不具者五:目无见,不能食,不能行,不能言,不能施化③。三月微昫而后能见④,八月生齿而后能食,期年膑就而后能行⑤,三年颅合而后能言⑥,十六精通而后能施化。阴阳相反,阴以阳变,阳以阴变。故男八月生齿,八岁而龀齿⑦,十六而精化小通⑧。女七月生齿,七岁而龀齿,十四而精化小通。是故阳以阴变,阴以阳变。故不肖者精化始具,而生气感动⑨,触情纵欲,反施乱化,是以年寿亟夭而性不长也⑩。《诗》曰⑪:"乃如之人兮⑫,怀婚姻也。太无信也⑬,不知命也⑭。"贤者不然。精气阗溢⑮,而后伤时不可过也。不见道端⑯,乃陈情欲,以歌道义⑰。《诗》曰⑱:"静女其姝⑲,俟我乎城隅⑳。爱而不见㉑,搔首踟蹰㉒。""瞻彼日月,遥遥我思㉓。道之云远,曷云能来!"急时之辞也。甚焉,故称日月也㉔。

【注释】

①本章并见《说苑·辨物》,又略见《大戴礼记·本命》《孔子家

语·本命解》。

②气:中国古代哲学概念,常指构成万物的物质。精:指生成万物的
精气、灵气。

③施化:指生育。

④昀(tián):眼珠转动。《大戴礼记·本命》卢辩注:"昀,精也,转视
貌。"

⑤期(jī)年:一周年。膑(bìn):膝盖骨。

⑥顖(shěng):婴儿头盖骨未合缝的地方。

⑦齓(chèn):小孩换牙。

⑧精:指男女生殖之精。《周易·系辞下》:"男女构精,万物化生。"
小通:初通。

⑨感动:对异性心有所感而情欲萌动。

⑩亟(jí):急促。性:生命。

⑪《诗》曰:引诗见《诗经·鄘风·蝃蝀(dì dōng)》。《后汉书·杨
赐传》李注引《韩诗序》:"《蝃蝀》,刺奔女也。"

⑫兮:《毛诗》作"也"。

⑬太:《毛诗》作"大"。

⑭不知命:指不知道保养生命。陈乔枞《韩诗遗说考》:"毛传云:'不
知命,不待命也。'《韩诗》以'命'为'寿命'之'命',指年寿而
言,义与毛异。"

⑮阗(tián):充盈,充满。《说苑·辨物》作"填"。

⑯道端:男女婚恋之道的端倪。

⑰道(dǎo)义:宣导内心的意志。道,引导,宣导。《说苑·辨物》无
此二字。

⑱《诗》曰:前四句引自《诗经·邶风·静女》,后四句引自《诗经·邶
风·雄雉》。

⑲静女:贞静娴雅之女。薛君《韩诗章句》:"静,贞也。"姝:美好。

⑳俟(sì):等待。乎:《毛诗》作"于"。城隅(yú):城角。

㉑爱:通"薆",隐蔽,躲藏。而:慧琳《一切经音义》卷七三引《韩诗》
　　云:"爱如不见,搔首踟蹰。"作"如",与《外传》及《毛诗》不同。

㉒搔首:挠头。踟蹰(chóu chú):犹豫,徘徊。薛君《韩诗章句》:
　　"踟蹰,踯躅也。"《毛诗》作"跛躇"。

㉓遥遥:忧思悠长的样子。《毛诗》作"悠悠"。

㉔甚焉,故称日月也:王先谦《集疏》:"(日月)非所宜喻而取为喻,
　　故以为急且甚之解尔,望君子之切也。"

【译文】

　　传文说:天地相合,生成万物的气就有了精气。阴阳交替消长,就
有了四时的变化。四时变化得当,就合理有序;四时变化失常,就秩序紊
乱。所以,人生下来时不具备五种能力:眼睛看不见东西,不能吃东西,
不能行走,不能说话,不能生育。生下来三个月后眼睛能微微转动,然后
才能看见东西;八个月后长了牙齿,然后才能吃东西;一岁后膝盖骨长
成,然后才能行走;三年后头盖骨合拢,然后才能说话;十六岁后精道通
了,然后才能生育。阴阳可以互相反转变化,阴因为阳的影响而发生变
化,阳因为阴的影响而发生变化。所以男子八个月长牙,八岁换牙,十六
岁精气生育的能力稍稍通达。女子七个月长牙,七岁换牙,十四岁精气
生育的能力稍稍通达。因此男子因为女子的影响而发生变化,女子因为
男子的影响而发生变化。所以品行不端的人在精气生育能力刚具备时,
就情欲萌动,触发情欲后就放纵自我,违反礼俗和生理规律,与异性发生
关系,因此年寿夭折,性命不长。《诗经》说:"就像这个人啊,一心想着
结婚之事。用情又不专一诚信,不知道保养生命。"贤明的人不会这样。
他们要等到精气旺盛充满之后,才感伤男女结合的时机不能错过。当他
们看不到男女婚恋之道的端倪时,就陈说出压抑的情欲,用歌声来宣导
内心的意志。《诗经》说:"娴静的女子多么美丽,在城墙角落里等候我来
约会。为什么藏起来不出来相见,我只能挠挠头,犹豫徘徊。"又说:"抬

头看看太阳、月亮，日子一天一天过去，我的思念之情十分悠长。你与我道路相距遥远，什么时候能来和我相见！"这是对时间流逝感到焦急的言辞。感情十分强烈，故称呼日月来感慨时间流逝。

第二十一章①

楚白公之难②，有庄之善者③，辞其母，将死君。其母曰："弃母而死君可乎？"曰："吾闻事君者，内其禄而外其身④。今之所以养母者，君之禄也，请往死之。"比至朝⑤，三废车中⑥。其仆曰："子惧，何不反也？"曰："惧，吾私也，死君，吾公也。吾闻君子不以私害公。"遂往死之。君子闻之曰："好义哉，必济矣夫⑦。"《诗》云⑧："深则厉⑨，浅则揭⑩。"此之谓也。

【注释】

①本章并见《新序·义勇》《渚宫旧事》。

②白公：名胜，楚平王之孙，太子建之子。太子建因遭费无极陷害，出奔郑国，遭郑国人杀害。白公胜从郑国逃到吴国，后被楚令尹子西从吴国召回，封于白邑（今河南息县东），称为"白公"。白公胜因子西与郑国交好，心生怨恨，趁胜吴献捷之时作乱，杀死子西，囚禁楚惠王。叶公高率军勤王，白公胜兵败，自缢而死。史称"白公之难"。事见《左传·哀公十六年》及《史记·楚世家》。

③庄之善：人名，生平不详。《新序·义勇》《渚宫旧事》作"庄善"。陈乔枞《韩诗遗说考》："《汉书·古今人表》有'严善'，列中中第五等，即《外传》所云'庄之善'，避明帝讳改'庄'为'严'也。"

④内：同"纳"，接受。外：将生死置之度外。

⑤比：近。

⑥废：跌倒，坠落。

⑦济：做成，完成。

⑧《诗》云：引诗见《诗经·邶风·匏（páo）有苦叶》。

⑨厉：穿着衣服涉水。陆德明《经典释文》："《韩诗》云：'至心曰厉。'"《尔雅·释水》："以衣涉水为厉。由带以上为厉。"马瑞辰《毛诗传笺通释》（后简称"《通释》"）："盖浅处揭衣可免濡湿，深至心及由带以上则褰衣无益，故必须以衣涉水。"

⑩揭：撩起衣服涉水。《尔雅·释水》："揭者，褰衣也。"

【译文】

楚国白公胜作乱的时候，有个叫庄之善的人，和他的母亲告别，要去为国君战死。他母亲说："抛弃母亲而为国君去死，这样做可以吗？"庄之善说："我听说事奉国君的人，接受国君的俸禄，就要把生死置之度外。现在我用来供养母亲的是国君的俸禄，请让我去为国君牺牲。"庄之善快到朝廷的途中，三次跌倒在车上。他的车夫说："你害怕了，为什么不回家去呢？"庄之善说："害怕，那是我的私情，为国君牺牲，这是我的公义。我听说，君子不会因为私情而妨害公义。"于是就去为国君战死了。君子听说了这件事，说："庄之善多么爱好正义啊，一定要做成这件事。"《诗经》说："水深就穿着衣服涉水，水浅就撩起衣裳涉水。"说的就是庄之善这样的人。

第二十二章①

晋灵公之时②，宋人杀昭公③，赵宣子请师于灵公而救之④。灵公曰："非晋国之急也。"宣子曰："不然。夫大者天地，其次君臣，所以为顺也。今杀其君，所以反天地，逆人道也，天必加灾焉。晋为盟主而不救，天罚惧及矣。《诗》云⑤：

'凡民有丧⑥，匍匐救之⑦。'而况国君乎？"于是灵公乃与师而从之。宋人闻之，俨然感说⑧，而晋国日昌。何则？以其诛逆存顺。《诗》曰："凡民有丧，匍匐救之。"赵宣子之谓也。

【注释】

①本章并见《国语·晋语五》。

②晋灵公：姬姓，名夷皋，晋文公之孙，晋襄公之子，春秋时期晋国国君。晋灵公幼年继位，年长后喜好声色，宠信屠岸贾，荒淫无道，以重税来满足奢侈的生活，致使民不聊生，最终被赵穿弑杀。

③宋人杀昭公：《左传·文公十六年》："冬，十一月甲寅，宋昭公将田孟诸，未至，夫人王姬使帅甸攻而杀之。"昭公，子姓，名杵白，宋成公之子。因无道，国人不附。及其出猎，祖母襄公夫人使卫伯攻杀之，在位九年。宋昭公庶弟公子鲍继位为宋文公。

④赵宣子：即赵盾，赵衰之子，谥号宣，春秋时晋国执政。赵盾仕晋襄、灵、成三世，屡有政绩，孔子称为"良大夫"。周廷寀《校注》："《左传》惟云：晋荀林父、卫孔达、陈公孙宁、郑石楚伐宋，讨曰：'何故弑君？'立文公而还。"

⑤《诗》云：引诗见《诗经·邶风·谷风》。

⑥丧：灾难。

⑦匍匐：郑笺："匍匐，言尽力也。"陈乔枞《韩诗遗说考》："盖用韩义申毛。"

⑧俨然：庄重、恭敬的样子。说：通"悦"。

【译文】

晋灵公在位的时候，宋国人杀了宋昭公，赵宣子向晋灵公请求出兵去救乱。晋灵公说："这不是晋国的急事。"赵宣子说："不是这样的。最大的是天地，其次是君臣，他们之间都有上下尊卑的秩序。现在宋人杀了国君，这是违反天地、悖逆君臣关系的行为，上天一定会降下灾难给宋国的。晋国作为盟主不去救乱,上天的惩罚恐怕也会降到晋国。《诗经》说:'凡是百姓有灾难,就尽力去救援他们。'更何况是国君有了灾难呢?"于是晋灵公就派军队跟随赵宣子去讨伐宋国。宋国人听说了这事,对晋国庄重地表示感动和悦服,晋国也从此日渐昌盛。这是为什么呢?这是因为晋国能够诛杀叛逆的人,而维护尊卑秩序。《诗经》说:"凡是百姓有灾难,就尽力去救援他们。"说的就是赵宣子这样的人。

第二十三章①

传曰:水浊则鱼喁②,令苛则民乱;城峭则崩,岸峭则陂③。故吴起峭刑而车裂④,商鞅峻法而支解⑤。治国者譬若乎张琴然,大弦急则小弦绝矣⑥。故急辔衔者⑦,非千里之御也。有声之声不过百里⑧,无声之声延及四海⑨。故禄过其功者削,名过其实者损,情行合而名副之⑩,祸福不虚至矣。《诗》云⑪:"何其处也,必有与也⑫。何其久也,必有以也。"故惟其无为,能长生久视,而无累于物矣⑬。

【注释】

①本章并见《淮南子·缪称训》《说苑·政理》。

②喁(yóng):《说文·口部》:"喁,鱼口上见。"指因水中缺氧,鱼口向上,露出水面。《淮南子·缪称训》作"唫",《说苑·政理》作"困"。

③陂(bēi):倾斜,倾塌。《淮南子·缪称训》作"陀",高诱注:"落也。"《说苑·政理》作"陁"。

④吴起:卫国左氏(今山东定陶)人,战国初期军事家。曾学于曾子,通晓儒家、法家、兵家思想,历仕鲁、魏、楚三国,在内政、军事

上有极高的成就。仕楚时主持改革,史称"吴起变法"。前381年,楚悼王去世,楚国贵族趁机发动兵变,杀害吴起,尸身被处以车裂肢解之刑。事见《史记·孙子吴起列传》。峭刑:严刑。

⑤商鞅:战国时期著名政治家,法家学派代表人物。卫国国君的后裔,故称"卫鞅",又称"公孙鞅",后因获封于商,号为"商君",故称"商鞅"。商鞅辅助秦孝公变法,使秦国富强,史称"商鞅变法"。前338年,秦孝公逝世,公子虔诬陷商鞅谋反,商鞅战败死于彤地,其尸身被带回咸阳,处以车裂后示众。事见《史记·商君列传》。支解:分解四肢。支,"肢"的古字。

⑥绝:断。

⑦辔:马缰绳。衔:马嚼子,安在马口中,与马辔相配合以控制马的行动。

⑧有声之声:指统治者发布的听得见的具体政令。

⑨无声之声:指仁德的政令不令而行,百姓们心悦诚服,争相传颂。

⑩情行:犹品行。

⑪《诗》云:引诗见《诗经·邶风·旄(máo)丘》。

⑫与:以,原因。

⑬"故惟其无为"三句:《说苑·政理》无,而作"此之谓也"。按,下章并见《说苑·修文》,《说苑·修文》引《诗》辞后有"惟有以者,为能长生久视,而无累于物也"三句,而《外传》无此三句,许维遹《集释》以为盖错简在本章。无为,指仁政德化,不施行严刑峻法。

【译文】

传文说:水太浑浊了,鱼就会张嘴露出水面;政令太苛刻了,百姓就会作乱;城墙太陡峭了,就会崩塌;河岸太陡峭了,就会倾塌。所以吴起因刑法太严苛而遭到车裂,商鞅也因刑法太严峻而遭到肢解。治理国家就像调琴弦一样,大弦调得太紧,小弦相应也要调紧,就会被绷断。所以驾车把缰绳拉得太紧的人,不是能够日行千里的好车夫。有声的政令不过传播一百里远,无声的德政教化却能扩散到天下各地。所以俸禄超过实际的功劳,最终一定会被削减;名声超过实情,最终一定会遭到损害;品行合乎善道,名声能和他相称,祸福就不会无缘无故地降临。《诗经》说:"为什么居处在此,一定有它的原因。为什么长久地停留在此,一定有它的原因。"所以只有施行仁德之政的人,才能长寿,而不被名利等外物拖累。

第二十四章①

传曰:衣服容貌者,所以说目也②;应对言语者,所以说耳也;好恶去就者③,所以说心也。故君子衣服中④,容貌得,则民之目悦矣;言语逊,应对给⑤,则民之耳悦矣;就仁去不仁,则民之心悦矣。三者存乎身,虽不在位,谓之素行⑥。故中心存善,而日新之⑦,则独居而乐,德充而形⑧。《诗》曰:"何其处也,必有与也。何其久也,必有以也。"

【注释】

①本章并见《春秋繁露·为人者天》《说苑·修文》。

②说:通"悦",愉悦。

③好恶去就:即"就好去恶",与下文"就仁去不仁"义同。就,接近,靠近。

④中:适宜,得体。

⑤给(jǐ):口才敏捷,应对自如。

⑥素行:具有治国的道德品行却不在位的人。

⑦日新:每日革新自我。《礼记·大学》:"汤之盘铭曰:苟日新,日日

新,又日新。"

⑧形:形现,表现。

【译文】

　　传文说:衣服得体、容貌适宜,是让别人眼睛看着愉悦;对答敏捷、说话谦逊,是让别人耳朵听着愉悦;接近仁人、远离不仁之人,是让别人内心感到愉悦。所以君子衣服得体,容貌适宜,那么百姓眼睛看着就会愉悦;君子说话谦逊,对答敏捷,那么百姓耳朵听着就会愉悦;君子接近仁人,远离不仁之人,那么百姓内心就会感到愉悦。君子具备以上三种行为,即使不在统治者的位置上,也可以称他为德行能够治理国家的人。所以君子要内心保存着善,每天革新自我,那么即使独居,也会自得其乐,仁德充满内心,并且表现在言行之中。《诗经》说:"为什么居处在此,一定有它的原因。为什么长久地停留在此,一定有它的原因。"

第二十五章

　　仁道有四,磏为下①。有圣仁者,有智仁者,有德仁者,有磏仁者。上知天能用其时,下知地能用其财②,中知人能安乐之,是圣仁者也。上亦知天能用其时,下知地能用其财,中知人能使人肆之③,是智仁者也。宽而容众,百姓信之,道所以至,弗辱以时④,是德仁者也。廉洁直方,疾乱不治⑤,恶邪不匡,虽居乡里,若坐涂炭,命入朝廷,如赴汤火,非其民不使,非其食弗尝,疾乱世而轻死,弗顾弟兄,以法度之,比于不祥⑥,是磏仁者也。传曰:山锐则不高,水径则不深⑦,仁磏则其德不厚,志与天地拟者其人不祥。是伯夷、叔齐、卞随、介子推、原宪、鲍焦、袁旌目、申徒狄之行也⑧,其所受天命之度,适至是而止⑨,弗能改也,虽枯槁弗舍也。

《诗》云⑩："亦已焉哉⑪，天实为之，谓之何哉！"磏仁虽下，然圣人不废者，匡民隐括⑫，有在是中者也。

【注释】

①磏（lián）：通"廉"，清廉。按，《孟子·万章下》谓伯夷为"圣之清者"，伯夷"非其君不事，非其民不使。……思与乡人处，如以朝衣朝冠坐于涂炭也"，又曰"故闻伯夷之风者，顽夫廉"，与本章所述"磏仁"者文、义大同，伯夷亦是本章"磏仁"的代表之一。

②财：通"材"。

③肆：尽力，极力。

④弗辱以时：指不被时俗所辱没。以，于，被。

⑤疾：嫉恶，厌恶。

⑥比：及，近。

⑦径：直，不迂回。

⑧卞随：古代隐士。相传商汤将讨伐夏桀，曾和卞随商量，卞随拒不回答。汤战胜夏桀后，要让天下给卞随，卞随认为受到污辱，自投稠水（一说颍水）而死。事见《庄子·让王》《吕氏春秋·离俗》。介子推：一作"介之推"，又称"介子""介推"，春秋时期晋国人。晋文公重耳的辅臣。重耳返国后，封赏流亡时从属，介子推未得封赏，愤而隐居绵山。晋文公放火焚山，逼他出仕，介子推宁死不出，终被烧死。事见《左传·僖公二十四年》《史记·晋世家》等。鲍焦：周时耿介之士。他因不满时政，廉洁自守，遁隐山林，绝食而死。事迹详见本卷第二十七章。袁旌（jīng）目：古代廉洁的义士。相传袁旌目去某地，路上饿晕过去，被一强盗搭救。袁旌目苏醒过来，得知救他的是强盗后，两手据地想呕吐出来，未果，最终伏地而死。申徒狄：古代义士。申徒狄因谏而不听，负石自投于河，为鱼鳖所食。事迹详见下章。

⑨适:只。

⑩《诗》云:引诗见《诗经·邶风·北门》。

⑪亦:《毛诗》无"亦"字。

⑫隐括:亦作"隐栝",本义是用以矫正邪曲的器具,此指矫正、修正。

【译文】

仁道有四种,磏仁为最下等。有圣仁,有智仁,有德仁,有磏仁。上能知道天道,并能顺应天道而行事;下能知道地理,并能利用土地所出产的材物;中间能够知道人事,并能使人民安居乐业,这是圣仁。上也能知道天道,并能顺应天道而行事;下能知道地理,并能利用土地所出产的材物;中间能知道人事,并能使人民尽力发挥才智,这是智仁。为政宽松,能采纳众人的意见,百姓信任他,他的德行也因此达到了顶点,不被时俗所辱没,这是德仁。为人廉洁正直,嫉恶乱世却不出来治理,厌恶邪僻却不出来匡正,即使居住在乡间没有做官,也像坐在污浊的烂泥和炭灰中一样,诏命他入朝做官,就像让他赴汤蹈火一样,不是他理想的百姓,不会任使他们,不是应当吃的食物,不会吃,嫉恶乱世,把死看得很轻,以致不顾念兄弟,以礼法来衡量他,可算是不幸了,这是磏仁。传文说:山峰太尖了就不会太高,河道太直了就不会太深,仁太清廉了,德行就不会太深厚,志气要和天地相比拟,这人就不幸。这就是伯夷、叔齐、卞随、介子推、原宪、鲍焦、袁旌目、申徒狄的行为,这些人所受到上天赋予的气度,只能到达这种程度了,没法改变他们,他们即使干枯死去,也不会放弃自己的观点。《诗经》说:"就这样算了吧,这实在是上天的安排,还能说什么呢!"磏仁虽然是仁中最下等的,但圣人并不废弃它,这是因为在磏仁之中,也有匡正民心、矫正邪曲的作用。

第二十六章①

申徒狄非其世②,将自投于河。崔嘉闻而止之曰③:"吾闻圣人仁士之于天地之间也,民之父母也。今为濡足之故[④],不救溺人,可乎?"申徒狄曰:"不然。昔桀杀关龙逢[⑤],纣杀王子比干,而亡天下。吴杀子胥[⑥],陈杀洩冶[⑦],而灭其国。故亡国残家,非无圣智也,不用故也。"遂抱石而沉于河。君子闻之曰:"廉矣! 如仁与智,则吾未之见也。"《诗》曰:"天实为之,谓之何哉!"

【注释】

①本章并见《新序·节士》。

②非:非难,厌恶。

③崔嘉:人名,生平不详。

④濡:湿。

⑤桀杀关龙逢(páng):关龙逢,夏桀时期的大臣。夏桀昏庸暴虐,关龙逢因为进谏忠言而被杀。关龙逢与因谏商纣而被杀的比干常被并称。逢,又作"逄"。

⑥吴杀子胥:子胥,即伍子胥,名员,字子胥,楚大夫伍奢子。前522年,伍奢被杀,伍子胥历经宋、郑等国,逃奔吴国。受吴王阖闾重用,改革图强,国势日盛,官拜相国。吴王夫差继位后,对其联齐抗越战略不满,又听信伯嚭谗言,赐剑命伍子胥自杀。

⑦陈杀洩(xiè)冶:洩冶,春秋时期陈国大夫。因劝谏陈灵公及孔宁、仪行父与大夫夏徵舒之母夏姬私通之事而被陈灵公所杀。事见《左传·宣公九年》。

【译文】

申徒狄厌恶他所处的世道,要投河自杀。崔嘉听说此事,就去制止他说:"我听说圣人、仁人生活在天地之间,就像百姓的父母一样。现在因为怕湿了脚,就不去拯救溺水的人,这合适吗?"申徒狄说:"不是这样的。从前夏桀杀死关龙逢,商纣王杀死王子比干,因此丧失了天下政权。吴王夫差杀死伍子胥,陈灵公杀死泄冶,因此国家灭亡。之所以国破家亡,并不是没有圣人和智者,而是国君不任用他们的缘故。"于是就抱着石头投河而死。君子听到这事,说:"多么清廉啊!但若要说他有仁德和智慧,我却没有看到。"《诗经》说:"这实在是上天的安排,还能说什么呢!"

第二十七章①

鲍焦衣弊肤见,挈畚捋蔬②,遇子贡于道。子贡曰:"吾子何以至于此也?"鲍焦曰:"天下之遗德教者众矣,吾何以不至于此也?吾闻之,世不己知而行之不已者,是爽行也③。上不己用而干之不止者④,是毁廉也。行爽廉毁,然且弗舍,惑于利者也。"子贡曰:"吾闻之,非其世者,不生其利;污其君者,不履其土。今吾子污其君而履其土,非其世而捋其蔬,其可乎?《诗》曰⑤:'溥天之下⑥,莫非王土。'此谁之有哉?"鲍焦曰:"於戏⑦!吾闻贤者重进而轻退,廉者易愧而轻死。"于是弃其蔬而立槁于洛水之上⑧。君子闻之曰:"廉夫刚哉⑨!夫山锐则不高,水径则不深,行碨者其德不厚,志与天地拟者其为人不祥⑩。鲍焦可谓不祥矣。其节度浅深,适至于是矣。"《诗》云:"亦已焉哉,天实为之,谓之何哉!"

【注释】

①本章并见《新序·节士》。

②挈(qiè):提。畚(běn):用草绳或竹篾编织的盛物器具。捋(luō):

采,以手摘物。

③爽行:错误的行为。

④干(gān):求取。

⑤《诗》曰:引诗见《诗经·小雅·北山》。

⑥溥(pǔ):遍。按,《外传》本又作"普",陈乔枞《韩诗遗说考》:"三
　　家《诗》并作'普'字,《荀子》及贾子《新书》《白虎通》引《诗》
　　同,可证也。"

⑦於戏(wū hū):犹"呜呼",感叹词。

⑧立槁:站着绝食,像草木般枯萎而死。

⑨夫(fú):表示感叹的语气词。

⑩"夫山锐则不高"四句:又见本卷第二十五章,"行磏"作"仁磏"。

【译文】

　　鲍焦衣服破败得露出了肌肤,提着畚箕去采摘蔬菜,在路上遇到了
子贡。子贡说:"你怎么到了这个地步?"鲍焦说:"天下遗弃道德教化的
人多了,我怎么就不会到这个地步呢?我听说,世人不了解自己还不停
地去做,这是错误的行为。国君不任用自己还不停地去求取利禄,这是
败坏廉洁的行为。一个人行为错误,廉洁败坏,却还不知道舍弃,这是被
名利迷惑住了。"子贡说:"我听说,厌恶当世的人,就不靠当世的东西生
活;认为他的国君行为污浊的人,就不踩踏国君的土地。现在你认为你
的国君行为污浊,却又践踏他的土地,厌恶当世,却又采摘这世上的蔬
菜,这可以吗?《诗经》说:'普天之下,没有哪里不是周王的土地。'你所
站立的土地,是谁的土地呢?"鲍焦说:"哎!我听说贤人把入朝做官看
得很慎重,而把辞官退隐看得很轻,廉洁的人容易感到羞愧,而把死看得
很轻。"于是丢弃了蔬菜,站在洛水旁绝食,像草木般枯萎而死去。君子
听到这件事,说:"多么廉洁刚毅啊!山峰太尖了就不会太高,河道太直
了就不会太深,行为太廉洁了,德行就不会太深厚,志气要和天地相比
拟,这人就不幸。鲍焦可说是不幸的人了。他气节度量的深浅,也只能

到达这种程度了。"《诗经》说:"就这样算了吧,这实在是上天的安排,还能说什么呢!"

第二十八章①

昔者周道之盛,邵伯在朝②,有司请营邵以居。邵伯曰:"嗟!以吾一身而劳百姓,此非吾先君文王之志也③。"于是出而就蒸庶于阡陌陇亩之间而听断焉④。邵伯暴处远野⑤,庐于树下⑥。百姓大说,耕桑者倍力以劝。于是岁大稔⑦,民给家足⑧。其后,在位者骄奢,不恤元元⑨,税赋繁数⑩,百姓困乏,耕桑失时。于是诗人见邵伯之所休息树下,美而歌之。《诗》曰⑪:"蔽芾甘棠⑫,勿剪勿伐⑬,召伯所茇⑭。"此之谓也。

【注释】

①按,《汉书·王吉传》载王吉谏王,曰:"昔召公述职,当民事时,舍于棠下而听断焉。是时人皆得其所,后世思其仁恩,至乎不伐甘棠,《甘棠》之诗是也。"亦言及《甘棠》本事。王吉习《韩诗》,其说可与本章相参。又,《史记·燕召公世家》《孔子家语·庙制》《说苑·贵德》及《史记·商君列传·集解》引《新序》、《风俗通义》等亦载后世思召公之德、敬其所舍之树而作《甘棠》,亦可与本章相参。

②邵伯:也作"召伯",即邵康公,姬姓,名奭,周武王、周成王时重要的宗室大臣,因封地在召(今陕西岐山西南),故称"召公"或"召伯"。事见《史记·燕召公世家》。

③文王:姬姓,名昌,商朝末期周族领袖。商纣王封他为西伯,故又

叫"西伯昌"。后来以岐山周原（今陕西扶风）为根据地，兼并附近诸侯国，国势强盛，所谓"三分天下有其二"，但他终身没有称王，其子周武王伐商后，始追称其为文王。

④蒸庶：庶民，百姓。蒸，同"烝"，众多。阡陌：田间小道。陇亩：田地。听断：审理诉讼。

⑤暴：暴露，不加遮盖。

⑥庐：简陋的房屋。此用作动词。

⑦大稔（rěn）：谷物大丰收。

⑧给（jǐ）：富裕，丰足。

⑨元元：百姓，庶民。

⑩繁数（shuò）：繁多，频繁。

⑪《诗》曰：引诗见《诗经·召南·甘棠》。

⑫蔽芾（fú）：茂盛的样子。《毛诗》作"蔽芾"。

⑬划（chǎn）：同"铲"，铲除。《毛诗》作"剪"，陆德明《经典释文》："翦，子践反，《韩诗》作'划'，初简反。"

⑭所芨（bá）：指住宿过的地方。芨，在草舍中住宿。

【译文】

从前周王朝政治昌盛的时候，邵伯在朝执政，有官员请求在邵地营建宫室让邵伯居住。邵伯说："哎！因为我一个人而让百姓劳累，这不是我们去世的国君文王的志愿。"于是邵伯出门走到百姓中间，在田间地头审理百姓的诉讼。邵伯在郊野露天住着，仅在树下盖了个草房居住。百姓十分高兴，耕地采桑的人都加倍用力干活，互相劝勉。于是，庄稼大丰收，百姓生活富裕充足。后来，执政者变得骄傲奢侈，不体恤百姓，赋税繁多，百姓生活艰苦贫乏，不能按时令耕地、采桑。于是，诗人看见邵伯曾经休息过的那棵树，就作诗来赞颂他。《诗经》说："枝叶茂盛的甘棠树，不要铲除它，不要砍伐它，邵伯曾经在这里结庐而居。"说的就是这件事。

卷二

【题解】

本卷共三十四章，各章所引《诗》均出自《国风》，《邶风》《卫风》《王风》《郑风》《魏风》《唐风》《秦风》《陈风》《桧风》《曹风》《豳风》皆有。大抵引《诗》以证事论理，而非引事以明《诗》，故其所说经义，往往断章取义，推演而论，非关诗旨及诗句本义，这是《外传》说《诗》的常例。不过，也偶有与诗篇本事相关者，第三章载高子问孟子："夫嫁娶者非己所自亲也，卫女何以编于《诗》也？"卫女指许穆夫人，其所作诗编于《诗经》者即《邶风·载驰》，而章末引《诗》正出自《载驰》，所以孙志祖《读书脞录》："《外传》引《诗》，有与本事不相比附者，有即述本事者，此其例也。"这与《外传》卷一论《行露》《甘棠》之作一样，都是《外传》论说诗歌本事的例证。

本卷保存了《韩诗》与《毛诗》的一些异文情况，据学者考证，皆以《韩诗》所作为优。如第八章引《王风·中谷有蓷》"嗟何及矣"，《毛诗》作"何嗟及矣"，胡承珙《毛诗后笺》谓当以《韩诗》为正，《毛诗》乃传写者误倒之。又，第二十一、二十三章引《魏风·硕鼠》皆是"适彼乐土""适彼乐国"重文，而《毛诗》则下句作"乐土乐土""乐国乐国"，陈乔枞《韩诗遗说考》、俞樾《群经平议》皆谓当以《韩诗》为正，《毛诗》"乐土""乐国"重文为误。于此可见《韩诗》的文本面貌及其价值。

　　本卷部分章节并见《新序》《荀子》《说苑》《列女传》《吕氏春秋》《孔子家语》等，但一些细节信息有出入，如第十二章《外传》为颜渊与卫定公之事，而《庄子·达生》《吕氏春秋·适威》则为颜阖与卫庄公之事；第三十四章并见《文子·符言》《淮南子·诠言训》，分别为老子、詹何之言。诸如此类，都体现了早期文本在流传过程中的复杂面貌。

　　本卷所载故事有饶有趣味者，如第十一章孔子假设"如使马能言"，来模拟马被驾驭的三种感受，以此来说明"御马有法矣，御民有道矣"；又如，第二十三章田饶论说鸡有五德："头戴冠者，文也；足傅距者，武也；敌在前敢斗者，勇也；见食相呼者，仁也；守夜不失时者，信也。"对鸡的特征及其中所寓含的道德品性捕捉得十分到位，同时，田饶还分析国君对鸡与黄鹄态度不同的原因，在于二者所来的地方有远近的不同，这也很好地把握了统治者的一般心理。这些内容，在今天读来，仍令人叹服，引人深思。

第一章①

　　楚庄王围宋②，有七日之粮，曰："尽此而不克，将去而归。"于是使司马子反乘堙而窥宋城③。宋使华元乘堙而应之④。子反曰："子之国何若矣？"华元曰："惫矣。易子而食之，析骸而爨之⑤。"子反曰："嘻，甚矣惫！虽然，吾闻围者之国，箝马而秣之⑥，使肥者应客。今何吾子之情也⑦？"华元曰："吾闻君子见人之困则矜之⑧，小人见人之困则幸之。吾望见吾子似于君子，是以情也。"子反曰："诺，子其勉之矣。吾军有七日粮尔。"揖而去。子反告庄王。庄王曰："若何？"子反曰："惫矣。易子而食之，析骸而爨之。"庄王曰："嘻，甚矣惫！今得此而归尔。"子反曰："不可，吾已告之矣,曰:军亦有七日粮尔。"庄王怒曰:"吾使子视之,子曷为而告之?"子反曰:"区区之宋犹有不欺之臣⑨,可以楚国而无乎? 吾是以告之也。"庄王曰:"虽然,吾今得此而归尔。"子反曰:"王请处此,臣请归耳。"王曰:"子去我而归,吾孰与处乎此? 吾将从子而归。"遂引师而归。君子善其平乎己也⑩。华元以诚告子反⑪,得以解围,全二国之命。《诗》云⑫:"彼姝者子,何以告之?"君子善其以诚相告也。

【注释】

① 本章并见《春秋公羊传·宣公十五年》。

② 楚庄王:名旅(一作"吕""侣"),楚穆王之子,春秋五霸之一,楚国国君。先后灭庸,克宋,伐陈,围郑,与晋争霸,问鼎中原,在位二十三年。宋:周代诸侯国,子姓,周武王灭商后,封商纣王之子武庚于商旧都(今河南商丘)。周成王时,武庚叛乱被杀,仍以其地与纣之庶兄微子启,号宋公,为宋国。楚庄王围宋,事在宣公十四年(前595)、十五年(前594)。《春秋经》:"(宣公十四年)秋九月,楚子围宋。""(十五年)夏五月,宋人及楚人平。"

③ 司马子反:名侧,即公子侧,楚穆王之子,楚庄王之弟,春秋时期楚国司马。闉(yīn):通"堙",为攻城而堆积的土山。

④ 华元:春秋宋大夫,华御事之子。担任右师,历事宋昭公、文公、共公、平公。前579年,曾主持晋、楚在宋国约盟弭兵。

⑤ 杤(xī):同"析",劈,破。爨(cuàn):炊。《春秋公羊传·宣公十五年》正作"炊"。

⑥ 箝(qián):衔于马口以制马的器物。这里用作动词。《春秋公羊传·宣公十五年》何休注:"以木衔其口,不欲令其食粟,示有蓄积。"秣(mò):饲,喂。

⑦情：实情。这里用作动词，指告诉实情。

⑧矜：怜悯。

⑨区区：小。

⑩善：赞美。《春秋公羊传·宣公十五年》作"大"。平乎己：指以己之力达成两国和好。平，媾和，和好。

⑪诚：实，实情。

⑫《诗》云：引诗见《诗经·鄘风·干旄》。

【译文】

　　楚庄王围攻宋国，仅剩七天的军粮了，楚庄王说："吃完这些粮食还不能攻克宋国，我们就离开这里回国去。"于是派遣司马子反登上为攻城而堆积的土山，窥探宋国城内的情形。宋国也派遣华元登上土山来应答。子反问："你的国家怎么样了？"华元回答说："十分困乏了。百姓交换孩子杀害来吃，劈开骸骨来当柴烧饭。"子反说："唉！真是困乏极了！虽然如此，可是我听说被围困的国家，在马嘴里放上草料，又用箝子衔住马口，使马不能吃下草料，派肥胖的人出来接应宾客。现在你为什么告诉我实情啊？"华元说："我听说君子见到别人窘困就怜悯他，小人见到别人窘困就幸灾乐祸。我看你像个君子，所以告诉你实情。"子反说："好吧，你努力守城吧。我方军队也只有七天的军粮而已了。"子反向华元作揖，然后离开了。子反回去报告庄王，庄王问："宋国怎么样了？"子反回答说："十分困乏了。百姓交换孩子杀害来吃，劈开骸骨来当柴烧饭。"庄王说："唉，真是困乏极了！这回一定要攻下宋国才回去。"子反说："不行，我已经告诉华元，说我军也只有七天的军粮了。"庄王愤怒地说："我派你去探视敌情，你为什么告诉他们我们的情况呢？"子反说："小小的宋国尚且还有不欺诈的大臣，我们楚国难道可以没有吗？因此我也告诉他实情了。"庄王说："虽然如此，我这回也要攻下宋国才回去。"子反说："大王请留在这里，让我先回国去吧。"庄王说："你离开我回国去了，我还和谁留在这里呢？我也跟你回国吧。"于是庄王就领兵回国去了。

君子赞美华元能以自己的力量达成两国的和好。华元以宋国实情告诉子反,使宋国得以解除围困,保全了两国百姓的性命。《诗经》说:"那个美好的君子,我拿什么告诉他呢?"君子赞美华元能以实情相告的做法。

第二章①

鲁监门之女婴相从绩②,中夜而泣涕③。其偶曰④:"何谓而泣也?"婴曰:"吾闻卫世子不肖⑤,所以泣也。"其偶曰:"卫世子不肖,诸侯之忧也。子曷为泣也?"婴曰:"吾闻之,异乎子之言也。昔者宋之桓司马得罪于宋君⑥,出奔于鲁⑦。其马佚而骇吾园⑧,而食吾园之葵⑨。是岁,吾闻园人亡利之半⑩。越王勾践起兵而攻吴⑪,诸侯畏其威。鲁往献女,吾姊与焉。兄往视之,道畏而死⑫。越兵威者吴也,兄死者,我也。由是观之,祸与福相及也。今卫世子甚不肖,好兵,吾男弟三人⑬,能无忧乎?"《诗》曰⑭:"大夫跋涉⑮,我心则忧。"是非类与乎?

【注释】

①《列女传·仁智》所载鲁漆室女事与此相近。

②监门:官名。监守城门的小官。绩:缉麻,把麻纤维撕开搓接成线。

③中夜:半夜。

④偶:伙伴。

⑤卫:许维遹《集释》引周宗杬说:"'卫'当作'鲁',据上下文义可知。《列女传》漆室女亦云当鲁穆公时。"世子:天子、诸侯的嫡长子。不肖:不成材。

⑥桓司马:即桓魋(tuí),又称"向魋",春秋宋国人。宋桓公的后代,

曾任宋国司马，后得罪于宋景公，出奔于外。事见《左传·哀公十四年》。

⑦出奔于鲁：据《左传·哀公十四年》，桓魋奔曹、奔卫，未奔鲁，奔鲁者实为桓魋之兄桓巢，桓巢为宋左师。

⑧佚（yì）：散失，逃奔。骣（zhàn）：马卧地上打滚。《说文·马部》："马转卧土中也。"

⑨葵：又名冬葵、冬苋菜，属锦葵科植物，是我国古代重要的蔬菜之一。

⑩亡：损失。

⑪勾践：姒姓，夏禹后裔，春秋末越国国君。其父允常为吴王阖闾所败。勾践元年（前496），与吴战，败吴师，阖闾受伤，旋死。吴王夫差报仇，败越于夫椒。勾践困于会稽山，使文种因吴太宰伯嚭求合，与范蠡入臣于吴三年。返国后，卧薪尝胆，勠力图强，后终灭吴，成霸主。在位三十二年。

⑫道畏：在路上受到惊吓。

⑬男弟：弟弟。古时妹亦称弟，故称弟弟为男弟，以示区别。

⑭《诗》曰：引诗见《诗经·鄘风·载驰》。

⑮跋涉：陆德明《经典释文》："《韩诗》云：'不由蹊遂而涉曰跋涉。'"王先谦《集疏》："谓事急时不问水之深浅，直前济渡，视水行如陆行。"

【译文】

鲁国有个看门人的女儿叫婴，和女伴们一起绩麻，到了半夜，婴哭了起来。她的同伴问道："你为什么哭啊？"婴说："我听说卫国的世子不成材，我因此而哭。"同伴说："卫国的世子不成材，这是诸侯的忧虑。你为什么哭呢？"婴说："我听说的，与你说的不一样。从前宋国的司马桓魋得罪了宋国国君，出奔到鲁国。他的马跑散了，在我的菜园里打滚，又吃了我菜园里的葵菜。那一年，我听说园丁损失了一半的收益。越王勾践发兵攻打吴国，诸侯都畏惧越国的威力。鲁国给越国献去美女，我的姐姐也在其中而被献给越国。我哥哥去看望姐姐，路上因为惊吓而死。越军要威胁的是吴国，可是失去哥哥的却是我。由此看来，祸和福是相互关联的。现在卫国的世子十分的不成材，喜好打仗，我有三个弟弟，能不忧虑吗？"《诗经》说："大夫不问水的深浅，就鲁莽渡河，我因此而忧心。"这说的不是同一类事情吗？

第三章①

高子问于孟子曰②："夫嫁娶者非己所自亲也，卫女何以编于《诗》也③？"孟子曰："有卫女之志则可，无卫女之志则怠④。若伊尹于太甲⑤，有伊尹之志则可，无伊尹之志则篡⑥。夫道二，常之谓经⑦，变之谓权⑧。怀其常道而挟其变权⑨，乃得为贤。夫卫女行中孝⑩，虑中圣⑪，权如之何？"《诗》曰⑫："既不我嘉⑬，不能旋反⑭。视我不臧⑮，我思不远⑯。"

【注释】

①《列女传·仁智》载许穆夫人事，可与本章相参。

②高子：孟子弟子。《孟子·公孙丑下》《告子下》《尽心下》等有载。据赵岐注："高子，齐人，尝学于孟子，乡道而未明，去而学于他术。"孟子：名轲，字子舆，战国时期邹国（今山东邹城）人。受业于子思之门人，历游齐、宋、滕、魏等国，是儒家学派的代表人物之一，他的言行和思想记载在《孟子》一书中，共七篇。

③卫女：指许穆夫人。据《列女传·仁智》记载："许穆夫人者，卫懿公之女，许穆公之夫人也。初，许求之，齐亦求之，懿公将与，许女因其傅母而言曰……"其欲联姻于齐，齐大而近，国有事时可赴告求援。可知许穆夫人对自己的婚事表达意见，卫被灭后又回国

吊唁,这些被视为非礼。故高子对其所作诗《载驰》编入《诗》表示疑惑,遂有此问。又,据《左传》,许穆夫人为卫公子顽(卫昭伯)与宣姜所生,乃卫懿公之姑。

④怠:怠慢,不合于礼。

⑤伊尹:名伊,一名挚,尹是官名,商汤大臣。相传生于伊水,故名。是汤妻陪嫁的奴隶,后助汤伐夏桀,被尊为阿衡。太甲:子姓,商汤嫡长孙,太丁之子,外丙和仲壬之侄,商朝第四位君主。太甲即位,因荒淫失度,被伊尹放逐到桐宫,伊尹摄政当国,史称"伊尹放太甲"。三年后,太甲改过自新,伊尹迎其复位,成为贤君,庙号太宗。

⑥有伊尹之志则可,无伊尹之志则篡:见《孟子·尽心上》。

⑦常:常规,恒久不变的。经:正道。

⑧权:权宜,权变。

⑨怀:怀藏,持守。挟:持,把握。

⑩中(zhòng):符合。

⑪圣:通达事理。

⑫《诗》曰:引诗见《诗经·鄘风·载驰》。

⑬我:《毛诗》作"尔"。嘉:嘉许,赞同。

⑭旋反:回返,回归。

⑮臧:善。王先谦《集疏》:"'视我不臧',即'不我嘉'意。"

⑯远:朱熹《诗集传》:"犹忘也。"

【译文】

高子问孟子说:"嫁娶之事,儿女不可以亲自表达意见,卫女许穆夫人自己有意嫁到齐国,她的诗怎么还能编入《诗经》呢?"孟子说:"有卫女那样的心志,就可以表达自己的意见,没有卫女那样的心志,就不合礼了。就像伊尹流放太甲,有伊尹那样的心志就可以,没有伊尹那样的心志就是篡权了。道有两种,常规而恒久不变的叫作'经',变通而能合宜的叫作'权'。持守常规的正道,把握变通的权道,才能成为贤人。卫女归国吊唁的行为符合孝道,自谋婚事的思虑通达事理,权变一下把她的诗编入《诗经》,又有什么不可以呢?"《诗经》说:"既然不赞同我归国吊唁的行为,我便不能返回卫国了。虽然认为我的行为不善,但我对卫国不会忘怀。"

第四章①

楚庄王听朝罢晏②,樊姬下堂而迎之③,曰:"何罢之晏也,得无饥倦乎?"庄王曰:"今日听忠贤之言,不知饥倦也。"樊姬曰:"王之所谓忠贤者,诸侯之客欤?国中之士欤?"庄王曰:"则沈令尹也④。"樊姬掩口而笑。王曰:"姬之所笑者何等也?"姬曰:"妾得侍于王,尚汤沐⑤,执巾栉⑥,振衽席⑦,十有一年矣。然妾未尝不遣人之梁郑之间⑧,求美人而进之于王也。与妾同列者十人,贤于妾者二人。妾岂不欲擅王之爱⑨,专王之宠哉?不敢以私愿蔽众美也,欲王之多见,则知人能也。今沈令尹相楚数年矣,未尝见进贤而退不肖也,又焉得为忠贤乎?"庄王旦朝,以樊姬之言告沈令尹。令尹避席而进孙叔敖⑩。叔敖治楚三年,而楚国霸。楚史援笔而书之于策曰:"楚之霸,樊姬之力也。"《诗》曰⑪:"百尔所思⑫,不如我所之⑬。"樊姬之谓也。

【注释】

①本章并见《新序·杂事一》《列女传·贤明》《渚宫旧事》。
②听朝:在朝廷上治理政事。晏:晚,迟。

③樊姬：楚庄王夫人，姓樊，其他不可考。

④沈令尹：即沈尹筮，字子桱，号虞丘子，沈是其氏，或是其食邑，楚穆王的儿子，楚庄王的兄弟，曾任楚国的令尹。

⑤尚：执掌，掌管。汤沐：沐浴。

⑥栉（zhì）：梳子。

⑦振：整理。衽（rèn）席：席子。

⑧梁郑：《列女传·贤明》作"郑卫"。

⑨擅：专擅，专有。

⑩孙叔敖：又称"艻敖"，字孙叔，艻贾之子，春秋时期楚国贤能的令尹。性恭俭，于水利、兵法均有极大贡献。《史记·循吏列传》载其事。

⑪《诗》云：引诗见《诗经·鄘风·载驰》。

⑫百：泛指众多。

⑬所之：即"所思"。

【译文】

楚庄王在朝廷上治理政事，退朝回来晚了，樊姬走下厅堂迎接他，说："为什么退朝这么晚啊，想必饥饿疲倦了吧？"庄王说："今天听忠贤的臣子谈话，忘了饥饿疲倦。"樊姬说："大王所说的忠贤的臣子，是别的诸侯国的来客吗？还是我们国内的士人？"庄王说："就是沈令尹啊。"樊姬捂着嘴巴偷偷地笑了起来。庄王问："樊姬，你笑什么啊？"樊姬说："我能够侍奉大王，掌管你沐浴，拿着拭巾、梳子，整理床席，已经十一年了。但我还派人到梁郑之间，寻求美人来进献给大王。现在和我同等地位的美人有十人，比我贤惠的有二人。我难道不想专有大王的宠爱吗？我是不敢因为个人的愿望而掩盖了众人的贤美，我希望大王多见一些美人，知道不同的人有不同的才能。现在沈令尹担任楚国的相已经好多年了，却没有见到他进荐贤人，黜退不贤的人，又怎么称得上是忠贤的臣子呢？"庄王第二天早朝，把樊姬的话转告给了沈令尹。沈令尹起身退席，进荐孙叔敖担任令尹。孙叔敖治理楚国三年，楚国称霸于诸侯。楚国史官提笔在简策上写道："楚国能够称霸于诸侯，是樊姬的功劳。"《诗经》说："你们众大夫所思虑的，不如我所思虑的深远。"说的就是樊姬这样的人。

第五章

闵子骞始见于夫子②，有菜色③，后有刍豢之色④。子贡问曰："子始有菜色，今有刍豢之色，何也？"闵子曰："吾出蒹葭之中⑤，入夫子之门。夫子内切瑳以孝⑥，外为之陈王法，心窃乐之。出见羽盖龙旂⑦，旃裘相随⑧，心又乐之。二者相攻胸中而不能任⑨，是以有菜色也。今被夫子之教浸深⑩，又赖二三子切瑳而进之，内明于去就之义，出见羽盖龙旂，旃裘相随，视之如坛土矣⑪，是以有刍豢之色。"《诗》曰⑫："如切如瑳⑬，如错如磨⑭。"

【注释】

①本章并见《太平御览》卷三七八引《尸子》。《韩非子·喻老》《淮南子·精神训》载子夏与曾子论肥之故，亦与此略同。

②闵子骞（qiān）：名损，字子骞，春秋末期鲁国人。孔子弟子，孔门十哲之一。性孝友，以德行著称。

③菜色：因用蔬菜充饥，营养不良，以致面色枯黄。

④刍豢（chú huàn）之色：指因食用肉类食物，营养充足，因而面色润泽。刍豢，指牛羊犬豕之类的家畜。

⑤蒹葭（jiān jiā）："蒹"指荻，"葭"指芦苇，都是价值低贱的水草，因喻出身微贱。

⑥切瑳（cuō）：器物加工的工艺名称。《尔雅·释器》："骨谓之切，象

谓之磋。"比喻道德学问方面互相研讨勉励。瑳,通"磋"。

⑦羽盖:古时以鸟羽为饰的车盖。龙旂(qí):画有交龙图案的旗帜。

⑧旃(zhān)裘:即毡裘,用兽毛等织制的衣服。

⑨任:承受。

⑩浸:渐。

⑪坛:通"墠(shàn)"。《说文·土部》:"墠,野土也。"

⑫《诗》曰:引诗见《诗经·卫风·淇奥(qí yù)》。

⑬瑳:《毛诗》作"磋",王先谦《集疏》:"《说文》无'磋'字,'瑳'下云:'玉色鲜白。'治象齿令鲜白如玉,故谓之'瑳',明三家正字。"

⑭错:《毛诗》作"琢"。琢玉必用错,故二字义通。

【译文】

闵子骞刚谒见孔子时,面色枯黄,后来面色才变得润泽。子贡问闵子骞说:"你刚来时面色枯黄,现在面色润泽,这是为什么啊?"闵子骞回答说:"我出身微贱,入老师的门下当学生。老师在内在德行方面教导我要尽孝道,在外在事功方面为我陈说圣王治国的方法,我心里暗自喜欢这些道理。可是当我出门看见王公贵族乘坐鸟羽车盖的大车,车上插载着画有交龙的旗帜,后面有穿毡裘衣服的随从,我心里又喜欢那些东西。这两种喜好在我心中互相斗争,让我不能承受,因此面容枯黄。现在我接受老师的教导渐渐深入,又倚赖各位同门一起切磋研讨,使我有所进步,内心明白了舍弃和坚守的道理,出门看见王公贵族乘坐鸟羽车盖的大车,车上插载着画有交龙的旗帜,后面有穿毡裘衣服的随从,我也将其视作野外的泥土一样,因此面色变得润泽。"《诗经》说:"人们相互研讨学问,好像切磋象牙,好像琢磨美玉。"

第六章①

传曰:雩而雨者何也②?曰:无何也,犹不雩而雨也。星坠木鸣,国人皆恐,何也?是天地之变,阴阳之化,物之罕至者也。怪之可也,畏之非也。夫日月之薄蚀③,怪星之党见④,风雨之不时,是无世而不尝有也。上明政平,是虽并至无伤也。上暗政险⑤,是虽无一无益也。夫万物之有灾,人妖最可畏也⑥。曰:何谓人妖?曰:枯耕伤稼⑦,枯耘伤岁⑧,政险失民,田薉稼恶⑨,籴贵民饥⑩,道有死人,寇贼并起,上下乖离⑪,邻人相暴,对门相盗,礼义不修,牛马相生⑫,六畜作妖⑬,臣下杀上,父子相疑,是谓人妖。妖是生于乱⑭。传曰:天地之灾,隐而废也,万物之怪,书不说也。无用之变⑮,不急之察,弃而不治。若夫君臣之义,父子之亲,男女之别,切瑳而不舍也。《诗》曰:"如切如瑳,如错如磨。"

【注释】

①本章并见《荀子·天论》。

②雩(yú):古代为求雨而举行的一种祭祀。

③薄蚀:指日月相掩蚀。《吕氏春秋·明理》:"其月有薄蚀。"高诱注:"薄,迫也。日月激会相掩,名为薄蚀。"

④党:同"傥",或然,偶然。王念孙《读书杂志·荀子》:"党,古'傥'字。傥者,或然之词。……谓怪星之或见也。"

⑤暗:昏昧。

⑥人妖:人事方面反常怪异的现象。妖,《荀子·天论》作"祅",下同。

⑦枯:通"楛",粗糙,粗放。《荀子·天论》杨倞注:"楛,粗恶不精也。"

⑧岁：年成，年收。

⑨秽（huì）：荒芜。

⑩籴（dí）：买进粮食。

⑪乖离：背离。

⑫牛马相生：牛马杂交混生，喻指社会人伦礼义沦丧。

⑬六畜：马、牛、羊、鸡、狗、猪。

⑭是：通"寔"，实在。

⑮变：通"辩"，论辩。《荀子·天论》正作"辩"。

【译文】

　　传文说：雩祭之后就下雨了，这是什么原因？回答说：没有什么原因，就像没有雩祭就下雨了一样。流星坠落，树木鸣叫，国人都感到恐慌，这是什么原因？这是天地运行出现变动，阴阳交替出现变化，是事物中难得出现的现象。对此感到奇怪是可以的，感到恐慌就不应该了。太阳、月亮发生日蚀、月蚀，奇怪的星象偶然出现，刮风下雨不合时节，这是哪个时代都会有的现象。统治者贤明，政治清平，这些现象即使同时发生也没有伤害。统治者昏昧，政治险恶，这些现象即使没一件发生也没有益处。万物中的灾害，人事方面的怪异现象是最可怕的。问：什么是人事方面的怪异现象？回答说：粗放地耕种会伤害庄稼，粗放地除草会影响年成，政治险恶会失去民心，田地荒芜，庄稼长势不好，高价买进粮食，百姓挨饿，道路上有死人，强盗和窃贼纷纷出现，君民上下离心离德，邻居之间相互欺凌，对门居住的人互相偷盗，礼义没有人修习，人们像牛马一样杂交混生，六畜也发生妖异现象，臣下弑杀君上，父子相互猜疑，这些就叫作人事方面的怪异现象。这些怪异现象实在是因为人事混乱而发生的。传文说：天地之间的灾异现象，要隐藏起来，废弃不管，万物之中的怪异现象，文献不予记述。没有意义的论辩，不急切的考察，应该弃之不理。至于君臣之间的道义，父子之间的亲情，男女之间的分别，却是需要认真研讨而不能舍弃的。《诗经》说："人们相互研讨学问，好像切磋象牙,好像琢磨美玉。"

第七章

孔子曰:"口欲味,心欲佚①,教之以仁。心欲安,身欲劳②,教之以恭。好辩论而畏惧,教之以勇。目好色,耳好声,教之以义。"《易》曰③:"艮其限④,列其脢⑤,厉熏心⑥。"《诗》曰⑦:"吁嗟女兮⑧,无与士耽⑨。"皆防邪禁佚,调和心志。

【注释】

①佚:安逸,逸乐。

②劳:多动,不安分。《国语·越语下》"劳而不矜其功",韦昭注:"劳,动而不已也。"

③《易》:即《周易》,内容包括经与传两部分。"经"本是占筮书,"传"则是孔门弟子对经的注解和筮占原理、功用等方面的论述。《周易》被儒家尊为"五经"之首。本章所引出自《艮卦·九三爻辞》。

④艮(gèn):止。限:身体上、下部分的界限,即腰部。止其限,指在腰部阻止,使上下不得相通。

⑤列其脢(yín):指从夹脊肉左右分裂身体。列,同"裂",分裂。脢,夹脊肉。

⑥厉:危险。熏:熏灼,烧灼。孔颖达《周易正义》:"既止加其身之中,则上下不通之义也,是分列其脢。脢既分列,身将丧亡,故忧危之切,熏灼其心矣。"

⑦《诗》曰:引诗见《诗经·卫风·氓(méng)》。

⑧吁嗟:叹词,表示忧伤或有所感。吁,《毛诗》作"于"。

⑨耽:耽溺,沉溺。

【译文】

孔子说:"嘴巴喜欢吃美味的食物,内心喜欢逸乐,这种人要用仁德去教导他。内心喜欢安闲,身体又喜欢多动,这种人要用恭敬去教导他。喜欢和人辩论,却又内心胆怯畏惧,这种人要用勇敢去教导他。眼睛喜欢美好的颜色,耳朵喜欢悦耳的声音,这种人要用义去教导他。"《易经》说:"在腰部阻止使上下不得相通,从夹脊肉左右分裂身体,危亡的忧虑烧灼着内心。"《诗经》说:"唉,姑娘们啊,不要过分耽溺在和男子们的情爱中。"都是说要防止淫邪,禁止逸乐,调和人的内心情志。

第八章①

高墙丰上激下②,未必崩也。降雨兴③,流潦至④,则崩必先矣。草木根荄浅⑤,未必撅也⑥。飘风兴⑦,暴雨坠,则撅必先矣。君子居是邦也,不崇仁义,尊其贤臣,以理万物,未必亡也。一旦有非常之变,诸侯交争,人趋车驰,迫然祸至⑧,乃始愁忧,干喉焦唇,仰天而叹,庶几乎望其安也⑨,不亦晚乎?孔子曰:"不慎其前而悔其后,嗟乎!虽悔无及矣。"《诗》曰⑩:"惙其泣矣⑪,嗟何及矣⑫!"

【注释】

①本章并见《说苑·建本》。

②丰:宽厚。激:指瘠薄、窄薄。

③降:通"隆",大。

④流潦(lǎo):地面流动的积水。

⑤荄(gāi):草根。

⑥撅:同"蹶",倒。

⑦飘风：回风，旋风。

⑧迫然：突然。

⑨庶几：希望。

⑩《诗》曰：引诗见《诗经·王风·中谷有蓷（tuī）》。

⑪惄：忧愁、忧伤的样子。《毛诗》作"嘅"，泣貌。

⑫嗟何及矣：即上文"嗟乎！虽悔无及矣"之义。《毛诗》作"何嗟及矣"，胡承珙《毛诗后笺》以为《毛诗》乃传写者误倒之。

【译文】

　　高大的墙，上面宽厚，下面窄薄，未必会崩塌。下了大雨，流动的积水冲刷来，这样的高墙就一定会先崩塌。草木的根生长得浅，未必会倒下。起了旋风，下了暴雨，这样的草木就一定会先倒下。君主居住在这个国家里执政，不崇尚仁义，不尊重贤臣，以此来治理国家事务，未必就会灭亡。但一旦有异常的变故，诸侯间相互争战，百姓奔走，车马驱驰，灾祸突然降临，这才开始忧愁，急得喉咙干燥，嘴唇焦裂，仰天长叹，希望国家安定，岂不是太晚了吗？孔子说："事先不谨慎对待，事后才悔恨，唉！即使悔恨也来不及了。"《诗经》说："忧伤地哭泣，即使嗟叹，又怎么来得及呢！"

第九章①

　　曾子曰："君子有三言，可贯而佩之②。一曰无内疏而外亲，二曰身不善而怨他人③，三曰患至而后呼天。"子贡曰："何也？"曾子曰："内疏而外亲，不亦反乎？身不善而怨他人，不亦远乎④？患至而后呼天，不亦晚乎？"《诗》曰："惄其泣矣，嗟何及矣！"

【注释】

①本章并见《荀子·法行》,《说苑·敬慎》《孔子家语·贤君》亦与此略同,为孔子告颜渊语。

②贯:贯彻,实行。佩:此处为谨记服行的意思。

③身不善而怨他人:蒙上句省"无"字。下句同。

④不亦远乎:指不内自省而怨他人,是埋怨得太远。王念孙《读书杂志·荀子》:"身不善而怨人,是舍近而求远也,故曰'不亦远乎'。"按,《荀子·法行》本句作"不亦反乎",上文作"不亦远乎",与《外传》前后倒易。

【译文】

曾子说:"君子有三句话,应该贯彻,谨记服行。一是不要疏远亲人,而亲近外人;二是不要自身做得不好,却埋怨他人;三是不要等到灾祸降临,然后才呼唤上天。"子贡说:"为什么呢?"曾子说:"疏远亲人,而亲近外人,难道不是把亲疏关系搞反了吗?自身做得不好,却埋怨他人,难道不是埋怨得太远了吗?祸患降临,然后才呼唤上天,难道不是太晚了吗?"《诗经》说:"忧愁地哭泣,即使嗟叹,又怎么来得及呢!"

第十章①

夫霜雪雨露,杀生万物者也,天无事焉②,犹之贵天也;执法厌文③,治官治民者,有司也,君无事焉,犹之尊君也。夫辟土殖谷者后稷也④,决江疏河者禹也,听狱执中者皋陶也⑤,然而有圣名者尧也。故有道以御之⑥,身虽无能也,必使能者为己用也;无道以御之,彼虽多能,犹将无益于存亡矣。《诗》曰⑦:"执辔如组⑧,两骖如舞⑨。"贵能御也⑩。

【注释】

①本章并见《淮南子·诠言训》。

②无事：无为。

③厌：持掌。本句《淮南子·诠言训》作"厌文搔法"，高诱注："厌，持也。"文：律令。

④后稷（jì）：周之先祖。相传姜嫄践天帝足迹，怀孕生子，因曾被弃养，故名之为"弃"。虞舜命为农官，教民耕稼，称为"后稷"。

⑤执：许维遹《集释》疑"执"当为"折"之形讹。折中，调和争执，做出公正判决。皋陶（gāo yáo）：偃姓，又作"咎陶""咎繇"，虞舜命其为掌管刑法的理官，以正直闻名天下，被奉为中国司法鼻祖。

⑥御：驾驭，统御。

⑦《诗》曰：引诗见《诗经·郑风·大叔于田》。

⑧辔：马缰绳。如组：指像织布帛一样经纬分明，秩序井然。组，编织，编结。

⑨两骖（cān）：古时一车四马，当中夹辕的两匹马叫作服马，两旁的两匹马叫作两骖。如舞：指骖马奔驰，像人舞蹈一样协调而有节奏。陈乔枞《韩诗遗说考》："《保氏》注'舞交衢'，疏云：'御车在交道，车旋应于舞节。'盖谓骖马安行，如舞者之有行列，从容中节也。"

⑩贵：崇尚，赞美。

【译文】

霜雪雨露，是杀害或生养万物的东西，上天并不亲自参与这些事，但人们仍然尊敬上天；执行法律，持掌律令，管理官僚，治理百姓，这是有关部门官员负责的事，国君并不亲自参与这些事，但人们仍然尊重国君。开垦土地、种植谷物的是后稷，疏导江河的是禹，审理案件、做出公正判决的是皋陶，然而有圣人名声的是尧。所以有办法去驾驭有才能的人，自己即使没什么才能，也一定能使有才能的人为自己所用；没有办法去驾驭有才能的人,那人即使自己很有才能,对国家的存亡也没有什么益处。《诗经》说:"执持缰绳,就像织布一样有秩序;两旁骖马奔驰,就像跳舞一样有节奏。"正是赞美擅长驾驭的人。

第十一章

传曰:孔子云:"美哉! 颜无父之御也①。马知后有舆而轻之②,知上有人而爱之。马亲其正而爱其事③,如使马能言,彼将必曰:'乐哉! 今日之驺也④!'至于颜沦⑤,少衰矣⑥。马知后有舆而轻之,知上有人而敬之。马亲其正而敬其事,如使马能言,彼将必曰:'驺来⑦,其人之使我也!'至于颜夷而衰矣⑧。马知后有舆而重之,知上有人而畏之。马亲其正而畏其事,如使马能言,彼将必曰:'驺来! 驺来! 女不驺,彼将杀女。'故御马有法矣,御民有道矣。法得则马和而欢⑨,道得则民安而集⑩。《诗》曰:'执辔如组,两骖如舞。'此之谓也。"

【注释】

①颜无父:古时善于驾驭马车的人。《汉书·古今人表》作"颜亡父",在中下第六等。

②舆:车厢。

③正:车正,即驾马车的驭手。

④驺(zhòu):通"骤",马疾行。

⑤颜沦:《汉书·扬雄传》"颜伦奉舆",颜师古注:"伦,古善御者也。""沦""伦"音同通假。又,《汉书·古今人表》作"颜隃伦",亦在中下第六等。

⑥少：稍微，略。衰：变差。

⑦来：句末语助词。

⑧颜夷：古时驭手。亦在《汉书·古今人表》中下第六等。

⑨得：得当。

⑩集：和辑，和睦。

【译文】

　　传文说：孔子说："真漂亮啊！颜无父的驾车技术。马知道身后拉着车厢，却觉得它轻，知道车上坐着人而且爱护他。马亲近它的驭手，而且喜爱它的工作，如果让马能够说话，它一定会说：'多么愉快啊！我今天跑得好快啊！'到了颜沦，他的驾车技术就稍微差些了。马知道身后拉着车厢，却觉得它轻，知道车上坐着人而且尊敬他。马亲近它的驭手，而且敬重它的工作，如果让马能够说话，它一定会说：'快跑啊，那个人在驱使我啊！'到了颜夷，他的驾车技术就更差了。马知道身后拉着车厢，而觉得它很重，知道车上坐着人却害怕他。马亲近它的驭手，却畏惧它的工作，如果让马能够说话，它一定会说：'快跑啊！快跑啊！你不快跑，那个人将要杀了你。'所以驭马有一套方法，统治百姓也有一套方法。驭马的方法得当，马就会顺服而且欢乐；统治百姓的方法得当，百姓就会安乐而且和睦。《诗经》说：'执持缰绳，就像织布一样有秩序；两旁骖马奔驰，就像跳舞一样有节奏。'说的就是这种善于驾车的人。"

第十二章①

　　颜渊侍坐鲁定公于台②，东野毕御马于台下③。定公曰："善哉！东野毕之御也。"颜渊曰："善则善矣，其马将佚矣。"定公不说，以告左右曰："闻君子不谮人④。君子亦谮人乎？"颜渊退，俄而厩人以东野毕马佚闻矣⑤。定公蹴席而起⑥，曰："趣驾召颜渊⑦。"颜渊至，定公曰："乡寡人曰⑧：'善哉！东野毕之御也。'吾子曰：'善则善矣，然则马将佚矣。'不识吾子何以知之？"颜渊曰："臣以政知之。昔者舜工于使人，造父工于使马⑨。舜不穷其民，造父不极其马。是以舜无佚民，造父无佚马也。今东野毕之御，上车执辔，衔体正矣⑩；周旋步骤⑪，朝礼毕矣⑫；历险致远，马力殚矣；然犹策之不已⑬，所以知其佚也。"定公曰："善，可少进乎？"颜渊曰："兽穷则啮⑭，鸟穷则啄，人穷则诈。自古及今，穷其下能不危者，未之有也。《诗》曰：'执辔如组，两骖如舞。'善御之谓也。"定公曰："寡人之过矣！"⑮

【注释】

①本章并见《荀子·哀公》《新序·杂事五》《孔子家语·颜回》，《庄子·达生》《吕氏春秋·适威》则以颜渊为颜阖、定公为庄公（梁玉绳以为是卫庄公）。崔述《洙泗考信录》："定公之时，颜子尚少，安能自达于君，马之佚不佚，小事耳，颜子亦非以此见长者，因其氏之同也，遂移之于颜渊，误矣。"

②颜渊：名回，字子渊，春秋鲁国人。孔子弟子。敏而好学，安贫乐道，在孔门十哲中以德行著称，是孔子最得意的弟子。鲁定公：名宋，鲁襄公之子，鲁昭公之弟。承袭鲁昭公担任鲁国君主，为鲁国第二十五任君主，在位十五年。

③东野毕：人名。复姓东野，名毕。《汉书·古今人表》在中下第六等。《庄子·达生》《吕氏春秋·适威》作"东野稷"。

④谮（zèn）：背后说人坏话。

⑤俄而：不久。厩（jiù）人：养马的人。

⑥躐（liè）：跨越。

⑦趣（cù）：迅速。

⑧乡：通"向"，之前。

⑨造父：古之善御者，赵之先祖，因献八骏幸于周穆王。穆王使之御，西巡狩，见西王母，乐而忘归。时徐偃王反，穆王日驰千里马，大破之，因赐造父以赵城，由此为赵氏。

⑩衔：马勒口。

⑪周旋：转弯。步骤：缓行和疾走。

⑫朝：通"调"，调习，熟习。毕：全。

⑬策：鞭策，鞭打。

⑭啮（niè）：咬，啃。

⑮"定公曰"二句：许维通《集释》谓"依本书通例，'善御之谓也'下，不当有文"，疑此二句本在"《诗》曰"上，今本或传写者据《新序·杂事五》妄移。

【译文】

颜渊陪同鲁定公坐在台上，东野毕驾着马车在台前驱驰。定公说："好啊！东野毕的驾车技术。"颜渊说："好倒好啊，不过他的马将要逃跑了。"定公听了不高兴，向左右的人说："我听说君子不在背后说人坏话。君子也会在背后说人坏话吗？"颜渊告退离开，不久，养马的人就来报告定公说东野毕的马逃跑了。定公跨过席子站了起来，说："赶快驾车把颜渊召回来。"颜渊来了，定公说："之前我说：'好啊！东野毕的驾车技术。'你说：'好倒好啊，不过他的马将要逃跑了。'不知道你是怎么知道的？"颜渊说："我是通过从政的道理推知的。从前，舜善于用人，造父善于驭马。舜不会穷尽民力，造父不会极尽马力。所以舜没有逃走的人民，造父没有逃跑的马匹。现在东野毕驾车，上车拉起缰绳，马的勒口和身体都很端正；转弯、缓行和疾走，马都被调习得很熟练；经历险阻，跑了很远的路，马都筋疲力尽了；还不停地鞭打它们，所以我知道马将会逃跑。"定公说："说得很好，还可以稍微进一步再谈谈吗？"颜渊说："野兽到了穷途末路就会咬人，鸟到了穷途末路就会啄人，人到了穷途末路就会欺诈。从古到今，把人民逼到穷途末路，而国家不会有危险，这是从未有过的。《诗经》说：'执持缰绳，就像织布一样有秩序；两旁骖马奔驰，就像跳舞一样有节奏。'说的就是善于驾车的人。"定公说："这是我的过错啊！"

第十三章①

崔杼弑庄公②，令士大夫盟。盟者皆脱剑而入。言不疾，指不至血者死，所杀者十余人。次及晏子③，晏子捧杯血，仰天而叹曰："恶乎④！崔杼将为无道而杀其君⑤。"于是盟者皆视之。崔杼谓晏子曰："子与我⑥，吾将与子分国。子不与我，杀子。直兵将推之⑦，曲兵将钩之，吾愿子图之也。"晏子曰："吾闻留以利而倍其君者非仁也⑧，劫以刃而失其志者非勇也。《诗》曰⑨：'莫莫葛藟⑩，延于条枚⑪。恺悌君子⑫，求福不回⑬。'婴其可回矣？直兵推之，曲兵钩之，婴不之革也⑭。"崔杼曰："舍晏子。"晏子起而出，援绥而乘⑮。其仆驰，晏子抚其手曰："麋鹿在山林，其命在庖厨⑯。命有所县⑰，安在疾驰？"安行成节⑱，然后去之。《诗》曰⑲："羔裘如濡⑳，恂直且侯㉑。彼己之子㉒，舍命不偷㉓。"晏子之谓也。

【注释】

①本章并见《晏子春秋·内篇杂上》《吕氏春秋·知分》《新序·义勇》及定县汉简《儒家者言》。

②弑（shì）：古代臣子杀死君主、子女杀死父母称"弑"。崔杼（zhù）：

春秋时齐国大夫，其妻棠姜与齐庄公私通，崔杼于庄公六年（前548）弑杀庄公，改立庄公弟杵臼为君，即齐景公。事载《左传·襄公二十五年》。庄公：名光，齐灵公之子，春秋时齐国国君。被大夫崔杼所弑，在位六年。

③晏子：字仲，谥平，亦称"晏平仲""晏子"。上大夫晏弱之子，历仕齐灵公、庄公、景公三世，执政五十余年，以节俭力行、恭谦下士、能言善辩著称于时，是春秋后期著名的外交家、思想家。

④恶乎：叹词，即"呜呼"。

⑤将：乃。

⑥与：亲附，跟从。

⑦直兵：指矛一类的兵器。下文"曲兵"，曲刃，指钩戟一类的兵器。推：刺。

⑧留：羁留，笼络。《新序·义勇》作"回"。倍：通"背"，背叛。

⑨《诗》曰：引诗见《诗经·大雅·旱麓》。

⑩莫莫：茂密的样子。葛藟（lěi）：植物名。又称"千岁藟"，落叶木质藤本，属葡萄科，叶广卵形，夏季开花，圆锥花序，果实黑色，可入药。

⑪延：蔓延。《毛诗》作"施"。条枚：枝干。

⑫恺悌（kǎi tì）：和乐平易。《毛诗》作"岂弟"。

⑬回：邪僻，邪曲不正。

⑭革：改变。

⑮绥（suí）：用来援引帮助登车的绳索。

⑯庖（páo）厨：厨房。

⑰县：同"悬"，悬系。

⑱安行：缓行。

⑲《诗》曰：引诗见《诗经·郑风·羔裘》。

⑳羔裘：小羊皮做的衣服。古时为诸侯、卿、大夫的朝服。濡：润泽

的样子。

㉑恂（xún）：确实。《毛诗》作"洵"，毛传："洵，均也。"义与《韩诗》
　异。侯：美。陆德明《经典释文》："侯，《韩诗》云：'侯，美也。'"
㉒己：语助词。《毛诗》作"其"。
㉓偷：通"渝"，改变。《毛诗》作"渝"。

【译文】

　　崔杼杀了齐庄公，命令士大夫们一起盟誓。盟誓的人都摘下佩剑才能进去。盟誓时说话不流利、割手指没出血的，都要被杀，被杀了有十多人。轮到晏子了，晏子捧着装血的杯子，仰天长叹，说："唉！崔杼做了不合正道的事情，杀了他的国君。"这时，盟誓的人都看着晏子。崔杼对晏子说："你亲附我，我就和你分享齐国的政权。你不亲附我，我就杀了你。用挺直的兵器刺杀你，用弯曲的兵器钩杀你，我希望你好好考虑。"晏子说："我听说被利禄笼络而背叛国君的人，不是仁人；被兵器劫持而丧失志节的人，不是勇者。《诗经》说：'茂盛的葛藟，蔓延到树的枝干上。和乐平易的君子，祈求福禄不邪僻。'我怎么能做邪僻的事？用挺直的兵器刺杀我，用弯曲的兵器钩杀我，我也不会改变态度。"崔杼说："放了晏子。"晏子起身走出去，拽着车绥，登上马车。他的车夫将要赶马快跑，晏子拍着车夫的手说："麋鹿生活在山林中，它的命却掌握在厨子手里。我的命悬系在崔杼手里，哪里是快跑就能幸免的啊？"于是让车夫缓行，完成了赶车前的各项礼节，这才离开。《诗经》说："穿着润泽的小羊皮衣的人，实在是正直而美好。那个人啊，他即使舍弃了性命，也不会改变他的志节。"说的正是晏子这样的人。

第十四章①

　　楚昭王有士曰石奢②，其为人也，公正而好直。王使为理③。于是道有杀人者，石奢追之，则其父也。还返于廷，曰："杀人者，臣之父也。以父成政④，非孝也；不行君法，非忠也。弛罪废法，而伏其辜⑤，臣之所守也。"遂伏斧锧⑥，曰："命在君。"君曰："追而不及，庸有罪乎⑦？子其治事矣。"石奢曰："不然。不私其父，非孝也；不行君法，非忠也；以死罪生，不廉也。君欲赦之，上之惠也；臣不能失法，下之义也。"遂不去铁锧，刎颈而死乎廷。君子闻之曰："贞夫法哉⑧！石先生乎。"孔子曰⑨："子为父隐，父为子隐，直在其中矣。"《诗》曰⑩："彼己之子⑪，邦之司直⑫。"石先生之谓也。

【注释】

①本章并见《吕氏春秋·高义》《史记·循吏列传》《新序·节士》《渚官旧事》。

②楚昭王：名壬，又名轸，楚平王之子，春秋时楚国国君。在位期间，吴屡败楚。十年（前506），伍子胥破楚都郢，昭王出奔。申包胥求秦援救，遂得归。吴复攻楚，迁都于鄀。二十七年（前489），吴攻陈，楚往救，病死军中。石奢：春秋时楚国大臣，楚昭王的相，坚直廉正，无所阿避。《吕氏春秋·高义》《渚官旧事》作"石渚"。

③理：司法官。《史记·循吏列传》以石奢为楚昭王相。

④成：完成，成就。《史记·循吏列传》作"立"。

⑤辜（gū）：罪。

⑥斧锧（zhì）：古代腰斩人的刑具。斧，通"铁"，铡刀。下文即作"铁"。锧，砧板。

⑦庸：难道，怎么。

⑧贞：忠贞，坚守原则。夫（fú）：表示感叹的语气词。

⑨孔子曰：引文见《论语·子路》。而前二句顺序互易。

⑩《诗》曰：引诗见《诗经·郑风·羔裘》。

⑪己：语助词。《毛诗》作"其"。

⑫司：主持，负责。直：王念孙《经义述闻》："直，谓正人之过也。"

【译文】

　　楚昭王时有一位士人叫作石奢，他为人公正，而且追求正直。楚昭王任命他做司法官。当时道路上有人杀人，石奢追捕到杀人者，原来是他的父亲。于是回到朝廷，对昭王说："杀人的是我父亲。判处父亲，来完成自己的政事，这是不孝；不执行国君的法令，这是不忠。放纵罪犯，废弃法令，然后我自己来服罪，这是我应遵守的原则。"于是伏在腰斩的斧板上，说："就等国君下命令了。"昭王说："追捕不着罪犯，难道还有罪吗？你还是继续做你的事吧。"石奢说："不是这样的。不能偏袒父亲，这是不孝；不能执行国君的法令，这是不忠；有死罪却苟且活着，这是不廉正。国君想赦免我，这是国君的恩惠；我不能违反法令，这是臣子的义务。"于是他不离开斧板，自己割断脖子，死在了朝廷上。君子听到这件事，说："对法令多么忠贞啊，石先生！"孔子说："儿子替父亲隐瞒，父亲替儿子隐瞒，正直的道理就在这里面。"《诗经》说："那个人啊，他是国家中负责纠正过错的人。"说的就是石先生这样的人。

第十五章①

　　外宽而内直，自设于隐括之中②，直己而不直人③，善废而不悒悒④，蘧伯玉之行也⑤。故为人父者则愿以为子，为人子者则愿以为父，为人君者则愿以为臣，为人臣者则愿以为君，名昭诸侯⑥，天下愿焉⑦。《诗》曰⑧："彼己之子⑨，邦之彦兮⑩。"此君子之行也。

【注释】

①本章并见《大戴礼记·卫将军文子》《孔子家语·弟子行》及《群书治要》引《尸子·劝学》。

②设：合顺。《广雅·释诂》："设，合也。"隐括：亦作"隐栝"，用以矫正邪曲的器具。此借指矫正人行为的各种礼仪规范。《大戴礼记·卫将军文子》卢辩注："能以礼自巩直也。"

③直：能正人之曲曰"直"。

④废：废置，贬斥。悒悒（yì）：抑郁不乐。《论语·卫灵公》载孔子称赞蘧伯玉："君子哉蘧伯玉！邦有道，则仕；邦无道，则可卷而怀之。"可谓"善废而不悒悒"。

⑤蘧（qú）伯玉：名瑗，字伯玉，春秋末卫国大夫，蘧无咎之子。以贤德而闻名于诸侯，与孔子亦师亦友，孔子过卫时曾寄住他家。

⑥昭：显著。

⑦愿：愿慕，倾慕。

⑧《诗》曰：引诗见《诗经·郑风·羔裘》。

⑨己：语助词。《毛诗》作"其"。

⑩彦（yàn）：美士，贤人。

【译文】

对待外人十分宽厚，而对自己十分正直，言行能够合乎道德规范，矫正自己的过失，而不去矫正他人，善于处在被废置的境地，而不会抑郁不乐，这是蘧伯玉的德行。所以做父亲的就希望有他这样的儿子，做儿子的就希望有他这样的父亲，做君主的就希望有他这样的臣子，做臣子的就希望有他这样的君主，他的名声昭著于诸侯之间，天下人都倾慕他。《诗经》说："那个人，是国家的贤人。"这说的就是君子的品行。

第十六章①

传曰：孔子遭齐程本子于郯之间②，倾盖而语终日③。有间④，顾子路曰⑤："由来！取束帛以赠先生⑥。"子路不对。有间，又顾曰："取束帛以赠先生。"子路率尔而对曰⑦："昔者由也闻之于夫子，士不中道相见、女无媒而嫁者⑧，君子不行也。"孔子曰："夫《诗》不云乎⑨：'野有蔓草，零露漙兮⑩。有美一人，青阳宛兮⑪。邂逅相遇⑫，适我愿兮⑬。'且夫齐程本子，天下之贤士也。吾于是而不赠，终身不之见也。大德不逾闲⑭，小德出入可也⑮。"

【注释】

①本章并见《说苑·尊贤》《孔子家语·致思》《子华子·孔子赠》，《孔丛子·杂训》载子思告子上，亦述此事。

②遭：遇到。程本子：即子华子。春秋时晋国人。博学善辩论，聚徒著书，名闻诸侯。时赵简子专政，程本子不仕，去晋之齐，馆于晏婴家，更称"子华子"。年老归晋，不复仕。著有《子华子》，《吕氏春秋》等书皆有引，而《汉书·艺文志》已不著录，可知汉时已亡佚，今本据考为宋人伪作。郯（tán）：春秋时国名。其治域在今山东郯城。

③倾盖：途中相遇，停车交谈，双方车盖倾靠在一起，形容一见如故或初次订交。

④有间（jiàn）：有一会儿。

⑤子路：名仲由，字子路，或称"季路"，鲁国卞人。是孔子的著名弟子，少孔子九岁，孔门十哲之一。为人直爽勇敢，事亲孝，闻过则喜，长于政事。曾为季孙氏家臣，后任卫大夫孔悝邑宰，在卫国贵

族内讧中被杀害。

⑥束帛：捆为一束的五匹帛。古代用为聘问、馈赠的礼物。

⑦率尔：直率，轻率。薛据《孔子集语·持盈》引《外传》，及《说苑·尊贤》《孔子家语·致思》《子华子·孔子赠》皆作"屑然"。

⑧道（dǎo）：引荐，介绍。《孔子家语·致思》作"士不中间见"，王肃注："中间，谓绍介也。"又，《礼记·坊记》："故男女无媒不交，无币不相见。"《孔丛子·杂训》："子上云：闻士无介不见，女无媒不嫁。"与本句义同。

⑨《诗》：引诗见《诗经·郑风·野有蔓草》。范家相《三家诗拾遗》："《外传》虽非专以释经，然明以美人为贤人，以邂逅相遇为寻常道路之相值，非如《毛序》谓男女失时，思不期而会也。"

⑩零：落。漙（tuán）：露水盛多的样子。

⑪青阳：眼睛清明澄静。薛君《韩诗章句》："青，静也。"《毛诗》作"清扬"。宛：美。《毛诗》作"婉"。马瑞辰《通释》："《韩诗外传》引作'青阳宛兮'，皆假借字。"

⑫邂逅：不期而遇。按，《唐风·绸缪》"见此邂逅"，《韩诗》"邂逅"作"邂觏"，陆德明《经典释文》："《韩诗》云：'邂觏，不固之貌。'"范家相《三家诗拾遗》："卒然幸遇，不可久长，故曰'不固'。"其文、义可与此相参。

⑬适：正。

⑭大德：大节，指纲常伦理等重大方面的节操。闲：本义是栅栏，引申为界限、法度。

⑮小德：小节。按，以上二句亦见《论语·子张》，为子夏语。

【译文】

传文说：孔子在郏地遇到齐国的程本子，二人的车盖倾靠在一起，交谈了一整天。过了一会儿，孔子回头对子路说："仲由你过来！取一束帛来送给程先生。"子路没有回答。又过了一会，孔子又回头对子路说：

"取一束帛来送给程先生。"子路直率地回答说:"从前我听老师说过,士人不经过别人介绍就与人相见、女子不经过媒人介绍就出嫁的事,君子是不会做的。"孔子说:"《诗经》上不是说嘛:'郊野有蔓延生长的草,零落的露水十分盛多。有一位美人,眼睛清明,十分娴美。和我在路上不期而遇,她正是合我心愿的人。'而且齐国的程本子,是天下有名的贤士。我这个时候不赠送礼物给他,就一辈子也见不到他了。重大的节操不能逾越法度,小节稍有出入是可以的。"

第十七章

　　君子有主善之心①,而无胜人之色。德足以君天下,而无骄肆之容②;行足以及后世,而不以一言非人之不善。故曰:君子盛德而卑,虚己以受人,旁行不流③,应物而不穷。虽在下位,民愿戴之。虽欲无尊,得乎哉?《诗》曰④:"彼己之子⑤,美如英⑥,美如英,殊异乎公行⑦。"

【注释】

①主:主张,提倡。

②骄肆:骄纵放肆。

③旁:普遍,广大。流:流淫,流溢。《周易·系辞上》:"旁行而不流。"又,据后文"应物而不穷",疑此应作"旁行而不流",脱"而"字。

④《诗》曰:引诗见《诗经·魏风·汾沮洳(jù rù)》。

⑤己:语助词。《毛诗》作"其"。

⑥英:花。

⑦殊:很,非常。公行(háng):官名。掌管君主出行的兵车行列事。这里泛指贵族。

【译文】

君子有提倡行善的心意，而没有想要胜过别人的神色。他的德行足以做天下的君主，但没有骄纵放肆的容貌；他的操行足以流传于后世，但不说一句诋毁别人不好的话。所以说：君子具有盛美的德行，但却很谦卑，虚心地接受他人的意见，他的德行普遍地施行，但又不至于泛滥过度，能够应对事物的变化，而不会穷尽。虽然身处低下的地位，人民也愿意拥戴他。他即使不想处于尊贵的地位，能够吗？《诗经》说："那个人啊，他的德行像花一样美，他的德行像花一样美，非常不同于一般的贵族。"

第十八章①

君子易和而难狎也②，易惧而不可劫也③，畏患而不避义死，好利而不为所非，交亲而不比④，言辩而不乱。荡荡乎其义不可失也⑤，磏乎其廉而不刿也⑥，温乎其仁厚之宽大也⑦，超乎其有以殊于世也⑧。《诗》曰⑨："美如玉，美如玉，殊异乎公族⑩。"

【注释】

①本章并见《荀子·不苟》。

②和：《荀子·不苟》作"知"，俞樾《诸子平议》谓"和"为"知"之误，知者，接也，古谓相交接曰"知"。狎（xiá）：狎昵，亲昵。

③劫：胁迫，劫持。

④比：勾结。

⑤荡荡：广博浩大的样子。

⑥磏（lián）：有棱角的石块。此用作形容词，指为人棱角分明。刿（guì）：

刺伤。《老子》:"廉而不刿。"《礼记·聘义》:"廉而不刿,义也。"磏,
作"廉"。

⑦之:犹"而"。

⑧有:指所拥有的才能。

⑨《诗》曰:引诗见《诗经·魏风·汾沮洳》。

⑩公族:官名。掌管国君宗族的事物。这里泛指贵族。

【译文】

　　君子容易和他交接,但难以和他狎昵;容易使他惧怕,但不能胁迫住
他;惧怕祸患,但不回避为了道义而去死;追求利益,但不做自认为错误
的事情;和亲近的人交好,但不互相勾结;说话富有口才,但不乱说。他
的道义广博而浩大,不会消失;他为人廉直,棱角分明,但不会刺伤人;他
的仁德温和,宽厚而广大;他所拥有的才能多么高超,不同于世人。《诗
经》说:"他的德行像玉一样美,他的德行像玉一样美,非常不同于一般
的贵族。"

第十九章

　　商容尝执羽籥①,冯于马徒②,欲以化纣而不能。遂去,
伏于太行③。及武王克殷④,立为太子,欲以为三公⑤。商容辞
曰:"吾常冯于马徒⑥,欲以化纣而不能,愚也。不争而隐⑦,无
勇也。愚且无勇,不足以备乎三公。"遂固辞不受命⑧。君
子闻之曰:"商容可谓内省而不诬能矣⑨。君子哉! 去素餐
远矣⑩。"《诗》曰⑪:"彼君子兮,不素餐兮。"商先生之谓也。

【注释】

　　①商容:商代纣王时主掌礼乐的大臣,因忠直被纣王贬黜。《礼

记·乐记》《史记·殷本纪》载其事。尝：曾经。羽籥（yuè）：古代祭祀或宴飨时舞者所持的舞具和乐器。羽，雉鸡尾。籥，像编管之形，似为排箫之前身。有吹籥、舞籥两种，吹籥似笛而短小，三孔；舞籥长而六孔，可执作舞具。

②冯：同“凭”，凭借。马徒：养马的人。

③伏：潜伏，隐居。

④武王：姓姬，名发，谥号武王，周文王姬昌与太姒的嫡次子，西周开国君主。遵文王灭商遗志，盟诸侯于孟津，兴师伐纣。牧野之战大胜，灭商，建立周王朝，都镐，分封诸侯。灭商后二年而死。

⑤三公：周代以太师、太傅、太保为三公。《尚书·周官》：“立太师、太傅、太保，兹惟三公，论道经邦，燮理阴阳。”

⑥常：通“尝”，曾经。

⑦争：通“诤”，谏诤。

⑧固辞：古礼以再次辞让为“固辞”。后指坚决推辞和谦让。

⑨诬：欺骗，假冒。

⑩素餐：没有真实才干而白吃国家的俸禄。薛君《韩诗章句》：“素者，质也。人但有质朴而无治民之材，名曰‘素餐’。”

⑪《诗》曰：引诗见《诗经·魏风·伐檀》。

【译文】

商容曾经拿着雉鸡尾和籥，凭借养马人的身份，想以文舞来感化纣王，没有成功。于是离开纣王，隐居在太行山里。等到周武王灭了殷商，确立了太子，想任命商容担任三公的职位。商容推辞说：“我曾经凭借养马人的身份，想以文舞去感化纣王，没有成功，这是愚蠢。我不能谏诤，而去隐居，这是不勇敢。既愚蠢又不勇敢，不足以担任三公的职位。”于是坚决推辞，不接受任命。君子听到这事，说：“商容可以说是能够自我反省，不假冒自己有才能。真是位君子啊！和那些没有真实才干而白吃国家俸禄的人相比，相差太远了。”《诗经》说：“那个君子啊，不白吃国家的俸禄。"说的就是商先生这样的人。

第二十章①

晋文公使李离为理②，过听杀人③，自拘于廷，请死于君。君曰："官有贵贱，罚有轻重。下吏有罪，非子之罪也。"李离对曰："臣居官为长，不与下吏让位，受禄为多，不与下吏分利。今过听杀人而下吏蒙其死，非所闻也。"不受命。君曰："子必自以为有罪，则寡人亦有罪矣。"李离曰："法④，失刑则刑，失死则死。君以臣为能听狱决疑，故使臣为理。今过听杀人，臣之罪当死。"君曰："弃位委官⑤，伏法亡国⑥，非所望也。趣出⑦！无忧寡人之心。"李离对曰："政乱国危，君之忧也；军败卒乱，将之忧也。夫无能以事君⑧，暗行以临官⑨，是无功以食禄也。臣不能以虚自诬。"遂伏剑而死。君子闻之，曰："忠矣乎⑩！"《诗》曰："彼君子兮，不素餐兮。"李先生之谓也。

【注释】

①本章并见《史记·循吏列传》《新序·节士》。

②晋文公：名重耳，晋献公次子，春秋时晋国国君。骊姬之乱，重耳出奔，流亡诸国，在外十九年。后借秦穆公之力归晋，得即君位。依靠狐偃、赵衰等人的辅佐，使国力富强，尊崇周室，平定王室内乱。城濮之战大败楚、陈、蔡，会诸侯于践土，遂成霸主。在位九年。

③听：听狱，审理诉讼。

④法：《史记·循吏列传》《新序·节士》作"理有法"，指有关诉讼

的法令。

⑤委：抛弃。

⑥伏法：依法被处死刑。亡：通"忘"。

⑦趣（cù）：赶快，从速。

⑧无：通"诬"，欺骗，假冒。本卷第十九章有"诬能"一词。"诬能"
与下"暗行"对文。

⑨暗：昏乱，胡乱。临官：对待自己的职责。

⑩忠矣乎：许维遹《集释》："'忠矣乎'语气未完，疑当作'忠矣仁矣
李先生乎'。……《御览》二百三十一引作'忠矣仁矣'，删'李
先生乎'四字。"

【译文】

　　晋文公任命李离为司法官，李离错误地审理诉讼，错杀了犯人，于是他把自己拘缚在朝廷上，请求文公处死。文公说："官员有高贵有低贱，罪罚也有轻有重。这是下级官吏的罪过，不是你的罪过。"李离回答说："我担任司法长官，不向下级官吏辞让我的职位，接受的俸禄比他们多，又不把俸禄分给下级官吏。现在因为自己审判错误，杀错了人，却让下级官吏蒙受死罪，这样的事我没有听说过。"李离不接受文公的命令。文公说："你一定认为自己有罪，那么我也有罪了。"李离说："按照诉讼法，施错了刑就该受刑，错杀了人就该抵死。国君认为我有能力审理诉讼，判断疑案，所以任命我为司法官。现在我审判错误，杀错了人，我的罪该当死刑。"文公说："你放弃职位，抛弃职责，接受死刑，而忘记国家，这不是我所希望的。快出去！不要再烦忧我的心了。"李离回答说："政治衰乱，国家危险，这是国君忧虑的事；军队败战，士卒散乱，这是将军忧虑的事。假冒有才能来事奉国君，胡乱行动来对待自己的职责，这是没有功劳而接受俸禄。我不能以虚假的功劳来欺骗自己。"于是用剑自刎而死。君子听说了这事，说："李先生真是忠诚仁义啊！"《诗经》说："那个君子啊，不白吃国家的俸禄。"说的就是李先生这样的人。

第二十一章①

楚狂接舆躬耕以食②。其妻之市未返③，楚王使使者赍金百镒造门④，曰："大王使臣奉金百镒，愿请先生治河南⑤。"接舆笑而不应，使者遂不得辞而去。妻从市而来，曰："先生少而为义，岂将老而遗之哉？门外车轶何其深也⑥?"接舆曰："今者王使使者赍金百镒，欲使我治河南。"其妻曰："岂许之乎？"曰："未也。"妻曰："君使不从，非忠也；从之，是遗义也。不如去之。"乃夫负釜甑⑦，妻戴纴器⑧，变易姓字，莫知其所之。《论语》曰⑨："色斯举矣，翔而后集⑩。"接舆之妻是也。《诗》曰⑪："逝将去汝⑫，适彼乐土⑬。适彼乐土⑭，爰得我所⑮。"

【注释】

①本章并见《列女传·贤明》《高士传》《渚宫旧事》。

②接舆：春秋时楚国隐士，佯狂不仕，人称"楚狂"。尝歌而过孔子，孔子欲与之言，趋避之。后楚王闻其贤，欲用之，乃变姓名，远匿不知所终。其言行载见《论语》《庄子》《高士传》等。

③之：去，往。

④赍（jī）：遣送。镒（yì）：古代重量单位。合二十两，一说二十四两。造：到。

⑤河南：《列女传·贤明》作"淮南"，《高士传》《渚宫旧事》作"江南"。春秋时，楚不得有河南之地，作"河"者误。

⑥轶：通"辙"，车轮压过的痕迹。

⑦釜（fǔ）：炊具。相当于现在的锅。甑（zèng）：瓦制炊具。其底有

孔，放在鬲上，用以蒸饭。

⑧戴：用头顶着。纴（rèn）器：纺织工具。

⑨《论语》曰：引文见《论语·乡党》。

⑩色斯举矣，翔而后集：朱熹《论语集注》："言鸟见人之颜色不善，则飞去，回翔审视而后下止。人之见几而作，审择所处，亦当如此。"斯，就，才。举，飞起。集，鸟栖止于树上。

⑪《诗》曰：引诗见《诗经·魏风·硕鼠》。

⑫逝：发语词。汝：《毛诗》作"女"。

⑬适：前往。

⑭适彼乐土：《毛诗》作"乐土乐土"。陈乔枞《韩诗遗说考》、俞樾《群经平议》皆谓当以《韩诗》为正，《毛诗》重"乐土"为误。

⑮爰：于是。

【译文】

楚国的狂人接舆亲自耕种为生。他的妻子去市集还没回来，楚王派遣使者遣送一百镒黄金来到他家，说："大王派遣我奉上一百镒黄金，希望能请先生治理黄河以南一带。"接舆笑着没有回答，使者没有得到答复，就离开了。接舆妻子从市集上回来，说："先生从年轻时就行义，怎么能快老了反而遗弃义了呢？门外的车辙多么深啊，这是怎么回事？"接舆说："今天楚王派遣使者送我一百镒黄金，想让我去治理黄河以南一带。"接舆妻子说："难道你答应他了吗？"接舆说："没有。"妻子说："不遵从国君的任命，这是不忠；遵从了，这是遗弃道义。不如离开这里。"于是丈夫接舆背着釜甑等炊具，妻子头顶着纺织工具，改换姓名，没有人知道他们去了哪里。《论语》说："鸟一看到人有不好的脸色，就飞向天空，回翔审视一阵之后，才又停歇在树上。"接舆的妻子就是这样的人。《诗经》上说："我将要离开你这里，去往那个快乐的国土。去往那个快乐的国土，于是得到了我安身的地方。"

第二十二章①

昔者桀为酒池糟堤②,纵靡靡之乐③,一鼓而牛饮者三千人④。群臣皆相持而歌曰:"江水沛兮⑤,舟楫败兮⑥。我王废兮⑦,趣归于亳⑧,亳亦大兮。"又曰:"乐兮乐兮,四牡骄兮⑨,六辔沃兮⑩。去不善兮从善,何不乐兮!"伊尹知大命之将至⑪,举觞告桀,曰:"君王不听臣言,大命至矣!亡无日矣!"桀拍然而抃⑫,盍然而笑⑬,曰:"子又妖言矣⑭。吾有天下,犹天之有日也。日有亡乎?日亡吾亦亡也。"于是伊尹接履而趋⑮,遂适于汤,汤以为相。可谓适彼乐土,爰得其所矣。《诗》曰:"逝将去汝,适彼乐土。适彼乐土,爰得我所。"

【注释】

①本章并见《尚书大传·汤誓》《新序·刺奢》《帝王世纪》。

②酒池糟堤:以酒为池,积糟成堤。极言酒之多,沉湎之深。

③靡靡之乐:颓废淫荡的音乐。

④牛饮:像牛一样对着酒池俯身狂饮。

⑤沛:盛大充足的样子。

⑥楫(jí):船桨。

⑦废:败坏,昏聩。

⑧趣(cù):迅速。亳(bó):商汤的国都。其地有三说:一说在今河南商丘东南,名"南亳";一说在今河南商丘北,名"北亳";一说在今河南偃师西,又名"西亳"。《新序·刺奢》作"薄"。

⑨骄:马健壮的样子。《新序·刺奢》作"骄"。

⑩六辔:古一车四马,马各二辔,其两边骖马之内辔系于轼前,谓之"轨",御者只执六辔。沃:润泽的样子。

⑪大命：天命。

⑫抃（biàn）：拍手，鼓掌。

⑬盍（xiá）然：笑貌。盍，通"嗑"。《庄子·天地》"嗑然而笑"，陆德明《释文》："嗑，笑声也。"《尚书大传·汤誓》《新序·刺奢》《帝王世纪》作"哑然"。

⑭妖言：怪诞不经的邪说。

⑮接履：拖着鞋子。许维遹《集释》引闻一多说，谓"接"与"插"通，履无跟，但以足插入，曳之而行也。

【译文】

从前，桀建造了酒池和糟堤，放纵享受颓废淫荡的音乐，演奏一通鼓，群臣们像牛一样对着酒池喝酒的就有三千人。群臣们都醉醺醺地互相扶持着歌唱："江水多么盛大啊，船和桨都坏了啊。我们的君王多么昏聩啊，赶快去亳归附汤，亳地也很广大啊。"又唱道："快乐啊，快乐啊，四匹雄马多么健壮啊，六条缰绳多么光润啊。离开昏聩的夏桀，去归附贤明的商汤，怎么会不快乐啊！"伊尹知道上天灭亡夏的命令将要降临，就举起酒杯告诉桀，说："君王若不听我的话，天命就要降临！夏很快就要灭亡了！"桀拍着手，哈哈大笑起来，说："你又说怪诞不经的话。我拥有天下，就像天上有太阳。太阳会灭亡吗？如果太阳会灭亡，那我也就会灭亡。"因此伊尹拖着鞋子，慌忙去往商汤那里，汤任命伊尹做相。伊尹可以说是去往那个快乐的国土，于是得到了他安身的地方。《诗经》上说："我将要离开你这里，去往那个快乐的国土。去往那个快乐的国土，于是得到了我安身的地方。"

第二十三章①

伊尹去夏入殷，田饶去鲁适燕，介子推去晋入山②。田饶事鲁哀公而不见察③，谓哀公曰："臣将去君，黄鹄举矣④。"

哀公曰:"何谓也?"田饶曰:"君独不见夫鸡乎？头戴冠者,文也;足傅距者⑤,武也;敌在前敢斗者,勇也;见食相呼者,仁也;守夜不失时者,信也。鸡虽有此五德,君犹日瀹而食之者何也⑥？则以其所从来者近也。夫黄鹄一举千里,止君园池,食君鱼鳖,啄君黍粱,无此五德者,君犹贵之者何也?以其所从来者远也。故臣将去君,黄鹄举矣。"哀公曰:"止! 吾将书子之言也。"田饶曰:"臣闻食其食者,不毁其器,阴其树者⑦,不折其枝。有臣不用,何书其言为?"遂去之燕。燕立以为相,三年,燕政大平⑧,国无盗贼。哀公喟然太息⑨,为之辟寝三月⑩,减损上服⑪,曰:"不慎其前而悔其后⑫,何可复得?"《诗》云⑬:"逝将去汝⑭,适彼乐国。适彼乐国⑮,爰得我直⑯。"

【注释】

①本章并见《新序·杂事五》。

②"伊尹去夏入殷"三句:《群书治要》《艺文类聚》《初学记》《文选注》《事类赋》引《外传》无此三句。许瀚《校议》谓此三句应在上章"昔者桀为酒池糟堤"句前,总领上章伊尹去夏入殷,本章田饶去鲁适燕之事,并于本章之后据《新序·节士》补入介子推去晋入山之事。

③察:此处为赏识、了解之义。

④黄鹄(hú):水鸟,形状像鹅而体较鹅大,鸣声洪亮,善飞。举:飞。

⑤傅:附着。距:雄鸡爪子后面突出像脚趾的部分。

⑥瀹(yuè):煮。《通俗文》:"以汤煮物曰'瀹'。"

⑦阴:通"荫"。这里用作动词,指纳荫乘凉。

⑧大平：大治，谓时世安宁和平。

⑨喟（kuì）然：叹息貌。太息：长长地叹息。

⑩辟（bì）寝：独居，不御女色，为古代君王的一种自谴行为。辟，避开。

⑪上服：上等的礼服。

⑫不慎其前而悔其后：前见本卷第八章，为孔子语。

⑬《诗》云：引诗见《诗经·魏风·硕鼠》。

⑭汝：《毛诗》作"女"。

⑮适彼乐国：《毛诗》作"乐国乐国"。

⑯直：王引之《经义述闻》："直，当读为'职'。职，亦所也。"

【译文】

伊尹离开夏去殷商，田饶离开鲁国去燕国，介子推离开晋国，入山隐居。田饶事奉鲁哀公，但是不被赏识，于是对哀公说："我将离开你，像黄鹄一样高飞走。"哀公说："这话什么意思啊？"田饶说："你难道没看见鸡吗？头上戴着鸡冠，这是有文采；脚后附着尖距，这是英武；敌人在前面，敢于和它搏斗，这是勇敢；看见食物，呼唤同伴一起吃，这是仁爱；为人守夜，打鸣不错过时辰，这是守信。鸡虽然有这五种德行，你还是每天把它们煮了吃，这是为什么呢？因为它们来的地方很方便。至于黄鹄，一飞千里，栖息在你的园林和池塘边，吃你的鱼鳖，啄你的黍粱，它们没有鸡那样的五种德行，但你还认为它们珍贵，这是为什么呢？因为它们来的地方很遥远。所以我将要离开你，像黄鹄一样高飞走。"哀公说："你等一等！我要把你的话记录下来。"田饶说："我听说吃人家的食物，就不毁坏人家的食器，在树下纳荫乘凉，就不折损那树枝。你有臣子但不任用他，还记下他的话来干什么？"于是离开去了燕国。燕国任用他做相，经过三年，燕国的国政治理得非常安宁和平，国内没有盗贼。哀公知道后，长长地叹息，为此独居三个月，不御女色，减损上等礼服的级别，说："事先不谨慎对待，事后才悔恨，失去了怎么还能再次得到呢？"《诗经》说："我将要离开你这里，去往那个快乐的国土。去往那个快乐的国土，于是得到了我安身的地方。”

第二十四章①

子贱治单父②,弹鸣琴,身不下堂,而单父治。巫马期以星出③,以星入,日夜不处④,以身亲之,而单父亦治。巫马期问于子贱,子贱曰:“我任人,子任力。任人者佚,任力者劳。”人谓子贱则君子矣,佚四肢,全耳目⑤,平心气,而百官理⑥,任其数而已⑦。巫马期则不然,弊性事情⑧,劳力教诏⑨,虽治犹未至也。《诗》曰⑩:“子有衣裳,弗曳弗搂⑪。子有车马,弗驱弗驰。”

【注释】

①本章并见《吕氏春秋·察贤》《说苑·政理》。

②子贱:姓宓,名不齐,字子贱,春秋时鲁国人。孔子弟子,少孔子三十岁。曾为单父宰,弹琴而治,为后世儒家所称道。《汉书·艺文志》载儒家有《宓子》十六篇,久佚。单(shàn)父:春秋鲁国邑名,故址在今山东单县南。卷八第十章载子贱治单父之法,可参。

③巫马期:姓巫马,名施,字子旗,一作“子期”,春秋时鲁国人。孔子弟子,少孔子三十岁。

④处:安处,休息。

⑤全耳目:指保全耳目聪明。

⑥理:治,好。《说苑·政理》作“治”。

⑦数:方法。

⑧弊:疲困,困乏。事:勤,劳。《尔雅·释诂》:“事,勤也。”“勤,劳也。”

⑨教诏:教导,教训。

⑩《诗》曰:引诗见《诗经·唐风·山有枢》。

⑪曳:拖曳。此指穿衣。搂:义同"曳"。《玉篇》:"《诗》曰:'弗曳弗搂。'搂,亦曳也。"《毛诗》作"娄"。

【译文】

宓子贱治理单父,弹着琴,不走下厅堂,但是单父却治理得很好。巫马期治理单父,清晨头顶着星星就出门,夜晚头顶着星星才回家,白天夜晚都不休息,事事都亲自去做,单父也治理得很好。巫马期问宓子贱原因,宓子贱说:"我任用别人去帮我治理,你用自己的力量去治理。任用别人,自己就安逸,任用自己的力量,自己就辛劳。"人们评价宓子贱是一位君子,他让自己四肢安逸,耳聪目明,心平气和,但官吏们都把事情做得很好,他只是运用好的治理方法而已。巫马期就不是这样了,疲劳自己的精神,费力去教导民众,虽然把单父也治理得好,但却没有达到最高的境界。《诗经》说:"你有衣裳,不去穿它。你有车马,不去驱驾。"

第二十五章①

子路曰:"士不能勤苦②,不能轻死亡,不能恬贫穷③,而曰我能行义,吾不信也。"昔者申包胥立于秦廷④,七日七夜,哭不绝声,是以存楚。不能勤苦,焉能行此?比干且死,而谏愈忠,伯夷、叔齐饿于首阳⑤,而志益彰。不轻死亡,焉能行此?曾子褐衣缊绪⑥,未尝完也;粝米之食⑦,未尝饱也。义不合,则辞上卿。不恬贫穷,焉能行此?夫士欲立身行道,无顾难易,然后能行之;欲行义白名⑧,无顾利害,然后能行之。《诗》曰⑨:"彼己之子⑩,硕大且笃⑪。"非良笃修身行之君子其孰能与之哉⑫?

【注释】

①本章并见《说苑·立节》。

②能：通"耐"，忍受。许维遹《集释》引闻一多说，以下二句二"能"字为衍文。

③恬（tián）：安。

④申包胥：楚君蚡冒后代，又称"王孙包胥""棼冒勃苏"，春秋时期楚国大夫。申包胥向与伍员交好，伍员出奔时，曾谓吾必覆楚。申包胥谓子能覆之，我必能兴之。楚昭王十年，伍子胥攻破楚郢都，申包胥入秦乞师，依庭墙哭，勺水不入口者七日。秦哀公乃出师救楚。昭王返国赏其功，申包胥逃不受赏。事载《左传·定公四年》。

⑤伯夷、叔齐：注见卷一第八章。首阳：山名。一称雷首山，相传为伯夷、叔齐采薇隐居处。其地所在，旧说不一，何晏《论语集解》引汉马融说："首阳山在河东蒲坂，华山之北，河曲之中。"

⑥褐衣：粗布衣服。缊（yùn）绪：用乱麻或旧絮装制的冬衣。缊，乱麻，旧絮。绪，通"褚""著"，塞，装。卷九第二十七章正作"褐衣缊著"。

⑦粝（lì）米：糙米。

⑧白：彰显，显扬。

⑨《诗》曰：引诗见《诗经·唐风·椒聊》。

⑩己：语助词。《毛诗》作"其"。

⑪硕大：盛美，壮美。笃（dǔ）：仁厚。

⑫良：实在。与：参与，指达到以上诸人的境界。

【译文】

子路说："士人不能忍受辛劳，不能轻视死亡，不能安于贫穷，却说我能够践行道义，我不相信有这样的人。"从前，申包胥为了劝说秦国出兵救楚，站在秦国的朝廷上，七日七夜，不停地哭泣，最终感动秦哀公，出兵救楚，因此保全了楚国。申包胥如果不能忍受辛劳，怎么能做这样的

事？比干将被处死了，却更加忠心地劝谏纣王，伯夷、叔齐快要饿死在首
阳山上了，但他们的志节却更加彰著。他们如果不能轻视死亡，怎么能
做这样的事？曾子连粗布衣服、塞上点乱麻的夹袄，都没有完好的；连糙
米饭食，都没有吃饱过。但如果不合道义，他宁愿辞去上卿的职位。曾
子如果不能安于贫穷，怎么能做这样的事？士人要想在世上有所建树，
践行道义，应该不顾事情难易，然后才能做好它；要想践行道义，彰显名
声，也应该不顾事情的利害，然后才能做好它。《诗经》说："那个君子啊，
壮美而且仁厚。"如果不是真正笃实地自我修养、身体力行的君子，谁能
够达到这样的境界呢？

第二十六章

子路与巫马期薪于韫丘之下①，陈之富人有处师氏者②，
脂车百乘③，舫于韫丘之上④。子路与巫马期曰："使子无忘
子之所知，亦无进子之所能，得此富，终身无复见夫子，子为
之乎？"巫马期喟然仰天而叹，阘然投镰于地⑤，曰："吾尝闻
之夫子：'勇士不忘丧其元，志士仁人不忘在沟壑⑥。'子不
知予与⑦？试予与？意者其志与⑧？"子路心惭，负薪先归。
孔子曰："由来！何为偕出而先返也？"子路曰："向也由与
巫马期薪于韫丘之下，陈之富人有处师氏者，脂车百乘，舫
于韫丘之上。由谓巫马期曰：'使子无忘子之所知，亦无进
子之所能，得此富，终身无复见夫子，子为之乎？'巫马期喟
然仰天而叹，阘然投镰于地，曰：'吾尝闻之夫子，勇士不忘
丧其元，志士仁人不忘在沟壑。子不知予与？试予与？意
者其志与？'由也心惭，故先负薪归。"孔子援琴而弹。《诗》

曰⑨："肃肃鸨羽⑩，集于苞栩⑪。王事靡盬⑫，不能蓺稷黍⑬，父母何怙⑭？悠悠仓天⑮，曷其有所⑯！"予道不行邪？使汝愿者⑰。

【注释】

①薪：砍柴。辒（yùn）丘：即宛丘。毛传："四方高、中央下曰宛丘。"

②处师：古代复姓。

③脂车：别本作"指车"，俞樾《读〈韩诗外传〉》谓"指"为"楬"的假借字，《尔雅·释言》："楬，柱也。"古代停车必以木楬其轮，使之勿动。

④觞（shāng）：饮酒。又，许维遹《集释》以"觞"通"荡"，游荡。

⑤阘（tà）然：投物有声貌。镰：镰刀。

⑥勇士不忘丧其元，志士仁人不忘在沟壑：《孟子·滕文公下》及《万章下》曰："志士不忘在沟壑，勇士不忘丧其元。"与本文同。元，首，头。沟壑，山沟。指死无葬身之地，抛尸山沟。

⑦与（yú）：通"欤"，疑问语气词。

⑧意者：表示推测的语气，大概，或许。

⑨《诗》曰：引诗见《诗经·唐风·鸨（bǎo）羽》。

⑩肃肃：象声词。鸟羽的振动声。鸨：鸟名。似雁而略大，头小，颈长，背部平，翅膀阔，尾巴短，不善于飞，足健善驰，能涉水。

⑪苞：丛生。栩（xǔ）：木名。即栎树，一种落叶乔木。

⑫靡盬（gǔ）：没有止息。

⑬蓺（yì）：同"艺"，种植。稷黍（jì shǔ）：泛指五谷。

⑭怙（hù）：依靠。

⑮悠悠：遥远。仓：《毛诗》作"苍"。

⑯曷（hé）：何时。

⑰予道不行邪？使汝愿者：许维遹《集释》引闻一多说，谓此二句乃

孔子语，当移在"援琴而弹"之后。或认为《诗》曰云云，为孔子援琴所歌，歌后结以"予道不行邪，使汝愿者"二句，前后文并无移讹，亦通。今从前说。又，据上一章及《论语·子罕》："衣敝缊袍与衣狐貉者立而不耻者，其由也与。"可知子路非慕富贵者，本章殆后人假托之词。

【译文】

子路和巫马期在楅丘下砍柴，陈国有一位姓处师的富人，停着上百辆车子，在楅丘上宴饮。子路对巫马期说："如果让你不忘记你的知识，也不增进你的才能，可以获得这样的财富，但一辈子不再见到老师，你愿意吗？"巫马期仰天长叹，把镰刀"啪"的一声扔到地上，说："我曾经听老师说：'为了义，勇敢的人不怕掉脑袋，志士仁人不怕野死在山沟里。'你是不了解我呢？还是试探我？恐怕这是你自己的志向吧？"子路心中感到惭愧，就背着柴先回去了。孔子见了，就说："仲由，你过来！为什么你和巫马期一起出去，却独自先回来了？"子路说："刚才，我和巫马期在楅丘下砍柴，陈国有一位姓处师的富人，停着上百辆车子，在楅丘上宴饮。我对巫马期说：'如果让你不忘记你的知识，也不增长你的才能，可以获得这样的财富，但一辈子不再见到老师，你愿意吗？'巫马期仰天长叹，把镰刀'啪'的一声扔到地上，说：'我曾经听老师说，为了义，勇敢的人不怕掉脑袋，志士仁人不怕野死在山沟里。你是不了解我呢？还是试探我？恐怕这是你自己的志向吧？'我心中感到惭愧，所以先背着柴回来了。"孔子拿过琴弹奏起来，说："难道是因为我主张的道义行不通了吗？使你羡慕陈国富人那样的生活。"《诗经》说："鸨鸟拍动翅膀，发出'肃肃'的声音，停栖在丛生的栎树上。周王的事情没有止息，使我不能种植庄稼，让父母依靠什么过活啊？遥远的苍天啊，我什么时候才能过上安定的生活啊！"

第二十七章

　　孔子曰:"士有五:有埶尊贵者①,有家富厚者,有资勇悍者②,有心智慧者,有貌美好者。埶尊贵者,不以爱民行义理,而反以暴敖凌物③。家富厚者,不以振穷救不足④,而反以侈靡无度。资勇悍者,不以卫上攻战,而反以侵陵私斗。心智慧者,不以端计数⑤,而反以事奸饰诈。貌美好者,不以统朝莅民⑥,而反以蛊女从欲⑦。此五者,所谓士失其美质者也。"《诗》曰⑧:"温其如玉⑨,在其板屋⑩,乱我心曲⑪。"

【注释】

①埶:同"势",权势。

②资:资质,天性。

③敖(ào):同"傲",傲慢。凌物:欺凌他人。物,指人而言。

④振:赈济,救济。

⑤端:详审。计:考察。数:治乱盛衰的气数、规律。

⑥统朝莅(lì)民:统理朝廷官吏,视察治理人民。莅,视察,治理。

⑦蛊(gǔ):诱惑。从:同"纵",放纵。

⑧《诗》曰:引诗见《诗经·秦风·小戎》。

⑨温其:温然。指温和的样子。

⑩板屋:用木板盖成的房屋,为西戎一带的居住风俗。

⑪心曲:内心深处。

【译文】

　　孔子说:"士人有五种:有权势尊贵的,有家境富裕的,有资质勇敢的,有内心智慧的,有容貌美丽的。权势尊贵的士,不利用尊贵的权势去爱护百姓,推行道义,反而仗着权势暴戾傲慢,欺凌他人。家境富裕的士,不利用富裕的家资去赈济贫穷困乏的人,反而用来过奢侈糜烂、没有节制的生活。资质勇敢的士,不利用自己的勇敢去保卫国君,攻城打仗,反而用来欺凌别人,为私利而争斗。内心智慧的士,不利用自己的智慧去详审、考察国家治乱的规律,反而用来从事和掩饰奸诈的行为。容貌美丽的士,不利用自己端庄的容貌去统理朝廷官吏,治理百姓,反而用来诱惑女性,放纵情欲。这五种士,就是所说的丧失自己美好品质的士。"《诗经》说:"他的心性温和得如同玉一般,居住在西戎的板屋之中,使我内心深处十分烦乱。"

第二十八章

上之人所遇①,容色为先,声音次之,事行为后。故望而知宜为人君者容也,近而可信者色也,发而安中者言也②,久而可观者行也。故君子容色,天下仪象而望之③,不假言而知宜为人君者④。《诗》曰⑤:"颜如渥沰⑥,其君也哉!"

【注释】

①上之人:在上位者。指国君。所遇:即为人所遇。指被人所接触。

②发:发言,表达。安中:安妥,得体。

③仪象:准则。此用作动词,以之为准则。

④假:假借,通过。

⑤《诗》曰:引诗见《诗经·秦风·终南》。

⑥渥:光泽,光润。沰(tuō):赭红色的土。《毛诗》作"丹",陆德明《经典释文》:"《韩诗》作'沰',音挞各反。沰,赭也。"

【译文】

国君被人所接触到的,首先是他的容貌神色,其次是他的言语谈吐,最后才是他的行为。所以一眼看去就知道适合做国君的,是他的容貌;接近他然后觉得他值得信赖的,是他的神色;表达出来得体的,是他的言语;和他接触久了,有值得观看的,是他的行为。所以君子的容貌神色,天下人都把它作为准则,远远观望着,不需要通过言语就知道他适合做国君。《诗经》说:"他的面色红润得像赭红色的土一样,真是我们的国君啊!"

第二十九章①

　　子夏读《书》已毕②。夫子问曰:"尔亦可言于《书》矣。"子夏对曰:"《书》之于事也,昭昭乎若日月之光明③,燎燎乎如星辰之错行④,上有尧舜之道,下有三王之义⑤,弟子所受于夫子者,志之于心不敢忘。虽居蓬户之中,弹琴以咏先王之风,有人亦乐之,无人亦乐之⑥,亦可发愤忘食矣。《诗》曰⑦:'衡门之下⑧,可以栖迟⑨。泌之洋洋⑩,可以疗饥⑪。'"夫子造然变容曰⑫:"嘻!吾子殆可以言《书》已矣。然子以见其表⑬,未见其里。"颜渊曰:"其表已见,其里又何有哉?"孔子曰:"窥其门,不入其中,安知其奥藏之所在乎⑭?然藏又非难也。丘尝悉心尽志⑮,已入其中,前有高岸,后有深谷,泠泠然如此⑯,既立而已矣⑰。"不能见其里,盖未谓精微者也⑱。

【注释】

①本章并见《尚书大传·略说》《孔丛子·论书》。

②子夏:即卜商,春秋末卫国人,一说晋国温人。孔子弟子,孔门十哲之一,以文学见称。曾为鲁国莒父宰。孔子死后,讲学于河西,

李悝、吴起、段干木皆从受业，魏文侯曾师事之。

③昭昭：光亮的样子。光明：《尚书大传·略说》《孔丛子·论书》作"代明"，与下"错行"对文。

④燎燎：显明的样子。《尚书大传·略说》《孔丛子·论书》作"离离"。错行：交替运行。

⑤三王：指夏、商、周三代的开国君王，即禹、汤、周文王及周武王。

⑥有人亦乐之，无人亦乐之："有人""无人"指赏识、进用而言，君子对此不措意而安然自乐，故下引《衡门》之诗，言君子乐道自适，无所外求之意。

⑦《诗》曰：引诗见《诗经·陈风·衡门》。

⑧衡门：横木为门。指简陋的房屋。

⑨栖迟：游息，游玩休憩。

⑩泌（bì）：轻快的泉流。洋洋：水流盛大的样子。

⑪疗：治疗。《毛诗》作"乐"，陆德明《经典释文》："乐，本又作'瘵'，……案《说文》云：'瘵，治也。''瘵'或'瘵'字也。"

⑫造然：马上，立刻。《广雅·释诂》："造，猝也。"

⑬以：通"已"，已经。

⑭奥藏（cáng）：室内隐蔽之处。奥，房屋的西南角，古时祭祀设神主或尊者居坐之处。后泛指室内深奥之处。

⑮悉心：尽心。

⑯泠泠（líng）然：清凉、冷清的样子。

⑰既：许维遹《集释》引闻一多说，谓"既"读为"忔（yì）"，《说文·心部》："忔，痴貌。"忔立，犹言痴立不动也。

⑱谓：通"为"。

【译文】

子夏读完了《尚书》。孔子问他说："你也可以谈一谈《尚书》了。"子夏回答说："《尚书》里所记载的事，光明得好像日月的光芒，显明得好像星星的交替运行,往上说有尧、舜治理天下的道理,往下说有禹、汤、周文王、周武王平定天下的道理,我从老师那里受到的有关《尚书》的教导,都记在心上,不敢遗忘。即使居住在简陋的茅草屋里,也要弹着琴,吟咏古代贤王的风范,有人赏识我,我感到快乐,没有人赏识我,我也感到快乐,也可以发奋苦学,忘记饥饿。《诗经》说:'简陋的横木门下,我也可以游息。轻快的泉流,十分盛大,我在水边玩乐,也可以忘记饥饿。'"孔子听后,马上改变脸色,说:"啊!你差不多可以一起讨论《尚书》了。不过,你已经看到了它表面的意思,却还没有了解它的内涵。"颜渊说:"它表面的意思已经看到了,它的内涵还有什么呢?"孔子说:"只在门口往里窥探,但没有进入到门里,怎么能知道室内深奥的地方在哪里呢?但是,要知道深奥的地方在哪,也并不困难。我曾经竭尽我的心志,已经深入到那深奥的地方,那地方就好像前面有高峻的河岸,后面有幽深的山谷,如此的清凉,我只能痴痴地站在那里罢了。"不能见到它的内涵,大概不算了解它的精深和微妙。

第三十章

传曰:国无道则飘风厉疾①,暴雨折木,阴阳错氛②,夏寒冬温,春热秋荣③,日月无光,星辰错行,民多疾病,国多不祥,群生不寿,而五谷不登④。当成周之时⑤,阴阳调,寒暑平⑥,群生遂⑦,万物宁。故曰:其风治⑧,其乐连⑨,其驱马舒,其民依依⑩,其行迟迟⑪,其意好好⑫。《诗》曰⑬:"匪风发兮⑭,匪车揭兮⑮。顾瞻周道⑯,中心怛兮⑰。"

【注释】

①飘风:回风,旋风。《尔雅·释天》:"回风为飘。"厉疾:猛烈迅急。

②错氛：错乱。氛，同"纷"，纷乱。

③荣：泛指草木开花。又，赖炎元《韩诗外传今注今译》疑"热"当作"熟"，与"荣"相对。

④五谷：五种谷物。所指不一，或指麻、黍、稷、麦、豆，见《周礼·天官·疾医》郑注；或指稻、黍、稷、麦、菽，见《孟子·滕文公上》赵岐注；或指稻、稷、麦、豆、麻，见《楚辞·大招》王逸注；或指粳米、小豆、麦、大豆、黄黍，见《素问·藏气法时论》王冰注；或指大麦、小麦、稻谷、大豆、胡麻，见《苏悉地羯啰经》卷中。后以五谷为谷物的通称，不一定限于五种。登：成熟。

⑤成周：即西周的东都洛邑，故址在今河南洛阳东郊。为巩固周朝对东方的统治，最早由周武王定计营建洛邑，后由召公勘址，周公营建，于周成王五年建成，后命周公留守成周，故常借"成周之时"指周初周公辅成王的兴盛时代。

⑥平：均平，和宜。

⑦遂：成长。《国语·齐语》"牛羊遂"，韦昭注："遂，长也。"此指顺其本性成长，与上文"群生不寿"相对。

⑧治：调顺，和顺。

⑨连：连绵，长久。

⑩依依：柔顺的样子。

⑪迟迟：舒缓，从容不迫。

⑫好好：喜悦。《诗经·巷伯》"骄人好好"，毛传："好好，喜也。"

⑬《诗》曰：引诗见《诗经·桧风·匪风》。

⑭匪风：不是古风，不合正道之风。匪，同"非"。按，《汉书·王吉传》载王吉上疏曰："是非古之风也，发发者；是非古之车也，揭揭者，盖伤之也。"王吉习《韩诗》，其说为《韩诗·匪风》之义。毛传："发发飘风，非有道之风也。"可知韩、毛二说同。又按，"匪风发令"即上文"国无道则飘风厉疾"，与"其风治"相对。

⑮揭：疾驱的样子。《毛诗》作"偈"，毛传："偈偈疾驱，非有道之车。"按，"匪车揭兮"，正与上文"其驱马舒"相对。

⑯周道：周代兴盛时的政治，即前所论"成周之治"。王先谦《集疏》："其因无道思成周之诗，释诗'顾瞻'句与毛同义，齐、韩古说如此，后人释'匪'为'彼'、'道'为'路'者，皆未可从。"

⑰中心：即"心中"。恕(dá)：忧伤。《毛诗》作"怛"。

【译文】

传文说：国家的政治不符合正道，就会有迅猛的旋风刮起，暴雨摧折树木，阴阳发生错乱，夏天寒冷，冬天温暖，春天炎热，秋天草木开花，太阳、月亮没有光辉，星星运行错乱，人们多患疾病，国家发生很多灾异，百姓不能长寿，五谷不能成熟。在西周初年，周公辅政的时候，阴阳调和，天气寒冷暑热适宜，百姓都能顺其本性地成长，万物安宁。所以说：风刮得调顺，百姓就有长久的欢乐，驱赶马车十分舒缓安和，百姓就很柔顺，行路从容不迫，百姓内心就充满喜悦。《诗经》说："风不合正道地突然刮起来，车不合正道地疾驰飞奔。回想周初清明的政治，心中感到十分忧伤。"

第三十一章①

夫治气养心之术，血气刚强则务之以调和②，智虑潜深则一之以易谅③，勇毅强果则辅之以道术，齐给便捷则安之以静退④，卑摄贪利则抗之以高志⑤，容众弩散则劫之以师友⑥，怠慢摽弃则慰之以祸灾⑦，愿婉端悫则合之以礼乐⑧。凡治气养心之术，莫径由礼⑨，莫优得师，莫慎一好⑩。好一则抟⑪，抟则精⑫，精则神⑬，神则化⑭，是以君子务结心乎一也⑮。《诗》曰⑯："淑人君子⑰，其仪一兮。其仪一兮，心如结兮。"

【注释】

①本章并见《荀子·修身》。

②务：致力，努力。《荀子·修身》作"柔"。

③潜深：深沉。一：齐一，协调。易谅：平易善良。《荀子·修身》作"易良"，杨倞注："智虑深则近险诈，故一之以易良也。"

④齐给（jǐ）：敏捷。

⑤摄：通"慑"，畏惧，胆怯。抗：举，激励。

⑥容：通"庸"，庸俗。驽（nú）：资质低劣无能。散：懒散。劫：《荀子·修身》杨倞注："劫，夺去也，言以师友去其旧性也。"

⑦摽（biāo）：看轻自己。《荀子·修身》作"僄"，杨倞注："僄，轻也，谓自轻其身也。"慰：止，劝阻。许维遹《集释》："慰，犹止也。《诗·绵》篇'迺慰迺止'，'慰''止'对举，慰亦止也。"

⑧愿婉：朴实恭顺。《荀子·修身》作"愚款"。端悫（què）：正直诚谨。合：调合。《荀子·修身》杨倞注："愚款端悫，多无润色，故合之以礼乐。"

⑨径：快捷，直捷。由：遵循。

⑩慎：《荀子·修身》作"神"，"慎""神"相通，杨倞注："神，神明也。"王念孙《读书杂志·荀子》："'一好'，谓所好二不也。《儒效篇》曰：'并一而不二，则通于神明。'"

⑪抟：通"专"，专一，专注。

⑫精：精通。

⑬神：神通。

⑭化：化通，出神入化。

⑮结心：聚集心思，专心致志。

⑯《诗》曰：引诗见《诗经·曹风·鸤鸠（shī jiū）》。

⑰淑：善。

【译文】

调冶情绪、修养心性的方法,血气刚强的人,就努力使他心气调和;思虑深沉的人,就用平易良善来协调他;果敢坚毅的人,就用道术来辅导他;敏捷躁急的人,就用冷静谦退来安定他;志气卑下、胆怯而贪图利益的人,就用高尚的志向来激励他;庸俗无能而又懒散的人,就用良师益友来改造他;懈怠而又自暴自弃的人,就用灾祸来劝阻他;朴实恭顺、正直诚谨的人,就用礼乐来调适他。大凡调冶情绪、修养心性的方法,没有比遵循礼更快捷的,没有比得到一个好老师更好的,没有比爱好专一更神通的。爱好专一就能思虑专注,思虑专注就能精通,精通了就能神通,神通了就能化通一切,所以君子努力把心思聚集在一个方面。《诗经》说:"善人君子,他的仪行始终如一。他的仪行始终如一,他的心思就像绳结一样牢固。"

第三十二章①

玉不琢,不成器;人不学,不成行②。家有千金之玉,不知治,犹之贫也。良工宰之③,则富及子孙;君子学之,则为国用。故动则安百姓,议则延民命。《诗》曰④:"淑人君子,正是国人⑤。正是国人,胡不万年⑥!"

【注释】

①本章并见《礼记·学记》及《太平御览》卷四七一引《尸子》。

②成行:成就品行。《礼记·学记》作"知道"。

③宰:修治。《小尔雅·广诂》:"宰,治也。"

④《诗》曰:引诗见《诗经·曹风·鸤鸠》。

⑤正:准则,榜样。

⑥胡:何,怎么。

【译文】

　　玉石不经过雕琢,就不能成为器物;人不经过学习,就不能成就自己的品行。家里有价值千金的玉石,不知道修治它,也还像是贫穷人家。手巧的工匠修治了它,就可以让子孙后代都很富裕;君子经过学习,就可以成为国家的有用人才。所以他的作为能安定百姓的生活,他的议论能延长百姓的生命。《诗经》说:"善人君子,是国人的榜样。他是国人的榜样,怎么能不长寿万年呢!"

第三十三章①

　　嫁女之家,三夜不息烛,思相离也;取妇之家,三日不举乐②,思嗣亲也③。是故昏礼不贺,人之序也④。三月而庙见⑤,称来妇也。厥明见舅姑⑥,舅姑降于西阶,妇降自阼阶⑦,授之室也⑧。忧思三日,不杀三月,孝子之情也。故礼者,因人情为文⑨。《诗》曰⑩:"亲结其缡⑪,九十其仪⑫。"言多仪也。

【注释】

①本章并见《礼记·曾子问》《郊特牲》《昏义》。

②举乐:奏乐。

③嗣亲:继承双亲,延续后嗣。《礼记·曾子问》孔疏:"所以不举乐者,思念己之取妻嗣续其亲,则是亲之代谢,所以悲哀感伤,重世之改变也。"

④序:《礼记·郊特牲》郑注:"序,犹代也。"

⑤庙见:指到祢庙中祭拜已去世公婆的神主。

⑥厥：其。舅姑：称夫之父母，俗称"公婆"。

⑦阼（zuò）阶：东阶。古时殿前两阶，主人自阼阶上下，宾客自西阶上下。《礼记·郊特牲》郑注："明当为家事之主也。"

⑧室：家室，指家政之事。

⑨因：顺应。为文：制定礼仪条文。

⑩《诗》曰：引诗见《诗经·豳（bīn）风·东山》。

⑪亲：女子的母亲。褵（lí）：古时妇女系在身前的佩巾。薛君《韩诗章句》："褵，带也。"《毛诗》作"缡"。

⑫九十其仪：孔颖达《毛诗正义》："举'九'与'十'，言其多威仪也。"

【译文】

嫁女儿的人家，一连三晚不熄灭蜡烛，这是因为想到与女儿分离而感到悲伤；娶媳妇的人家，一连三天不奏乐，这是因为想到娶妻生子以继承双亲而感到悲伤。所以举行婚礼时不去庆贺，因为结婚意味着子女将要代替父母了。如果父母在娶亲之前去世，儿子就要在结婚三个月后与媳妇到家庙祭拜公婆，报告娶来了媳妇。父母健在的，结婚第二天早晨，媳妇要去拜见公婆，公婆从西阶走下来，儿媳从东阶走下来，公婆把家政之事交给儿媳操持。父母已去世的，结婚后要哀思三天，三个月不宰杀牲畜，以表示孝子的哀悼之情。因此，礼是顺应人的感情来制定礼仪条文的。《诗经》说："母亲为出嫁的女儿结上佩巾，结婚的礼仪真多啊。"就是说结婚有很多礼仪。

第三十四章①

原天命②，治心术③，理好恶，适情性④，而治道毕矣⑤。原天命则不惑祸福，不惑祸福则动静循理矣。治心术则不妄喜怒，不妄喜怒则赏罚不阿矣⑥。理好恶则不贪无用，不

贪无用则不以物害性矣。适情性则欲不过节，欲不过节则
养性知足矣。四者不求于外，不假于人，反诸己而存矣⑦。
夫人者说人者也⑧，形而为仁义，动而为法则。《诗》曰⑨：
"伐柯伐柯，其则不远⑩。"

【注释】

①本章并见《文子·符言》，为老子之言；又见《淮南子·诠言训》，
　为詹何之言。

②原：探求，追索。

③心术：心思。

④适：调适。

⑤毕：具备。

⑥阿（ē）：徇私，偏袒。

⑦诸：之于。存：具有。《群书治要》作"已"，《淮南子·诠言训》《文
　子·符言》作"得"。

⑧说：解说，解释。

⑨《诗》曰：引诗见《诗经·豳风·伐柯》。

⑩伐柯伐柯，其则不远：意为砍伐树枝做斧柄，所参考的准则并不遥
　远，拿手里的斧柄作为尺度就可以了。柯，斧柄。

【译文】

　　探求上天所赋予人的本性，调整自己的心思，理清自己的喜好和厌
恶，调适自己的情绪和脾性，那么治理国家的方法就都具备了。探求上
天所赋予人的本性，就不会被灾祸或幸福所迷惑；不被灾祸或幸福所迷
惑，就可以无论行动或者静处都能遵循道理。调整好自己的心思，就不
会胡乱高兴或愤怒；不胡乱高兴或愤怒，赏罚他人时就不会徇私偏袒。
理清自己的喜好和厌恶，就不会贪求没用的东西；不贪求没用的东西，就

不会因为外物而损害自己的本性。调适好自己的情绪和脾性,欲望就不会超过节度;欲望不超过节度,就会修养心性,知道满足。这四种修养的方法,不需要往外去寻求,也不需要向他人假借,回到自己,它们就存在于自身。人的本身就可以解释人的本性,显现出来就可以体现为仁义,付诸行动就可以成为准则。《诗经》说:"砍伐树枝做斧柄,砍伐树枝做斧柄,所参考的尺度标准并不遥远,就是自己手中的斧柄。"

卷三

【题解】

本卷共三十八章，引《诗》主要出自《周颂》《鲁颂》《商颂》，其中第九章、第十一章引《大雅·板》《小雅·楚茨》打乱了连引《周颂》的规律，第三十七章引《小雅·巷伯》、第三十八章所引上下句分别引自《唐风·鸨羽》《卫风·有狐》，也可视作卷末变体。又，第二十二章孔子连引《小雅·节南山》《周颂·敬之》《小雅·大东》《鄘风·相鼠》《鲁颂·泮水》五诗，与所论主题联系紧密，一气呵成，尤其是引《大东》曰："'周道如砥，其直如矢'，言其易也。'君子所履，小人所视'，言其明也。'睠焉顾之，潸焉出涕'，哀其不闻礼教而就刑诛也。"引诗与论理交错，保存了《韩诗》家的一些经说内容。这些都体现了《外传》引《诗》、说《诗》的丰富形态。

通过与《外传》其他章节及其他文献的对比，可以发现本卷一些章节的分合存在出入。如第二十五、二十六章分别论智者乐水、仁者乐山，其文在《说苑·杂言》合为一章。又，第三十八章，许瀚《校议》据《群书治要》所引，认为此章与卷五第二十三章文义相合，本为一章。又，第三十一章与卷八第三十一章文本内容也基本相同。这些都说明《外传》在编撰或后世传抄过程中存在不够整齐之处。

本卷部分章节并见《说苑》《荀子》《孔子家语》《吕氏春秋》《新序》

等，但文本之间常有出入，或是言论所属人物不同，如第一章、第三十章；或事件所属事主不同，如第二章、第八章，此类现象在先秦两汉互见文本中十分常见，但传闻异辞中也有《外传》所载不合史实者，如第十七章"宋大水，鲁人吊之"，事见春秋鲁庄公十一年（前683），其时距孔子出生有百余年，但《外传》却载了"时人"孔子对此事的评价。这显然与史实不符，故赵怀玉《韩诗外传校正》认为"不如《说苑》作'君子闻之'为当，下'弟子曰'作'问曰'"。又如，第十四章"孟尝君请学于闵子"，孟尝君与闵子骞相去近两百年，《外传》将二人牵合言之，也与史实不符。凡此皆传闻之误，读者可等闲视之。

　　本卷第十四、十五、十六章都讨论了有关学习的主题，如"礼有来学，无往教。致师而学不能学，往教则不能化君也""学然后知不足，教然后知不究""教学相长""凡学之道，严师为难。师严，然后道尊。道尊，然后民知敬学"等，至今仍具有思想意义。第二十五章论"智者所以乐于水"，认为水似"有智者""有礼者""有勇者""知命者""有德者"，也十分警策深刻。

第一章①

　　传曰：昔者舜甑盆无膻②，而下不以余获罪；饭乎土簋③，啜乎土型④，而工不以巧获罪；麤衣而鳌领⑤，而女不以侈获罪；法下易由⑥，事寡易为，而民不以政获罪。故大道多容，大德多下⑦，圣人寡为，故用物常壮也⑧。传曰：易简而天下之理得矣。忠易为礼，诚易为辞，贤人易为民，工巧易为材。《诗》曰⑨："岐有夷之行⑩，子孙保之。"

【注释】

①本章略见《说苑·君道》，为尹文对齐宣王语。

②甑（zèng）：瓦制炊具。其底有孔，放在鬲上，用以蒸饭。膻（shān）：羊腥臊。泛指肉类油脂的气味。

③簋（guǐ）：古代用于盛放黍稷等饭食的器皿，敞口、束颈、鼓腹、双耳。

④啜（chuò）：饮、喝。铏：通"铏"，古代用于盛菜羹的器皿，圆口、有盖、两耳三足。

⑤麂（ní）衣：即麑裘，用幼鹿皮制成的白衣服。鍪（zhōu）领：曲领，圆领。

⑥下：简约。由：遵循。

⑦下：谦逊。

⑧用：行。物：事。壮：壮盛，伟大。

⑨《诗》曰：引诗见《诗经·周颂·天作》。

⑩岐有夷之行：薛君《韩诗章句》："夷，易也。行，道也。彼百姓归文王者，皆曰岐有易道，可归往矣。易道，谓仁义之道而易行，故岐道险阻而人不难。"岐，岐山，周的发源地。此借指周文王。

【译文】

　　传文说：从前，舜生活俭朴，吃饭的甑盆都没有肉腥味，但人民也不会因为生活盈余而被治罪；舜用瓦制的簋吃饭，用瓦制的铏喝汤，但工匠也不会因为制作精巧的器物而被治罪；舜穿小鹿皮做的圆领衣服，但女子也不会因为缝制奢靡的衣服而被治罪；舜的法令简约，容易遵行，国家的事情少，容易做到，但人民也不会因为违反政令而被治罪。所以具有大道的人很能够容纳他人，具有大德的人很能够谦下待人，圣明的人很少有所作为，所以常能做出伟大的事。传文说：用平易简单的道理治国，那么治理好天下的方法就得到了。忠心就容易做事合乎礼制，诚恳就容易言辞得体，贤德的人就容易治理好百姓，能工巧匠就容易处理好材料。《诗经》说："岐山周文王实施的仁义之道，容易遵行，子孙要好好保守他建立的功业。"

第二章①

有殷之时，穀生汤之廷②，三日而大拱③。汤问伊尹曰："何物也？"对曰："穀树也。"汤问："何为而生于此？"伊尹曰："穀之出泽野物也，今生天子之庭，殆不吉也④。"汤曰："奈何？"伊尹曰："臣闻妖者祸之先，祥者福之先。见妖而为善，则祸不至；见祥而为不善，则福不臻⑤。"汤乃齐戒静处⑥，夙兴夜寐⑦，吊死问疾⑧，赦过赈穷，七日而穀亡，妖孽不见⑨，国家其昌。《诗》曰⑩："畏天之威⑪，于时保之⑫。"

【注释】

① 本章并见《吕氏春秋·制乐》，伊尹之语为汤退卜者之辞。又，穀生殷廷之事，《尚书序》《尚书大传·高宗肜日》《史记·殷本纪》《帝王世纪》《说苑·敬慎》《说苑·君道》《汉书·五行志》《论衡·异虚》《论衡·无形》《孔子家语·五仪解》等文献皆有记载，然传闻有异，或以为在中宗太戊之时，或以为在高宗武丁之时，大拱之时日，亦有一日、三日、七日之不同。赵善诒《补正》、屈守元《笺疏》对此有综述，可参。

② 穀（gǔ）：一种落叶乔木，皮可制纸。《诗经·小雅·鹤鸣》："其下维穀。"《毛传》："穀，恶木也。"

③ 拱：两手合围。

④ 殆（dài）：大概。

⑤ 臻（zhēn）：至，到。

⑥ 齐（zhāi）戒：古人祭祀之前，必沐浴更衣，不喝酒，不吃荤，不与

妻妾同寝,以示虔诚庄敬,称为斋戒。齐,同"斋"。

⑦夙(sù)兴夜寐(mèi):早起晚睡。形容勤奋。夙,早。兴,起来。
寐,睡。

⑧吊:哀悼死者。

⑨妖孽:指物类怪异反常的现象。

⑩《诗》曰:引诗见《诗经·周颂·我将》。

⑪威:威灵,威力。《春秋繁露·必仁且智》:"灾者,天之谴也;异者,
天之威也。"其后亦引《我将》"畏天之威",可知畏威指畏惧上天
所降灾异。

⑫于时:于是。时,通"是"。保:安。

【译文】

　　殷商时,榖树生长在汤的朝廷上,才三天就长到两手合围那么粗。汤问伊尹说:"这是什么东西?"伊尹回答说:"这是榖树。"汤问:"为什么生长在这里呢?"伊尹说:"榖树是生长在水泽山野里的植物,现在却生长在天子的朝廷上,大概是不吉利的。"汤说:"那怎么办呢?"伊尹说:"我听说妖异是灾祸的先导,祥瑞是福运的先导。遇到妖异的事情,如果去做善事,灾祸就不会到来;遇到祥瑞的事情,如果去做不善的事,福运也不会到来。"汤于是斋戒,安静居处,早起晚睡地勤劳工作,哀悼死丧的家庭,慰问生病的人,赦免有过错的人,赈济穷人,过了七天,榖树就死了,妖孽现象没再出现过,国家开始昌盛起来。《诗经》说:"敬畏上天的威灵,于是才能安保国家。"

第三章①

　　昔者周文王之时,莅国八年②,夏六月,文王寝疾③。五日而地动,东西南北不出国郊。有司皆曰:"臣闻地之动,为人主也。今者君王寝疾,五日而地动,四面不出国郊。群臣

皆恐,请移之④。"文王曰:"奈何其移之也?"对曰:"兴事动众以增国城⑤,其可以移之乎。"文王曰:"不可。夫天之见妖⑥,是罚有罪也。我必有罪,故天以此罚我也。今又专兴事动众以增国城,是重吾罪也。不可以移之。昌也请改行重善以移之,其可以免乎。"于是遂谨其礼帙、皮革⑦,以交诸侯;饰其辞令币帛⑧,以礼俊士⑨;颁其爵列、等级、田畴⑩,以赏群臣。行此无几何而疾止。文王即位八年而地动,地动之后四十三年,凡莅国五十一年而终。此文王之所以践妖也⑪。《诗》曰:"畏天之威,于时保之。"

【注释】

①本章并见《吕氏春秋·制乐》。

②莅(lì)国:临朝治理政事。莅,临。

③寝疾:卧病。

④移:《吕氏春秋·制乐》高诱注:"移咎征于他人。"

⑤兴事:兴建土木之事。

⑥见:同"现",显现。

⑦遂:许维通《集释》疑"遂"字涉下文"遂与群臣"而衍,《吕氏春秋·制乐》无"遂",是其证。帙(zhì):通"秩"。

⑧饰:通"饬",整治。《吕氏春秋·制乐》作"饬"。币帛:圭璧缯帛,古代用于祭祀、进贡、馈赠的礼物。

⑨俊士:周代称选取入太学者为俊士,后泛指才智出众的人。

⑩田畴(chóu):封地。

⑪践:通"翦",消除。《吕氏春秋·制乐》作"翦"。

【译文】

从前,周文王的时候,在他治国的第八年的夏天六月,卧病在床。生病后的第五天，发生了地震，地震东南西北四面的范围，没有超出国都的郊外。官吏们都说："我们听说地震是因为国君的缘故。现在国君卧病在床，五天后就发生了地震，四面的范围没有超出国都郊外。群臣们都感到恐惧，请把疾病转移给别人吧。"文王说："怎么样把疾病转移给别人呢？"官吏们回答说："大兴土木，动用民力，来扩大国都，或许可以把你的疾病转移给别人吧。"文王说："不可以。上天显现灾异，是要惩罚有罪的人。我一定是有罪，所以上天让我生病，以此来惩罚我。现在又专门大兴土木、动用民力来扩大国都，这是加重我的罪过。这样做不可能转移我的疾病。我请求改正我的行为，重视去做善事，来转移我的疾病，或许可以免除我的罪过吧。"于是文王谨慎地遵行礼仪秩序，准备皮革，来和诸侯交好；修治外交辞令和聘礼所用的币帛，来礼待才智出众的士人；颁赐爵位、等级、封地，来赏赐群臣。文王施行这些政策没多久，病就好了。文王在位的第八年地震，地震之后又过了四十三年，一共在位五十一年才去世。这就是文王用来消除妖异现象的做法。《诗经》说："敬畏上天的威灵，于是才能安保国家。"

第四章①

王者之论德也②，不尊无功，不官无德，不诛无罪，朝无幸位，民无幸生。故上贤使能而等级不逾③，折暴禁悍而刑罚不过④，百姓晓然皆知夫为善于家⑤，取赏于朝也，为不善于幽而蒙刑于显也。夫是之谓定论⑥。是王者之德⑦。《诗》曰⑧："明昭有周，式序在位⑨。"

【注释】
①本章并见《荀子·王制》。

②论德：考论、评定德行。《荀子·王制》无"德"字，杨倞注："论，谓论说赏罚也。"

③上：通"尚"，崇尚，尊敬。《荀子·王制》作"尚"。

④折暴：折服、制服暴虐的人。《荀子·王制》作"析愿"。刑罚不过：《荀子·王制》杨倞注："但禁之而已，不刻深也。"

⑤晓然：清楚的样子。夫：句中语气词。

⑥定论：评定考论。即首句"论德"的工作。

⑦德：当从《荀子·王制》作"论"，与首句照应。

⑧《诗》曰：引诗见《诗经·周颂·时迈》。

⑨明昭有周，式序在位：王先谦《集疏》："言大明著见之有周，在位者咸得其序。"明昭，光明昭著。式，语词。序，有序。

【译文】

君王考评臣民的德行，不尊贵没有功劳的人，不授官给没有德行的人，不诛杀没有犯罪的人，朝廷上没有侥幸得到官位的人，百姓中没有苟且偷生的人。所以王者尊敬有贤德的人，任用有才能的人，不逾越各自应有的等级，制服暴虐的人，禁押凶悍的人，但又不过分地刑罚他们，百姓都清楚地知道在家里做了好事，在朝廷中就能得到奖赏，在暗地里做了坏事，就会公开受到刑罚。这就叫作评定考论。这就是王者考评臣民德行的工作。《诗经》说："光明昭著的周国，臣子们都各按其能、井然有序地在自己的职位上。"

第五章①

传曰：以从俗为善，以货财为宝，以养性为己至道②，是民德也，未及于士也。行法而志坚③，不以私欲害其所闻，是劲士也，未及于君子也。行法而志坚，好修其所闻以矫其情，言行多当，未安谕也④，知虑多当，未周密也，上则能大其所隆也⑤,下则开道不若己者⑥,是笃厚君子,未及圣人也。若夫修百王之法⑦,若别白黑,应当世之变,若数一二,行礼要节⑧,若性四支⑨,因化立功⑩,若推四时⑪,天下得序,群物安居,是圣人也。《诗》曰:"明昭有周,式序在位。"

【注释】

①本章并见《荀子·儒效》。

②养性:犹治生,维持生计。《荀子·儒效》作"养生"。

③法:王念孙《读书杂志·荀》:"法者,正也,言其行正,其志坚。"

④安谕:《荀子·儒效》杨倞注:"未谕,谓未尽晓其义。未安,谓未得如天性安行之也。"

⑤所隆:王先谦《荀子集解》:"所隆,谓其所尊奉者。言能推崇其道而大之。"

⑥道(dǎo):开导,启发。

⑦修:修习,学习奉行。

⑧要节:切合礼节。

⑨性:通"伸",伸展。支:同"肢"。

⑩因:因循,顺应。

⑪推:按顺序推移、运转。

【译文】

传文说:把顺从时俗当作善,把财货当作宝贝,把维持生计当作自己最重要的原则,这是普通民众的德行,还没有达到士的境界。行为端正,意志坚定,不因为私欲损害所听闻的道理,这是坚毅的士,但还没有达到君子的境界。行为端正,意志坚定,喜欢修习所听闻的道理,以此来矫正自己的性情,言语行为大多恰当,但是还不能安于天性行事、通晓道义,智慧谋虑大多恰当,但是还不够周到细密,往高了说,能够发扬光大他所尊崇的学说,往低了说,能够开导不如自己的人,这是笃实厚重的君子,但还没有达到圣人的境界。至于那些修习历代君王的法令，分辨其中的好坏就像分辨白黑一样清楚；顺应当世的变化，就像计算一二的数目一样简单；行礼符合礼节规定，就像伸展自己的四肢一样自如；顺应时世的变化而建立功业，就像四季的推移一样自然，天下井然有序，万物安然地生存，这就是圣人。《诗经》说："光明昭著的周国，臣子们都各按其能、井然有序地在自己的职位上。"

第六章①

魏文侯欲置相②，召李克问曰③："寡人欲置相，非翟黄则魏成子④，愿卜之于先生⑤。"李克避席而辞曰："臣闻之：'卑不谋尊，疏不间亲。'臣外居者也，不敢当命。"文侯曰："先生临事勿让⑥。"李克曰："夫观士也，居则视其所亲，富则视其所与⑦，达则视其所举，穷则视其所不为，贫则视其所不取。此五者足以观矣。"文侯曰："请先生就舍，寡人之相定矣。"李克出遇翟黄，翟黄曰："今日闻君召先生而卜相，果谁为之？"李克曰："魏成子为之。"翟黄悖然作色曰⑧："吾何负于魏成子？西河之守⑨，吾所进也。君以邺为忧⑩，吾进西门豹⑪。君欲伐中山⑫，吾进乐羊⑬。中山既拔⑭，无守之者，吾进先生。君欲置太子傅，吾进赵苍唐⑮。皆有成功就事⑯。吾何负于魏成子？"克曰："子之言克于子之君也，岂比周以求大官哉⑰？君问置相非成则黄，二子如何，臣对曰：'君不察故也。居则视其所亲，富则视其所与，达则视其所举，穷则视其所不为，贫则视其所不取。五者足以定矣，何待克哉！'是以知魏成子为相也。且子焉得与魏成子比乎？

魏成子食禄千钟⑱,什一在内,九在外,以聘约天下之士。是以东得卜子夏、田子方、段干木⑲。此三人,君皆师友之;子之所进,皆臣之。子焉得与魏成子比乎?"翟黄逡巡再拜曰⑳:"鄙人固陋,失对于夫子。"《诗》曰:"明昭有周,式序在位。"

【注释】

①本章并见《史记·魏世家》《说苑·臣术》。《吕氏春秋·举难》《新序·杂事四》亦载魏文侯问李克相季成、翟璜之事。

②魏文侯:名斯,一作"都",战国时魏国国君。周威烈王时被列为诸侯,尝从子夏受艺,敬贤礼士,厉行改革,魏国因此日益富强,成为战国初期强国。在位三十八年。

③李克:战国初魏国人。子夏弟子,魏文侯灭中山,以太子击为中山君,翟璜举克为中山相,有治绩。《汉书·艺文志》载有《李克》七篇,早佚,今存清人辑本。

④翟(zhái)黄:战国初魏国下邽人。官至上卿,曾举荐吴起、李克、乐羊、西门豹、屈侯鲋等人于魏文侯,皆受重用,并有功绩。黄,一作"璜",亦作"触"。魏成子:战国初魏国人,魏文侯之弟,亦曰季成、季成子、公孙季成、楼季,推荐子夏、田子方、段干木为文侯师。后,文侯任其为相。

⑤卜:选择。

⑥临事:遇事。

⑦与:相与,交往。

⑧悖(bó)然:因发怒而变色之貌。悖,通"勃"。

⑨西河:古地区名。黄河以西之地,今陕西东部、黄河西岸一带,战国时属魏国。按,《说苑·臣术》"西河无守,臣进吴起而西河之外宁",可知翟黄所进西河之守为吴起。

⑩邺(yè):战国时魏国地名。故城在今河南临漳、磁县和安阳交界

处。按,《说苑·臣术》"邺无令,臣进西门豹而魏无赵患",可知文侯之忧在赵患。

⑪西门豹:魏文侯时为邺令,废除"河伯娶妇"的恶俗,兴建水利,开凿十二支渠,引漳河水灌溉,改良土壤,发展农业。

⑫中山:春秋战国时国名。春秋时称鲜虞,属白狄。中山之名始见于《左传·定公四年》。其地在今滹沱河流域的灵寿、平山、晋州一带,曾长期与晋国等中原国家交战,一度被视为中原国家的心腹大患。魏文侯派大将乐羊、吴起统率军队,经过三年苦战,于前407年占领中山国。后来中山桓公复国,国力鼎盛。后于前296年,被赵国所灭。

⑬乐羊:一作"乐阳",战国初魏国人。魏文侯将,使伐中山,其子在中山,中山之君烹其子而遗之羹,乐羊饮羹以诀志,随后大败中山国,封于灵寿,子孙遂世居于此。燕将乐毅即其后裔。

⑭拔:攻取。

⑮赵苍唐:一作"赵仓堂""赵仓唐",战国初魏国人。《史记·魏世家》载魏文侯破中山,使太子击守之,以赵苍唐为傅。卷八第九章载赵苍唐奉公子击命见文侯,应对从容,辩诘得宜,甚为文侯赏识。《史记·魏世家》作"屈侯鲋",《说苑·臣术》作"屈侯附"。

⑯成功就事:成就事功。

⑰比周:结党营私。

⑱千钟:极言粮多。钟,古容量单位。标准不一,有以六斛(十斗)四斗为一钟,一说八斛为一钟,又谓十斛为一钟。

⑲卜子夏:卜商,字子夏,春秋末卫国人,一说晋国温人。孔子弟子,孔门十哲之一,以文学见称。是春秋战国有成就的儒学教育家,讲学于河西,李克、吴起、段干木皆从受业,魏文侯曾师事之。田子方:战国初魏国人。受学于子贡,以道德学问闻名于诸侯,魏文侯曾慕名聘他为师,执礼甚恭。段干木:复姓段干,名木,战国

初魏国人。少贫且贱，师事子夏。魏文侯出过其庐，必凭轼示敬。

文侯师事之，给他爵禄，坚辞不受。

⑳逡（qūn）巡：却行，表示恭顺。

【译文】

　　魏文侯想任命相国，召请来李克，问道："我想任命相国，不是翟黄就是魏成子，希望先生帮我选择一下。"李克离开席子，推辞说："我听说：'地位低的人不谋划地位尊贵的人的事，关系疏远的人不介入关系亲近的人的事。'我是驻守在外的臣子，不敢接受你的这个命令。"文侯说："先生遇到事情，请不要推辞。"李克说："观察一个士人，平时居处就看他所亲近的人，富贵了就看他所交往的人，显达了就看他所荐举的人，穷厄了就看他所不愿做的事情，贫困了就看他所不苟取的东西。这五点足以观察一个士人的品行了。"文侯说："请先生回住处，我要任命的相国已经确定了。"李克从朝廷出来，遇到翟黄，翟黄说："今天听说国君召见先生来选择国相，最终谁来担任呢？"李克说："魏成子来担任。"翟黄听后大怒，马上变了脸色，说："我哪里输给魏成子了？西河的守官，是我举荐的。国君担忧邺城，我举荐了西门豹。国君想攻伐中山国，我举荐了乐羊。中山国攻克了，没有人守卫，我举荐了先生你。国君想任命太子的师傅，我举荐了赵苍唐。这些人都能成就事功。我哪里输给魏成子了？"李克说："你推荐我给你的国君，难道是想结党营私，来谋求高官的吗？国君问任命相国不是魏成子就是翟黄，这两个人怎么样，我回答说：'这是因为你不能仔细观察的缘故。平时居处就看他所亲近的人，富贵了就看他所交往的人，显达了就看他所荐举的人，穷厄了就看他所不愿做的事情，贫困了就看他所不苟取的东西。这五点足以确定谁适合做相国了，哪里要等我来决定呢！'我因此知道魏成子将要做相国。而且，你哪里能和魏成子相比呢？魏成子得到一千钟的俸禄，十分之一用在家里，十分之九用在外面，用来延聘结交天下的贤士。因此从东边得到了卜子夏、田子方、段干木。这三个人，国君都把他们当老师和朋友；而你所举荐的人,国君都把他们当臣子。你哪里能和魏成子相比呢?"翟黄后退,向李克拜了两拜说:"我的见识太浅陋了,和你说话失礼了。"《诗经》说:"光明昭著的周国,臣子们都各按其能、井然有序地在自己的职位上。"

第七章①

　　成侯、嗣公②,聚敛计数之君也③,未及取民也④。子产取民者也⑤,未及为政也。管仲为政者也⑥,未及修礼也⑦。故修礼者王,为政者强,取民者安,聚敛者亡。聚敛以招寇,积财以肥敌,危身亡国之道也,故明君不蹈也⑧。将修礼以齐朝,正法以齐官⑨,平政以齐下,然后节奏齐乎朝,法则度量正乎官,忠信爱利刑乎下⑩。如是百姓爱之如父母,畏之如神明,是以德泽洋乎海内⑪,福祉归乎王公。《诗》曰⑫:"降福简简⑬,威仪昄昄⑭。既醉既饱,福禄来反⑮。"

【注释】

①本章并见《荀子·王制》《富国》。

②成侯:战国时期卫国国君,名遬(sù),声公之子。成侯时,卫国小,贬为侯,属于赵,在位二十九年。嗣公:即嗣君,成侯之孙,平侯之子,在位四十二年。

③聚敛:搜刮敛取民财。计数:算计。

④取民:俞樾《诸子平议》:"取民,言治民也。"

⑤子产:即公孙侨,字子产,春秋时郑国人,子国之子。郑简公十二年(前554)为卿,二十三年(前543)为正卿,执政,历定公、献公、声公三朝。博学多闻,为政主张宽猛相济,改革内政,整顿田

地疆界及灌溉系统，订立丘赋制度，不毁乡校，听取国人议论政治得失，开展小国外交，周旋于晋、楚两强之间，郑国以治。

⑥管仲：即管敬仲，名夷吾，字仲，春秋时齐国颍上人。初事公子纠，后相齐桓公，任内大兴改革，重视商业，富国强兵，尊王攘夷，九合诸侯，一匡天下，辅佐桓公成为春秋五霸之首。

⑦修礼：修行礼义。

⑧蹈：行。

⑨官：官署，官僚。

⑩爱利：爱人利人。刑：有法度。《荀子·强国》"爱利则形"，郝懿行《补注》："刑者，法也。爱人利人皆有法，不为私恩小惠。注云'形，见'，非是。"按，以上七句又见卷六第二十三章。

⑪洋：洋溢，充满。

⑫《诗》曰：引诗见《诗经·周颂·执竞》。

⑬简简：盛多。

⑭昄昄（bǎn）：美善的样子。《毛诗》作"反反"。按，《小雅·宾之初筵》"威仪反反"，《释文》："《韩诗》作昄。昄，音蒲板反，善貌。"陈乔枞《韩诗遗说考》谓《执竞》此句文、义当与彼同。

⑮反：同"返"，指回报，报答。

【译文】

卫国的成侯和嗣公，是搜刮民财、算计的国君，但还不能够治理百姓。子产能够治理百姓，但还不能够施行政教。管仲能够施行政教，但还不能够修行礼义。所以修行礼义能称王天下，施行政教能使国家富强，治理百姓能使国家安定，搜刮民财能使国家灭亡。搜刮民财而招致外敌入侵，积累财富反而养肥了敌人，这是使自身危险、使国家灭亡的做法，所以贤明的君主不这样做。贤明的君主修制礼节来整齐朝廷，端正法度来整齐官署，公平政治来整齐人民，做到这样之后，朝廷的礼仪节奏都整齐了，各级官署的规则法度都公正了，百姓们都忠诚信用，爱人利人都合乎法度。这样，百姓爱戴国君就像爱父母，敬畏国君就像敬畏神明，因此国君的恩泽能够广布天下，福祉归属于王公诸侯。《诗经》说："祖先降下盛多的福，祭祀的人威仪都很美善。祖先享用祭品，喝醉吃饱了，赐下福禄来回报祭祀的人。"

第八章①

楚庄王寝疾，卜之，曰："河为祟②。"大夫曰："请用牲。"庄王曰："止。古者圣王之制，祭不过望③。濉、漳、江、汉④，楚之望也。寡人虽不德，河非所获罪也。"遂不祭。三日而疾有瘳⑤。孔子闻之曰："楚庄王之霸，其有方矣。制节守职，反身不贰⑥，其霸不亦宜乎！"《诗》曰⑦："嗟嗟保介⑧。"庄王之谓也。

【注释】

①本章并见《左传·哀公六年》《史记·楚世家》《说苑·君道》《孔子家语·正论解》，然诸书"庄王"皆作"昭王"，为其病重将死时事，并未疾瘳，后所记孔子之语亦不同。按，楚庄王为"春秋五霸"之一，《外传》记孔子赞庄王之能霸，与首句相应，诸书所载传闻有异，不必强同。

②祟（suì）：鬼神为祸害。

③望：祭祀山川。《左传·哀公六年》杜注："诸侯望祀竟内山川星辰。"《公羊传·僖公三十一年》亦曰："天子有方望之事，无所不通。诸侯山川有不在其封内者，则不祭也。"

④濉（suī）、漳、江、汉：《左传·哀公六年》杜预注："四水在楚界。"孔疏："《土地名》：'江经南郡江夏、弋阳、安丰。汉经襄阳，至夏

江安陆县入江。雎经襄阳,至南郡枝江县入江。漳经襄阳,至南
郡当阳入江。'是四水皆在楚界也。"

⑤瘳(chōu):病愈。

⑥反身:指反省自己。贰:王念孙《读书杂志·荀子》:"贰,当为'贷',
亦字之误也。'贷'与'忒'同。忒,差也。"

⑦《诗》曰:引诗见《诗经·周颂·臣工》。

⑧嗟嗟:叹词。君王敕戒而嗟叹之声。毛传:"嗟嗟,敕之。"保介:
古时立于车右,披甲执兵,担任侍卫的勇士。

【译文】

楚庄王卧病在床,卜人为他占卜,说:"是黄河之神在作祟。"大夫
们说:"请求用牺牲来祭祀黄河之神。"庄王说:"不可以。古代圣王的礼
制,诸侯不能祭祀国境外的山川。濉水、漳水、长江、汉水,是楚国应该祭
祀的大川。我虽然没有德行,河神也不会是我获罪的原因。"于是没有祭
祀河神。三天后,庄王病就痊愈了。孔子听到了这事,说:"楚庄王称霸
诸侯,大概是有道理的。行为节制,坚守自己的职分,反省自己而没有差
错,他能够称霸诸侯,不也是应当的吗!"《诗经》说:"啊!天子的侍卫。"
说的就是楚庄王这样的人。

第九章

人主之疾,十有二发①,非有贤医,莫能治也。何谓十
二发?曰:痿、蹶、逆、胀、满、支、隔、肓、烦、喘、痹、风②,此
之曰十二发。贤医治之如何?曰:省事轻刑,则痿不作。无
使小民饥寒,则蹶不作。无令财货上流③,则逆不作。无令
仓廪积腐,则胀不作。无使府库充实④,则满不作。无使群
臣纵恣⑤,则支不作。无使下情不上通,则隔不作。上振恤

下，则肓不作。法令奉行，则烦不作。无使下怨，则喘不作。无使贤人伏匿^⑥，则痹不作。无使百姓歌吟诽谤^⑦，则风不作。夫重臣群下者，人主之心腹支体也。心腹支体无疾，则人主无疾矣。故非有贤医，莫能治也。人主皆有此十二疾而不用贤医，则国非其国也。《诗》曰^⑧："多将熇熇^⑨，不可救药。"终亦必亡而已矣。故贤医用，则众庶无疾，况人主乎？

【注释】

①发：病发，指症状。

②瘘：肌肉萎缩，行动无力。周廷寀《校注》："方书所谓瘫痪也。" 蹶：通"厥"。张仲景《伤寒论》："凡厥者，阴阳气不相顺接，便为厥。厥者，手足逆冷者是也。"赵善诒《补正》："厥为寒疾之一，故与下文'无使小民饥寒，则蹶不作'相应。"逆：指气血不和、胃气不顺等所致病症。胀：腹腔肿胀。满：指胀满，壅滞。支：同"肢"。周廷寀《校注》："四肢拘挛，不得屈伸。"隔：指气血上下不顺畅。据许维遹《集释》引闻一多说，"隔"非通"膈"，隔、肓皆"病状之名，不斥病发之处"。肓（huāng）：与"隔"义近。烦：烦躁。喘：哮喘病。痹：指风、寒、湿侵袭肌体导致肢节疼痛、麻木、屈伸不利的病症。风：指外感风邪而导致的风寒、风热、风湿等症。

③上流：指财货聚集到统治者手中。

④府库：国家贮藏财物、兵甲的处所。

⑤纵恣（zì）：放纵肆意。

⑥伏匿：隐藏，隐居。

⑦歌吟诽谤：指通过歌谣来讽刺统治者。

⑧《诗》曰：引诗见《诗经·大雅·板》。

⑨将：行。熇熇（hè）：炽盛惨烈的样子。郑笺："多行熇熇惨毒之

恶,谁能止其祸。"

【译文】

国君的疾病,有十二种症状,如果没有高明的医生,是不能治好这些病的。什么叫作十二种病症呢?回答说:瘘、厥、逆、胀、满、肢、隔、肓、烦、喘、痹、风,这叫作十二种病症。高明的医生怎么治疗这些疾病呢?回答说:减省徭役,减轻刑罚,那么瘘病就不会发作。不要让百姓挨饿受冻,那么厥病就不会发作。不要让财货聚集到统治者手中,那么逆病就不会发作。不要让仓库的粮食堆积得腐烂,那么胀病就不会发作。不要让府库里财货装满,那么满病就不会发作。不要让群臣放纵肆意,那么肢体的疾病就不会发作。不要让民间的实情不能通报给国君,那么隔病就不会发作。国君赈济、体恤百姓,那么肓病就不会发作。国君的法令,臣民都能奉行,那么烦病就不会发作。不要让百姓有怨恨,那么喘病就不会发作。不要让贤人隐居起来,那么痹病就不会发作。不要让百姓通过歌谣来讽刺统治者,那么风病就不会发作。大臣和下面各级官吏,是国君的心腹和肢体。心腹和肢体没有疾病,那么国君也就没有疾病。所以如果没有高明的医生,是不能治好这些病的。国君患了这十二种疾病,却不任用高明的医生,那么国家就不再是他的国家了。《诗经》说:"做了很多惨烈的事情,不能用药来拯救。"最终也一定会灭亡的。所以任用高明的医生,那么百姓就不会有疾病,更何况是国君呢?

第十章

传曰:太平之时,无喑、疣、跛、眇、尪、蹇、侏儒、折短①,父不哭子,兄不哭弟②,道无襁负之遗育③。然各以其序终者④,贤医之用也。故安止平正⑤,除疾之道无他焉,用贤而已矣。《诗》曰⑥:"有瞽有瞽⑦,在周之庭。"纣之余民也⑧。

【注释】

①喑(yīn)：哑巴。聋(lóng)：同"聋"，聋人。跛：跛脚的人。眇(miǎo)：盲人。尪(wāng)：骨骼弯曲症。蹇(jiǎn)：跛脚的人。侏(zhū)儒：身材异常矮小的人。折短：即"折断"，指因受刑而被断手足的人。《礼记·王制》："喑、聋、跛躄、断者，侏儒，百工各以其器食之。"本章"折短"即《王制》"断者"，郑注："断谓支节绝也。"

②父不哭子，兄不哭弟：指父亲、兄长不会因为儿子、弟弟的早逝而痛哭。

③襁(qiǎng)负：用襁褓包裹的小孩。遗育：夭折。

④然各以其序终者：指各以其年龄的长幼次序而去世，即上所谓父兄不为子弟送丧，婴儿不夭折。贾谊《新书·数宁》："至治之极，父无死子，兄无死弟，涂无襁褓之葬，各以其序终。"与此义同。

⑤安止：安定。

⑥《诗》曰：引诗见《诗经·周颂·有瞽(gǔ)》。

⑦有：附着在名词前，相当于词缀，无实际意义。瞽：盲人乐官。

⑧余民：遗民。

【译文】

传文说：政治太平的时候，没有哑巴、聋人、跛子、盲人、弯腰驼背的人、跛脚的人、身材异常矮小的人、被断手足的人，父亲不会因为儿子的早逝而痛哭，哥哥也不会因为弟弟的早逝而痛哭，道路上不会有夭折的还在襁褓中的婴儿。人民都能依着年龄的长幼次序而去世，这是因为任用了高明的医生。所以想要国家安定、公平正义，祸害消除的办法没有别的，只要任用贤人就可以了。《诗经》说："盲人乐官，盲人乐官，在周朝宗庙的大庭中。"这些盲人乐官都是商纣时留下的遗民。

第十一章①

传曰：丧祭之礼废，则臣子之恩薄。臣子之恩薄，则背死亡生者众②。《小雅》曰③："子子孙孙，勿替引之④。"

【注释】

①本章并见《大戴礼记·礼察》《礼记·经解》。

②亡：通"忘"。

③《小雅》曰：引诗见《诗经·小雅·楚茨（cí）》。

④替：废弃。引：延长，延续。

【译文】

传文说：对君、父丧葬、祭祀的礼仪如果废弃了，那么臣、子对君、父的恩情就会日益淡薄。臣、子对君、父的恩情淡薄了，那么生者背叛死者、死者忘记保佑生者的事情就会很多。《小雅》说："子子孙孙，都不要废弃祭祀礼仪而要使它延续下去。"

第十二章

人事伦则顺于鬼神①，顺于鬼神则降福孔皆②。《诗》曰③："以享以祀④，以介景福⑤。"

【注释】

①伦：条理，次序。顺：合顺，不违。

②孔：甚，很。皆：偕，普遍。

③《诗》曰：引诗见《诗经·周颂·潜》。按，此二句又见《小雅·大田》《大雅·旱麓》，据《外传》引《诗》次第之常例，第十一章引《小雅·楚茨》，本章引《大田》，第十章引《周颂·有瞽》，本章引《潜》，均符合《诗》之篇次，但考虑到本卷引《诗》主要出自《周颂》，故本章似更有可能引自《潜》。

④享：献祭。

⑤介：祈求。景：大。

【译文】

　　人与人的关系有序了，就会合顺鬼神；合顺鬼神了，鬼神就会降下十分普遍的福气。《诗经》说："用酒食献祭神灵，来祈求大福。"

第十三章①

　　武王伐纣，到于邢丘②，轭折为三③，天雨三日不休。武王心惧，召太公而问曰④："意者纣未可伐乎⑤?"太公对曰："不然。轭折为三者，军当分为三也。天雨三日不休，欲洒吾兵也⑥。"武王曰："然何若矣?"太公曰："爱其人者，及屋上乌；恶其人者，憎其胥余⑦。咸刘厥敌，靡使有余⑧。"武王曰："於戏⑨! 天下未定也。"周公趋而进曰⑩："不然。使各度其宅而佃其田⑪，无获旧新⑫。百姓有过，在予一人⑬。"武王曰："於戏! 天下已定矣。"乃修武勒兵于宁⑭，更名邢丘曰怀、宁曰修武，行克纣于牧之野⑮。《诗》曰⑯："牧野洋洋⑰，檀车皇皇⑱，驷騵彭彭⑲。维师尚父，时维鹰扬⑳。亮彼武王㉑，肆伐大商㉒，会朝清明㉓。"既反商㉔，未及下车，封黄帝之后于蓟㉕，封帝尧之后于祝㉖，封舜之后于陈㉗。下车而封夏后氏之后于杞㉘，封殷之后于宋，封比干之墓㉙，释箕子之囚㉚，表商容之闾㉛。济河而西，马放华山之阳，示不复乘也；牛放桃林之野㉜，示不复服也；车甲衅而藏之于府库㉝，示不复用也。于是废军而郊射㉞，左射《狸首》㉟，右射《驺虞》㊱。然后天下知武王不复用兵也。祀乎明堂而民知孝㊲，朝觐然后诸侯知所以臣,耕籍然后诸侯知所以敬㊳。坐三老、五更于大学㊴,天子执酱而馈㊵,执爵而酳㊶,所以教诸侯之悌也。此四者,天下之大教也。夫《武》之久不亦宜乎㊷?《诗》曰㊸:"胜殷遏刘㊹,耆定尔功㊺。"言武伐纣而殷亡也。

【注释】

①本章前段,并见《尚书大传·大战》《说苑·贵德》;"既反商"以下,并见《礼记·乐记》《孔子家语·辨乐解》,为孔子为宾牟贾说武王牧野克殷后之事。

②邢丘:地名。在今河南温县平皋故城。

③轭(è):驾车时套在牲口脖子上的曲木。

④太公:姜姓,吕氏,名尚,字子牙,东海人。家贫,钓于渭滨,周文王遇之,与语,大悦,曰:"吾太公望子久矣。"故称"太公望""吕望",俗称"姜太公"。辅佐周文王、武王灭商,有大功,武王尊其为"师尚父",封于齐,都营丘,为齐之始祖。

⑤意者:表示推测的语气,大概,或许。

⑥洒兵:洗兵,指冲洗兵器,后遂以"洗兵"表示胜利结束战争。杜甫《洗兵马》"净洗甲兵长不用",即用此义。洒,洗。

⑦胥余:篱笆。

⑧咸刘厥敌,靡使有余:按,《尚书大传·大战》此二句为召公语。咸,全,都。刘,杀戮。厥,其。靡,不。

⑨於戏(wū hū):犹"於乎",感叹词。

⑩周公:姬姓,名旦,周文王子,周武王弟,采邑在周,故称"周公"。辅佐周武王伐纣灭商,武王卒,成王幼,周公摄政。营建东都成周,迁殷遗民于成周,分封诸侯,制礼作乐,使周王朝强盛。七年,成王长,还政于成王。

⑪度:居。《诗经·皇矣》"维彼四国,爰究爰度",毛传:"度,居也。"

《说苑·贵德》正作"居"。佃：耕作。

⑫获：《说苑·贵德》作"变"，"获""变"训诂得通（参许维遹《集释》引闻一多说）。变，通"辨"，分辨，区别。《尚书大传·大战》"毋故毋新"，即此义。旧：故旧之人，指周国的人民。新：新人，指殷商的人民。又，此句下《尚书大传·大战》《说苑·贵德》有"唯仁是亲"句。

⑬予一人：商、周时天子常用的自称。此指称商纣王。

⑭修武：整治武备。勒兵：治军，操练或指挥军队。宁：地名。在今河南获嘉。《史记·魏世家》"通韩上党于共、宁"，张守节《史记正义》："宁，怀州修武县，本殷之宁邑。"

⑮行：辄，即，不久。牧之野：即牧野，在今河南淇县南。周武王与反殷诸侯会师，大败纣军于此。

⑯《诗》曰：引诗见《诗经·大雅·大明》。

⑰洋洋：广大的样子。

⑱檀车：古代车子多用檀木为之，故称。常用以指役车、兵车。皇皇：明亮的样子。《毛诗》作"煌煌"。

⑲驷（sì）：古代同驾一辆车的四匹马。骃（yuán）：赤毛白腹马。《尔雅·释畜》："駵马白腹曰'骃'。"彭彭：盛壮的样子。

⑳时：通"是"。鹰扬：如鹰之飞扬，形容威武的样子。

㉑亮：辅佐。《毛诗》作"凉"，陆德明《经典释文》："凉，本亦作'谅'，《韩诗》作亮，云：'相也。'"

㉒肆：迅疾。

㉓会朝：会战的早晨。《尚书·牧誓》曰："时甲子昧爽，武王朝至于商郊牧野，乃誓。"清明：天朗气清。清，《玉篇·水部》引《韩诗》作"瀞"，是《韩诗》本又作"瀞"，"瀞"即"净"。

㉔反：《礼记·乐记》郑注："'反'当为'及'字之误也。"到达。

㉕黄帝：远古帝王，传说为少典之子，姓公孙，居轩辕之丘，故号"轩

辕氏"。居姬水,又姓姬。国于有熊,故亦称"有熊氏"。败炎帝
于阪泉,斩蚩尤于涿鹿。因有土德之瑞,故号"黄帝",为中原各
族的共同始祖。传说蚕桑、医药、舟车、宫室、文字、音律等,皆创
制于黄帝之时。蓟(jì):古地名。在今北京西南隅。

㉖祝:周代诸侯国名。姬姓。西周初年,周武王分封黄帝的后代禺
阳于祝,在今山东济南长清。前768年,被齐国灭亡。

㉗陈:周代诸侯国名。妫(guī)姓,是虞舜后裔。周武王灭商后,分
封虞舜的后代妫满于陈,并把长女太姬嫁给他,令他奉祀虞舜。
辖地大致在今河南东部和安徽西北部一带。

㉘杞:周代诸侯国名。周武王分封夏禹的后代东楼公于杞。在今河
南杞县一带。

㉙封:积土修整坟包。《礼记·乐记》郑注:"积土为封。"

㉚箕子:商代人,纣之诸父,一说纣之庶兄,名胥余,封子爵,国于箕。
纣无道,箕子谏而不听。后见比干被杀,箕子惧,披发佯狂为奴,
为纣所囚。周武王灭商,释放箕子。相传武王访箕子,所对答之
论见《尚书·洪范》。

㉛表:旌表。《汉书》颜师古注:"表者,竖木为之,若柱形也。"商容:人
名。参卷二第十九章注。闾:里巷的大门。古代二十五家为一闾。

㉜桃林:地名。在今河南灵宝以西、陕西潼关以东地区。

㉝衅:同"釁(xìn)",用牲血涂在器皿上。

㉞废:解散。郊射:在郊外学宫举行射礼。

㉟左:设在东郊的学宫。《狸(lí)首》:射礼时所唱的诗篇,今已佚。

㊱右:设在西郊的学宫。《驺(zōu)虞》:射礼时所唱的诗篇,即《诗
经·召南·驺虞》。

㊲明堂:古时天子举行祭祀、朝觐、燕飨(xiǎng)、养老、教学、选士等
活动的场所。

㊳耕籍:耕种籍田。籍田,古代天子、诸侯征用民力耕种的田。相传

天子籍田千亩,诸侯百亩。每逢春耕前,由天子、诸侯执耒耜在籍田上三推或一拨,种植供祭祀所用的谷物,并以示对农业的重视,称为"籍礼"。

㊴坐:《礼记·乐记》《孔子家语·辨乐解》作"食"。三老、五更:古代设三老、五更之位,天子以父兄之礼养之。《礼记·文王世子》郑注:"三老、五更各一人也,皆年老更事致仕者也,天子以父兄养之,示天下之孝悌也。"郑玄以三老、五更为各一人,蔡邕则以三老为三人,五更为五人。

㊵馈(kuì):馈食,进食。

㊶酳(yìn):饮食完毕,用酒漱口。

㊷《武》:指《大武》乐章,表现周武王伐商的乐舞。久:迟缓长久。《礼记·乐记》作"迟久",郑注:"言《武》迟久为重礼乐。"孔疏:"以其功德盛大,故须迟久重慎之也。"

㊸《诗》曰:引诗见《诗经·周颂·武》。

㊹遏:遏止。

㊺耆(zhǐ)定:达成。耆,致使,达到。陆德明《经典释文》:"耆,毛音指,致也。郑巨移反,《韩诗》音同郑,云:'恶也。'"马瑞辰《通释》谓毛、韩同义,《韩诗》"耆,恶也"当为《皇矣》"上帝耆之"章句,《释文》误引入此章。定,成。尔:此。

【译文】

　　周武王讨伐商纣王,到了邢丘,车轭折断为三截,天下雨,一连三天不停。武王内心感到恐惧,召请太公来,问道:"或许纣王还不可以讨伐吧?"太公回答说:"不是的。车轭折断为三截,是告诉我们军队应该分为三路。天下雨,一连三天不停,是上天要冲洗我们的兵器。"武王说:"那么应该怎么办呢?"太公说:"如果喜爱一个人,会连他屋上的乌鸦也喜爱;如果讨厌一个人,会连他的篱笆也讨厌。我们应该杀尽敌人,不要让他们有残余。"武王说:"哎!这样天下就不能安定了。"周公快步走上前,说:"不对。应该让百姓各自安居在家里,耕种自己的田地,不应该区分周国的故人和殷商的新人。百姓们即使有过错,那过错也全在商纣王一个人身上。"武王说:"哎!这样天下就能安定了。"于是,武王在宁邑修整武备,操练军队,把邢丘改名为怀,把宁邑改名为修武,不久就在牧野战胜了商纣王。《诗经》说:"牧野多么广阔,檀车多么明亮,驾车的四匹骒马多么盛壮。太师尚父,像飞扬的鹰一样威武。他辅佐武王,迅疾地攻伐殷商,会战的早晨,天气清明。"武王到达殷都,还没来得及下战车,就把黄帝的后裔分封到蓟,把帝尧的后裔分封到祝,把舜的后裔分封到陈。下了战车后,又把夏禹的后裔分封到杞,把殷人的后裔分封到宋,积土修整比干的坟墓,释放被囚禁的箕子,竖起旌表来表彰商容居住的里门。然后渡过黄河,往西班师,把战马放到华山的南面,以表示不再用马驾车打仗了;把牛放到桃林的野外,以表示不再用牛拉运军粮辎重了;把兵器涂上牲血,藏到仓库里,以表示不再用兵了。于是解散军队,在郊外的学宫举行射礼,在东学宫举行射礼,歌唱《狸首》,在西学宫举行射礼,歌唱《驺虞》。这样,天下人都知道武王不再用兵打仗。武王在明堂祭祀祖先,然后百姓知道孝顺父母;武王让诸侯来朝觐,然后诸侯知道怎么做臣子;武王亲自耕种籍田,然后诸侯知道怎么恭敬。武王让三老、五更坐在大学里,举行食礼,亲自捧着酱给他们吃,捧着酒杯给他们漱口,以此教导诸侯敬重兄长。这四方面是对天下至关重要的教育。所以说,《大武》乐章的乐舞节奏迟缓,持续时间长久,不也是应该的吗?《诗经》说:"武王战胜殷商,制止纣王的暴虐杀戮,最终完成了这一功绩。"说的就是周武王伐纣灭商的事。

第十四章

孟尝君请学于闵子[①],使车往迎闵子。闵子曰:"礼有来学,无往教[②]。致师而学不能学[③],往教则不能化君也。君所谓不能学者也，臣所谓不能化者也。"于是孟尝君曰："敬闻命矣。"明日袪衣请受业④。《诗》曰⑤："日就月将⑥。"

【注释】

①孟尝君：即田文，战国时齐国人，田婴子，袭父封爵，称薛公，相齐。在薛招致天下之士，食客常数千，名闻诸侯，为战国四公子之一。闵子：即闵子骞。参见卷二第五章注。按，孟尝君与闵子骞不同世，相去近两百年，《外传》将二人牵合言之，凡此皆传闻之辞，可不必深究史实。

②礼有来学，无往教：《礼记·曲礼上》："礼闻来学，不闻往教。"

③致：招致，使来。

④袪（qū）衣：提起衣襟而往，以表示恭敬谦虚。受业：从师学习。

⑤《诗》曰：引诗见《诗经·周颂·敬之》。

⑥就：成就。将：行，进步。

【译文】

孟尝君请求向闵子骞学习，派人驾车去迎接闵子骞。闵子骞说："按照礼节，只有学生来向老师求学的，没有老师到学生那去教导的。把老师招过来，向他学习，这是不能学到东西的；老师前往去教，这是不能教化他的。他正是所说的不能学到东西的人，我正是所说的不能教化学生的人。"孟尝君听了这话，说："我恭敬地接受教导。"第二天，孟尝君提起衣襟前去向闵子骞学习。《诗经》说："每日都有所成就，每月都有所进步。"

第十五章①

剑虽利，不厉不断②；材虽美，不学不高。虽有旨酒嘉殽③，不尝不知其旨；虽有善道，不学不达其功④。故学然后知不足，教然后知不究⑤。不足，故自愧而勉⑥；不究，故尽师而熟⑦。由此观之，则教学相长也。子夏问《诗》，学一以知二。孔子曰："起予者，商也。始可与言《诗》已矣！"⑧孔子贤乎英杰而圣德备⑨，弟子被光景而德彰⑩。《诗》曰："日就月将。"

【注释】

①本章并见《礼记·学记》。

②厉：同"砺"，磨砺。

③旨：美。嘉：美。殽：通"肴"，做熟的鱼肉等。

④达其功：指领会到善道的精妙。

⑤究：穷究，透彻。

⑥自愧：薛据《孔子集语·持盈》引作"自慊"，屈守元《笺疏》从之，《说文·心部》："慊，疑也。"《礼记·学记》作"自反"，与"自慊"义合。

⑦师：薛据《孔子集语·持盈》引作"思"，屈守元《笺疏》从之。

⑧"子夏问《诗》"六句：见《论语·八佾》，其文曰："子夏问曰：'"巧笑倩兮，美目盼兮，素以为绚"，何谓也？'子曰：'绘事后素。'曰：'礼后乎？'子曰：'起予者商也，始可与言《诗》已矣。'"商，卜商，即子夏。见卷二第二十九章注。

⑨贤：此用作动词，指向贤人学习。英杰：这里指孔子的优秀学生。

⑩被光景：指接受孔子的教导。

【译文】

剑虽然锋利，但是不磨砺它，就不能砍断东西；人的才质虽然美好，但是不学习，就不会有提高。虽然有美酒佳肴，不去品尝，就不知道它的美味；虽然有美好的道理，不去学习，就不能领会它的精妙。所以学习了，然后才知道自己的不足；教育别人，然后才知道自己还有没钻研透彻的知识。知道自己的不足，因此自我怀疑反省，然后勉力去学习；知道自己还有没钻研透彻的知识，因此尽力去思索，然后能够精熟掌握。由此看来，教和学是相互促进的。子夏向孔子请教《诗经》问题，学了一方面知识，就可以知道其他方面的知识。孔子说："能够启发我的人，是卜商。像卜商这样的人，才可以一起谈论《诗经》！"孔子向他的优秀学生学习，因此具备了圣人的德行；学生接受孔子的教导，也彰显出美好的德行。《诗经》说："每日都有所成就，每月都有所进步。"

第十六章①

凡学之道，严师为难②。师严，然后道尊。道尊，然后民知敬学。故太学之礼，虽诏于天子③，无北面④，尊师尚道也。故不言而信，不怒而威，师之谓也。《诗》曰⑤："日就月将，学有缉熙于光明⑥。"

【注释】

①本章并见《礼记·学记》。

②严：尊敬。

③诏：告，教授。

④无北面：古代臣子见天子时须面朝北。因师道尊严，老师教授天子时不处臣位，故"无北面"。据《礼记·学记》郑注，周武王向师尚父请教"黄帝、颛顼之道"时，武王"东面而立，师尚父西面道书之言"。

⑤《诗》曰：引诗见《诗经·周颂·敬之》。

⑥缉熙：光明。

【译文】

凡是教学的原则，以尊师为最难。老师受到尊重了，他所宣扬的道才会受到尊重。道受到尊重了，老百姓才会知道恭敬地学习。所以按太学中的礼仪，即使是给天子授课，老师也不必面朝北对着天子，这是为了表示尊敬老师，崇尚道理。所以不说话却令人信服，不发怒却有威严，说的就是老师。《诗经》说："每日都有所成就，每月都有所进步，通过学习达到光明的境界。"

第十七章①

传曰：宋大水，鲁人吊之曰："天降淫雨②，害于粢盛③，延及君地，以忧执政，使臣敬吊。"宋人应之曰④："寡人不仁，斋戒不修，使民不时，天加以灾，又遗君忧⑤，拜命之辱⑥。"孔子闻之，曰⑦："宋国其庶几矣⑧！"弟子曰："何谓？"孔子曰："昔桀、纣不任其过⑨，其亡也忽焉。成汤、文王知任其过，其兴也勃焉⑩。过而改之，是不过也。"宋人闻之，乃夙兴夜寐，吊死问疾，戮力宇内⑪。三岁，年丰政平。乡使宋人不闻孔子之言⑫，则年谷未丰，而国家未宁。《诗》曰⑬："弗时仔肩⑭，示我显德行。"

【注释】

①本章并见《左传·庄公十一年》《说苑·君道》。

②淫雨：连续不停的过量的雨。

③粢盛（zī chéng）：黍稷曰粢，在器曰盛。此泛指谷物。

④宋人：指宋君。下"宋人闻之"同。

⑤遗（wèi）：给。

⑥拜命之辱:指拜谢其屈尊前来吊问。

⑦孔子闻之,曰:赵怀玉《韩诗外传校正》(后简称"《校正》"):"事 见春秋庄十一年,是时孔子未生也,《左传》作'臧文仲',下又记 其父臧孙达之言,似文仲亦误,不如《说苑》作'君子闻之'为当, 下'弟子曰'作'问曰'。"

⑧庶几:差不多,或许。这里指差不多能兴盛。《左传·庄公十一 年》作"宋其兴乎"。

⑨任:担当,承认。

⑩勃:盛貌。

⑪戮(lù)力:勉力,尽力。宇内:天下。此指宋国国内。

⑫乡:通"向",假设,如果。

⑬《诗》曰:引诗见《诗经·周颂·敬之》。

⑭弗(bì):通"弼",辅弼,辅佐。《毛诗》作"佛"。时:通"是"。仔肩: 任务,责任。

【译文】

传文说:宋国发生水灾,鲁国的使臣前去慰问,说:"上天降下过量的 雨,伤害了谷物的生长,灾害蔓延到贵国的土地,使得执政者担忧,特派 我来恭敬地表示慰问。"宋君回答说:"我不仁道,不进行斋戒,不按时节 役使百姓,上天降下灾害,又让贵国国君担忧,拜谢贵国屈尊前来慰问。" 孔子听到这件事,说:"宋国差不多能够兴盛了!"弟子问孔子说:"为什 么这么说呢?"孔子说:"从前,桀、纣不承认自己的过错,所以国家很快 就灭亡了。商汤、周文王知道承认自己的过错,所以国家蓬勃地兴盛起 来。犯了过错但能改正,就不是过错了。"宋君听到孔子的话,早起晚睡 地勤劳工作,哀悼死丧的家庭,慰问生病的人,勉力治理国内的政治。经 过三年,宋国粮食丰足,政治和平。假使宋国人没有听到孔子的话,那么 庄稼不会丰收,国家不会安宁。《诗经》说:"你们要辅佐我承担起这个责 任,指示我以显明的德行。"

第十八章①

齐桓公设庭燎②，为士之欲造见者③。期年而士不至。于是东野鄙人有以九九见者④。桓公使戏之，曰："九九足以见乎？"鄙人曰："臣不以九九足以见也。臣闻君设庭燎以待士，期年而士不至。夫士之所以不至者，君，天下之贤君也，四方之士皆自以为不及君，故不至也。夫九九，薄能耳，而君犹礼之，况贤于九九者乎？夫太山不让砾石⑤，江海不辞小流，所以成其大也。《诗》曰⑥：'先民有言，询于刍荛⑦。'言博谋也。"桓公曰："善。"乃因礼之。期月，四方之士相导而至矣⑧。《诗》曰⑨："自堂徂基⑩，自羊来牛⑪。"言以内及外，以小成大也⑫。

【注释】

①本章并见《说苑·尊贤》。

②齐桓公：春秋时齐国国君，名小白，僖公之子，襄公之弟。初奔于莒，襄公被杀，自莒归国即位，任管仲为相，主改革，国力富强，尊王攘夷，九合诸侯，一匡天下，成为春秋五霸之首。在位四十二年。庭燎：古代设于庭中用以照明的火炬。《礼记·郊特牲》："庭燎之百，由齐桓公始也。"郑注："僭天子也。庭燎之差，公盖五十，侯、伯、子、男皆三十。"

③造：拜访。

④九九：九九算术。《汉书·梅福传》："臣闻齐桓之时，有以九九见者。"颜师古注："九九，算术，若今《九章》《五曹》之辈。"

⑤太山：即泰山。让：拒绝。砾（lì）石：小石块，砂石。

⑥《诗》曰：引诗见《诗经·大雅·板》。

⑦询：谋，商议，请教。刍荛（chú ráo）：割草打柴的人。

⑧相导：相携，相引。

⑨《诗》曰：引诗见《诗经·周颂·丝衣》。

⑩徂（cú）：到。

⑪来：至。《毛诗》作"徂"。

⑫以小成大：毛传："自羊徂牛，言先小后大也。"义与《韩诗》同。

【译文】

　　齐桓公夜里在庭中设置火炬，是为了给想来拜见自己的士人照明。可是过了一年，却没有士人来。这时，居住在东边郊野的一个人凭着会九九算术来拜见桓公。桓公派人和他开玩笑，说："只会九九算术，足以用来见国君吗？"郊野的那人说："我不认为只会九九算术就足以用来见国君。我听说国君在庭中设置了火炬来等待士人，可是过了一年，却没有士人来。士人不来，是因为国君你是天下贤明的国君，天下的士人都自认为不如国君，所以不来。九九算术是一种浅薄的技能，但国君对具有这种技能的人都能礼貌地接待，更何况那些才能超过九九算术的人呢？泰山因为不拒绝小石块，江海因为不拒绝小细流，所以才能成就它们的壮大。《诗经》说：'古代的贤人曾经说，要向割草打柴的人请教。'说的就是要广泛地与他人商议。"桓公说："好的。"于是礼貌地接待了他。一个月后，天下的士人就互相导引着来了。《诗经》说："从厅堂到台基，从羊到牛。"说的就是从内到外，从小到大地办成事。

第十九章

　　太平之时，民行役者不逾时①，男女不失时以偶，孝子不失时以养。外无旷夫②，内无怨女③。上无不慈之父，下无不孝之子。父子相成，夫妇相保。天下和平，国家安宁。人事备乎下，天道应乎上。故天不变经，地不易形，日月昭明，列宿有常④。天施地化，阴阳和合，动以雷电，润以风雨，节以山川，均其寒暑。万民育生，各得其所，而制国用。故国有所安，地有所主。圣人刳木为舟，剡木为楫⑤，以通四方之物，使泽人足乎木，山人足乎鱼⑥，余衍之财有所流⑦。故丰膏不独乐⑧，硗确不独苦⑨，虽遭凶年饥岁，禹、汤之水旱⑩，而民无冻饿之色。故生不乏用，死不转尸⑪，夫是之谓乐。《诗》曰⑫："於铄王师⑬，遵养时晦⑭。"

【注释】

①民行役者不逾时：据《周礼·均人》："丰年则公旬用三日焉，中年则公旬用二日焉，无年则公旬用一日焉。"又，《礼记·王制》："用民之力，岁不过三日。"《盐铁论·执务》："古者，行役不逾时，春行秋反，秋行春来，寒暑未变，衣服不易，固已还矣。"说虽不同，但皆有一定之役期。

②旷夫：娶不到妻子的成年男子。

③怨女：已到婚龄而未嫁的女子。

④列宿：群星。

⑤圣人刳（kū）木为舟，剡（yǎn）木为楫（jí）：《周易·系辞下》："黄帝、尧、舜刳木为舟，剡木为楫。"刳，挖空。剡，砍削。楫，船桨。

⑥使泽人足乎木，山人足乎鱼：二句亦见《荀子·王制》。

⑦余衍：富余。

⑧丰膏：土地肥沃。

⑨硗（qiāo）确：土地坚硬瘠薄。

⑩禹、汤之水旱：禹时有水灾，汤时有旱灾，古书多有记载。贾谊《新书·无蓄》："禹有十年之蓄，故免九年之水；汤有十年之积，故胜七年之旱。"故下文云"而民无冻饿之色"。

⑪ 故生不乏用，死不转尸：二句亦见《淮南子·主术训》，高诱注：
　　"转，弃也。"转尸，抛尸。

⑫ 《诗》曰：引诗见《诗经·周颂·酌》。

⑬ 於（wū）：叹美词。铄（shuò）：盛美。

⑭ 遵：顺。时：通"是"。晦：昏昧，指纣王。按，下章亦引此二句，并
　　言"言相养者之至于晦也"。郑笺："於美乎文王之用师，率殷之
　　叛国以事纣，养是暗昧之君，以老其恶，是周道大兴而天下归往
　　矣，故有致死之士助之。"王先谦《集疏》认为郑笺是用《韩诗》
　　义，是也。

【译文】

　　天下太平的时候，百姓服役不会超过规定的期限，男女能够及时结婚，孝子能够及时奉养父母。社会上没有娶不到妻子的成年男子，闺房里没有未嫁的大龄女子。在上没有不慈爱的父亲，在下没有不孝顺的儿子。父子互相辅助成就，夫妇互相扶持。天下和平，国家安宁。世间的事情齐备了，天道就会受到感应。所以上天不改变它的常道，土地不改变它的形状，日月的光芒昭著，群星有规律地运行。上天布施雨露，土地化育万物，阴气和阳气相互交合，用雷电来震动万物，用风雨来润泽万物，用山川来调节万物，使寒暑均衡。万民繁育生长，各得其所，进而制定国家的开支用度。所以国家有维持安定的政策，土地有负责耕种的人民。圣人挖空树木做成船，砍削树木做成桨，用来流通各地出产的物资，使居住在水泽边的人有足够的木材使用，居住在山里的人有足够的鱼食用，富余的财物得以流通。所以土地肥沃地方的人不会独自享乐，土地贫瘠地方的人不会独自受苦，即使遭遇了灾荒，像大禹时那样的水灾、汤时那样的旱灾，百姓也不会有受冻挨饿的面容。所以百姓活着时不缺乏用度，死后不会被抛尸荒野，这就是所说的快乐。《诗经》说："多么盛美啊！文王的军队，率领背叛殷商的国家，顺从奉养这个昏昧的纣王。"

第二十章

能制天下,必能养其民也。能养民者,为自养也。饮食适乎藏①,滋味适乎气,劳佚适乎筋骨,寒暖适乎肌肤,然后气藏平,心术治,思虑得,喜怒时,起居而游乐,事时而用足。夫是之谓能自养者也。故圣人不淫佚侈靡者,非鄙夫色而爱财用也②。养有适,过则不乐,故不为也。是以夏不数浴③,非爱水也;冬不频炀④,非爱火也。不高台榭,非无土木也;不大钟鼎,非无金锡也。不沉于酒,不贪于色,非辟丑也。直行情性之所安,而制度可以为天下法矣⑤。故用不靡财,足以养其生,而天下称其仁也。养不害性,足以成教,而天下称其义也。适情辟余⑥,不求非其有,而天下称其廉也。行成不可掩,息刑不可犯,执一道而轻万物,天下称其勇也。四行在乎民,居则婉愉⑦,怒则胜敌。故审其所以养而治道具矣⑧,治道具而远近畜矣⑨。《诗》曰:"於铄王师,遵养时晦。"言相养者之至于晦也。

【注释】

①藏:同"脏",内脏。此指肠胃。

②爱:吝啬。

③数(shuò):屡次,经常。

④炀(yàng):烤火。

⑤"不高台榭"九句:《淮南子·泰族训》:"故不高宫室者,非爱木也;不大钟鼎者,非爱金也。直行性命之情,而制度可以为万民仪。"可与此文相参。辟(pì),通"僻",偏爱。直行,按照道义去行事。

⑥辟(bì)：排除，排斥。

⑦婉愉：和乐，和悦。

⑧审：精审，详察。

⑨畜(xù)：养。

【译文】

能够统治天下，一定能够养育他的人民。能够养育人民，是因为首先能够保养自己。饮食适合于肠胃，滋味适合于精气，劳逸适合于筋骨，寒暖适合于肌肤，然后精气和肠胃都能够平和，心思能够富有条理，思虑能够恰当，喜怒能够合乎时宜，日常居处能够优游快乐，农事能够合乎时令，因而财用充足。这就是所谓能够保养自己。所以圣人不淫邪放纵、奢侈浪费，并不是因为轻视美色，吝啬财物。是因为保养身体要适度，过度了就不会快乐，所以才不去做。因此夏天不经常洗澡，并不是吝啬水；冬天不经常烤火，并不是吝啬柴火。不把亭台楼榭建得很高，并不是没有泥土和木料；不把钟鼎铸得很大，并不是没有铜和锡。不沉溺于饮酒，不贪恋美色，并不是偏爱丑陋的。圣人按照道义去做使性情安妥的事，这样所立下的制度可以成为天下人遵循的法则。所以圣人用度不浪费财物，足以保养生命即可，因而天下人都称赞他仁爱。保养身体不损害自己的本性，足以成为人民的教条，因而天下人都称赞他符合道义。适合自己的性情，去掉多余的享受，不贪求不属于自己的东西，因而天下人都称赞他清廉。德行有所成就，没有东西能够掩盖，不用刑罚但却不可冒犯，坚持最高的道义，而轻视世间万物，因而天下人都称赞他勇敢。这四种德行，推行于人民之中，居处时会和乐，发怒时可以战胜敌人。所以仔细详察圣人保养自身的方法，那么治理天下的方法就具备了，治理天下的方法具备了，那么远近的人民就都得到养育了。《诗经》说："多么盛美啊！文王的军队，率领背叛殷商的国家，顺从奉养这个昏昧的纣王。"说的是文王率领背叛殷商的国家一起奉养纣王，使他更加昏昧。

第二十一章^①

公仪休相鲁而嗜鱼^②，一国人献鱼而不受^③。其弟谏曰："嗜鱼不受，何也？"曰："夫欲嗜鱼^④，故不受也。受鱼而免于相，则不能自给鱼。无受而不免于相，长自给于鱼。"此明于为己者也。故《老子》曰^⑤："后其身而身先，外其身而身存。非以其无私乎？故能成其私。"《诗》曰^⑥："思无邪。"此之谓也。

【注释】

①本章并见《韩非子·外储说右下》《淮南子·道应训》《史记·循吏列传》《新序·节士》。

②公仪休：姓公仪，名休，鲁国博士。鲁穆公时为相，为人清廉，百官自正。《新序·节士》作"郑相"。

③一国人：一国之人。

④欲：《韩非子·外储说右下》作"唯"。

⑤《老子》曰：引文见《老子》第七章，其文作："是以圣人后其身而身先，外其身而身存。以其无私，故能成其私。"

⑥《诗》曰：引诗见《诗经·鲁颂·駉（jiōng）》。

【译文】

公仪休担任鲁国的相国，很喜欢吃鱼，一国的人都争相送鱼给他，但他没有接受。他弟弟劝他说："你很喜欢吃鱼，却不接受别人送的鱼，这是为什么呢？"公仪休说："正因为喜欢吃鱼，所以才不接受别人送的鱼。我接受了别人送的鱼，却被免去相国的职位，那就不能自己供给自己鱼吃了。不接受别人送的鱼，因而没被免去相国的职位，那就可以长期自己供给自己鱼吃了。"这是懂得为自己打算的人。所以《老子》说："把自身放在最后，自身反而会在最前；把自身置之度外，自身反而得到保全。这不就是因为他没有私心吗？所以才能够成全他的私心。"《诗经》说："思想没有邪曲不正。"说的就是公仪休这样的人。

第二十二章①

传曰：鲁有父子讼者，康子欲杀之②。孔子曰："未可杀也。夫民不知父子讼之为不义久矣，是则上失其道。上有道，是人亡矣。"讼者闻之，请无讼。康子曰："治民以孝，杀一人以僇不孝③，不亦可乎？"孔子曰："否。不教而听其狱，杀不辜也④。三军大败，不可诛也。狱谳不治⑤，不可刑也。上陈之教而先服之，则百姓从风矣⑥。躬行不从，然后俟之以刑⑦，则民知罪矣。夫一仞之墙⑧，民不能逾，百仞之山，童子登游焉，凌迟故也⑨。今世仁义之陵迟久矣，能谓民无逾乎⑩？《诗》曰⑪：'俾民不迷⑫。'昔之君子，道其百姓不使迷，是以威厉而不试⑬，刑措而不用也⑭。故形其仁义⑮，谨其教道，使民目晰焉而见之⑯，使民耳晰焉而闻之，使民心晰焉而知之，则道不迷而民志不惑矣。《诗》曰'示我显德行'⑰，故道义不易，民不由也，礼乐不明，民不见也。《诗》曰'周道如砥，其直如矢'⑱，言其易也。'君子所履，小人所视'⑲，言其明也。'睠焉顾之，潸焉出涕'⑳，哀其不闻礼教而就刑诛也㉑。夫散其本教而待之刑辟㉒，犹决其牢而发以毒矢也，亦不哀乎！故曰未可杀也。昔者先王使民以礼，譬之如御也㉓。刑者，鞭策也。今犹无辔衔而鞭策以御也。欲马之进，则策其后，欲马之退，则策其前，御者以劳而马亦多伤矣。今犹此也，上忧劳而民多罹刑^㉔。《诗》曰^㉕：'人而无礼，胡不遄死！'为上无礼，则不免乎患；为下无礼，则不免乎刑。上下无礼，胡不遄死！"康子避席再拜曰："仆虽不敏^㉖，请承此语矣。"孔子退朝，门人子路难曰^㉗："父子讼，道邪？"孔子曰："非也。"子路曰："然则夫子胡为君子而免之也？"孔子曰："不戒责成^㉘，虐也；慢令致期^㉙，暴也；不教而诛，贼也^㉚。君子为政，避此三者。且《诗》曰^㉛：'载色载笑^㉜，匪怒伊教^㉝。'"

【注释】

①本章并见《荀子·宥坐》《说苑·理政》《孔子家语·始诛》《长短经·政体》。

②康子：即季孙肥，谥康。季桓子季孙斯之子，鲁国执政大夫。按，据《荀子·宥坐》《孔子家语·始诛》，此为孔子任鲁司寇时事，时为季桓子执政，故马骕《绎史》卷八六云："康子宜为桓子。"

③僇（lù）：羞辱，侮辱。

④不辜（gū）：无罪之人。

⑤狱谳（yàn）：刑狱议罪。不治：不当。《荀子·宥坐》杨倞注："谓法令不当也。"

⑥从风：比喻像风一样迅速地附从、响应。

⑦俟（sì）：待。下文云"待之刑辟"。

⑧仞（rèn）：古代长度单位，七尺为一仞。一说，八尺为一仞。

⑨凌迟：又作"陵迟"。指斜坡趋缓。下文引申为渐趋衰败。

⑩谓：通"为"，使，让。《荀子·宥坐》作"使"。

⑪《诗》曰：引诗见《诗经·小雅·节南山》。

⑫俾（bǐ）：使。迷：迷惑。

⑬试：用。

⑭措：搁置，放置。

⑮形：显示，彰显。

⑯晢（zhé）：明晰，清楚。

⑰"《诗》曰"句：引诗见《诗经·周颂·敬之》。

⑱"《诗》曰"句：引诗见《诗经·小雅·大东》。砥（dǐ），本义为磨刀石，引申为平直、平坦。矢，本义为箭，引申为正直。

⑲君子所履，小人所视：亦见《诗经·小雅·大东》。履，履行，实行。视，观摩，效法。

⑳睠（juàn）焉顾之，潸（shān）焉出涕：亦见《诗经·小雅·大东》。睠焉，回顾的样子。焉，《毛诗》作"言"。潸焉，流泪的样子。毛传："睠，反顾也。潸，涕下貌。"

㉑就：接受。

㉒散：散漫，放松。刑辟（pì）：刑法。

㉓昔者先王使民以礼，譬之如御也：按，《孔丛子·刑论》孔子曰："以礼齐民，譬之于御，则辔也。以刑齐民，譬之于御，则鞭也。执辔于此而动于彼，御之良也。无辔而用策，则马失道矣。"可与此相参。

㉔罹（lí）：遭受。

㉕《诗》曰：引诗见《诗经·鄘风·相鼠》。

㉖不敏：谦词。愚钝，不才。

㉗难：诘问，质问。

㉘戒：申诫。责成：责令完成、成功。《论语·尧曰》："不戒视成谓之暴。"

㉙慢令：缓慢下达命令。致期：限定完成的日期。《论语·尧曰》："慢令致期谓之贼。"

○30 不教而诛，贼也：《论语·尧曰》："不教而杀谓之虐。"

○31 《诗》曰：引诗见《诗经·鲁颂·泮（pàn）水》。

○32 载：则。色：和颜悦色。

○33 伊：语助词。表示判断，常与"匪"连用，相当于"却是""而是"。

【译文】

传文说：鲁国有父子之间打官司，季康子想杀掉那个做儿子的。孔子说："不可以杀。百姓不知道父子之间打官司不合道义，已经很久了，这是因为执政者违背了道义。如果执政者符合道义，这种人就没有了。"打官司的父子听到这番话后，请求不再打官司了。季康子说："以孝道治理百姓，杀掉一个和父亲打官司的人，来羞辱那些不孝的人，不也可以吗？"孔子说："不可以。不教化百姓，就听理他们的诉讼，这是杀害无罪的人。三军打了败仗，这是因为军队平时疏于训练，不能因为败仗就杀了他们。刑狱议罪不恰当，不可以随意用刑。执政者对百姓施行教化，而且自己率先服行，那么百姓就会像风一样迅速地附从。执政者自己亲自服行了，但百姓不附从，然后才用刑法来等着惩治他们，这样百姓就知道自己的罪过了。一仞高的墙，百姓不能翻越过去，百仞高的山，小孩也能登上去游玩，这是因为山坡平缓的缘故。现在仁义渐趋衰败已经很久了，还能让百姓不逾越仁义的界限吗？《诗经》说：'使百姓不迷惑。'从前的执政者引导百姓使他们不迷惑，所以有威猛的权势但不用，有刑法但弃置不用。所以执政者彰显他的仁义，谨慎地教导百姓，使百姓的眼睛清楚地看见仁义之道，耳朵清楚地听到仁义之道，内心清楚地知道仁义之道，那么仁义之道就不会迷失，百姓的心志也不会迷惑了。《诗经》说：'指示给我以显明的德行。'所以道义不简易，百姓就不遵行，礼乐不显明，百姓就看不见。《诗经》说：'周朝所实行的道义，像磨刀石般平坦，像箭一样正直。'说的就是道义的简易。'执政者所实行的礼乐，是百姓所观摩效法的。'说的就是礼乐的显明。'我回头来看，眼泪潸然淌出。'这是哀悼百姓没有听闻礼乐教化而被刑杀。放松了根本的教化，而用刑法来等着惩治百姓，就像打开牲畜的栏圈，然后用毒箭来射杀它们一样，这难道不悲哀吗！所以说不可以杀。从前，古代圣明的帝王用礼来役使百姓，就像驾车一样。刑法，就像马鞭。现在就好比没有辔衔而专用马鞭来驾车。想要马前进，就鞭策马的后面，想要马后退，就鞭策马的前面，这样，御马的人辛劳，马也受了很多伤。现在就像这样，执政者忧虑辛劳，百姓也遭受很多刑罚。《诗经》说：'人如果没有礼仪，为什么不速死！'执政者不懂礼，就不能免于祸患；百姓不懂礼，就不能免于刑罚。全国上下都不懂礼，为什么不速死呢！"季康子离开坐席，向孔子拜了又拜，说："我虽然愚钝，愿意接受你的这番教导。"孔子离开朝廷后，他的学生子路质问说："父亲和儿子打官司，这合乎道义吗？"孔子说："不合。"子路说："那老师为什么要求执政者赦免他们呢？"孔子说："不加以申诫就责令完成，这是虐害；下达可以缓慢执行的命令，却限期完成，这是残暴；不加以教化就诛杀，这是残杀。君子执政，应该避免这三种做法。而且《诗经》说：'和颜悦色，笑容可掬，不是发怒，而是教育人。'"

第二十三章①

当舜之时，有苗氏不服②。其不服者，衡山在南③，岐山在北④，左洞庭之波，右彭泽之水⑤，由此险也⑥。以其不服，禹请伐之，而舜不许，曰："吾谕教犹未竭也⑦。"久谕教⑧，而有苗氏请服。天下闻之，皆薄禹之义⑨，而美舜之德。《诗》曰："载色载笑，匪怒伊教。"舜之谓也。问曰："然则禹之德不及舜乎？"曰："非然也。禹之所以请伐者，欲彰舜之德也。故善则称君，过则称己⑩，臣下之义也。假使禹为君，舜为臣，亦如此而已矣。夫禹可谓达乎人臣之大体也⑪。"

【注释】

①本章并见《战国策·魏策二》《说苑·君道》《盐铁论·论功》。

②有苗氏：古国名。亦称"三苗"，尧、舜、禹时代我国南方较强大的部族，主要分布于长江中下游一带，古洞庭湖与鄱阳湖之间。

③衡山：山名。一名岣嵝山，又名霍山，古称南岳，为五岳之一。位于湖南中部。

④岐（mín）山：山名。即岷山。在四川省北部，绵延四川、甘肃两省边境，为长江、黄河分水岭，岷江、嘉陵江支流白龙江的发源地。

⑤左洞庭之波，右彭泽之水：《战国策·魏策二》作"左彭蠡之波，右洞庭之水"，与本文左、右正相反。洞庭，湖名。在湖南省北部、长江南岸，为我国第二大淡水湖，湘、资、沅、澧四水汇流于此，在岳阳陵矶入长江。彭泽，泽名。即今鄱阳湖，在江西省北部，又名彭湖、彭蠡。赵善诒《补正》以朱起凤说，谓彭泽是县名，非泽名，"泽"当作"蠡"，《说苑·君道》《战国策·魏策二》正作"蠡"。

⑥由：凭借，倚仗。《说苑·君道》作"因"，《战国策·魏策二》作"恃"。

⑦喻：晓谕，劝导。竭：彻底，充分。

⑧久：周廷寀《校注》："当从《说苑·君道》作'究'。"究，尽力，致力。

⑨薄：轻视。

⑩故善则称君，过则称己：《礼记·祭义》："善则称人，过则称己。"《礼记·坊记》："子云：'善则称人，过则称己，则民不争。'"与本文义同。

⑪达：通晓。大体：大义，要义。

【译文】

在舜执政的时候，有苗氏不归服。有苗氏不服从的原因，是衡山在他们南边，岐山在他们北边，左边有洞庭湖，右边有彭泽，正是凭借着这样的险阻而不归服。因为有苗氏不归服，于是禹请求去讨伐他们，但是舜不同意,说:"我对有苗氏的劝导教育还不够充分。"舜尽力去劝导教育,最终有苗氏请求归顺了。天下人听说了这件事,都轻视禹的做法,而赞美舜的德行。《诗经》说:"和颜悦色,笑容可掬,不是发怒,而是教育人。"说的就是舜这样的人。有人问道:"那么禹的德行不如舜吗?"回答说:"不是这样的。禹之所以请求讨伐,是想彰显舜的德行。所以美善就说是国君做的,过错就说是自己犯的,这是臣子应该遵守的道义。假使禹当国君,舜当臣子,也会这样做的。禹可以说是十分通晓做臣子的要义了。"

第二十四章①

季孙之治鲁也②,众杀人而必当其罪③,多罚人而必当其过。子贡曰:"暴哉治乎!"季孙闻之,曰:"吾杀人必当其罪,罚人必当其过,先生以为暴,何也?"子贡曰:"夫奚不若子产之治郑④?一年而负罚之过省⑤,二年而刑杀之罪亡,三年而库无拘人⑥。故民归之如水就下,爱之如孝子敬父母。子产病将死,国人皆吁嗟曰⑦:'谁可使代子产死者乎?'及其不免死也,士大夫哭之于朝,商贾哭之于市,农夫哭之于野。哭子产者,皆如丧父母。今窃闻夫子疾之时,则国人喜,活则国人皆骇。以死相贺,以生相恐,非暴而何哉?赐闻之,托法而治谓之暴⑧,不戒致期谓之虐⑨,不教而诛谓之贼⑩,以身胜人谓之责⑪。责者失身,贼者失臣,虐者失政,暴者失民。且赐闻居上位行此四者而不亡者,未之有也。"于是季孙稽首谢曰⑫:"谨闻命矣。"《诗》曰:"载色载笑,匪怒伊教。"

【注释】

①《后汉书·陈宠传》李贤注引《新序》，子贡非臧孙行猛政，亦引子产为说，其辞与本章大同。

②季孙：季孙肥，即季康子，季桓子之子，鲁国执政大夫。

③众杀人：即"杀人众"之倒装。下"多罚人"同。当：相当，相抵。

④奚（xī）：疑问词。为何，为什么。

⑤负罚：受罚。省：减少。

⑥库：此指监狱。

⑦吁嗟：哀叹，叹息。

⑧托：假借，凭借。

⑨不戒致期谓之虐：本卷第二十二章："不戒责成，虐也。慢令致期，暴也。"

⑩不教而诛谓之贼：本卷第二十二章："不教而诛，贼也。"

⑪责：责服，欺负。

⑫稽（qǐ）首：古时的一种跪拜礼，叩头至地，是九拜中最恭敬的。

【译文】

　　季孙氏治理鲁国，杀了很多人，但是一定是跟他们所犯的罪相当，惩罚了很多人，但一定是跟他们所犯的过错相当。子贡说："季孙氏的统治多么暴虐啊！"季孙氏听了这话，说："我杀人一定是跟他们所犯的罪相当，惩罚人一定是和他们所犯的过错相当，先生却认为我暴虐，为什么呢？"子贡说："你为什么不像子产治理郑国那样呢？子产治国，一年后受罚的过错就减少了，两年后受刑处死的罪过就没有了，三年后监狱里就没有被拘禁的罪人了。所以人民归附子产就像水向下流一样，爱戴子产就像孝子孝敬父母一样。子产生病将要死时，国人都哀叹道：'可以让谁代替子产去死呢？'等到子产不可避免而去世时，士大夫在朝廷上为他哭泣，商人在市集上为他哭泣，农夫在田野里为他哭泣。他们为子产痛哭，都像死了父母一样。现在我私下里听说，你生病时，国人都很高兴,你病好了,国人都很害怕。他们为你要病死了而互相庆贺,为你还活着而互相感到恐惧,这不是因为你太暴虐是什么?我听说,假借法律来统治,叫作'暴戾';不申诚就限期完成,叫作'虐害';不加教导就诛杀,叫作'残贼';凭借自己的权威身份去胜过别人,叫作'欺负'。欺负人的人会丧失性命,残贼的人会丧失臣子,虐害的人会丧失政权,暴戾的人会丧失人民。而且我听说,执政者做了这四方面的事而不会亡国的,这样的事还没有过。"于是季孙氏向子贡叩头拜谢说:"我恭敬地聆听你的教导。"《诗经》说:"和颜悦色,笑容可掬,不是发怒,而是教育人。"

第二十五章①

问者曰:"夫智者何以乐于水也②?"曰:"夫水者,缘理而行③,不遗小间④,似有智者⑤。动而之下,似有礼者。蹈深不疑⑥,似有勇者。障防而清⑦,似知命者。历险致远,卒成不毁⑧,似有德者。天地以成,群物以生,国家以平⑨,品物以正⑩。此智者所以乐于水也。"《诗》曰⑪:"思乐泮水⑫,薄采其茆⑬。鲁侯戾止⑭,在泮饮酒。"乐水之谓也。

【注释】

①本章并见《春秋繁露·山川颂》《说苑·杂言》。《荀子·宥坐》《大戴礼记·劝学》亦载孔子言水之德,可与此相参。

②夫智者何以乐于水也:《论语·雍也》:"知者乐水,仁者乐山。知者动,仁者静。"本章及下章皆敷说此义。

③缘:循,沿。理:地理,地势。

④小间:小缝隙。

⑤智者:《春秋繁露·山川颂》作"察者",《说苑·杂言》作"持平者"。

⑥蹈：投，赴。

⑦障防：堤防，堤坝。

⑧毁：放弃，悔弃。

⑨平：《说苑·杂言》作"成"。

⑩品物：《说苑·杂言》作"品类"。品，众多。物，这里指人。正：端正，平正。按，《荀子·宥坐》"盈不求概，似正"，杨倞注："言水盈满则不待概而自平，如正者不假于刑法之禁也。"《大戴礼记·劝学》"量必平，似正"，亦是此义。

⑪《诗》曰：引诗见《诗经·鲁颂·泮水》。

⑫思：语气词。泮（pàn）水：古代诸侯学宫前的水池，形状如半月。郑笺："泮之言半也。半水者，盖东西门以南通水，北无也。"

⑬薄：语气词。茆（máo）：凫葵，生于水中，嫩叶可食，又名莼菜。

⑭鲁侯：《泮水》为颂鲁僖公能修泮宫之诗，"鲁侯"指鲁僖公。戾（lì）：来。止：至。

【译文】

有人问道："智慧的人为什么爱好水呢？"回答说："水，沿着地势而流，连一条小缝隙也不遗漏，像是有智慧的人。往低下的地方流动，像是有礼节的人。投入深渊而毫不迟疑，像是勇敢的人。被堤坝围住而变得清澈，像是知道天命的人。历经险阻，到达远方，最终获得成功而不中途放弃，像是有德行的人。天地因为有水而形成，万物因为有水而生长，国家因为有水的滋养灌溉而和平，民众因为参考水而能平正。这就是智慧的人爱好水的原因。"《诗经》说："爱好泮宫的水，在水边采摘凫葵。鲁侯来到泮宫，在泮宫饮酒。"说的就是爱好水。

第二十六章①

问者曰："夫仁者何以乐于山也？"曰："夫山者，万民之所瞻仰也。草木生焉,万物植焉②,飞鸟集焉③,走兽休焉,四方益取与焉④。出云道风炋乎天地之间⑤。天地以成,国家以宁⑥。此仁者所以乐于山也。"《诗》曰⑦:"太山岩岩⑧,鲁邦所瞻⑨。"乐山之谓也。

【注释】

①本章并见《尚书大传·略说》《说苑·杂言》《孔丛子·论书》。
　本章与上章,《说苑·杂言》合为一章。

②植:通"殖",繁殖。

③集:栖止,栖息。

④益:《说苑·杂言》作"并",许维遹《集释》谓"益"当为"并"字
　之误。取与:偏义复词。此偏"取"义。

⑤出云道风炋(zōng)乎天地之间:据许维遹《集释》,本当作"出风
　云以通乎天地之间"。

⑥宁:《说苑·杂言》作"成"

⑦《诗》曰:引诗见《诗经·鲁颂·閟(bì)宫》。

⑧太山:《毛诗》作"泰山"。岩岩:高大,高耸。

⑨瞻:《毛诗》作"詹"。

【译文】

有人问道:"仁人为什么爱好山呢?"回答说:"山,是万民瞻仰的对象。草木在山里生长,万物在山里繁殖,飞鸟在山里栖息,野兽在山里休息,四方的人都从山里取得需要的材物。山里生出风云,通行于天地之间。天地因为有山而形成,国家因为有山做屏障而安宁。这就是仁人爱好山的原因。"《诗经》说:"泰山高耸,是鲁国人民瞻仰的对象。"说的就是喜好山。

第二十七章①

传曰：晋文公尝出亡，反国，三行赏而不及陶叔狐②。陶叔狐谓咎犯曰③："吾从君而亡十有一年，颜色黧黑，手足胼胝④。今反国三行赏，而我不与焉⑤。君其忘我乎？其有大过乎？子试为我言之。"咎犯言之文公。文公曰："噫！我岂忘是子哉！高明至贤，志行全成⑥，湛我以道⑦，说我以仁⑧，变化我行，昭明我名，使我为成人者⑨，吾以为上赏。恭我以礼，防我以义，藩援我⑩，使我不为非者，吾以为次。勇猛强武，气势自御，难在前则处前，难在后则处后，免我于危难之中者，吾又以为次。然劳苦之士次之⑪。"《诗》曰⑫："率礼不越⑬，遂视既发⑭。"今不内自讼过⑮，不悦百姓，将何锡之哉⑯？

【注释】

①本章并见《吕氏春秋·当赏》《史记·晋世家》《说苑·复恩》。

②陶叔狐：《吕氏春秋·当赏》作"陶狐"，《史记·晋世家》作"壶叔"。

③咎犯：即狐偃，字子犯，狐突子，晋文公之舅，故又称"舅犯""咎犯""白犯"。从重耳出亡，重耳回国即位，任为上军之佐。后文公平定周王室内乱，称霸诸侯，多出狐偃之谋。

④胼胝（pián zhī）：手掌脚底因长期摩擦而生的茧子。

⑤与：参与，在列。

⑥全成：完备，完满。

⑦湛：乐。《说苑·复恩》作"耽"，"湛""耽"古通用。许维遹《集释》谓"湛""耽"皆"酖"之借字，《说文·酉部》："酖，乐酒也。"引申为凡乐之称。

⑧说：通"悦"。与上"湛"义合。

⑨成人：德才完备的人。

⑩藩：本义为篱笆，引申为屏卫、护卫。

⑪然：犹"而"。按，本句之上，《说苑·复恩》有"三行赏之后"，其下又有"夫劳苦之士，是子固为首矣，我岂敢忘子哉"，文义完足。

⑫《诗》曰：引诗见《诗经·商颂·长发》。按，《说苑·复恩》中引《诗》者为周内史叔兴，故后文"今不内自讼过"三句亦不视作文公之语。

⑬率：循。礼：《毛诗》作"履"，毛传："履，礼也。"越：逾越。

⑭遂：遍。既：尽。发：合于法度。于省吾《双剑诊（yí）诗经新证》："'发''法'古通用。"。

⑮自讼：自责，自省。

⑯锡：赐予，赏赐。

【译文】

传文说：晋文公曾经出奔流亡，当他回到晋国后，三次赏赐随从他流亡的臣子，却没有赏赐陶叔狐。陶叔狐对咎犯说："我跟从国君流亡十一年，脸被晒得深黑，手脚也长了厚茧。现在回国后三次赏赐，我都不在其列。国君或许是忘了我吧？还是我犯了大过错吗？你试着替我说说这件事。"咎犯跟文公说了这事。文公说："哎！我哪里是忘了他啊！德行高尚，最为贤明，志向和品行完满，用道来使我快乐，用仁来使我愉悦，改变我不好的品行，彰显我的声誉，使我成为德才完备的人，这样的人我给予最高的赏赐。用礼来使我态度恭敬，用义来防范我，护卫我，援助我，使我不做错事，这样的人我给予次一等的赏赐。勇猛威武，英勇的气势能够自主驾驭，有危难在前面就在前面抵抗，有危难在后面就在后面抵抗，使我在危难之中免于受害，这样的人我给予再次一等的赏赐。而辛劳的人，则给予更次一等的赏赐。"《诗经》说："遵循礼法不逾越，遍观他的行为，都合乎法度。"现在陶叔狐不反省自己的过错，不能使百姓愉悦，国君将拿什么赏赐他呢？

第二十八章①

　　夫诈人者曰②："古今异情，其所以治乱异道。"而众人皆愚而无知，陋而无度者也③，于其所见犹可欺也，况乎千岁之后乎④？彼诈人者，门庭之间犹挟欺⑤，而况千岁之上乎？然则圣人何以不可欺也？曰：圣人以己度人者也。以心度心，以情度情，以类度类，古今一也。类不悖，虽久同理。故性缘理而不迷也⑥。夫五帝之前无传人⑦，非无贤人，久故也；五帝之中无传政，非无善政，久故也；虞、夏有传政⑧，不如殷、周之察也⑨，非无善政，久故也。夫传者久则愈略，近则愈详。略则举大，详则举细。故愚者闻其大不知其细，闻其细不知其大，是以久而差。三王五帝⑩，政之至也。《诗》曰⑪："帝命不违，至于汤齐⑫。"言古今一也。

【注释】

①本章并见《荀子·非相》。

②诈人：诡诈的人。《荀子·非相》作"妄人"，下同。

③度：裁度，判断。

④后：《荀子·非相》作"传"。

⑤挟欺：挟持妄说，欺骗世人。

⑥缘：循。

⑦五帝：上古传说中的五位帝王，说法不一：有谓黄帝（轩辕）、颛顼（高阳）、帝喾（高辛）、尧、舜，《外传》卷五第二十八章即主此说；又谓太昊（伏羲）、炎帝（神农）、黄帝、少昊（挚）、颛顼；又谓少

昊、颛顼、高辛、尧、舜，《荀子·非相》杨倞注主之；又谓伏羲、神
农、黄帝、尧、舜。

⑧虞、夏：《荀子·非相》作"禹、汤"，下"殷、周"作"周"。按，上
文言"五帝之中无传政"，此言"三王"中传政亦有远近详略之不
同，故当不包括虞舜，应以《荀子·非相》为正。

⑨察：详明，周备。

⑩三王：指夏、商、周三代的开国君王，即禹、汤、周文王及周武王。

⑪《诗》曰：引诗见《诗经·商颂·长发》。

⑫齐：齐一，一样。马瑞辰《通释》："'帝命不违'，即'不违帝命'
之倒文。诗总括相土以下诸君，谓商先君之不违天命，至汤皆齐
一。"

【译文】

那些诡诈的人说："古代和现在的情形不同，它们用来治理乱局的
方法也不同。"普通人都愚昧无知，见识浅陋，不能自主裁度，他们对亲
眼所见的事情，还会受人欺骗，更何况是对相传了千年的事情呢？那些
诡诈的人，从大门到庭院这么近的地方还能挟持妄说，欺骗世人，更何况
是千年以前的事情呢？然而圣人为什么不会被欺骗呢？回答说：圣人能
够以自己去揣度古人。以今人的心去揣度古人的心，以今人的性情去揣
度古人的性情，以现在的物类去揣度古代的物类，古代和现在是一样的。
只要物类不相乖悖，即使时间久远，道理还是一样的。所以圣人的性情
遵循事物的道理而不会被迷惑。五帝之前没有被传颂的人，并不是没有
贤人，而是因为时间太久远的缘故；五帝之中没有传颂下来的政治，并不
是没有好的政治，而是因为时间太久远的缘故；虞、夏有传颂下来的政
治，但不如商、周传颂下来的详明，这并不是虞、夏没有好的政治，而是因
为时间太久远的缘故。流传下来的事迹，年代越久远就越简略，年代越
近就越详明。事迹简略就只能列举重大的，事迹详明就能列举细小的。
所以愚昧的人听闻重大的事情，但不能推知细小的事情，听闻细小的事

情，但不能推知重大的事情，所以年代久远后就出差错了。三王五帝时代，是政治最理想的时代。《诗经》说："商代的先君世世不违背天帝的旨意，到汤时也一直这样。"就是说古代和现代都一样。

第二十九章①

　舜生于诸冯②，迁于负夏③，卒于鸣条④，东夷之人也。文王生于岐周⑤，卒于毕郢⑥，西夷之人也。地之相去也，千有余里；世之相后也，千有余岁。然得志行乎中国⑦，若合符节⑧。孔子曰："先圣后圣，其揆一也⑨。"《诗》曰："帝命不违，至于汤齐。"

【注释】

①本章并见《孟子·离娄下》。

②诸冯：古地名。传说在今山东菏泽南五十里，一说在山西临汾东北四十里。

③负夏：又称"负瑕""瑕丘"，传说在今山东兖州东北五里。

④鸣条：古地名。在今山西运城安邑北。按，《礼记·檀弓上》《史记·夏本纪》《尚书·尧典》孔传并言舜死于苍梧，与《孟子》《外传》异，崔述《唐虞考信录》谓当以鸣条之说为近是。

⑤岐（qí）周：岐山下的周代旧邑，在今陕西岐山东北，周建国于此，故称。

⑥毕郢（yǐng）：即毕程，在今陕西咸阳东二十一里。《孟子》赵岐注："《书》曰：'太子发上祭于毕，下至于盟津。'毕，文王墓，近于鄷、镐也。"

⑦得志行乎中国：朱熹《孟子集注》："谓舜为天子，文王为方伯，得

行其道于天下。"

⑧符节：古代符信之一种。以金玉竹木等制成，上刻文字，分为两半，使用时以两半相合为验。

⑨揆（kuí）：法度，准则。

【译文】

舜出生在诸冯，迁居到负夏，死在鸣条，是东方民族的人。周文王出生在岐周，死在毕郢，是西方民族的人。二人所处的地方，东西相距千余里；所处的时代，先后相距千余年。但是他们实现自己的志向，在中原地区施行道义，却像符节一样吻合。孔子说："前代的圣贤和后代的圣贤，他们的法度是一致的。"《诗经》说："商代的先君世世不违背天帝的旨意，到汤时也一直这样。"

第三十章①

孔子观于周庙②，有欹器焉③。孔子问于守庙者曰："此谓何器也？"对曰："此盖为宥座之器④。"孔子曰："吾闻宥座之器，满则覆，虚则欹，中则正，有之乎？"对曰："然。"孔子使子路取水试之，满则覆，中则正⑤，虚则欹。孔子喟然而叹曰："呜呼！恶有满而不覆者哉⑥！"子路曰："敢问持满有道乎？"孔子曰："持满之道，抑而损之⑦。"子路曰："损之有道乎？"孔子曰："德行宽裕者，守之以恭。土地广大者，守之以俭。禄位尊盛者，守之以卑。人众兵强者，守之以畏。聪明睿智者，守之以愚。博闻强记者，守之以浅⑧。夫是之谓抑而损之。"《诗》曰⑨："汤降不迟⑩，圣敬日跻⑪。"

【注释】

①本章并见《荀子·宥坐》《淮南子·道应训》《说苑·敬慎》《孔子家语·三恕》。又见《文子·九守》，为老子语。

②周庙：薛据《孔子集语·子观》引《外传》、《荀子·宥坐》《孔子家语·三恕》《淮南子·道应训》作"鲁桓公之庙"。按，王应麟《困学纪闻·诸子》："《晋书·杜预传》：'周庙敧器，至汉东京犹在御座。'当以周庙为是。"

③敧（qī）：倾斜。

④宥（yòu）：通"右"。《荀子·宥坐》杨倞注："宥，与'右'同。言人君可置于坐右以为戒也。《说苑》作'坐右'。或曰：宥与侑同，劝也。""宥坐"言其用，《淮南子·道应训》《文子·九守》作"宥卮"，是言其器也。

⑤中：适中，不多不少。

⑥恶（wū）：疑问词。哪，何。又，薛据《孔子集语·子观》引，本句下有"物盈则衰，乐极则悲，日中则移，月盈则亏"四句。

⑦抑：谦抑，谦逊。《淮南子·道应训》作"挹"，《荀子·宥坐》《说苑·敬慎》作"挹"，杨倞注："挹，亦退也。"损：贬损，贬抑。

⑧"德行宽裕者"至"守之以浅"：又见下章及卷八第三十一章。宽裕，宽大从容。卷八第三十一章作"宽容"。

⑨《诗》曰：引诗见《诗经·商颂·长发》。

⑩降：降尊，谦逊。不迟：急切。

⑪圣敬日跻（jī）：圣明恭敬的德行每天升闻于天。《文选·闲居赋》李善注引《韩诗》："言汤圣敬之道上闻于天。"《国语·晋语四》韦昭注："言汤之尊贤下士甚疾，故其圣敬之道日升闻于天。"亦本《韩诗》。跻，升。

【译文】

孔子到周朝的宗庙里参观，宗庙里有一件倾斜的器具。孔子问看守宗庙的人，说："这是什么器具啊？"守庙人回答说："这是放在座位右边作为警戒的器具。"孔子说："我听说这种宥座的器具，水盛满了就会倾覆，空了就会倾斜，盛得适中就会端正，有这回事吗？"守庙人回答说："是的。"孔子就让子路取水来试一试，果然盛满了就会倾覆，盛得适中就会端正，空了就会倾斜。孔子深深地叹息道："哎！哪有盈满了却不会倾覆的呢！"子路说："我冒昧地请问，有保持盈满的方法吗？"孔子回答说："保持盈满的方法，是谦逊而自我贬损。"子路问："自我贬损有方法吗？"孔子说："德行宽大从容的人，用恭敬来保守住它。拥有广大土地的人，用节俭来保守住它。俸禄丰厚、爵位尊贵的人，用谦卑来保守住它。拥有众多百姓和强大兵力的人，用敬畏来保守住它。聪明睿智的人，用愚昧来保守住它。见闻广博、记忆力强大的人，用浅陋来保守住它。这就叫作谦逊而自我贬损。"《诗经》说："商汤为人谦逊，礼贤下士，十分急切，他圣明恭敬的德行每天上闻于天。"

第三十一章①

周公践天子之位七年②，布衣之士所执贽而师见者十人③，所友见者十二人④，穷巷白屋之士所先见者四十九人⑤，时进善者百人，教士者千人，官朝者万人⑥。当此之时，诚使周公骄而且吝⑦，则天下贤士至者寡矣。成王封伯禽于鲁⑧，周公诫之曰："往矣！子其无以鲁国骄士。吾文王之子，武王之弟，成王之叔父也⑨，又相天子，吾于天下亦不轻矣。然一沐三握发，一饭三吐哺，犹恐失天下之士。吾闻德行宽裕，守之以恭者，荣。土地广大，守之以俭者，安。禄位尊盛，守之以卑者，贵。人众兵强，守之以畏者，胜。聪明睿智，守之以愚者，哲⑩。博闻强记，守之以浅者，智⑪。夫此六者,皆谦德也。夫贵为天子,富有四海,由此德也。不谦而失天下亡其身者,桀、纣是也,可不慎欤! 故《易》有一道,大足以守天下,中足以守其国家,小足以守其身,谦之谓也。夫天道亏盈而益谦,地道变盈而流谦^⑫,鬼神害盈而福谦,人道恶盈而好谦。是以衣成则必缺衽^⑬,宫成则必缺隅^⑭,屋成则必加措^⑮,示不成者,天道然也。《易》曰^⑯:'谦,亨,君子有终,吉^⑰。'《诗》曰:'汤降不迟,圣敬日跻。'诚之哉! 子其无以鲁国骄士也。"

【注释】

①本章并见《说苑·敬慎》《说苑·尊贤》,又略见《荀子·尧问》《尚书大传·梓材》及马王堆汉墓帛书《易传·缪和》,卷八第三十一章亦与本章大同。

②践:履,登。《说苑·尊贤》作"摄"。

③布衣之士:指平民。贽(zhì):初次见人时所执的礼物。十:《尚书大传·梓材》《说苑·尊贤》作"十二"。

④十二:卷八第三十一章作"十三"。

⑤穷巷白屋之士:住在偏陋的里巷、简陋的房屋里的人。白屋,以白茅覆盖的房屋。一说,不施彩色、露出本材的房屋。

⑥官:官署,朝廷。

⑦诚使周公骄而且吝(lìn):《论语·泰伯》:"如有周公之才之美,使骄且吝,其余不足观也已。"刘宝楠《论语正义》:"骄是自矜其才,吝是靳己所有。"诚,假使。吝,吝惜,舍不得。

⑧成王:姬姓,名诵,周武王子。年幼即位,叔父周公旦摄政。七年,成王亲政,在位共三十七年。伯禽:周朝诸侯国鲁国第一任君主,周公旦长子。周成王以殷民六族和旧奄地及奄民封周公于鲁,周

公因留镐京辅佐成王,故派伯禽代其受封鲁国。在位四十六年。

⑨成王之叔父也:《荀子·尧曰》杨倞注:"周公先成王薨,未宜知成王之谥,此云'成王',乃后人所加耳。"《说苑·敬慎》作"今王之叔父"。

⑩哲:明智,有智慧。《说苑·敬慎》作"益"。

⑪智:卷八第三十一章作"不隘",《说苑·敬慎》作"广"。

⑫变:马王堆汉墓帛书《易传·缪和》作"销"。流:流布。

⑬衽(rèn):衣襟。

⑭隅(yú):方角,两廉相交处。

⑮措:此指以油彩涂饰。《说苑·敬慎》作"错","措""错"古通。

⑯《易》曰:引文见《易经·谦卦》。

⑰"谦"四句:孔颖达《周易正义》:"'谦'者,屈躬下物,先人后己,以此待物,则所在皆通,故曰'亨'也。小人行谦则不能长久,唯'君子有终'也。"

【译文】

周公代理天子的职位七年,在平民百姓中,周公拿着礼物以对待老师的礼节去拜访的有十人,以对待朋友的礼节去求见的有十二人,住在僻陋的里巷、简陋的房屋里的人,周公先去拜访的有四十九人,经常向周公进献好意见的有上百人,以士的身份来教导他的有上千人,到朝廷来朝见他的有上万人。这个时候,如果周公骄傲,舍不得屈尊待人,那么天下贤士到周公那里的就会很稀少了。成王分封伯禽到鲁国,周公告诫伯禽,说:"去吧!你不要凭着是鲁国国君就对士人骄傲。我是文王的儿子,武王的弟弟,成王的叔父,又是天子的相,我在天下地位也不算轻微了。但是我曾在一次洗头时三次握住湿的头发去见宾客,在吃一顿饭时三次吐出嘴里的食物去见宾客,即便那样,我还担心失去天下的贤士。我听说德行宽大从容,能用恭敬来保守住它的人,就会显耀。拥有广大的土地,能用节俭来保守住它的人,就会安定。俸禄丰厚,爵位尊贵,能用谦卑来保守住它的人，就会富贵。拥有众多的百姓、强大的兵力，能用敬畏来保守住它的人，就会胜利。聪明睿智，能用愚昧来保守住它的人，就会明智。见闻广博，记忆力强大，能用浅陋来保守住它的人，就会智慧。这六种都是谦逊的德行。拥有天子的尊位，拥有天下的财富，都是因为具有这种谦逊的德行。因为不谦逊而丧失政权、自身灭亡的，是桀和纣，所以能不谨慎吗！所以《易经》中有一种道理，往大了说足以保守住天下，往中了说足以保守住国家，往小了说足以保全自身，这种道理就是谦逊。所以天道是减损盈满的，补益谦退的；地道是改变盈满的，流向谦下的；鬼神之道是伤害骄盈的，赐福谦逊的；人道是厌恶骄盈的，喜欢谦逊的。因此衣服做成了，也要在衣襟处形成一个缺口；宫殿建成了，也要留一个屋角；房屋建成了，也要用彩绘涂饰，这都是为了表示没有完成，因为天道就是这样的。《易经》上说：'谦逊，处世就能通达，君子能够始终做到谦逊，这是吉利的。'《诗经》上说：'商汤为人谦逊，礼贤下士，十分急切，他圣明恭敬的德行每天上闻于天。'你要好好警诫自己啊！你不要凭着是鲁国国君就对士人骄傲。"

第三十二章①

传曰：子路盛服以见孔子，孔子曰："由，疏疏者何也②？昔者江出于嶓③，其始出也，不足以滥觞④。及其至乎江之津也⑤，不方舟⑥，不避风，不可渡也。非其下流众川之多欤⑦？今汝衣服甚盛，颜色充满，天下有谁加汝哉⑧？"子路趋出，改服而入，盖揖如也⑨。孔子曰："由志之⑩，吾语汝。夫慎于言者不哗⑪，慎于行者不伐⑫，色知而有长者，小人也⑬。故君子知之为知之，不知为不知⑭，言之要也；能之为能之，不能为不能，行之要也。言要则知，行要则仁。既知且仁，又何加哉?《诗》曰:'汤降不迟,圣敬日跻。'"

【注释】

①本章并见《荀子·子道》《说苑·杂言》《孔子家语·三恕》。

②疏疏:读为"楚楚",形容衣服华丽。《荀子·子道》作"裾裾",《说苑·杂言》作"襜襜",《孔子家语·三恕》作"倨倨"。

③渍(fén):古音近"岷"。《荀子·子道》《说苑·杂言》《孔子家语·三恕》作"岷山",在今四川松潘县境内。

④滥觞(shāng):指江河发源处水很小,仅可浮起酒杯。

⑤津:渡口。

⑥方舟:两船相并。

⑦非其下流众川之多欤(yú):《荀子·子道》杨倞注:"言岂不以下流水多,故人畏之邪?言盛服色厉亦然也。"按,杨注非。此当指长江至下流,因有众川之水汇入,故能成其大,以喻君子当谦下而不矜伐,始能有所进益,与后文引《诗》赞汤有谦逊之德,义正相合。

⑧加:劝助,帮助。

⑨盖:乃。摄如:许维通《集释》谓当从《荀子·子道》作"犹若",即"犹然",郝懿行《荀子补注》:"犹然,言无以异于凡人也。"

⑩志:记。

⑪哗:浮夸,虚夸。

⑫伐:自吹自擂,自我夸耀。

⑬色知:《荀子·子道》杨倞注:"色知,谓所知见于颜色。"长:《荀子·子道》《说苑·杂言》《孔子家语·三恕》作"能",杨倞注:"有能,自有其能,皆矜伐之意。"

⑭故君子知之为知之,不知为不知:《论语·为政》:"子曰:'由!诲女知之乎!知之为知之,不知为不知,是知也。'"

【译文】

传文说：子路穿着华丽的衣服去见孔子，孔子说："仲由，你穿着这么华丽的衣服为什么啊？从前，长江发源于岷山，它刚开始流出来时，水流还不能够浮起酒杯。等它流到长江的渡口时，如果不把两船并起来，不避开大风，就不能够渡过江。这难道不是因为它的下游汇入了众多川流的水吗？现在你的衣服十分华丽，表现出自满的神情，天下还有谁愿意帮助你呢？"子路听了，快步走出去，换了衣服再进来，表现得和平常人一样。孔子说："仲由，你记住我的话，我跟你说。说话谨慎的人不会浮夸，行为谨慎的人不会自夸，在脸色上就表现出自己有知识、有长处，这是小人。所以君子对于知道的事，就是知道，对于不知道的事，就是不知道，这是说话的要领；能做到的事就是能做到，不能做到的事就是不能做到，这是行为的要领。说话能得要领就是明智，行为能得要领就是仁德。既明智又仁德，还有什么需要增加的呢？《诗经》说：'商汤为人谦逊，礼贤下士，十分急切，他圣明恭敬的德行每天上闻于天。'"

第三十三章①

君子行不贵苟难②，说不贵苟察③，名不贵苟传，惟其当之为贵。夫负石而赴河，此行之难为者也，而申徒狄能之④。君子不贵者，非礼义之中也。山渊平，天地比⑤，齐秦袭⑥，入乎耳，出乎口⑦，钩有须⑧，卵有毛，此说之难持者也⑨，而邓析、惠施能之⑩。君子不贵者，非礼义之中也。盗跖吟口⑪，名声若日月，与舜、禹俱传而不息。君子不贵者，非礼义之中也。故曰君子行不贵苟难，说不贵苟察，名不贵苟传，惟其当之为贵。《诗》曰⑫："不竞不绿⑬，不刚不柔。"言当之为贵也。

【注释】

①本章见《荀子·不苟》。申徒狄、盗跖一段又见《说苑·谈丛》。

②苟:苟且,不正当。

③察:明察。

④申徒狄能之:申徒狄投河事,详见卷一第二十六章。

⑤比:接近。

⑥袭:合。《荀子·不苟》杨倞注:"袭,合也。齐在东,秦在西,相去甚远,若以天地之大包之,则曾无隔异,亦可合为一国也。"

⑦入乎耳,出乎口:《荀子·不苟》杨倞注:"未详所明之意。或曰:即'山出口'也,言山有耳口也。凡呼于一山,众山皆应,是山闻人声而应之,故曰'入乎耳,出乎口'。"

⑧妁:同"妪",老妇。

⑨持:确立。

⑩邓桥(xī):即邓析。春秋末郑国人,与子产同时。曾任大夫,善口辩,操两可之说,设无穷之词,创私学,教人治狱。改郑所铸刑书,刊于竹简,称《竹刑》。郑执政驷颛(一说子产)以他罪杀邓桥而用其《竹刑》。著有《邓桥》两篇,早佚。惠施:战国时宋国人。尝为魏惠王相。善辩,为名辩学派"合同异"论之代表人物。与庄周友善,庄周称"惠施多方,其书五车"。著有《惠子》,已佚。按,《庄子·天下》载惠施之辩方二十余事,其云"天与地卑,山与泽平""卵有毛""山出口",与本章"山渊平,天地比""卵有毛""入乎耳,出乎口"文义大同。

⑪盗跖(zhí):春秋时鲁国人,鲁大夫柳下惠之弟。相传尝聚党数千人横行天下,侵暴诸侯,后称为盗跖。跖,一作"蹠(zhí)"。一说为黄帝时大盗名。吟口:《说苑·谈丛》作"贪凶",郝懿行《荀子补注》以"吟口"为"贪凶"转写形误。按,许瀚《校议》谓"吟口"即"口吟",口吃也。王先谦《荀子集解》同。然《庄子·杂

篇》："跖之为人也，辩足以饰非。"可知非口吃者。且下文"与舜、禹俱传而不息"，盗跖定是有异于常人之行举，且是"非礼义之中"者，口吃为发声的生理障碍，尚不足以当此。

⑫《诗》曰：引诗见《诗经·商颂·长发》。

⑬竞：争。絿（qiú）：求。马瑞辰《通释》："絿对竞言，从《广雅》训求为是。争竞者多骄，求人者多谄，竞、求二义相对成文。"

【译文】

君子不认为做出苟且困难的行为是可贵的，不认为说出苟且明察的话是可贵的，不认为名声苟且流传于后世是可贵的，只认为合于礼义是可贵的。抱着石头去投河，这是难以做到的行为，但申徒狄能做到。君子不认为可贵，因为这是不合于礼义的行为。山跟水渊相齐平，天和地相接近，齐国和秦国接合在一起，声音从山的口里传出，又传入山的耳朵，老妇人长胡须，蛋里有羽毛，这些都是难以确立的学说，但是邓析、惠施能论说这些。君子不认为可贵，因为这是不合于礼义的学说。盗跖贪婪凶狠，名声像太阳、月亮一样显赫，跟舜、禹一起流传后世，不会湮灭。君子不认为可贵，因为这是不合于礼义的名声。所以说君子不认为做出苟且困难的行为是可贵的，不认为说出苟且明察的话是可贵的，不认为名声苟且流传于后世是可贵的，只认为合于礼义是可贵的。《诗经》说："不竞争，不贪求，不刚强，不柔弱。"说的就是合于礼义才是可贵的。

第三十四章①

伯夷、叔齐②，目不视恶色，耳不听恶声。非其君不事，非其民不使。横政之所出③，横民之所止④，弗忍居也。思与乡人居，若朝衣朝冠，坐于涂炭也。故闻伯夷之风者，贪夫廉，懦夫有立志。至柳下惠则不然⑤。不羞污君⑥，不辞小官。进不隐贤，必由其道⑦。厄穷而不悯⑧，遗佚而不怨⑨。与乡人居，愉愉然不去也⑩。虽袒裼裸裎于我侧⑪，彼安能浼我哉⑫？故闻柳下惠之风者，鄙夫宽，薄夫厚⑬。至乎孔子去鲁，迟迟乎其行也，可以去而去，可以止而止，去父母国之道也。伯夷，圣人之清者也；柳下惠，圣人之和者也；孔子，圣人之中者也⑭。《诗》曰："不竞不絿，不刚不柔。"中庸和通之谓也⑮。

【注释】

①本章并见《孟子·万章下》《公孙丑上》，而无伊尹一段。

②伯夷、叔齐：《孟子·万章下》仅称伯夷，本章下文亦仅称"伯夷之风""伯夷，圣人之清者"，未及叔齐。

③横：横暴，残暴。出：指施行。

④止：居住。

⑤柳下惠：展氏，名或，字禽，春秋时鲁国人。食邑柳下，谥惠，故称。为士师，掌刑狱，三次被黜而无怨。

⑥羞：以为羞耻。污君：德行卑污的君主。

⑦由：遵循。

⑧厄穷：困厄穷迫。悯：忧愁。

⑨遗佚（yì）：遗弃而不用。

⑩愉愉：愉悦的样子。《孟子》作"由由"。

⑪袒裼（xī）：脱去衣服露出上身。裸裎（chéng）：露体。

⑫浼（měi）：玷污。

⑬鄙夫宽，薄夫厚：《孟子》赵岐注："鄙狭者更宽优，薄浅者更深厚。"

⑭中：中正之道。《孟子》作"时"。

⑮中庸：不偏为中，不变为庸，中庸是儒家的最高道德标准。和通：

和顺通达。

【译文】

伯夷和叔齐，眼睛不看邪恶的颜色，耳朵不听邪恶的声音。不是理想的国君就不去事奉，不是理想的百姓就不去役使。施行暴政的国家，住着强横的人的地方，他们都不能忍受在那居住。他们认为和乡邻们居住在一起，就像穿着上朝的礼服冠冕，坐在污浊的烂泥和炭灰上面一样。所以听闻伯夷的风范，贪婪的人会变得廉洁，懦弱的人能有坚定的意志。至于柳下惠就不是这样。他不认为事奉德行卑污的君主是羞耻的，不拒绝小的官职。他被任用时不隐藏自己的贤能，凡事都遵循道义去做。遭遇困厄穷迫时不忧愁，被弃用也不抱怨。他和乡邻们居住在一起，内心愉悦，不愿离去。他认为，即使有人赤身裸体在我身边，他又怎么能玷污我呢？所以听闻柳下惠的风范，狭隘鄙陋的人能变得宽广，浅薄的人能变得深厚。至于孔子离开鲁国，他慢慢地走，应该离开就离开，应该留下就留下，这是离开祖国的方式。伯夷，是圣人中清廉的人；柳下惠，是圣人中随和的人；孔子，是圣人中能把握中正之道的人。《诗经》说："不竞争，不贪求，不刚强，不柔弱。"说的就是要把握中庸、和顺通达的道理。

第三十五章①

王者之法，等赋正事②。田野什一③，关市讥而不征④。山林泽梁⑤，以时入而不禁。相地而衰正⑥，理道而致贡⑦，万物群来，无有流滞⑧，以相通移。近者不隐其能，远者不疾其劳⑨，虽幽间僻陋之国⑩，莫不趋使而安乐之。夫是之谓王者之法，等赋正事。《诗》曰⑪："敷政优优⑫，百禄是遒⑬。"

【注释】

①本章并见《荀子·王制》。

②等赋：制定赋税的等差。正事：公正地管理民事。

③什一：古代赋税制度。十分之一的税率，称"什一"。

④关：关卡。讥：呵察，稽查。

⑤梁：在水流中用石筑成的拦水捕鱼的堰。按，《孟子·梁惠王下》："关市讥而不征，泽梁无禁。"义与此同。

⑥相地而衰正：《国语·齐语》"相地而衰征"，韦昭注："相，视也。衰，差也。视土地之美恶，及所生出，以差征赋之轻重也。"相，考察。衰，等差。正，通"征"。

⑦理道：分别道路的远近。致贡：致送贡物。

⑧流：滞留，积压。《荀子·王制》作"留"，"流""留"古通。

⑨疾：厌恶，嫌怨。

⑩间：阻隔。

⑪《诗》曰：引诗见《诗经·商颂·长发》。

⑫敷：布，施行。优优：和顺的样子。

⑬逑（qiú）：聚集。

【译文】

王者的治国方法，是制定赋税的等差，公正地管理民事。田地采取十分之一的税率，关卡和市场稽查违法的人，但不征税。山林泽梁，让人民按照时节进去砍伐、捕鱼，不乱加禁止。考察土地的肥瘠，来有等差地征税，分别道路的远近，来确定致送贡物的种类和数量，众多材物一起送来，没有滞留，各地的物产得以互相流通转移。这样，近处的人不会隐藏他的能力，远处的人不会抱怨路远奔波的劳苦，即使是荒远僻陋的国家，也没有不乐意听其驱使的。这就是所说的王者的治国方法，是制定赋税的等差，公正地管理民事。《诗经》说："施政能够和顺，众多的福禄因此聚集过来。"

第三十六章①

孙卿与临武君议兵于赵孝成王之前②。王曰：“敢问兵
之要。”临武君曰：“夫兵之要，上得天时③，下得地利④，后
之发，先之至。此兵之要也。”孙卿曰：“不然。夫兵之要，
在附亲士民而已⑤。六马不和⑥，造父不能以致远⑦；弓矢不
调，羿不能以中微⑧；士民不亲附，汤、武不能以战胜。由此
观之，要在于附亲士民而已矣。”临武君曰：“不然。夫兵之
用，变故也。其所贵，谋诈也。善用之者犹脱兔⑨，莫知其
出。孙、吴用之⑩，无敌于天下。由此观之，岂必待附亲士民
而后可哉？”孙卿曰：“不然。君之所道者，诸侯之兵，谋臣
之事也。臣之所道者，仁人之兵，圣王之事也。彼可诈者，
怠慢者也，君臣上下之际，涣然有离德者也⑪。夫以跖而诈
桀⑫，犹有工拙焉。以桀而诈尧，如以指挠沸⑬，以卵投石，
抱羽毛而赴烈火，入则燋也⑭。夫何可诈也？且夫暴国将孰
与至哉？彼其所与至者必其民。民之亲我也，芬若椒兰⑮，
欢如父子。彼反顾其上，如憎毒蜂虿⑯。人之情，虽桀、跖，
岂肯为其所至恶，贼其所至爱哉？是犹使人之子孙自贼其父
母也。彼则先觉其失，何可诈哉？且仁人之兵，聚则成卒⑰，
散则成列。延居则若莫邪之长刃⑱，婴之者断⑲；锐居则若莫
邪之利锋⑳，当之者溃。圆居则若丘山之不可移也，方居则
若盘石之不可拔也㉑，触之摧角折节而退尔㉒。夫何可诈也？
《诗》曰㉓：‘武王载发㉔，有虔秉钺㉕，如火烈烈，则莫我敢遏㉖。’
此谓汤、武之兵也㉗。”孝成王避席抑手曰㉘：“寡人虽不敏，

请依先生之兵也。"

【注释】

①本章并见《荀子·议兵》《新序·杂事三》。

②孙卿:即荀卿。西汉时因避汉宣帝刘询讳,故称"孙卿"。名况,字卿,战国时赵国人。年五十始游学于齐,三为稷下学宫祭酒,后又曾任楚兰陵令。其学术源于儒而博采众家之长,主张性恶论,尊礼重教,提倡法后王,其学说主要保存在《荀子》一书中。临武君:楚国将军,不知其姓名。赵孝成王:战国时赵国君主,名丹,赵惠文王之子。任内发生长平之战,大败于秦国。

③天时:有利于作战的自然条件。

④地利:有利于作战的地理形势。

⑤附亲:归依,亲附。《荀子·议兵》作"一民"。

⑥六马:古代天子乘车驾六匹马。

⑦造父:注见卷二第十二章。

⑧羿(yì):古代传说中善射的人。中(zhòng)微:射中微小的目标。

⑨脱兔:脱逃之兔。喻指行动迅疾。

⑩孙:指春秋末年军事家孙武,字长卿,齐国人。曾以所著《兵法》十三篇见吴王阖闾,被重用为将。与伍子胥一起共佐吴王破楚击越,使吴国称霸诸侯。吴:指战国军事家吴起,卫国人。曾任魏将,后奔楚任令尹,变法图强,主持改革,因触怒旧贵族被害。

⑪奂然:涣散、离散的样子。《荀子·议兵》作"滑然",杨倞注:"滑,乱也。"

⑫跖(zhí):即盗跖。注见本卷第三十三章。按,《荀子·议兵》《新序·杂事三》作"以桀诈桀"。

⑬挠沸:搅动沸水。

⑭燋:通"焦",烧焦。

⑮椒兰：花椒树和兰花，美木香草，皆芳香之物。

⑯憯（cǎn）：惨毒。虿（chài）：蝎子。

⑰卒：古代军队的编制，百人为卒。此泛指队伍。

⑱延：延长。王先谦《荀子集解》引卢文弨说，"东西曰延，……谓横布则其锋长"。居：语助词。《诗经·邶风·柏舟》："日居月诸。"朱熹《诗集传》："居、诸，语辞。"下文"锐居""圆居""方居"之"居"同。莫邪（yé）：传说春秋吴王阖庐使干将铸剑，铁汁不下，其妻莫邪自投炉中，铁汁乃出，铸成二剑。雄剑名干将，雌剑名莫邪。后泛指宝剑。

⑲婴：通"撄"，触犯。

⑳锐：锐阵，古代的一种兵阵，阵如刀尖。

㉑盘石：即磐石。大石。

㉒角：额角。节：骨节。

㉓《诗》曰：引诗见《诗经·商颂·长发》。

㉔武王：指汤。载：始。发：发兵，起兵。《毛诗》作"斾"。王引之《经义述闻》："发，正字，斾、垅皆借字也。发谓起师伐桀也。"

㉕有虔：虔敬。有，词头，无义。秉：执持。钺（yuè）：古代兵器。青铜制，像斧，比斧大，圆刃可砍劈，商及西周时盛行。

㉖遏：止，阻挡。《毛诗》作"曷"。

㉗汤、武：商汤与周武王。此偏指商汤。

㉘抑手：拱手作揖。

【译文】

孙卿和临武君在赵孝成王面前讨论用兵作战的事。孝成王说："我冒昧地问你们用兵的要领。"临武君说："用兵的要领，在于上能得天时，下能得地利，在敌人之后发动，却比敌人先到达。这是用兵的要领。"孙卿说："不是这样的。用兵的要领，在于使士和人民亲附自己罢了。驾车的六匹马步调不协调，就是善于驾车的造父也不能驾驭它们到达远方；

弓和箭不协调，就是善于射箭的羿也不能射中微小的目标；士和人民不亲附，就是贤明的商汤、周武王也不能靠他们战胜敌人。由此看来，用兵的要领在于使士和人民亲附自己罢了。"临武君说："不是这样的。用兵，要改变故有的思维和方法。用兵最重要的，就是使用权谋诈术。善于用兵的人，就像逃脱的兔子一样行动迅疾，没有人知道他的军队出没的地方。孙武、吴起运用这种兵法，天下没有能和他们相匹敌的。由此看来，哪里一定要等到士和人民亲附以后才可以用兵啊？"孙卿说："不是这样的。你所说的，是诸侯的用兵，是谋臣要做的事。我所说的，是仁人的用兵，是圣王要做的事。可以被欺诈的，是那些懈怠轻慢、君臣上下士气涣散、离心离德的国家。以盗跖那样的坏人去欺诈夏桀那样的坏人，倒还有精巧和笨拙之分。至于以夏桀那样的坏人去欺诈尧那样的圣人，就好比用手指去搅动沸水，用蛋去碰石头，抱着羽毛冲入烈火中，一进去就被烧焦了。哪里是可以被欺诈的呢？而且，暴国的国君将和谁一起来打仗呢？和他一起打仗的必定是他的人民。人民亲附我，就像喜爱芳香的花椒树和兰花一样，就像儿子喜欢父亲一样。但他们回过头看自己的君主，却像看到惨毒的黄蜂和蝎子一样。按人的一般情理，即使是夏桀、盗跖，难道肯为他们最厌恶的人，去残害他们最喜爱的人吗？这就像让人的子孙，去残害他们的父母一样。他们自己就先发觉了错误，哪里是可以被欺诈的呢？而且仁人的军队，集合起来就成队伍，分散开去就成行列。队伍排成长阵就像莫邪剑的长刃一样，触犯它就会被斩断；队伍排成锐阵就像莫邪剑的利锋一样，抵挡它就会溃败。队伍排成圆阵就像丘陵高山一样不能移动，队伍排成方阵就像大石一样不能搬动，触碰它就会撞破额角、折断骨节，退败回去。哪里是可以被欺诈的呢？《诗经》说：'英武的商汤刚发兵，虔诚地执持斧钺，军队的威势像火一样猛烈，没有人敢阻挡我。'这说的是商汤的军队。"孝成王听了孙卿的话，离开坐席，拱手作揖说："我虽然愚钝，请依从先生的用兵之道。"

第三十七章

受命之士^①，正衣冠而立，俨然人望而信之^②。其次，闻其言而信之。其次，见其行而信之。既见其行，而众皆不信，斯下矣。《诗》曰^③："慎尔言矣^④，谓尔不信。"

【注释】

①士：当从《太平御览》四三〇引作"主"。

②俨然：严肃庄重的样子。

③《诗》曰：引诗见《诗经·小雅·巷伯》。

④慎：郑笺："慎，诚也。"矣：《毛诗》作"也"。

【译文】

接受天命的君主，端正地穿戴衣服和冠帽站立着，严肃庄重的样子，人们望见他就信任他。次一等的君主，人们听到他说的话，然后信任他。再次一等的君主，人们看到他的行为，然后信任他。已经看到他的行为，但是人们都不信任他，这是最下等的君主。《诗经》说："你说话要真诚啊，不然，人们会说你不值得信任。"

第三十八章^①

昔者不出户而知天下，不窥牖而见天道者^②，非目能视乎千里之前，非耳能闻乎千里之外，以己之度度之也，以己之情量之也^③。己恶饥寒焉，则知天下之欲衣食也；己恶劳苦焉，则知天下之欲安佚也；己恶衰乏焉，则知天下之欲富足也。知此三者，圣王之所以不降席而匡天下^④。故君子之道，忠恕而已矣^⑤。夫饥渴苦血气^⑥，寒暑动肌肤，此四者民之大害也。大害不除，未可教御也^⑦。四体不掩^⑧，则鲜仁人；五藏空虚^⑨，则无立士^⑩。故先王之法，天子亲耕，后妃亲蚕，先天下忧衣与食也。《诗》曰^⑪："父母何尝？心之忧矣，子之无裳^⑫。"

【注释】

①许瀚《校议》据《群书治要》所引，谓此章与卷五第二十三章文义相合，本为一章，并在第五卷内。

②牖（yǒu）：窗户。按，以上二句乃《老子》第四十七章语，又见《外传》卷五第二十三章。

③量：思量，揣度。

④降席：离开坐席走下来。匡：匡正。

⑤忠恕：《论语·里仁》："夫子之道，忠恕而已矣。"朱熹《集注》："尽己之谓忠，推己之谓恕。"

⑥血气：元气，精力。

⑦教御：教化、统治。

⑧四体：四肢。这里泛指身体。不掩：指未穿衣服。

⑨五藏：心、肝、脾、肺、肾。这里主要指胃而言。藏，同"脏"。

⑩立士：能自立、有节操的士人。

⑪《诗》曰：本章引诗，首句引自《诗经·唐风·鸨羽》，后二句引自《诗经·卫风·有狐》，以分别对应上文所论衣、食两方面主题。

⑫子之：《毛诗》作"之子"。

【译文】

从前，圣明的君王不出门就能了解天下的情况，不看窗外就能知道天道的运行，这不是因为他的眼睛能看到千里以外的事物，不是耳朵能听到千里以外的声音，而是因为他能用自己的准则去揣度天下的事物，用自己的情感去揣度他人的情感。自己厌恶饥饿寒冷，就推知天下人也希望吃饱穿暖；自己厌恶辛劳，就推知天下人也希望安闲休息；自己厌恶穷困，就推知天下人也希望富裕丰足。知道这三点，圣王因此可以不离开坐席就能匡正天下。所以君子为人处世的准则，不外乎尽己为人、推己及人而已。饥饿、干渴使人精力困苦，严寒、酷暑使人肌肤受损，这四项是人民的大忧患。大忧患不消除，就不能很好地教化和统治人民。身上没有衣服穿，就很少有仁人；肚子吃不饱，就没有能自立而有节操的士人。所以先王治理天下的方法，是天子亲自耕种，后妃亲自养蚕，在天下人之前先担忧人民的衣食温饱问题。《诗经》说："父母吃什么呢？心里十分忧伤，这个人没有衣裳穿。"

卷四

【题解】

本卷共三十三章，所引《诗》篇均出自《诗经·小雅》，其中有数章连引同一诗篇或诗句的，如第一至五章皆引自《巧言》，第十至十二章皆引自《楚茨》同一诗句，第十八至二十四章皆引自《角弓》。又，诸章引《诗》篇次，同《毛诗》。以上都体现了《外传》引《诗》的一般体例。另外，第二十章内容同见第二十三章，当是衍文。

卷中第二十五章，历来争论较多。此章并见《战国策·楚策四》，《楚策四》于此章末亦有引《诗经·菀柳》之辞。王念孙《读书杂志·战国策》认为："《外传》每章之末，必引《诗》为证，若《战国策》则无此例也。'《诗》曰'以下三句，盖后人取《外传》附益之耳。"汪中《荀卿子通论》也认为："引事说《诗》，韩婴书之成例，《国策》载其文而不去其《诗》。"因此，刘向编定《战国策》此章时，更有可能是参考了《外传》，于此可见《外传》此章的文献价值。此章记述了《荀子·赋篇·佹诗》其二的写作背景，也具有重要的文学史意义。至于汪中《荀卿子通论》认为荀子没有担任赵国上卿之事，并认为荀子答书及《佹诗》乃抄合《韩非子·奸劫弑臣》与《荀子·赋篇》而成，对此，范祥雍《战国策笺证》批驳汪说，征引诸说，肯定此章的史料与文本价值，可参。

本卷部分章节并见《荀子》《说苑》《孔子家语》《吕氏春秋》《新序》

等,其中尤以本于《荀子》者为多,体现了《外传》与《荀子》之间的文本与学术关系。当然,二者之间的细微差异也同样值得关注。第二十二章本于《荀子·非十二子》。《非十二子》记载了荀子对先秦各学派代表人物墨翟、宋钘、慎到、田骈、惠施、邓析、子思、孟轲等十二人做了批判,是体现荀学思想的重要篇章。《外传》沿用此篇文本,而对荀学的思想则有一定的保留:一方面将《非十二子》中它嚣、陈仲、史鰌改作范雎、田文、庄周,另一方面删去了荀子对子思、孟轲的批驳之辞,改"十二子"为"十子",同时荀子在批驳诸子之后,归结到推崇仲尼、子弓,而《外传》则删去"子弓",独标仲尼之学。这都说明,《外传》虽为说《诗》文本,但在文本援引及思想表达上实有清晰的择取,诚如《四库总目提要》所言,"去取特为有识"。

第一章①

纣作炮格之刑③,王子比干曰:"主暴不谏,非忠也;畏死不言,非勇也。见过即谏,不用即死,忠之至也。"遂谏,三日不去朝。纣囚而杀之。《诗》曰③:"昊天大怃④,予慎无辜⑤。"

【注释】

①本章并见《新序·节士》。

②炮格:古代的一种酷刑。铜柱上涂油脂,下烧炭火,令人行柱上,堕炭火而死。裴骃《史记集解》引《列女传》:"膏铜柱,下加之炭,令有罪者行焉,辄堕炭中。"

③《诗》曰:引诗见《诗经·小雅·巧言》。

④昊(hào)天:指周王。怃(wǔ):傲慢。《毛诗》作"怃",郑笺:"怃,敖也。"

⑤慎:诚,真的。毛传:"慎,诚也。"

【译文】

商纣王制作了炮格的刑具，王子比干说："君主暴虐，臣子不去劝谏，这是不忠心；怕死而不敢说话，这是不勇敢。看到国君有过错就去进谏，国君不采纳谏言就去死，这是最高程度的忠心。"于是就向纣王进谏，三天都不离开朝廷。纣王把他囚禁起来，然后杀掉了。《诗经》说："周王太傲慢了，我实在是无辜。"

第二章①

桀为酒池，可以运舟②，糟丘足以望十里③，一鼓而牛饮者三千人。关龙逢进谏曰："古之人君，身行礼义，爱民节财，故国安而身寿。今君用财若无穷，杀人若恐弗胜④。君若弗革⑤，天殃必降，而诛必至矣。君其革之！"立而不去朝，桀囚而杀之。君子闻之曰："天之命矣。"《诗》曰："昊天大怃，予慎无辜。"

【注释】

①本章又见《新序·节士》。卷二第二十二章亦载"桀为酒池糟堤，纵靡靡之乐，一鼓而牛饮者三千人"。
②运舟：行船，通船。
③糟丘：酒糟积而成丘。极言酿酒之多，沉湎之甚。十里：《新序·节士》作"七里"。
④胜（shēng）：尽。
⑤革：改变。

【译文】

夏桀建造了一个酒池，大得可以通船，登上酒糟堆积的山丘，可以望到十里以外的地方,演奏一通鼓,群臣们像牛一样对着酒池喝酒的就有三千人。关龙逢向桀进谏说:“古代的国君,亲身践行礼义,爱护人民,节省财物,所以国家安定,自己也长寿。现在国君你使用财物好像用不完,杀人好像唯恐杀不尽。国君如果不改变作为,上天必然降下灾祸,杀身之祸一定会到来。国君你还是改变你的作为吧!”关龙逢站在朝廷上不离开,夏桀就把他囚禁起来,然后杀掉了。君子听说这事,说:“这是上天的旨意。”《诗经》说:“周王太傲慢了,我实在是无辜。”

第三章^①

有大忠者^②,有次忠者,有下忠者,有国贼者。以道覆君而化之^③,是谓大忠也。以德调君而辅之^④,是谓次忠也。以谏非君而怨之^⑤,是谓下忠也。不恤乎公道达义^⑥,偷合苟同以之持禄养交者^⑦,是谓国贼也。若周公之于成王,可谓大忠也。管仲之于桓公,可谓次忠也。子胥之于夫差^⑧,可谓下忠也。曹触龙之于纣^⑨,可谓国贼也。皆人臣之所为也,吉凶贤不肖之效也。《诗》曰^⑩:“匪其止恭^⑪,惟王之邛^⑫。”

【注释】

①本章亦见《荀子·臣道》。

②按,《初学记》卷十七引《外传》,句首有“忠之道有三”五字。

③覆:覆盖,覆冒。形容其德广大普遍。王先谦《荀子集解》引俞樾说:“以德覆君,谓其德甚大,君德在其覆冒之中,故足以化之。”

④调:调教,教导。

⑤非:非议,指责。又,“以谏非君”,赵怀玉《校正》、周廷寀《校注》认为当从《荀子·臣道》作“以是谏非”,闻一多、许维遹以为“以

谏非君"与"以道覆君""以德调君""以谏非君"文例相同,赵、周校非是。

⑥恤:顾及,顾念。达:通。

⑦偷:苟且。苟偷:苟且地认同。《荀子·臣道》作"苟容"。

⑧夫差:春秋末期吴国国君。吴王阖闾之子。即位后败越于夫椒,攻破越都,迫使越王勾践屈服。又开凿邗沟,以图北进,大败齐兵于艾陵。前482年,在黄池会盟诸侯,与晋争霸,越军乘虚攻入吴都。前473年,越国再次兴兵攻吴,夫差兵败自杀,吴亡。在位二十三年。

⑨曹触龙:商纣王时的佞臣。

⑩《诗》曰:引诗见《诗经·小雅·巧言》。

⑪止:通"职",职务,职事。下章引诗辞后云"言其不恭其职事",可证。恭:《毛诗》作"共"。

⑫惟:《毛诗》作"维"。邛(qióng):病,害。

【译文】

有大忠的臣子,有次忠的臣子,有下忠的臣子,有贼害国家的臣子。用正道来覆盖国君,使他受到感化,这是大忠的臣子。用仁德来教导、辅佐国君,这是次忠的臣子。用谏言来指责、埋怨国君,这是下忠的臣子。不顾及公正的道理和通行的道义,苟且地迎合、认同国君,以此来维持住俸禄、结交党与,这是贼害国家的臣子。像周公对于成王,可说是大忠。管仲对于齐桓公,可说是次忠。伍子胥对于夫差,可说是下忠。曹触龙对于纣王,可说是国贼。这些都是臣子的行为,却有吉和凶、贤和不贤的不同表现。《诗经》说:"不能够恭敬自己的职事,而使君王受害。"

第四章①

哀公问取人。孔子曰:"无取健②,无取佞,无取口谗③。

健,骄也。佞,谄也。口谗,诞也。故弓调,然后求劲焉。马服,然后求良焉。士信悫,而后求知焉④。士不信悫而又多知,譬之豺狼与⑤,其难以身近也。《周书》曰⑥:'无为虎傅翼⑦,将飞入邑,择人而食。'夫置不肖之人于位,是为虎傅翼也,不亦殆乎?"《诗》曰:"匪其止恭,惟王之邛。"言其不恭其职事,而病其主也。

【注释】

①本章并见《荀子·哀公》《说苑·尊贤》《孔子家语·五仪解》。

②健:刚健,强横。

③口谗:口齿锐利,说话尖刻。郝懿行《荀子补注》:"当作'口镵',镵者,锐也。今《说苑》正作'锐',是矣。"

④"故弓调"六句:《淮南子·说林训》:"弓先调而后求劲,马先驯而后求良,人先信而后求能。"可与此相参。调,调适。《诗经·车攻》"弓矢既调",郑笺:"调,谓弓强弱与矢轻重相得。"信悫(què),诚实恭谨。

⑤与(yú):通"欤",句末语助词。

⑥《周书》曰:引见《逸周书·寤儆解》。

⑦傅:附益,增添。

【译文】

鲁哀公请教取用人的方法。孔子说:"不要取用强横的人,不要取用说话谄谀的人,不要取用口齿锐利的人。强横的人,骄傲。说话谄谀的人,谄媚。口齿锐利的人,说话荒诞不实。所以弓先调适好了,然后再追求有劲力。马先驯服了,然后再追求优良。士人先有诚实恭谨的品德了,然后再要求他富有才智。士人不能诚实恭谨却富有才智,就好像豺狼一样,难以接近。《周书》说:'不要给老虎增添上翅膀,不然它将会飞进城邑，挑拣人来吃。'把不贤的人任用在职位上，这是为老虎增添上翅膀，这不是很危险吗？"《诗经》说："不能够恭敬自己的职事，而使君王受害。"说的就是臣子不能恭敬自己的职事，而使君王受害。

第五章①

齐桓公独与管仲谋伐莒，而国人知之。桓公谓管仲曰："寡人独为仲父言而国人知之，何也？"管仲曰："意者国中有圣人乎？今东郭牙安在②？"桓公顾曰："在此。"管仲曰："子有言乎？"东郭牙曰："然。"管仲曰："子何以知之？"曰："臣闻君子有三色，是以知之。"管仲曰："何谓三色？"曰："欢忻爱说③，钟鼓之色也。愁悴哀忧，衰绖之色也④。猛厉充实⑤，兵革之色也。是以知之。"管仲曰："何以知其莒也？"对曰："君东南面而指，口张而不掩，舌举而不下，是以知其莒也。"桓公曰："善。"东郭先生曰："目者，心之符也⑥。言者，行之指也⑦。夫知者之于人也，未尝求知而后能知也。观容貌，察气志，定取舍，而人情毕矣。"《诗》曰⑧："他人有心，予忖度之。"

【注释】

①本章并见《管子·小问》《吕氏春秋·重言》《说苑·权谋》《论衡·知识》。

②东郭牙：《管子·小问》作"东郭邮（郵）"，《说苑·权谋》作"东郭垂"，王引之《春秋名字解诂》读"牙"为"圉"，《尔雅》："圉，垂也。"

③欢忻（xīn）：欢欣。说：通"悦"。

④衰绖（cuī dié）：即缞绖，丧服。此指居丧。

⑤充实：充盈。指气势盛大。

⑥符：征符，表征。

⑦指：指向，意向。

⑧《诗》曰：引诗见《诗经·小雅·巧言》。

【译文】

齐桓公单独和管仲商量攻伐莒国，但很多国人知道了这件事。桓公问管仲说："我单独和你商量这事，但很多国人知道了，这是为什么？"管仲说："大概是国内有圣人吧？现在东郭牙在哪里啊？"桓公回头看了看，说："在这里。"管仲对东郭牙说："你跟人说过伐莒的事吗？"东郭牙说："是的。"管仲说："你怎么知道这事的？"东郭牙说："我听说君子有三种神色，我因此知道这件事。"管仲说："哪三种神色？"东郭牙说："欢欣喜悦，这是听到钟鼓之乐时的神色。憔悴忧愁，这是居丧时的神色。猛烈气盛，这是要打战的神色。我因此知道这件事。"管仲说："你怎么知道要攻伐莒国的呢？"东郭牙回答说："国君面朝东南莒国的方向指划着，嘴巴张开而不闭起来，舌头上翘而不放下，我因此知道要攻伐莒国。"桓公说："好啊。"东郭牙说："眼睛，是内心意志的外在表征。言语，是行为的指向。聪明的人对别人，不需要刻意去了解然后才知道他。观察他的容貌神色，细察他的情绪意志，确定他的取舍好恶，然后他的情况就可以完全了解了。"《诗经》说："他人有心事，我能揣度出来。"

第六章

今有坚甲利兵，不足以施敌破虏①，弓良矢调，不足以射远中微，与无兵等尔。有民不足强用严敌②，与无民等尔。故盘石千里，不为有地，愚民百万，不为有民③。《诗》曰④：

"维南有箕⑤,不可以簸扬⑥。维北有斗⑦,不可以挹酒浆⑧。"

【注释】

①施:攻打。

②严:畏惧。

③"故盘石千里"四句:《韩非子·显学》:"磐石千里,不可谓富;象人百万,不可为强。石非不大,数非不众也,而不可谓富强者,磐不生粟,象人不可使距敌也。"可与本文相参。

④《诗》曰:引诗见《诗经·小雅·大东》。

⑤箕:星宿名。四星联成梯形,形似簸箕,故名"箕"。

⑥簸扬:扬去谷物中的糠秕杂物。《说文·箕部》:"簸,扬米去糠也。"

⑦斗:星宿名。即南斗星,共六星聚成斗形。孔颖达《毛诗正义》:"箕、斗并在南方之时,箕在南而斗在北,故言南箕北斗。"王先谦《集疏》:"是凡箕、斗连言者皆为南斗。"

⑧挹(yì):酌取,舀。

【译文】

现在有坚固的盔甲、锐利的兵器,但不能够用来打败敌人,有精良调和的弓、箭,但不能够射中远处微小的目标,这就同没有兵器一样。有民众但不能够增强战斗力,使敌人畏惧,这就同没有民众一样。所以,虽然有千里的磐石,也不能算拥有土地,虽然有百万愚昧的民众,也不能算拥有百姓。《诗经》说:"南方有箕星,但不可以用来簸扬谷物。北方有斗星,但不可以用来酌取酒浆。"

第七章①

传曰:舜弹五弦之琴②,以歌《南风》③,而天下治。周公酒肴不离于前,钟石不解于悬④,以辅成王,而宇内亦治。

匹夫百亩一室⑤,不遑启处⑥,无所移之也⑦。夫以一人而兼听天下⑧,其日有余而治不足,使人为之也。夫擅使人之权⑨,而不能制众于下,则在位者非其人也。《诗》曰:"维南有箕,不可以簸扬。维北有斗,不可以挹酒浆。"言有位无其事也。

【注释】

①本章并见《新语·无为》《淮南子·诠言训》及《泰族训》。

②五弦之琴:《礼记·乐记》孔疏:"谓无文、武二弦,惟宫、商等五弦也。"

③《南风》:古代乐曲名。相传为舜所作。《礼记·乐记》:"昔者舜作五弦之琴,以歌《南风》。"郑注:"南风,长养之风也,以言父母之长养己,其辞未闻也。"《尸子·绰子》《孔子家语·辨乐解》载有《南风》之诗辞,疑为后人拟作。

④石:指磬。一种打击乐器。注见卷一第十七章。悬:悬挂钟、磬等乐器的架子。

⑤百亩一室:即本卷第十三章"家得百亩"。一室,指一家。

⑥遑(huáng):闲暇。启处:安居。启,跪。处,居。《诗经·四牡》《采薇》:"不遑启处。"

⑦移:指将农活移交给别人来做。

⑧兼听:广听。听,听治,治理。

⑨擅:专有。

【译文】

　　传文说:舜弹着五弦琴,唱着《南风》,就使得天下太平。周公的席前一直摆着酒肴,乐架上一直悬挂着钟磬,这样来辅佐周成王,也使得天下太平。普通百姓一家人耕种一百亩土地,没有闲暇安居,这是因为不能把农活移交给别人来替自己做。以一人之力来广泛地治理天下的事情,时间却还有剩余,事情都不够做,这是因为能任使他人来替自己做事。专有任使人的权力，却不能管制好在下的民众，这是因为在位的执政者不是合适的人选。《诗经》说："南方有箕星，但不可以用来簸扬谷物。北方有斗星，但不可以用来酌取酒浆。"就是说虽然在职位上，却不能做他本分的事情。

第八章①

　　齐桓公伐山戎②，其道过燕，燕君送之出境③。桓公问管仲曰："诸侯相送，固出境乎？"管仲曰："非天子不出境。"桓公曰："然则燕君畏而失礼也。寡人不可使燕君失礼。"乃割燕君所至之地以与之。诸侯闻之皆朝于齐。《诗》曰④："静恭尔位⑤，好是正直。神之听之，介尔景福⑥。"

【注释】

①本章并见《新书·春秋》《说苑·贵德》及定县汉简《儒家者言》。《史记·燕世家》《齐世家》并载其事，时为燕庄公二十七年、齐桓公二十三年。

②山戎：古代北方民族名。又称"无终氏""北戎"，匈奴的一支，活动地区在今河北省北部。

③出境：指送出燕境、进入齐境。《新书·春秋》作"入齐地百六十六里"。

④《诗》曰：引诗见《诗经·小雅·小明》。

⑤静恭：谨慎恭敬。《毛诗》作"靖共"。

⑥介：赐佑。景：大。

【译文】

齐桓公攻伐山戎，路过燕国，回国时，燕国国君送齐桓公，出了燕国而送到齐国境内。桓公问管仲说："诸侯互相送行，本来就应该送出国境的吗？"管仲说："不是送天子，不应该送出国境。"桓公说："那么燕国国君是畏惧我，才失了礼。我不可以使燕国国君失礼。"于是把燕国国君送行所到达的齐国土地割让给了燕国。诸侯听说了这件事，都到齐国去朝拜。《诗经》说："谨慎恭敬地做好你的职务，喜爱正直的人。神明知道了你的作为，赐给你大福。"

第九章

《韶》用干戚①，非至乐也②。舜兼二女③，非达礼也④。封黄帝之子十九人⑤，非法义也。往田号泣⑥，未尽命也⑦。以人观之，则是也⑧；以法量之，则未也。《礼》曰⑨："礼仪三百⑩，威仪三千⑪。"《诗》曰⑫："静恭尔位，正直是与⑬。神之听之，式穀以女⑭。"

【注释】

①《韶》：传说舜所作的乐曲名。干戚：盾与斧。古代的两种兵器，亦为武舞所执的舞具。

②非至乐也：《礼记·乐记》："干戚之舞，非备乐也。"

③舜兼二女：舜同时娶了尧的两个女儿娥皇、女英。此指舜不告知父母即娶尧二女，是为非礼。《淮南子·氾论训》："古之制，婚礼不称主人。舜不告而娶，非礼也。"或谓古有媵妾从归之礼，未有兼娶二女者，故《外传》云"非达礼也"。

④达礼：通行的礼节。

⑤封黄帝之子十九人：据上下文，亦当为舜之事，但典籍未见"舜封黄帝之子十九人"的记载。

⑥往田号泣：舜因受父母虐待，所以跑到田里去，向天哭号。《孟子·万章上》："舜往于田，号泣于旻天。"

⑦尽命：完全理解天命。

⑧以人观之，则是也：指从舜处境来看，他的行为合乎权变之道。如《孟子·离娄上》："不孝有三，无后为大。舜不告而娶，为无后也，君子以为犹告也。"又，《孟子·万章上》称"舜往于田，号泣于旻天"，表达的是"怨慕"之情，并谓："五十而慕者，予于大舜见之矣。"

⑨《礼》曰：引文见《礼记·中庸》。

⑩礼仪：经礼，指婚冠丧祭朝觐等重大的礼仪。

⑪威仪：曲礼，指容止仪态、进退应对等细小的礼节。

⑫《诗》曰：引诗见《诗经·小雅·小明》。

⑬与：相与，交好。

⑭式：用。穀（gǔ）：福禄。

【译文】

舜制作的《韶》乐，歌舞时使用干戚，这还不是最好的音乐。舜没有告知父母，同时娶了尧的两个女儿，这不是通行的礼节。舜分封了黄帝的十九个后人，这不是合乎礼法的。舜跑到田里去，向天哭号，这是没有完全了解天命。舜的这些行为，从他的处境来看，是正确的；但从礼法的角度来衡量，就未必正确。《礼记》说："重大的礼仪有三百项，细小的礼节有三千条。"《诗经》说："谨慎恭敬地做好你的职务，和正直的人交好。神明知道了你的作为，降赐福禄给你。"

第十章①

礼者，治辩之极也②，强国之本也，威行之道也，功名之统也③。王公由之，所以一天下也；不由之，所以陨社稷也④。

是故坚甲利兵不足以为武，高城深池不足以为固，严令繁刑不足以为威，由其道则行，不由其道则废。昔楚人蛟革犀兕以为甲⑤，坚如金石，宛钜铁釶⑥，惨若蜂虿⑦，轻利剽疾⑧，卒如飘风⑨。然兵殆于垂沙⑩，唐子死⑪，庄𫏋起⑫，楚分为三四者，此岂无坚甲利兵也哉？其所以统之者非其道故也。汝淮以为险，江汉以为池，缘之以方城⑬，限之以邓林⑭，然秦师至于鄢、郢⑮，举若振槁然⑯。是岂无固塞限险也哉⑰？其所以统之者非其道故也。纣杀比干而囚箕子，为炮格之刑，杀戮无时，群下愁怨，皆莫冀其命⑱，然周师至而令不行乎左右。其岂无严令繁刑也哉？其所以统之者非其道故也。若夫明道而均分之，诚爱而时使之，则下之应上如影响矣。有不由命者，然后俟之以刑⑲。刑一人而天下服，下不非其上，知罪在己也。是以刑罚竞𣲵而威行如流者⑳，无他，由是道故也。《诗》曰㉑："自东自西㉒，自南自北，无思不服㉓。"如是则近者歌讴之，远者赴趋之，幽间僻陋之国莫不趋使而安乐之，若赤子之归慈母者，何也？仁刑义立㉔，教诚爱深，礼乐交通故也㉕。《诗》曰㉖："礼义卒度㉗，笑语卒获㉘。"

【注释】

①本章并见《荀子·议兵》《史记·礼书》《淮南子·兵略训》。

②治辩：治理。极：准则。

③统：纲领，要领。

④陨：丧失。

⑤蛟：通"鲛"，即鲨鱼。犀（xī）：形状似牛，一角在鼻，一角在顶，皮粗而厚，多皱纹。兕（sì）：《尔雅·释兽》："兕似牛。"郭璞注："一

角,青色,重千斤。"其皮坚厚,可以制甲。

⑥宛:楚国地名。在今河南南阳。钜:通"锯",于省吾《双剑诊荀子新证》:"锯,雄戟也。……宛钜铁钝者,言宛地所出之雄戟与其铁矛也。"钝(shī):同"镰",矛。

⑦惨:《荀子·议兵》杨倞注:"言其中人之惨毒也。"虿(chài):蝎子一类的毒虫。

⑧剽(piāo)疾:强悍敏捷。

⑨卒(cù):同"猝",迅速。

⑩殆(dài):危亡。垂沙:古地名。在今河南唐河西南。

⑪唐子:即唐眛,又名唐蔑,战国时楚国将领。《史记·楚世家》:"(楚怀王)二十八年,秦乃与齐、韩、魏共攻楚,杀楚将唐眛。"事在前301年。

⑫庄蹻(jiǎo):楚庄王之后,初为盗,垂沙之役后,庄蹻率领军队叛变,攻下楚都,将楚国四分五裂,后受招抚为楚将。

⑬缘:边缘,边界。方城:古地名。《史记·礼书》张守节《正义》:"《括地志》云:'方城,房州竹山县东南四十一里,其山顶上平,四面险峻,山南有城,长十余里,名为方城,即此山也。'"

⑭限:险阻。邓林:古地名。战国时在楚国北境。《荀子·议兵》杨倞注:"北界邓地之山林。"《史记·礼书》司马贞《索隐》:"刘氏以为今襄州南凤林山是古邓祁侯之国,在楚之北境,故云阻以邓林也。"

⑮然秦师至于鄢(yān)、郢(yǐng):《史记·秦本纪》:"(秦昭襄王)二十八年,大良造白起攻楚,取鄢、邓,赦罪人迁之。二十九年,大良造白起攻楚,取郢为南郡,楚王走。"事在前279、前278年。鄢,楚国别都,在今湖北宜城西南。郢,楚国都城,楚文王定都于此,在今湖北江陵纪南城。

⑯举:取胜。振槁(gǎo):击落枯叶。喻事极易成。

⑰限险:险阻。许维通《集释》疑当作"险限",与"固塞"对文,《说

文》："限，阻也。"《荀子·议兵》作"隘阻"，《史记·礼书》作"险
阻"。

⑱冀：希冀，指望。

⑲俟（sì）：待。

⑳竟：并，都。涓："省"的古字，减省。

㉑《诗》曰：引诗见《诗经·大雅·文王有声》。

㉒自东自西：《毛诗》作"自东自西"。

㉓思：语助词。

㉔刑：通"形"，呈现，显现。

㉕交通：交互沟通，广泛通行。

㉖《诗》曰：引诗见《诗经·小雅·楚茨（cí）》。

㉗义：《毛诗》作"仪"。卒：尽，都。

㉘获：毛传："获，得时也。"

【译文】

礼，是治理国家的最高准则，是国家强盛的根本，是威名远扬的先导，是建立功业名誉的纲领。王公遵行礼，因此统一天下；不遵行礼，因此丧失国家。所以拥有坚固的铠甲、锐利的兵器，不能算威武；拥有高的城墙、深的城池，不能算坚固；制定严峻的政令、繁多的刑法，不能算威严；遵循礼的正道去做就行得通，不遵循礼的正道去做就会失败。从前，楚国人用鲨鱼、犀、兕的皮革做成铠甲，坚固得像金石一样，宛地所产的雄戟和铁矛，惨毒得像黄蜂、蝎子一样，士兵行动轻便，强悍敏捷，迅速得像旋风一样。然而却在垂沙被秦、齐、韩、魏四国联军打得大败，将军唐眛战死，庄跻起兵作乱，楚国被四分五裂，这难道是楚国没有坚甲利兵吗？这是因为他们统治国家没有用礼的正道的缘故。楚国以汝水、淮水作为天险，以长江、汉水作为城池，以方城作为边界，以邓林作为险阻，但是秦国的军队攻伐到鄢、郢，取胜就像击落枯叶一样容易。这难道是楚国没有坚固的要塞和险阻吗？这是因为他们统治国家没有用礼的正

道的缘故。商纣王杀了比干，囚禁了箕子，制作了炮格的刑具，经常杀戮人民，百姓们十分忧愁怨恨，没有谁指望能保全性命，然而周武王的军队一到，纣王的命令都不能通行于他的近臣。纣王难道没有严峻的政令、繁多的刑法吗？这是因为他统治国家没有用礼的正道的缘故。如果君王能够英明引导，公平分配，真诚爱民，按时役使，那么人民应和君主就像如影相随、声有回响一样。还有不服从命令的，再用刑法处罚他。处罚他一个人，天下人就会顺服，受罚的人不会诽谤君主，因为知道罪在自己。因此刑罚都减省了，而君主的声威却像流水一样传布开，这没有别的原因，是遵行礼的正道的缘故。《诗经》说："从东到西，从南到北，没有人不顺服的。"能够这样，近处的人都会歌颂君主，远处的人都来投奔归顺君主，荒远僻陋的国家没有不乐意听其驱使的，就好像婴儿依偎于慈母一样，这是什么原因呢？因为仁心得到显现，道义得到建立，教化真诚，敬爱深切，礼乐得到广泛施行的缘故。《诗经》说："礼仪都合法度，谈笑都合时宜。"

第十一章①

君人者以礼分施，均遍而不偏。臣以礼事君，忠顺而不解②。父宽惠而有礼，子敬爱而致恭。兄慈爱而见友，弟敬诎而不慢③。夫照临而有别④，妻柔顺而听从。若夫行之而不中道，即恐惧而自竦⑤。此道也，偏立则乱，具立则治⑥。请问兼能之奈何？曰：审礼⑦。昔者先王审礼以惠天下，故德及天地，动无不当。夫君子恭而不难⑧，敬而不巩⑨，贫穷而不约⑩，富贵而不骄，应变而不穷，审之礼也。故君子于礼也，敬而安之。其于事也，经而不失⑪。其于人，宽裕寡怨而弗阿⑫。其于仪也，修饰而不危⑬。其应变也，齐给便捷而不累⑭。其于百官伎艺之人也,不与争能,而致用其功。其于天地万物也,不说其所以然而谨裁其盛⑮。其待上也,忠顺而不解。其使下也,均遍而不偏。其于交游也,缘类而有义。其于乡曲也⑯,容而不乱。是故穷则有名,通则有功,仁义兼覆天下而不穷,明通天地,理万变而不疑。血气平和,志意广大,行义塞天地,仁知之极也。夫是之谓先王审之礼也。若是则老者安之,少者怀之,朋友信之⑰,如赤子之归慈母也。曰:仁刑义立,教诚爱深,礼乐交通故也。《诗》曰:"礼义卒度,笑语卒获。"

【注释】

①本章并见《荀子·君道》。

②解:通"懈",懈怠。

③诎(qū):谦逊顺从的样子。

④照临:照顾。

⑤竦(sǒng):肃敬,警惕。

⑥具:通"俱"。

⑦审:详审,明察。

⑧难:通"戁(nǎn)",畏惧。

⑨巩:通"恐",恐惧。

⑩约:简约,荒陋。

⑪经:常道。指行为符合常道。

⑫阿:偏私,偏袒。

⑬危:通"诡",违背义理。王念孙《读书杂志·荀子》:"危读为诡,言君子修饬其身而不诡于义也。"

⑭齐给(jǐ)便捷:敏捷便利。累:黏滞,拖沓。

⑮不说其所以然而谨裁其盛：许维遹《集释》："意谓对于天地万物，不论说其所以然，而谨制裁其已成者。"盛，通"成"。

⑯乡曲（qū）：指乡亲，同乡。

⑰"若是则老者安之"三句：为孔子之言，语见《论语·公冶长》，"朋友"句在"少者"句上。安之，安抚，使君子心安。怀，归依，怀顺。

【译文】

国君按照礼来分赐财物给臣民，平均普遍而不偏私。臣子按照礼来事奉君主，忠心顺从而不懈怠。父亲对儿子宽厚仁慈而且有礼数，儿子对父亲孝敬爱戴而且极其恭顺。兄长对弟弟慈爱而且友好，弟弟对兄长尊敬顺从而不怠慢。丈夫对妻子照顾而且注意夫妇有别，妻子对丈夫温柔和顺，而且听从丈夫的意见。如果丈夫行事不合正道，就感到恐惧而且自己警惕。以上这些道理，只是部分做到国家就会混乱，全面做到国家就会安定。请问如何才能全面做到呢？回答说：要明察礼。过去的古代贤王明察礼，据礼以施惠天下，所以他的德行恩泽遍及天地之间，行为没有不恰当的。君子恭敬但不畏惧，敬慎但不恐惧，贫穷但不荒陋，富贵但不骄傲，善于应变而不窘迫，这都是因为能够明察礼。所以君子对于礼，能够恭敬而且安然地持守。君子对于事情，能够符合常道而不违失。君子对于人，能够宽容，少有抱怨而且不偏袒。君子对于仪容，能够修饰而不违背义理。君子应对事变，能够迅速敏捷而不拖沓。君子对于百官事物和技术人才，不和他们竞争才能，而是尽量利用他们的技能。君子对于天地万物，不去论说它们为什么这样，而是谨慎地裁用它们已形成的材质功用。君子侍奉上级，忠心顺从而不懈怠。君子使令下属，平均普遍而不偏私。君子对待和自己交往的人，依照交往的人的类别而采取合适的态度。君子对待乡亲，宽容但不混乱。所以君子穷困时就能有美好的名声，显达时就能建立功业，他的仁义能够广泛地覆盖天下而不会穷尽，他的明智能够通晓天地间的道理，能够处理万物的变化而没有疑惑。他的血气平和，志向远大，德行义气充满天地之间，达到了仁德智慧的最高境界。这就是所说的古代贤王能够明察礼。国君如果能像这样，就能老人都安抚他，年轻人都归怀他，朋友都信任他，好像婴儿依偎于慈母一样。为什么会这样呢？回答说：因为仁心得到显现，道义得到建立，教化真诚，敬爱深切，礼乐得到广泛施行的缘故。《诗经》说："礼仪都合法度，谈笑都合时宜。"

第十二章①

晏子聘鲁②，上堂则趋，授玉则跪③。子贡怪之，问孔子曰："晏子知礼乎？今者晏子来聘鲁，上堂则趋，授玉则跪，何也？"孔子曰："其有方矣④。待其见我，我将问焉。"俄而晏子至，孔子问之。晏子对曰："夫上堂之礼，君行一，臣行二⑤。今君行疾，臣敢不趋乎？今君之授币也卑⑥，臣敢不跪乎？"孔子曰："善！礼中又有礼。赐寡使也⑦，何足以识礼也！"《诗》曰："礼义卒度，笑语卒获。"晏子之谓也。

【注释】

①本章并见《晏子春秋·内篇杂上》及定县汉简《儒家者言》。

②晏子聘鲁：周廷寀《校注》："按，春秋齐使聘鲁，自襄二十七年庆封之后，于经更无所见，盖诸子之寓言也。"

③上堂则趋，授玉则跪：《礼记·曲礼上》："堂上不趋，执玉不趋，……授立不跪，授坐不立。"郑注："为其迫也，堂下则趋。……志重玉也。……为烦尊者，俯仰受之。"《晏子春秋·内篇杂上》载子贡语，有"夫《礼》曰'登阶不历，堂上不趋，授玉不跪'"云云，即此义。

④方：道理。

⑤夫上堂之礼,君行一,臣行二:《仪礼·聘礼》:"至于阶,三让。公
　升二等,宾升。"郑注:"先宾升二等,亦欲君行一,臣行二。"即本
　章所言聘礼君臣上堂之礼。
⑥授:通"受",接受。币:古代用来馈赠的礼物,车、马、皮、帛、玉器
　等都可称"币"。卑:低。指鲁侯低身弯腰接受晏子送上的礼物。
⑦赐:即端木赐,字子贡。

【译文】

　　晏子去鲁国聘问,登上朝堂时,他快步疾走,授玉给鲁君时,他又下
跪。子贡对此感到奇怪,问孔子说:"晏子懂得礼吗? 现在晏子来鲁国聘
问,登上朝堂时,他快步疾走,授玉给国君时,他又下跪,这是为什么呢?"
孔子说:"大概是有道理的。等他来见我时,我要问问他。"不一会儿,晏
子来见孔子,孔子问他这件事。晏子回答说:"登上朝堂的礼节,国君登
一级,臣子登两级。现在国君走得快,我哪敢不快步疾走啊? 现在国君
接受我送上的玉时低身弯腰,我哪敢不跪下送上去啊?"孔子说:"好啊!
礼节中又有讲究的礼节。赐出使得少,哪里能够懂得这些礼节啊!"《诗
经》说:"礼仪都合法度,谈笑都合时宜。"说的就是晏子这样的人。

第十三章①

　　古者八家而井田。方里为一井。广三百步、长三百步
为一里,其田九百亩。广一步、长百步为一亩。广百步、长百
步为百亩。八家为邻②,家得百亩。余夫各得二十五亩③。
家为公田十亩④,余二十亩共为庐舍,各得二亩半。八家相
保,出入更守,疾病相忧,患难相救,有无相贷,饮食相招,嫁
娶相谋,渔猎分得,仁恩施行⑤,是以其民和亲而相好。《诗》
曰⑥:"中田有庐⑦,疆场有瓜⑧。"今或不然。令民相伍⑨,有

罪相伺，有刑相举，使构造怨仇⑩，而民相残，伤和睦之心，贼仁恩，害上化，所和者寡，欲败者多，于仁道泯焉。《诗》曰⑪："其何能淑⑫？载胥及溺⑬。"

【注释】

①本章所述井田之制，与《礼记·王制》并郑注、《孟子·滕文公上》《穀梁传·宣公十五年》《公羊传·宣公十五年》何休注、《春秋繁露·爵国》《汉书·食货志》大致相同。

②邻：古代行政单位。有四家为邻、五家为邻、八家为邻等不同说法。

③余夫：指法定的受田人口之外的人。《孟子·滕文公上》赵岐注："余夫者，一家一人受田，其余老小尚有余力者，受二十五亩，半于圭田，谓之余夫也。"

④公田：井田中央的百亩田地，由各家共同耕种，所获谷物全部缴给统治者，称为"公田"。公田以外的则称"私田"。

⑤施行：传布，流通。

⑥《诗》曰：引诗见《诗经·小雅·信南山》。

⑦中田：即田中。

⑧壜场（yì）：田边，田畔。壜，《毛诗》作"疆"。"壜""疆"同。

⑨伍：古代民户编制单位。五家编为一伍。《逸周书·大聚》："五户为伍。"

⑩构造：捏造，构陷。

⑪《诗》曰：引诗见《诗经·大雅·桑柔》。

⑫淑：善。

⑬载：则。胥：皆。溺：陷溺，沉没。

【译文】

古代八家划分为一井田。方圆一里为一井。宽三百步、长三百步为一里，方圆一里，有田地九百亩。宽一步、长一百步为一亩。宽一百步、长一百步为百亩。八家组成一邻，每家得田百亩。余夫各得田二十五亩。井田中央共有公田百亩，每家耕种公田十亩，剩余的二十亩用来建筑房屋，每家分得二亩半房屋基地。八家互相保护，外出或在家都互相守护，生病了互相担忧，遭遇困难了互相救助，财物富余的借贷给匮乏的，饮食互相招请，嫁娶互相商量，渔猎所得互相分享，仁爱和恩情得以施行传布，因此人民都和睦亲爱而互相友好。《诗经》说："田中间有房屋，田畔种着瓜。"现在不是这样。命令人民五家组成一伍，有了罪责互相监视，犯了刑法互相检举，让人民捏造罪名，结下仇怨，于是人民互相残害，伤害了和睦之心，残害了仁爱和恩情，损害了国君的教化，政策使人民和睦的少，败坏人民感情的多，因此仁道都泯灭了。《诗经》说："如何能办好？就大家一起都沉没。"

第十四章①

天子不言多少，诸侯不言利害，大夫不言得丧，士不通财货②，不贾于道③。故驷马之家不恃鸡豚之息④，伐冰之家不图牛羊之入⑤，千乘之君不通货财，冢卿不修币施⑥，大夫不为场圃⑦，委积之臣不贪市井之利⑧，是以贫穷有所欢，而孤寡有所措其手足也⑨。《诗》曰⑩："彼有遗秉⑪，此有滞穗⑫，伊寡妇之利。"

【注释】

①本章并见《荀子·大略》。

②士不通财货：《荀子·大略》杨倞注："士贱，虽得言之，亦不得贸迁如商贾也。"

③不贾（gǔ）于道：他本作"不为贾道"。

④驷（sì）马之家：指大夫。古礼大夫方能驾乘驷马。恃：依靠。息：
　生息，繁育。

⑤伐冰之家：指卿大夫以上的贵族。古礼唯有卿大夫以上的贵族
　丧、祭得以用冰。伐冰，凿取冰块。入：收入，入息。《礼记·大
　学》："孟献子曰：'畜马乘，不察于鸡豚；伐冰之家，不畜牛羊。'"
　可与上二句相参。

⑥冢（zhǒng）卿：上卿。修：修治，从事。币施：许维遹《集释》引闻
　一多说，谓币施犹言货币。

⑦场圃：《荀子·大略》作"场园"，杨倞注："治稼穑曰'场'，树菜蔬
　曰'园'。"

⑧委积之臣：指厚禄之臣。《后汉书·冯衍传下》："委积之臣，不操
　市井之利。"李贤注："言食厚禄不当求小利也。"市井：街市。

⑨措：安放。

⑩《诗》曰：引诗见《诗经·小雅·大田》。

⑪秉：稻禾一把。

⑫滞：滞漏，遗漏。

【译文】

　　天子不谈论财货的多少，诸侯不谈论财货的利害，大夫不谈论财货
的得失，士不交易财货，不在道路上做买卖。所以大夫不依靠繁育鸡猪来
获利，卿大夫不贪图繁育牛羊的收入，有千乘兵车的国君不交易财货，上
卿不从事货币之事，大夫不种植粮食蔬菜，拥有厚禄的大臣不贪图街市上
的小利，所以贫穷的人有值得欢乐的事情，孤寡的人有安放手足的地方。
《诗经》说："那里有遗留的禾把，这里有滞漏的禾穗，这是寡妇的福利。"

第十五章①

　　人主欲得善射，及远中微，则悬贵爵重赏以招致之。内

不阿子弟②，外不隐远人，能中是者取之。是岂不谓之大道也哉？虽圣人弗能易也。今欲治国驭民，调一上下，将内以固城，外以拒难，治则制人，人弗能制，乱则危削灭亡可立待也。然而求卿相辅佐独不如是之公，惟便辟亲比己者之用③，是岂不谓过乎？故有社稷，莫不欲安，俄则危矣；莫不欲存，俄则亡矣。古之国千余，今无数十，其故何也？莫不失于是也。故明主有私人以百金名珠玉，而无私人以官职事业者，何也？曰：本不利于所私也④。彼不能而主使之，是暗主也；臣不能而为之，是诈臣也。主暗于上，臣诈于下，灭亡无日矣。俱害之道也。故惟明主能爱其所爱，暗主则必危其所爱。夫文王非无便辟亲比己者，超然乃举太公于舟人而用之⑤，岂私之哉？以为亲邪？则异族之人也。以为故耶？则未尝相识也。以为姣好耶⑥？则太公年七十二，龁然而齿堕矣⑦。然而用之者，文王欲立贵道，欲白贵名，兼制天下⑧，以惠中国，而不可以独，故举是人而用之。贵道果立，贵名果白，兼制天下，立国七十一，姬姓独居五十二⑨。周之子孙，苟不狂惑，莫不为天下显诸侯。夫是之谓能爱其所爱矣。故曰：惟明主能爱其所爱，暗主则必危其所爱，此之谓也。《大雅》曰⑩："贻厥孙谋⑪，以燕翼子⑫。"爱其所爱之谓也。《小雅》曰⑬："死丧无日，无几相见。"危其所爱之谓也。

【注释】

①本章《荀子·君道》。

②阿（ē）：偏袒。

③便辟（pì）：谄媚逢迎。亲比：亲近依附。

④本：王先谦《荀子集解》："'本'字无义，'大'之误也。"

⑤超然：指不同于寻常做法。《荀子·君道》作"倜然"。舟：国名。《国语·郑语》："秃姓舟人，则周灭之矣。"韦昭注："舟人，国名。"《荀子·君道》作"州"。

⑥姣好：容貌美丽。

⑦龂（yǔn）然：无齿貌。《说文·齿部》："龂，无齿也。"

⑧兼制：统制，统一。

⑨五十二：《荀子·君道》作"五十三"。

⑩《大雅》曰：引诗见《诗经·大雅·文王有声》。

⑪贻（yí）：遗留。《毛诗》作"诒"。厥：其。孙：子孙。《毛诗》郑笺："孙，顺也。"而《礼记·表记》引此诗，郑注："乃遗其后世之子孙以善谋。"与《外传》说合，今从之。

⑫燕：安乐。翼：庇翼，庇护。

⑬《小雅》曰：引诗见《诗经·小雅·頍（kuǐ）弁》。

【译文】

君主想要得到擅长射箭，射得远而且能射中微小目标的人，就要用尊贵的爵位、丰厚的赏赐来招请他。对内不偏袒自己的子弟，对外不隐没疏远的人，只要能射中目标就取用他。这难道不能算取用人才的正大的方法吗？即使圣人也不能改变这样的方法。现在想要治理国家，统治百姓，使全国上下人心和谐统一，对内使城池坚固，对外能抵御危难，国家安定时可以统制别人，别人不能统制我，国家混乱时危弱灭亡马上就会发生。但是国君寻求公卿的辅助，却偏不能像取用射箭的人那样公正，只任用谄媚亲附自己的人，这难道不算过错吗？所以国君拥有政权，没有不希望国家安定的，但很快就危乱了；没有不希望国家长存的，但很快就灭亡了。古代的国家有一千多个，现在存在的还不到数十个，这是什么原因呢？没有哪个国家不是因为在选用人才上存在过失。所以贤明的君主有私下赠送人大量钱财和名贵珠玉的，但没有私下赠送人官职事业的，为什么？回答说：因为这样做大大不利于他所偏爱的人。那个人没能力做事而君主却任使他去做，这是昏庸的君主；臣子没能力做事却还勉强去做，这是奸诈的臣子。在上的君主昏庸，在下的臣子奸诈，国家很快就会灭亡。这是使双方都受害的做法。所以只有贤明的君主才能爱护他所爱的人，昏庸的君主必定会危害他所爱的人。周文王并不是没有谄媚亲附自己的人，他不同寻常地从身国人中提拔了太公而且重用他，这难道是偏爱他吗？以为他们是亲族关系吗？但他们是异族人。以为他们是老交情？但他们原来并不相识。以为太公容貌美丽吗？但太公已经七十二岁，牙齿已经掉光了。然而周文王却任用他，这是因为周文王想要树立尊贵的道德，想要显扬尊贵的声誉，想要统一天下，来使全中国人受惠，但这样的事业不能独自完成，所以提拔了太公而重要他。尊贵的道德果然树立了，尊贵的声誉果然显扬了，统一了天下，建立了七十一个国家，姬姓国家独占了五十二个。周家的子孙，只要不是狂妄昏惑，没有一个不是天下显耀的诸侯。这叫做能爱护他所爱的人。所以说：只有贤明的君主才能爱护他所爱的人，昏庸的君主必定会危害他所爱的人，说的就是这个道理。《大雅》说："给他的子孙遗留下谋略，来使子孙安乐，得到庇护。"说的就是爱护他所爱的人。《小雅》说："没有多少天就要死去，也不能再相见几次了。"说的就是危害他所爱的人。

第十六章①

问楛者不告②，告楛者勿问，有诤气者勿与论③。必由其道至④，然后接之。非其道，则避之。故礼恭然后可与言道之方，辞顺然后可与言道之理，色从然后可与言道之极⑤。故未可与言而言谓之瞀⑥，可与言而不与之言谓之隐。君子不瞀不隐，谨慎其序⑦。《诗》曰⑧："彼交匪纾⑨，天子所予。"

言必交吾志然后予^⑩。

【注释】

①本章并见《荀子·劝学》。

②楛（kǔ）：《荀子·劝学》杨倞注："'楛'与'苦'同，恶也。问楛，谓所问非礼义也。"

③诤（zhèng）气：竞争好胜的意气。

④其道：指正确的交谈态度，即下文"礼恭""辞顺""色从"。

⑤极：极致。指道义的精髓。

⑥故未可与言而言谓之瞽（gǔ）：按，《荀子·劝学》作"未可与言而言谓之傲，不观气色而言谓之瞽"，"不观气色"与"瞽"义更合。又，《论语·季氏》："侍于君子，有三愆：言未及之而言，谓之躁；言及之而不言，谓之隐；未见颜色而言，谓之瞽。"义亦同。

⑦序：指说话恰当其时。即《论语·宪问》所说"夫子时然后言"。

⑧《诗》曰：引诗见《诗经·小雅·采菽》。

⑨彼交：按，下文继曰"言必交吾志然后予"，是《韩诗》读"交"如字，交接也，郑笺"彼与人交接"，即本《韩诗》为说。《荀子·劝学》引《诗》作"匪交"，读"交"为绞，急切也。文、义均与《外传》不同。纾（shū）：舒缓，懈怠。

⑩交：相交，相合。

【译文】

询问不合礼义的事的人，不要回答他；告诉你不合礼义的事的人，不要询问他；有争强好胜的心气的人，不要和他辩论。一定是遵循道义来的人，才接应他。不是遵循道义来的人，就躲开他。所以持礼恭敬的人，然后才可以和他谈论道义的法度；言辞和顺的人，然后才可以和他谈论道义的条理；态度从容的人，然后才可以和他谈论道义的精髓。所以不可以和他谈论却和他谈论，这叫作"眼盲"；可以和他谈论却不和他谈论,这叫作"隐瞒"。君子不眼盲,也不隐瞒,说话谨慎而且适当其时。《诗经》说:"他和人交往不懈怠,因此受到天子的赏赐。"就是说一定要和我的志向相合,我才给予他。

第十七章

子为亲隐①,义不得正。君诛不义,仁不得爱。虽违仁害义,法在其中矣。《诗》曰②:"优哉柔哉③,亦是戾矣④。"

【注释】

①子为亲隐:《论语·子路》:"父为子隐,子为父隐,直在其中矣。"

②《诗》曰:引诗见《诗经·小雅·采菽》。

③优:悠闲自在。柔:温和安顺。《毛诗》作"游"。

④戾:至,来。

【译文】

儿子为父母亲隐瞒过错,从义的角度来说是不公正的。国君诛杀不义之人,从仁的角度来说是不仁爱的。这两种做法虽然违背仁爱、损害道义,但这里面自有法度。《诗经》说:"悠闲自在啊,温和安顺啊,诸侯们来到这里朝见天子。"

第十八章①

齐桓公问于管仲曰:"王者何贵②?"曰:"贵天。"桓公仰而视天。管仲曰:"所谓天,非苍莽之天也③。王者以百姓为天。百姓与之则安④,辅之则强,非之则危⑤,倍之则亡⑥。"《诗》曰⑦:"民之无良,相怨一方⑧。"民皆居一方,而怨其上,不亡者未之有也。

【注释】

①本章并见《说苑·建本》。

②贵：重视。

③苍莽：广阔深远的样子。

④与：赞同，亲附。

⑤非：非议，诋毁。

⑥倍：通"背"，背叛。

⑦《诗》曰：引诗见《诗经·小雅·角弓》。

⑧民之无良，相怨一方：《后汉书·章帝纪》李贤注引《韩诗》曰："良，善也。言王者所为无有善者，各相与于一方而怨之。"又，《说苑·建本》引《诗》作"人而无良"，"人"指君王，向宗鲁《校证》以为《说苑》本之《韩诗》，《外传》作"民之"，疑后人依《毛诗》改。

【译文】

齐桓公问管子说："君王应该重视什么呢？"管仲说："重视天。"桓公仰头看了看天。管子说："我说的天，不是这个广阔深远的天。君王应该把百姓当作天。百姓亲附他，国家就会安定；辅佐他，国家就会强盛；非议他，国家就会危险；背叛他，国家就会灭亡。"《诗经》说："君王没有善良的行为，人民就住在一处一起埋怨他。"人民都住在一处，埋怨他们的君王，这样的国家不会灭亡，这是从来没有过的。

第十九章①

善御者不忘其马，善射者不忘其弓，善为上者不忘其下。诚爱而利之②，四海之内，阖若一家③。不爱而利之，子或杀父,而况天下乎?《诗》曰:"民之无良,相怨一方。"

【注释】

①本章并见《淮南子·缪称训》。

②诚:真正。

③阖(hé):聚合。

【译文】

善于驭马的人不会忘记他的马,善于射箭的人不会忘记他的弓,善于做君主的人不会忘记他的百姓。真正地爱护百姓,而且为他们谋利,那么天下的人就会像一家人一样聚合在一起。不爱护百姓,反而从他们身上获得利益,那么儿子都有可能杀死父亲,更何况天下的人对国君呢?《诗经》说:"君王没有善良的行为,人民就住在一处一起埋怨他。"

第二十章①

出则为宗族患,入则为乡里忧②。《诗》曰③:"如蛮如髦④,我是用忧。"小人之行也。

【注释】

①本章又见本卷第二十三章,本章为重出者。

②乡里:泛指乡民聚居的地方。周制,王及诸侯国都郊内置乡,民众聚居之处曰"里"。

③《诗》曰:引诗见《诗经·小雅·角弓》。

④蛮:南蛮。髦:西夷。郑笺:"髦,西夷别名。"《尚书·牧誓》作"髳"。

【译文】

出外成为宗族的祸患,回家后成为乡里的忧患。《诗经》说:"言语行为像南蛮、西夷一样,我因此感到忧愁。"说的就是小人的行为。

第二十一章①

有君不能事②，有臣欲其忠。有父不能事，有子欲其孝。有兄不能敬，有弟欲其从令。《诗》曰③："受爵不让，至于己斯亡④。"言能知于人，而不能自知也。

【注释】

①本章并见《荀子·法行》《孔子家语·三恕》，为孔子之语。

②有君不能事：《荀子·法行》《孔子家语·三恕》此句前有"君子有三恕"五字。

③《诗》曰：引诗见《诗经·小雅·角弓》。

④亡：通"忘"。马瑞辰《通释》："'亡'当读如'忘'，诗盖言人之无良，一方之人皆知怨之，至于己受爵不让，亦为无良，则忘之也。……《荀子》杨倞注亦言引《诗》以明不责己而怨人。毛、郑皆读'亡'为'危亡'之'亡'，失之。"

【译文】

有国君不能尽心事奉，有臣子却希望他对自己忠心。有父亲不能尽心事奉，有儿子却希望他对自己孝顺。有哥哥不能尊敬，有弟弟却希望他听从自己的命令。《诗经》说："接受爵禄时不做辞让，这是不良的行为，但轮到自己接受爵禄时，就又忘了应该辞让了。"就是说能够了解别人，却不能了解自己。

第二十二章①

夫当世之愚，饰邪说，文奸言②，以乱天下，欺惑众愚，使混然不知是非治乱之所存者③，则是范雎、魏牟、田文、庄周、慎到、田骈、墨翟、宋钘、邓析、惠施之徒也④。此十子者，皆顺非而泽⑤，闻见杂博，然而不师上古，不法先王，按往旧造说⑥，务自为工⑦，道无所遇⑧，二人相从⑨。故曰十子者之工说，说皆不足合大道，美风俗，治纲纪，然其持之各有故，言之皆有理，足以欺惑众愚，交乱朴鄙，则是十子之罪也。若夫总方略，一统类⑩，齐言行，群天下之英杰⑪，告之以大道，教之以至顺⑫，隩窔之间⑬，衽席之上⑭，简然圣王之文具⑮，沛然平世之俗起⑯，工说者不能入也⑰，十子者不能亲也。无置锥之地⑱，而王公不能与争名，则是圣人之未得志者也，仲尼是也⑲。一天下，财万物⑳，长养人民，兼利天下，通达之属莫不从服㉑，工说者立息㉒，十子者迁化㉓，则圣人之得势者，舜、禹是也。仁人将何务哉？上法舜、禹之制，下则仲尼之义，以务息十子之说。如是者，仁人之事毕矣，天下之害除矣，圣人之迹著矣。《诗》曰㉔："雨雪麃麃㉕，曣晛聿消㉖。"

【注释】

①本章并见《荀子·非十二子》。

②文：文饰。

③混然：《荀子·非十二子》杨倞注："无分别之貌。"

④范雎（jū）：字叔，战国时魏国人。长于辩论，因事为魏相魏齐所笞辱，伴死脱身，西入秦，以远交近攻之策说昭王，任为相，封于应，称"应侯"。后围赵攻邯郸失败，自请免相。一说为秦王论罪处死。魏牟：战国时魏国公子，封于中山。《汉书·艺文志》道家有《公子牟》四篇，今《庄子》中有公子牟称庄子之言以折公孙龙。田文：即孟尝君，战国时齐国人。田婴子，袭父封爵，称"薛公"，

相齐。在薛招致天下之士，食客常数千，名闻诸侯，为战国四公子之一。庄周：即庄子，战国时宋国蒙人。与梁惠王、齐宣王同时。尝为漆园吏，却楚威王厚币之聘。其学宗老子，发展了道家思想，其学说见《庄子》。慎到：战国时赵国人。早年学黄老道术，曾在齐国稷下讲学，是从道家分化出来的法家思想家，主张"尚法"和"重势"。《史记·孟子荀卿列传》说"著十二论"，《汉书·艺文志》说有四十二篇，现存《慎子》只有七篇残余辑本。田骈（pián）：战国齐国人。早年学黄老之术，与尹文、宋钘同学，与慎到齐名，曾在稷下讲学，有辩才，尤好争论，人称"天口骈"。著有《田子》二十五篇，久佚。墨翟（dí）：春秋末战国初期宋国（一说鲁国）人。曾学儒家，后自创学派，主张"兼爱""非攻""尚贤""尚同""天志""明鬼""非命"等思想，是墨家思想的创始人。其学说见《墨子》一书。宋钘（jiān）：其名字《孟子·告子》作"宋牼"，《韩非子·显学》作"宋荣"，《庄子·逍遥游》称"宋荣子"，战国时宋国人。曾在稷下讲学，主张寡欲、反战。按，以上十人，与《荀子·非十二子》有异：一、《外传》范雎、田文、庄周三人，《荀子·非十二子》作"它嚣""陈仲""史䲡"；二、《荀子·非十二子》又有子思、孟轲二人，《外传》删而不论，故下文"十二子"均改作"十子"。

⑤顺非而泽：指把错误的学说文饰得十分光泽华丽。亦见于《礼记·王制》《荀子·宥坐》。

⑥按往旧造说：《荀子·非十二子》杨倞注："案前古之事而自造其说。"按，《荀子·非十二子》中"闻见杂博""不（《荀子》作"略"）法先王"及"案往旧造说"云云，皆为荀子非子思、孟轲之辞，《外传》则移以总说"此十子者"。

⑦务：致力，尽力。工：巧妙。

⑧遇：合。指其说无所合于正道。

⑨二人相从:周廷寀《校注》:"《荀》书自它嚣、魏牟已下十二子,并两两一类,故《传》亦云'二人'。'二'或作'而',非。"

⑩统类:纲纪和条例。

⑪群:聚合,会合。

⑫至顺:指最通达合理的学说。

⑬隩窔(yào)之间:《荀子·非十二子》杨倞注:"西南隅谓之奥,东南隅谓之窔。言不出室堂之内也。"隩,通"奥"。

⑭衽(rèn)席:卧席。

⑮简然:简约精练的样子。《荀子·非十二子》作"敛然",杨倞注:"聚集之貌。"文:文章,典章制度。

⑯沛然:盛大蓬勃的样子。《荀子·非十二子》作"佛然","佛"读为"勃"。平世:太平之世。

⑰工说:《荀子·非十二子》作"六说",十二子"二人相从",是为"六说",今《外传》既已删子思、孟轲,遂改作"工说"。入:渗透,影响。

⑱置锥之地:插立锥尖的地方。极言地方之小。

⑲仲尼是也:《荀子·非十二子》"仲尼"后有"子弓",下"下则仲尼之义"句同,《外传》皆删之。

⑳财:成材,生成。王念孙《经义述闻》:"财,亦成也。"

㉑通达之属:《荀子·非十二子》杨倞注:"谓舟车所至,人力所通者也。"

㉒息:停息。

㉓迁化:改变旧说,归化正道。

㉔《诗》曰:引诗见《诗经·小雅·角弓》。

㉕麃麃(biāo):雪盛大的样子。《毛诗》作"瀌瀌"。

㉖曣㖒(yàn xiàn):指日出。聿(yù):句中语助词。《毛诗》作"见晛曰消"。陆德明《经典释文》:"见,……《韩诗》作'曣',……

云：'曤，见日出也。'……曰，《韩诗》作'聿'。"消：消释，融化。

【译文】

当今世上的愚人，修饰他的歪邪学说，文饰他的奸诈言论，用来扰乱天下，欺骗迷惑愚昧的民众，使他们迷糊，不知道是非治乱的道理所在，他们就是范雎、魏牟、田文、庄周、慎到、田骈、墨翟、宋钘、邓析、惠施这类人。这十个人，都能把错误的学说文饰得十分华丽，他们见闻庞杂广博，但不师法上古盛世，不效法古代贤王，而是按照往古的事情自造新说，极力说得巧妙，但和正道不相合，只有两个人互相信从。所以说这十个人的巧妙学说，都不足以符合大道，美化风俗，理顺纲纪，但他们持论都各有依据，立说都有道理，足以欺骗迷惑愚昧的民众，交错扰乱质朴鄙陋的人，这是这十个人的罪过。至于另一种人，他能够总揽各种方法和谋略，统一各类纲纪和条例，整齐不同的言行，聚合天下的英杰，告诉他们大道，传授他们最通达合理的学说，在堂室之内，卧席之上，圣王的典章制度就简约精练地具备了，太平治世的风俗就蓬勃地兴起了，精通歪理邪说的人不能影响他，那十个人不能接近他。他虽然连极小的安身之地都没有，但王公贵族也没法和他争名声，这就是没有得志的圣人，孔子就是这样的人。还有另一种人，他统一天下，使万物成材，抚育培养人民，使天下人普遍地受益，舟车能够通达的地方，没有不顺服的，精通歪理邪说的人立刻停息，那十个人改变旧说，归化正道，这就是得势的圣人，舜、禹就是这样的人。仁人应该努力做什么呢？上等的应该效法舜、禹的制度，下等的应该以孔子的德义为准则，努力平息那十个人的邪说。如果做到了这样，仁人的事业就做完了，天下的祸害就消除了，圣人的功绩也就显著了。《诗经》说："雪下得很大，但太阳出现，雪就融化了。"

第二十三章①

君子大心则敬天而道，小心则畏义而节，知则明达而类^②，愚则端悫而法，喜则和而治^③，忧则静而违^④，达则文而容^⑤，穷则约而详^⑥。小人大心则慢而暴，小心则淫而倾^⑦，知则攫盗而渐^⑧，愚则毒贼而乱^⑨，喜则轻易而快^⑩，忧则挫而慑^⑪，达则骄而偏^⑫，穷则弃而累^⑬。其肢体之序与禽兽同节^⑭，言语之暴与蛮夷不殊，出则为宗族患，入则为乡里忧。《诗》曰："如蛮如髦，我是用忧。"^⑮

【注释】

①本章并见《荀子·不苟》。

②类：《荀子·不苟》杨倞注："类，谓知统类。"

③治：有理有序。《荀子·不苟》作"理"。

④违：许维遹《集释》："疑当作'达'，字之误也，《荀子·不苟》作'理'，'理''达'义近，是其证。"

⑤达：显达。文而容：文明而有礼容。《荀子·不苟》作"文而明"，杨倞注："有文而彰明也。"

⑥约而详：《荀子·不苟》杨倞注："隐约而详明其道也。"

⑦倾：倾邪不正。《荀子·不苟》杨倞注："以邪谄事人也。"

⑧攫：掠夺。渐：王引之《经义述闻》："渐，诈欺也。"

⑨毒贼：残害，伤害。

⑩轻易：轻佻，轻率。快：肆意，放纵。《荀子·不苟》作"翾"，急也。

⑪挫：挫败，退缩。慑：胆怯，畏惧。

⑫偏：偏狭，偏颇。《荀子·不苟》杨倞注："偏颇也。"

⑬累：通"儽（lěi）"，志气颓丧的样子。《荀子·不苟》作"儽"。

⑭肢体之序：指身体行为的礼节。

⑮"出则为宗族患"五句：又见本卷第二十章。周廷寀《校注》："疑彼传'小人之行也'五字，当系此传之末，而其余为衍也。"

【译文】

君子心胸宽广就会尊敬上天,遵行正道;小心谨慎就会敬畏正义,懂得节制;智慧就会明达事理,知道纲纪和条例;愚笨就会端正诚谨而有法度;喜悦时就会和顺平易,有理有序;忧愁时就会平静而通达;显达时就会文明而有仪容;穷困时就会简约而详明事理。小人野心勃勃便会傲慢而粗暴,心胸狭隘就会邪谄而不正,聪明就会掠夺盗窃,行为诈欺,愚笨就会残害他人而作乱,喜悦时就会轻佻而放肆,忧愁时就会退缩而胆怯,显达时就会骄傲而偏颇,穷困时就会自暴自弃而志气颓丧。小人身体行为的礼节和禽兽相同,说话粗野和蛮夷没有不同,出外成为宗族的祸患,回家后成为乡里的忧患。《诗经》说:"言语行为像南蛮、西夷一样,我因此感到忧愁。"

第二十四章

传曰:爱由情出谓之仁,节爱理宜谓之义,致爱恭谨谓之礼,文礼谓之容①。礼容之义生,以治为法。故其言可以为民道,民从是言也;行可以为民法,民从是行也。书之于策②,传之于志③,万世子子孙孙道而不舍。由之则治,失之则乱;由之则生,失之则死。今夫肢体之序与禽兽同节,言语之暴与蛮夷不殊④,混然无道,此明王圣主之所罪。《诗》曰:"如蛮如髦,我是用忧。"

【注释】

①文:使富有文采。用作动词。容:礼容,礼仪所展现出来的威仪。即上章"文而容"之义。

②策:简策。

③志：史志，史书。

④今夫肢体之序与禽兽同节，言语之暴与蛮夷不殊：又见上章。

【译文】

传文说：从性情中生出的爱叫作"仁"，节制爱使它合理适宜叫作"义"，表达爱使它恭敬谨慎叫作"礼"，修饰礼节使它富有文采叫作"容"。礼和容的道理生成了，可以作为治理的法度。所以符合礼法的话可以用来作为人民的向导，人民遵从这些话；符合礼法的行为可以用来作为人民的法则，人民遵从这些行为。这些符合礼法的言行书写在简策上，流传在史书中，万世之后的子孙都遵循它而不舍弃。遵循这些言行就会天下安定，不遵循就会天下大乱；遵循就会生存，不遵循就会死亡。现在有些人身体行为的礼节和禽兽相同，说话粗野和蛮夷没有不同，言行混乱，不合乎正道，这些人是圣明的君主所要治罚的。《诗经》说："言语行为像南蛮、西夷一样，我因此感到忧愁。"

第二十五章①

客有说春申君者曰②："汤以七十里，文王百里，皆兼天下，一海内。今夫孙子者③，天下之贤人也，君藉之百里之势，臣窃以为不便于君，若何？"春申君曰："善。"于是使人谢孙子④。孙子去而之赵，赵以为上卿⑤。客又说春申君曰："昔伊尹去夏之殷，殷王而夏亡；管仲去鲁入齐，鲁弱而齐强。由是观之，夫贤者之所在，其君未尝不善，其国未尝不安也。今孙子天下之贤人，何谓辞而去⑥？"春申君又云："善。"于是使使请孙子。孙子为书谢之曰⑦："鄙语曰⑧：'疠怜王⑨。'此不恭之语也。虽然，不可不审也⑩，此为劫杀死亡之主言者也。夫人主年少而放，无术以知奸，即大臣以专断图私⑪，以禁诛于己也^⑫。故舍贤长而立幼弱,废正適而立不义^⑬。故《春秋》志之,曰:楚王之子围聘于郑,未出境,闻王疾,返问疾,遂以冠缨绞王而杀之,因自立^⑭。齐崔杼之妻美^⑮,庄公通之。崔杼帅其党而攻庄公。公请与分国,崔杼不许。欲自刃于庙,崔杼又不许。庄公走出,逾于外墙,射中其股^⑯,遂杀之,而立其弟景公。近世所见:李兑用赵^⑰,饿主父于沙丘^⑱,百日而杀之。淖齿用齐^⑲,擢闵王之筋而悬之于庙梁^⑳,宿昔而杀之^㉑。夫疠虽痈肿疕疡^㉒,上比远世,未至绞颈射股也,下比近世,未至擢筋饿死也。夫劫杀死亡之主,心之忧劳,形之苦痛,必甚于疠矣。由此观之,疠虽怜王,可也。"因为赋曰:"琁玉瑶珠不知佩^㉓,杂布与锦不知异^㉔。闾娵、子都莫之媒^㉕,嫫母、力父是之喜^㉖。以盲为明,以聋为聪,以是为非^㉗,以吉为凶。呜呼上天,曷为其同^㉘!"《诗》曰^㉙:"上帝甚蹈^㉚,无自瘵焉^㉛。"

【注释】

①本章所载,见《战国策·楚策四》。"鄙语曰"以下,见《韩非子·奸劫弑臣》。"因为赋曰"以下,见《荀子·赋篇·佹诗》其二。

②春申君:名黄歇,战国时楚国人。楚考烈王元年(前262)为楚国令尹,封为春申君,赐淮北地十二县,后改封于江东。曾救赵却秦,攻灭鲁国。相楚二十五年,有食客三千。考烈王死,为李园所杀。与平原君赵胜、孟尝君田文、信陵君魏无忌齐名,史称"战国四公子"。

③孙子:即荀子。避汉宣帝刘询讳,故称"孙子"。"荀""孙"古音相近。

④谢：辞退。

⑤孙子去而之赵，赵以为上卿：按，汪中《荀卿子通论》："孙卿自为兰陵令，逮春申君之死，凡十八年，其间实未尝适赵，赵亦无以荀卿为上卿之事。"汪说笃信《史记》本传，谓《外传》不可信，但《荀子·议兵》明载荀子与临武君议兵于赵孝成王前（亦见《外传》卷三第三十六章），是汪氏之说亦未安，韩婴生在司马迁前，《外传》自有其史料价值。

⑥谓：通"为"。

⑦谢：辞谢，拒绝。

⑧鄙语：俗语。

⑨疠（lì）：恶疮。此指生恶疮的人。《战国策》鲍彪注："疠虽恶疾，犹愈于劫弑，故反怜王。"

⑩审：审察，明察。

⑪即：则。

⑫禁：避免。

⑬正適（dí）：正妻生的儿子。適，同"嫡"。

⑭"楚王之子围聘于郑"至"因自立"：事见《左传·昭公元年》。

⑮崔杼：注见卷二第十三章。

⑯股：大腿。

⑰李兑：战国时赵国人。赵武灵王传位于王子何，自号主父。后长子公子章为乱，杀相国肥义。李兑与公子成起兵杀公子章，久围王宫，主父饿死。李兑与公子成遂专赵政。

⑱主父：即赵武灵王，因让国于其子惠文王，自号"主父"。赵武灵王在位时推行"胡服骑射"政策，赵国因以强盛，灭中山国，败林胡、楼烦二族，辟云中、雁门、代三郡，并修筑赵长城。沙丘：古地名。在今河北广宗西北大平台。

⑲淖（nào）齿用齐：前284年，燕、秦、楚、三晋联合伐齐，败齐军于济

　　西,并击破齐都临淄,齐闵王出亡。淖齿受楚顷襄王命救齐,相齐
　　闵王,既而杀闵王,而与共分齐之侵地、宝器。后为齐人王孙贾杀。

⑳擢(zhuó):抽。

㉑宿昔:犹宿夕,形容时间短。

㉒痈(yōng):脓疮。疕(bǐ):疮上结的痂。

㉓琼(qióng):《荀子·赋篇》杨倞注:"《说文》云:'琼,赤玉。'"郝
　　懿行《荀子补注》:"'琼'即'琼'字,见《说文》。"瑶珠:明珠。

㉔杂:混杂。王念孙《读书杂志·荀子》:"此谓布与锦杂陈于前而
　　不知别异,言美恶不分也。"

㉕闾娵(lú jū):即闾娵,古代美女。《汉书音义》韦昭曰:"闾娵,梁王
　　魏婴之美女。"子都:名阏,字子都,春秋郑国大夫,为郑国公族,
　　是著名美男。《诗经·郑风·山有扶苏》:"不见子都。"《荀子·赋
　　篇》《战国策·楚策四》作"子奢"。

㉖嫫(mó)母:传说为黄帝第四妃,貌甚丑。力父:未详。盖古代丑
　　男子名。许维遹《集释》疑当作"力牧",为黄帝臣。

㉗以是为非:《战国策·楚策四》同,《荀子·赋篇》作"以危为安"。

㉘曷为其同:《荀子·赋篇》杨倞注:"言何可与之同。"

㉙《诗》曰:引诗见《诗经·小雅·菀(yù)柳》。

㉚上帝:指周王。蹈:动,多变。指喜怒变动无常。《外传》本又作
　　"慆(tāo)",与《毛诗》文异义通。《战国策·楚策四》作"神",王
　　念孙《经义述闻》谓"神"为"慆"字之坏,盖传写之误。

㉛瘵(zhài):病。

【译文】

　　有门客游说春申君,说:"商汤凭借七十里的土地,周文王凭借一百
里的土地,都兼并天下,统一了海内。现在的荀子,是当今天下的贤人,
你借给他一百里土地的势力,我私下认为这对你不利,你认为怎么样?"
春申君说:"好的。"于是派人去辞退荀子。荀子离开楚国,去了赵国,赵

国任命他做上卿。又有门客来游说春申君，说："从前伊尹离开夏国，去到商国，商国称王天下，而夏国灭亡；管仲离开鲁国，去到齐国，鲁国变得衰弱，而齐国变得强盛。由此看来，贤人所在的地方，那里的君主没有不好的，那个国家没有不安定的。荀子是当今天下的贤人，为什么要辞退让他离开楚国呢？"春申君又说："好的。"于是又派使者去请回荀子。荀子写信拒绝春申君说："俗语说：'生恶疮的人可怜当王的人。'这是一句不恭敬的话。虽然是这样，但是不能不明察这句话的含义，这是针对被劫杀而死的君主说的话。君主年少而狂放，没有办法去察知奸佞，那么大臣就会独断专行，谋取私利，让自己免遭杀害。所以舍弃国君的贤能年长的儿子，而拥立国君的年幼柔弱的儿子继位，废除国君正妻的儿子，而拥立非嫡子继位。因此《春秋》记载了这些事，说：楚共王的儿子公子围聘使郑国，还没出楚国国境，听说楚王麇生病，就返回国都探问楚王的病，于是用帽带绞杀了楚王麇，自立为王。齐国崔杼的妻子貌美，齐庄公和她私通。崔杼率领他的部属攻打庄公。庄公请求与他平分齐国，崔杼不同意。庄公想去宗庙自杀，崔杼也不同意。庄公逃走，翻越外墙时，崔杼射中庄公的大腿，于是杀了庄公，拥立庄公的弟弟景公。近代看到的：李兑在赵国当权，将赵武灵王困在沙丘，饿了上百天，然后杀了他。淖齿在齐国当权，抽了齐闵王的筋，把他悬挂在宗庙的房梁上，很快就死了。生恶疮的人虽然长了脓疮，结了疮痂，但往上和古代的楚王、齐庄公相比，还不至于被人绞杀脖子、射中大腿，往下和近代的赵武灵王、齐闵王相比，还不至于被抽筋、饿死。那些被劫杀而死的君主，内心的烦忧，身体的痛苦，一定比生恶疮更加严重。由此看来，生恶疮的人即使可怜当王的人，也是可以的。"于是，荀子做了一篇赋，说："美玉明珠不知道佩戴，布和锦混杂在一起，不能分辨它们的美恶。间娵、子都都长得美，但都没有人为他们做媒，嫫母、力父长得丑，反而喜欢他们。把盲人当作目明的人，把聋人当作耳聪的人，把正确当作错误，把吉利当作凶祸。唉！上天啊，怎么可以把不同的事物混杂在一起同等看待！"《诗经》说："君主喜怒无常,我不要自己去找伤害。"

第二十六章

南苗异兽之鞹犹犬羊也^①,与之于人犹死之药也。安旧移质^②,习贯易性而然也^③。夫狂者自龁^④,忘其非刍豢也^⑤;饭土,而忘其非粱饭也。然则楚之狂者楚言,齐之狂者齐言,习使然也。夫习之于人,微而著,深而固,是畅于筋骨,贞于胶漆^⑥。是以君子务为学也。《诗》曰^⑦:"既见君子,德音孔胶^⑧。"

【注释】

①南苗:地名。异兽:指虎豹等奇异的野兽。鞹(kuò):去毛的兽皮。《论语·颜渊》:"虎豹之鞹,犹犬羊之鞹。"按,赵怀玉、郝懿行皆疑此有误脱。

②旧:长久。

③贯:通"惯"。《荀子·儒效》:"习俗移志,安久移质。"可与本句相参。

④龁(hé):咬。

⑤刍豢(chú huàn):牛、羊、犬、豕之类的家畜。

⑥贞:坚固,牢固。

⑦《诗》曰:引诗见《诗经·小雅·隰(xí)桑》。

⑧德音:合乎仁德的言语、教令。孔:很。胶:坚固。郑笺:"其教令之行,甚坚固也。"

【译文】

南苗之地产的奇异野兽的皮,去掉毛之后,就和去掉毛的狗羊的皮一样,但给人吃了,就像吃了致死的毒药一样。这是因为人长久地安于一种状态而改变了气质，习惯改变了性情，才导致这种情况。疯狂的人咬自己，忘了那不是家畜的肉；吃土，忘了那不是谷粮做成的饭食。楚国的狂人说楚国的方言，齐国的狂人说齐国的方言，习惯使他们这样。习惯对于人来说，是隐微而又显著的，深刻而又牢固的，它畅行于人的身体筋骨中，像胶漆一样的坚固。所以君子要致力于学习，来使自己养成良好的习惯。《诗经》说："见到了君子，他的合乎仁德的言语，影响十分坚固深远。"

第二十七章①

　　孟子曰："仁，人心也；义，人路也。舍其路弗由，放其心而弗求②。人有鸡犬放，则知求之；有放心而不知求，其于心为不若鸡犬哉？不知类之甚矣③。悲夫！终亦必亡而已矣。故学问之道无他焉，求其放心而已④。"《诗》曰⑤："中心藏之⑥，何日忘之。"

【注释】

①本章并见《孟子·告子上》。

②放：丢失。

③不知类：不知道事物间的类别。指不知轻重。

④"悲夫"四句：《孟子·告子上》无。

⑤《诗》曰：引诗见《诗经·小雅·隰桑》。

⑥藏：通"臧"，善，爱。

【译文】

　　孟子说："仁，是人的心；义，是人的路。放弃正路不去走，丢失了心不去寻找。有人丢失了鸡犬，知道去寻找；丢失了心，却不去寻找，他把心看得还不如鸡犬重要吗？太不知道事情的轻重了。多么可悲啊！这样的人最终一定会灭亡的。所以学问之道没有别的，就是把丢失的心寻找回来而已。"《诗经》说："心中珍爱着他，没有一日忘记他。"

第二十八章

道虽近，不行不至；事虽小，不为不成。暇日多者，出人不远矣①。夫巧弓在此手也②，傅角被筋，胶漆之和③，即可以为万乘之宝也，及其彼手而贾不数铢④。人同材钧而贵贱相万者⑤，尽心致志也。《诗》曰："中心藏之，何日忘之。"

【注释】

①"道虽近"六句：并见《荀子·修身》。

②此：指巧匠。

③傅角被筋，胶漆之和：《周礼·考工记》："弓人为弓，……角也者，以为疾也。筋也者，以为深也。胶也者，以为和也。……漆也者，以为受霜露也。"角、筋、胶、漆皆是修治弓的材料。傅，附着，镶。被，覆，加。

④彼：指拙劣的工匠。闻一多谓"彼"上脱"在"字，"在彼手"与"在此手"对文见义。贾：同"价"。铢（zhū）：古代重量单位。相当于一百颗黍的重量。

⑤钧：通"均"，同。

【译文】

道路虽然很近，但如果不去行走，就不会到达；事情虽然很小，但如果不去做，就不会成功。空闲时间多的懒人，超越别人也不远。精巧的弓在巧匠手里，给它镶上兽角，缠上皮筋，涂上胶水和油漆，就可以成为价值万辆车子的宝物，但到了拙劣的工匠手里，价格却不过几铢钱。同样是人做的,同样的材料,但贵贱却相差万倍,这是因为巧匠竭尽心意去制造它的缘故。《诗经》说:"心中珍爱着他,没有一日忘记他。"

第二十九章

传曰:诚恶恶①,知刑之本;诚善善,知敬之本。惟诚感神,达乎民心。知刑敬之本,则不怒而威,不言而信,诚德之主也,言之所聚也②。《诗》曰③:"鼓钟于宫④,声闻于外。"

【注释】

①诚:真正,确实。

②聚:归属。

③《诗》曰:引诗见《诗经·小雅·白华》。

④鼓:敲击。

【译文】

传文说:真正厌恶丑恶的人事,就知道了刑罚的根本;真正推崇善良的人事,就知道了恭敬的根本。只有真诚才能感动神灵,和人民的心相通。君主知道刑罚、恭敬的根本,就会不发怒而自然有威严,不说话而自然有信用,是真正有道德的君主,是赞颂的言语所归属的对象。《诗经》说:"在宫中敲钟,钟声传闻到宫外。"

第三十章①

孔子见客②。客去,颜渊曰:"客仁也?"孔子曰:"恨兮其心③,颡兮其口④,仁则吾不知也。"颜渊蹴然变色⑤。曰:"良玉度尺,虽有十仞之土,不能掩其光;良珠度寸,虽有百仞之水，不能掩其莹⑥。夫形体之包心也，闵闵乎其薄也⑦。苟有温良在其中，则眉睫著之矣；疵瑕在其中，则眉睫亦不匿之。"《诗》曰："鼓钟于宫，声闻于外。"言有诸中必形诸外也。

【注释】

①本章并见《高士传》(《太平御览》卷五一〇引)。

②孔子见客：薛据《孔子集语·持盈》引《外传》作"孔子适卫，卫使见客"。

③恨：通"狠"，狠戾，狠毒。

④颡（sǎng）兮：指善于巧言。颡，嗓子。此用作形容词。

⑤蹴（cù）然：惊惭不安的样子。

⑥莹：玉的光泽。

⑦闵闵乎：很薄的样子。

【译文】

孔子会见客人。客人离开后，颜渊问孔子说："这位客人是仁人吗？"孔子说："他的内心凶狠，善于巧言，是不是仁人，那我就不知道了。"颜渊惊惭不安地改变了神色。孔子说："一尺长的美玉，即使有十仞厚的土，也不能掩盖它的光芒；一寸长的美珠，即使有百仞深的水，也不能掩盖它的光泽。人的形体包裹着心，只是薄薄的一层皮肉。如果内心是温和善良的，那么眉毛和睫毛之间也会显露出来；如果内心有瑕疵，那么眉毛和睫毛之间也不能隐藏。"《诗经》说："在宫中敲钟，钟声传闻到宫外。"说的就是内心有的东西，必然会在外面显现出来。

第三十一章

伪诈不可长，空虚不可守①，朽木不可雕②，情亡不可久^③。《诗》曰："鼓钟于宫,声闻于外。"言有中者必能见外也。

【注释】

①伪诈不可长,空虚不可守:《管子·小称》"务伪不久,盖虚不长",
《说苑·谈丛》"务为(伪)不长,喜虚不久",可与此义相参。

②朽木不可雕:语见《论语·公冶长》。

③亡:消亡,消失。

【译文】

虚伪欺诈不能长久,空洞虚无不能保持,腐朽的木头不能雕刻,感情
消失了,关系就不能长久。《诗经》说:"在宫中敲钟,钟声传闻到宫外。"
说的就是内心有的东西,必然会在外在显现出来。

第三十二章^①

所谓庸人者,口不能道乎善言,心不能知先王之法,动作
而不知所务,止立而不知所定,日选于物而不知所贵,不知选
贤人善士而托其身焉。从物而流^②,不知所归,五凿为政^③,
心从而坏,遂不反。是以动而形危,静则名辱。《诗》曰^④:
"之子无良,二三其德^⑤。"

【注释】

①本章并见《荀子·哀公》《大戴礼记·哀公问五义》《孔子家
语·五仪解》。

②从物而流:《荀子·哀公》杨倞注:"为外物所诱荡而不返也。"

③五凿为政:指人的行为受五情的支配而不能自主。五凿,即五情,
喜、怒、哀、乐、怨五种情绪。

④《诗》曰:引诗见《诗经·小雅·白华》。

⑤二三其德:德行不专一,三心二意。

【译文】

所谓的庸人,嘴上不能谈说善的言论,内心不能知道古代圣王的法度,行动时不知道应该干什么事,静立时不知道应该站在哪,每天在选择事物但却不知道什么东西宝贵,不知道选择贤人善士,来把自己托付给他们。顺从外在的事物而任意流荡,不知道哪里是归宿,行为受喜、怒、哀、乐、怨五种情绪的支配,内心随着败坏,于是不能回到善的本性。因此行动时身体就遭受危害,静止时名声也会受到侮辱。《诗经》说:"这个人不善良,德行不专一。"

第三十三章①

客有见周公者②,应之于门,曰:"何以道旦也?"客曰:"在外即言外,在内即言内。入乎将毋③?"周公曰:"请入。"客曰:"立即言义,坐即言仁。坐乎将毋?"周公曰:"请坐。"客曰:"疾言则翕翕④,徐言则不闻。言乎将毋?"周公唯唯⑤:"旦也喻⑥。"明日与师而诛管、蔡⑦。故客善以不言之说,周公善听不言之说。若周公可谓能听微言矣。故君子之告人也微,其救人之急也婉。《诗》曰⑧:"岂敢惮行?畏不能趋。"

【注释】

①本章并见《吕氏春秋·精论》《说苑·指武》。

②客:《吕氏春秋·精论》作"胜书",《说苑·指武》作"齐人王满生"。

③将毋:表示选择的疑问词。许维遹《集释》:"犹言'入乎?抑不入

乎'。"

④翕翕（xī）：盛大的样子。

⑤唯唯：恭敬地应答。

⑥喻：明白。

⑦与师：举兵、起兵。与，通"举"。管、蔡：周武王之弟管叔鲜、蔡叔度。武王崩，成王幼，周公摄政，管、蔡流言于国，谓"公将不利于孺子"，周公避居东都，后成王迎周公归，管、蔡惧，挟纣子武庚叛，成王命周公讨伐，诛杀武庚与管叔鲜，流放蔡叔度，其乱终平。事见《尚书·金縢》及《史记·管蔡世家》。

⑧《诗》曰：引诗见《诗经·小雅·绵蛮》。

【译文】

有客人来见周公，周公在门口接应，说："你有什么话教导我啊？"宾客说："在门外就说门外的事，在门内就说门内的事。我是进去呢，还是不进去呢？"周公说："请进。"宾客说："站着就说义的道理，坐着就说仁的道理。我是坐下呢，还是不坐下呢？"周公说："请坐。"宾客说："快快地说就会声音很盛大，慢慢地说就会听不到。我是快说呢，还是慢说呢？"周公恭敬地回答说："我明白了。"于是周公第二天就起兵去征讨管叔、蔡叔了。所以这位客人善于说不明说的话，周公善于听不明说的话。像周公这样，可以称得上能听取精微言语了。所以君子劝告别人时说得很隐微，救助别人急难时也很委婉。《诗经》说："哪敢害怕走路？是怕不能走快。"

卷五

【题解】

本卷共三十四章，除第七章脱《诗》辞外，所引论《诗》篇主要出自《大雅》，亦间有出自《小雅》《国风》《颂》者。其引论《诗》的方式，有两点值得注意：一、章节就《诗经》之某诗、某句而发论，如第一章论《关雎》为《风》始之义，其说是《韩诗》"四始"说的重要表述；再第三十章以"如岁之旱，草不溃茂"二句发端而论，章末并引《诗》曰"如彼岁旱，草不溃茂"，可见全章乃是围绕《诗》句展开论述。二，章节引《诗》形式相对灵活，如第二章末"于是孔子自东自西，自南自北，匍匐救之"，即分别化自《大雅·文王有声》《邶风·谷风》，而不标"《诗》曰"二字，盖变例也；第一章中孔子所言，亦是暗引自《大雅·卷阿》《文王有声》；再如第二十三章引《诗》四句，上下二句分别引自《大雅·桑柔》《周颂·酌》，与卷一第二十章连引《邶风·静女》《邶风·雄雉》，卷三第三十八章连引《唐风·鸨羽》《卫风·有狐》一样，皆以一"《诗》曰"贯之；又，第九章引《诗》二句，据周廷寀说上句引自《大雅·文王》，下句引自《大雅·棫朴》，亦是以"《诗》曰"连言之，不做分别（也有中间加"又曰"以做分别者，见卷八第三、十七、十九、二十五章）。以上数例，可见《外传》引论《诗》辞，或明或暗，或续或断，皆无一定之规，而皆以论说充分、方便为尚。

本卷较多论理之文，部分章节并见于《荀子》《淮南子》《说苑》《新序》《孔子家语》《礼记》等。《外传》在袭用前代文献时，人物、时地等细节的出入，可能是传闻有异，或是因其无关宏旨而不加细考所致，但对于存在思想倾向差异的文本，《外传》却颇为经心，有所改易。如第五章袭自《荀子·儒效》，但对于荀子"法后王"、摒弃《诗》《书》的思想主张，《外传》却并不认同，因此将《儒效》中的三处"法后王"改为"法先王"，将"敦《诗》《书》"者为俗儒，改作"杀《诗》《书》"者为俗儒。这体现了《外传》与荀学在某些儒学思想主张上的差异，也提醒我们：先秦两汉的文本同中有异，在进行对读时须谨慎，不可草率地据他本以校改，而强求文本的齐一。

第一章

子夏问曰："《关雎》何以为《国风》始也？"孔子曰："《关雎》至矣乎！夫《关雎》之人，仰则天①，俯则地，幽幽冥冥②，德之所藏，纷纷沸沸③，道之所行，虽神龙化④，斐斐文章⑤。大哉！《关雎》之道也，万物之所系，群生之所悬命也⑥。河洛出书图⑦，麟凤翔乎郊⑧。不由《关雎》之道，则《关雎》之事将奚由至矣哉？夫六经之策⑨，皆归论汲汲⑩，盖取之乎《关雎》。《关雎》之事大矣哉！冯冯翊翊⑪，自东自西，自南自北，无思不服⑫。子其勉强之，思服之。天地之间，生民之属，王道之原，不外此矣。"子夏喟然叹曰："大哉！《关雎》，乃天地之基也。"《诗》曰⑬："钟鼓乐之。"

【注释】

①则：效法。

②幽幽冥冥：深邃微妙的样子。

③纷纷沸沸：纷繁热闹的样子。

④虽：许瀚《校议》谓"虽"当读为"唯"，古同声通用，发语词。龙化：如龙一样变化莫测，不可捉摸。

⑤斐斐（fěi）：文采明盛的样子。

⑥悬命：寄托生命。

⑦河洛出书图：传说伏羲时有龙马出于黄河，马背有旋毛如星点，伏羲取法以画八卦，即河图。禹治水时有神龟出于洛水，背上有裂纹，纹如文字，禹取法而作《尚书·洪范》"九畴"，即洛书。

⑧麟：麒麟，传说中的瑞兽，麇身，牛尾，一角。相传麒麟、凤凰只在太平盛世才会出现。

⑨六经：指《易》《书》《诗》《礼》《乐》《春秋》。策：典策，典籍。

⑩汲汲：急切，重要。

⑪冯冯（píng）翊翊（yì）：盛大充实的样子。按，此句当本于《诗经·大雅·卷阿》"有冯有翼"，王念孙《广雅疏证》："'翼'通作'翊'，《韩诗外传》云'《关雎》之事大矣哉！冯冯翊翊'，……言德之盛满也。"王先谦《集疏》谓《鲁诗·卷阿》"翊"作"翼"，《韩诗》或同。

⑫自东自西，自南自北，无思不服：出自《诗经·大雅·文王有声》，又引见卷四第十章。自东自西，《毛诗》作"自西自东"。思，语助词。

⑬《诗》曰：引诗见《诗经·周南·关雎》。

【译文】

子夏问道："《关雎》这首诗为什么是《国风》的第一篇呢？"孔子说："《关雎》可以说达到极致了！作《关雎》这首诗的人，抬头效法天道，低头效法地道，深邃微妙，是德行蕴藏的样子，纷繁热闹，是正道流行的样子，就像神龙一样变化莫测，呈现出斐然的文采。多么伟大啊！《关雎》中所包含的道理，万物因为它而得到维系，广大生物因为它而得以寄托

生命。黄河出龙图，洛水出龟书，麒麟、凤凰在郊野出现。如果不遵行
《关雎》诗中的道理，那么《关雎》所表现的太平景象将怎么实现呢？六
经这些典策，都归结于论述急切重要的大道，这大概是从《关雎》得到的
启示。《关雎》诗中的道理多么广大啊！大道盛大充实，从东到西，从南
到北，没有人不信服它的。你还是勉力去学习，去信服它吧。天地间的
大道，人类间的道德，王道的根源，不外乎《关雎》所说的这些道理。"子
夏长叹道："多么伟大啊！《关雎》是天地万物的基础。"《诗经》说："敲钟
击鼓，使他快乐。"

第二章

　　孔子抱圣人之心，彷徨乎道德之域，逍遥乎无形之乡①，
倚天理，观人情，明终始，知得失。故兴仁义，厌势利②，以
持养之。于时，周室微，王道绝，诸侯力政③，强劫弱，众暴
寡，百姓靡安，莫之纪纲，礼仪废坏，人伦不理。于是孔子自
东自西，自南自北④，匍匐救之⑤。

【注释】

　　①彷徨乎道德之域，逍遥乎无形之乡：《庄子·大宗师》："芒然彷徨
　　　乎尘垢之外，逍遥乎无为之业。"成玄英疏："彷徨、逍遥，皆自得
　　　逸豫之名也。"彷徨，悠然自得。无形之乡，指眼睛看不见的纯粹
　　　的仁义精神境界。

　　②厌：抑制。与上文"兴"相反。

　　③力政：犹力征，以武力征伐。

　　④自东自西，自南自北：出自《诗经·大雅·文王有声》。自东自西，
　　　《毛诗》作"自西自东"。

⑤匍匐（pú fú）救之：出自《诗经·邶风·谷风》。

【译文】

孔子怀着圣人的心，在道德的领域中悠然自得，在纯粹的仁义精神境界里逍遥自在，按照天理，观察人的性情，明察事情的终点和起点，知道事物的得失。所以宣扬仁义，抑制人们追求权势和财利，用来持守培养人的内心。在那个时候，周王室衰微，王道断绝，诸侯以武力相征伐，强盛的威逼弱小的，人多的欺负人少的，百姓不得安宁，没有纲纪，礼仪废弃崩坏，人伦混乱。于是孔子从东到西，从南到北，尽力地去施救。

第三章①

王者之政，贤能不待次而举②，不肖不待须而废③，元恶不待教而诛④，中庸不待政而化⑤。分未定也，则有昭穆⑥。虽公卿大夫之子孙也，行绝礼义，则归之庶人。虽庶民之子孙也，积文学，正身行，能礼义，则归之士大夫。反侧之民⑦，牧而试之⑧，须而待之⑨，安则畜⑩，不安则弃⑪。五疾之民⑫，上收而事之⑬，官施而衣食之⑭，兼覆无遗⑮。材行反时者，死无赦，谓之天诛⑯。是王者之政也。《诗》曰⑰："人而无仪，不死何为！"

【注释】

①本章并见《荀子·王制》。

②待次：依照资质、次序。《荀子·王制》杨倞注："不以官之次序，若傅说起版筑为相也。"

③须：须臾，片刻。

④元：大。

⑤中庸:指中等平常的人。

⑥分未定也,则有昭穆:《荀子·王制》杨倞注:"言为政当分未定之
时,则为之分别,使贤者居上,不肖居下,如昭穆之分别然,不问其
世族。"昭穆,古代宗法制度,宗庙或宗庙中神主的排列次序,始
祖居中,以下父子(祖、父)递为昭穆,左为昭,右为穆。

⑦反侧:《荀子·王制》杨倞注:"反侧,不安之民也。"

⑧牧:管理,管治。试:考察。

⑨须:等待。

⑩安:善。此指迁善,改过向善。畜:养,收容。

⑪弃:流放。

⑫五疾:五种残疾。《荀子·王制》杨倞注:"五疾,喑、聋、跛躄、断
者、侏儒。"

⑬事:任事,任职。《荀子·王制》"材而事之",杨倞注:"各当其材使
之,谓若矇瞽修声,聋聩司火之属。"

⑭官施:任用。王先谦《荀子集解》:"官者,任也。施者,用也。"

⑮兼:广,全。覆:庇护,照顾。

⑯天诛:《荀子·王制》作"天德"。

⑰《诗》曰:引诗见《诗经·鄘风·相鼠》。

【译文】

实行王道的人的政治,贤能的人不依照资质就提拔任用他,不肖的
人片刻也不等待就废弃他,大恶的人不加教化就诛杀他,中等平常的人
不用政令就能感化他。在名位还没确定之前,就按照人的才质德行高低
来分出次第。即使是公卿大夫的子孙,如果行为不合礼义,就把他们归
为庶人。即使是庶人的子孙,如果积累学问,端正品行,遵守礼义,就把
他们归为士大夫。不安分的民众,管治并考察他们,等待他们,改过向善
就收容他们,不能够改过向善就流放他们。聋哑等五种疾病的人,国君
收养他们,按照才能任用他们,提供他们衣食,全面照顾他们,没有遗漏。

才能和品行都违反时势的人，就杀死他们，决不赦免，这叫作上天的诛杀。这些都是实行王道的人的政治。《诗经》说："人如果没有礼仪，不去死还干什么！"

第四章①

君者，民之源也。源清则流清，源浊则流浊。故有社稷者，不能爱其民，而求民亲己爱己，不可得也。民不亲不爱，而求为己用，为己死，不可得也。民弗为用，弗为死，而求兵之劲，城之固，不可得也。兵不劲，城不固，而欲不危削灭亡，不可得也。夫危削灭亡之情，皆积于此，而求安乐是闻，不亦难乎？是枉生者也②。悲夫！枉生者不须时而灭亡矣。故人主欲强固安乐，莫若反己③。欲附下一民，则莫若反之政。欲修政美俗，则莫若求其人。彼其人者，生乎今之世，而志乎古之道。以天下之王公莫之好也，而是子独好之；以民莫之为也，而是子独为之也。抑好之者贫④，为之者穷，而是子犹为之，而无是须臾怠焉。差焉独明夫先王所以遇之者⑤，所以失之者，知国之安危臧否⑥，若别白黑，则是其人也。人主欲强固安乐，则莫若与其人用之⑦。巨用之，则天下为一，诸侯为臣；小用之，则威行邻国，莫之能御。若殷之用伊尹，周之遇太公，可谓巨用之矣。齐之用管仲，楚之用孙叔敖，可为小用之矣。巨用之者如彼，小用之者如此也。故曰：粹而王⑧，驳而霸⑨，无一而亡。《诗》曰⑩："四国无政，不用其良。"不用其良臣而不亡者，未之有也。

【注释】

①本章并见《荀子·君道》。

②枉生：当从《荀子·君道》作"狂生"，迷乱狂妄的人。

③反己：《荀子·君道》作"反之民"，与下文"反之政"相对。

④抑：而且。

⑤差焉：明白的样子。《荀子·君道》作"晓然"，许维遹《集释》："差，差别也。凡物有差别则易明晓。是'差焉'与'晓然'义本相因。周廷寀《校注》以'差焉'属上句，非是。"遇：得。

⑥臧否（pǐ）：善恶。

⑦与：通"举"，举拔，举用。

⑧粹：纯粹，完全。指完全任用贤人，即上文"巨用"。

⑨驳：驳杂。指杂用贤人，即上文"小用"。

⑩《诗》曰：引诗见《诗经·小雅·十月之交》。

【译文】

君主是人民的根源。水的源头清澈，下流就清澈；源头浑浊，下流就浑浊。所以拥有国家的君主，不能爱护他的人民，却要求人民亲附自己、爱戴自己，那是不可能的。人民不亲附自己、不爱戴自己，却要求人民为自己所用、为自己效死，那是不可能的。人民不为自己所用、不为自己效死，却要求兵力强盛、城池坚固，那是不可能的。兵力不强盛、城池不坚固，却想国家不危险、不削弱、不灭亡，那是不可能的。国家已经积累了危险、削弱、灭亡的情势，却只听说追求安逸享乐，不也很难吗？这是迷乱狂妄的人。多么悲哀啊！迷乱狂妄的人不多久就会灭亡。所以君主要想国家强大巩固、生活安定快乐，不如反省自己。要想臣下亲附、人民齐心，不如反省自己的执政。要想政治清明、风俗醇美，不如寻求贤人。那种贤人，生在当今之世，却有志于去实行古代的正道。天下的王公都不喜好正道，而他却单单喜好正道；人民都不去实行正道，而他却单单去实行正道。而且喜好正道的人贫苦，实行正道的人穷困，而他却还去实行，没有片刻懈怠。他单单明晓古代君王得到天下、失去天下的原因，知道国家的安危、政治的善恶，如同辨别白和黑一样的容易，他就是这种贤人。君主想国家强大巩固、生活安定快乐，就不如举拔这样的贤人，任用他。大用他，就能使天下统一，诸侯臣服；小用他，就能使声威传到邻国，无法抵御。像商朝任用伊尹，周朝任用太公，可算是大用了。齐桓公任用管仲，楚庄王任用孙叔敖，可算是小用了。大用贤人的效果像那样，小用贤人的效果像这样。所以说：完全任用贤人就能称王天下，杂用贤人就能称霸诸侯，一个贤人都不用就会灭亡。《诗经》说："天下没有清明的政治，是由于不任用贤人。"不任用贤臣而能不亡国，这是从未有过的。

第五章①

造父②，天下之善御者矣，无车马则无所见其能。羿③，天下之善射者矣，无弓矢则无所见其巧。彼大儒者，善调一天下者也，无百里之地则无所见其功。夫车固马选而不能以致千里者④，则非造父也。弓调矢直而不能射远中微者，则非羿也。用百里之地而不能调一天下、制四夷者，则非大儒也。彼大儒者，虽隐居穷巷陋室，无置锥之地，而王公不能与之争名矣。用百里之地，则千里之国不能与之争胜矣。棰笞暴国⑤，一齐天下，莫之能倾⑥，是大儒之勋也。其言有类⑦，其行有礼，其举事无悔⑧，其持险应变曲当⑨，与时迁徙⑩，与世偃仰⑪，千举万变，其道一也，是大儒之稽也⑫。故有俗人者，有俗儒者，有雅儒者，有大儒者。耳不闻学，行无正义，迷迷然以富利为隆⑬。是俗人也。逢衣博带⑭，略法先王而不足于乱世⑮，术谬学杂⑯，举不知法先王而一制度⑰，不知隆礼义而杀《诗》《书》⑱。其衣冠行为已同于世俗，而不知其恶也，言谈议说已无异于老、墨，而不知分。是俗儒者也。法先王⑲，一制度，言行有大法，而明不能济法教之所不及⑳，闻见之所未至，知之为知之，不知为不知，内不自诬，外不诬人，以是尊贤敬法而不敢怠傲焉。是雅儒者也。法先王㉑，依礼义，以浅持博，以一行万。苟有仁义之类，虽鸟兽㉒，若别黑白，奇物变怪，所未尝闻见，卒然起一方㉓，则举统类以应之，无所疑怨㉔，援法而度之，奄然如合符节㉕。是大儒者也。故人主用俗人，则万乘之国亡。用俗儒，则万乘之国存。用雅儒，则千里之国安。用大儒，则百里之地，久而三年㉖，天下为一，诸侯为臣。用万乘之国则举错而定㉗，一朝而白㉘。《诗》曰㉙："周虽旧邦，其命维新。"可谓白矣。文王亦可谓大儒已矣。

【注释】

①本章并见《荀子·儒效》。

②造父：注见卷二第十二章。

③羿（yì）：注见卷三第三十六章。

④选：优良。

⑤棰笞（chī）：鞭打。此指讨伐。

⑥倾：倾危。

⑦类：王先谦《荀子集解》："类，法也。"与下文"言行有大法"义同。

⑧悔：过失，过错。

⑨持：对待，处理。曲：周遍，完全。

⑩迁徙：变迁。

⑪偃（yǎn）仰：俯仰。指随从世俗来应付变化。

⑫稽：成果。《荀子·儒效》杨倞注："稽，考也。考，成也。"

⑬迷迷然：迷乱、糊涂的样子。隆：崇尚。

⑭逢：宽大。

⑮略：粗略。不足于乱世:《荀子·儒效》作"足乱世术"。

⑯术谬学杂:《荀子·儒效》作"缪学杂举"。许瀚《校议》认为当从《外传》，《荀子》"术""举"字皆失其读。

⑰举：全。法先王:《荀子·儒效》作"法后王"。按，《外传》虽引《儒效》之文，但对其说却并不苟同，故特改"法后王"为"法先王"，下文雅儒之"法后王"，《外传》亦改作"法先王"。又《外传》全书亦每称"先王""先王之法"。一:统一。

⑱杀：贬低。《荀子·儒效》亦作"杀"，郝懿行《荀子补注》："杀，盖'敦'字之误。"按，《荀子·劝学》"下不能隆礼，安特将学杂识志，顺《诗》《书》而已耳"，又曰"不道礼宪，以《诗》《书》为之，譬之犹以指测河也"，故将"敦《诗》《书》"者视为俗儒。而《外传》主张"法先王"，自当视"杀《诗》《书》"者为俗儒，可知此"杀"字乃特意改，不可与《儒效》同视为"敦"字之误。反而《儒效》作"杀"，可能是因《外传》而误。此皆因不明二书文义之异而致。

⑲法先王:《荀子·儒效》作"法后王"。

⑳济：补助，救助。《荀子·儒效》作"齐"，读作"济"。

㉑法先王:《荀子·儒效》亦作"法先王"，此亦有可能是据《外传》误改，自唐时已然，杨倞注："'先王'当为'后王'。"

㉒虽鸟兽:《荀子·儒效》作"虽在鸟兽之中"。

㉓卒（cù）然：突然。卒，同"猝"。

㉔怎（zuò）：同"怍"，惭怍，惭愧。

㉕奄（yǎn）然：相同的样子。

㉖久而三年：王先谦《荀子集解》："犹言久至三年也，推极言之。"

㉗举错：举起和放置，指短时间之内。与下"一朝"，皆对上"久而三年"而言。错，通"措"，放置。

㉘白：显著，显扬。

㉙《诗》曰：引诗见《诗经·大雅·文王》。

【译文】

　　造父，是天下善于驾车的人，但如果没有车马，就没有机会表现他的才能。羿，是天下善于射箭的人，但如果没有弓箭，就没有机会表现他的技巧。大儒，是善于调和统一天下的人，但如果没有百里的土地让他治理，就没有机会表现他的功绩。有坚固的车、优良的马，但不能驾驭达到千里远，就不是造父。有调适的弓、平直的箭，但不能射中远处微小的目标，就不是羿。治理百里的土地，但不能调和统一天下、统御四方夷狄，就不是大儒。大儒，虽然隐居在偏僻里巷的简陋房屋里，连狭小的安身之地都没有，但王公不能和他争名声。如果让他治理百里的土地，那么即使拥有千里的国家也不能和他争胜负。他讨伐暴虐的国家，统一天下，没有人能使他倾危，这是大儒的功勋。他的言语有法度，行为有礼义，行事没有过失，处理危险的局势，应对变故，能够完全恰当，他能够随着时势而变迁，随着世局而变化，但不论千变万化，他立身处世的道是一贯的，这是大儒的成果。所以有俗人、有俗儒、有雅儒、有大儒的区分。耳朵不听正道，行为不合正义，迷乱地崇尚财富利益。这是俗人。穿着宽大的衣服，系着博大的衣带，粗略地效法古代的贤王，但不足以应对混乱的世道，他的学问错谬驳杂，都不知道效法古代贤王，统一制度，不知道崇尚礼义，贬低《诗》《书》。他的穿戴、行为已经和世俗相同，不知道其中的好坏，他的言谈议论已经和老子、墨子没有不同，不知道分辨其中的是非。这是俗儒。效法古代贤王，统一制度，言语行为合乎大道，但是他的明智还不能补助法度教化的不足，耳目没有闻见事物，他知道的就说知道，不知道的就说不知道，对内不欺骗自己，对外不欺骗别人，以这样的态度尊敬贤人，敬重法令，不敢懈怠傲慢。这是雅儒。效法古代贤王，遵守礼义，用浅显的方式来持说博大的道理，用一种简要的方法去处理各种各样的事件。如果是有仁义的人，即使在禽兽之中，也能像辨别黑白一样轻易地把他分辨出来，对于奇异的事物、怪异的变化，即使是从来没有闻见过的，突然在某地出现，他也能够举出条理去应对，没有迟疑惭愧，能够援引法令去审度，如同符节一样的契合。这是大儒。所以君主任用俗人，那么万乘的大国都会灭亡。任用俗儒，那么万乘的国家还能保存。任用雅儒，那么千里的国家能够安定。任用大儒，那么百里的国家，最长用三年时间，就可以统一天下，臣服诸侯。万乘的国家任用他，举措之间就能安定天下，一朝之间就能使国家名声显扬。《诗经》说："周虽然是古老的国家，但文王接受了天命，周国从此焕然一新。"可以说名声显扬了。周文王也可以说是大儒了。

第六章①

楚成王读书于殿上②，而伦扁在下③，作而问曰④："不审主君所读何书也⑤？"成王曰："先圣之书。"伦扁曰："此直先圣王之糟粕耳⑥，非美者也。"成王曰："子何以言之？"伦扁曰："以臣轮言之。夫以规为圆，矩为方，此其可付乎子孙者也。若夫合三木而为一⑦，应乎心，动乎体，其不可得而传者也。则凡所传直糟粕耳。"故唐虞之法可得而考也⑧，其喻人心不可及矣⑨。《诗》曰⑩："上天之载⑪，无声无臭⑫。"其孰能及之？

【注释】

①本章并见《庄子·天道》《淮南子·道应训》，乃齐桓公之事。

②楚成王：春秋时楚文王之子，名熊恽。

③伦扁：即轮扁，做车轮的工匠，名扁。

④作：兴，起身。

⑤审：知道。

⑥直：只。《庄子·天道》作"独"。糟粕：酒滓。喻指粗劣无用的东西。

⑦合三木而为一：指将毂、辐、牙三种构件合制成轮。《周礼·考工记》"轮人为轮，斩三材，必以其时"，郑注："三材，所以为毂、辐、牙也。"孙诒让《周礼正义》："毂、辐、牙皆统于轮，故先庀其材。《韩诗外传》云：'若夫合三木而为一。'三木，即此三材。"

⑧唐虞：唐尧与虞舜的简称。尧舜时代，古人以为太平盛世。

⑨喻：晓谕，教导。及：捉摸，领会。

⑩《诗》曰：引诗见《诗经·大雅·文王》。

⑪载：事。

⑫臭（xiù）：气味。

【译文】

　　楚成王在殿上读书，伦扁在殿下，伦扁起身问道："不知道大王读什么书？"成王回答说："是古代圣王的书。"伦扁说："这只是古代圣王的糟粕罢了，不是美好的东西。"成王说："你根据什么这样说呢？"伦扁说："根据我的轮子来说。用规画成圆形，用矩画成方形，这是可以传授给子孙的。至于将毂、辐、牙三种构件合制成一个完整的轮子，这需要和内心的想法相应和，用身体来协作，这是不能传授的。所以凡是能够传授下来的，都只是糟粕罢了。"所以尧与舜的法度可以考证得到，但他们教导人心的精神却不可以领会到。《诗经》说："上天做的事情，没有声响可听，没有气味可闻。"这谁能领会呢？

第七章①

　　孔子学鼓琴于师襄子而不进②。师襄子曰："夫子可以进矣。"孔子曰："丘已得其曲矣，未得其数也③。"有间，曰：
"夫子可以进矣。"曰："丘已得其数矣，未得其意也。"有间，
复曰："夫子可以进矣。"曰："丘已得其意矣，未得其人也。"
有间，复曰："夫子可以进矣。"曰："丘已得其人矣，未得其
类也。"有间，曰："邈然远望④，洋洋乎⑤，翼翼乎⑥，必作此
乐也。黯然而黑，几然而长⑦，以王天下，以朝诸侯者，其惟
文王乎。"师襄子避席再拜曰："善！师以为文王之操也⑧。"
故孔子持文王之声⑨，知文王之为人。师襄子曰："敢问何以
知其文王之操也？"孔子曰："然。夫仁者好韦⑩，和者好粉，
智者好弹，有殷勤之意者好丽。丘是以知文王之操也。"传
曰：闻其末而达其本者，圣也⑪。

【注释】

①本章并见《孔子家语·辨乐解》《史记·孔子世家》。

②师襄子：春秋时鲁国（一说卫国）乐官。因擅长击磬，所以又名磬
　襄。曾教授孔子弹琴，得传《文王操》。后来师襄弃官归稳。《初
　学记》卷十七引作"师堂子"，《文选·七发》李善注引作"师堂子
　京"。

③数：技巧，方法。

④邈（miǎo）然：遥远的样子。

⑤洋洋乎：盛美充满的样子。

⑥翼翼乎：庄严恭敬的样子。

⑦几然：犹颀然，长的样子。《史记集解》："徐广曰：'《诗》云：颀而长
　兮。'"《史记索隐》："'几'与注'颀'，并音祈。"

⑧操：琴曲。《琴论》："忧愁而作，命之曰'操'，言穷则独善其身而不
　失其操也。"

⑨持：操，弹奏。

⑩韦：去毛熟治的皮革，其性柔软。孙诒让《札迻》："《韩非子·观行》篇云：'西门豹之性急，故佩韦以缓己。''好韦'盖亦和缓之意。"

⑪"传曰"三句：本或属下章，为下章之首句，许维通以"传曰"云云乃赞孔子之语，不得列为下章首句。本或以本章无《诗》辞，乃合并下章为一章，许维通谓下章《诗》辞与孔子、文王皆不合，疑本章章末《诗》辞佚脱。

【译文】

　　孔子向师襄子学习弹琴，学完一支曲子却没有进一步往下学。师襄子说："先生可以进一步往下学了。"孔子说："我已经了解了曲调，但还没有掌握技巧。"过了不久，师襄子说："先生可以进一步往下学了。"孔子说："我已经掌握了技巧，但还没有领会曲子的意趣。"过了不久，师襄子又说："先生可以进一步往下学了。"孔子说："我已经领会了曲子的意趣，但还没有了解作曲的人。"过了不久，师襄子又说："先生可以进一步往下学了。"孔子说："我已经了解了作曲的人，但还没有了解他是属于哪一类人。"过了不久，孔子说："远远望去，那人多么盛美啊，多么庄严啊，一定是创作这支琴曲的人。他肤色深黑，身材修长，以他的德行称王天下，使诸侯来朝见，他大概就是周文王吧。"师襄子离开席位，拜了又拜，说："好啊！我也认为这是文王的琴曲。"所以孔子弹奏文王的琴曲，就了解文王的为人。师襄子说："请问你怎么知道这是文王的琴曲的？"孔子说："这样。仁人喜欢像韦皮那样行事和缓，和善的人喜欢掩饰他人的缺点，智慧的人喜欢弹奏，情意深厚的人喜欢华丽。我因此知道这是文王的琴曲。"传文说：听闻了事物的末节，就能了解它的根本，这样的人是圣人。

第八章①

纣之为主,戮无辜,劳民力,冤酷之令加于百姓,憯凄之恶施于大臣②。群下不信,百姓疾怨,故天下叛而愿为文王臣,纣自取之也。夫贵为天子,富有天下,及周师至而令不行乎左右,悲夫! 当是之时,索为匹夫③,不可得也。《诗》曰④:"天谓殷适⑤,使不侠四方⑥。"

【注释】

①本章并见《新序·刺奢》。

②憯(cǎn)凄:残暴凄惨。憯,凄惨,惨毒。

③索:要求。匹夫:平民中的男子。泛指平民百姓。

④《诗》曰:引诗见《诗经·大雅·大明》。

⑤谓:《毛诗》作"位"。适(dí):同"嫡"。毛传:"纣居天位,而殷之正适也。"

⑥侠:通"浃",通达,通行。《毛诗》作"挟"。

【译文】

纣当君主时,杀戮无罪的人,使百姓劳累,对百姓施加苛刻残酷的政令,对大臣施加残暴凄惨的毒刑。群臣不信任他,百姓嫉恨他,所以天下人都背叛他而愿意做周文王的臣民,这是纣自己招致的。纣虽然尊贵为天子,拥有天下的财富,但等到周国军队到来时,纣的命令都不能通行于他的近臣,可悲啊! 在那个时候,他想要当一个平民,也不可能了。《诗经》说:"纣居天子之位,是商国的嫡子,但在位无道,使得他的政令不能通行于天下。"

第九章①

夫五色虽明②,有时而渝③。丰交之木④,有时而落。物有成衰⑤,不得自若⑥。故三王之道,周则复始,穷则反本⑦,非务变而已,将以止恶扶微,绌缪沦非⑧,调和阴阳,顺万物之宜也。《诗》曰⑨:"亹亹我王⑩,纲纪四方⑪。"

【注释】

①本章并见《淮南子·泰族训》《说苑·谈丛》。

②五色:指青、黄、赤、白、黑五色。

③渝:改变。指褪色。

④交:赵善诒《补正》引朱起凤说,谓"交"为"芙"字之误。扬雄《蜀都赋》:"俊茂丰芙。"

⑤成:盛,旺盛。

⑥自若:依然如故,一成不变。

⑦反本:指回到王道的根本。

⑧绌(chù):通"黜",废黜。缪(miù):错误。沦:沉没,丧失。此指淘汰,摒弃。《淮南子·泰族训》作"济",《诗经·载驰》"不能旋济",毛传:"济,止也。"与"沦"义通。

⑨《诗》曰:引诗见《诗经·大雅·棫(yù)朴》。

⑩亹亹(wěi):勤勉不倦的样子。《毛诗》作"勉勉","亹""勉"一声之转。我王:谓周文王。按,周廷寀《校注》本句作"亹亹文王",谓:"此传引《诗》,上句《文王》,下句《棫朴》,旧本相延,并皆如此。"

⑪纲纪:治理。

【译文】

青、黄、赤、白、黑五种颜色虽然鲜明,过了一段时间也会褪变。枝叶茂盛的树,过了一段时间也会凋落。事物有兴盛,也有衰退,不可能总是一个样子而不变。所以夏、商、周三代帝王的法度，循环了一周就重新开始，穷尽了就回到根本，这并不是为了追求改变，而是要制止邪恶，扶助衰微，废黜错误的做法，摒弃过失的行为，调和阴阳，顺应万物原有的规律。《诗经》说："勤勉的文王，治理天下。"

第十章①

礼者，则天地之体，因人之情而为之节文者也②。无礼，何以正身？无师，安知礼之是也？礼然而然，是情安于礼也。师云而云，是知若师也。情安礼，知若师，则是君子之道。言中伦，行中理，天下顺矣。《诗》曰③："不识不知④，顺帝之则。"

【注释】

① 本章并见《荀子·修身》。

② "礼者"三句：按，《礼记·坊记》："礼者，因人之情而为之节文，以为民坊者也。"说与《外传》同。

③《诗》曰：引诗见《诗经·大雅·皇矣》。《荀子·修身》杨倞注："引此以喻师法暗合天道，如文王虽未知，已顺天之法则也。"

④ 不识不知：朱熹《诗集传》："不作聪明，以循天理。"高诱注《吕氏春秋·本生》及《淮南子·原道训》皆引《诗》"不识不知"释"不谋而当，不虑而得"。

【译文】

礼，效法天地，顺应人的性情而加以节制文饰。没有礼，用什么来修身呢？没有老师，怎么知道礼的正确呢？礼怎么样，人就怎么样来行，这是性情安于礼了。老师怎么说，人就怎么来说，这是知识像老师了。性情安于礼，知识像老师，这是君子的做法。说话合乎规范，行为合乎道理，天下就顺服了。《诗经》说："文王不用谋虑，顺应上帝的法则。"

第十一章

上不知顺孝，则民不知反本①。君不知敬长，则民不知贵亲。禘祭不敬②，山川失时，则民无畏矣。不教而诛，则民不识劝也。故君子修身及孝，则民不倍矣。敬孝达乎下，则民知慈爱矣。好恶喻乎百姓，则下应其上如影响矣。是则兼制天下，定海内，臣万姓之要法也③，明王圣主之所不能须臾而舍也。《诗》曰④："成王之孚⑤，下土之式⑥。永言孝思⑦，孝思维则。"

【注释】

①反本：回到根本。指孝顺父母。

②禘（dì）祭：有三种：一、大禘，郊祭祭天；二、殷禘，宗庙五年一次的大祭，与"祫（xiá）"并称为"殷祭"；三、时禘，宗庙四时祭之一，每年夏季举行。

③万姓：指天下的方国、氏族。

④《诗》曰：引诗见《诗经·大雅·下武》。

⑤孚：诚信。

⑥下土：天下，四方。式：法式，榜样。

⑦言：语助词。思：语助词。

【译文】

君主不知道孝顺父母，那么人民也就不知道孝顺父母。君主不知道尊敬长者，那么人民也就不知道尊敬亲族。君主举行禘祭时态度不恭敬，祭祀山川神灵不能按时，那么人民也就没有敬畏之心。不先教化人民,等人民犯了罪就诛杀他们,那么人民也就不知道互相劝勉。所以君主修养身心,遵行孝道,那么人民也就不会背叛他。君主尊敬长辈,孝顺父母,往下推广到人民,那么人民也就知道仁慈敬爱。君主把所喜爱的、所厌恶的告诉百姓,那么百姓也就如影子、回声一样地应和君主。这是统治天下,安定中国,使天下方国臣服的重要方法,是圣明的君王不能片刻舍弃的。《诗经》说:"成就王道的诚信,是天下人的榜样。长久恭奉孝顺之道,这种孝顺之心是天下人的准则。"

第十二章①

成王之时,有三苗贯桑而生,同为一秀②,大几满车,长几充箱,民得而上诸成王。成王问周公曰:"此何物也?"周公曰:"三苗同为一秀,意者天下殆同一也。"比几三年③,果有越裳氏重九译而至④,献白雉于周公,曰:"道路悠远,山川幽深,恐使人之未达也,故重译而来。"周公曰:"吾何以见赐也?"译曰:"吾受命国之黄发曰⑤:'久矣! 天之不迅风疾雨也,海之不波溢也⑥,三年于兹矣。意者中国殆有圣人,盍往朝之⑦?'于是来也。"周公乃敬求其所以来。《诗》曰⑧:"於万斯年⑨,不遐有佐⑩。"

【注释】

①本章并见《尚书大传·嘉禾》《说苑·辨物》《白虎通义·封禅》。

②秀:穗。

③比几:接近。本或作"比期""比及"。

④越裳氏:亦作"越常""越尝",古南海国名。重:辗转。九:泛指多。

⑤黄发:指老人。《尔雅·释诂》:"黄发、鲵齿、鲐背、耇、老,寿也。"

郭璞注："黄发，发落更生黄者。"

⑥波溢：扬波，泛滥。

⑦盍（hé）：何不。

⑧《诗》曰：引诗见《诗经·大雅·下武》。按，《太平御览》卷八七二引作："故《小雅》云：'有黯凄凄，兴云祁祁。'以是知太平无飘风暴雨亦明矣。"其语今载卷八第二十章，所引《诗》见《小雅·大田》，皆与今本本章异。屈守元《笺疏》疑此二章古本相连也。

⑨於（wū）：叹词。

⑩不：语助词。遐：远。毛传："远夷来佐也。"《韩诗》说同。

【译文】

周成王时，有三株禾苗贯穿桑树而生长，长出同一枝禾穗，禾穗大得几乎装满一车，长得几乎装满车厢，人民得到后上交给成王。成王问周公说："这是什么东西啊？"周公说："三株禾苗长出同一枝禾穗，估计是天下将要统一了。"接近三年时，果然有越裳国的使者经过辗转多次的传译，来到周国，献给周公一只白色的雉鸟，说："来周国道路遥远，山川幽深阻隔，担心使者不能传达意思，所以我经过辗转多次传译，来到这里。"周公说："我为什么得到你的赏赐呢？"译者说："我从越裳国的老人那接受命令说：'天很久不刮狂风，不下暴雨了，大海也不波涛泛滥，到现在已经三年了。估计中国大概是出现了圣人，我们为什么不去朝见呢？'于是我就来了。"周公恭敬地了解了越裳国来朝贡的目的。《诗经》说："啊，祝天子万寿无疆，遥远的国家有人来辅佐。"

第十三章

登高临深，远见之乐，台榭不若丘山所见高也。平原广望，博观之乐，沼池不如川泽所见博也。劳心苦思，从欲极好①，靡财伤情，毁名损寿。悲夫伤哉！穷君之反于是道而愁百姓②。《诗》曰③:"上帝板板④,下民卒瘅⑤。"

【注释】

①从:同"纵"。

②穷君:昏恶的国君。《逸周书·常训》:"上贤而不穷。"孔晁注:"穷,谓不肖之人。"反于是道:指不欣赏天地自然之美,而靡财修建人为巧设之景。

③《诗》曰:引诗见《诗经·大雅·板》。

④上帝:指周王。毛传:"上帝,以称王者也。"板板:毛传:"板板,反也。"郑笺:"王为政反先王与天之道。"指违反正道。上文"反于是道"与诗义相合。

⑤卒:通"瘁(cuì)",劳累,病苦。瘅(dǎn):劳苦。

【译文】

登上高处,面临深谷,这是远望的快乐,在台榭上不如在山丘上看得更加高远。在平原上观望,这是博览的快乐,在池沼边不如在河川水泽边看得更加广博。有人劳累心思,放纵欲望,穷极嗜好,浪费财物,伤害性情,毁坏名誉,折损寿命。多么悲伤啊!昏恶的国君不欣赏天地自然之美,而去修建台榭池沼,使得百姓愁苦。《诗经》说:"周王违反正道,使得百姓劳病。"

第十四章①

儒者,儒也。儒之为言无也,不易之术也。千举万变,其道不穷,六经是也。若夫君臣之义,父子之亲,夫妇之别,朋友之序,此儒者之所谨守,日切磋而不舍也。虽居穷巷陋室之下,而内不足以充虚②,外不足以盖形,无置锥之地,明察足持天下③。大举在人上,则王公之材也,小用使在位,则社稷之臣也,虽岩居穴处而王侯不能与争名,何也? 仁义之化存尔。如使王者听其言,信其行,则唐虞之法可得而观,颂声可得而听。《诗》曰④:"先民有言,询于刍荛⑤。"取谋之博也。

【注释】

①本章数语可与《荀子·儒效》《新序·杂事五》相参。

②虚:饥饿。

③持:持守,持有。

④《诗》曰:引诗见《诗经·大雅·板》。又引见卷三第十八章。

⑤荛(chú):《毛诗》作"刍",然卷三第十八章引又作"刍",与《毛诗》同。

【译文】

儒就是儒。儒的意思是"无",是不会改变的道理。虽然千变万化,但是它的道理不会穷尽,说的就是六经。君臣之间的道义,父子之间的亲爱,夫妇之间的分别,朋友之间的次序,这是儒者谨慎持守,每日切磋而不舍弃的。儒者虽然居住在偏僻里巷的简陋房屋里,食物不够充饥,衣服不够遮蔽身体,连狭小的安身之地都没有,但是他对事物的明察,足以持守天下。重用他,职位高于众人,就是当王公的人才,小用他,使他在合适的职位,就是国家的重臣,即使居住在山岩的洞穴里,王侯也不能和他争比名声,这是为什么呢? 因为他身上有着仁义的影响。如果君王听从他的言论,信任他的行为,那么尧舜的治国法度就可以再次看到,赞颂的声音就可以再次听到。《诗经》说:"古代贤人曾经说,要向割草打柴的人请教。"就是说要广博地听取治国的谋略。

第十五章^①

传曰：天子居广厦之下，帷帐之内，旃茵之上^②，被蹄舄^③，视不出阃^④，莽然而知天下者^⑤，以有贤左右也。故独视不若与众视之明也，独听不若与众听之聪也，独虑不若与众虑之工也^⑥。故明王使贤臣辐凑并进^⑦，所以通中正而致隐居之士^⑧。《诗》曰："先民有言，询于刍荛。"此之谓也。

【注释】

①本章并见《新序·杂事五》。

②旃（zhān）茵：毡制的坐垫。旃，通"毡"。

③被蹄舄（xǐ xì）：周廷寀《校注》："'被'下疑脱'衮'字。"蹄，拖着，趿拉。舄，鞋子。

④阃（kǔn）：门槛。

⑤莽然：广大的样子。

⑥工：善。指周详。

⑦辐（fú）凑：集中，聚集。

⑧通：沟通，交好。

【译文】

传文说：天子居住在高大的房屋里，在帷帐里面，坐在毡制的坐垫上，穿着卷龙礼服，拖着鞋子，视线都不看门槛外面，却能广泛地知晓天下的事情，这是因为有贤臣辅佐的缘故。所以独自一人看，不如和众人一起看更明白，独自一人听，不如和众人一起听更清楚，独自一人思虑，不如和众人一起思虑更周详。所以贤明的君王让贤臣聚集在朝廷，一同被进用，以此来和正直的人交好，招致隐居的士人。《诗经》说："古代贤人曾经说，要向割草打柴的人请教。"说的就是这个意思。

第十六章

天设其高，而日月成明；地设其厚，而山陵成名①；上设其道，而百事得序。自周室衰坏以来，王道废而不起，礼义绝而不继。秦之时，非礼义，弃《诗》《书》，略古昔，大灭圣道，专为苟妄，以贪利为俗，以告猎为化②，而天下大乱。于是兵作而火起，暴露居外，而民以侵渔遏夺相攘为服习③，离圣王光烈之日久远，未尝见仁义之道，被礼乐之风，是以嚚顽无礼④，而肃敬日损，凌迟以威武相摄⑤，妄为佞人⑥，不避祸患，此其所以难治也。人有六情，目欲视好色，耳欲听宫商，鼻欲嗅芬香，口欲嗜甘旨，其身体四肢欲安而不作，衣欲被文绣而轻暖。此六者，民之六情也。失之则乱，从之则穆⑦。故圣王之教其民也，必因其情而节之以礼，必从其欲而制之以义。义简而备，礼易而法，去情不远，故民之从命也速。孔子知道之易行也。《诗》云⑧："诱民孔易⑨。"非虚辞也。

【注释】

①名：高大。许维遹《集释》："《礼记·礼器》'因名山升中于天'，郑注：'名，犹大也。'"

②告猎：告讦，揭发。

③侵渔：侵夺。遏夺：拦劫。攘（rǎng）：偷窃。服习：习惯。

④嚚（yín）顽：愚昧顽钝。

⑤凌迟：渐趋衰败。摄：通"慑"，威胁，恐吓。

⑥佞（nìng）人：用花言巧语阿谀奉承的人。

⑦从：顺从，顺应。穆：和睦。

⑧《诗》云：引诗见《诗经·大雅·板》。

⑨诱：诱导，教导。《毛诗》作"牖"。

【译文】

　　天设定得那么高，因此日月才能够光明；地设定得那么厚，因此山陵才能够高大；执政者设定了为政之道，因此各种事情才能够有序。自从周王朝衰败以来，王道废弃而不能复兴，礼义断绝而不能继续。秦代时，否定礼义，废弃《诗》《书》，忽视古代文化，毁坏圣人学说，专干苟且狂妄的事，贪求财利成为习俗，告讦他人成为风气，因此天下大乱。于是战火兴起，人们暴露在野外居住，把侵夺、拦劫、相互偷窃当成习惯，距离圣王的光辉时代越来越远，人们没有见到过仁义的治国方法，没有接受过礼乐的教化，因此变得愚昧顽钝，没有礼节，庄重恭敬的心一天天地丧失，渐趋衰败，就以武力相威胁，无知地成为巧言谄媚的人，有祸患也不躲避，这就是国家难以治理的原因。人有六种情欲，眼睛想要看美好的颜色，耳朵想要听悦耳的音乐，鼻子想要闻芳香的气味，嘴巴想要吃美味的食物，身体四肢想要安逸而不劳作，衣服想要穿绣有纹饰而轻便温暖的。这六种，是人们的情欲。人们失去了这六种情欲，就会混乱，顺从了这六种情欲，就会和睦。所以圣明的君王教化人民，一定因循他们的性情而用礼加以节制，一定顺从他们的情欲而用义加以节制。义简单而完备，礼容易而有法度，礼义与人情相距不远，所以人民遵从君主命令也很迅速。孔子就知道顺应民情的道理很容易推行。《诗经》说："教导百姓，十分容易。"这不是虚假的话。

第十七章①

　　茧之性为丝，弗得女工燔以沸汤②，抽其统理③，则不成为丝。卵之性为雏，不得良鸡覆伏孚育④，积日累久，则不成为雏。夫人性善，非得明王圣主扶携，内之以道，则不成为君子。《诗》曰⑤:"天生烝民⑥,其命匪谌⑦。靡不有初,鲜克有终⑧。"言惟明王圣主然后使之然也。

【注释】

①本章并见《淮南子·泰族训》。《春秋繁露·深察名号》:"性如茧如卵。卵待覆而成雏,茧待缫而为丝,性待教而为善。"也可与本章相参。

②女工:屈守元《笺疏》据《玉烛宝典》卷一引及《淮南子·泰族训》,以为当作"工女",谓工巧之女,与下"良鸡"相对为文。燔(fán):烧煮。

③统理:指丝的头绪。

④孚育:孵化。

⑤《诗》曰:引诗见《诗经·大雅·荡》。

⑥烝(zhēng):众。

⑦其命匪谌(chén):马瑞辰《通释》:"'命'当读如'天命之谓性'之'命',谓天命之初本善,而其后有初鲜终,故言'其命非谌'。"谌,相信,信赖。《毛诗》作"谌"。

⑧鲜(xiǎn):少。

【译文】

蚕茧有成为丝的本性,但没有工巧的女子用沸水烧煮,理出丝绪,就不能成为丝。鸡蛋有成为小鸡的本性,但没有好的母鸡趴伏着孵化,积累长久的时间,就不能成为小鸡。人的本性是善良的,但没有圣明的君主扶助提携,纳入正道,就不能成为君子。《诗经》说:"上天生了众民,赋予他们的本性不可信赖。没有谁最初不具有善良的本性,但却很少有人能够最终保持善良的本性。"说的是只有圣明的君主才能使人始终保持善良的本性。

第十八章①

智如泉源，行可以为表仪者②，人师也。智可以砥砺③，行可以为辅弼者④，人友也。据法守职，而不敢为非者，人吏也。当前快意⑤，一呼再喏者，人隶也。故上主以师为佐，中主以友为佐，下主以吏为佐，危亡之主以隶为佐。语曰："渊广者其鱼大，主明者其臣慧。"相观而志合，必由其中⑥。故同明相见，同音相闻⑦，同志相从，非贤者莫能用贤。故辅弼左右，所任使者，有存亡之机⑧，得失之要也⑨，可无慎乎？《诗》曰⑩："不明尔德，以无陪无侧⑪。尔德不明，以无陪无侧⑫。"

【注释】

①《新书·官人》与本章略同，可参。

②表仪：表率。

③砥砺（dǐ lì）：磨石。此指琢磨、切磋。

④辅弼（bì）：辅佐，辅助。

⑤当前：在人面前。快意：指迎和他人心意。

⑥中：内心。

⑦音：《群书治要》引作"听"。

⑧机：关键。

⑨要：要领。

⑩《诗》曰：引诗见《诗经·大雅·荡》。

⑪以：《毛诗》作"时"。无陪无侧：指背后和身旁没有贤臣辅佐。
　　陪，《毛诗》作"背"。毛传："背无臣，侧无人也。"

⑫侧：《毛诗》作"卿"。

【译文】

　　智慧如同泉水的源头一样不会枯竭，行为可以作为表率的人，是人的老师。智慧可以跟人切磋，行为可以辅佐他人的人，是人的朋友。依据法令，谨守职责，不敢做坏事的人，是人的官吏。在人面前，迎和他人的心意，他人一呼唤，就连声应诺的人，是人的奴隶。所以上等的君主以老师作为辅佐，中等的君主以朋友作为辅佐，下等的君主以官吏作为辅佐，危险灭亡的君主以奴隶作为辅佐。古语说："水渊广大，那里的鱼也大；君主贤明，他的臣子也智慧。"君臣之间互相观摩，志趣相合，一定是由于内心的契合。所以同样眼明的人才会相互看到，同样耳聪的人才会相互听到，志趣相同的人才会相互随从，不是贤人不会任用贤人。所以君主身边的辅佐大臣、任事的人，是国家存亡的关键，是政治得失的要领，能不谨慎吗？《诗经》说："不修明你的德行，因为你的身边没有贤臣辅佐。你的德行不光明，因为你的身边没有贤臣辅佐。"

第十九章①

　　昔者禹以夏王，桀以夏亡；汤以殷王，纣以殷亡。故无常安之国，无恒治之民，得贤则昌，失贤则亡。自古及今，未有不然者也。夫明镜者所以照形也，往古者所以知今也。夫知恶往古之所以危亡，而不袭蹈其所以安存者，则无以异乎却行而求逮于前人也②。鄙语曰："不知为吏，视已成事。"或曰："前车覆而后车不诫，是以后车覆也。"故夏之所以亡者而殷为之，殷之所以亡者而周为之。故殷可以鉴于夏，而周可以鉴于殷。《诗》曰③："殷监不远④，在夏后之世。"

【注释】

①本章并见《大戴礼记·保傅》《新书·胎教》《说苑·尊贤》，"夫明镜者所以照形也"以下五句，亦见《孔子家语·观周》。

②"故无常安之国"十一句：又见卷七第十六章。袭蹈，因袭，继承。却行，倒退而行。

③《诗》曰：引诗见《诗经·大雅·荡》。

④监：《毛诗》作"鉴"。

【译文】

　　从前，禹凭借夏国称王天下，桀凭借夏国却丧失了天下；汤凭借商国称王天下，纣凭借商国却丧失了天下。所以没有长久安定的国家，没有永远服从统治的人民，国家得到贤人就会昌盛，失去贤人就会灭亡。从古到今，没有不是这样的。明亮的镜子可以用来照见形体，过去的历史可以用来认识现在。知道厌恶古代那些使国家危亡的做法，却不去继承古代那些使国家安定的做法，这就无异于倒退而行，却希望赶上前面的人。俗语说："不知道怎么做官，就看之前的官员已经完成的事。"有人说："前面的车翻了，后面的车不警惕，因此后面的车也翻了。"所以夏朝之所以灭亡的做法，商朝照样做，因此也灭亡了；商朝之所以灭亡的做法，周朝照样做，因此也灭亡了。所以商朝可以借鉴夏朝，周朝可以借鉴商朝。《诗经》说："殷商的借鉴不远，就在夏朝。"

第二十章①

　　传曰：骄溢之君寡忠，口惠之人鲜信②。故盈把之木无合拱之枝③，荣泽之水无吞舟之鱼④。根浅则枝叶短，本绝则枝叶枯。《诗》曰⑤："枝叶未有害，本实先拨⑥。"祸福自己出也。

【注释】

①本章并见《淮南子·缪称训》。

②口惠:空口许人以好处。

③盈把:满把。把,一手握住。合拱:合抱,两臂环抱。

④荣泽:当作"荥泽",浅小的水泽。荥,《说文·水部》:"绝小水也。"

⑤《诗》曰:引诗见《诗经·大雅·荡》。

⑥拨:断绝。

【译文】

传文说:骄傲自满的君主缺少忠诚,空口许人以好处的人缺少信用。所以一把粗的小树没有合抱粗的枝条,浅小的水泽没有能吞下舟的大鱼。树根长得浅,枝叶就短小,树根断绝了,枝叶就枯萎。《诗经》说:"树要倒了,枝叶并没有病害,实在是因为树根先已断绝了。"就是说祸福都是由自己造成的。

第二十一章①

水渊深广,则龙鱼生之;山林茂盛,则禽兽归之;礼义修明②,则君子怀之③。故礼及身而行修,礼及国而政明。能以礼扶身④,则贵名自扬,天下顺焉,令行禁止,而王者之事毕矣⑤。《诗》曰⑥:"有觉德行⑦,四国顺之。"夫此之谓矣。

【注释】

①本章见《荀子·致士》。

②修明:整饬清明。

③怀:怀归,归顺。《荀子·致士》作"归"。

④扶:护持,修持。《荀子·致士》作"挟",杨倞注:"挟,读为'浃'。

能以礼浹洽者,则贵名明白。"亦通。

⑤毕:具备。

⑥《诗》曰:引诗见《诗经·大雅·抑》。

⑦觉:大。《广雅·释诂》:"觉,大也。"

【译文】

水渊深广,龙鱼就在那生长;山林茂盛,禽兽就在那归宿;国家礼义整饬清明,君子就来归顺。所以自身具有了礼,行为就美好;国家具有了礼,政治就清明。能用礼来修持自身,那么尊贵的名声自然远扬,天下人都会归顺他,下了命令人们就会执行,下了禁令人们就会停止,王者应该做的事情就都具备了。《诗经》说:"君王有大的德行,天下的国家都归顺他。"说的就是这个道理。

第二十二章①

孔子曰:"夫谈说之术,齐庄以立之②,端诚以处之,坚强以持之,辟称以喻之③,分别以明之,欢忻芬芳以送之④,宝之珍之,贵之神之⑤,如是则说恒无不行矣。夫是之谓能贵其所贵⑥。若夫无类之说⑦,不形之行⑧,不赞之辞⑨,君子慎之。"《诗》曰⑩:"无易由言⑪,无曰苟矣。"

【注释】

①本章并见《荀子·非相》,不作孔子之辞。又见《说苑·善说》,称"孙卿曰"。

②齐(zhāi)庄:严肃庄重。立:《荀子·非相》《说苑·善说》作"莅",对待,处理。

③辟:通"譬",譬喻。

④芬芳:和善。《荀子·非相》作"芬芗",王念孙《读书杂志·荀子》:"芬芗,和也。《方言》:'芬,和也。'"送:引发,传述。

⑤神:《荀子·非相》杨倞注:"神之,谓自神异其说。"

⑥夫是之谓能贵其所贵:此句之上,《荀子·非相》有"虽不说人,人莫不贵"二句。

⑦无类:没有统类。指前后不一。《荀子·性恶》"齐给便敏而无类",杨倞注:"无类,首尾乖戾。"

⑧形:通"刑",法度。

⑨赞:帮助。

⑩《诗》曰:引诗见《诗经·大雅·抑》。

⑪由:郑笺:"由,于也。"

【译文】

孔子说:"谈说的方法,是要用严肃庄重的仪容来对待,用端正诚恳的心意来处理,用坚强的态度来持论,用譬喻称引来表明,用分析辨别来阐明,用愉快和善的语气来传述,把自己的观点视作珍宝,珍重它,神化它,能够这样,那么所谈的学说就永远没有不通行的。这就叫作能珍重自己所珍重的学说。至于前后不一的学说,不合法度的行为,对人没有帮助的言辞,君子是很慎重的。"《诗经》说:"不要轻易说话,不要苟且随意。"

第二十三章

夫百姓内不乏食,外不患寒,则可教御以礼义矣。《诗》曰①:"蒸畀祖妣②,以洽百礼③。"百礼洽则百意遂,百意遂则阴阳调,阴阳调则寒暑均,寒暑均则三光清④,三光清则风雨时,风雨时则群生宁。如是而天道得矣。是以不出户而知天下,不窥牖而见天道⑤。《诗》曰⑥:"惟此圣人⑦,瞻言百里⑧。"

"於铄王师,遵养时晦^⑨。"言相养之至于晦也。

【注释】

①《诗》曰:引诗见《诗经·周颂·丰年》。

②烝:进奉。《毛诗》作"烝"。畀(bì):与。祖妣(bǐ):已故祖父、祖母及以上的统称。

③洽:相合。百礼:指各种礼。

④三光:指太阳、月亮和星星。

⑤是以不出户而知天下,不窥牖(yǒu)而见天道:又见卷三第三十八章。

⑥《诗》曰:前二句见《诗经·大雅·桑柔》,后二句见《诗经·周颂·酌》。

⑦惟:《毛诗》作"维"。

⑧瞻言百里:指眼光长远。郑笺:"言见事远。"瞻,视。言,语助词。百里,泛指远。

⑨於(wū)铄(shuò)王师,遵养时晦:参卷三第十九章。

【译文】

百姓肚里不缺乏食物,身上不担心寒冷,那么就可以用礼义去教化统治他们了。《诗经》说:"将祭品进献给列祖列宗,合乎各种礼仪。"各种礼仪都合宜,那么各种心意都会顺遂;各种心意都顺遂,那么阴阳就会调和;阴阳调和,那么寒暑就会均匀;寒暑均匀,那么日月星辰都会清晰光明;日月星辰都清晰光明,那么风雨就会合于时宜;风雨合于时宜,那么所有生物都会安宁。能够这样,就了解了天道的真谛。所以圣人不出门就能了解天下的情况,不看窗外就能知道天道的运行。《诗经》说:"只有这样的圣人,能够高瞻远瞩,洞察百里以外的事情。""多么盛美啊!文王的军队,率领背叛殷商的国家,顺从奉养这个昏昧的纣王。"就是说周文王率领背叛殷商的国家一起奉养纣王,使他更加昏昧。

第二十四章①

天有四时，春夏秋冬，风雨霜露，无非教也②。清明在躬，气志如神，嗜欲将至，有开必先③，天降时雨，山川出云。《诗》曰④："嵩高维岳⑤，峻极于天⑥。维岳降神，生甫及申⑦。维申及甫，维周之翰⑧。四国于蕃⑨，四方于宣。"此文、武之德也⑩。

【注释】

①本章并见《礼记·孔子闲居》《孔子家语·问玉》。

②无非教也：《礼记·孔子闲居》郑注："'无非教'者，皆人君所当奉行以为政教。"

③嗜（shì）欲将至，有开必先：《礼记·孔子闲居》郑注："谓其王天下之期将至也，神有以开之，必先为之生贤知之辅佐。"《孔子家语·问玉》作"有物将至，其兆必先"。

④《诗》曰：引诗见《诗经·大雅·崧高》。

⑤嵩：高大。《毛诗》作"崧"，《尔雅·释山》："山大而高，崧。"岳：王先谦《集疏》谓《韩诗》当指五岳，并驳毛传四岳及姜氏四伯之后之说。

⑥峻：高大。《毛诗》作"骏"。极：至。

⑦甫：《孔子闲居》郑注以为仲山甫。周宣王时卿士，封在樊地，又称"樊穆仲""樊仲山父"。郑笺及孔疏则以为周穆王时甫侯，王先谦《集疏》驳其说。且《外传》卷八第三章引《崧高》"戎有良翰"，并称"申伯""仲山甫"。申：申伯，周宣王舅，周宣王平定楚国后，为镇抚楚国等南方诸侯而封王舅于申。

⑧翰：通"榦（干）"，骨干。

⑨蕃：蕃卫，屏障。

⑩此文、武之德也：《礼记·孔子闲居》郑注："是文王、武王奉天地
　　无私之德也。"

【译文】

天有四季变化，春夏秋冬，降下风雨霜露，这其中都有君王施行政教
时应当奉行的准则。圣人身上有清明的德行，神明般的气志，当他想要
统一天下时，神灵一定会先为他降下贤能的人做辅佐，就像天要降下及
时雨，山川就先生出云气。《诗经》说："高大的五岳，高峻到了天上。五
岳降下神灵，生了仲山甫和申伯。申伯和仲山甫，是周国的骨干。他们
是四方国家的屏障，把周王的德泽宣扬到四方。"这就是周文王、周武王
奉行的天地无私的品德。

第二十五章①

三代之王也，必先其令名②。《诗》曰③："明明天子④，令
闻不已⑤。矢其文德⑥，洽此四国⑦。"此大王之德也⑧。

【注释】

①本章并见《礼记·孔子闲居》《孔子家语·问玉》，与上章相连，
　　《外传》亦有本与上章合为一章者。

②令名：美好的名声。

③《诗》曰：引诗见《诗经·大雅·江汉》。

④明明：犹勉勉。

⑤令闻：美好的声誉。按，《礼记·孔子闲居》《孔子家语·问玉》此
　　句下有"三代之德也"句，与上文"三代之王也，必先其令名"相
　　对应。

⑥矢：施。《礼记·孔子闲居》作"弛"。

⑦洽：和洽，和协。《礼记·孔子闲居》《孔子家语·问玉》作"协"。

⑧大王：即太王，周文王的祖父，号古公，字亶父。《孔子家语·问玉》作"文王"。

【译文】

夏、商、周三代统一天下时，一定是先建立了美好的名声。《诗经》说："勤勉的周天子，美好的声誉没有休止。施行他的文德，使四方国家和协。"这说的是太王的德行。

第二十六章

蓝有青①，而丝假之青于蓝；地有黄，而丝假之黄于地。蓝青地黄，犹可假也；仁义之事②，不可假乎哉？东海之鱼名曰鲽③，比目而行④，不相得不能达。北方有兽名曰娄⑤，更食而更视⑥，不相得不能饱。南方有鸟名曰鹣⑦，比翼而飞，不相得不能举。西方有兽名曰蟨⑧，前足鼠，后足兔，得甘草必衔以遗蛩蛩距虚⑨，其性非爱蛩蛩距虚，将为假足之故也。夫鸟兽鱼犹知相假，而况万乘之主乎？而独不知假此天下英雄俊士与之为伍，则岂不病哉？故曰：以明扶明，则升于天；以明扶暗，则归其人。两瞽相扶，不触墙木，不陷井阱，则其幸也。《诗》曰⑩："惟彼不顺⑪，往以中垢⑫。"暗行也⑬。

【注释】

①蓝：蓝草。

②事：通"士"。《说文·土部》："士，事也。"

③鲽（dié）：比目鱼的一种。体形侧扁，两眼均生在身体的右侧，有眼的一侧褐色，无眼的一侧黄色或白色，常见的有星鲽、高眼鲽等。

④比：合，并。

⑤娄：传说中的兽名。《尔雅·释地》："北方有比肩民焉，迭食而迭望。"郭璞注："此即半体之人，各有一目、一鼻、一孔、一臂、一脚，亦犹鱼鸟之相合，更望备惊急。"

⑥更：更替，轮换。

⑦鹣（jiān）：鸟名。《尔雅·释地》："南方有比翼鸟焉，不比不飞，其名谓之鹣鹣。"郭璞注："似凫，青赤色，一目一翼，相得乃飞。"

⑧蟨（jué）：兽名。《尔雅·释地》："西方有比肩兽焉，与邛邛岠虚比，为邛邛岠虚啮甘草，即有难，邛邛岠虚负而走，其名谓之'蟨'。"蟨与蛩蛩岠虚，又载见《吕氏春秋·不广》《淮南子·道应训》《说苑·复恩》等，皆作北方兽。蟨，或作"蹶"。

⑨遗（wèi）：给。蛩蛩（qióng）距虚：传说中的异兽。又作"蛩蛩驱驉""蛩蛩岠虚""蛩蛩巨虚""邛邛岠虚"等。一说蛩蛩、距虚为二兽。

⑩《诗》曰：引诗见《诗经·大雅·桑柔》。

⑪惟：《毛诗》作"维"。不顺：不顺正道。

⑫往：行，行为。《毛诗》作"征"。中垢：暗昧，蒙昧。郑笺："不顺之人则行暗冥。"

⑬暗行也：赵善诒《补正》："依《外传》例，'暗行也'句上当补'言'字。"

【译文】

蓝草有青的色素，但丝用蓝草来染，它的青色要胜过蓝草；土地有黄的色素，但丝用泥土来染，它的黄色要胜过泥土。蓝草的青色、泥土的黄色，都还可以借来染丝；仁义之士，难道不能借来用吗？东海有一种鱼叫作"鲽"，这种鱼的两只眼睛都长在一侧，必须两条鱼的眼睛组合起来才能游，如果不能相互组合，就不能游到目的地。北方有一种野兽叫作"娄"，这种野兽是两个半体合起来的，两个半体轮换着进食和看守，如果不能互相合作,就吃不饱。南方有一种鸟叫作"鹣",这种鸟只有一只眼睛,一只翅膀,必须两只鸟的翅膀组合起来才能飞,如果不能互相组合,就不能飞。西方有一种野兽叫作"蹷",前脚像老鼠,后脚像兔子,得到鲜美的草一定要衔着给蛩蛩距虚吃,它的本性并不爱蛩蛩距虚,只是因为危险时需要假借蛩蛩距虚的脚来逃跑。鸟类、兽类、鱼类还知道互相假借对方的长处,更何况万乘的大国国君呢? 大国国君唯独不知道借用天下英雄豪杰的才能,和他们交往,这样岂不是很大的过失? 所以说:眼睛明亮的人扶助眼睛明亮的人,就像太阳升到天空一样光明。眼睛明亮的人扶助盲人,就可以把盲人送回家。两个盲人互相扶持,不撞到墙壁树木,不掉进水井、陷阱里,就是他们的幸运了。《诗经》说:"只有那个不顺正道的人,他的行为暗昧。"说的是统治者的行为暗昧。

第二十七章

福生于无为[1],而患生于多欲。知足,然后富从之。德宜君人,然后贵从之。故贵爵而贱德者,虽为天子,不尊矣。贪物而不知止者,虽有天下,不富矣。夫土地之生物不益,山泽之出财有尽,怀不富之心而求不益之物,挟百倍之欲而求有尽之财[2],是桀、纣之所以失其位也。《诗》曰[3]:"大风有隧[4],贪人败类[5]。"

【注释】

①无为:顺应自然,清静无所作为。

②挟:怀。

③《诗》曰:引诗见《诗经・大雅・桑柔》。

④隧:道。郑笺:"大风之行,有所从而来,必从大空谷之中。喻贤愚

之所行,各由其性。"

⑤类:善道。

【译文】

幸福生于清静无为,忧患生于欲望太多。知道满足的人,然后幸福就会跟随他。德行适合做君主的人,然后尊贵就会跟随他。所以重视爵位而轻视德行的人,即使当了天子,也并不尊贵。贪求财物而不知道满足的人,即使拥有天下,也并不富有。土地生长的东西不会增多,山林川泽出产的材物会有穷尽,怀着还不够富裕的心,去索求不会增多的东西,怀着百倍的欲望,去索求会有穷尽的材物,这是桀、纣丧失天子之位的原因。《诗经》说:"大风有它的道路,贪婪的人败坏善道。"

第二十八章①

哀公问于子夏曰:"必学然后可以安国保民乎?"子夏曰:"不学而能安国保民者,未之有也。"哀公曰:"然则五帝有师乎②?"子夏曰:"臣闻黄帝学乎大填③,颛顼学乎禄图④,帝喾学乎赤松子⑤,尧学乎务成子附⑥,舜学乎尹寿⑦,禹学乎西王国⑧,汤学乎贷子相⑨,文王学乎锡畴子斯⑩,武王学乎太公,周公学乎虢叔⑪,仲尼学乎老聃⑫。此十一圣人,未遭此师,则功业不能著乎天下,名号不能传乎后世者也。"《诗》曰⑬:"不愆不忘⑭,率由旧章⑮。"

【注释】

①本章并见《荀子·大略》《吕氏春秋·尊师》《新序·杂事五》。

②五帝:指黄帝、颛顼、帝喾、尧、舜。

③大填:人名。《太平御览》卷四〇四引作"大颠",《吕氏春秋·尊

师》作"大桡",《新序·杂事五》作"大真"。

④颛顼（zhuān xū）：五帝之一。号高阳氏，相传为黄帝之孙、昌意之子。生于若水，二十岁登帝位，居于帝丘。禄图：人名。《新序·杂事五》作"绿图"。

⑤帝喾（kù）：五帝之一。姬姓，名俊，黄帝的曾孙，蛴极之子，颛顼之侄。受封于辛，号高辛氏，三十岁继颛顼为帝。赤松子：相传为上古时神仙。《汉书·古今人表》："赤松子，帝喾师。"

⑥务成子附：上古传说人物，又称"务成昭""务成跗"，其人集道家、医学、房中术等于一身。《汉书·艺文志·方技略·房中》载有《务成子阴道》三十六卷，《汉书·艺文志·诸子略·小说家》载有《务成子》十一篇。《荀子·大略》作"尧学于君畴，舜学于务成昭"，《新序·杂事五》作"尧学乎尹寿，舜学乎务成跗"，与《外传》互倒，周廷寀《校注》："此传盖文倒也。"

⑦尹寿：人名。又作"君畴""尹畴"。

⑧西王国：人名。《荀子·大略》杨倞注："西王国，未详所说。或曰：大禹生于西羌，西王国，西羌之贤人也。"

⑨贷子相：人名。《新序·杂事五》作"威子伯"（《荀子》杨倞注引《新序》作"成子伯"），石光瑛《新序校释》："（《外传》）作'贷'、作'相'，皆形近而误。……威子伯即威伯，亦即伊伯，伊伯即伊尹。"

⑩锡畴子斯：人名。《新序·杂事五》作"铰时子斯"（《荀子》杨倞注引《新序》作"时子思"）。

⑪虢（guó）叔：周文王的弟弟，文王时为卿士，武王立周后，封虢叔在雍地，称"西虢"，其兄虢仲封于制地，称"东虢"。又，《新序·杂事五》作"武王学乎郭叔，周公学乎太公"，与《外传》互倒，石光瑛《新序校释》谓当以《外传》为优。

⑫老聃（dān）：姓李名耳，字聃，又字伯阳，号老子，楚国苦县人。曾在周守藏室任官，道家思想的创始人，有《老子》一书传世。孔

子学于老子,又载见《吕氏春秋·当染》《礼记·曾子问》《史记·孔子世家》等。

⑬《诗》曰:引诗见《诗经·大雅·假乐》。

⑭愆(qiān):过错。

⑮率由:遵循,沿用。

【译文】

鲁哀公问子夏说:"君主一定要学习,然后才可以安定国家、保护人民吗?"子夏回答说:"不学习而能安定国家、保护人民,这是没有过的。"哀公问:"那么五帝有老师吗?"子夏说:"我听说,黄帝跟大填学习,颛顼跟禄图学习,帝喾跟赤松子学习,尧跟务成子附学习,舜跟尹寿学习,禹跟西王国学习,汤跟贷子相学习,文王跟锡畴子斯学习,武王跟太公学习,周公跟虢叔学习,仲尼跟老聃学习。这十一个圣人,如果没有遇到他们的老师,那么他们的功业就不能显著于天下,名声就不能流传于后世。"《诗经》说:"不要犯错,不要遗忘,一切遵循古代的典章。"

第二十九章

德也者,包天地之大,配日月之明,立乎四时之周,临乎阴阳之交,寒暑不能动也,四时不能化也,敛乎太阴而不湿①,散乎太阳而不枯,鲜洁清明而备,严威毅疾而神。至精而妙乎天地之间者,德也。微圣人,其孰能与于此矣!《诗》曰②:"德輶如毛③,民鲜克举之。"

【注释】

①敛:聚敛,聚拢。

②《诗》曰:引诗见《诗经·大雅·烝(zhēng)民》。

③輶（yóu）：轻。

【译文】

道德，它的广大可以包含天地，它的光明可以和日月相匹配，它存在于四季的周转之中，处于阴阳相交的地方，寒冷暑热不能动摇它，四季不能变化它，聚拢在阴气最盛的地方它也不会湿润，散开在阳气最盛的地方它也不会干枯，鲜明清洁而且完备，威严迅猛而且神妙。天地之间最精妙的东西，就是道德。不是圣人，谁能达到这种境界呢！《诗经》说："道德轻得像羽毛一样，但人民很少能举起它。"

第三十章

如岁之旱，草不溃茂[1]，然天悖然兴云[2]，沛然下雨[3]，则万物无不兴起之者。民非无仁义根于心者也，王政怵迫而不得见[4]，忧郁而不得出。圣王在，被蹝舄[5]，视不出阁[6]，动而天下随，倡而天下和。何如在此有以应哉？《诗》曰[7]："如彼岁旱，草不溃茂。"

【注释】

①溃茂：繁盛，丰茂。溃，毛传："溃，遂也。"李黼平《毛诗紬义》："《说文》：'儥，一曰长貌。'长义与遂义近，《传》盖读'溃'为'儥'。"韩、毛文义同，而郑笺则从《齐诗》作"彙"，曰："彙，茂貌。"

②悖（bó）然：突然。悖，通"勃"。

③沛然：盛大的样子。

④怵（chù）：恐惧，恐吓。

⑤被蹝舄（xǐ xì）：注见本卷第十五章。

⑥阁（gé）：门槛。本卷第十五章作"闺"。

⑦《诗》曰：引诗见《诗经·大雅·召旻（mín）》。

【译文】

就像遇到大旱的年岁，草生长得不茂盛，但是天空突然兴起了云，下起了大雨，那么万物就没有不兴旺生长起来的。人民并不是没有仁义根植在心里，只是因为君王暴政的恐吓和迫害，使它不能表现出来，内心都积了忧愁，使它不能显露出来。圣明的君王在位，穿着卷龙礼服，拖着鞋子，视线都不看门槛外面，但是只要他一有举动，天下人都会跟随，一有倡导，天下人都会应和。为什么在这个时候会有这样的响应呢？《诗经》说：“就像遇到大旱的年岁，草生长得不茂盛。”

第三十一章①

道者何也？曰：君之所道也。君者何也？曰：群也。能群天下万物而除其害者，谓之君。王者何也？曰：往也。天下往之，谓之王。曰：善生养人者，故人尊之。善辩治人者②，故人安之。善显设人者③，故人亲之。善粉饰人者④，故人乐之。四统者具⑤，而天下往之。四统无一，而天下去之。往之谓之王，去之谓之亡。故曰道存则国存，道亡则国亡。夫省工商，众农人，谨盗贼⑥，除奸邪，是所以生养之也。天子三公，诸侯一相，大夫擅官⑦，士保职，莫不治理，是所以辩治之也。决德而定次⑧，量能而授官，贤以为三公，以为诸侯，次则为大夫，是所以显设之也。修冠弁衣裳⑨，黼黻文章⑩，雕琢刻镂，皆有等差，是所以粉饰之也。故自天子至于庶人，莫不称其能⑪，得其意，安乐其事，是所同也。若夫重色而成文⑫，累味而备珍⑬，则圣人所以分贤愚，明贵贱。故道得则泽流群生，而福归王公。泽流群生则下安而和，福归王公则上尊而荣。百姓皆怀安和之心而乐戴其上，夫是之谓下治而上通⑭。下治而上通，颂声之所以兴也。《诗》曰⑮："降福简简⑯，威仪昄昄⑰。既醉既饱，福禄来反。"

【注释】

①本章并见《荀子·君道》。

②辩治：治理。

③显设：显用，重用。王先谦《荀子集解》："设，用也。显设人，犹言显用人。"

④粉饰：文饰，美化。

⑤统：纲领，要领。

⑥谨：谨防。《荀子·君道》作"禁"。

⑦擅官：专职任事。

⑧决：判断，考评。《荀子·君道》作"论"。

⑨冠弁（biàn）：古代礼帽的总称。

⑩黼黻（fǔ fú）：泛指礼服上所绣的华美纹饰。

⑪称：相称。《荀子·君道》作"骋"。

⑫重：多。

⑬累：多。备：具备。珍：珍馐。

⑭通：和畅，融洽。

⑮《诗》曰：引诗见《诗经·周颂·执竞》。又引见卷三第七章。

⑯简简：盛大貌。毛传："简简，大也。"

⑰昄昄：指礼仪美善而有节度。《毛诗》作"反反"。

【译文】

道是什么？回答说：道就是国君治理政事的方法。君是什么？回答说：君就是合群。能够使天下万民合群，为他们除去祸害的人，叫作

"君"。王是什么？回答说：王就是归往。天下人都归往他，叫作"王"。又说：善于生养人民的人，人民尊敬他。善于管理人民的人，人民顺服他。善于重用贤人的人，人民亲爱他。善于文饰人民的人，人民喜欢他。这四条纲领具备了，天下人都归往他。这四条纲领都没有，天下人就会离开他。归往他叫作"王"，离开他叫作"亡"。所以说，正道存，国家就存，正道消亡，国家就灭亡。减少工人和商人，增多农民，谨防盗贼，除去奸邪，这是生养人民的方法。天子有三公，诸侯有一位卿相，大夫在一个官职上专职，士人谨守他的职务，各种事务没有治理不好的，这是治理人民的方法。考评人的德行而确定他们的职位，衡量人的才能而授予他们官职，上等贤能的人做三公，次等贤能的做诸侯，再次一等的做大夫，这是重用贤人的方法。修治各种礼帽礼服，礼服上绣的纹饰，器物上雕刻的纹饰，都有等级，这是文饰人民的方法。所以从天子到平民，没有谁的职务不和他的才能相称，他们的意志都能得到满足，愉快地做自己的事业，这是大家共同的愿望。至于用多种颜色绣制成华美的纹饰，用多种味道配备成珍美的肴馔，那是圣人用来分别贤愚、明辨贵贱的方法。所以正道得当，那么恩泽就能流布到百姓，福气就能回归到王公。恩泽流布到百姓，那么在下的人民就能安乐而和平，福气回归到王公，那么在上的王公就能尊贵而荣耀。百姓都怀着安乐和平的心，喜欢爱戴执政者，这叫作在下的人民得到治理，在上的执政者也和畅。在下的人民得到治理，在上的执政者和畅，赞颂的歌声因此而兴起。《诗经》说："祖先降下盛多的福，祭祀的人威仪都很美善。祖先享用祭品，喝醉吃饱了，赐下福禄来回报祭祀的人。"

第三十二章

圣人养一性而御六气①，持一命而节滋味②，奄治天下③，不遗其小，存其精神，以补其中，谓之志。《诗》曰④："不竞不绿，不刚不柔。"言得中也。

【注释】

① 一性：指天命所赋予的本性。御：驾驭，控制。六气：各本作"大气"或"夫气"，赵怀玉《校正》："疑'六气'。"许维遹《集释》从之。《管子·戒》"御正六气之变"，尹知章注："六气，即好、恶、喜、怒、哀、乐。"

② 一命：指天命。滋味：本指饮食滋味，此泛指耳、目、口、鼻等欲望。

③ 奄：大，广。

④《诗》曰：引诗见《诗经·商颂·长发》。又引见卷三第三十三、三十四章。

【译文】

圣人培养天命所赋予的本性，来控制好、恶、喜、怒、哀、乐六种情绪，持守天命，来节制各种欲望，全面治理天下，不遗落微小的地方，保存他的精神，用来补益中道，这是圣人的心志。《诗经》说："不竞争，不贪求，不刚强，不柔弱。"就是说行为要合乎中道。

第三十三章

朝廷之士为禄，故入而不能出。山林之士为名，故往而不能返。入而亦能出，往而亦能返，通移有常^①，圣也。《诗》曰："不竞不绿，不刚不柔。"言得中也。

【注释】

① 通移：变通转移。指出入往返于朝廷、山林。常：原则，准则。

【译文】

在朝廷做官的人为了俸禄，所以入朝做官后就不能离开了。在山林的隐士为了名声，所以去山林隐居后就不能回朝廷做官了。入朝做官后又能离开，去山林隐居后又能回朝廷做官，出入往返于朝廷、山林都有一定的原则，这是圣人。《诗经》说："不竞争，不贪求，不刚强，不柔弱。"就是说行为要合乎中道。

第三十四章①

孔子侍坐于季孙，季孙之宰通曰："君使人假马②，其与之乎？"孔子曰："吾闻君取于臣，谓之取，不曰假。"季孙悟，告宰通曰："自今以往，君有取谓之取，无曰假。"故孔子正假马之名，而君臣之义定矣。《论语》曰③："必也正名乎。"《诗》曰④："君子无易由言⑤。"言名正也。

【注释】

①本章并见《新序·杂事五》《孔子家语·正论解》。

②假：借。

③《论语》曰：引文见《论语·子路》。

④《诗》曰：引诗见《诗经·小雅·小弁（biàn）》。

⑤易：轻率，随便。由：于。

【译文】

孔子陪季孙坐着，季孙家一名叫通的家宰说："国君派人来借马，借给他吗？"孔子说："我听说君主向臣子拿东西，叫作'取'，不叫'借'。"季孙领悟了孔子的意思，对宰通说："从今以后，君主派人来拿东西就说'取'，不要说'借'。"所以孔子辨正了借马的说法，君臣之间的名义就确定了。《论语》说："一定要辨正名分。"《诗经》说："君子不要轻率地说话。"就是说名义要端正。

卷六

【题解】

本卷共二十七章，除末章引《小雅·小旻》之外，其余皆引自《大雅》，尤以《大雅·抑》《桑柔》《烝民》《常武》为主。从其引《诗》次第，还可看出《韩诗》的篇次问题。据熹平石经《鲁诗》，《桑柔》《瞻卬》《假乐》三篇相次，而本卷引三诗也前后相次（卷五引《假乐》亦在《桑柔》之后）。又，本卷及卷八引《卷阿》《泂酌》，均次于《烝民》之后，而新近出土海昏侯刘贺墓竹简《诗》，二诗亦在《烝民》之后。可见，《韩诗·大雅》部分诗篇的篇次，与《毛诗》有别，而与《鲁诗》相同，反映了汉代今文《诗经》篇次的别样面貌。

如第十一章所示，《外传》以"问者曰"与"曰"结构全章，同时，第七章"吾语子"领起，第二十二章"君子为民父母，何如？曰：君子者"云云，也是以问答的方式领起下文，第二十六章分别以"何谓道德之威""何谓暴察之威""何谓狂妄之威"发问，领起后文回答。有学者认为，这并非经师自问自答，而是《韩诗》口头讲经问答形式的客观记录。除以上数章外，卷二第六章、卷三第九、二十三、二十五、二十六章、卷四第十一、卷五第三十一章等，也都是师生问答的实录。这些材料对我们了解《韩诗》的传授以及汉代经学的讲经方式具有重要的意义。另外，第二十二章先引《泂酌》"恺悌君子，民之父母"，再以"君子为民父母，何如"引起下文关于何为"民之父母"的解答。这与《外传》一般先叙事再引《诗》的结构形式有所不同，而应该是讲《诗》时直接针对《泂酌》此二句诗展开解说的真实记录，这反映了《韩诗》讲经内容与程序的一种情形。

本章部分章节，并见于《荀子》《说苑》《新序》《孔子家语》《吕氏春秋》《淮南子》等，其中第十一章全本自贾谊《新书·先醒》，仅将梁怀王与贾谊问答，变成了一般性的"问者曰"与"（答）曰"，虽然其中所据三事又分别见载于《荀子》《吕氏春秋》等《新书》之前的文献，但全章之结构及论点全本于《新书》则是无疑的。韩婴与贾谊属于同一时代的人，同为汉文帝时博士而卒年稍晚，从中可见《外传》论《诗》取材的广泛和及时，也反映了贾谊《新书》内容在汉初的流传情形及影响。

本卷部分章节具有思想史的意义，如第十六章"言天之所生，皆有仁义礼智顺善之心。不知天之所以命生，则无仁义礼智顺善之心"云云，是研究早期儒家人性论思想的重要材料。第九章论学习与人之材质的关系，第十五章论学习的重要性，都具有一定的思想意义。

第一章

比干谏而死，箕子曰："知不用而言，愚也；杀身以彰君之恶，不忠也。二者不可，然且为之，不祥莫大焉。"遂解发佯狂而去[1]。君子闻之曰："劳矣箕子！尽其精神，竭其忠爱。见比干之事免其身，仁知之至。"《诗》曰[2]："人亦有言，靡哲不愚。"

【注释】

[1]解发佯狂：披散头发，假装癫狂。

②《诗》曰:引诗见《诗经·大雅·抑》。

【译文】

比干因劝谏纣王而被杀死,箕子说:"知道谏言不会被采用但还要说,这是愚蠢;由于自己被杀而彰显君主的罪恶,这是不忠。愚蠢和不忠都不可以做,然而都去做了,没有比这更不祥的了。"于是箕子披散头发,假装癫狂,离开了。君子听到这事,说:"箕子多么辛劳啊! 耗尽了自己的精气和心神,来竭尽他对纣王的忠诚和爱护。看到比干被杀死的事情,自己选择离开以免于灾祸,这是仁义和智慧的极致了。"《诗经》说:"有人曾说过,国家无道的时候,没有一个贤哲不像是愚蠢的。"

第二章①

齐桓公见小臣②,三往不得见。左右曰:"夫小臣,国之贱臣也。君三往而不得见,其可已矣。"桓公曰:"恶③! 是何言也? 吾闻之,布衣之士,不欲富贵,不轻身于万乘之君④。万乘之君,不好仁义,不轻身于布衣之士。纵夫子不欲富贵可也,吾不好仁义不可也。"五往而得见也。天下诸侯闻之,谓桓公犹下布衣之士⑤,而况国君乎? 于是相率而朝⑥,靡有不至。桓公之所以九合诸侯、一匡天下者⑦,此也。《诗》曰⑧:"有觉德行,四国顺之。"

【注释】

①本章并见《韩非子·难一》《吕氏春秋·下贤》《新序·杂事五》。

②小臣:《韩非子·难一》《吕氏春秋·下贤》《新序·杂事五》作"小臣稷"。

③恶(wū):叹词。表示惊讶语气。

④轻身：轻视自己的身份。

⑤下：谦下，谦逊。

⑥相率：相继。

⑦九：虚指，形容多。匡：匡正，纠正。

⑧《诗》曰：引诗见《诗经·大雅·抑》。又引见卷五第二十一章。

【译文】

　　齐桓公去见一位小臣，三次前往都没能见到。身边的近臣说："小臣，是国内地位低贱的臣子。国君三次前往都没能见到，差不多可以罢休了吧。"桓公说："唉！这是什么话啊？我听说，贫贱的士人，不贪图富贵，所以不会轻视自己的身份去拜见大国的国君。大国的国君，不喜好仁义，所以不会轻视自己的身份去拜访贫贱的士人。纵使这位先生他可以不贪图富贵，但我也不可以不喜好仁义。"齐桓公去了五次，终于见到了小臣。天下的诸侯听说这件事，认为桓公对贫贱之士都能谦逊，更何况是对国君呢？于是相继来朝见桓公，没有不来的。桓公能够多次集合诸侯、匡正天下的原因，就是这个。《诗经》说："君王有广大的德行，天下的国家都归顺他。"

第三章①

　　赏勉罚偷②，则民不怠；兼听齐明③，则天下归之。然后明其分职④，考其事业，较其官能⑤，莫不治理，则公道达而私门塞⑥，公义立而私事息。如是则得厚者进⑦，而佞谄者止，贪戾者退，而廉节者起。周制曰⑧："先时者死无赦⑨，不及时者死无赦。"人习事而固⑩，人之事使⑪，如耳目鼻口之不可相借也。故曰：职分而民不慢，次定而序不乱，兼听齐明而事不留。如是则群下百吏，莫不修己，然后敢安仕，诚能然后敢受职。小人易心,百姓易俗,奸宄之属莫不反悫⑫。夫是之为政教之极,则不可加矣。《诗》曰⑬:"吁谟定命⑭,远猷辰告⑮。敬慎威仪,惟民之则⑯。"

【注释】

①本章并见《荀子·君道》。

②勉:勤勉。偷:苟且。

③齐明:敏捷明智。王念孙《读书杂志·荀子》:"齐者,智虑之敏也,故以'齐明'连文。"

④分职:职务的本分。

⑤较:考核,检验。官能:做官的才能。

⑥达:通达。私门:行私请托的门。

⑦得:通"德"。

⑧周制曰:语见《尚书·夏书·胤征》。周廷寀《校注》:"'周制',《荀》作'书'。寀按,此《夏书》引《政典》云尔,未得为周制也。"

⑨先时:《尚书》伪孔传:"先时,谓历象之法,四时节气,弦望晦朔。先天时则罪死无赦。"死:《尚书·胤征》《荀子·君道》作"杀"。下句同。

⑩固:固守不变。王先谦《荀子集解》:"固者,不移易之谓。"

⑪事使:从事。《荀子·君道》作"百事"。

⑫奸宄(guǐ):违法作乱。悫(què):朴实,厚道。

⑬《诗》曰:引诗见《诗经·大雅·抑》。

⑭吁:大。《毛诗》作"訏"。谟(mó):谋略。

⑮猷(yóu):谋划。《毛诗》作"犹"。辰告:朱熹《诗集传》:"辰告,谓以时播告也。"

⑯惟:《毛诗》作"维"。则:榜样,准则。

【译文】

奖赏勤勉的人，惩罚苟且的人，那么人民就不会懈怠；广泛听取意见，敏捷明智，那么天下的人都会归服。然后明辨臣子的职分，考察他所做的事情，考核他做官的才能，没有治理得不好的，那么公正的道理就会畅通，而行私请托的门就会关闭，公正的道义就会确立，而奸私的事情就会消失。这样，德行深厚的人会进用，而谄媚奉承的人会被禁用，贪婪暴戾的人会被黜退，清廉有节操的人会被起用。周代的法制说："早于时令做事，要被处死，绝不赦免，迟于时令做事，也要被处死，绝不赦免。"人们习惯于所做的事情，固守不变，人们从事各自的工作，就像耳目鼻口不能互相代替一样。所以说：职责分好了，人民就不会懈怠；等级确定了，次序就不会混乱；广泛听取意见，敏捷明智，事情就不会被耽误。这样，群臣百官没有谁不修养自身的德行，然后才敢安心做官，真正有才能，然后才敢接受职位。小人改变心性，百姓改变习俗，违法作乱的人没有谁不返回到朴实的本性。这可算政治教化的极致，无以复加了。《诗经》说："伟大的谋略，用来安定天命，远大的谋划，按时向人民宣告。举止恭敬谨慎，又能保持威仪，这些都是人民的榜样。"

第四章①

子路治蒲三年②，孔子过之，入其境而善之，曰："善哉！由恭敬以信矣。"入其邑，曰："善哉！由忠信以宽矣。"至其庭，曰："善哉！由明察以断矣。"子贡执辔而问曰③："夫子未见由，而三称善，可得闻乎？"孔子曰："我入其境，田畴甚易④，草莱甚辟⑤，此恭敬以信，故其民尽力。入其邑，墉屋甚尊⑥，树木甚茂，此忠信以宽，故其民不偷。入其庭，甚闲⑦，故其民不扰也。"《诗》曰⑧："夙兴夜寐⑨，洒扫庭内⑩。"

【注释】

①本章并见《孔子家语·辨政》。

②蒲:春秋时卫地。在今河南长垣。

③执辔(pèi):手持马缰驾车。

④田畴(chóu):泛指田地。易:平整。

⑤草莱:杂草。辟:指辟除得干净。

⑥墉(yōng):城墙。尊:高。

⑦闲:清闲。《孔子家语·辨政》作"清闲",下有"诸下用命,此其明察以断"。据上下文,《外传》此处至少脱"此明察以断"五字。

⑧《诗》曰:引诗见《诗经·大雅·抑》。

⑨夙(sù)兴夜寐:早起晚睡。夙,早。

⑩灑(sǎ)扫:《毛诗》作"洒埽"。

【译文】

　　子路治理蒲邑三年,孔子路过那儿,刚进入蒲邑境内,就赞美说:"好啊! 仲由治理蒲邑恭敬而且诚信。"进入蒲邑,说:"好啊! 仲由对待百姓忠厚诚信而且宽容。"到了邑府的庭院,说:"好啊! 仲由处理政事明察而且决断。"子贡手持马缰绳,问孔子说:"先生还没见到仲由,却三次赞美他,我可以听听其中的原因吗?"孔子说:"我进入蒲邑境内,看到田地很平整,野草辟除得很干净,这是因为仲由治理蒲邑恭敬而且诚信,所以人民才尽力耕种。进入蒲邑,看到城墙和房屋都很高大,树木很茂盛,这是因为仲由对待百姓忠厚诚信而且宽容,所以人民都不苟且。进入邑府的庭院,庭院很清闲,这是因为仲由处理政事明察而且决断,所以人民能不受纷扰。"《诗经》说:"早起晚睡,洒扫庭院和内室。"

第五章①

　　古者必有命民,民有能敬长怜孤,取舍好让,居事力者②,

命于其君。命然后得乘饰车骈马③。未得命者不得乘,乘者皆有罚。故其民虽有余财侈物,而无礼义功德,则无所饰车骈马用。故其民皆兴仁义而贱财利。贱财利则不争,则强不陵弱,众不暴寡,是唐虞之所以兴象刑④,而民莫犯法。民莫犯法,而乱斯止矣。《诗》曰⑤:"告尔人民⑥,谨尔侯度⑦,用戒不虞⑧。"

【注释】

①本章并见《尚书大传·尧典》《说苑·修文》。

②居事:居职,任事。

③饰车:古代大夫乘的鞁革为饰的车子。《周礼·舆人》:"栈车欲弇,饰车欲侈。"郑注:"饰车谓革鞁舆也。大夫以上革鞁舆。"骈(pián)马:指二马并驾的车。

④象刑:相传尧舜时不施行肉刑,仅用与众不同的服饰加之犯人,以示耻辱,叫作"象刑"。《尚书·益稷》:"皋陶方祗厥叙,方施象刑,惟明。"《尚书大传·尧典》:"唐虞象刑,犯墨者蒙皂巾,犯劓者赭其衣,犯膑者以墨幪其膑处而画之,犯大辟者布衣无领。"

⑤《诗》曰:引诗见《诗经·大雅·抑》。

⑥告:《毛诗》作"质"。

⑦侯:君,诸侯。

⑧不虞:意料不到的事。

【译文】

古代君主一定有赐命人民的办法,人民中有能够尊敬长辈、体恤孤苦的,分取财物时喜欢谦让别人的,做事能够尽力任职的,君主就赐命他。受到赐命后,才能乘坐鞁革为饰、二马并驾的车子。没有受到赐命的人不能乘坐,如果乘坐了就要受到惩罚。所以人民虽然有多余的钱财和奢侈的物品，但如果行为不符合礼义，没有功绩和德行，就不能乘坐鞔革为饰、二马并驾的车子。所以人民都崇尚仁义而轻视钱财。轻视钱财，就不会有争执，强大的就不会霸凌弱小的，人多的就不会侵犯人少的，这就是尧舜时实施象刑而人民不犯法的原因。人民不犯法，那么混乱也就平息了。《诗经》说："告诫你的人民，谨慎你为诸侯的法度，以戒备意料不到的事故。"

第六章①

天下之辩，有三至五胜②，而辞直为下③。辩者，别殊类，使不相害；序异端④，使不相悖；输志通意，揭其所谓，使人预知焉⑤，不务相迷也。是胜者不失所守，不胜者得其所求，故辩可观也。夫繁文以相假⑥，饰辞以相悖，数譬以相移⑦，外人之身使不得反其意⑧，则论便然后害生也⑨。夫不疏其指而弗知谓之隐⑩，外意外身谓之讳⑪，几廉倚跌谓之移⑫，指缘谬辞谓之苟⑬，四者君子所不为也。故理可同睹也。夫隐、讳、移、苟，争言竞为而后息，不能无害其为君子也，故君子不为也。《论语》曰⑭："君子于其言，无所苟而已矣。"《诗》曰⑮："无易由言，无曰苟矣。"

【注释】

①《史记·平原君列传》裴骃《集解》引刘向《别录》亦载此文，乃邹阳驳斥公孙龙子之徒之辞。此邹子佚文，为古名家言。

②三至：三种至高的境界。五胜：五种取胜的方法。

③直：只。按，下文所言"繁文""饰辞""数譬""隐""讳""移""苟"等，皆只是言辞方面的末技，故谓"辞直为下"。

④序：理顺。异端：不同的观点。

⑤预知：参与知道。指彼此互通理解。预，参与。

⑥假：通"遐"，远，偏离。

⑦数（shuò）：屡，多。譬：比喻。

⑧外人之身：指使对方抛弃自己的观点。

⑨便：巧便。

⑩疏：疏通。指：意旨。

⑪外意：即上文"不得反其意"。外身：即上文"外人之身"。

⑫几廉倚跌：许维遹《集释》引郝懿行说："几，近也。廉，隅也。倚，偏也。跌，过也。皆辩词游移之貌。"隅，角落。此指钻牛角尖。跌、过，皆偏颇、误差之义。

⑬指：旨意。缘：缘饰，文饰。谬辞：荒谬的言辞。

⑭《论语》曰：引文见《论语·子路》。

⑮《诗》曰：引诗见《诗经·大雅·抑》。又引见卷五第二十二章。

【译文】

天下的辩论，有三种至善的境界、五种取胜的方法，而言辞方面的功夫只是其中最下等的。辩论，是用来辨别不同事物的种类，使它们不互相妨害；理顺不同的观点，使它们不互相惑乱；疏通辩论双方的意志，揭明所要表达的观点，使人们彼此互通理解，而不是为了互相迷惑。这样辩论的胜者不会失去他所坚守的观点，输者也得到了他所探求的道理，所以这样的辩论才值得观看。至于用繁缛的文辞来偏离辩论的中心，用修饰的言辞来悖乱辩论的中心，屡次用譬喻来转移辩论的中心，使对方抛弃自己的观点，而不能返回到他的本意，这样的辩论虽然巧便，但祸害也因此产生了。不疏通自己的旨意，使对方不了解，这叫作"隐"；使对方偏离自己的本意，抛弃自己的观点，这叫作"讳"；接近辩论中心而已、钻牛角尖、偏离辩论中心、观点有偏颇，这叫作"移"；用荒谬的言辞来缘饰意旨，这叫作"苟"；这四种辩论的方法，君子是不用的。所以道理是大家可以共同看到的。隐、讳、移、苟四种辩论方法,争相使用,然后才停止,不能说不会妨害他成为君子,所以君子不会这样做。《论语》说:"君子对于自己所说的话,没有苟且随意的。"《诗经》说:"不要轻易说话,不要苟且随意。"

第七章①

　　吾语子②,夫服人之心,高上尊贵不以骄人,聪明圣知不以幽人③,勇猛强武不以侵人,齐给便捷不以欺诬人。不能则学,不知则问。虽知必让,然后为知。遇君则修臣下之义,出乡则修长幼之义④,遇长老则修子弟之义⑤,遇等夷则修朋友之义⑥,遇少而贱者则修告道宽裕之义⑦。故无不爱也,无不敬也,无与人争也,旷然而天地苞万物也⑧。如是,则老者安之,少者怀之,朋友信之⑨。《诗》曰⑩:"惠于朋友,庶民小子⑪。子孙承承⑫,万民靡不承⑬。"

【注释】

①本章并见《荀子·非十二子》《说苑·敬慎》。

②吾语子:许瀚《校议》排比《荀子·非十二子》《说苑·敬慎》及《外传》卷三第三十一章、卷八第三十一章,谓"此语始于周公,孔子述之,荀子述之,韩又述之,后刘子政《说苑》亦述之",认为"吾语汝"文前无所因,疑有缺文。按,许瀚之说牵合诸书,必谓诸书之辞源于一事,殊不知"吾语子""吾语汝"云云,乃是经师对弟子口传经书的实录记述语。许说不足为据。

③圣:通达事理。幽:幽昧,迷惑。《荀子·非十二子》《说苑·敬慎》作"穷"。

④出乡：《荀子·非十二子》作"遇乡"，杨倞注："在乡党之中。"屈守元《笺疏》谓《外传》"出乡"为"在乡"之讹。

⑤子弟：对"父兄"而言，泛指子侄等晚辈。

⑥等夷：同辈。

⑦道（dǎo）：教导，引导。宽裕：宽容。裕，《广雅·释诂》："裕，容也。"

⑧旷然：广大的样子。而：如。苞：通"包"，包容。

⑨"如是"四句：前见卷四第十一章。

⑩《诗》曰：引诗见《诗经·大雅·抑》。

⑪小子：平民。

⑫承承：代代承继。马瑞辰《通释》："《韩诗外传》引作'子孙承承'，盖取子孙似续相承之义。"《毛诗》作"绳绳"。

⑬靡（mǐ）：无，不。承：顺服。

【译文】

我跟你讲，要折服他人的心，应该地位崇高尊贵，但不凭此傲视他人；自己聪明睿智，但不凭此迷惑他人；自己勇猛刚强，但不凭此侵凌他人；自己敏捷便利，但不凭此欺骗他人。不会就去学习，不知道就去请教。即使知道了，也一定要谦让，这样才算真的知道。遇到君主，就修养臣子的礼义；遇到乡亲，就修养长幼之间的礼义；遇到长辈，就修养晚辈的礼义；遇到同辈，就修养朋友的礼义；遇到晚辈和低贱的人，就修养教导和宽容的礼义。所以没有不爱的人，没有不尊敬的人，不与人争执，心胸宽广，就像天地包容万物一样。如此，老人安抚他，年轻人归依他，朋友信任他。《诗经》说："惠爱朋友，以及平民。子孙代代承继，万民没有不顺服的。"

第八章①

仁者必敬其人。敬其人有道，遇贤者则爱亲而敬之，遇不肖者则畏疏而敬之。其敬一也,其情二也②。故夫忠信端悫而不害伤,则无接而不然③,是仁之质也④。仁以为质,义以为理,开口无不可以为人法式者。《诗》曰⑤:"不僭不贼⑥,鲜不为则⑦。"

【注释】

①本章并见《荀子·臣道》。

②情:情实,本质。

③接:交接,交往。

④仁:《荀子·臣道》作"仁人"。

⑤《诗》曰:引诗见《诗经·大雅·抑》。

⑥僭(jiàn):差错。贼:残害。

⑦鲜(xiǎn):少。

【译文】

仁人一定尊敬他人。尊敬他人有方法,遇到贤人就以爱护亲近的态度来尊敬他,遇到不贤的人就以畏惧疏远的态度来尊敬他。他尊敬的态度是一样的,但是本质却不同。忠诚信实端正恭谨而又不伤害他人的人,无论与谁交往都是这样,这是仁人的本质。仁人以"仁"作为本质,以"义"作为条理,开口说话,没有不可以成为他人效法的准则。《诗经》说:"不做错事,不残害他人,很少不能成为他人的准则。"

第九章

子曰:"不学而好思,虽知不广矣。学而慢其身①,虽学不尊矣。不以诚立,虽立不久矣。诚未著而好言,虽言不信矣。美材也,而不闻君子之道,隐小物以害大物者②,灾必及其身矣。"《诗》曰③:"其何能淑？载胥及溺④。"

【注释】

①慢其身：指不能身体力行。

②隐：精审，细察。害：妨害。大物：大事，大节。

③《诗》曰：引诗见《诗经·大雅·桑柔》。又引见卷四第十三章。

④载：则。胥：一起，相率。

【译文】

孔子说："不学习，却喜欢思考，这样即使获得了知识也不会广博。学习了，却不能身体力行，这样即使学到了也不会地位尊贵。不用诚实的态度来树立名声德行，这样即使名声德行树立了也不会长久。诚意没有彰显，却喜欢谈论，这样即使谈论了别人也不会相信。具有美好的材质，但是不知道关于君子的道理，对微小事物细察，以至于妨害了对大节的了解，灾祸一定会降临到他身上。"《诗经》说："如何能办好？就大家一起都沉没。"

第十章

民劳思佚，治暴思仁，刑危思安，国乱思天。《诗》曰①："靡有旅力②，以念穹苍③。"

【注释】

①《诗》曰：引诗见《诗经·大雅·桑柔》。

②旅：通"膂"。《方言》："膂，力也。"

③穹（qióng）苍：苍天。

【译文】

人民劳苦，就想念安逸；统治暴虐，就想念仁政；刑法危险，就想念安定;国家混乱,就想念上天。《诗经》说:"没有体力了,只能想念苍天。"

第十一章①

问者曰:"古之知道者曰先生,何也?"曰:"犹言先醒也。不闻道术之人,则冥于得失②,不知治乱之所由,眊眊乎其犹醉也③。故世主有先生者④,有后生者,有不生者。昔者楚庄王谋事而当,居有忧色,申公巫臣问曰⑤:'王何为有忧也?'庄王曰:'吾闻诸侯之德,能自取师者王,能自取友者霸,而与居不若其身者亡。以寡人之不肖也,诸大夫之论莫有及于寡人,是以忧也。'庄王之德宜君人,威服诸侯,曰犹恐惧,思索贤佐。此其先生者也。昔者宋昭公出亡⑥,谓其御曰:'吾知所以亡矣。'御者曰:'何哉?'昭公曰:'吾被服而立,侍御者数十人,无不曰吾君丽者也。吾发言动事,朝臣数百人,无不曰吾君圣者也。吾外内不见吾过失,是以亡也。'于是改操易行,安义行道⑦,不出二年而美闻于宋。宋人迎而复之,谥为昭。此其后生者也。昔郭君出郭⑧,谓其御者曰:'吾渴欲饮。'御者进清酒。曰:'吾饥欲食。'御者进干脯粱糗⑨。曰:'何备也?'御者曰:'臣储之。'曰:'奚储之?'御者曰:'为君之出亡而道饥渴也。'曰:'子知吾且亡乎?'御者曰:'然。'曰:'何以不谏也?'御者曰:'君喜道谀而恶至言⑩。臣欲进谏,恐先郭亡,是以不谏也。'郭君作色而怒曰:'吾所以亡者,诚何哉?'御转其辞曰⑪:'君之所以亡者,太贤。'曰:'夫贤者所以不为存而亡者,何也?'御曰：'天下无贤而君独贤，是以亡也⑫。'郭君喜，伏轼而笑，曰：'嗟呼！夫贤人如此苦乎？'于是身倦力解⑬，枕御膝而卧。御自易以备⑭，疏行而去⑮。身死中野⑯，为虎狼所食。此其不生者。故先生者，当年而霸，楚庄王是也；后生者，三年而复，宋昭公是也；不生者，死中野，为虎狼所食，郭君是也。"《诗》曰⑰："听言则对⑱，诵言如醉⑲。"

【注释】

①本章并见《新书·先醒》，为怀王（汉文帝少子梁王揖）问，贾君（贾谊）答。文中楚庄王一段，见《荀子·尧问》《吕氏春秋·骄恣》《吴子·图国》《新序·杂事一》，皆为魏武侯述楚庄王事，《说苑·君道》则为楚庄王郊之战与申侯言。宋昭公、郭君事，见《新序·杂事五》，"郭君"作"靖郭君"。

②冥：昏乱，迷惑。得失：指是非曲直。

③眊眊（mào）：昏聩，无知。《新书·先醒》作"忳忳"。

④生：《新书·先醒》作"醒"，后二句"生"字同。

⑤申公巫臣：名巫，一名巫臣，字子灵，春秋时楚国人。封于申。

⑥宋昭公：宋有二昭公，昭公杵臼，因无道被弑，无被逐出亡事。此昭公当为昭公得，宋元公之庶孙。《左传·哀公二十六年》："宋景公无子，取公孙周之子得与启，畜诸公宫。"杜注："得，昭公也。启，得弟。"宋人先立启，后立得，在位四十七年。

⑦安：顺。

⑧郭：通"虢"，国名。当是北虢，即晋献公假虞伐虢之虢，在今山西平陆。《新书·先醒》作"虢"。出郭："郭"字涉上文而误，《新书·先醒》作"出走"，许维遹《集释》则疑当作"出亡"。

⑨干脯（fǔ）：肉脯。粱糗（qiǔ）：干粮。

⑩道谀（yú）：即谄谀。至言：直言。

⑪转：婉转。

⑫天下无贤而君独贤，是以亡也：《新书·先醒》作"天下之君皆不肖，夫疾吾君之独贤也，故亡"。

⑬解：通"懈"，倦怠，疲乏。

⑭备：许维遹《集释》以"备"与"堛（bì）"通，土块也。《新书·先醒》"备"正作"块"。

⑮疏行：即间行，偷偷地走，从小路走。

⑯中野：即野中，郊野之中。

⑰《诗》曰：引诗见《诗经·大雅·桑柔》。

⑱听言：顺从的言语。《广雅·释诂》："听，从也。"

⑲诵言：讽谏的言语。诵，《说文·言部》："讽也。"

【译文】

有人问道："古代懂得道的人叫作先生，这是为什么呢？"回答说："先生就是事先觉醒的意思。没有听闻过道术的人，对事情的是非曲直感到迷惑，不知道国家安定和混乱的原因，昏聩得如同喝醉了酒一样。所以历代的君主有事先觉醒的，有事后觉醒的，有永远不觉醒的。从前，楚庄王谋划事情很恰当，起居时面带忧愁的神色，申公巫臣问道：'大王为什么有忧愁的神色呢？'庄王说：'我听说诸侯的德行，能够自己找到老师的可以称王天下；能够自己找到朋友的，可以称霸诸侯；相处的人都不如自己的，就会亡国。以我这样一个不贤的人，诸位大夫的言论没有比得上我的，我因此感到忧愁。'庄王的德行适合做人民的君主，他的声威能使诸侯顺服，但他还感到惶恐，想寻求贤人辅佐自己。这是事先觉醒的人。从前，宋昭公逃到国外，对他的车夫说：'我知道我逃亡的原因了。'车夫问：'什么原因啊？'昭公说：'我穿着衣服站立着，侍奉我的人有几十个，没有不说国君漂亮的。我说话办事，朝廷上的臣子有几百人，没有不说国君圣明的。我不论在宫里宫外都见不到自己的过失，我因此而逃亡。'昭公于是改变操行,顺从正义,遵循正道,不到两年,他的美名就传遍了宋国。宋国人把他迎回国,恢复了他的君位,死后谥号叫作'昭'。这是事后觉醒的人。从前,虢国的国君逃亡,对他的车夫说:'我口渴了,想喝东西。'车夫进献上清酒。虢君说:'我饿了,想吃东西。'车夫进献上肉脯和干粮。虢君问:'为什么这么齐备啊?'车夫说:'我储备了食物。'虢君问:'你为什么要储备呢?'车夫说:'为你逃亡时路上饥渴而储备的。'虢君问:'你知道我将要逃亡吗?'车夫说:'是的。'虢君问:'那你为什么不劝谏我?'车夫说:'国君喜欢听谄谀的话,讨厌正直的话。我如果想要进谏,恐怕死得比虢国灭亡还要早,所以没有劝谏。'虢君改变了脸色,生气地问:'我逃亡的原因,到底是什么啊?'车夫婉转地说:'国君逃亡的原因,是因为太贤能了。'虢君问:'贤能的人不能保全国家反而要逃亡,这是为什么呢?'车夫说:'天下没有贤能的人,只有国君贤能,人们嫉妒你,所以逼得你要逃亡。'虢君听了,高兴起来,伏在车轼上笑着说:'啊!贤人要像这样受苦吗?'这时,他感到身体疲倦,气力疲乏,头枕在车夫的膝上睡着了。车夫用土块替换下膝盖,偷偷地从小路离开虢君走了。虢君饿死在郊野,被虎狼吃掉。这是永远也不觉醒的人。所以事先觉醒的,当年就称霸诸侯,楚庄王是这样的人;事后觉醒的,三年后能复位,宋昭公是这样的人;永远不觉醒的,死在郊野,被虎狼吃掉,虢君是这样的人。《诗经》说:"听到顺从的言语就对答,听到讽谏的言语,就像喝醉了酒一样不做对答。"

第十二章①

田常弑简公②,乃盟于国人曰:"不盟者死及家。"石他曰③:"古之事君者,死其君之事。舍君以全亲,非忠也;舍亲以死君之事,非孝也。他则不能。然不盟,是杀吾亲也;

从人而盟，是背吾君也。呜呼！生乎乱世，不得正行，劫乎暴人，不得全义。悲夫！"乃进盟以免父母，退伏剑以死其君。闻之者曰："君子哉！安之命矣④。"《诗》曰⑤："人亦有言，进退惟谷⑥。"石先生之谓也。

【注释】

①本章并见《新序·义勇》。

②田常弑（shì）简公：事见《左传·哀公十四年》。田常，又名田成子、田恒，春秋时齐国人。田乞之子。简公，名壬，齐悼公之子。简公即位，任田常与阚止为左右相。阚止得宠于简公，田常嫉之。简公四年（前481），田常攻杀阚止，简公出奔至舒州，亦为田常所杀。田常立简公弟骜为平公，自为相，尽杀公族之强者，扩大封邑，遂专齐政。

③石他：《新序·义勇》作"石他人"。

④之：于。

⑤《诗》曰：引诗见《诗经·大雅·桑柔》。

⑥谷："穀"之假借，善，正确。阮元《揅经室集·进退维谷解》以"谷"为"穀"之假借，言石他"处两难善全之事而处之皆善也"，毛传、郑笺释作"穷"，非是。惟：《毛诗》作"维"。

【译文】

田常弑杀了齐简公，和国人盟约说："不参加盟约的人，他的家人都要死。"石他说："古代事奉国君的人，要为国君的事去死。舍弃国君以保全父母，这是不忠；舍弃父母而为国君的事去死，这是不孝。我不能这样做。但我不参加盟约，是使我父母被杀；跟随别人参加盟约，是背叛我的君主。唉！生在这乱世，不能按正道行事，被残暴的人劫持，不能保全正义。多么可悲啊！"于是入朝参加盟约，以使父母免于被杀，退朝后就用剑自刎，来为国君效死。听到这件事的人说："石他真是君子啊！他能够安守天命。"《诗经》说:"有人曾经说过,无论是前进还是后退,都做得正确。"说的就是石先生。

第十三章

《易》曰①:"困于石,据于蒺藜②,入于其宫,不见其妻,凶。"此言困而不见据贤人者也③。昔者秦缪公困于殽④,疾据五羖大夫、蹇叔、公孙支而小霸⑤。晋文公困于骊氏⑥,疾据咎犯、赵衰、介子推而遂为君⑦。越王勾践困于会稽⑧,疾据范蠡、大夫种而霸南国⑨。齐桓公困于长勺⑩,疾据管仲、甯戚、隰朋而匡天下⑪。此皆困而知疾据贤人者也。夫困而不知疾据贤人而不亡者,未尝有之也。《诗》曰⑫:"人之云亡,邦国殄瘁⑬。"无善人之谓也。

【注释】

①《易》曰:引文见《周易·困卦·六三爻辞》。

②据:依靠。蒺藜(jí lí):一年生草本植物,茎平铺在地,羽状复叶,小叶长椭圆形,开小黄花,果皮有尖刺,可入药。

③见:知。后文即作"知"。

④秦缪(mù)公:缪,一作"穆"。名任好,秦德公之子,秦成公之弟,继成公为秦国国君。勤求贤士,用百里奚、蹇叔等为谋臣,励精图治,国势日强,为春秋五霸之一。在位三十九年。殽(xiáo):同"崤",山名。在今河南洛宁北。鲁僖公二十三年(前637),晋国在此打败秦国。

⑤五羖(gǔ)大夫:即百里奚,春秋时虞国人。事虞公为大夫,晋献公灭虞,被俘,将以为秦缪公夫人之媵,耻之,逃至宛,为楚人所

执。缪公用五羖羊皮赎之,任为大夫,相秦七年而霸。世称"五羖大夫"。蹇(jiǎn)叔:宋国人。百里奚与之友善,荐其有大才,秦缪公拜之为上大夫,佐穆公称霸。公孙支:字子桑,春秋时秦国人。为大夫,曾荐孟明于缪公。《左传》作"公孙枝"。

⑥骊(lí)氏:即骊姬。春秋时骊戎之女。晋献公伐骊戎,获姬归,立为夫人。骊姬恃宠,杀太子申生。公子重耳出亡,在外十九年。

⑦咎犯:注见卷三第二十七章。赵衰:字子余,谥成,又称"赵成子""成季",春秋时晋国人。从公子重耳流亡国外,助重耳回国即位,为原大夫,后为卿,任上军之将,佐晋文公创立霸业。介子推:注见卷一第二十五章。

⑧越王勾践:注见卷二第二章。会稽:山名。在今浙江绍兴南。鲁哀公元年(前494),吴败越于夫椒,越王勾践困于此。

⑨范蠡(lí):字少伯,春秋时楚国宛人。与文种同事越王勾践,为大夫。越被吴击败,随勾践为臣仆于吴三年。灭吴后,擢为上将军。后退隐,经商成巨富,定居于宋国陶丘,自号"陶朱公"。大夫种:即文种,字会、少禽,一作"子禽",春秋时楚国郢人。曾献计贿赂吴太宰伯嚭,得免亡国,助勾践励精图治,终灭吴。后为勾践所不容,被赐死。

⑩长勺:地名。在今山东曲阜北。鲁庄公十年(前684),在此打败齐桓公。

⑪甯(nìng)戚:春秋时卫人。家贫,为人挽车至齐,宿于城门外,待齐桓公夜出迎客,击牛角而歌,桓公闻而异之,与见。遂说桓公以治理天下之道,桓公大悦,任为大夫。隰(xí)朋:齐国大夫,齐庄公曾孙,与管仲等共同辅佐桓公,成就霸业。管仲病重时荐他自代,与管仲同年死。

⑫《诗》曰:引诗见《诗经·大雅·瞻卬(yǎng)》。

⑬殄瘁(tiǎn cuì):病困。

【译文】

《周易》说："困厄在乱石之中，能依靠的只有蒺藜，回到宫室，又见不着妻子，这是凶兆。"这是说遇到困境却不知道依靠贤人。从前，秦缪公在崤之战中被晋文公打败，立刻依靠百里奚、蹇叔、公孙支，实现小霸。晋文公被骊姬诰害，出亡国外，立刻依靠咎犯、赵衰、介子推，回到晋国成为国君。越王勾践被吴王夫差困在会稽山上，立刻依靠范蠡、文种，灭掉吴国，称霸南方。齐桓公在长勺之战中被鲁庄公打败，立刻依靠管仲、甯戚、隰朋，匡正天下。这些都是遇到困境时知道立刻依靠贤人的人。遇到困境，不知道立刻依靠贤人，这样能够不亡国的，从来没有过。《诗经》说："贤人都逃走了，国家因此病困。"说的就是国家没有贤人的意思。

第十四章①

孟子说齐宣王而不说②。淳于髡侍③，孟子曰："今日说公之君，公之君不说，意者其未知善之为善乎？"淳于髡曰："夫子亦诚无善耳。昔者瓠巴鼓瑟而潜鱼出听④，伯牙鼓琴而六马仰秣⑤。鱼、马犹知善之为善，而况君人者也？"孟子曰："夫电雷之起也，破竹折木，震惊天下，而不能使聋者卒有闻。日月之明，遍照天下，而不能使盲者卒有见。今公之君若此也。"淳于髡曰："不然。昔者揖封生高商⑥，齐人好歌。杞梁之妻悲哭⑦，而人称咏⑧。夫声无细而不闻，行无隐而不形⑨。夫子苟贤，居鲁而鲁国之削，何也？"孟子曰："不用贤，削何有也⑩？吞舟之鱼不居潜泽⑪，度量之士不居污世。夫蓺⑫，冬至必凋。吾亦时矣。"《诗》曰⑬："不自我先，不自我后。"非遭凋世者欤⑭？

【注释】

①本章与《孟子·告子下》略同，可相参。

②齐宣王：名辟疆，战国时代齐国国君。在位期间，任用田婴、储子为相，匡章、声子为将。曾乘燕国内乱，起兵攻占燕国，后因齐君残暴，燕人反抗，被迫退兵。继其父齐威王在稷下广开学官，招徕学者，讲学议论。在位十九年。

③淳于髡（kūn）：战国时人。齐人赘婿。学问渊博，身高不足七尺，滑稽多辩。齐威王于稷下招徕学者，被任为大夫，常以隐语讽谏威王及相邹忌，数使诸侯，未尝屈辱。

④瓠（hù）巴：传说春秋时楚国的著名瑟师。

⑤伯牙：又作"伯雅"，春秋时楚国人。善弹琴，因与钟子期的知音故事而闻名于世。载见卷九第五章。六马：六种类型的马。据《周礼·校人》"辨六马之属"，有种马、戎马、齐马、道马、田马、驽马。此泛指所有的马。杨倞注："六马，天子路车之马。"误，天子车驾用六马，始于秦始皇，见《史记·秦始皇本纪》。仰秣（mò）：马仰头吃草料，以便听到伯牙的琴声。形容乐声美妙。按，以上二句并见《荀子·劝学》《大戴礼记·劝学》《淮南子·说山训》。

⑥揖（yī）封：人名。古之善歌者。《孟子·告子下》作"绵驹"，赵善诒《补正》朱凤起说，谓"揖封"为"绵驹"草书形近而讹。高商：《孟子·告子下》作"高唐"，"商""堂"古音同，赵岐注："高唐，齐西邑。"

⑦杞梁：名殖，一作"植"，春秋时齐国大夫。齐庄公四年（前791），齐袭莒，杞梁战死，其妻迎丧于郊，哭甚哀，遇者挥涕，城为之崩。事载《左传·襄公二十三年》《礼记·檀弓下》。

⑧称咏：称赞。

⑨夫声无细而不闻，行无隐而不形：二句并见《荀子·劝学》《大戴礼记·劝学》，杨倞注："形，谓有形可见。"

⑩削何有也:《孟子·告子下》作"削何可得与"。

⑪潜泽:浅泽。

⑫蕵(zí):《说文·艸部》:"蕵,茅芽也。"

⑬《诗》曰:引诗见《诗经·大雅·瞻卬》。

⑭凋世:衰败的世道。

【译文】

　　孟子游说齐宣王,宣王不高兴。淳于髡在旁边作陪,孟子对他说:"今天我游说你的君主,你的君主不高兴,大概他还不能知道我讲的好道理之所以好吧?"淳于髡说:"先生也实在没有好道理吧。从前,瓠巴弹瑟,潜伏在水底的鱼都浮出水面来听;伯牙弹琴,马都仰头一边吃草一边倾听。鱼和马还能知道美妙的声音之所以美妙,更何况国君呢?"孟子说:"雷电发作,能劈开竹子,折断树木,震惊天下,但终究不能让聋人听到。日月的光明,普照天下,但终究不能让盲人看见。现在你的国君就像这种情况。"淳于髡说:"不是的。从前,揖封生活在高商,齐国人就喜欢唱歌。杞梁的妻子为死去的丈夫痛哭,人们都称赞她。声音没有细微得听不到的,行为没有隐蔽得看不见的。先生假使真是贤人,住在鲁国但鲁国却削弱了,这是为什么呢?"孟子说:"如果不用贤人,连使国家削弱都不能得到呢?吞舟的大鱼不生在浅小的水泽里,有法度的士人不住在污浊的时代。茅草的芽,冬天到了必定凋谢。我也是生在了污浊的时代。"《诗经》说:"不发生在我生前,也不发生在我生后。"这不正是遭遇衰败世道的人吗?

第十五章①

　　孔子曰:"可与言终日而不倦者,其惟学乎。其身体不足观也,勇力不足惮也,族姓不足称也,宗祖不足道也,然而可以闻于四方,而昭于诸侯者②,其惟学乎。"《诗》曰③:"不愆不忘,率由旧章。"夫学之谓也。

【注释】

①本章并见《说苑·建本》《孔子家语·致思》及《北堂书钞》卷八
　三引《尸子》。

②昭:昭著,显耀。

③《诗》曰:引诗见《诗经·大雅·假乐》。亦见卷五第二十八章引。

【译文】

孔子说:"可以和人谈论一整天而不疲倦的,大概只有学问了吧。一个人的身体不值得观看,勇敢有力不值得惧怕,家族不值得称颂,祖宗不值得称道,但是可以闻名于天下,显耀于诸侯的,大概只有学问了吧。"《诗经》说:"不要犯错,不要遗忘,一切遵循古代的典章。"说的就是学问。

第十六章

子曰:"不知命,无以为君子①。"言天之所生,皆有仁义礼智顺善之心②。不知天之所以命生,则无仁义礼智顺善之心。无仁义礼智顺善之心,谓之小人。故曰:"不知命,无以为君子。"《小雅》曰③:"天保定尔,亦孔之固④。"言天之所以仁义礼智⑤,保定人之甚固也。《大雅》曰⑥:"天生蒸民⑦,有物有则。民之秉彝⑧,好是懿德⑨。"言民之秉德以则天也。不知所以则天,又焉得为君子乎?

【注释】

①不知命,无以为君子:语见《论语·尧曰》。命,指上天赋予人的
　本性。

②顺：和顺。

③《小雅》曰：引诗见《诗经·小雅·天保》。

④孔：甚，很。

⑤所：周廷寀《校注》："'所'字疑衍。"

⑥《大雅》曰：引诗见《诗经·大雅·烝民》。

⑦蒸：《毛诗》作"烝"，众。

⑧秉：秉持。彝（yí）：常道。

⑨懿（yì）：美。

【译文】

孔子说："不懂得上天赋予人的本性，就不能成为君子。"就是说上天所生育的人，都具有仁义礼智顺善的心。不懂得上天所赋予人的本性，就没有仁义礼智顺善的心。没有仁义礼智顺善的心，这种人叫作小人。所以说："不懂得上天赋予人的本性，就不能成为君子。"《小雅》说："上天保护安定你，十分坚固。"就是说上天用仁义礼智来保护安定人，十分坚固。《大雅》说："上天生育众民，每一个事物都有法则。人民秉持常道，喜爱美好的品德。"就是说人民秉持自己的品德去效法上天。不懂得怎么去效法上天，又怎么能成为君子呢？

第十七章①

王者必立牧②，方三人，使窥远牧众也③。远方之民有饥寒而不得衣食，有狱讼而不平其冤④，失贤而不举者，入告乎天子。天子于其君之朝也，揖而进之，曰："噫！朕之政教有不得尔者耶？如何乃有饥寒而不得衣食，有狱讼而不平其冤，失贤而不举？"然后其君退而与其卿大夫谋之。远方之民闻之，皆曰："诚天子也！夫我居之僻，见我之近也；我居之幽，见我之明也。可欺乎哉？"故牧者所以开四门，明四目，通四聪也⑤。《诗》曰⑥："邦国若否⑦，仲山甫明之⑧。"此之谓也。

【注释】

①本章并见《说苑·君道》。

②牧：治理九州的长官。《礼记·曲礼下》："九州之长，入天子之国，曰牧。"

③窥：监察。牧：管理。

④不平：不满。

⑤开四门，明四目，通四聪：《尚书·尧典》："舜格于文祖，询于四岳，辟四门，明四目，达四聪。"孔传："广视听于四方，使天下无壅塞。"可与此相参。

⑥《诗》曰：引诗见《诗经·大雅·烝民》。

⑦若：善。否（pǐ）：恶。

⑧仲山甫：注见卷五第二十四章。

【译文】

天子一定要设置治理九州的长官，每个方向任命三个人，让他们监察边远的地方，管理那里的人民。远地的人民忍受饥寒而没有衣食，有打官司而不满自己受到了冤屈，贤人被忽视而得不到举用，州长就入朝向天子报告。天子在那些诸侯国的国君来朝见时，拱手行礼，请他进来，说："唉！我的政治教化有让你不满意的地方吗？为什么会有人民忍受饥寒而没有衣食，有打官司而不满自己受到了冤屈，贤人被忽视而得不到举用？"然后那些国君回去，就跟他的卿大夫商量这些事。远地的人民听到这件事，都说："真是圣明的天子啊！我们居住在偏远的地方，但天子了解我们却像住得很近一样；我们居住在幽暗的地方，但天子了解我们却像住在很光明的地方一样。可以欺骗得了他吗？"所以设置州长就是为了天子打开了解四方的大门，增亮视察四方的眼力，通达听闻四方意见的耳力。《诗经》说："诸侯国的政绩好或不好，仲山甫都清楚。"就是这个意思。

第十八章①

楚庄王伐郑②。郑伯肉袒③，左把茅旌④，右执鸾刀⑤，以进言于庄王曰："寡人无良边陲之臣⑥，以干大祸⑦，使大国之君沛焉远辱至此⑧。"庄王曰："君之不令臣交易为言⑨，是以使寡人得见君之玉面也⑩，而微至乎此⑪。"庄王受节，左右麾楚军⑫，退舍七里⑬。将军子重进谏曰⑭："夫南郢之与郑⑮，相去数千里，大夫死者数人，厮役死者数百人⑯。今克而弗有，无乃失民臣之力乎？"庄王曰："吾闻古者杅不穿⑰，皮不蠹⑱，不出于四方，以是见君子之重礼而贱财也，要其人，不要其土。人告以从而不舍⑲，不祥也⑳。吾以不祥立乎天下，灾及吾身，何取之有㉑？"既，晋之救郑者至㉒，曰："请战。"庄王许之。将军子重进谏曰："晋，强国也。道近兵锐，楚师奄罢㉓，君其勿许。"庄王曰："不可。强者我避之，弱者我威之，是寡人无以立乎天下也。"乃遂还师以逆晋寇。庄王援枹而鼓之㉔，晋师大败，士卒奔者争舟而指可掬也㉕。庄王曰："噫！吾两君不相好，百姓何罪！"乃退楚师以佚晋寇㉖。《诗》曰㉗："柔亦不茹㉘，刚亦不吐。不侮鳏寡㉙，不畏强御㉚。"庄王之谓也。

【注释】

①本章并见《公羊传·宣公十二年》《新序·杂事四》《渚官旧事》。

②楚庄王伐郑：即郯之战,事在鲁宣公十二年(前597)。

③郑伯：郑襄公,名坚,郑穆公之子。在位十八年。肉袒：去衣袒露
　　上身。古代在祭祀或谢罪时表示恭敬和惶惧。

④茅旌：即旄旌,用牦牛尾做竿饰的旗帜。王引之《经义述闻》：
　　"'茅'当读为'旄','旄'正字也,'茅'借字也。……《周语》曰：
　　'敌国宾至,行理以节逆之。'然则郑伯执旄旌者,其自比于行人
　　执节以逆宾与?"

⑤鸾(luán)刀：刀环有铃的刀,古代祭祀时割牲用。《公羊传·宣公
　　十二年》何休注："执宗庙器者,示以宗庙不血食,自归首。"

⑥无良：不善,即得罪的意思。

⑦干：冒犯,触犯。大祸：《公羊传·宣公十二年》作"天祸",何休
　　注："谦不敢斥庄王,归之于天。"

⑧沛焉：盛怒的样子。《公羊传·宣公十二年》何休注："沛焉者,怒
　　有余之貌。"远辱：敬称他人从远方来临。

⑨令：善,良。交易：往来。

⑩玉面：尊称人的容颜。

⑪微至乎此：《公羊传·宣公十二年》何休注："微,喻小也。积小语
　　言以致于此。"指因为小小的恶言以至于弄到现在这地步。

⑫麾(huī)：用来指挥的旗帜。这里用作动词。

⑬退：退却,退避。舍：古时行军计程以三十里为一舍。

⑭子重：名婴齐,即公子婴齐,楚穆王的儿子,楚庄王的弟弟,任楚国
　　令尹。

⑮南郢(yǐng)：楚国都城。在今湖北江陵县北。

⑯厮役：干杂事劳役的奴仆。《公羊传·宣公十二年》何休注："艾草
　　为防者曰'厮',汲水浆者曰'役'。"

⑰杅（yú）：盛汤浆的器皿。穿：破。

⑱蠹（dù）：蛀蚀，蛀坏。陈立《公羊义疏》：“杅积而穿，器有余也；皮藏而蠹，币有余也。……言师出则费财，故国必余富，然后敢从四方之事。”

⑲舍：赦免。

⑳不详：指不妥善的做法。《公羊传·宣公十二年》何休注：“善用心曰‘详’。”

㉑取：《公羊传·宣公十二年》《新序·杂事四》作“日”，何休注：“何日之有，犹无有日。”

㉒晋之救郑者：《公羊传·宣公十二年》何休注：“荀林父也。”

㉓奄：同“淹”，久留，滞留。罢（pí）：疲劳。

㉔援：执，拿。桴（fú）：鼓槌。

㉕可掬（jū）：形容船上被砍断的手指甚多。掬，两手相合捧物。

㉖佚（yì）：逃跑。

㉗《诗》曰：引诗见《诗经·大雅·烝民》。

㉘茹（rú）：吃。

㉙鳏（guān）：老而无妻的人。

㉚强御：强暴有权势。

【译文】

楚庄王讨伐郑国。郑襄公袒露上身，左手拿着旌旗，右手拿着鸾刀，上前对楚庄王说：“我得罪了贵国边境上的臣子，触犯了上天，降下大祸，使得大国的君主盛怒，从远方屈辱地来到这里。”庄王说：“你的不好的臣子来回说坏话，因此使我能见到你，这都是为了小小的恶言以至于现在这样。”庄王接受了郑襄公献上的旌节，向左右指挥楚军，往后退却了七里。将军子重上前劝谏说：“南郢和郑国相距几千里，这次战役，大夫死了几个人，役兵死了几百人。现在战胜了，却不占有郑国的土地，岂不是浪费了人民和臣子的力气吗？”庄王说：“我听说，古时候杅器不破损，皮币不蛀坏，货物不充足富余的时候，就不出国去四方征伐聘问，由此可见君子重视礼仪而轻视财物，我们要的是人家降服，而不是要占有他的土地。人家已经服从了，却还不赦免他，这是不妥善的做法。我用不妥善的做法立足于天下，灾祸将降临在我身上，这有什么可取的呢？"不久，晋国救援郑国的军队到了，说："请求一战。"庄王答应了。将军子重上前劝谏说："晋国是强国。他们来到这里路途很近，士兵精锐，楚国的军队长久停留在这里，很疲劳了，君王还是不要答应了吧。"庄王说："不可以。强大的敌人我就躲避他，弱小的敌人我就威胁他，这样做我将没法立足于天下。"于是调转军队，迎战晋国军队。庄王拿起鼓槌敲鼓，晋国军队大败，逃奔的士兵争着上船，先上船的士兵砍断扳着船舷想上船的士兵的手指，断在船上的手指多得可以用手捧起。庄王说："唉！我们两国的国君不互相友好，但是百姓有什么罪过啊！"于是撤退楚军，让晋国军队逃跑。《诗经》说："柔软的不会把它吃掉，刚硬的也不会把它吐掉。不欺侮鳏夫寡妇，也不畏惧强横有权势的人。"说的就是楚庄王。

第十九章①

君子崇人之德，扬人之美，非道谀也②。正言直行，指人之过，非毁疵也③。诎柔顺从④，刚强猛毅，与物周流⑤，道德不外⑥。《诗》曰："柔亦不茹，刚亦不吐。不侮矜寡，不畏强御。"

【注释】

①本章并见《荀子·不苟》。

②道谀（yú）：《荀子·不苟》作"谄谀"。

③毁疵：毁谤非议。疵，通"訾（zǐ）"。

④诎（qū）：屈服。

⑤周流：合流。指顺应万物流行的规律。

⑥不外：指不超出规范以外。

【译文】

君子尊崇他人的品德，赞扬他人的优点，这不是谄谀奉承。说话和行为都正直，指责他人的过错，这不是毁谤非议。君子不论是屈从柔顺，还是刚强勇敢，都能顺应万物流行的规律，符合道德的规范。《诗经》说："柔软的不会把它吃掉，刚硬的也不会把它吐掉，不欺侮鳏夫寡妇，也不畏惧强暴有权势的人。"

第二十章

卫灵公昼寝而起①，志气益衰，使人驰召勇士公孙悁②，道遭行人卜商③。卜商曰："何驱之疾也？"对曰："公昼寝而起，使我召勇士公孙悁。"子夏曰："微悁④，而勇若悁者可乎？"御者曰："可。"子夏曰："载我而反。"至，君曰："使子召勇士，何为召儒？"使者曰："行人曰：'微悁，而勇若悁者可乎？'臣曰：'可。'即载与来。"君曰："诺，延先生上。趣召公孙悁⑤。"俄而悁至⑥，入门杖剑疾呼曰："商下！我存若头。"子夏顾叱之曰⑦："诎⑧！内剑⑨。吾将与若言勇。"于是君令悁内剑而上。子夏曰："来！吾尝与子从君而西见赵简子⑩，简子披发杖矛而见我君。我从十三行之后，趋而进曰：'诸侯相见，不宜不朝服。君不朝服，行人卜商将以颈血溅君之服矣。'使反朝服而见吾君者，子耶我耶？"悁曰："子也。"子夏曰："子之勇不若我一矣。又与子从君而东至阿⑪，遭齐君重鞀而坐^⑫，吾君单鞀而坐。我从十三行之后，趋而进曰：'礼，诸侯相见，不宜相临以庶^⑬。'揄其一鞀而去之者^⑭，子耶我耶？"悁曰："子也。"子夏曰："子之勇不若我二矣。又与子从君于圊中，于是两寇肩逐我君^⑮，拔矛下格而还之者，子耶我耶？"悁曰："子也。"子夏曰："子之勇不若我三矣。所贵为士者，上不摄万乘^⑯，下不敢敖乎匹夫^⑰，外立节矜而敌不侵扰^⑱，内禁残害而君不危殆，是士之所长而君子之所致贵也^⑲。若夫以长掩短^⑳，以众暴寡，凌轹无罪之民^㉑，而成威于闾巷之间者^㉒，是士之甚毒而君子之所致恶也^㉓，众之所诛锄也^㉔。《诗》曰^㉕：'人而无仪，不死何为！'夫何以论勇于人主之前哉！"于是灵公避席抑手曰^㉖："寡人虽不敏，请从先生之勇。"《诗》曰："不侮矜寡，不畏强御。"卜先生之谓也。

【注释】

①卫灵公：名元，春秋时卫国国君。卫襄公之子。在位四十二年。

②公孙悁（yuān）：人名。生平不详。

③遭：遇到。行人：官名。掌管朝觐、聘问、会同等外交事务。卜商：即子夏。按，据《史记·仲尼弟子列传》，子夏少孔子四十四岁，则其生于卫灵公二十七年（前508），至灵公卒时，子夏年方十六，不太可能仕于灵公之朝，且史传亦均未载子夏仕于卫。疑此为后人假托之词。

④微：非，不是。

⑤趣（cù）：赶快，急速。

⑥俄而：一会儿，不久。

⑦叱（chì）：呵斥。

⑧咄（duō）：呵斥声。

⑨内：同"纳"，把剑收进剑鞘里。

⑩赵简子：即赵鞅（yāng），又名志父，亦称"赵孟"，赵武之孙，晋国正卿。

⑪阿：齐地。在今山东阳谷东北。

⑫鞇（yīn）：车上的坐垫。

⑬庶：屈守元《笺疏》："《说文·广部》：'庶，屋下众也。'此指齐君自坐重鞇，而以单鞇坐卫君，视卫君为屋下庶人，贱视卫君。"

⑭揄（yú）：拖曳，抽引。

⑮寇肩：许维遹《集释》谓当作"特肩"，《广雅·释兽》："兽三岁为肩，四岁为特。"

⑯摄：通"慑"，震慑。

⑰敖（ào）：傲视，傲慢。

⑱矜（jīn）：庄重刚毅。

⑲长：崇尚。

⑳掩：掩攻，袭击。

㉑凌轹（lì）：欺凌，欺压。

㉒闾巷：里巷，乡里。

㉓毒：怨恨。

㉔诛锄：除灭，诛杀。

㉕《诗》曰：引诗见《诗经·鄘风·相鼠》。

㉖抑手：当作"抑首"，低头。

【译文】

　　卫灵公白天睡觉醒来，精神更加衰颓，于是派人赶快驾车去召请勇士公孙悁，路上遇到行人卜商。卜商问："你为什么驾车这么快呢？"使者回答说："国君白天睡觉醒来，派我去召请勇士公孙悁。"子夏说："不是公孙悁,但是像他一样勇敢的人,可以吗?"使者说:"可以。"子夏说:"载我回宫见国君。"回到宫里,灵公对使者说:"我派你去召请勇士,为什么招来一个儒者?"使者说:"行人说:'不是公孙悁,但是像他一样勇敢的人,可以吗?'我说:'可以。'就载他一起来了。"灵公说:"好吧,请先生上堂来。你赶快再去召请公孙悁。"不一会儿,公孙悁到了,进入宫门,就持着剑急速呼喊说:"卜商下堂来!我要留下你的人头。"子夏回头呵斥公孙悁说:"咄!收起你的剑。我要和你谈谈勇敢。"于是灵公命令公孙悁收起剑上堂。子夏说:"过来!我曾经和你跟随国君往西去会见赵简子,简子披散着头发,手里持着矛,来接见我们国君。我从十三行后,快速跑向前说:'诸侯相见,不应该不穿朝服。如果你不换上朝服,行人卜商我就用我脖子上的血来溅你的衣服。'让简子回去换上朝服来会见我们国君的,是你呢?还是我呢?"公孙悁说:"是你。"子夏说:"这是你勇敢不如我的第一个事例。又曾经和你跟随国君往东到阿这个地方,遇到齐国国君坐着两层垫子,而我们国君坐着一层垫子。我从十三行后,快速跑向前说:'按照礼制,诸侯相见,不应该将对方看作庶人。'抽去齐国国君一层坐垫的,是你呢?还是我呢?"公孙悁说:"是你。"子夏说:"这是你勇敢不如我的第二个事例。又曾经和你跟随国君到苑囿中,那时有两只野兽追逐我们国君,拔出矛下车和野兽格斗,使国君安全回来的,是你呢?还是我呢?"公孙悁说:"是你。"子夏说:"这是你勇敢不如我的第三个事例。士人可贵的地方,在于对上不被拥有万辆兵车的国君给震慑,对下不对百姓傲慢,对外树立节义,庄重刚毅,使敌人不敢侵犯骚扰,对内禁止发生残害的事,使国君不会有危险,这是士人所崇尚而君子所最尊重的人。至于凭借自己的长处去攻击别人的短处,仗着人多侵犯人少的,欺凌没有罪的人民,在乡里树立自己威风的人,这是士人所怨恨而君子所最厌恶、民众所要除灭的人。《诗经》说:'人如果没有礼仪,不去死还干什么!'你凭什么在国君面前谈论勇敢呢!"于是灵公离开席子，低头说："我虽然愚钝，也愿意遵从先生所说的勇敢去做。"《诗经》说："不欺侮鳏夫寡妇，也不畏惧强暴有权势的人。"说的就是卜先生。

第二十一章①

孔子行②，简子将杀阳虎③，孔子似之，带甲以围孔子舍。子路愠怒④，奋戟将下⑤。孔子止之曰："由！何仁义之寡裕也⑥。夫《诗》《书》之不习，礼乐之不讲，是丘之罪也。若我非阳虎而以我为阳虎，则非丘之罪也。命也夫！歌，予和若⑦。"子路歌，孔子和之，三终而围罢⑧。《诗》曰⑨："来游来歌。"以陈盛德之和而无为也⑩。

【注释】

①本章并见《说苑·杂言》《孔子家语·困誓》及定县汉简《儒家者言》。

②孔子行：许维遹《集释》："此有脱误，当依《说苑》作'孔子之卫，匡简子将杀阳虎'。'行'即'卫（衞）'字之坏。"

③简子：人名。匡邑的大夫。阳虎：又名阳货，鲁国季氏的家臣。一度"陪臣执国命"，欲召孔子仕官，但被孔子拒绝。后失势，奔齐，后又奔晋。曾暴于匡人，故匡简子欲杀之。

④愠（yùn）怒：愤怒。

⑤奋：挥动。

⑥寡裕：寡容。许维遹《集释》："'裕''容'古同声。……'寡裕'犹言少容忍。"《说苑·杂言》作"免俗"。定县汉简《儒家者言》作"不意"。

⑦和：应和。若：你。

⑧终：乐一成为一终。

⑨《诗》曰：引诗见《诗经·大雅·卷阿（ē）》。

⑩陈：陈说。和：唱和。

【译文】

孔子到卫国去，正当匡地的大夫简子想要杀死阳虎，因为孔子长得像阳虎，简子就带兵包围了孔子的房屋。子路很愤怒，挥动着戟想要下堂去搏斗。孔子阻止说："仲由！为什么你的仁义这么缺少容忍呢。《诗》《书》没有学习，礼乐没有讲习，这是我的罪过。如果我不是阳虎，而别人把我当作阳虎，那不是我的罪过。这是命运啊！你唱起歌，我来应和你。"子路唱起歌来，孔子应和他，唱完了三支曲子，外面的包围就解除了。《诗经》说："一起来游玩，一起来唱歌。"陈说的是与德行盛大的人唱和，可以无所作为。

第二十二章

《诗》曰①："恺悌君子②，民之父母。"君子为民父母何如？曰：君子者，貌恭而行肆③，身俭而施博，故不肖者不能逮也。殖尽于己④，而区略于人⑤，故可尽身而事也。笃爱而不夺⑥，厚施而不伐⑦。见人有善，欣然乐之，见人不善，惕然掩之⑧，有其过而兼包之⑨。授衣以最，授食以多。法下易由，事寡易为⑩。是以中立而为人父母也。筑城而居之，别田而养之⑪，立学以教之，使人知亲尊。亲尊故父服斩缞三年⑫，为君亦服斩缞三年，为民父母之谓也。

【注释】

①《诗》曰：引诗见《诗经·大雅·泂（jiǒng）酌》。

②恺悌（kǎi tì）：和乐平易。《毛诗》作"岂弟"。

③肆：正直。《礼记·乐记》："肆直而慈爱。"郑注："肆，正也。"

④殖：财货。

⑤区：少。略：掳掠，掠取。

⑥笃（dǔ）：厚。夺：失，减少。

⑦伐：伐善，自夸。

⑧惕然：忧虑的样子。

⑨有：通"宥"，宽宥。

⑩法下易由，事寡易为：此二句又见卷三第一章。下，简约。

⑪别：分配。

⑫斩缞（cuī）：五种丧服中最重的一种。用粗麻布制成，左右和下边
　　不缝。服制三年。

【译文】

　　《诗经》说："和乐平易的君子，是人民的父母。"君子作为人民的父母是怎么样的呢？回答说：君子，容貌恭敬，行为正直，自身节俭，但对别人却广泛地施舍，所以德行不好的人比不上他。他们把自己的财物全部施舍出去，却很少从人民那里掠取，因此人民可以全心全意地事奉他。他们深切地爱护人民而不会减少，广泛地施舍却不矜夸自己的功劳。见到别人有善行，就感到高兴，见到别人有不善的行为，就忧虑地替他掩饰，宽宥他的过错，对他兼容并包。他们给别人最好的衣服，最多的食物。他们的法令简约，人民容易遵行；要做的事情少，人民容易做到。因此他们以中正的态度立身而成为人民的父母。修建城市，让人民居住，分配田地，让人民耕种生养，建立学校，教导人民，使他们知道亲爱父母，尊敬长上。亲爱父母，尊敬长上，所以为父亲服三年斩缞，为国君也服三年斩缞，这就是君子作为人民的父母的意思。

第二十三章①

事强暴之国难,使强暴之国事我易。事之以货宝,则宝单而交不结②。约契盟誓,则约定而反无日。割国之锱锤以赂之③,则割定而欲无厌。事之弥顺④,其侵之愈甚,必致宝单国举而后已。虽左尧右舜,未有能以此道免者也。故非有圣人之道,特以巧敏拜请畏事之⑤,则不足以持国安身矣。故明君不道也⑥。必修礼以齐朝,正法以齐官,平政以齐下,然后礼义节奏齐乎朝⑦,法则度量正乎官,忠信爱利刑乎下。行一不义,杀一无罪,而得天下,不为也⑧。故近者竞亲而远者致愿⑨,上下一心,三军同力,名声足以薰炙之⑩,威强足以一齐之,则拱揖指麾⑪,而强暴之国莫不趋使如赤子归慈母者,何也? 仁形义立,教诚爱深。故《诗》曰⑫:“王猷允塞⑬,徐方既来⑭。”

【注释】

①本章并见《荀子·富国》。

②单:通“殚(dān)”,竭尽。

③锱(zī)锤:古代重量单位。比喻微小之物。《说文·金部》:“锱,六铢也。”“锤,八铢也。”《荀子·富国》作“锱铢”。

④顺:《荀子·富国》作“烦”。

⑤巧敏:便佞,巧言。

⑥道:由,行。

⑦节奏:《荀子·富国》杨倞注:“礼之节文也。”

⑧“法则度量正乎官”六句:见《荀子·儒效》。爱利,爱人利人。刑,有法度。《荀子·强国》“爱利则形”,郝懿行《补注》:“刑,法

也。爱人利人皆有法，不为私恩小惠。注云'形，见'，非是。"按，
以上七句又见卷三第七章。

⑨致愿：《荀子·富国》杨倞注："致，极也，极愿来附。"

⑩薰炙：《荀子·富国》作"暴炙"，杨倞注："名声如日暴火炙炎赫也。"

⑪拱揖指麾（huī）：拱手作揖就可以指挥天下。形容从容安舒，镇定
自若。

⑫《诗》曰：引诗见《诗经·大雅·常武》。

⑬猷（yóu）：谋。《毛诗》作"犹"。允：信，确实。塞：充实。

⑭徐方：西周、春秋时代的诸侯国之一。又称"徐戎""徐夷"，嬴
姓，淮夷之一，故城在今安徽泗县北。来：归顺，归服。《论语·季
氏》："修文德以来之。"

【译文】

事奉强暴的国家困难，让强暴的国家事奉自己容易。用财物珍宝
事奉强暴的国家，财宝竭尽了，但邦交也没缔结成。和强暴的国家定约
盟誓，誓约定了，但不久就又违背了。割让国家的微小之物来贿赂强暴
的国家，割让了，但他的欲望不会满足。事奉他越顺从，他侵害你就越严
重，一定要到财宝竭尽、整个国家都送给他然后才停止。虽然你的左右
有尧、舜这样圣明的人辅佐，也不能用这样的方法来避免亡国。所以没
有圣人的方法，只是以花言巧语和殷勤畏惧的态度事奉他，就不足以保
全国家，安存自身。所以圣明的君主不这样做。他们一定要修制礼节来
整齐朝廷，端正法度来整齐官署，公平政治来整齐人民，做到这样之后，
朝廷的礼义节奏都整齐了，各级官署的规则法度都公正了，百姓们都忠
诚信用，爱人利人也都合乎法度。即使做一件不合道义的事，杀了一个
无罪的人，因而得到天下，他也不做。所以近处的人争相来亲近，远处的
人极其愿意来归附，上下一心，三军同力，名声足够显赫，威力足够统一
天下，那么拱手作揖地指挥，强暴的国家没有不听驱使的，就像婴儿依偎于
慈母一样，这是为什么呢？因为仁心得到显现，道义得到建立，教化真诚，

敬爱深切。所以《诗经》说:"天子的谋略确实充实,徐方已经来归顺了。"

第二十四章①

　　勇士一呼而三军皆避,出之诚也。昔者楚熊渠子夜行②,见寝石以为伏虎③,弯弓而射之,没金饮羽④,下视知其石也,因复射之,矢跃无迹⑤。熊渠子见其诚心⑥,而金石为之开,而况人乎?夫倡而不和,动而不偾⑦,中心有不合者矣。夫不降席而匡天下者,求之己也。孔子曰⑧:"其身正,不令而行;其身不正,虽令不从。"先王之所以拱揖指麾而四海宾服者⑨,诚德之至也,色以形于外也⑩。《诗》曰:"王猷允塞,徐方既来。"

【注释】

①本章并见《新序·杂事四》,《淮南子·缪称训》《文子·精诚》亦载此文,而无熊渠子一段。

②熊渠子:人名。古之善射者。

③寝石:横卧在地上的石头。

④没金:指箭矢没入石头。没,《新序·杂事四》作"灭"。金,指箭矢。饮羽:箭没入射中的目标。饮,通"隐",隐没。羽,箭羽,加在箭杆末梢的羽毛。

⑤跃:指矢触石反弹起来。《新序·杂事四》作"摧"。

⑥见:同"现"。

⑦偾(fèn):动。《左传·僖公十五年》"张脉偾兴",《释文》:"偾,动也。"《新序·杂事四》作"随"。

⑧孔子曰:引文见《论语·子路》。

⑨宾服：归顺，归服。

⑩以：通"已"。

【译文】

　　勇士一声怒吼，三军士兵都吓得退避，这是因为勇士的怒吼是发自内心的真诚。从前，楚国的熊渠子在夜里赶路，看见横卧在地上的石头，以为是伏着的老虎，就张开弓向它射去，箭头和箭羽都射入石头里了，下车查看，才知道是石头，于是再次射，箭头弹跃起来不知所踪了。熊渠子表现出要射死老虎的诚心，所以石头都被射裂开，更何况是人呢？有人倡导而没有人附和，有人发动而没有人跟着发动，这是因为他们心中有不一致的东西。君主不离开席位就能够匡正天下，这是因为他严格要求自己的缘故。孔子说："君主自身行为端正，不发命令，人民也会执行；君主自身行为不端正，即使下了命令，人民也不会听从。"古代贤明的帝王之所以拱手作揖地指挥而天下全都顺服，是他的真诚的仁德达到极致，已经表现到外面的缘故。《诗经》说："天子的谋略确实充实，徐方已经来归顺了。"

第二十五章①

　　昔者赵简子薨而未葬②，而中牟畔之③。既葬五日，襄子兴师而攻之④，围未匝⑤，而城自坏者十丈。襄子击金而退之⑥，军吏谏曰："君诛中牟之罪而城自坏，是天助也。君曷为而退之？"襄子曰："吾闻之于叔向曰：'君子不乘人于利，不厄人于险⑦。'"使修其城然后攻之。中牟闻其义而请降，曰："善哉！襄子之谓也⑧。"《诗》曰："王猷允塞，徐方既来。"

【注释】

①本章并见《淮南子·道应训》《新序·杂事四》。

②昔者赵简子薨（hōng）而未葬：赵简子卒年，无定说。《左传·哀公二十年》云"赵孟降于丧食"，杜注以襄子时有简子之丧，杨伯峻以为简子当死于此年，时当前475年；《史记·赵世家》《史记·六国年表》谓赵简子于晋出公十七年卒，在位六十年，时当前458年；而梁玉绳《史记志疑》卷二十三则认为在晋定公三十六年，时当前476年间。

③中牟畔之：《史记·孔子世家》："佛肸（xī）为中牟宰。赵简子攻范、中行，伐中牟。佛肸畔，使人召孔子。"《史记集解》："孔安国云：'晋大夫赵简子之邑宰。'"一说为范、中行之邑宰。中牟，故址在今河南鹤壁西。

④襄子：名无恤，春秋末叶晋国大夫。赵简子赵鞅之子。

⑤匝：环绕一周为一匝。《新序·杂事四》作"合"。

⑥击金：古代多敲击铙等金属乐器，以示退军。《周礼·大司马》："鸣铙且却。"《周礼·鼓人》："以金铙止鼓。"

⑦厄：困厄，迫害。《新序·杂事四》作"迫"。

⑧善哉！襄子之谓也：陈乔枞《韩诗遗说考》："'襄子之谓也'五字，当在引《诗》二语之后，文义始顺。"又，许维遹《集释》谓当作"善哉襄子"，"之谓也"三字移在诗末，作"此之谓也"。今从陈说。

【译文】

从前，赵简子去世还没下葬，佛肸在中牟反叛了赵氏。下葬五天之后，赵襄子率兵攻打中牟，军队还没完全包围中牟时，中牟的城墙自己崩塌了十丈。襄子下令敲击金铙让军队撤退，军吏进谏说："主君讨伐中牟反叛的罪，现在城墙自己崩塌了，这是上天帮助我们。主君为什么退兵呢？"襄子说："我听叔向说：'君子不会乘自己有利时去侵犯别人，不会在别人有危险时去迫害别人。'"他让中牟人修好城墙，然后再去攻打他们。中牟人听到襄子仁义的话，请求投降，说："真好啊！"《诗经》说："天子的谋略确实充实，徐方已经来归顺了。"说的就是襄子这样的人。

第二十六章①

威有三术,有道德之威者,有暴察之威者②,有狂妄之威者。此三威不可不审察也。何谓道德之威?曰:礼乐则修,分义则明③,举措则时,爱利则刑④。如是,则百姓贵之如帝王,亲之如父母,畏之如神明。故赏不用而民劝,罚不加而威行。是道德之威也。何谓暴察之威?曰:礼乐则不修,分义则不明,举措则不时,爱利则不刑。然而其禁非也察,其诛不服也审⑤,其刑罚繁而信⑥,其诛杀猛而必⑦,黭然如雷击之⑧,如墙压之。百姓劫则致畏,怠则傲上⑨,执拘则聚,远间则散⑩。非劫之以刑势,振之以诛杀⑪,则无以有其下。是暴察之威也。何谓狂妄之威?曰:无爱人之心,无利人之事,而日为乱人之道。百姓谨哗⑫,则从而放执于刑灼⑬。不知人心,悖逆天理。是以水旱为之不时,年谷以之不升⑭。百姓上困于暴乱之患,而下穷衣食之用⑮,愁哀而无所告诉,比周愤溃以离上⑯,倾覆灭亡,可立而待。是狂妄之威也。夫道德之威,成乎众强;暴察之威,成乎危弱;狂妄之威,成乎灭亡。故威名同而吉凶之效远矣。故不可不审察也。《诗》曰⑰:"昊天疾威⑱,天笃降丧⑲。瘨我饥馑⑳,民卒流亡㉑。"

【注释】

①本章并见《荀子·强国》。

②暴察:《荀子·强国》杨倞注:"暴察,谓暴急严察也。"

③分义:《荀子·强国》杨倞注:"分,谓上下有分。义,谓各得其宜。"

④刑:有法度。郝懿行《荀子补注》:"刑,法也。爱人利人皆有法,

不为私恩小惠。注云'形,见',非是。"

⑤审:严密,苛刻。

⑥信:坚决,明确。

⑦必:果决,果断。

⑧阘(yǎn)然:忽然,急遽的样子。阘,通"奄"。《荀子·强国》作"黤(yǎn)然",杨倞注:"卒至之貌。"郝懿行《补注》:"'黤'与'奄'同,奄然,猝乍之貌。"

⑨怠:松懈,宽舒。《荀子·强国》作"嬴",杨倞注谓嬴缓。

⑩远间:疏远分离。《荀子·强国》作"得间"。

⑪振:通"震",震慑,威吓。

⑫讙(huān)哗:喧哗,大声叫喊。

⑬放执于刑灼:《荀子·强国》作"执缚之,刑灼之",许维遹《集释》以为《外传》节其文,当作"执缚刑灼","放"字校者误补,"于"字衍文。又,赖炎元《今注今译》以"放"为"收"字形讹。刑灼,泛指刑罚。

⑭升:登,成。

⑮穷:许维遹《集释》:"例以上文,'穷'下当有'于'字。"

⑯比周:集结,联合。愤溃:《荀子·强国》作"贲溃",郝懿行《补注》:"贲与奔,古字通。贲溃,谓奔走溃散而去也。"

⑰《诗》曰:引诗见《诗经·大雅·召旻(mín)》。

⑱昊(hào)天:指周王。《毛诗》作"旻天",郑笺:"天,斥王也。"疾威:急暴威虐。

⑲天笃(dǔ)降丧:郑笺:"厚下丧乱之教,谓重赋税也。"

⑳瘨(diān):病。

㉑卒:尽,全。

【译文】

威严有三种,有道德的威严,有暴急严察的威严,有狂妄的威严。这三种威严不可以不仔细地考察。什么叫作道德的威严呢？回答说：礼乐制作得很美好，上下的名分和义务都很分明，政治举措合乎时宜，爱人利人都有法度。这样，百姓就尊崇他如同帝王，亲爱他如同父母，敬畏他如同神明。所以不用奖赏，人民就受到劝勉；不行刑罚，威名就已通行。这就是道德的威严。什么叫作暴急严察的威严呢？回答说：礼乐没有制作好，上下的名分和义务没有分明，政治举措不合时宜，爱人利人没有法度。但是他禁止非法的事很苛刻，诛杀不服的人很严苛，刑罚繁重而且执行坚决，诛杀罪犯猛烈而且果断，突然得如同雷电下击，如同墙壁倒压。百姓被威迫时就表现得畏惧，被管得松懈时就傲视君上，被拘管时他们就聚合，被疏远分离时他们就散开。如果不用刑法权势来威迫，不用诛杀来震慑，就没有办法管好他的百姓。这就是暴急严察的威严。什么叫作狂妄的威严呢？回答说：没有爱护人民的心，不做有利人民的事，却每天做扰乱人民的事。百姓有意见喧闹，就把他们拘执起来，施以刑罚。不了解人心，违背天理。因此水旱灾害不按时地发生，五谷因此不能丰收。百姓在上面被暴乱政治的忧患所困扰，在下面又缺少衣食用度，愁苦哀伤无处可以申诉，互相集结，奔走溃散，叛离他的君主，这样的国家倾覆灭亡可以站在那里马上就等到。这就是狂妄的威严。道德的威严，可以使国家繁荣强大；暴急严察的威严，可以使国家危险衰弱；狂妄的威严，可以使国家灭亡。所以威严的名称相同，但吉凶的效果却相差很远。所以不可以不仔细地考察。《诗经》说："周王急暴威虐，施行丧乱的政教，征收苛重的赋税。让我们深受饥饿的病苦，人民都去流亡。"

第二十七章①

晋平公游于西河而乐②，曰："安得贤士与之乐此也！"船人盍胥跪而对曰③："主君亦不好士耳。夫珠出于江海，玉出于昆山④，无足而至者，犹主君之好也⑤。士有足而不至者,盖主君无好士之意耳。何患于无士乎?"平公曰:"吾食客门左千人⑥,门右千人,朝食不足,夕收市赋⑦,暮食不足,朝收市赋。吾可谓不好士乎?"盍胥对曰:"夫鸿鹄一举千里⑧,所恃者六翮尔⑨。背上之毛,腹下之毳⑩,益一把,飞不为加高,损一把,飞不为加下。今君之食客门左门右各千人,亦有六翮在其中矣,将皆背上之毛、腹下之毳耶⑪?"《诗》曰⑫:"谋夫孔多,是用不就⑬。"此之谓也。

【注释】

①本章并见《新序·杂事一》《说苑·尊贤》,《说苑·尊贤》以晋平公为赵简子。

②晋平公:名彪,晋悼公之子。厚赋敛,不恤民力,喜淫乐,政归赵、韩、魏三家,在位二十六年。西河:黄河流经陕西、山西之间的河段,古称"西河"。

③盍(gài)胥:人名。《文选》李善注引作"盖桑""盖乘""孟胥""盖胥",颇多歧异。又,《新序·杂事一》作"固桑",《说苑·尊贤》作"古乘",《汉书·古今人表》作"固来",颜注:"固桑也。""盍""盖"音义同,与"固""古"声近。"来""乘"皆"桑"之讹,"桑""胥"亦声近。

④昆山:山名。昆仑山的简称,多产玉石。

⑤犹:由。《文选·陶徵士诔》李善注引作"由"。

⑥食客:旧时寄食于豪门贵家,帮忙帮闲的门客。

⑦市赋:向商市征收的赋税。

⑧鸿鹄(hú):即鹄,俗称"天鹅"。举:飞。

⑨翮(hé):鸟羽中大而硬的角质空心的羽茎。

⑩毳(cuì):细毛。

⑪将：岂，难道。

⑫《诗》曰：引诗见《诗经·小雅·小旻》。

⑬是用：因此。就：成。《毛诗》作"集"，毛传："集，就也。"

【译文】

晋平公乘船在西河游玩，十分快乐，说："哪里可以得到贤士，和他一起共享这样的快乐呢！"船夫盍胥跪着回答说："不是得不到贤士，只是君主不喜欢贤士罢了。珍珠出产在江海里，玉石出产在昆仑山上，它们没有脚却来到你身边，这是由于君主喜好的缘故。贤士有脚却不到来，大概是君主没有喜好贤士的心意罢了。如果喜好贤士，哪里需要担心没有贤士呢？"平公说："我养的食客，在大门左边有一千人，在大门右边有一千人，早上的食物不够，晚上就去征收商市的赋税来改善伙食，晚上的食物不够，早上就去征收商市的赋税来改善伙食。能说我不喜好贤士吗？"盍胥回答说："鸿鹄振翅一飞，就可以飞千里远，所依靠的只是六支粗壮的翮羽罢了。背上的毛，腹下的细毛，即使增加一把，它飞起来并不会增高，减少一把，它飞起来也并不会降低。现在君主的食客在大门左右各有一千人，其中一定有六支粗壮的翮羽，难道都是背上的毛、腹下的细毛吗？"《诗经》说："谋划事情的人很多，但都不是贤士，事情因此不能成功。"说的就是这种情况。

卷七

【题解】

本卷共二十七章，除第八章、二十四章未引《诗》辞外，其余引论《诗》皆出自《小雅》，且除第四章引《裳裳者华》、第二十七章引《蓼莪》之外，各章所引诗与今本《毛诗·小雅》的前后篇次基本吻合。不过，第二十七章因是末章，有可能是出于移缀，故《蓼莪》篇次可不深究。而《裳裳者华》在第三章引《出车》、第五章引《沔水》之间，参考熹平石经《鲁诗》及海昏侯刘贺墓竹简《诗》，《裳裳者华》均在《蓼萧》之后，所以，准以《外传》引《诗》遵循《诗》之篇次的体例，则可能《韩诗·裳裳者华》的篇次也同于《鲁诗》，属"正小雅"之列，而与《毛诗》不同。另外，还有一点也与引《诗》之篇次相关，即某诗句同见于多篇诗篇，如何断定其引自何诗，也需要据上下章引《诗》加以判断。如第三章引"既见君子，我心则降"，同见于《召南·草虫》《小雅·出车》，不过第一、二章分别引自《小雅·四牡》《皇皇者华》，第四章引自《小雅·裳裳者华》，则第三章当引自《小雅·出车》。同样可以据此推断者，卷三第十二章引"以享以祀，以介景福"，同见《小雅·大田》《大雅·旱麓》《周颂·潜》，卷八第十一章引"恺悌君子"，同见《小雅·湛露》《青蝇》《大雅·旱麓》《洞酌》《卷阿》，据上下章引《诗》次第，可知当引自《潜》与《洞酌》。这些都说明了解《外传》引《诗》体例的意义。

本卷部分章节，并见于《说苑》《新序》《荀子》《韩非子》《淮南子》《孔子家语》等，但其中一些章节所系属人物、时代有不同，如第四、九、十三、十七、二十、二十六章等所示，反映了文献间不同的流传系统。当然有些知识性的错误，也反映了《外传》在论说、纂辑时不够严审的情况。如第二十章又见《韩非子·外储说左下》《说苑·复恩》，二书皆作阳货与简主（即赵简子）对答之辞，而《外传》则将其移至魏文侯之时，阳货易作子质，简主则未变，但魏文侯即位在赵简子卒后三十三年，显然《外传》在改易材料时造成了年代的错乱。又如第六章，孔子困于陈、蔡在哀公六年（前489），伍子胥被杀在哀公十一年（前484），其时不得云"抉目而悬吴东门"，诚如赵怀玉《校正》所言："当时说士所谓，每不细考前后。"另，"鲍叔何为而不用，叶公子高终身不仕"，也与史实不符。

本卷中还有几章值得注意。其一，第三章载蒯通向曹参举荐东郭先生、梁石君之事，时当在曹参初为齐相时，距离韩婴说《诗》不过三十年左右，是属于《外传》中援引史事之最晚者。此事又载见《汉书·蒯通传》，二书或皆本于汉初史料，但也有可能《外传》直接源于口头流传，是这一故事的早期文献传本，而班固作《汉书·蒯通传》则参考了《外传》。总之，这一章既反映了韩婴援事说《诗》的时间下限，也体现了《外传》在文献传承中的独特价值。其二，第二十五章载子路、子贡、颜回各言其志，与卷九第十五章可以相参，一是游于景山之上，一是游于戎山之上，所言文辞虽有差异，但都符合个人性情、志趣，结果也都是孔子对颜回表示赞赏，这似乎反映了孔门论学记述一种模式化的倾向。其三，第二十七章论说"为人父之道"，记述了父亲在儿子幼儿、成童、成年等不同阶段的教育、相处之道，这一教育思想在今天仍具有重要的现实意义。

第一章①

齐宣王谓田过曰②："吾闻儒者丧亲三年，丧君三年，君

与父孰重?"田过对曰:"殆不如父重③。"宣王忿然曰:"曷
为士去亲而事君?"田过对曰:"非君之土地无以处吾亲,非
君之禄无以养吾亲,非君之爵无以尊显吾亲。受之于君,致
之于亲。凡事君,以为亲也。"宣王悒然无以应之④。《诗》
曰⑤:"王事靡盬⑥,不遑将父⑦。"

【注释】

①本章并见《说苑·修文》。

②田过:战国时齐国人。

③殆(dài):大概,或许。

④悒(yì)然:郁闷的样子。

⑤《诗》曰:引诗见《诗经·小雅·四牡》。

⑥靡盬(gǔ):没有停息。

⑦不遑(huáng):无暇。将:奉养。

【译文】

齐宣王跟田过说:"我听说儒士为父母服丧三年,为国君也服丧三
年,那国君和父亲哪一个更重要啊?"田过回答说:"国君大概不如父亲
重要。"宣王生气地说:"那士人为什么离开父母去事奉国君呢?"田过回
答说:"没有国君的土地,就没法安顿我的父母;没有国君的俸禄,就没法
奉养我的父母;没有国君的爵位,就没法使我的父母尊贵显赫。这些东
西都是从国君那接受来,用来奉养父母。凡是事奉国君,都是为了奉养
父母。"宣王听后心里郁闷,无言以对。《诗经》说:"周王的事没有停息,
没有闲暇奉养父亲。"

第二章①

赵王使人于楚,鼓瑟而遣之②,曰:"必如吾言,慎无失

吾言。"使者受命，伏而不起，曰："大王鼓瑟未尝若今日之悲也。"王曰："然，瑟固方调③。"使者曰："调则可记其柱④。"王曰："不可。天有燥湿，弦有缓急，柱有推移，不可记也。"使者曰："臣请借此以喻。楚之去赵也千有余里，亦有吉凶之变，凶则吊之，吉则贺之，犹柱之有推移，不可记也。故明王之使人也，必慎其所使。既使之，任之以心，不任以辞也⑤。"《诗》曰⑥："莘莘征夫⑦，每怀靡及⑧。"盖伤自上而御下也。

【注释】

①本章并见《说苑·奉使》。

②鼓：弹奏。

③调：音律调和。

④柱：瑟上的弦柱，每弦一柱，可移动以调定声音。

⑤任之以心，不任以辞也：《说苑·奉使》作"任之以事，不制以辞"，义同可参。

⑥《诗》曰：引诗见《诗经·小雅·皇皇者华》。

⑦莘莘（shēn）：众多的样子。《毛传》作"駪駪（shēn）"。征夫：行人，使者。

⑧每：常常。怀：思。靡及：不能达到。

【译文】

赵王派人出使楚国，弹着瑟送他，说："你一定要说得跟我的话一样，慎重地不要说错我的话。"使者接受命令，伏在地上不起身，说："大王弹瑟，瑟音没有像今天这么悲伤。"赵王说："是的，今天的瑟音确实是刚刚调和。"使者说："瑟音调和，那就把弦柱的位置标记下来。"赵王说："不可以的。天气有干燥有潮湿，瑟弦也就有弛缓有紧急，弦柱要随着天气的变化而推移，不可以记下固定的位置。"使者说："请允许我借此打个比方。楚国距离赵国有一千多里,我在去的路上,楚国可能会出现吉祥或者凶祸的变化,如果有凶祸的事,那我就表示慰问,如果有吉祥的事,那我就表示祝贺,这就像弦柱要随时推移,不能记下固定的位置一样。所以贤明的君王派遣使臣,一定会慎重地挑选使臣。既然遣使了他,就要把内心想要办的事委托给他,而不是交代他具体的外交辞令。"《诗经》说:"众多的行人,他们常常思忖,唯恐不能完成使命。"大概就是哀伤在上的君主过于节制在下的臣子。

第三章①

齐有隐士东郭先生、梁石君②。当曹相国为齐相也③,客谓匦生曰④:"夫东郭先生、梁石君,世之贤士也。隐于深山,终不诎身下志以求仕者也⑤。吾闻先生得谒曹相国,愿先生为之先⑥。臣里妇与里母相善。妇见疑盗肉,其姑去之,恨而告于里母。里母曰:'安行⑦。今令姑呼汝。'即束蕴请火去妇之家⑧,曰:'吾犬争肉相杀,请火治之⑨。'姑乃直使人追去妇还之⑩。故里母非谈说之士,束蕴请火,非还妇之道也,然物有所感,事有适可⑪。何不为之先?"匦生曰:"愚恐不及。然请尽力为东郭先生、梁石君束蕴请火。"于是乃见曹相国曰:"臣之里有夫死三日而嫁者,有终身不嫁者,则自为娶⑫,将何娶焉?"相国曰:"吾亦娶其终身不嫁者耳。"匦生曰:"齐有隐士东郭先生、梁石君,世之贤士也。隐于深山,终不诎身下志以求仕。相国娶妇,欲娶其不嫁者,取臣独不取其不仕之臣耶?"于是曹相国因匦生束帛安车迎东郭先生、梁石君⑬,厚客之。《诗》曰⑭:"既见君子,我心则降^⑮。"

【注释】

①本章并见《汉书·蒯（kuǎi）通传》。

②东郭先生、梁石君：据《汉书·蒯通传》："初，齐王田荣怨项羽，谋举兵畔之，劫齐士，不与者死。齐处士东郭先生、梁石君在劫中，强从。及田荣败，二人丑之，相与入深山隐居。"

③曹相国：即曹参。西汉泗水沛人。秦末，与萧何同随刘邦起事，屡立功。高祖六年（前201），封平阳侯。曾任齐相九年，齐国安集，称为贤相。初与萧何友善，及为将相，有隙。萧何将死，推荐为继相。任汉惠帝丞相三年，一遵萧何约束，有"萧规曹随"之称。

④匮生：即蒯通。"匮""蒯"古同音。原名蒯彻，《史记》《汉书》避汉武帝名讳作"通"。范阳人。辩才无双，善于陈说利害，曾为韩信谋士。

⑤诎（qū）身下志：屈折身份，委曲心志。

⑥先：先导。指介绍、引荐。

⑦安：缓慢。

⑧蕴：《汉书·蒯通传》作"缊"，乱麻。

⑨治：《汉书·蒯通传》颜师古注："治谓焊（xún）治死犬。"指将狗放在热水中烫后去毛。

⑩直：马上，立即。《汉书·蒯通传》作"遽"。

⑪"臣里妇与里母相善"至"事有适可"：《汉书·蒯通传》中为蒯通自言。

⑫则：王引之《经传释词》："则，若也。"

⑬束帛：捆为一束的五匹帛，古代用为聘问、馈赠的礼物。安车：可以安坐的车。古车立乘，对贤人和长老表示尊敬，可以赐乘安车。

⑭《诗》曰：引诗见《诗经·小雅·出车》。按，此二句又见《召

南·草虫》,然本卷第一、二章分别引自《小雅·四牡》《皇皇者
华》,故本章所引二句,应引自《小雅·出车》。

⑮降:和悦。

【译文】

　　齐国有隐士东郭先生和梁石君。正当曹参做齐国国相的时候,有一位宾客对蒯通说:"东郭先生和梁石君,是当代的贤士。隐居在深山里,始终不愿屈折身份、委曲心志去求做官。我听说先生可以见到曹相国,希望先生把他们引荐给曹相国。我同里有一位妇人与一位老妇人很要好。妇人被怀疑偷肉,她的婆婆要赶她走,妇人心里怨恨,把这件事告诉老妇人。老妇人说:'你慢慢地走。我让你婆婆召你回去。'说完就把乱麻扎成一束,去妇人家乞求火种,说:'我家的狗争肉吃,互相厮杀死了,我向你借个火种,把它们烹煮了。'婆婆立即派人去追回被赶走的妇人。老妇人不是善于言谈游说的人,扎束乱麻去乞求火种,也不是让妇人回来的好办法,但是事物有互相影响的,事情有正好可行的。你为什么不为他们做引荐呢?"蒯通说:"我恐怕不如那位老妇人。但我会尽力为东郭先生、梁石君扎束乱麻,乞求火种。"于是去见曹相国,说:"我同里的妇人,有丈夫死了三天就嫁人的,有终身不嫁的,如果你为自己娶妻,要娶哪一个呢?"曹相国说:"我要娶终身不嫁的那一个。"蒯通说:"齐国有隐士东郭先生和梁石君,是当代的贤士。隐居在深山里,始终不愿屈折身份、委曲心志去求做官。相国娶妻,想娶终身不嫁的,任用臣子为什么却单单不任用不愿做官的人呢?"于是曹相国拜托蒯通带上束帛、用安车去迎请东郭先生和梁石君,以优厚的客礼款待他们。《诗经》说:"已经见到君子,我的心就和悦了。"

第四章①

　　孔子曰:"昔者周公事文王,行无专制,事无由己,身若

不胜衣，言若不出口，有奉持于前，洞洞焉若将失之②，可谓能子矣。武王崩③，成王幼，周公承文、武之业，履天子之位，听天下之政④，征夷狄之乱，诛管、蔡之罪⑤，抱成王而朝诸侯，诛赏制断⑥，无所顾问，威动天地，振恐海内，可谓能武矣。成王壮，周公致政⑦，北面而事之，请然后行，无伐矜之色⑧，可谓能臣矣。故一人之身，能三变者，所以应时也。"《诗》曰⑨："左之左之，君子宜之。右之右之，君子有之⑩。"

【注释】

①本章并见《淮南子·氾论训》，不以为孔子之言。

②洞洞焉：恭敬虔诚的样子。《淮南子·氾论训》作"洞洞属属而将不能恐失之"，高诱注："洞洞属属，婉顺貌。"又，《礼记·礼器》曰："洞洞乎其敬也，属属乎其忠也。"

③崩：《礼记·曲礼下》："天子死曰崩。"

④听：治理。

⑤管、蔡：注见卷四第三十三章。

⑥制断：裁断，裁决。

⑦致政：将政权归还给君主。

⑧伐矜：自夸骄傲。

⑨《诗》曰：引诗见《诗经·小雅·裳裳者华》。《荀子·不苟》引《裳裳者华》此数句，谓："君子能以义屈信变应故也。"义与此合。

⑩有：林义光《诗经通解》："有，亦宜也。"

【译文】

孔子说："从前，周公事奉文王，行为不独断专行，事情不由自己决定，身体瘦弱得好像不能胜任衣服的重量，话好像说不出口，有东西要奉持到文王面前，恭敬虔诚的样子，好像唯恐东西会丢失，可以说是善于当儿子了。武王去世了,成王还年幼,周公继承文王、武王的事业,登上天子的位子,处理天下的政事,征讨夷狄的叛乱,诛杀管叔,放逐蔡叔,抱着成王,接受诸侯的朝拜,刑罚、赏赐、裁断政事时,不向人咨询,完全自己决定,声威震动天地,使天下人都惊恐,可以说是善于表现威武了。成王成年了,周公把政权交还给他,面朝北以臣子的礼节事奉成王,有事情先请示成王,然后才去做,没有自夸骄傲的神情,可以说是善于当臣子了。所以周公一个人能够三次改变自己的行为,是为了顺应时势。"《诗经》说:"该往左的时候就往左,君子做得很合宜。该往右的时候就往右,君子做得很合宜。"

第五章

　　传曰:鸟之美羽勾喙者①,鸟畏之;鱼之侈口垂腴者②,鱼畏之;人之利口赡辞者③,人畏之。是以君子避三端:避文士之笔端,避武士之锋端,避辩士之舌端。《诗》曰④:"我友敬矣⑤,谗言其兴⑥。"

【注释】

①勾:弯曲。

②侈(chǐ):大。腴(yú):《说文·肉部》:"腴,腹下肥也。"

③利口:伶俐的口齿。赡:丰富。

④《诗》曰:引诗见《诗经·小雅·沔(miǎn)水》。

⑤敬:警惕,警戒。

⑥谗言其兴:《文选》范蔚宗《宦者传论》李善注引《韩诗》曰:"谗言缘间而起。"王应麟《诗考》以为《韩诗内传》文,释"谗言其兴"句。

【译文】

传文说:鸟有华美的羽毛、弯曲的嘴,其他鸟都畏惧它;鱼有宽大的嘴、下垂的肚子,其他鱼都畏惧它;人有伶俐的口齿、丰富的辞令,其他人都畏惧他。所以君子躲避三端:躲避文士的笔端,躲避武士兵器的锋端,躲避辩士的舌端。《诗经》说:"我的朋友你要谨戒了,谗言将要趁着间隙兴起。"

第六章①

孔子困于陈、蔡之间②,即三经之席③,七日不食,藜羹不糁④,弟子有饥色,读《诗》《书》、习礼乐不休。子路进谏曰:"为善者,天报之以福;为不善者,天报之以祸。今夫子积德累仁,为善久矣。意者尚有遗行乎⑤,奚居之隐也⑥?"孔子曰:"由来!汝小人也,未讲于论也⑦。居⑧,吾语汝。子以知者为无罪乎,则王子比干何为剖心而死?子以义者为听乎⑨,则伍子胥何为抉目而悬吴东门⑩?子以廉者为用乎,则伯夷、叔齐何为饿于首阳之山⑪?子以忠者为用乎,则鲍叔何为而不用⑫,叶公子高终身不仕⑬,鲍焦抱木而立⑭,子推登山而燔⑮?故君子博学深谋,不遇时者众矣,岂独丘哉!贤不肖者,材也;遇不遇者,时也。今无有时,贤安所用哉?故虞舜耕于历山之阳⑯,立为天子,其遇尧也。傅说负土而版筑⑰,以为大夫,其遇武丁也⑱。伊尹故有莘氏僮也⑲,负鼎操俎调五味,而立为相,其遇汤也。吕望行年五十卖食棘津⑳,年七十屠于朝歌㉑,九十乃为天子师,则遇文王也。管夷吾束缚自槛车㉒,以为仲父,则遇齐桓公也。百里奚自卖五羊之皮㉓,为秦伯牧牛,举为大夫,则遇秦缪公也㉔。虞丘名闻于天下㉕,以为令尹,让于孙叔敖㉖,则遇楚庄王也㉗。伍子胥前功多,后戮死,非知有盛衰也,前遇阖闾㉘,后遇夫差也㉙。夫骥罢盐车㉚,此非无形容也,莫知之也㉛。使骥不得伯乐㉜,安得千里之足?造父亦无千里之手矣㉝。夫兰茝生于茂林之中㉞,深山之间,不为人莫见之故不芬。夫学者非为通也㉟,为穷而不困,忧而志不衰,先知祸福之终始,而心无惑焉。故圣人隐居深念,独闻独见。夫舜亦贤圣矣,南面而治天下,惟其遇尧也。使舜居桀、纣之世,能自免于刑戮之中,则为善矣,亦何位之有!桀杀关龙逢㊱,纣杀王子比干,当此之时,岂关龙逢无知,而王子比干不慧乎哉?此皆不遇时也。故君子务学,修身端行而须其时者也。子无惑焉!"《诗》曰㊲:"鹤鸣九皋㊳,声闻于天。"

【注释】

①本章并见《荀子·宥坐》《说苑·杂言》《孔子家语·在厄》,又见于郭店楚简《穷达以时》。

②孔子困于陈、蔡之间:事在鲁哀公六年(前489)。楚国聘孔子,陈、蔡大夫恐孔子被楚重用,对己不利,于是发徒役围孔子于野。见《史记·孔子世家》。

③即:就席,就座。三经:即下文《诗》《书》《礼》三经。

④藜(lí):一年生草本植物,嫩叶可食,又称"灰藋""灰菜"。糁(sǎn):以米和羹。

⑤遗行:错误的行为。向宗鲁《说苑校注》:"《淮南子·说山训》:'桀有得事,尧有遗道。'高诱注:'遗,失。'失,犹过也。"

⑥奚（xī）：为何，为什么。隐：穷约，穷困。

⑦讲：讲习，研究。论：道理。

⑧居：坐下。

⑨义：正义。按，许维遹《集释》读作"议"，谓《荀子·宥坐》《说苑·杂言》《孔子家语·在厄》作"谏"，"议""谏"义通。然上下文"知者""廉者""忠者"，均是言其德行，此"义"作如字解，亦可。

⑩伍子胥：注见卷一第二十六章。按，此不符合史实，孔子困于陈、蔡之间在哀公六年（前489），伍子胥被杀在哀公十一年（前484）。

⑪伯夷、叔齐：注见卷一第八章。

⑫鲍叔：即鲍叔牙，春秋时齐国大夫。少与管仲友善，管仲家贫母老，叔牙常资助之。齐襄公时，叔牙为公子小白傅。后因齐乱，随公子小白奔莒，管仲则随公子纠奔鲁。及襄公被杀，纠与小白争位，管仲袭小白归路，射中小白带钩，小白佯死，得先回国即位，即齐桓公。桓公任叔牙为宰，推辞不就，力劝桓公释管仲之囚，使代己位，而以身下之。桓公重用管仲，终成霸业。按，鲍叔牙事齐桓公，未得云"不用"。

⑬叶公子高：即沈诸梁，沈尹戍之子，字子高，封于叶，故称"叶公"，春秋时楚国人。楚惠王十年（前479），曾谏令尹子西勿召白公胜归，子西不从。不久白公胜为乱，杀子西，劫惠王。乃救楚，杀白公胜，使惠王复位，自此兼任令尹、司马二职。按，此文称"叶公子高终身不仕"，《说苑·杂言》作"荆公子高终身不显"，均与史实不合。且此时叶公尚未卒，孔子何得云"终身不仕"。

⑭鲍焦：注见卷一第二十五章。

⑮子推：注见卷一第二十五章。

⑯历山：古山名。相传舜耕历山。所在地点，旧说不一。张守节《史记正义》："越州余姚县有历山舜井，濮州雷泽县有历山舜井，二所又有姚墟，云生舜处也。及妫州历山舜井，皆云舜所耕处，未

详也。'"

⑰傅说：一作"傅兑"，商代武丁时大臣。原为傅岩之野筑墙的奴
隶。武丁梦得圣人，名曰说，求于野。乃于傅岩得之，举以为相，
国大治。版筑：墙版和杵。筑土墙时，用两版相夹，填泥其中，以
杵捣实成墙。

⑱武丁：商代国王名。小乙之子，盘庚之侄。相传少时生活在民间，
即位后，重用傅说、甘盘、祖己等贤人，商朝大治，史称"武丁中
兴"，后世称为高宗。在位五十九年。

⑲伊尹：注见卷二第三章。有莘（shēn）氏：又称"有辛""有侁"，和
夏同姓，皆为姒姓部族。商汤娶有莘氏之女为妻。周文王娶有莘
氏之女太姒为妻。僮：奴仆。

⑳吕望：注见卷三第十三章。棘津：古代黄河津渡名。《尉缭子·议
兵》作"卖食盟津"。《水经注》："棘津犹孟津也。"

㉑朝歌：地名。殷自帝乙至纣均建都于此。故城在今河南淇县北。

㉒管夷吾束缚自槛（jiàn）车：《说苑·杂言》作"管夷吾束缚胶目，
居槛车中"，《外传》作"自"，或有脱误。或以"自槛车以为仲父"
为句，"车"后脱"起"字，与《说苑·杂言》下句"自车中起为仲
父"义同。槛车，用栅栏封闭的车，用于囚禁犯人或装载猛兽。

㉓百里奚（xī）：注见卷六第十三章。

㉔秦缪（mù）公：注见卷六第十三章。

㉕虞丘：即沈尹筮，注见卷二第四章。

㉖孙叔敖：注见卷二第四章。

㉗楚庄王：注见卷二第一章。

㉘阖闾（hé lú）：一作"阖庐"，名光，春秋时吴国国君。吴王诸樊之
子。吴王继父馀眛即位，光不满，用专诸刺杀吴王僚，即位。用伍
子胥、孙武，国力富强，削弱楚国。九年（前487）伐楚，大败楚，入
楚都郢。后与越王勾践战，败于檇李，伤指死。在位十九年。

㉙夫差：注见卷四第三章。

㉚罢（pí）：疲惫。

㉛莫：许维遹《集释》据《说苑·杂言》谓"莫"上脱"世"字，上句"非"上"此"字衍。

㉜伯乐：姓孙，名阳，春秋秦穆公时人。以善相马著称。

㉝造父：注见卷二第十二章。

㉞茝（chǎi）：香草名。即白芷。

㉟通：通达，显达。

㊱关龙逢：注见卷一第二十六章。

㊲《诗》曰：引诗见《诗经·小雅·鹤鸣》。

㊳九皋：曲折深远的沼泽。陆德明《经典释文》："《韩诗》云：'九皋，九折之泽。'"九，虚指，极言水之深广。又，《毛诗》"九皋"上有"于"字。

【译文】

孔子被围困在陈、蔡两国之间，坐在陈列着三种经书的席位前，七天没有吃饭，喝的藜草羹里没有掺和一点米，学生们露出饥饿的神色，但仍然没有停止读《诗》《书》、学习礼乐。子路上前劝谏说："行善的人，上天以幸福报答他；作恶的人，上天以灾祸报答他。现在老师积累仁德，行善很久了。大概是还有错误的行为吧，不然为什么过得这么穷困呢？"孔子说："仲由，你过来！你真是一个不明事理的人，没有研究为人处世的道理。坐下来，我来告诉你。你认为智慧的人就没有罪过，那么为什么王子比干会被纣王挖出心脏而死？你以为正义的人的话就会被听从，那么为什么伍子胥会被吴王夫差挖出眼睛，悬挂在国都的东门上？你以为廉节的人就会被任用，那么为什么伯夷、叔齐还饿死在首阳山？你以为忠心的人就会被任用，那么为什么鲍叔牙没被重用，叶公子高终身没有做官，鲍焦抱树而死，介子推登上绵山被火烧死？所以君子有广博的学问，深远的谋略，但没有遇到好的时机的人很多，难道只有我孔丘一个人吗！贤或不贤，这是个人材质的问题；遇到或遇不到好的君主，这是时机的问题。现在没有好的时机，贤人哪里能被任用呢？所以舜在历山的南面耕种，后来被立为天子，这是因为他遇到了尧。傅说背着泥土筑墙，后来做了大夫，这是因为他遇到了武丁。伊尹原来是有莘氏的奴仆，背着鼎，拿着砧板，烹调食物，后来被立为国相，这是因为他遇到了汤。吕望五十岁时在棘津卖食物，七十岁时在朝歌杀牛，九十岁时却做了天子的老师，这是因为他遇到了文王。管仲被捆绑囚禁在槛车里，后来被尊为仲父，这是因为他遇到了齐桓公。百里奚把自己卖了五张羊皮的价格，为秦缪公放牛，后来被举用为大夫，这是因为他遇到了秦缪公。虞丘的名声传闻于天下，做了楚国的令尹，后来又让位给孙叔敖，这是因为他遇到了楚庄王。伍子胥先前建立了很多功业，后来却被杀死，并不是他的智慧前后有高低的变化，是因为他前面遇到了阖闾，后面遇到了夫差。千里马疲惫地拉着盐车，并不是它没有千里马的外形，而是因为没有人赏识它。假使千里马没有遇到伯乐，怎么能施展出它有日行千里的脚力呢？造父也没机会施展他驾驭千里马的能力。兰草、白芷生长在茂密的树林里，在深山之间，不会因为没有人看见就不芳香。求学的人不是为了显达，而是为了使自己在遭遇穷困时，也不感到困苦，遭遇忧患时，意志也不衰颓，能够预知祸福的始末，内心不会有迷惑。所以圣人避世隐居，深思熟虑，有独到的见闻。舜也是圣贤，面朝南方而治理天下，只是因为他遇到了尧。假使舜生在桀、纣的时代，能够免于刑罚杀戮，就算好的了，哪里还有天子的位子！桀杀死了关龙逄，纣杀死了王子比干，在那个时候，难道是关龙逄没有见识，王子比干不聪明吗？这都是因为他们没有遇到好的时机。所以君子致力于学习，修养道德，端正品行，来等待恰当的时机。你就不要困惑了！"《诗经》说："鹤在曲折深远的沼泽里鸣叫，它的叫声传达到天上。"

第七章

　　曾子曰:"往而不可还者亲也,至而不可加者年也。是故孝子欲养,而亲不待也;木欲直,而时不待也①。是故椎牛而祭墓②,不如鸡豚逮亲存也。故吾尝仕为吏,禄不过钟釜③,尚犹欣欣而喜者,非以为多也,乐其逮亲也。既没之后,吾尝南游于楚,得尊官焉,堂高九仞④,榱题三围⑤,转毂百乘⑥,犹北乡而泣涕者,非为贱也,悲不逮吾亲也。故家贫亲老,不择官而仕⑦。若夫信其志⑧,约其亲者,非孝也。"《诗》曰⑨:"有母之尸雍⑩。"

【注释】

①待:许维遹《集释》:"本或作'使',与卷一第十七章'树木欲茂,霜露不使'之'使'同义。"

②椎牛:用椎击杀牛。

③钟釜(fǔ):古代计量单位。春秋时齐国以六斗四升为一釜,十釜为一钟。

④九仞(rèn):六十三尺,一说七十二尺。屈守元《笺疏》以为"九仞"太高,当从《初学记》卷十七、《事文类聚》后集三、《合璧事类》前集二十四引作"九尺"为是。

⑤榱(cuī)题:屋檐的椽子头。今通称"出檐"。围:两手拇指和食指合拢的长度。《史记·仲尼弟子列传》张守节《正义》、《御览》卷四一四引作"尺"。按,"三围"形容椽的粗度,"三尺"乃形容出檐的长度。

⑥转毂(gǔ):指车子。毂,车轮中心的圆木,周围与车辐的一端相接,中有圆孔,可以插轴。

⑦故家贫亲老,不择官而仕:此二句又见卷一第一章、第十七章。

⑧信:通"伸",施展,实现。伸其志,与"不择官而仕"相对,指为了实现自己本来的志向而不轻易出仕。

⑨《诗》曰:引诗见《诗经·小雅·祈父》。

⑩有母之尸雍:指母亲去世,不能终养,只能陈设熟食来祭祀。许慎《五经异义》引此诗曰:"陈饔以祭,志养不及亲。"(见孔颖达《毛诗正义》引)陈乔枞《韩诗遗说考》、陈奂《诗毛氏传疏》、王先谦《集疏》等皆谓许慎本《韩诗》说。尸,陈设。雍,熟食。《毛诗》作"饔"。

【译文】

曾子说:"离开了不能再回来的,是去世的父母;到极限后不能再增加的,是人的寿命。所以孝子想要孝养父母,但父母已经不等他的孝养了;树木想长得直,但时令不使它长直。所以杀了牛去墓地祭祀,不如趁着父母活着时,用鸡和猪来奉养。所以我曾经做过小官,俸禄不过几钟釜的粮食,但我还是很欣喜,并不是认为俸禄多,而是高兴能来得及奉养父母。父母去世以后,我曾经去南方游历,在楚国做了高官,我的公堂有九仞高,屋檐的椽子头有三围粗,车子有一百辆,但我还是向着北方哭泣,并不是因为官位低贱,而是悲伤来不及奉养父母。所以家中贫穷而双亲年老的人,不选择官职的大小就去做官。至于为了实现本来的志向不轻易出仕,而使得父母生活穷困的人,那不是孝子。"《诗经》说:"母亲去世,陈设熟食来祭祀母亲。"

第八章①

赵简子有臣曰周舍②,立于门下三日三夜。简子使人问之,曰:"子欲见寡人何事?"周舍对曰:"愿为谔谔之臣③,墨笔操牍④,从君之后,司君之过而书之⑤,日有记也,月有成也,岁有效也。"简子居则与之居,出则与之出。居无几何,而周舍死,简子如丧子。后与诸大夫饮于洪波之台,酒酣^⑥,简子涕泣。诸大夫皆出走,曰:"臣有罪而不自知也。"简子曰:"大夫皆无罪。昔者吾友周舍有言曰:'千羊之皮,不若一狐之腋,众人之唯唯,不若直士之谔谔。昔者商纣默默而亡,武王谔谔而昌^⑦。'今自周舍之死,吾未尝闻吾过也。吾亡无日矣,是以寡人泣也。"^⑧

【注释】

①本章并见《史记·赵世家》《新序·杂事一》。

②周舍:赵鞅家臣,好直谏。

③谔谔(è):直言争辩貌。

④墨:蘸墨。牍:古代写字用的木简。

⑤司:通"伺",伺察,观察。

⑥酣:畅快,尽兴。

⑦"千羊之皮"六句:又见《史记·商君列传》,为赵良之言。唯唯,恭顺的应答声。

⑧按,周廷寀《校注》:"此下疑脱《诗》辞。"

【译文】

赵简子有个臣子名叫周舍,他站在简子的门前三天三夜。简子派人问周舍,说:"你想见我,有什么事吗?"周舍回答说:"我希望做一个直言争辩的臣子,把笔蘸了墨,拿着简牍,跟随在主君的身后,观察主君的过失,把它记录下来,每天有记录,每月有成就,每年有成效。"简子起居,周舍就跟随他起居,简子出行,周舍就跟随出行。相处没多久,周舍就死了,简子就像死了儿子一样悲伤。后来,简子和大夫们在洪波台饮酒,酒喝得正畅快时,简子哭泣起来。大夫们都起身走出去,说:"我们有罪,但自己不知道犯了什么罪。"简子说:"大夫们都没有罪。从前我的朋友周舍曾经说过:'一千只羊的皮,不如一只狐狸腋下的皮毛,众人都唯唯诺诺,不如一个正直的士人能直言争辩。从前,商纣王因为臣子都沉默不敢劝谏而亡国,周武王因为有臣子直言争辩而兴盛。'现在自从周舍死后,我就没有听到别人指责我的过失。我不久就要灭亡了,因此我哭泣起来。"

第九章^①

　　传曰:齐景公问晏子^②:"为国何患?"晏子对曰:"患夫社鼠^③。"景公曰:"何谓社鼠?"晏子曰:"社鼠出窃于外,入托于社^④,灌之恐坏墙,熏之恐烧木。此鼠之患。今君之左右,出则卖君以要利^⑤,入则托君,不罪乎乱法^⑥,君又并覆而有之^⑦。此社鼠之患也。"景公曰:"呜呼,岂其然!""人有市酒而甚美者^⑧,置表甚长^⑨,然至酸而不售,问里人其故,里人曰:'公之狗甚猛,而人有持器而欲往者,狗辄迎而啮之^⑩,是以酒酸不售也。'士欲白万乘之主^⑪,用事者迎而啮之,亦国之恶狗也。左右者为社鼠,用事者为恶狗,此为国之大患也。"《诗》曰^⑫:"瞻彼中林,侯薪侯蒸^⑬。"言朝廷皆小人也。

【注释】

①本章并见《晏子春秋·内篇问上》《韩非子·外储说右上》《说苑·政理》,后二书皆作齐桓公问管仲。

②齐景公:名杵臼,春秋时齐国国君,齐庄公异母弟。大夫崔杼弑庄公,立以为君。在位期间,朝政昏乱,厚赋重刑,奢侈无度,百姓苦

怨。后任晏婴为正卿,稍有抑敛。在位五十八年。晏子:注见卷
二第十三章。

③社:祭祀土地神的庙。

④托:托身,藏身。

⑤要(yāo):求取。

⑥罪:治罪,惩罚。

⑦并:广,全。覆:覆庇,庇护。又,刘师培《晏子春秋补释》疑"并"
为"平"之讹,"覆"字当训为"反",犹言平反而赦之也。亦通。
有:通"宥",宽宥,赦免。

⑧市:卖。

⑨表:旗帜。此指酒旗。

⑩啮(niè):咬。

⑪白:告诉。

⑫《诗》曰:引诗见《诗经·小雅·正月》。

⑬侯:维。薪:粗柴。蒸:细柴。马瑞辰《通释》:"薪、蒸虽有大小之
分,若以对林木言,则皆为细小,故诗以喻小人耳。"

【译文】

传文说:齐景公问晏子:"治理国家有什么忧虑?"晏子回答说:"忧
虑社庙里的老鼠。"景公说:"为什么说是社庙里的老鼠?"晏子说:"社
庙里的老鼠,到外面偷吃东西,回来就藏身在社庙里,用水灌它,怕浸坏
了社庙的墙,用烟熏它,又怕烧着了社庙的木料。这是社鼠的祸害。现
在国君身边亲近的臣子,到朝廷外面就出卖国君,求取利益,回到朝廷
就托身在国君身后,国君不惩罚他们扰乱法律的罪行,反而全都庇护、宽
宥他们。这是社鼠一样的祸害。"景公说:"唉,难道真是这样吗!"晏子
说:"有一个卖酒的人,他的酒很醇美,树立的酒旗很高,但是直到酒变酸
了还卖不出去,他问同里的人其中的缘故,里人说:'你的狗太凶猛了,
有人拿着盛酒器想来买酒,狗就迎上去咬他,所以你的酒变酸了还卖不

出去。'士人想告诉大国国君治国的道理，但当权的臣子就迎上去咬他，这也如同是国家的恶狗。国君身边亲近的臣子是社鼠，当权的臣子是恶狗，这是国家的大祸患。"《诗经》说："看那树林里面，都是些粗柴、细柴。"就是说朝廷上全是小人。

第十章^①

昔者司城子罕相宋^②，谓宋君曰："夫国家之安危，百姓之治乱，在君之行赏罚。夫爵赏赐与，人之所好也，君自行之。杀戮刑罚，民之所恶也，臣请当之。"君曰："善。寡人当其美，子受其恶，寡人自知不为诸侯笑矣。"国人知杀戮之刑专在子罕也，大臣亲之，百姓畏之。居不期年，子罕遂劫宋君而夺其政。故《老子》曰^③："鱼不可脱于渊，国之利器不可以示人^④。"《诗》曰^⑤："胡为我作^⑥，不即我谋？"

【注释】

①本章并见《韩非子·外储说右下》《淮南子·道应训》《说苑·君道》。

②司城：即司空。宋国为避宋武公讳，改司空作司城。子罕：即乐喜，宋平公时任司城，有善政。然乐喜有贤名，且乐喜为司城在平公十二年（前564），平公在位四十四年乃薨于位，并无乐喜劫君之事，宋又无二司城子罕，本章所载，或战国以下寓言之说耳。

③《老子》曰：引文见《老子》第三十六章。

④利器：指权柄，权力。示：展示，显露。

⑤《诗》曰：引诗见《诗经·小雅·十月之交》。

⑥作：役使。

【译文】

从前，司城子罕做宋国的国相，对宋国国君说："国家是安全还是危险，百姓是安宁还是作乱，在于国君怎么施行赏赐和惩罚。赏赐爵位和财物，是人们所喜欢的，国君亲自去执行。执行杀戮和刑罚，是人们所厌恶的，我请求担任这些事。"宋国国君说："好的。我担当人们的赞美，你承受人们的憎恶，我知道自己不会被诸侯嘲笑了。"国人知道杀戮的权力完全由子罕掌控，大臣都亲近他，百姓都畏惧他。过了不到一年，子罕就劫持了宋国国君，篡夺了宋国政权。所以《老子》说："鱼不可以离开水渊，国家的权柄不可以展示给人。"《诗经》说："为什么役使我，不来跟我商量？"

第十一章①

卫懿公之时②，有臣曰弘演者，受命而使。未反，而狄人攻卫③。于是懿公欲兴师迎之，其民皆曰："君之所贵而有禄位者，鹤也；所爱者，宫人也。亦使鹤与宫人战，余安能战！"遂溃而皆去。狄人至，攻懿公于荥泽④，杀之，尽食其肉，独舍其肝。弘演至，报使于肝。辞毕，呼天而号。哀止，曰："若臣者，独死可耳。"于是遂自刳⑤，出腹实⑥，内懿公之肝⑦，乃死。桓公闻之，曰："卫之亡也，以无道也。今有臣若此，不可不存。"于是复立卫于楚丘⑧。如弘演，可谓忠士矣。杀身以捷其君⑨，非徒捷其君，又令卫之宗庙复立，祭祀不绝，可谓有大功矣。《诗》曰⑩："四方有羡⑪，我独居忧⑫。民莫不榖⑬，我独不敢休。"

【注释】

①本章并见《吕氏春秋·忠廉》《新序·义勇》《论衡·儒增》。

②卫懿（yì）公：名赤，惠公子，春秋时卫国国君。淫乐奢侈，好鹤，鹤乘大夫所乘轩车。懿公九年（前660），狄攻卫，国人怨怒，曰鹤有禄位，可使鹤战。懿公遂为狄人所杀。事载《左传·闵公二年》。

③狄：古代民族名。分赤狄、白狄、长狄诸部，各有支系，因其主要居住在北方，故通称为"北狄"。

④荧泽：古泽名。《左传·闵公二年》杜预注："此荧泽当在河北。"

⑤刳（kū）：剖开。

⑥腹实：指内脏。

⑦内：同"纳"。

⑧楚丘：地名。春秋卫邑，在今河南滑县东。卫文公在齐桓公帮助下复国，建都于此。

⑨捷：《册府元龟》引《外传》及《吕氏春秋·忠廉》皆作"徇"，通"殉"。

⑩《诗》曰：引诗见《诗经·小雅·十月之交》。

⑪羡：欣喜。《文选》李善注引《韩诗薛君章句》曰："羡，愿也。"马瑞辰《通释》："'愿''羡'有欣喜之义，……训'羡'为'愿'，正与'忧'相对成文。"

⑫居：处于。

⑬穀（gǔ）：善，美好。《毛诗》作"逸"。

【译文】

卫懿公的时候，有一位叫弘演的臣子，接受命令出使外国。弘演还没有回国，狄人来攻打卫国。这时懿公想要发兵迎战，卫国人民都说："国君所重视而且赏赐爵禄的是鹤，所喜爱的是宫女。国君可以派鹤和宫女去作战，我们哪里能作战呢！"于是人民都溃散离开了。狄人到达卫国，在荧泽攻打懿公，杀死了他，吃光了他的肉，只留下他的肝。弘演回到卫国，向懿公的肝汇报出使的情况。汇报完毕，呼天大哭。哀伤平息后，弘演说："像我这样的，独自去死倒是可以的。"于是自己剖腹，掏出内脏，把懿公的肝放入腹内，然后才死去。齐桓公听说了这事，说："卫国的灭亡，是因为国君不行正道。现在有弘演这样的忠臣，不可以不保全卫国。"于是在楚丘重新建立卫国。像弘演，可以算是忠诚的士人了。他自杀来为国君殉死，而且还不只是为国君殉死，还让卫国的宗庙重新建立，使卫国祖先的祭祀不断绝，弘演可算是有很大的功劳了。《诗经》说："天下人都欣喜，只有我处于忧伤之中。人民没有不美好的，只有我劳苦不敢休息。"

第十二章①

孙叔敖遇狐丘丈人②。狐丘丈人曰："仆闻之，有三利必有三患，子知之乎？"孙叔敖蹴然易容曰③："小子不敏，何足以知之。敢问何谓三利？何谓三患？"狐丘丈人曰："夫爵高者，人妒之。官大者，主恶之。禄厚者，怨归之④。此之谓也。"孙叔敖曰："不然。吾爵益高，吾志益下。吾官益大，吾心益小。吾禄益厚，吾施益博。可以免于患乎？"狐丘丈人曰："善哉言乎！尧、舜其犹病诸⑤。"《诗》曰⑥："温温恭人，如集于木。惴惴小心⑦，如临于谷。"

【注释】

①本章并见《荀子·尧问》《淮南子·道应训》《说苑·敬慎》《列子·说符》《文子·符言》。卷八第三十四章，文义亦与本章相近，可参。

②孙叔敖：注见卷二第四章。狐丘丈人：《荀子·尧问》作"缯丘之

封人"。狐丘,古邑名。丈人,古时对老年男人的尊称。

③蹴(cù)然:惊惭不安的样子。

④归:归总,汇集。

⑤病:担心,忧虑。

⑥《诗》曰:引诗见《诗经·小雅·小宛》。

⑦惴惴:忧惧戒慎貌。

【译文】

　　孙叔敖遇见一位狐丘的丈人。狐丘丈人说:"我听说,有三种利益,就一定会有三种祸患,你知道吗?"孙叔敖惊惭不安,改变了面色,说:"我愚钝,怎么能知道这个呢。请问什么叫作三种利益? 什么叫作三种祸患?"狐丘丈人说:"爵位高的人,别人嫉妒他。官职大的人,君主厌恶他。俸禄丰厚的人,怨恨都汇集到他那。这就叫三种利益、三种祸患。"孙叔敖说:"不是这样的。我的爵位越高,我的心志越谦卑。我的官职越大,我的心思越谨慎。我的俸禄越丰厚,我的施舍越广博。这样可以免于祸患了吗?"狐丘丈人说:"你的话说得好啊! 恐怕尧、舜都担心做不到这样。"《诗经》说:"温和恭敬的人,就像停歇在树上一样,唯恐坠落。忧惧戒慎,小心翼翼,就像面临着深谷,唯恐掉下去。"

第十三章①

　　孔子曰:"明王有三惧。一曰处尊位而恐不闻其过,二曰得志而恐骄,三曰闻天下之至道而恐不能行②。昔者越王勾践与吴战,大败之,兼有南夷。当是之时,君南面而立,近臣三,远臣五,令诸大夫曰:'闻过而不以告我者为上戮。'此处尊位而恐不闻其过也。昔者晋文公与楚战,大胜之,烧其军,火三日不息。文公退而有忧色,侍者曰:'君大胜楚而有忧色,何也?'文公曰:'吾闻能以战胜而安者惟圣人。若夫诈胜之徒,未尝不危,吾是以忧也。'此得志而恐骄也。昔者齐桓公得管仲、隰朋,辩其言③,说其义,正月之朝,令具太牢④,进之先祖。桓公西面而立,管仲、隰朋东面而立。桓公曰:'吾得二子也,吾目加明,吾耳加聪。不敢独擅,进之先祖。'此闻天下之至道而恐不能行者也。由桓公、晋文、越王勾践观之,三惧者,明君之务也。"《诗》曰⑤:"温温恭人,如集于木。惴惴小心,如临于谷。战战兢兢,如履薄冰。"此言文王居人上也⑥。

【注释】

①本章并见《说苑·君道》,不作孔子之言。

②"明王有三惧"四句:并见定县汉简《儒家者言》。"明王",《说苑·君道》《儒家者言》作"明主"。

③辩:指明了、明悉。

④太牢:古代祭祀,牛、羊、豕三牲具备,谓之"太牢"。

⑤《诗》曰:引诗见《诗经·小雅·小宛》。

⑥文:周廷寀《校注》:"文,本一作'太',疑当为'明'。"

【译文】

孔子说:"贤明的君王有三种恐惧。一是处在尊贵的地位,担心不能听到自己的过失;二是得意时担心自己骄傲;三是听闻了天下最好的道理,担心自己不能践行。从前,越王勾践和吴国作战,大败了吴国,兼并了南方的少数民族。这个时候,越王立在朝廷上面朝南方站着,近旁的臣子有三位,稍远的臣子有五位,越王命令大夫们说:'听到别人批评我的过失,却不告诉我的人,将要受到最重的刑罚。'这就是处在尊贵的地位,担心不能听到自己过失。从前,晋文公与楚国作战,大胜楚国,烧了楚国军营，火烧了三天都没有熄灭。文公退兵后，脸上却露出忧愁的神色，侍候他的人说：'国君不胜楚国，却还露出忧愁的神色，这是为什么啊？'文公说：'我听说能够战胜敌人而使国家安定的，只有圣人。至于用欺诈取胜的人，他的国家没有不危险的，我因此感到忧愁。'这就是得意时担心自己骄傲。从前，齐桓公得到管仲、隰朋的辅佐，明悉他们的言论，喜欢他们所谈论的道理，正月朝会的时候，准备了太牢，把他们进荐给祖先。桓公面朝西方站立，管仲、隰朋面朝东方站立。桓公说：'我得到管仲、隰朋两个人，我眼睛观察事物更加明亮了，耳朵听闻事理更加聪敏了。我不敢独自专有，把他们进荐给祖先。'这是听闻了天下最好的道理，担心自己不能践行。从齐桓公、晋文公、越王勾践来看，上面所说的三种恐惧，是贤明的君主应该要努力的。"《诗经》说："温和恭敬的人，就像停歇在树上一样，唯恐坠落。忧惧戒慎，小心翼翼，就像面临着深谷，唯恐掉下去。战战兢兢，就像行走在冰面上。"这说的是圣明的君王在人上时小心谨慎的样子。

第十四章①

　　楚庄王赐其群臣酒。日暮酒酣，左右皆醉。殿上烛灭，有牵王后衣者，后挖冠缨而绝之②，言于王曰："今烛灭，有牵妾衣者，妾挖其缨而绝之。愿趣火视绝缨者③。"王曰："止！"立出令曰："与寡人饮，不绝缨者，不为乐也。"于是冠缨无完者，不知王后所绝冠缨者谁。于是王遂与群臣欢饮，乃罢。后吴兴师攻楚④，有人常为应行合战者⑤，五陷阵却敌，遂取大军之首而献之⑥。王怪而问之曰："寡人未尝有异于子，子何为于寡人厚也？"对曰："臣先殿上绝缨者也，当时宜以肝胆涂地⑦。负日久矣⑧，未有所效。今幸得用于臣之义，尚可为王破吴而强楚。"《诗》曰⑨："有漼者渊⑩，萑苇淠淠⑪。"言大者无不容也。

【注释】

①本章并见《说苑·复恩》。

②挈(jié)：拉拽。绝：断。

③趣(cù)：迅速。

④后吴兴师攻楚：《说苑·复恩》作"晋与楚战"，向宗鲁《说苑校证》："庄王时，吴无伐楚事。"

⑤应行：前行，先锋。许维遹《集释》："'应行'犹颜行，其义为首行、前行也。"《说苑·复恩》作"在前"。

⑥大军：许维遹《集释》："'大军'犹将军也。"

⑦肝胆涂地：形容惨死。

⑧负：许维遹《集释》："《广雅·释诂》：'负，后也。'言延缓久矣。"

⑨《诗》曰：引诗见《诗经·小雅·小弁》。

⑩漼(cuǐ)：水深的样子。

⑪萑(huán)：荻草。《毛诗》作"雚"。淠淠(pài)：茂盛的样子。《毛诗》作"渒渒"，毛传："众也。"

【译文】

楚庄王赏赐群臣饮酒。天晚了，酒喝得十分酣畅，大家都醉了。殿上的烛火灭了，有人拉扯王后的衣服，王后拽住他的帽带，把它扯断了，对庄王说："这会儿烛火灭了，有人拉扯我的衣服，我拽住他的帽带，把它扯断了。请赶快点上烛火看看谁的帽带断了。"庄王说："不要这样！"立刻下令说："今天跟我饮酒，不扯断帽带的，就不算喝得高兴。"因此群臣都把帽带扯断，没有一个人的帽带是完好的，因而不知道被王后扯断帽带的是谁了。于是庄王和群臣饮酒尽欢，然后才散去。后来，吴国发兵攻打楚国，有一个人经常打先锋，与吴军交战，五次深入敌人阵地，击退敌人，最终割取了吴军将军的头，进献给庄王。庄王奇怪地问道："我对待你没有什么不同于别人的，你为什么对我这么忠诚啊？"那人回答说："我就是之前在殿上被王后扯断帽带的人，我当时就应该惨死的。已经延缓很久了，没有机会报效你。现在很庆幸得到任用，尽到我做臣子的道义，还可以为大王打败吴国，使楚国强大。"《诗经》说："深深的水渊，荻草和芦苇长得很茂盛。"就是说心胸宽大的人没有不包容的。

第十五章

传曰：伯奇孝而弃于亲①，隐公慈而杀于弟②，叔武贤而杀于兄③，比干忠而诛于君。《诗》曰④："予慎无辜⑤。"

【注释】

①伯奇：周宣王时重臣尹吉甫的长子。母死，后母欲立其子伯封为世子，乃谮伯奇，吉甫怒，放伯奇于野。

②隐公：即鲁隐公，名息姑，一作"息"，鲁惠公长庶子。后惠公娶宋女为夫人，生子名允，为太子。惠公死后，因允年幼，隐公摄政行君事。十一年（前712），公子翚劝隐公杀允而自立，并自求为卿。隐公不从。翚乃反谮于允，杀隐公。允即位为桓公。

③叔武：名武，谥夷，春秋时卫文公之子，卫成公之弟。城濮之战后，卫成公逃往楚国，叔武摄位参加践土之盟，并设法使成公回国。有人向成公告发元咺立叔武为君，卫成公回国，以为叔武篡位，杀叔武。

④《诗》曰：引诗见《诗经·小雅·巧言》。

⑤慎：诚，确实。

【译文】

传文说：伯奇孝顺，却被他的父亲抛弃；鲁隐公慈爱，却被他的弟弟

一

杀害;叔武贤能,却被他的哥哥杀害;比干忠心,却被他的国君杀害。《诗经》说:"我实在是无辜。"

第十六章①

纣杀王子比干,箕子被发佯狂。陈灵公杀洩冶②,邓元去陈以族从③。自此之后,殷并于周,陈亡于楚,以其杀比干、洩冶,而失箕子、邓元也。燕昭王得郭隗④,而邹衍、乐毅以齐、魏至⑤。于是兴兵而攻齐,栖闵王于莒⑥。燕度地计众⑦,不与齐均也。然所以信意至于此者⑧,由得士也。故无常安之国,无恒治之民,得贤者昌,失贤者亡,自古及今,未有不然者也。明镜者,所以照形也。往古者,所以知今也。知恶往古之所以危亡,而不务袭蹈其所以安存,则未有以异乎却走而求逮前人也⑨。太公知之,故举微子之后而封比干之墓⑩。夫圣人之于贤者之后,尚如是其厚也,而况当世之存者乎?《诗》曰⑪:"昊天太忨⑫,予慎无辜。"

【注释】

①本章并见《大戴礼记·保傅》《新书·胎教》《说苑·尊贤》,"明镜者,所以照形也"以下五句,亦见《孔子家语·观周》。

②陈灵公:名平国,春秋时陈国国君。与大夫孔宁、仪行父私通于大夫御叔之妻夏姬。三人饮于夏氏,辱夏姬之子夏徵舒。徵舒怒,杀灵公。在位十五年。洩冶:注见卷一第二十六章。

③邓元:陈国大夫。

④燕昭王:名平,战国时燕王哙之子。时燕为齐所破,即位后,招纳贤士,其后以乐毅为上将军,伐齐,入临淄,下齐七十余城,燕乃复

强。在位三十三年。郭隗（wěi）：燕昭王欲报齐仇，问计于隗，隗以"千金市马"为喻说昭王。昭王悦，乃为隗筑宫，待以师礼。筑黄金台以招贤者，于是乐毅等争赴燕国。

⑤邹衍：战国时齐国人。居稷下，曾历游魏、燕、赵等国，见尊于诸侯。燕昭王为筑碣石宫，亲往师之。好谈天文，时人称为"谈天衍"。提出五德转移说、大九州说。有《邹子》《邹子终始》，已佚。乐毅：魏将乐羊之后。战国时中山国灵寿人。燕昭王招徕贤者，毅自魏入燕，任为亚卿。燕昭王二十八年（前287），拜上将军，率联军大破齐军，以功封昌国君。燕惠王即位，中齐反间计，毅出奔赵国，赵封毅于观津，号望诸君。后卒于赵。

⑥栖：栖身，托身。闵王：即齐闵王，亦称"齐湣王""齐愍王"。名地，一作"遂"，宣王子。在位期间，任孟尝君为相，匡章为将。十七年（前284），燕、秦、楚、三晋联合攻齐，燕将乐毅大破齐军于临淄，闵王出亡至莒。楚将淖齿受楚顷襄王命救齐，被闵王任为齐相。淖齿思与燕瓜分齐，杀闵王。

⑦度：丈量。《大戴礼记·保傅》作"支"，《说苑·尊贤》作"校"，义同"度"。

⑧信：通"伸"，施展，伸张。

⑨"故无常安之国"至"则未有以异乎却走而求逮前人也"：又见卷五第十九章。往古者，所以知今也，许维遹《集释》"往古"上校补有"修"字，并云："说详卷五第十九章。"按，《集释》卷五第十九章并无"修"字，亦无校，又见于《大戴礼记·保傅》《新书·胎教》《说苑·尊贤》者亦无"修"字，故不从《集释》。

⑩微子：名启，纣同母庶兄，微为畿内国名，子为封爵。纣暴虐，微子数谏不听，遂出走。周武王灭商，面缚衔璧请降。周公诛武庚后，封微子于商丘，国号宋。王聘珍《大戴礼记解诂·保傅》："'后'者，谓封比干之墓，即在与（举）微子之后也。"封：封土，为坟堆

培土。

⑪《诗》曰：引诗见《诗经·小雅·巧言》。又引见卷四第一章。

⑫太：卷四第一、二章及《毛诗》均作"大"。

【译文】

纣王杀死了王子比干，箕子披散头发，假装疯狂。陈灵公杀死了泄冶，邓元带领族人离开陈国。从此以后，殷被周兼并，陈被楚灭国，就因为他们杀死了比干、泄冶，失去了箕子、邓元。燕昭王得到郭隗的建议，招纳贤士，然后邹衍、乐毅分别从齐国、魏国来到燕国。于是燕国起兵攻打齐国，使得齐闵王逃亡到莒地栖身。丈量燕国的土地，计算燕国的人口，不能和齐国相比。然而之所以能够伸张自己的意志到这个地步，原因就在于得到了贤人的辅佐。所以没有长久安定的国家，没有永远服从统治的人民，得到贤人国家就会昌盛，失去贤人国家就会灭亡，从古到今，没有不是这样的。明亮的镜子，可以用来照见形体；过去的历史，可以用来认识现在。知道厌恶古代那些使国家危亡的做法，却不去继承古代那些使国家安定的做法，这就无异于倒退而行，却希望赶上前面的人。太公知道这个道理，所以举荐微子，之后给比干的墓封土。圣人对于贤人的后人，尚且如此重视，更何况当代活着的贤人呢？《诗经》说："周王太傲慢了，我实在是无辜。"

第十七章①

宋玉因其友见楚襄王②，襄王待之无以异，乃让其友③。其友曰："夫姜桂因地而生④，不因地而辛。女因媒而嫁，不因媒而亲。子之事王未耳，何怨于我？"宋玉曰："不然。昔者齐有狡兔，曰东郭逡⑤，盖一日而走五百里。于是，齐有良狗曰韩卢，亦一日而走五百里。使之瞻见指注⑥，虽良狗犹不及众兔之尘。若摄缨而纵绁之⑦，则狡兔亦不能离也。今子之属臣也⑧，摄缨纵绁与？瞻见指注与？"其友曰⑨："仆人有过，仆人有过。"《诗》曰⑨："将安将乐⑩，弃予如遗。"

【注释】

①本章并见《新序·杂事五》《渚宫旧事》。又见《说苑·善说》，为客对孟尝君之言。

②宋玉：战国时楚国鄢人。或谓屈原弟子。楚顷襄王时，为大夫。隽才辩给，善属文而识音，与唐勒、景差皆好辞赋，有《九辩》《高唐赋》《神女赋》《风赋》《登徒子好色赋》等作品。因：凭借，依靠。楚襄王：即楚顷襄王。名横，楚怀王之子。初在齐为质，怀王扣于秦，被迎归即位。在位期间，秦屡败楚军。二十一年（前278），秦将白起攻破楚都郢，烧先王陵墓，楚王兵散，迁都陈城。在位三十六年。

③让：责让，责备。

④姜桂：生姜和肉桂。

⑤东郭𫖮（jùn）：狡兔名。

⑥瞻见：远望。指注：指示方向。《新序·杂事五》《渚宫旧事》《说苑·善说》作"指属"，"注""属"古通。

⑦摄：执持，牵着。缨：本指套马的革带，驾车用，此解作系在狗胸前的革带。绁（xiè）：带子，绳子。

⑧属（zhǔ）：托付，介绍。

⑨《诗》曰：引诗见《诗经·小雅·谷风》。

⑩将：薛君《韩诗章句》："将，辞也。"

【译文】

宋玉通过朋友的引荐去见楚襄王，襄王没有特别优待宋玉，宋玉因此责备他的朋友。他的朋友说："生姜和肉桂凭借土地而生长，但不能凭借土地就变得辛辣。女子凭借媒人的介绍而嫁人，但不能凭借媒人就能和丈夫相亲爱。你事奉君王没有尽心，为什么要埋怨我呢？"宋玉说："不是这样的。从前，齐国有一种狡猾的兔子，叫作'东郭逡'，一天能跑五百里。同时，齐国有一种优良的狗，叫作'韩卢'，一天也能跑五百里。如果只让狗远远看见兔子，指示它追跑的方向，即使优良的狗也追不到狡兔奔跑扬起的灰尘。如果牵着狗胸前的革带，然后放开系狗的带子，那么狡兔也不能逃脱。现在你把我介绍给襄王，是牵着胸前的革带，又放开带子呢？还是让我远望一下，只指示一下方向呢？"他的朋友说："我有过错，我有过错。"《诗经》说："安乐的时候，抛弃我像遗弃东西一样。"

第十八章①

宋燕相齐见逐②，罢归之舍，召门尉陈饶等二十六人③，曰："诸大夫有能与我赴诸侯者乎？"陈饶等皆伏而不对。宋燕曰："悲乎哉！何士大夫易得而难用也！"陈饶对曰："非士大夫易得而难用也，君弗能用也。君不能用，则有不平之心④。是失之己而责诸人也。"宋燕曰："夫失诸己而责诸人者何？"陈饶对曰："三斗之稷不足于士，而君雁鹜有余粟⑤，是君之一过也。果园梨栗，后宫妇人以相提掷，而士曾不得一尝，是君之二过也。绫纨绮縠⑥，靡丽于堂，从风而弊⑦，而士曾不得以为缘⑧，是君之三过也。且夫财者，君之所轻也；死者，士之所重也。君不能行君之所轻，而欲使士致其所重，譬犹铅刀畜之⑨，而干将用之⑩，不亦难乎？"宋燕面有惭色，逡巡避席曰⑪："是燕之过也。"《诗》曰⑫："或以其酒，不以其浆⑬。"

【注释】

①本章并见《战国策·齐策四》《说苑·尊贤》《新序·杂事二》。

②宋燕：战国时人。《战国策·齐策四》作"管燕"，《说苑·尊贤》作"宗卫"，《新序·杂事二》作"燕相"。

③门尉：守门的官吏。陈饶：《战国策·齐策四》作"田需"，《说苑·尊贤》作"田饶"，"陈""田"古通。

④不平：愤慨，不满。

⑤雁：鹅。鹜（wù）：鸭。

⑥绫：细薄而纹如冰凌的丝织品。纨（wán）：细致洁白的薄绸。绮（qǐ）：有文采的丝织品。縠（hú）：有皱纹的纱。

⑦弊：败坏。

⑧缘：衣服上的饰边。

⑨铅刀：铅制的刀。铅质软，作刀不锐，故比喻无用的人和物。畜：养。

⑩干将：古代名剑。相传春秋吴有干将、莫邪夫妇善铸剑，为阖闾铸阴阳剑，阳曰"干将"，阴曰"莫邪"。

⑪逡（qūn）巡：却行，表示恭顺。

⑫《诗》曰：引诗见《诗经·小雅·大东》。

⑬浆：古代一种微酸的饮料。

【译文】

宋燕任齐国的国相，被驱逐，免职回家，召集门尉陈饶等二十六人，说："大夫们有谁能和我一起去诸侯各国？"陈饶等都伏在地上不回答。宋燕说："可悲啊！为什么士大夫容易得到，却难以任用呢！"陈饶回答说："不是士大夫容易得到，却难以任用，是你不能任用他们。你不能任用他们，他们心里就有不满。是你自己有过失，却责怪别人。"宋燕说："自己有过失，却责怪别人，是什么意思？"陈饶回答说："你给士人的薪俸都不足三斗黍稷，而你的鹅、鸭却有吃不完的粟子，这是你的第一个过失。你果园里的梨枣，后宫的妇人们拿来互相投掷，但士人却一个也尝不到,这是你的第二个过失。各种精美的丝绸,在堂上奢华地挂着,随风吹刮而败坏,但士人却不能拿来做衣服的饰边,这是你的第三个过失。而且财物是你所轻视的,死亡是士人所重视的。你不能把你所轻视的东西分给士人,却想让士人把他所重视的东西献给你,这就是像钝而无用的铅刀一样养着他们,却想让他们有宝剑干将一样的用途,岂不是很难吗?"宋燕露出惭愧的神色,后退离开坐席,说:"是我的过失。"《诗经》说:"有人可以喝酒,有人连水浆也喝不到。"

第十九章

传曰:善为政者,循情性之宜①,顺阴阳之序,通本末之理②,合天人之际。如是则天气奉养而生物丰美矣。不知为政者,使情压性,使阴乘阳③,使末逆本,使人诡天④,气鞠而不信⑤,郁而不宣⑥。如是则灾害生,怪异起,群生皆伤,而年谷不熟。是以其动伤德,其静亡救。故缓者事之,急者弗知,日反理而欲以为治。《诗》曰⑦:"废为残贼⑧,莫知其尤⑨。"

【注释】

①循:遵循,依循。宜:安宜。指人所安宜的天然本性。

②理:条理,秩序。下文"使末逆本"即不"通本末之理"。

③乘:凌驾。

④诡:违背。

⑤鞠:弯曲。指压抑。信:通"伸",伸展。

⑥宣:疏通,舒畅。

⑦《诗》曰:引诗见《诗经·小雅·四月》。

⑧废:毛传:"废,大也。"王先谦《集疏》谓鲁、韩、毛同训。残贼:残害。

⑨尤:罪过。

【译文】

传文说:善于执政的人,会依循人所安宜的天然性情,顺应阴阳的次序,通达本末之间的条理,符合天人之间的关系。这样,自然的气息就能够生养万物,万物长得丰盛。不懂得执政的人,会使人的情欲压制本性,使阴气凌驾于阳气,使末节倒逆了根本,使人违背天道,自然的气息压抑而不能伸展,郁结而不能散发。这样,灾害就会发生,怪异的事情兴起,万物都受到伤害,五谷不能成熟。因此他有所行动就伤害德性,静止也无所补救。所以和缓的事情去做,急迫的事情却不知道去做,每天做的事情都违背事理,却还想着使国家得到治理。《诗经》说:"做了很多残害人民的事,却不知道自己的罪过。"

第二十章①

魏文侯之时②,子质仕而获罪焉③,去而北游,谓简主曰④:"从今已后,吾不复树德于人矣⑤。"简主曰:"何以也?"质曰:"吾所树堂上之士半,吾所树朝廷之大夫半,吾所树边境之人亦半。今堂上之士恶我于君,朝廷之大夫恐我以法,边境之人劫我以兵,是以不复树德于人也。"简主曰:"噫!子之言过矣。夫春树桃李,夏得阴其下⑥,秋得食其实;春树蒺藜,夏不可采其叶,秋得其刺焉。由此观之,在所树也。今子之所树,非其人也,故君子先择而后种也。"《诗》曰⑦:"无将大车⑧,惟尘冥冥⑨。"

【注释】

①本章并见《韩非子·外储说左下》《说苑·复恩》,然所涉时代、人

物有异。

②魏文侯：注见卷三第六章。

③子质：人名。生平不详。按，《韩非子·外储说左下》作"阳虎去齐走赵"，《说苑·复恩》作"阳虎得罪于卫"，周廷寀《校注》："以《左氏春秋》证之，阳虎因于齐而逃奔宋，遂奔晋，适赵氏。则《韩》说为近也。"

④简主：人名。生平不详。按，《韩非子·外储说左下》作"简主"，《说苑·复恩》作"简子"，其人与阳虎同时，知是赵简子，而本章当魏文侯时，据《史记·六国年表》，魏文侯即位，在赵简子卒后三十三年，则此"简主"非赵简子。

⑤树德：施德，施恩。

⑥阴（yìn）：通"荫"，指在树荫下乘凉。

⑦《诗》曰：引诗见《诗经·小雅·无将大车》。

⑧将：推扶。大车：用牛拉的货车。按，《外传》引此诗以证所树非其人，《荀子·大略》引此二语，言无与小人处，《毛序》"大夫悔将小人"，皆以"大车"比"小人"，是三家与毛义同。

⑨冥冥（míng）：昏暗的样子。

【译文】

魏文侯的时候，子质做官犯了罪，离开魏国去北方赵国游历，对简主说："从今以后，我不再对人施德了。"简主说："为什么啊？"子质说："堂上的士人有一半是我培植的，朝廷上的大夫有一半是我培植的，驻守边境的官员有一半是我培植的。现在，堂上的士人在国君面前诽谤我，朝廷上的大夫用刑法恐吓我，驻守边境的官员用武器威胁我，所以我不再对人施德了。"简主说："唉！你的话错了。春天种植桃树、李树，夏天就可以在树荫下乘凉，秋天可以吃它们的果实；春天种植蒺藜，夏天不能采摘它的叶子，秋天也只能得到它的刺。由此看来，关键在于种植的是什么。现在你所培植的，都不是合适的人，所以君子要先加以选择然后才培植。"《诗经》说:"不要推扶大车,因为大车后面会扬起漫天昏暗的灰尘。"

第二十一章^①

正直者顺道而行,顺理而言,公平无私,不为安肆志^②,不为危敿行^③。昔卫献公出走^④,反国及郊,将班邑于从者而后入^⑤。太史柳庄曰:"如皆守社稷,则孰负羁絷而从^⑥?如皆从,则孰守社稷?君反国而有私也^⑦,无乃不可乎?"于是不班也。柳庄正矣。昔者卫大夫史鱼病且死^⑧,谓其子曰:"我数言蘧伯玉之贤而不能进^⑨,弥子瑕不肖而不能退^⑩。为人臣,生不能进贤而退不肖,死不当治丧正堂,殡我于室足矣^⑪。"卫君问其故^⑫,其子以父言闻。君造然召蘧伯玉而贵之^⑬,而退弥子瑕,徙殡于正堂,成礼而后去。生以身谏,死以尸谏,可谓直矣。《诗》曰^⑭:"静恭尔位^⑮,好是正直。"

【注释】

①本章所载柳庄事,并见《礼记·檀弓下》;史鱼事,并见《大戴礼记·保傅》《新书·胎教》《新序·杂事一》《孔子家语·困誓》,及《后汉书·朱穆传》注引《韩子》、《艺文类聚》卷二四引《逸礼》。

②肆:放纵。

③敿(yì):轻易,轻率。

④卫献公:名衎,春秋时卫国国君。卫定公之子。卫献公十八年(前559),不敬孙林父和甯殖,为二人驱逐,立其弟剽为君(卫殇公)。后甯喜杀殇公,驱逐孙林父,献公得复位,在外凡十二年。旋为晋人所执,因齐、郑斡旋获释。归国后,患甯喜专权,杀之。前后在位二十一年。

⑤班：颁赐，赏赐。

⑥羁絷（jī zhí）：马络头和马缰绳。《礼记·檀弓下》"絷"作"靮（dí）"，义同。

⑦私：偏私。

⑧史鱼：即史鳅，字子鱼，亦称"史鱼"，春秋时卫国史官。

⑨蘧（qú）伯玉：名瑗，字伯玉，蘧无咎之子。春秋时卫国大夫。有贤德，知进退，吴季札过卫赞许为君子。孔子至卫，寄居于其家。孔子曾称赞史鱼、蘧伯玉："直哉史鱼！邦有道，如矢；邦无道，如矢。君子哉蘧伯玉！邦有道，则仕；邦无道，则可卷而怀之。"（《论语·卫灵公》）

⑩弥子瑕：春秋时卫国大夫。灵公时，有殊宠。母病，矫驾君车以出，按法当刖，而公以为孝。又尝从公游果园，以食余之桃啖君，公以为爱。后宠爱衰弛，前二事皆成罪状，被黜。

⑪殡：死者入殓后停枢以待葬。室：《后汉书·儒林列传》注引"室"上有"侧"字。

⑫卫君：指卫灵公。注见卷六第二十章。

⑬造然：马上，立刻。《广雅·释诂》："造，猝也。"

⑭《诗》曰：引诗见《诗经·小雅·小明》。又引见卷四第八章。

⑮静恭：谨慎恭敬。《毛诗》作"靖共"。

【译文】

正直的人遵循正道做事，依照正理说话，公平无私，不因为处在安定的环境而放纵自己的心志，不因为处在危险的环境就做出轻率的行为。从前，卫献公逃亡出国，后来回国复位，到达城郊时，想要先赏赐城邑给跟随他逃亡的人，然后再进入都城。太史柳庄说："如果大家都留下来守卫国家，那么谁来背负马络头、拉着马缰绳来跟随国君逃亡呢？如果大家都跟随国君逃亡，那么谁留下来守卫国家呢？国君刚回国就有偏心，恐怕不可以吧？"于是卫献公不赏赐随从了。柳庄是正直的人啊。从前，

卫国大夫史鱼生病,快要死了,对他的儿子说:"我屡次对国君说蘧伯玉
贤能,但蘧伯玉一直没被进用,弥子瑕没有德行,但弥子瑕一直没被黜
退。做臣子的,活着的时候不能进荐贤人、黜退小人,死后不能在正堂办
理丧事,把我停殡在侧室就足够了。"卫灵公去吊丧,询问不在正堂治丧
的原因,史鱼的儿子把父亲的话告诉卫灵公。卫灵公马上召见蘧伯玉,
给他尊贵的官位,罢免弥子瑕,把史鱼的灵柩迁移到正堂,行礼完毕,然
后才离开。史鱼活着的时候用生命去劝谏,死后用尸体去劝谏,可以算
是正直的人了。《诗经》说:"谨慎恭敬地做好你的职务,喜爱正直的人。"

第二十二章①

　　孔子闲居,子贡侍坐,请问为人下之道奈何②。孔子曰:
"善哉! 尔之问也。为人下,其犹土乎。"子贡未达③。孔子
曰:"夫土者,掘之得甘泉焉,树之得五谷焉,草木植焉④,鸟
兽鱼鳖遂焉⑤。生前立焉,死则入焉。多功不言,赏世不绝。
故曰:能为人下者⑥,其惟土乎?"子贡曰:"赐虽不敏,请事
斯语⑦。"《诗》曰⑧:"式礼莫愆⑩。"

【注释】

①本章并见《荀子·尧问》《说苑·臣术》《孔子家语·困誓》及定
县汉简《儒家者言》。

②下:谦下。《荀子·尧问》杨倞注:"下,谦下也。"《说苑》将此章编
入《臣术》,则以"为人下之道"指为臣之道。观孔子答语,乃以土
地居下"多功不言,赏世不绝",故子贡所问,当是为人谦下之道。

③达:通晓,理解。

④植:生长。

⑤遂：成长。

⑥能：善。

⑦事：从事，实践。

⑧《诗》曰：引诗见《诗经·小雅·楚茨（cí）》。

⑨式：法，遵循。愆（qiān）：差错。

【译文】

　　孔子在家闲居，子贡在旁陪坐，请教为人谦下的方法是怎样。孔子说："好啊！你的问题。为人谦下，大概就像土地吧。"子贡未能理解。孔子说："土地，挖掘它就会得到甘泉，耕种它就会得到五谷，草木在那里生长，鸟兽鱼鳖在那里成长。万物活着时立在地上，死后埋入地里。土地有很多功劳，却不说出来，它对世间的赏赐源源不绝。所以说：善于为人谦下的，大概只有土地吧？"子贡说："我虽然愚钝，也愿意遵照你所说的话去做。"《诗经》说："遵循礼去做，没有差错。"

第二十三章①

　　传曰：南假子过程本子②，本子为之烹鲤鱼③。南假子曰："吾闻君子不食鲤鱼。"本子曰："此乃君子不食也，我何与焉④？"假子曰："夫高比所以广德也，下比所以狭行也。比于善者，自进之阶；比于恶者，自退之原也。且《诗》不云乎⑤：'高山仰止⑥，景行行止⑦。'吾岂自比君子哉？志慕之而已矣⑧。"

【注释】

①本章并见《说苑·杂言》。

②南假子：人名。生平不详。《说苑·杂言》作"南瑕子"。过：造

访，拜访。程本子：注见卷二第十六章。

③鳠（lǐ）鱼：又称"鳢鱼"，俗称"黑鱼""乌鳢"，亦名"鲷"。性凶
　　猛，捕食其他鱼类，故养鱼者多不饲养，君子亦不食。《说苑·杂
　　言》作"鲵"，因其声如小儿啼，俗称"娃娃鱼"，故君子不忍食。

④与：参与。

⑤《诗》：引诗见《诗经·小雅·车辖（xiá）》。

⑥止：之。《释文》："仰止，本或作'仰之'。"

⑦景行：广大的德行。按，朱熹《诗集传》："景行，大道也。"读"行"
　　为"户康反"，"高山"与"大道"对言。后人多从朱说，然宋代前
　　皆读"行"为"下孟反"（《释文》），本章上文"夫高比所以广德
　　也"，即是言有高德者当仰慕之、则行之，可知《韩诗》亦读作"德
　　行"之"行"。行：指向往。《史记·三王世家》引《诗》作"向"，
　　林义光《诗经通解》谓"'行止'当作'向止'"。

⑧志：心。慕：向慕，向往。《说苑·杂言》作"向"。

【译文】

传文说：南假子去拜访程本子，本子为他烹煮了一条鳠鱼。南假子
说："我听说君子不吃鳠鱼。"本子说："这是君子不吃的东西，跟我有什
么关系呢？"假子说："跟德行比自己高的人比，会让自己的德行增广；跟
德行比自己低的人比，会让自己的德行狭隘。跟做得好的人比，是使自
己进步的阶梯；跟做得不好的人比，是使自己退步的根源。而且《诗经》
不是说嘛：'高大的山，我仰望它；广大的德行，我向往它。'我哪里是把
自己比作君子呢？我只是心里向往成为君子罢了。"

第二十四章①

　　子贡问大臣。子曰："齐有鲍叔②，郑有子皮③。"子贡
曰："否。齐有管仲④，郑有东里子产⑤。"孔子曰："然。吾闻

鲍叔之荐管仲也，子皮之荐子产也，未闻管仲、子产有所荐也。"子贡曰："然则荐贤贤于贤？"曰："知贤，智也；推贤，仁也；引贤⑥，义也。有此三者，又何加焉？"⑦

【注释】

①本章并见《说苑·臣术》《孔子家语·贤君》《刘子·荐贤》。

②鲍叔：注见卷七第六章。

③子皮：又称"罕虎"，子展之子，春秋时郑国人。郑简公二十二年（前544），继父位为郑执政。次年，见子产贤而有才，将执政让于子产，并助子产理政。死后，子产为之痛哭。

④管仲：注见卷三第七章。

⑤东里子产：注见卷三第七章。《论语·宪问》"东里子产润色之"，何晏《集解》："马曰：'子产居东里，因以为号。'"

⑥引贤：选用贤人。

⑦按，周廷寀《校注》："亦脱《诗》辞。"

【译文】

子贡向孔子询问哪些人算得上大臣。孔子说："齐国有鲍叔牙，郑国有子皮。"子贡说："不对。齐国有管仲，郑国有东里子产。"孔子说："是的。我听说鲍叔牙推荐了管仲，子皮推荐了子产，但没有听说管仲、子产推荐了谁。"子贡说："那么推荐贤人的人比贤人更贤吗？"孔子说："识别贤人，是智；推荐贤人，是仁；选用贤人，是义。一个人有这三种美德，还有什么需要添加的呢？"

第二十五章

孔子游于景山之上①，子路、子贡、颜渊从。孔子曰："君子登高必赋②。小子愿者何？言其愿，丘将启汝。"子路曰：
"由愿奋长戟，荡三军③，乳虎在后④，仇敌在前，蠡跃蛟奋⑤，
进救两国之患。"孔子曰："勇士哉！"子贡曰："两国构难⑥，
壮士列阵，尘埃涨天，赐不持一尺之兵，一斗之粮，解两国之
难。用赐者存，不用赐者亡。"孔子曰："辩士哉！"颜回不
愿。孔子曰："回何不愿？"颜渊曰："二子已愿，故不敢愿。"
孔子曰："不同，意各有事焉。回其愿，丘将启汝。"颜渊曰：
"愿得小国而相之。主以道制，臣以德化，君臣同心，外内相
应。列国诸侯，莫不从义向风。壮者趋而进，老者扶而至。
教行乎百姓，德施乎四蛮，莫不释兵，辐辏乎四门⑦，天下咸
获永宁。蠉飞蠕动⑧，各乐其性⑨。进贤使能，各任其事。于
是君绥于上⑩，臣和于下，垂拱无为⑪，动作中道，从容得礼。
言仁义者赏，言战斗者死。则由何进而救，赐何难之解？"
孔子曰："圣士哉！大人出，小子匿⑫。圣者起，贤者伏。回
与执政，则由、赐焉施其能哉！"《诗》曰⑬："雨雪麃麃⑭，曣
晲聿消⑮。"

【注释】

①景山：山名。又见《诗经·商颂·殷武》《鄘风·定之方中》，《水
　经注》："菏水分于定陶东北，……又北径景山东。"《太平寰宇
　记》："景山，在澶州卫南县东南三里。"在今河南滑县东。

②赋：陈述。

③荡：冲杀。

④乳虎：育子的母虎。为护虎仔，母虎特别凶猛。

⑤蠡（lǐ）：虫名。吃木虫。

⑥构难：结仇交战。

⑦辐辏（fú còu）：聚集。四门：四方之门。《尚书·尧典》："宾于四门，四门穆穆。"

⑧蠉（xuān）飞：虫类飞行。蝡动：虫类爬行。

⑨性：生。

⑩绥（suí）：安。

⑪垂拱：垂衣拱手。指不亲理事务，无所作为。

⑫小子：犹小人，德行低劣的人。

⑬《诗》曰：引诗见《诗经·小雅·角弓》。又引见卷四第二十二章。

⑭麃麃（biāo）：雪盛大的样子。《毛诗》作"瀌瀌"。

⑮曣睍（yàn xiàn）：指日出。聿（yù）：句中语助词。消：消释，融化。《毛诗》作"见睍曰消"。

【译文】

孔子在景山上游玩，子路、子贡和颜渊随从着。孔子说："君子登上高处，一定会陈述自己的志向。你们的志向是什么？你们都说说自己的志向，我将启发你们。"子路说："我希望挥动长戟，率领三军冲杀，虽然后面有凶猛的母虎，前面有仇敌，我也像蠡虫一样跳跃，蛟龙一样奋勇，向前去解救两国的危难。"孔子说："你真是个勇士啊！"子贡说："两国结仇交战，强壮的战士已经列好了战阵，尘埃飞扬，遮天蔽日，我连一尺长的兵器也不拿，一斗粮食也不带，就可以化解两国之间的仇怨。任用我的国家可以生存，不用我的国家就会灭亡。"孔子说："你真是个辩士啊！"颜渊不想说他的志向。孔子说："颜回，你为什么不说说你的志向呢？"颜渊说："两位同学已经说了他们的志向，所以我不敢说了。"孔子说："每个人的志向不同，各有各的追求。颜回你还是说说你的志向吧，我将启发你。"颜渊说："我希望得到一个小国，担任小国的卿相。君主用正道统治国家，臣子用道德教化人民，君臣同心，朝廷内外互相应合。各国诸侯都像风一样迅速地归向正义。壮年人快走进入我国，老年人扶持着来到我国。教化通行于百姓,恩德施行于四方少数民族,大家都放下武器,聚集在都城四方的大门,天下都获得了永久的安宁。连飞行的虫子、蠕动的虫子,都能享受它们的生命。君主进用贤能的人,各自胜任自己的事务。因此君主能够安居上位,臣子在下能够和谐相处,君主垂衣拱手,无所作为,行为合乎正道,从容得体。奖赏谈论仁义的人,处死鼓吹战争的人。那么仲由到哪里去拯救危难呢? 端木赐又有什么仇怨要去化解呢?"孔子说:"你真是个圣人啊! 德行高尚的人出现了,德行低劣的人就隐匿了。圣人出现了,贤人就要隐居起来了。如果颜回执政,那么仲由、端木赐怎么施展他们的才能呢!"《诗经》说:"雪下得很大,但太阳出来,雪就融化了。"

第二十六章①

昔者孔子鼓瑟②,曾子、子贡侧门而听。曲终,曾子曰:"嗟乎! 夫子瑟声殆有贪狼之志,邪僻之行③,何其不仁趋利之甚?"子贡以为然,不对而入。夫子望见子贡有谏过之色,应难之状④,释瑟而待之。子贡以曾子之言告。子曰:"嗟乎! 夫参,天下贤人也,其习知音矣。乡者丘鼓瑟,有鼠出游,狸见于屋,循梁微行⑤,造焉而避⑥,厌目曲脊,求而不得。丘以瑟淫其音⑦。参以丘为贪狼邪僻,不亦宜乎!"《诗》曰⑧:"鼓钟于宫,声闻于外。"

【注释】

①本章并见《孔丛子·记义》,为闵子闻琴声,以告曾子。

②瑟:《孔丛子·记义》及《北堂书钞》卷百九、《类说》卷三八引皆作"琴"。

③邪僻：乖谬不正。

④应难：辩难，诘难。

⑤循：沿着。微行：轻轻地行走。

⑥造焉：突然，猝然。

⑦淫：浸淫。指用瑟音来表现。

⑧《诗》曰：引诗见《诗经·小雅·白华》。又引见卷四第二十九、
三十、三十一、三十二章。

【译文】

从前，孔子在弹瑟，曾子、子贡侧身在门外听。曲子弹奏完毕，曾子说："唉！老师弹奏的瑟声中，似乎有狼一样贪婪的心志，有不端正的品行，为什么那么过分地不讲求仁道而追求利益呢？"子贡也这么认为，没有回答曾子的问题就直接进入室内。孔子看见子贡有想要劝谏的神色，还有想要辩难的样子，就放下瑟来等他说话。子贡把曾子的话告诉孔子。孔子说："唉！曾参，他是天下的贤人，他很了解音乐。刚才我在弹瑟时，有一只老鼠在屋里走动，有一只猫看见了，沿着房梁轻轻地爬行，老鼠见到就突然躲开了，猫露出憎恶的眼神，弓起背脊，想抓住老鼠却没抓到。我看到这个情景，就用瑟的声音来表现它。曾参认为我有狼一样贪婪的心志，有不端正的行为，不也是很恰当吗！"《诗经》说："在宫中敲钟，钟声传闻到宫外。"

第二十七章

夫为人父者，必怀慈仁之爱，以畜养其子①，抚循饮食②，以全其身。及其有识也，必严居正言，以先导之。及其束发也③，授明师以成其技。十九见志④，请宾冠之，足以成其德⑤。血脉澄静，娉内以定之⑥。信承亲授，无有所疑。冠子

不詈⑦,髦子不笞⑧,听其微谏⑨,无令忧之。此为人父之道也。《诗》曰⑩:"父兮生我,母兮鞠我⑪。拊我畜我⑫,长我育我,顾我复我⑬,出入腹我⑭。"

【注释】

①畜:养。

②抚循:安抚存恤。

③束发:古代男孩成童时束发为髻,因以代指成童之年。成童之年,或谓八岁以上,或谓十五岁以上,说法不一。

④十九见志:《荀子·大略》:"天子诸侯子十九而冠。"与《曲礼》"二十曰弱冠"不同,或谓十九岁已见志趣,不一定要等到二十岁。

⑤成其德:《仪礼·士冠礼》:"始加,祝曰:令月吉日,始加元服。弃尔幼志,顺尔成德。"郑注:"既冠为成德。"

⑥娉内:即"聘纳",分别指古代婚礼六礼中的问名、纳征。借指娶妻。内,同"纳"。

⑦詈(lì):责骂。

⑧髦(máo)子:幼童。髦,古代儿童头发下垂至眉的一种发式。

⑨微谏:隐约委婉地劝谏。

⑩《诗》曰:引诗见《诗经·小雅·蓼莪(lù é)》。

⑪鞠:养。

⑫拊:安抚。畜:好,喜爱。

⑬顾:回顾,回头看。复:反复,指顾之又顾。

⑭腹:怀抱。

【译文】

做父亲的,一定要怀着慈爱仁厚的爱心去养育他的儿子,安抚他,体恤他,用饮食喂养他,使他身体健康。等到他有意识了,父亲就要庄严地居处、正直地说话,以此教导他。等到他束发了,就把他托付给高明的老师，以成就他的技艺。等到十九岁，看出他的志向了，就邀请宾客为他行加冠礼，以成就他的德行。等他血脉澄清安静，就为他娶妻，以安定他的心性。对于交给他做的事情，要完全信任他，没有质疑。成年的孩子不要责骂，年幼的孩子不要笞打，听从他委婉的谏言，不要让他为父亲担忧。这是做人父亲的方法。《诗经》说："父亲生下我，母亲养育我。安抚我，喜爱我，养我育我，他们要出门还回头反复看我，进进出出都怀抱着我。"

卷八

【题解】

本卷共三十五章，所引论《诗》篇杂出《大雅》《小雅》《周颂》《商颂》《鲁颂》，引诗与《毛诗》篇次并不相合，另外第一、十二、十六章未引《诗》辞。同时，在论《诗》方面，本卷还有三点值得注意：一、第三章论申伯、仲山甫为救世之臣，曰："昔者周德大衰，道废于厉，申伯、仲山甫辅相宣王，拨乱世反之正，天下略振，宗庙复兴。申伯、仲山甫乃并顺天下，匡救邪失，喻德教，举遗士，海内翕然向风。故百姓勃然咏宣王之德。"其后即分别引《大雅·崧高》《烝民》之诗。按，这段文字交代了《崧高》《烝民》的创作背景，可以看作是《韩诗》之序，可见《外传》与所引之《诗》亦有关系紧密、相辅相成者。二、除了在章末引《诗》以印证本章主题之外，正文中也有引《诗》、说《诗》的情形，如第九章赵苍唐对魏文侯论说《王风·黍离》《秦风·晨风》；第二十三章孔子引《烝民》《既醉》《常棣》《七月》以说明君子无所休，这除了反映春秋战国时期引《诗》、说《诗》的一般情形之外，也反映了《韩诗外传》在论说《诗经》时的文本组织策略。三、部分章节在组织行文时，应是就某一《诗》句，择取相应故事展开论说。如第八章载天老对黄帝论凤凰之德象，章末引《大雅·卷阿》"凤凰于飞，翙翙其羽，亦集爰止"，而从论说逻辑上来看，则是先择定了《卷阿》诗句，再围绕此诗句择取或敷衍出相应的人物故事和论说。以上三点都在提醒我们需更全面地思考《韩诗外传》的论《诗》方式和文本生成模式问题。

本卷部分章节，并见于《说苑》《新序》《晏子春秋》《列女传》《淮南子》《孔子家语》等，但同中有异，主要体现为：一、故事系属人物、时代不同，如第二十六章是齐景公时，弓人之妻为蔡人之女，而在《列女传·辩通》中则为晋繁人之女，当晋平公之时。二、别本处于不同人物对话情境，而《外传》则将其缀合于一人一时，如第十四章并见《说苑·善说》，是为三章，乃子贡分别与齐景公、赵简子、太宰嚭对答之辞，而《外传》则缀合作一章，并为子贡与齐景公对答之辞；又，第二十四章冉有引姚贾、百里奚、太公望、管仲四子之事，以论说"学而后为君子"义，但姚贾为战国末期人，生在冉有之后，《外传》之误显矣。实则，《外传》之文本于《战国策·秦策五》，原是姚贾引百里奚、太公望、管仲之事以说秦王，而《外传》抄缀系于冉有名下，以致出现明显的时代错乱，而且，四子之事与求学的主题也有一定出入，不如姚贾原本举以论证明主用人"不取其污，不听其非，察其为己用"更为贴切。三、同一故事，引论《诗》辞不同，如第二十三章，《荀子·大略》分别引《那》《既醉》《思齐》《既醉》《七月》，《外传》所引仅《既醉》（前）与《七月》与之相同，且少引《既醉》（后）论"朋友焉可息"义。四、同一人物故事，但褒贬评价不同。如第四章认为荆蒯芮的仆夫"无为死也，犹饮食而遇毒也"，引《易》语谓其"不恒其德"，而《说苑·立节》则评价仆夫"亦有志士之意"，并引《孟子》"勇士不忘丧其元"以许之。以上四种情形，都反映了不同文献在处理同一故事素材时有不同的取舍和评价立场，甚至会出现与基本史实相悖的情形，这也是我们在利用《外传》时应该要注意的。

此外，第三十三章还记述了人们耳熟能详的"螳臂当车"的故事，齐庄公"回车避之"，赞其为"勇士"，这与一般所理解对螳螂自不量力的讥讽有所不同。

第一章

越王勾践使廉稽献民于荆王①。荆王使者曰："越,夷狄之国也。臣请欺其使者。"荆王曰："越王,贤人也,其使者亦贤,子其慎之。"使者出见廉稽,曰："冠则得以俗见,不冠不得见。"廉稽曰："夫越亦周室之列封也,不得处于大国②,而处江海之陂③,与鼋鳝鱼鳖为伍④,文身翦发而后处焉⑤。今来至上国,必曰冠得俗见,不冠不得见,如此,则上国使适越,亦将劓墨文身翦发而后得以俗见⑥,可乎?"荆王闻之,披衣出谢⑦。孔子曰："使于四方,不辱君命,可谓士矣⑧。"⑨

【注释】

①廉稽:人名。生平不详。献民:进献俘虏。王绍兰《读书杂记》:"古诸侯相聘问,无献民之事。《周礼·司民》献民数,《曲礼》献民虏,皆非越所宜献于荆者。"并谓《说苑·奉使》"越使诸发一枝梅遗梁王"章,与此事相近,"民"为"梅"之坏字,"献民"当为"献梅"之误。又,卷十第八章"齐使使献鸿于楚","梅"与"鸿"均为献物。

②大国:《太平御览》卷七七九引作"中国"。

③陂(bēi):水岸,岸旁。

④鼋(yuán):古同"鼋",大鳖,俗称"癞头鼋"。鳝(zhān):鲟鳇鱼。

⑤文身翦发:古代荆楚、南越一带的习俗。身刺花纹,剪短头发,以为可避水中蛟龙的伤害。

⑥劓(yì):割掉鼻子。墨:刺字于被刑者的面额上,染以黑色,作为处罚的标志。

⑦谢:认错,道歉。

⑧"使于四方"三句:见《论语·子路》。

⑨按，此章亦无《诗》辞。

【译文】

越王勾践派遣廉稽进献俘虏给楚王。楚王的使者说："越国，是夷狄的国家。请你允许我欺侮他们的使者。"楚王说："越王是一位贤人，他的使者也是贤人，你可要慎重啊。"使者走出王宫，见到廉稽，说："你戴上礼帽，就能按照礼节拜见楚王，不戴礼帽就不能见楚王。"廉稽说："越国也是周王室分封的诸侯，不能够居处在中原地区，而居处在长江大海的岸旁，与鱼鳖鱼鳖生活在一起，身刺花纹，剪短头发，然后才能居处在那里。现在我来到贵国，一定要说戴上礼帽，才能按照礼节拜见楚王，不戴礼帽就不能见到楚王，如果这样的话，那么贵国的使者到越国，也要割鼻子，额头上刺字涂墨，身刺花纹，剪短头发，然后才能按照礼节拜见越王，这样可以吗？"楚王听到了这番话，披上衣服，出来道歉。孔子说："出使外国，不辱没国君托付的使命，这便可以叫作士了。"

第二章

人之所以好富贵安荣、为人所称誉者，为身也。恶贫贱危辱、为人所谤毁者，亦为身也。然身何贵也？莫贵于气。人得气则生，失气则死。其气，非金帛珠玉也，不可求于人也，非缯布五谷也①，不可籴买而得也②。在吾身耳，不可不慎也。《诗》曰③："既明且哲④，以保其身。"

【注释】

①缯（zēng）：丝织品的总称。

②籴（dí）：买。

③《诗》曰：引诗见《诗经·大雅·烝（zhēng）民》。

④哲：智慧。《尔雅·释言》："哲，智也。"

【译文】

人喜欢富裕尊贵安乐荣耀、被人称赞的原因,是为了自身。厌恶贫困卑贱危险耻辱、被人诽谤的原因,也是为了自身。但是自身可贵的是什么呢?没有比气更可贵的了。人拥有气就能生存,失去气就会死亡。气,不是黄金布帛珍珠宝玉,不可以从别人那求到,不是布帛五谷,不可以买到。这种气就在我们自己身上,不可以不谨慎。《诗经》说:"既明理又有智慧,因此保全自身。"

第三章①

吴人伐楚②,昭王去国③,国有屠羊说从行。昭王反国,赏从者。及说,说辞曰:"君失国,臣所失者屠;君反国,臣亦反其屠。臣之禄既厚,又何赏之?"辞不受命。君强之,说曰:"君失国,非臣之罪,故不伏其诛;君反国,非臣之功,故不受其赏。吴师入郢,臣畏寇避患。君反国,说何事焉?"君曰:"不受则见之。"说对曰:"楚国之法,商人欲见于君者,必有大献重质④,然后得见。今臣智不能存国,节不能死君,勇不能待寇⑤,然见之,非国法也。"遂不受命,入于涧中。昭王谓司马子期曰⑥:"有人于此,居处甚约,论议甚高,为我求之,愿为兄弟,请为三公。"司马子期舍车徒求之,五日五夜,见之,谓曰:"国危不救,非仁也;君命不从,非忠也。恶富贵于上,甘贫苦于下,意者过也。今君愿为兄弟,请为三公,不听君,何也?"说曰:"三公之位,我知其贵于刀俎之肆矣⑦。万钟之禄,我知其富于屠羊之利矣。今见爵禄之利,而忘辞受之礼,非所闻也。"遂辞三公之位,而反乎屠羊之肆。君子闻之曰:"甚矣哉! 屠羊子之为也。约己持穷而处人之国矣⑧。"说曰:"何谓穷?吾让之以礼而终其国也。"曰:"在深渊之中而不援彼之危,见昭王德衰于吴⑨,而怀宝绝迹⑩,以病其国,欲独全己者也。是厚于己而薄于君,狷乎非救世者也⑪。""何如则可谓救世矣?"曰:"若申伯、仲山甫,可谓救世矣。昔者周德大衰,道废于厉⑫,申伯、仲山甫辅相宣王⑬,拨乱世反之正⑭,天下略振,宗庙复兴。申伯、仲山甫乃并顺天下,匡救邪失,喻德教,举遗士,海内翕然向风⑮。故百姓勃然咏宣王之德⑯。《诗》曰⑰:'周邦咸喜,戎有良翰⑱。'又曰⑲:'邦国若否⑳,仲山甫明之。既明且哲,以保其身。夙夜匪懈,以事一人㉑。'如是可谓救世矣。"

【注释】

①本章并见《庄子·让王》《渚宫旧事》。

②吴人伐楚:此即柏举之战,事在前506年。见《左传·定公四年》。

③昭王:注见卷二第十四章。

④大献:大贡献。《庄子·让王》作"大功"。质:通"贽(zhì)",古代相见时所送的礼物。

⑤待:御。《国语·楚语》"独何力以待之",韦昭注:"待,犹御也。"

⑥司马子期:名结,字子期,一作"子綦",春秋时楚国人。楚昭王之兄。楚惠王时任司马。楚惠王十年(前479),为白公胜叛党所杀。

⑦刀俎(zǔ):刀与砧板。二者皆为宰割所用的工具。此代指卖肉。肆:店铺。

⑧约己持穷:简约自己,坚守穷困。指安于简约穷困的生活。

⑨德衰:指战败。

⑩怀宝:怀藏才能。绝迹:匿迹,隐居。

⑪狷（juàn）：狷介，孤洁。

⑫厉：即周厉王，名胡，周夷王之子。在位期间，贪狠好利，重用奸佞荣夷公，奴役百姓，钳制言论自由，国人莫敢言，道路以目。于是诸侯不朝，国人怨怒，发动暴动。厉王出奔彘。十四年后卒于彘。

⑬申伯、仲山甫：注见卷五第二十四章。

⑭拨乱：治理乱政。

⑮翕（xī）然：一致的样子。向风：归依，响应。

⑯勃然：精神兴奋的样子。宣王：周宣王，名静，一作"靖"，周厉王之子。厉王奔彘，藏于召伯虎家。厉王死，共伯和归国，始即位。任用召穆公、周定公、尹吉甫、仲山甫、方叔等大臣，革除弊政，整顿军旅，征伐猃狁、荆楚、淮夷、徐国等地，诸侯来朝，周王室国力得到短暂恢复，史称"宣王中兴"。在位四十六年。

⑰《诗》曰：引诗见《诗经·大雅·崧高》。

⑱戎：汝，指周宣王。翰：通"榦（干）"，骨干，辅佐。

⑲又曰：引诗见《诗经·大雅·烝民》。

⑳若：善。

㉑一人：指天子。

【译文】

吴国攻打楚国，楚国战败，楚昭王离开楚国，楚国有一位叫屠羊说的也跟着逃亡。后来昭王回国复位，赏赐随行的人。赏赐到屠羊说，屠羊说推辞说："国君丧失了国家，我丧失的是屠宰的职业；国君回国复位，我也恢复我屠宰的职业。我的俸禄已经很丰厚了，为什么还要赏赐我呢？"推辞不接受赏赐。国君勉强他接受，屠羊说说："国君丧失国家，不是我的罪过，所以不被处死；国君回国复位，不是我的功劳，所以不接受赏赐。吴国的军队攻入郢都，我畏惧敌人，躲避战祸，所以逃到国外。国君回国复位，我哪有什么功劳呢？"昭王说："既然不接受赏赐，那就来见我。"屠羊说回答说："楚国的法令，商人想要见国君，一定要有大贡献和厚重的见面礼物，然后才能见到。现在我的智慧不能保全国家，节操不能为国君牺牲，勇敢不能抵御敌人，这样见国君，不符合国家的法令。"因此不接受昭王的命令，躲进山涧里去了。昭王对司马子期说："这里有一个人，住处很俭约，谈论很高明，你替我找到他，我愿意和他结为兄弟，请他担任三公。"司马子期不带车马仆从独自去寻找，寻找了五天五夜，见到了屠羊说，说："国家危险却不去解救，这是不仁；国君的命令不服从，这是不忠。厌恶富贵，甘于贫苦，恐怕是错了吧。现在国君愿意和你结为兄弟，请你担任三公，你不听从国君的命令，为什么呢？"屠羊说回答道："三公的地位，我知道要比在店铺里卖肉尊贵。万钟的俸禄，我知道要比宰羊的利润丰富。现在看见爵位俸禄的利益，却忘记了辞让的礼节，我没有听说过这样的事。"因此推辞了三公的职位，回到宰羊的店铺。君子听说了这件事，说："太过分了！屠羊说的行为。安于简约穷困的生活，居住在别人的国家。"屠羊说道："什么叫作穷困？我是按照礼节辞让爵禄，而能够在这个国家善终。"君子说："看见楚国处在深渊之中，却不去救援楚国的危难，见到昭王被吴国打败，却怀藏才能，隐居起来，使国家陷入困境，想要单独保全自己。这是对自己宽厚，而对国君轻薄，你是个狷介的人，而不是救世的人。"屠羊说说："怎样才可以算是救世的人呢？"君子说："像申伯、仲山甫，可以说是救世的人了。从前，周朝的政治明显地衰微了，正道在厉王时被废弃了，申伯、仲山甫辅佐宣王，治理乱政，恢复正道，天下稍微重振，国家复兴。于是申伯、仲山甫一起顺应天下人心，纠正错乱的政治，用道德晓谕教化人民，举拔隐逸的贤人，天下人都一致地响应。所以百姓都精神兴奋地称颂宣王的德政。《诗经》说：'周国的人都高兴，君王你有贤良的辅佐。'又说：'诸侯国的政绩好或不好，仲山甫都清楚。他既明理又有智慧，因此保全自身。无论早上晚上都不懈怠，去事奉天子一个人。'像这样可以算是救世的人了。"

第四章①

　　齐崔杼弑庄公②。荆蒯芮使晋而反③,其仆曰:"崔杼弑庄公,子将奚如?"荆蒯芮曰:"驱之,将入死而报君。"其仆曰:"君之无道也,四邻诸侯莫不闻也。以夫子而死之,不亦难乎?"荆蒯芮曰:"善哉而言也④。早言我,我能谏。谏而不用,我能去。今既不谏,又不去。吾闻之,食其食,死其事。吾既食乱君之食,又安得治君而死之⑤?"遂驱车而入死。其仆曰:"人有乱君,犹必死之。我有治长,可无死乎?"乃结辔自刎于车上。君子闻之,曰:"荆蒯芮可谓守节死义矣。仆夫则无为死也,犹饮食而遇毒也。"《诗》曰:"夙夜匪懈,以事一人。"荆先生之谓也。《易》曰⑥:"不恒其德⑦,或承之羞⑧。"仆夫之谓也。

【注释】

①本章并见《说苑·立节》。

②齐崔杼弑庄公:见卷二第十三章。

③荆蒯芮(kuǎi ruì):人名。生平不详。《说苑·立节》作"邢蒯瞶","荆""邢"古通用,"芮""瞶"音相近。《左传·襄公二十一年》作"刑蒯",由晋奔齐,鲁襄公二十五年(前548)死庄公之难,《左传》又称"申蒯",盖申公巫臣之子,申公巫臣于晋为邢大夫。参向宗鲁《说苑校证》、章太炎《刘子政左氏说》)。

④而:你。

⑤治君:圣明的国君。

⑥《易》曰:见《易经·恒卦》。

⑦恒:坚持,坚守。

⑧承：承受，遭受。

【译文】

齐国崔杼弑杀了齐庄公。荆蒯芮出使晋国回来，他的车夫说："崔杼弑杀了庄公，你要到哪里去？"荆蒯芮说："快赶车，我要入宫，用死来报答国君。"他的车夫说："国君昏乱无道，四方邻近的诸侯没有不知道的。先生要为他牺牲，不也是很为难吗？"荆蒯芮说："你的话说得好啊。你要是早点跟我说，我还能够劝谏国君。劝谏国君但不被采用，我可以离开。现在我既没有劝谏，又没有离开。我听说，吃了人家的食物，就要为人家效死。我已经吃了昏乱的国君的食物，又怎么能得到另一位圣明的国君为他效死呢？"于是驱车入宫，被杀死了。他的车夫说："他有昏乱的国君，还为他牺牲。我有圣明的长官，可以不为他死吗？"于是拴好缰绳，在车上用刀自杀而死。君子听说了这件事，说："荆蒯芮可以说是坚守节操，为正义而死了。他的车夫就死得没有意义了，就像饮食中毒死了一样。"《诗经》说："无论早上晚上都不懈怠，去事奉天子一个人。"说的就是荆先生。《易经》说："不坚守自己的德行，就可能遭受羞辱。"说的就是车夫。

第五章

逊而直，上也；切①，次之；谤谏为下②；懦为死。《诗》曰③："柔亦不茹，刚亦不吐。"

【注释】

①切：急切，严厉。

②谤：指摘别人过失。

③《诗》曰：引诗见《诗经·大雅·烝民》。又引见卷七第十八、十九章。

【译文】

态度谦逊,言辞正直,这是上等的进谏方法;言辞急切,这是次等的进谏方法;指摘君主过失,这是下等的进谏方法;懦弱不敢进谏,这就像死人一样没有作为。《诗经》说:"柔软的不会吃掉它,刚硬的也不会吐掉它。"

第六章①

宋万与庄公战②,获乎庄公。庄公散舍诸宫中③,数月,然后归之。反为大夫于宋。宋万与闵公博④,妇人皆在侧。万曰:"甚矣! 鲁侯之淑⑤,鲁侯之美也。天下诸侯宜为君者,惟鲁侯耳。"闵公矜此妇人⑥,妒其言,顾曰:"尔虏,焉知鲁侯之美恶乎?"宋万怒,搏闵公绝脰⑦。仇牧闻君弑⑧,趋而至,遇之于门,手剑而叱之。万臂摋仇牧⑨,碎其首,齿著乎门阖⑩。仇牧可谓不畏强御矣。《诗》曰⑪:"惟仲山甫,柔亦不茹,刚亦不吐。"

【注释】

①本章并见《公羊传·庄公十二年》《新序·义勇》。

②宋万:又作"南宫万""南宫长万",春秋时宋国大夫。鲁庄公十年(前684),宋攻鲁,败于乘丘,宋万为鲁所虏,后归宋。鲁庄公十二年(前682),宋闵公以"鲁囚"辱之,宋万怒而杀闵公,又杀大夫仇牧、太宰华督。宋桓公立,宋万奔陈。桓公赂陈,陈人使妇人饮之酒,以革裹之而归宋。宋人醢之。

③散:松散,不加约束。舍:安置。

④闵公:名捷,春秋时宋国国君,宋庄公之子。鲁庄公十年(前682),

被宋万所杀。博：博弈，下棋。

⑤淑：善。

⑥矜：自矜，自负。

⑦脰（dòu）：脖子。

⑧仇牧：春秋时宋国大夫。

⑨撠（sà）：《公羊传》何休注："侧手曰撠。"

⑩着（zhuó）：附着，嵌入。门阖（hé）：门扇。

⑪《诗》曰：引诗见《诗经·大雅·烝民》。

【译文】

宋国大夫南宫万与鲁庄公打战，被庄公俘虏了。庄公将他不加约束地安置在宫里，过了几个月，然后把他放回宋国了。宋万回到宋国，仍做大夫。宋万与宋闵公下棋，妃妾们都在旁边观看。宋万说："鲁侯十分的善良，鲁侯十分的美好！天下的诸侯适合做君主的，只有鲁侯了。"闵公想在妃妾面前炫耀自己有本事，因此很嫉妒宋万说的话，就回头对他说："你是鲁国的俘虏，怎么知道鲁侯的好坏呢？"宋万十分生气，和闵公搏斗，打断了他的脖子。仇牧听说国君被弑杀了，急忙赶来，在宫门口遇到宋万，就手拿着剑大声斥责他。宋万侧着手臂击打仇牧，打碎了他的头，牙齿脱落，嵌在门扇里。仇牧可说是不畏惧强暴有权势的人了。《诗经》说："只有仲山甫，柔软的不会吃掉它，刚硬的也不会吐掉它。"

第七章

可于君①，不可于父，孝子弗为也。可于父，不可于君，君子亦弗为也。故君不可夺，亲亦不可夺也②。《诗》曰③："恺悌君子④，四方为则。"

【注释】

①可：适当。于君适当，即忠心，于父适当，即孝顺。

②故君不可夺，亲亦不可夺也：《礼记·曾子问》："《记》曰：'君子不夺人之亲，亦不可夺亲也。'"单就事亲而言，为孔子答子夏问三年之丧致事之引语，与本章文义相近。

③《诗》曰：引诗见《诗经·大雅·卷阿（ē）》。

④恺悌（kǎi tì）：和乐平易。《毛诗》作"岂弟"。

【译文】

对君主忠心，对父亲却不孝顺，孝子不这样做。对父亲孝顺，对君主却不忠心，君子也不这样做。所以对君主的忠心不可以剥夺，对父母的孝顺也不可以剥夺。《诗经》说："和乐平易的君子，天下人都效法他。"

第八章①

黄帝即位②，施惠承天，一道修德，惟仁是行，宇内和平，未见凤凰，惟思其象。夙寐晨兴③，乃召天老而问之曰④："凤象何如？"天老对曰："夫凤之象，鸿前而麟后，蛇颈而鱼尾，龙文而龟身，燕颔而鸡啄⑤。戴德负仁，抱中挟义⑥。小音金，大音鼓。延颈奋翼⑦，五彩备明，举动八风⑧，气应时雨。食有质⑨，饮有仪⑩。往即文始，来即嘉成⑪。惟凤为能通天祉，应地灵，律五音⑫，览九德⑬。天下有道，得凤象之一，则凤过之。得凤象之二，则凤翔之。得凤象之三，则凤集之。得凤象之四，则凤春秋下之。得凤象之五，则凤没身居之⑭。"黄帝曰："於戏，允哉！朕何敢与焉⑮！"于是黄帝乃服黄衣，带黄绅⑯，戴黄冕，致斋于中宫⑰。凤乃蔽日而至。黄帝降于东阶，西面，再拜稽首，曰："皇天降祉，敢不承命！"凤乃止帝东园,集帝梧桐,食帝竹实,没身不去。《诗》曰[18]:"凤凰于飞,翙翙其羽[19],亦集爰止[20]。"

【注释】

①本章并见《说苑·辨物》,《白氏六帖》卷九四、《初学记》卷三十、《太平御览》卷九一五等引《外传》,文更详备,今本多有脱文。

②黄帝:注见卷三第十三章。

③夙寐(sù mèi)晨兴:疑作"夙寤晨兴"。夙,早。寤,醒来。"夙寤""晨兴"义同。《说苑·辨物》"寐"作"夜",义亦难通。

④天老:相传为黄帝辅臣。《汉书·艺文志·方技略》有《天老杂子阴道》二十五家。

⑤啄:鸟嘴。《说苑·辨物》作"噣",《说文·口部》:"噣,喙也。"

⑥中:通"忠"。

⑦奋翼:振翅。

⑧五彩备明,举动八风:当从赵怀玉《校正》作"五彩备举,明动八风"。《说苑·辨物》作"五光备举",《史记·屈原列传·正义》引《应瑞图》作"五色备举"。举,全。明,通"鸣"。八风,八方的风。其具体名称,《吕氏春秋·有始》《淮南子·坠形训》《说文》所说各异。

⑨质:准则。

⑩仪:礼节,法度。

⑪嘉:美,善。

⑫律:合乎音律。五音:宫、商、角、徵、羽五个音阶。

⑬九德:九种美德。其内容,说法不一。《尚书·皋陶谟》"宽而栗,柔而立,愿而恭,乱而敬,扰而毅,直而温,简而廉,刚而塞,彊而义",《逸周书·常训》"九德:忠、信、敬、刚、柔、和、固、贞、顺",等等。又,《太平御览》卷九一五引作"成九德,览九州",今本已有

删改。

⑭没（mò）身：终身。

⑮与：参与。指达到这样的境界。

⑯绅：古代士大夫束于腰间，一头下垂的大带。

⑰致斋：举行斋戒。中宫：宫中。

⑱《诗》曰：引诗见《诗经·大雅·卷阿》。

⑲翙翙（huì）：鸟飞声。

⑳爰：于。

【译文】

黄帝即位，秉承上天的旨意，布施恩惠，统一道德，修养德行，施行仁政，天下太平，但是黄帝还是没见到凤凰，只能想象着凤凰的形象。早晨起来，黄帝就召见天老，问道："凤凰的形象是怎样的？"天老回答说："凤凰的形象，前半身像鸿鸟，后半身像麒麟，脖子像蛇，尾巴像鱼，花纹像龙，身体像龟，下巴像燕子，嘴像鸡。它头上顶着德，背上背着仁，心中抱着忠，翅膀挟着义。它小声鸣叫，声音像钟声，大声鸣叫，声音像鼓声。它伸长脖子，振动翅膀，身上的羽毛具备五种颜色，鸣叫声能够感动八方的风，气息能够应合四时的雨。它进食有准则，饮水有节度。它前往某地，是某地的文德将要开始；它来到某地，是某地的美政已经形成。只有凤凰能够沟通上天的福祉，感应土地的灵气，鸣叫声能合乎宫、商、角、微、羽五音的音律，身上能看出九种品德。天下政治清明，能够具有凤凰形象中的一种，凤凰就会飞过那里。具有凤凰形象的两种，凤凰就会在那里盘旋飞翔。具有凤凰形象的三种，凤凰就会在那里停息。具有凤凰形象的四种，凤凰就会在春天、秋天都降落在那里。具有凤凰形象的五种，凤凰就会终身在那里居住。"黄帝说："唉，确实是这样啊！我哪里敢说自己达到了这些境界啊！"于是黄帝穿上黄色的礼服，系上黄色的腰带，戴上黄色的礼帽，在宫中斋戒。于是凤凰就飞来，阳光都被遮蔽了。黄帝从东边台阶走下来，面朝向西，再拜叩头，说："皇天降下福祉，我哪里敢不接受上天的旨意！"凤凰来到黄帝东边的园子里，停息在黄帝的梧桐树上，吃黄帝的竹子的果实，终身都没有离去。《诗经》说："凤凰飞翔，翅膀发出翙翙的声音，飞下来停息在那儿。"

第九章^①

魏文侯有子曰击^②，次曰诉^③。诉少而立之以为嗣，封击于中山，三年莫往来。其傅赵苍唐谏曰^④："父忘子，子不可忘父，何不遣使乎？"击曰："愿之，而未有所使也。"苍唐曰："臣请使。"击曰："诺。"于是乃问君之所好与所嗜，曰："君好北犬，嗜晨雁。"遂求北犬、晨雁赍行^⑤。苍唐至，曰："北蕃中山之君，有北犬、晨雁，使苍唐再拜献之。"文侯曰："嘻！击知吾好北犬、嗜晨雁也。"则见使者。文侯曰："击无恙乎？"苍唐唯唯而不对^⑥。三问而三不对。文侯曰："不对何也？"苍唐曰："臣闻诸侯不名^⑦。君既已赐弊邑^⑧，使得小国侯，君问以名，不敢对也。"文侯曰："中山之君无恙乎？"苍唐曰："今者臣之来，拜送于郊。"文侯曰："中山之君长短若何矣？"苍唐曰："问诸侯，比诸侯^⑨。诸侯之朝，则侧者皆人臣，无所比之。然则所赐衣裘几能胜之矣。"文侯曰："中山之君亦何好乎？"对曰："好《诗》。"文侯曰："于《诗》何好？"曰："好《黍离》与《晨风》^⑩。"文侯曰："《黍离》何哉？"对曰^⑪："彼黍离离^⑫，彼稷之苗。行迈靡靡^⑬，中心摇摇^⑭。知我者，谓我心忧；不知我者，谓我何求。悠悠苍天，此何人哉！"文侯曰："怨乎？"曰："非敢怨也，时思也。"文侯曰:"《晨风》谓何?"对曰:"'鴥彼晨风⑮,郁彼北林⑯。未见君子,忧心钦钦⑰。如何如何?忘我实多。'此自以忘我者也⑱。"于是文侯大悦,曰:"欲知其子视其母,欲知其人视其友,欲知其君视其所使。中山君不贤,恶能得贤?"遂废太子诉,召中山君以为嗣。《诗》曰⑲:"凤凰于飞,翙翙其羽,亦集爱止。蔼蔼王多吉士⑳,惟君子使㉑,媚于天子㉒。"君子曰:"夫使非直敝车罢马而已㉓,亦将喻诚信,通气志㉔,明好恶,然后可使也。"

【注释】

①本章并见《说苑·奉使》。

②魏文侯:注见卷三第六章。击:魏文侯之子,名击,后继位为魏武侯。

③诉:《文选·四子讲德论》李善注引作"诉",《说苑·奉使》作"挚"。

④赵苍唐:注见卷三第六章。

⑤赍(jī):携带。

⑥唯唯:应而不置可否貌。

⑦臣闻诸侯不名:《礼记·曲礼》:"诸侯不生名。"

⑧弊邑:对自己国家的谦称。弊,破败。

⑨问诸侯,比诸侯:《礼记·曲礼》:"儗人必于其伦。"郑注:"比大夫当于大夫,比士当于士,不以其类,则有所亵。"

⑩《黍离》:《诗经·王风·黍离》。按,《太平御览》卷四六九引《韩诗》曰:"《黍离》,伯封作也。"曹植《令禽恶鸟论》:"昔尹吉甫信后妻之谗而杀孝子伯奇,其弟伯封求而不得,作《黍离》之诗。"向宗鲁《说苑校证》:"《韩诗》以为《黍离》伯封作,盖仓唐借伯奇事以讽文侯,故文侯有'怨乎'之问。"《晨风》:《诗经·秦风·晨风》。《毛序》以《晨风》为刺康公"弃其贤臣"之诗,王先谦《集疏》

谓三家《诗》无异义,故赵苍唐借此诗以讽文侯之忘击。

⑪对曰:《说苑·奉使》以《晨风》《黍离》为文侯自读。

⑫离离:薛君《韩诗章句》:"离离,黍貌也。诗人求亡兄不得,忧懑不识于物,视彼黍离离然,忧甚之时,反以为稷之苗,乃自知忧之甚也。"王先谦《集疏》:"离离者,状其有行列也。"

⑬靡靡(mǐ):迟缓的样子。

⑭摇摇:心神不定的样子。

⑮鴥(yù):疾飞貌。《毛诗》作"𫛭"。晨风:鸟名。即鹯。《说文·鸟部》:"鹯,鷐风也。"似鹞,羽色青黄,猛禽,以鸠鸽燕雀为食。

⑯郁:茂盛的样子。北林:林名。

⑰钦钦(qīn):忧愁的样子。

⑱此自以忘我者也:《说苑·奉使》有"文侯曰:子之君以我忘之乎",《外传》此句当是对此而答。

⑲《诗》曰:引诗见《诗经·大雅·卷阿》。《说苑·奉使》作"太子乃称《诗》曰"。

⑳蔼蔼(ǎi):众多,盛多。吉士:善士,贤士。

㉑惟:《毛诗》作"维"。

㉒媚:爱。

㉓直:只。敝:坏。罢(pí):疲惫,疲劳。

㉔气志:指思想感情。

【译文】

魏文侯有长子叫作击,次子叫作诉。诉年纪小,却被立为继承人。击被封到中山,和魏文侯三年没有往来。击的师傅赵苍唐劝谏说:"父亲可以忘记儿子,儿子不可以忘记父亲,为什么不派遣使者去问候你父亲呢?"击说:"我也希望这样做,但没有可以派遣的使者。"赵苍唐说:"我请求去出使。"击说:"好的。"于是赵苍唐询问魏文侯的爱好和喜欢吃的东西,击回答说:"国君喜欢北方出产的犬,爱吃晨雁。"赵苍唐于是寻求北犬和晨雁，携带着出发了。赵苍唐到了魏国，说："北方藩国中山的国君，有北犬、晨雁，派遣苍唐再拜进献给国君。"文侯说："哈！击知道我喜欢北犬、爱吃晨雁。"于是接见了使者。文侯说："击身体还好吧？"赵苍唐只是恭敬地应着"唯唯"，没有正面回答。文侯问了三次，赵苍唐三次都没有回答。文侯说："为什么不回答啊？"赵苍唐说："我听说诸侯不称呼国君的名。你既然已经封赐他中山，让他做小国的诸侯，你又称呼他的名，所以我不敢回答。"文侯说："中山的国君身体还好吧？"赵苍唐说："这次我来的时候，他亲自到城郊拜送我。"文侯说："中山的国君长得多高了啊？"赵苍唐说："询问诸侯的情况，只能用其他诸侯来相比。诸侯的朝廷，在旁侧的都是臣子，没有可以拿来相比的。不过你所赏赐的衣裳，他差不多都能穿得下了。"文侯说："中山的国君也有什么爱好吗？"赵苍唐回答说："喜欢《诗经》。"文侯说："对《诗经》他喜欢哪些诗啊？"赵苍唐说："喜欢《黍离》和《晨风》。"文侯说："《黍离》说的是什么？"赵苍唐回答说："那些小米长得行列整齐，那些高粱抽出了幼苗。我缓慢地走路，心神不定。了解我的，说我心里忧愁；不了解我的，说我有什么企求。悠远的苍天啊，这些都是什么人啊！"文侯说："是有抱怨吗？"赵苍唐说："不敢抱怨，只是时常地思念你。"文侯说："《晨风》说的是什么？"赵苍唐回答说："'那疾飞的晨风，飞入茂盛的北林。我没有见到君主，内心十分忧愁。怎么办呢，怎么办呢？他真是完全忘记我了。'这是自认为自己被忘掉了。"文侯听后十分高兴，说："想要了解他的儿子，就观察他的母亲；想要了解他，就观察他的朋友；想要了解他的君主，就观察他派遣的使臣。中山的国君如果不贤明，怎么能得到贤臣呢？"于是废掉了太子诉，召回中山君，立他为继承人。《诗经》说："凤凰飞翔，翅膀发出翔翔的声音，飞下来停息在那儿。天子有众多的贤士，都听天子的役使，得到天子的亲爱。"君子说："使者不只是跑坏了车、跑累了马而已，他还要表明内心的真诚信义，沟通双方的思想感情，明辨好坏，然后才可以遣使。"

第十章①

子贱治单父②,其民附。孔子曰:"告丘之所以治之者。"对曰:"不齐时发仓廪,振困穷③,补不足。"孔子曰:"是小人附耳,未也。"对曰:"赏有能,招贤才,退不肖。"孔子曰:"是士附耳,未也。"对曰:"所父事者三人,所兄事者五人,所友者十有二人④,所师者一人。"孔子曰:"所父事者三人,足以教孝矣。所兄事者五人,足以教弟矣⑤。所友者十有二人,足以祛壅蔽矣⑥。所师者一人,足以虑无失策,举无败功矣。昔者尧、舜清微其身⑦,以听观天下⑧,务来贤人。夫举贤者,百福之宗也⑨,而神明之主也⑩。惜乎! 不齐之所为者小也,为之大,功乃与尧、舜参矣⑪。"《诗》曰⑫:"恺悌君子⑬,民之父母。"子贱其似之矣。

【注释】

①本章并见《说苑·政理》《孔子家语·辨政》,又略见《史记·仲尼弟子列传》。

②子贱:注见卷二第二十四章。单父:注见卷二第二十四章。

③振:救济。

④十有二:《说苑·政理》《孔子家语·辨政》作"十一",下同。

⑤弟(tì):通"悌",敬爱兄长。

⑥祛(qū):去除。壅蔽:闭塞敝陋。

⑦清微其身:指虚己谦下。

⑧听观:治理。

⑨宗:根本。

⑩主:主脑,起决定作用的主要部分。

⑪参（sēn）：并立为三。

⑫《诗》曰：引诗见《诗经·大雅·泂（jiǒng）酌》。又引见卷六第二十二章。

⑬恺悌：《毛诗》作"岂弟"。

【译文】

子贱治理单父，单父的百姓都归附他。孔子说："告诉我你治理单父的方法。"子贱回答说："我时常打开仓库，救济穷困的人，补充他们的不足。"孔子说："这样做只能使一般平民归附你而已，还不足够。"子贱回答说："奖赏有才能的人，招纳贤才，黜退不贤的人。"孔子说："这样做只能使士人归附你而已，还不足够。"子贱回答说："我将他们当作父亲般去事奉的有三人，当作兄长般去事奉的有五人，当作朋友去交往的有十二人，当作老师去事奉的有一人。"孔子说："当作父亲般去事奉的有三人，这足以教导人们孝道了。当作兄长般去事奉的有五人，这足以教导人们敬爱兄长了。当作朋友去交往的有十二人，这足以去除自身的闭塞敝陋了。当作老师去事奉的有一人，这足以使你考虑问题不会失策、做事不会失败了。从前，尧、舜虚己谦下，治理天下事务，努力招纳贤人。举用贤人，是获得各种福气的根本，是获得神明助佑的主脑。可惜啊！不齐治理的地方太小了，如果治理的地方更大，他的功绩可以和尧、舜相并列成为第三人了。"《诗经》说："和乐平易的君子，是人民的父母。"子贱大概就像这种人。

第十一章

度地图居以立国，崇恩溥利以怀众①，明好恶以正法度，率民力稼②，学校庠序以立教③，事老养孤以化民，升贤赏功以观善④，惩奸绌失以丑恶⑤，讲御习射以防患，禁奸止邪以除害，接贤连友以广智，宗亲族附以益强。《诗》曰⑥：

"恺悌君子。"

【注释】

①溥（pǔ）利：普施福利。怀：安。

②率民力稼：周廷寀《校注》："疑有讹脱。"

③庠（xiáng）序：古代的乡学，泛指学校。

④观：通"劝"，劝勉，奖励。

⑤丑恶：使邪恶的人感到羞耻。丑，感到羞耻。

⑥《诗》曰：据上章，当引自《诗经·大雅·泂酌》，"恺悌君子"后疑脱"民之父母"句。

【译文】

　　测量土地，规划人们居住的地方，以建立国家；崇尚恩惠，普施福利，以安抚民众；明辨好恶，以使法度公正；领导人们努力耕种；设立学校，以实施教育；侍奉老人，抚养孤儿，以教化人们；提拔贤人，奖赏有功劳的人，以劝勉人们行善；惩罚奸邪的人，黜退有过失的人，以使邪恶的人感到羞耻；学习驾车、射箭，以预防祸患；禁止奸邪的事情，以除去祸害；和贤人交往，广结朋友，以增广见识；宗族的人亲附，以增强力量。《诗经》说："和乐平易的君子。"

第十二章①

　　齐景公使使于楚②，楚王与之上九重之台，顾使者曰："齐亦有台若此者乎？"使者曰："吾君有治位之堂，土阶三等，茅茨不翦，采椽不斫③，犹以谓为之者劳，居之者泰。吾君恶有台若此者乎？"于是楚王盖悒如也④。使者可谓不辱君命，其能专对矣。⑤

【注释】

①本章并见《新书·退让》《慎子·外编》，二书皆以"齐景公"为"翟王"。

②齐景公：注见卷七第九章。

③采：即"棌"，木名。柞木。椽（chuán）：椽子，放在檩子上架屋面板和瓦的条木。斫（zhuó）：用刀斧砍削。

④盖：乃。悒（yì）如：内心不安的样子。

⑤按，周廷寀《校注》："亦脱《诗》辞。"

【译文】

齐景公的使臣出使到楚国，楚王和他一起登上九层的楼台，回头看着他说："齐国也有像这样的楼台吗？"使臣说："我的国君有治理国事的厅堂，堂前泥土做的台阶只有三级，茅草盖的屋顶没有修剪整齐，柞木椽子也没有砍削，还认为造房的人太辛苦，而住房的人太舒适。我的国君怎么会有像这样的楼台呢？"楚王听了，内心感到不安。这位使臣可以说没有辱没国君的任务，能够独自随机地应答了。

第十三章

传曰：予小子使尔继邵公之后①。受命者必以其祖命之②。孔子为鲁司寇③，命之曰："宋公之子弗甫何孙④，鲁孔丘，命尔为司寇。"孔子曰："弗甫敦及厥辟⑤，将不堪⑥。"公曰："不妄⑦。"传曰⑧：诸侯之有德，天子锡之。一锡车马，再锡衣服，三锡虎贲⑨，四锡乐器，五锡纳陛⑩，六锡朱户，七锡弓矢，八锡铁钺⑪，九锡秬鬯⑫，谓之"九锡"也⑬。《诗》曰⑭："釐尔圭瓒⑮，秬鬯一卣⑯。"

【注释】

① 予小子：古代君王对先王或长辈的自称。邵公：指召公奭（shì），即召康公。《诗经·大雅·江汉》"召公是似"，召公，召康公。似，继嗣，即"继邵公之后"之义。

② 受命者必以其祖命之：周代策命时称述受命人先祖的功德，以示对其宗族的褒奖和期冀。策命金文中习见。《江汉》宣王命召伯虎，亦称"文武受命，召公维翰"，"于周受命，自召祖命"。

③ 司寇：官名。掌管刑狱、纠察等事。孔子在鲁定公时任鲁司寇。

④ 弗甫何：即弗父何，宋闵公之子。让位于弟鲋祀（宋厉公）。孔子的十一世祖。

⑤ 敦：厚。辟（bì）：君主。指宋厉公。

⑥ 堪：胜任。

⑦ 妄：胡乱，随便。

⑧ 传曰：许维遹《通解》从赵怀玉说，谓以下当别为一章。按，此章若析为二章，则上章缺引《诗》辞，且前文"予小子使尔继邵公之后"，疑为周宣王策命召伯虎之辞，与章末所引《诗》辞（《江汉》），本事相同，主题相关，故本章仍以同属一章为是。

⑨ 虎贲（bēn）：官名。掌侍卫国君及保卫王宫、王门之官。

⑩ 纳陛：将台阶纳之于屋檐下，不使尊者露而升阶，故名。陛，台阶。

⑪ 铁钺（fǔ yuè）：即斧钺。铁，通"斧"。钺，形似斧而较大。

⑫ 秬鬯（jù chàng）：古代以黑黍和郁金香草酿造的酒。用于祭祀降神及赏赐有功的诸侯。秬，黑黍。鬯，郁金香草。

⑬ 九锡（cì）：《白虎通义·考黜》论"九锡"之义："能安民者赐车马，能富民者赐衣服，能和民者赐乐则，民众多者赐朱户，能进善者赐纳陛，能退恶者赐虎贲，能诛有罪者赐铁钺，能征不善者赐弓矢，孝道备者赐秬鬯。"另，《礼纬含文嘉》亦言"九锡"，并可参。

⑭ 《诗》曰：引诗见《诗经·大雅·江汉》。

⑮釐（lí）：赏赐，赐予。圭瓒（guī zàn）：古代的一种玉制酒器。形状如勺，以圭为柄。

⑯卣（yǒu）：古代一种盛酒的器具。敛口，大腹，圈足，有盖和提梁。

【译文】

传文说：我任命你为召公的继承人。君主策命受命的人，一定要称述他祖先的功德。孔子担任鲁国司寇，鲁定公任命他，说："宋闵公的儿子弗甫何的子孙，鲁国的孔丘，任命你做司寇。"孔子说："弗甫何对他的君主很忠厚，我恐怕不能胜任。"定公说："我不是随便任命的。"传文说：诸侯有功德，天子赏赐他。第一赏赐车马，第二赏赐礼服，第三赏赐虎贲，第四赏赐乐器，第五赏赐纳陛，第六赏赐朱户，第七赏赐弓箭，第八赏赐斧钺，第九赏赐秬鬯，这叫作"九赐"。《诗经》说："赏赐你圭瓒和一卣秬鬯。"

第十四章①

齐景公谓子贡曰："先生何师？"对曰："鲁仲尼。"曰："仲尼贤乎？"曰："圣人也，岂直贤哉！"景公嘻然而笑曰②："其圣何如？"子贡曰："不知也。"景公悖然作色③，曰："始言圣人，今言不知，何也？"子贡曰："臣终身戴天，不知天之高也；终身践地，不知地之厚也。若臣之事仲尼，譬犹渴操壶杓④，就江海而饮之，腹满而去，又安知江海之深乎？"景公曰："先生之誉，得无太甚乎？"子贡曰："臣赐何敢甚言，尚虑不及耳。臣誉仲尼，譬犹两手捧土而附泰山，其无益亦明矣。使臣不誉仲尼，譬犹两手杷泰山⑤，无损亦明矣。"景公曰："善！岂其然？善！岂其然？"《诗》曰⑥："民民翼翼⑦，不测不克⑧。"

【注释】

①本章并见《说苑·善说》，乃子贡对齐景公、赵简子、太宰嚭之辞，《外传》合为一章。又见定县汉简《儒家者言》。

②嘻然：笑嘻嘻的样子。

③悖（bó）然：因发怒而变色之貌。悖，通"勃"。

④枸（sháo）：同"勺"。

⑤杷（pá）：扒。

⑥《诗》曰：引诗见《诗经·大雅·常武》

⑦民民：通"緡緡"，绵密，稠密。《毛诗》作"绵绵"，陆德明《经典释文》："绵，《韩诗》作'民民'。"马瑞辰《通释》："《韩诗》'绵绵'作'民民'，亦以双声假借。至毛传训绵绵为靓者，靓即静也，静即密也。《释诂》：'密，静也。'"翼翼：盛大的样子。

⑧克：攻克，战胜。

【译文】

　　齐景公问子贡说："先生向谁学习啊？"子贡回答说："鲁国的仲尼。"齐景公问："仲尼是贤人吗？"子贡说："仲尼是圣人，何止是贤人啊！"景公嘻嘻地笑着说："他的圣明是怎样的啊？"子贡说："我不知道。"景公发怒改变脸色，说："刚才说他是圣人，现在又说不知道，为什么呢？"子贡说："我一辈子头顶着天，但不知道天有多高；一辈子脚踩着地，但不知道地有多厚。我侍奉仲尼，就像口渴了，拿着水壶和勺子，去江海舀水喝，肚子喝饱了就离开，又怎么能知道江海有多深呢？"景公说："先生对仲尼的赞美，恐怕太过分了吧？"子贡说："我怎么会过分赞美，只怕还不够呢。我赞美仲尼，就像两只手捧着土添加到泰山上，泰山不会因此而增高，这是很明显的。假使我不赞美仲尼，就像两只手去扒泰山的土，泰山不会因此而降低，这也是很明显的。"景公说："好啊！难道真的是这样吗？好啊！难道真的是这样吗？"《诗经》说："周王的军队多么绵密，多么盛大，不能测度，也不能战胜。"

第十五章①

一谷不升谓之嗛②，二谷不升谓之饥，三谷不升谓之馑，四谷不升谓之荒③，五谷不升谓之大侵④。大侵之礼，君食不兼味，台榭不饰，道路不除，百官补而不制，鬼神祷而不祠⑤，此大侵之礼也。《诗》曰⑥："我居御卒荒⑦。"此之谓也。

【注释】

①本章并见《穀梁传·襄公二十四年》。

②升：成熟。嗛（qiàn）：《后汉书·光武纪》李贤注引作"歉"。《穀梁传·襄公二十年》作"嗛"，范宁注："嗛，不足貌。"

③荒：《穀梁传·襄公二十年》作"康"，范宁注："康，虚。"《广雅·释天》作"歉"。

④侵：《穀梁传·襄公二十年》范宁注："侵，伤。"

⑤祠：祭祀。

⑥《诗》曰：引诗见《诗经·大雅·召旻（mín）》。

⑦御：服用，使用。《毛诗》作"圉"，毛传："圉，垂也。"与《韩诗》文、义皆异。卒：尽，全。荒：荒废，废弃。王先谦《集疏》："言大荒之年，所居所御，尽为之变。"

【译文】

一种谷物不成熟叫作"嗛"，两种谷物不成熟叫作"饥"，三种谷物不成熟叫作"馑"，四种谷物不成熟叫作"荒"，五种谷物不成熟叫作"大侵"。国家遭遇大侵时的礼节，是国君的饭食没有两种菜肴，楼台亭榭不加涂饰，道路不加修整，百官只填补空缺而不设置新的职位，对鬼神只祈祷而不举行祭祀，这就是大侵时的礼节。《诗经》说："我日常居处服用的礼节，全部废弃了。"说的就是这个意思。

第十六章①

古者天子为诸侯受封,谓之采地②。百里诸侯以三十里,七十里诸侯以二十里,五十里诸侯以十五里。其后子孙虽有罪而绌,其采地不绌,使子孙贤者守其地,世世以祠其始受封之君。此之谓兴灭国,继绝世也③。《书》曰④:"兹予大享于先王⑤,尔祖其从与享之。"⑥

【注释】

①本章并见《尚书大传·盘庚》。

②采地:食邑。古代君王赐予诸侯卿大夫作为世禄的封地。

③兴灭国,继绝世:语见《论语·尧曰》《礼记·中庸》。

④《书》曰:引文见《尚书·商书·盘庚》。

⑤享:泛指祭祀。

⑥按,本章脱《诗》辞。

【译文】

古时候,天子分封诸侯土地,称它为"采地"。封地有一百里的诸侯,采地有三十里;封地有七十里的诸侯,采地有二十里;封地有五十里的诸侯,采地有十五里。诸侯的后代子孙即使犯了罪,被撤除爵位,他的采地也不会被剥夺,让他的子孙中有贤德的人保守采地,世世代代用采地所收的租税去祭祀最初接受天子封土的国君。这叫作恢复被灭绝的国家,承续已断绝的世代。《尚书》说:"现在我隆重地祭祀先王,你们的祖先也跟随着得到祭祀。"

第十七章①

梁山崩②,晋君召大夫伯宗③。道逢辇者④,以其辇服其道⑤。伯宗使其右下⑥，欲鞭之。辇者曰："君趋道岂不远矣⑦，不如捷而行⑧。"伯宗喜，问其居，曰："绛人也⑨。"伯宗曰："子亦有闻乎？"曰："梁山崩，壅河，顾三日不流，是以召子。"伯宗曰："如之何？"曰："天有山，天崩之；天有河，天壅之。伯宗将如之何？"伯宗私问之，曰："君其率群臣素服而哭之⑩，既而祠焉，河斯流矣。"伯宗问其姓名，弗告。伯宗到，君问伯宗，以其言对。于是君素服率群臣而哭之，既而祠焉，河斯流矣。君问伯宗何以知之，伯宗不言受辇者，诈以自知。孔子闻之，曰："伯宗其无后，攘人之善⑪。"《诗》曰⑫："天降丧乱，灭我立王。"又曰⑬："畏天之威，于时保之⑭。"

【注释】

① 本章事并见《左传·成公五年》《穀梁传·成公五年》《国语·晋语五》。

② 梁山：山名。在今陕西韩城。

③ 晋君：指晋景公。伯宗：字尊，春秋时晋国大夫。孙伯纠之子。贤而好直言。晋景公六年（前594）以"鞭之长，不及马腹"谏止晋攻楚。后因直谏，遭三郤（郤至、郤犨、郤锜）杀害，其子伯州犁投奔楚国。

④ 辇者：拉车人。辇，人力挽拉的车。

⑤ 服：通"覆"，倾覆。《国语·晋语五》曰："遇大车当道而覆。"

⑥ 右：车右。古时乘车位于御者右边、以备非常的武士。

⑦ 趋道：取道。《穀梁传·成公五年》作"取道"。趋，通"取"。

⑧ 不如捷而行：意谓辇车笨重，挪避不便，不如宗伯之车旁行更为便捷。捷，旁行。《左传·成公五年》杜预注："捷，邪出。"《国语·晋语五》韦昭注："旁出为捷。"

⑨绛（jiàng）：春秋时晋国国都。晋穆侯自曲沃迁都于此，晋景公十
　　五年（前585）迁都新田，称为新绛，遂称此为故绛。故址在今山
　　西翼城东南。

⑩素服而哭之：《周礼·司服》："大灾，素服。"《国语·晋语五》韦昭
　　注："周礼：国有大灾，三日哭。"

⑪攘（rǎng）：窃取，掠取。

⑫《诗》曰：引诗见《诗经·大雅·桑柔》。

⑬又曰：引诗见《诗经·周颂·我将》。

⑭时：通"是"。

【译文】

　　梁山崩塌了，晋景公召请大夫伯宗。伯宗在路上遇见一个拉车的
人，他的车子倾覆在路上。伯宗让他的车右下车，想要鞭打拉车人。拉
车人说："你选取的路，岂不是更远了，不如让你的车子旁行吧。"伯宗十
分高兴，问他的住处，拉车人回答说："我是绛地人。"伯宗说："你听到那
里有什么事情发生吗？"拉车人说："梁山崩塌了，把黄河堵塞了，河水三
天不能流通，因此国君召见你。"伯宗说："我该怎么办呢？"拉车人说：
"上天的山，上天要让它崩塌；上天的河，上天要让它堵塞。伯宗能怎么
办呢？"伯宗私下问他，拉车人回答说："国君率领群臣穿着素色的衣服
对着黄河哭泣，然后举行祭祀，河水就流通了。"伯宗问他姓名，拉车人
没有告诉他。伯宗到达朝廷，景公问他该怎么办，伯宗把拉车人的话告
诉景公。于是景公穿上素色的衣服，率领群臣对着黄河哭泣，然后举行
祭祀，河水便流通了。景公问伯宗怎么知道这个办法，伯宗不说是拉车
人告诉他的，撒谎说是自己知道的。孔子听说了这件事，说："伯宗恐怕
将要断绝子孙后代，他掠取了别人的好主意。"《诗经》说："上天降下死
亡和祸乱，灭掉我所拥立的君王。"又说："敬畏上天的威严，因此要好好
保守祖先留下的大业。"

第十八章①

晋平公使范昭观齐国之政②。景公锡之宴，晏子在前。范昭趋曰："愿君之倅樽以为寿③。"景公顾左右曰："酌寡人樽，献之客。"范昭已饮，晏子曰："彻去樽④。"范昭不说，起舞，顾太师曰："子为我奏成周之乐⑤，吾为子舞之。"太师对曰："盲臣不习。"范昭起出门。景公谓晏子曰："夫晋，天下大国也。使范昭来观齐国之政，今子怒大国之使者，将奈何？"晏子曰："范昭之为人也，非陋而不知礼也，是欲试吾君臣，婴故不从。"于是景公召太师而问之曰："范昭使子奏成周之乐，何故不调⑥？"对如晏子⑦。于是范昭归报平公曰："齐未可并也。吾试其君，晏子知之。吾犯其乐，太师知之。"孔子闻之，曰："善乎晏子！不出俎豆之间⑧，折冲千里之外⑨。"《诗》曰⑩："实右序有周⑪，薄言振之⑫，莫不震叠⑬。"

【注释】

①本章并见《晏子春秋·内篇杂上》《新序·杂事一》。

②晋平公：注见卷六第二十七章。范昭：春秋时晋国大夫。其行事不详。与范昭子（士吉射）非同一人，晋平公时范氏乃士鞅执事，范昭子尚幼。

③倅（cuì）：副。

④彻：撤。按，晏子撤去倅樽，盖嫌为范昭所饮，亵君子樽故。

⑤成周：即西周的东都洛邑，故址在今河南洛阳东郊。

⑥调：演奏。

⑦按，《晏子春秋·内篇杂上》《新序·杂事一》载太师答辞，具言其

不调之由,曰:"夫成周之乐,天子之乐也。调之,必人主舞之。今范昭人臣,欲舞天子之乐,臣故不为也。"可参。

⑧俎(zǔ)豆:俎与豆,为古代盛食物用的两种礼器。

⑨折冲:《吕氏春秋·召类》"折冲乎千里之外",高诱注:"冲车所以冲突敌之军,能陷破之也。有道之国,不可攻伐,使欲攻已者折还其冲车于千里之外,不敢来也。"折,折回,折返。冲,冲车。用以冲城攻坚。

⑩《诗》曰:引诗见《诗经·周颂·时迈》。

⑪右:同"佑",佑助。序:马瑞辰《通释》:"序皆顺也。次序为序,顺从亦为序。顺之即助之。……'右''序'二字同义。"

⑫薄:语助词。振:振奋。《毛诗》作"震"。

⑬震:动。叠:回应,响应。按,《后汉书·李固传》载李固上疏,引此二句,并云:"此动之于内,而应之于外者也。"李贤注引薛君《韩诗章句》:"薄,辞也。振,奋也。莫,无也。震,动也。叠,应也。美成王能奋舒文、武之道而行之,则天下无不动而应其政教。"本章言晏子"不出俎豆之间,折冲千里之外",亦是"动之于内,而应之于外"义。

【译文】

晋平公派遣范昭去观察齐国的政治。齐景公赏赐范昭酒宴,晏子也在酒宴上。范昭快步走向前,对景公说:"希望借国君的副樽来向国君祝寿。"景公看着左右近臣说:"给我的酒樽斟上酒,进献给客人。"范昭喝完酒,晏子说:"撤去酒樽。"范昭不高兴,站起来跳舞,对太师说:"你为我演奏成周的音乐,我来为你跳舞。"太师回答说:"我没有学习过成周的音乐。"范昭站起来,走出门去。景公对晏子说:"晋国,是天下的大国。派遣范昭来观察齐国的政治,现在你惹怒了大国的使者,我们将怎么办呢?"晏子说:"范昭的为人,不是鄙陋不懂礼节的人,他是想试探我们君臣,我故意不顺从他的意愿。"于是景公又召见太师,问道:"范昭让你演奏成周的音乐,为什么不演奏呢?"太师回答景公,也和晏子一样。范昭回到晋国,报告平公说:"齐国不可以吞并。我试探他们的国君,晏子知道了。我冒犯僭用他们的音乐,太师知道了。"孔子听说了这件事,说:"晏子多么好啊! 在宴席的俎豆之间,就能使千里之外敌人的冲车折返。"《诗经》说:"上天实在佑助周国,成王能够振奋文王、武王之道,天下人都感动而响应成王的政教。"

第十九章①

三公者何? 曰:司马、司空、司徒也。司马主天,司空主土,司徒主人。故阴阳不和,四时不节,星辰失度,灾变非常,则责之司马。山陵崩竭②,川谷不流,五谷不植③,草木不茂,则责之司空。君臣不正,人道不和,国多盗贼,下怨其上,则责之司徒。故三公典其职,忧其分,举其辩④,明其德,此三公之任也。《诗》曰⑤:"济济多士⑥,文王以宁。"又曰⑦:"明照有周⑧,式序在位⑨。"言各称职也。

【注释】

①《尚书大传·夏传》亦言三公之责,可与此相参。

②竭:崩落。《太平御览》卷二〇八引作"陒"。

③植:生长。

④举:施行。辩:通"辨"。

⑤《诗》曰:引诗见《诗经·大雅·文王》。

⑥济济:众多的样子。

⑦又曰:引诗见《诗经·周颂·时迈》。又引见卷三第四、五、六章。

⑧明照:光明昭著。《毛诗》作"明昭"。按,卷三第四、五、六章引

《诗》又作"明昭"，韩、毛同。

⑨式：语助词。王先谦《集疏》："言大明著见之有周，在位者咸得其序。"

【译文】

三公是哪几位？回答说：司马、司空、司徒。司马主管天文，司空主管地理，司徒主管人事。所以阴气和阳气不和谐，四时不合节律，星辰的运转失去节度，发生不寻常的灾异，就责备司马。高山丘陵崩落，川流河谷阻塞，五谷不生长，草木不茂盛，就责备司空。君臣的名分不端正，人的伦常不和谐，国家有很多盗贼，人民怨恨执政者，就责备司徒。所以三公各自掌管自己的职务，忧虑自己的本分，施行自己明辨的事情，彰明自己的德行，这是三公的责任。《诗经》说："有众多贤士的辅佐，文王因此而安宁。"又说："光明昭著的周国，臣子们都各按其能、井然有序地在自己的职位上。"说的就是每个人都能胜任各自的职位。

第二十章

夫贤君之治也，温良而和，宽容而爱，刑清而省，喜赏而恶罚，移风崇教，生而不杀，布惠施恩，仁不偏与，不夺民力，役不逾时①，百姓得耕，家有收聚，民无冻馁②，食无腐败。士不造无用③，雕文不粥于肆④。斧斤以时入山林⑤。国无佚士⑥，皆用于世。黎庶欢乐衍盈⑦。方外远人归义⑧，重译执贽⑨，故得风雨不烈。《小雅》曰⑩："有弇凄凄⑪，兴云祁祁⑫。"以是知太平无飘风暴雨明矣⑬。

【注释】

①役不逾时：注见卷三第十九章。

②冻馁（něi）：受冻挨饿。馁，受饥饿。

③士：屈守元《笺疏》疑为"工"字之误。

④粥：同"鬻（yù）"，卖。肆：店铺。

⑤斧斤：亦作"斧斯（jīn）"，泛指各种斧子。

⑥佚（yì）：隐逸。

⑦黎庶：黎民，百姓。衍盈：富裕，充实。

⑧方外：域外，边远地区。

⑨重译：多次的翻译。执贽（zhì）：古礼初次谒见人时，执持礼物以相见。

⑩《小雅》曰：引诗见《诗经·小雅·大田》。

⑪有弇（yǎn）：雨云兴起的样子。弇，《太平御览》卷八七二引作"黶"。《毛诗》作"渰"，陆德明《经典释文》："渰，本又作'弇'。"凄凄：盛大的样子。《毛诗》作"萋萋"。

⑫兴云：《毛诗》作"兴雨"。祁祁：舒徐的样子。

⑬飘风：旋风，暴风。《说文》："飘，回风也。"

【译文】

　　贤明的君主治理国家，温良而和平，宽容而慈爱，刑法清明而简略，喜欢奖赏而厌恶惩罚，改变不良的社会风俗，崇尚教化，生养人民，不主张杀戮，布施恩惠，仁爱不偏心地施予，不剥夺人民的劳力，役使人民不超过规定的时间，百姓能够按时耕种田地，每家都有粮食收获和储蓄，人民不会受冻挨饿，食物没有腐烂败坏的。工匠不制造不实用的器具，店铺里不售卖有雕刻涂饰的器物。斧头按时进入山林砍伐。国家没有隐逸的士人，都被君主任用。百姓欢乐富裕。边远地区的人归附仁义，经过多次翻译，拿着礼物前来，国家政治清明，所以风雨也不暴烈。《小雅》说："雨云兴起，盛大舒徐的样子。"因此可知，在国家太平的时候没有狂风暴雨，这是十分明确的了。

第二十一章

昨日何生？今日何成？必念归厚，必念治生。日慎一日，完如金城①。《诗》曰②："我日斯迈③，而月斯征。夙兴夜寐，无忝尔所生④。"

【注释】

①完：完好，完固。金城：指坚固的城。

②《诗》曰：引诗见《诗经·小雅·小宛》。

③斯：语助词。迈：行。郑笺："迈、征，皆行也。"

④无：《毛诗》作"毋"。忝（tiǎn）：侮辱，辱没。所生：指父母。

【译文】

昨天做了什么生计？今天取得了什么成就？一定要念念不忘使德行归于笃厚，一定要念念不忘勤治生计。一天比一天更加谨慎，使德行完固得像金城一样。《诗经》说："我每日前行，每月前行。早起晚睡，不要辱没了父母。"

第二十二章①

官怠于有成，病加于小愈，祸生于懈惰，孝衰于妻子②。察此四者，慎终如始。《易》曰③："小狐汔济④，濡其尾。"《诗》曰⑤："靡不有初，鲜克有终。"

【注释】

①本章并见《说苑·敬慎》，为曾子之言。又见《文子·符言》，为老子之言。又见《邓析子·转辞》。

②孝衰于妻子:《管子·枢言》:"妻子具则孝衰矣。"《荀子·性恶》:

　　"妻子具而孝衰于亲。"可与此相参。

③《易》曰:引文见《易经·未济卦》。

④汔(qì):差不多。

⑤《诗》曰:引诗见《诗经·大雅·荡》。又引见卷五第十七章。

【译文】

　　做官常在小有成就的时候懈怠,疾病常在稍微痊愈的时候加重,祸患常在怠惰的时候发生,孝顺父母常在有了妻子儿女之后衰减。明察了这四点,做事情就能够在终结时和开始时一样谨慎。《易经》说:"小狐狸差不多要渡过河时,却把它的尾巴沾湿了。"《诗经》说:"人们做事都有不错的开始,但却很少能有好的结局。"

第二十三章①

　　孔子燕居②,子贡摄齐而前曰③:"弟子事夫子有年矣,才竭而智罢④,倦于学问,不能复进,请一休焉。"孔子曰:"赐也欲焉休乎?"曰:"赐欲休于事君。"孔子曰:"《诗》云⑤:'夙夜匪懈,以事一人。'为之若此其不易也⑥,若之何其休也!"曰:"赐欲休于事父母。"孔子曰:"《诗》云⑦:'孝子不匮,永锡尔类⑧。'为之若此其不易也,如之何其休也!"曰:"赐欲休于事兄弟。"孔子曰:"《诗》云⑨:'妻子好合,如鼓瑟琴。兄弟既翕⑩,和乐且耽⑪。'为之若此其不易也,如之何其休也!"曰:"赐欲休于耕田。"孔子曰:"《诗》云⑫:'昼尔于茅⑬,宵尔索绹⑭,亟其乘屋⑮,其始播百谷。'为之若此其不易也,若之何其休也!"子贡曰:"君子亦有休乎?"孔子曰:"'阖棺兮乃止播兮⑯,不知其时之易迁兮⑰。'此之谓君子所休也。故学而不已，阖棺乃止。"《诗》曰⑱："日就月将。"言学者也。

【注释】

①本章并见《荀子·大略》《孔子家语·困誓》，而所引《诗》篇，不尽相同。《列子·天瑞》亦载子贡倦于学，愿有所息，然行文与旨意与此有异。

②燕居：闲居。

③摄齐（zī）：提起衣的下摆，表示恭敬有礼。《论语·乡党》："摄齐升堂，鞠躬如也。"

④罢（pí）：疲乏，穷乏。

⑤《诗》云：引诗见《诗经·大雅·烝民》。

⑥其：许维遹《集释》："'其'，犹'之'也。古'其''之'二字互训。"

⑦《诗》云：引诗见《诗经·大雅·既醉》。

⑧永：长，广。锡（cì）：赐予。类：族类。毛传训作"善"，郑笺训作"族类"，曰："长以与女之族类，谓广之以教道天下也。"王先谦《集疏》："推圣人之意，亦是广及族类，故云'为之不易'。《笺》盖用《韩》义易《毛》也。"

⑨《诗》云：引诗见《诗经·小雅·常棣（dì）》。

⑩翕（xī）：合。

⑪耽：陆德明《经典释文》："《韩诗》云：'乐之甚也。'"《毛诗》作"湛"，陈乔枞《韩诗遗说考》："'耽''湛'皆'媅'字之叚借。《说文》：'媅，乐也。'"

⑫《诗》云：引诗见《诗经·豳（bīn）风·七月》。

⑬于：往，去。

⑭索绹（táo）：绞制绳子。

⑮亟（jí）：急。乘屋：升屋，以修补房屋之散漏。

⑯阖（hé）：闭。播：许维遹《集释》引闻一多说，读为"蟠"，蟠伏，引申为休息。

⑰迁：迁移，流逝。

⑱《诗》曰：引诗见《诗经·周颂·敬之》。又引见卷三第十四、十五章。

【译文】

孔子在家闲居，子贡提起衣服的下摆走向前说："我侍奉老师好多年了，我才智枯竭穷乏了，厌倦了学习，不能再有进步了，我希望休息一下。"孔子说："赐，你想在哪方面休息呢？"子贡说："我想在事奉君主方面休息。"孔子说："《诗经》说：'无论早上晚上都不懈怠，去事奉天子。'事奉君主是这么不容易，怎么可以休息呢！"子贡说："我想在侍奉父母方面休息。"孔子说："《诗经》说：'孝子的孝道不会匮竭，他还把孝道推广教导给他的族类。'侍奉父母是这么不容易，怎么可以休息呢！"子贡说："我想在侍奉兄弟方面休息。"孔子说："《诗经》说：'与妻子感情和美，就像弹奏琴瑟一样声音和谐。兄弟既情意投合，又和谐快乐。'侍奉兄弟是这么不容易，怎么可以休息呢！"子贡说："我想在耕田方面休息。"孔子说："《诗经》说：'白天去取回茅草，夜里搓制绳索，赶紧升上屋顶修补房屋，因为又将要开始播种百谷了。'耕田是这么不容易，怎么可以休息呢！"子贡说："君子有休息的时候吗？"孔子说："'盖上棺材了，才能休息，到那时才不再知道时间的易逝。'这是君子休息的时候。所以求学问是永不停息的，直到盖上棺材才停止。"《诗经》说："每日都有所成就，每月都有所进步。"说的就是学习的事。

第二十四章

鲁哀公问冉有曰①："凡人之质而已，将必学而后为君子乎？"冉有对曰："臣闻之，虽有良玉，不刻镂则不成器；虽有美质,不学则不成君子②。"曰:"何以知其然也?""夫子路,卞之野人也③。子贡,卫之贾人也。皆学问于孔子,遂为天下显士。诸侯闻之,莫不尊敬。卿大夫闻之,莫不亲爱。学之故也。昔吴、楚、燕、代④,谋为一举而欲伐秦。姚贾⑤,监门之子也。为秦往使之,遂绝其谋,止其兵。及其反国,秦王大悦,立为上卿。夫百里奚⑥,齐之乞者也⑦。逐于齐西,无以进⑧,自卖五羊皮,为一轭车⑨,见秦缪公,立为相,遂霸西戎。太公望⑩,少为人婿,老而见去,屠牛朝歌,赁于棘津⑪,钓于磻溪⑫,文王举而用之,封于齐。管仲亲射桓公,遂除报仇之心,立以为相,存亡继绝,九合诸侯,一匡天下。此四子者,皆尝卑贱穷辱矣,然其名声驰于后世⑬,岂非学问之所致乎?由此观之,士必学问,然后成君子。《诗》曰:'日就月将。'"于是哀公嘻然而笑曰:"寡人虽不敏,请奉先生之教矣。"

【注释】

①鲁哀公:注见卷一第四章。冉有:名求,字子有,春秋时鲁国人。孔子弟子。曾为季氏宰,长于治政,列孔门四科之"政事"科。

②"虽有良玉"四句:卷二第三十二章:"玉不琢,不成器;人不学,不成行。"可参。

③卞:春秋时鲁国邑名。在今山东泗水东。野人:居国城之郊野的人,与"国人"相对。

④代:前228年,秦破赵,赵公子嘉出奔代,自立为代王。

⑤姚贾:战国时魏国人。出身贫寒,其父为监门。为盗于魏,被逐于赵,被秦王嬴政所用。吴、楚、燕、代四国伐秦,姚贾以重金贿赂四国政要,瓦解四国联盟。秦王大悦,立为上卿。与韩非互相倾轧,

后联合李斯害死韩非子。按，姚贾事在战国末期，乃冉有以后之事，《外传》所载不合史实。又，据《战国策·秦策五》，下文所述百里奚、太公望、管仲之事，乃姚贾对秦王所言，谓明主用人，"不取其污，不听其非，察其为己用"。《外传》系作冉有所言，以论"士必学问，然后成君子"，然四子如何学问，文中所述事迹实未有体现。

⑥百里奚（xī）：注见卷六第十三章。

⑦齐之乞者：诸书皆谓百里奚为虞臣，未言为"齐之乞者"。《战国策·秦策五》亦作"虞之乞人"。

⑧进：进荐。

⑨辄（è）车：拉载货物的牛车。

⑩太公望：注见卷三第十三章。

⑪赁（lìn）：出卖劳力，受雇。棘津：注见卷七第六章。

⑫磻（pán）溪：亦作"磻碛"。水名，一名璜河，源出南山兹谷，北流入渭水，在今陕西宝鸡东南。传说为吕尚未遇文王时垂钓处。

⑬驰：传播，流传。

【译文】

鲁哀公问冉有说："凡是人只要具备美好的本质就可以了，一定要学习之后才能成为君子吗？"冉有回答说："我听说，虽然有美玉，但不经过雕琢，也不能成为器物；人虽然有美好的本质，但不经过学习，也不能成为君子。"哀公说："怎么知道是这样的呢？"冉有说："子路，是住在下邑郊野的人。子贡，是卫国的商人。他们都向孔子学习，于是成了天下著名的士人。诸侯听到他们的名字，没有不尊敬的。卿大夫听到他们的名字，没有不亲爱的。他们之所以能得到别人的敬爱，都是因为学习的缘故。从前吴、楚、燕、代四国，谋划一起联合攻打秦国。姚贾，是守门官的儿子。为秦国去四国出使，最终破坏了他们的谋划，阻止了战争。等到姚贾回到秦国，秦王十分高兴，封他做上卿。百里奚，是齐国的乞丐。被放逐到齐国的西部，没有办法得到进荐，就把自己卖了五张羊皮的价格，买了一辆牛车，去见秦缪公，被任命为国相，因此秦国称霸西戎。太公望，年轻时做人的赘婿，年老了被人赶出来，在朝歌杀牛，在棘津做佣工，在磻溪钓鱼，文王提拔任用他，把他分封到齐国。管仲亲自射伤了齐桓公，桓公打消了报仇的想法，任命他做国相，从而使那些被灭亡了的国家得以复存、被断绝了后代的世家得以延续，多次集合诸侯，匡正天下。这四个人，都曾经地位卑贱，遭受穷困屈辱，然而他们的名声能够流传后世，难道不是学习使他们这样的吗？由此看来，士人一定要学习，然后才能成为君子。《诗经》说：'每日都有所成就，每月都有所进步。'"于是哀公嘻嘻地笑着说："我虽然愚钝，愿意恭敬地接受先生的教诲。"

第二十五章①

曾子有过②，曾皙引杖击之③。仆地，有间乃苏，起曰："先生得无病乎④？"鲁人贤曾子，以告夫子。夫子告门人："参来，勿内也。"曾子自以为无罪，使人谢夫子⑤。夫子曰："汝不闻昔者舜为人子乎？小棰则待⑥，大杖则逃。索而使之，未尝不在侧，索而杀之，未尝可得。今汝委身以待暴怒⑦，拱立不去，汝非王者之民邪？杀王者之民，其罪何如？"《诗》曰⑧："优哉柔哉⑨，亦是戾矣⑩。"又曰⑪："载色载笑，匪怒伊教。"

【注释】

①本章并见《说苑·建本》《孔子家语·六本》及定县汉简《儒家者言》。

②曾子有过：《说苑·建本》载"曾子芸瓜而误斩其根"，《孔子家

语·六本》同。

③曾皙（xī）：名点，春秋时鲁国南武城人。曾参之父。孔子的弟子。

④病：怨恨，生气。

⑤谢：询问。

⑥棰（chuí）：鞭子。《说苑·建本》作"箠"。

⑦委身：弃身，舍身。

⑧《诗》曰：引诗见《诗经·小雅·采菽》。又引见卷四第十七章。

⑨优：悠闲自在。柔：温和安顺。《毛诗》作"游"。

⑩戾（lì）：至。

⑪又曰：引诗见《诗经·鲁颂·泮（pàn）水》。又引见卷三第二十二、二十三、二十四章。

【译文】

曾子有过错，曾皙拿起鞭子打他。曾子被打倒在地上，过了一会儿才苏醒过来，站起来说："父亲该不会身体不舒服吧？"鲁国人都认为曾子很贤德，把这件事告诉孔子。孔子跟学生说："曾参来了，不要让他进来。"曾子自认为没有过错，请别人询问孔子。孔子说："曾参你没听过从前舜是怎样做儿子的吗？他的父亲用鞭子打他，他就等着被打，父亲用大木棍打他，他就逃跑。父亲找他要使唤他，他没有不在父亲身边的，父亲找他要杀掉他，他没有被找到的。现在你舍身等着暴怒的父亲来处置，拱手站着不离开，你难道不是君王的人民吗？你父亲要是杀了君王的人民，他该当何罪？"《诗经》说："悠闲自在啊，温和安顺啊，诸侯们来到这里朝见天子。"又说："和颜悦色，笑容可掬，不是发怒，而是教育人。"

第二十六章①

齐景公使人为弓，三年乃成。景公引弓而射，不穿一札②。景公怒，将杀弓人。弓人之妻往见景公，曰："蔡人之子,弓人之妻也。此弓者,太山之南乌号之柘③,燕牛之角,荆糜之筋,河鱼之胶也④。四物者,天下之练材也⑤,不宜穿札之少如此。且妾闻奚公之车⑥,不能独走,莫耶虽利⑦,不能独断,必有以动之。夫射之道,左手若拒石⑧,右手若附枝,掌若握卵,四指如断短杖,右手发之,左手不知,此盖射之道。"景公以其言为仪而射之⑨,穿七札。蔡人之夫立出矣。《诗》曰⑩:"好是正直。"

【注释】

①本章并见《列女传·辩通》,作晋繁人(官名)之女,当晋平公之时。

②札:铠甲片,多用皮革或金属制成。此处指铠甲片的层,古时铠甲一般皆七层。

③乌号:柘木富有弹性,乌鸦筑巢柘木之上,飞起时,树枝弹起,使鸟巢倾覆,故乌鸦号呼其上。《淮南子·原道训》"乌号之弓",高诱注:"桑柘,其材坚劲,乌峙其上,及其将飞,枝必桡下,劲能复巢,乌随之,乌不敢飞,号呼其上。伐其枝以为弓,因曰乌号之弓也。"柘(zhè):树名。桑科,落叶灌木或小乔木,叶可喂蚕,木质密致坚韧,材可制弓。《周礼·考工记·弓人》:"弓人取干之道,柘为上。"

④河鱼之胶:河鱼熬制的胶。许维遹《集释》:"据《考工记》,制胶之材,多用兽皮,亦有'鱼胶饵'语。"《北堂书钞》引作"阿鱼之胶",则为阿胶、鱼胶,亦通。

⑤练材:精选的优质材料。

⑥奚(xī)公:即奚仲。传说姓任,黄帝之后,夏时车正,为车的创造者。

⑦莫耶:剑名。注见卷三第三十六章。

⑧拒:抗拒,抵抗。《玉篇》:"拒,抵也。"

⑨仪:标准,准则。

⑩《诗》曰:引诗见《诗经·小雅·小明》。

【译文】

　　齐景公叫人制作弓,三年才制成。景公拉开弓来射箭,都没有射穿一层铠甲。景公发怒,要杀死弓匠。弓匠的妻子去见景公,说:"我是蔡国人的女儿,弓匠的妻子。我丈夫做的这把弓,是用泰山南面、坚硬富有弹性的柘木,燕国的牛角,楚国的麋鹿筋,河鱼熬的胶来制成的。这四种东西,是天下最精选的优质材料,不应该只射穿那么少层的铠甲。我听说,奚公造的车,也不能自己行走,莫邪剑虽然锋利,也不能自己砍断东西,一定要靠人去运用它们。射箭的方法,左手向前撑持弓把,像在抗拒石头,右手扣住弓弦,像攀附在树枝上,右手手掌像握着一个蛋,四只手指像要握断一根短木棍,右手放开把箭射出去,左手都不知道,这大概就是射箭的方法。"景公依照她的话为标准再次射箭,射穿了七层铠甲。蔡国女子的丈夫马上被释放了。《诗经》说:"喜爱正直的人。"

第二十七章①

　　齐有得罪于景公者,景公大怒,缚置之殿下,召左右肢解之,敢谏者诛。晏子左手持头,右手磨刀,仰而问曰:"古者明王圣主,其肢解人,不审从何肢始也?"景公离席曰:"纵之②! 罪在寡人。"《诗》曰:"好是正直。"

【注释】

①本章并见《晏子春秋·内篇谏上》,首言"景公所爱马死,欲诛圉人"。

②纵:释放。

【译文】

　　齐国有人得罪了齐景公,景公十分生气,把他捆绑在殿堂下面,命令左右近臣把他肢解了，胆敢劝阻的人也要被诛杀。晏子左手抓住那人的头，右手磨着刀，抬头问景公说："古代圣明的君主，他们肢解人，不知道是从肢体的什么部位先开始的？"景公离开席子说："放了他吧！这是我的罪过。"《诗经》说："喜爱正直的人。"

第二十八章

　　传曰：居处齐则色姝^①，食饮齐则气珍^②，言语齐则信听，思齐则成，志齐则盈^③。五者齐，斯神居之^④。《诗》曰^⑤："既和且平，依我磬声^⑥。"

【注释】

①齐：一种中正、平和、得体的状态。姝：好。

②气：情绪。珍：美。

③盈：增长，长进。

④居：止处。

⑤《诗》曰：引诗见《诗经·商颂·那（nuó）》。

⑥依：依随。磬（qìng）：古代的一种乐器。状如曲尺。用玉、石或金属制成，悬挂于架上，击打而鸣。

【译文】

　　传文说：起居平和，面色就好；饮食得当，情绪就好；说话得体，别人就相信；思虑中正，就会成功；志向端正，就能长进。这五种都端正了，精神就存处在人身上了。《诗经》说："鼓、管的声音既和谐又平正，依随着玉磬的声音。"

第二十九章

魏文侯问狐卷子曰①："父贤足恃乎?"对曰:"不足。""子贤足恃乎?"对曰:"不足。""兄贤足恃乎?"对曰:"不足。""弟贤足恃乎?"对曰:"不足。""臣贤足恃乎?"对曰:"不足。"文侯勃然作色而怒曰②："寡人问此五者于子,一一以为不足者何也③?"对曰:"父贤不过尧,而丹朱放④。子贤不过舜,而瞽瞍拘⑤。兄贤不过舜,而象放⑥。弟贤不过周公,而管叔诛⑦。臣贤不过汤、武,而桀、纣伐。望人者不至,恃人者不久。君欲治,从身始,人何可恃乎?"《诗》曰⑧："自求伊祜⑨。"此之谓也。

【注释】

①狐卷子:人名。生平不详。

②勃然:因愤怒而变色之貌。

③一一:全,都。

④丹朱:尧之子,名朱,居丹渊,故名丹朱。尧因其不肖,禅位于舜。传说后稷放朱于丹水。

⑤瞽瞍(gǔ sǒu):舜的父亲。受后妻挑唆,曾多次谋害舜。舜继尧位后,仍事之以礼,不亏孝道。而据《韩非子·忠孝》云"瞽瞍为舜父而舜放之",《反经》引《慎子》云"父有良子而舜放瞽瞍",是文献中有舜拘放瞽瞍的记载。

⑥象:舜的异母弟。性傲狠,受封于有庳。相传他在瞽瞍的示意下,多次谋杀舜,未遂,后被舜流放。

⑦管叔:注见卷四第三十三章。

⑧《诗》曰:引诗见《诗经·鲁颂·泮水》。

⑨伊：语助词。祜（hù）：福。

【译文】

　　魏文侯问狐卷子说："父亲贤明，足以依赖他吗？"狐卷子回答说："不足以。"魏文侯问："儿子贤明，足以依赖他吗？"狐卷子回答说："不足以。"魏文侯问："兄长贤明，足以依赖他吗？"狐卷子回答说："不足以。"魏文侯问："弟弟贤明，足以依赖他吗？"狐卷子回答说："不足以。"魏文侯问："臣子贤明，足以依赖他吗？"狐卷子回答说："不足以。"魏文侯改变脸色，愤怒地说："我问你这五种情况，你都认为不足以依赖，这是为什么？"狐卷子回答说："父亲贤明，没有人能超过尧，但是他的儿子丹朱被放逐了。儿子贤明，没有人能超过舜，但是他的父亲瞽瞍被拘禁了。兄长贤明，没有人能超过舜，但是他的弟弟象被放逐了。弟弟贤明，没有人能超过周公，但是他的哥哥管叔被杀了。臣子贤明，没有人能超过商汤、周武王，但是他们的君主夏桀、商纣被讨伐了。指望别人的人，不能达到目的；依靠别人的人，不能长久。国君想要国家大治，应该从自身做起，别人怎么可以依赖呢？"《诗经》说："自己寻求幸福。"说的就是这个意思。

第三十章①

　　汤作《濩》②。闻其宫声，使人温良而宽大；闻其商声，使人方廉而好义；闻其角声，使人恻隐而爱仁③；闻其徵声，使人乐养而好施④；闻其羽声，使人恭敬而好礼。《诗》曰⑤："汤降不迟，圣敬日跻⑥。"

【注释】

①本章并见《史记·乐书》。

②《濩（hù）》：汤时乐名。《白虎通义·礼乐》："汤曰《大濩》者，言汤承衰，能护民之急也。"

③恻隐:同情,怜悯。

④养:《史记·乐书》作"善"。

⑤《诗》曰:引诗见《诗经·商颂·长发》。引又见卷三第三十、三
　　十一、三十二章。

⑥跻(jī):升,提高。

【译文】

　　商汤制作了《濩》乐。听见乐曲中的宫声,能够使人温和善良,宽容宏大;听见乐曲中的商声,能够使人方正廉直,爱好正义;听见乐曲中的角声,能够使人心生同情,爱好仁义;听见乐曲中的徵声,能够使人乐于行善,爱好施惠;听见乐曲中的羽声,能够使人恭敬,爱好礼节。《诗经》说:"商汤为人谦逊,礼贤下士,十分急切,他圣明恭敬的德行每天上闻于天。"

第三十一章①

　　孔子曰:"《易》先《同人》后《大有》,承之以《谦》,不亦可乎?"故天道亏盈而益谦,地道变盈而流谦,鬼神害盈而福谦,人道恶盈而好谦。谦者,抑事而损者也②。持盈之道,抑而损之,此谦德之于行也。顺之者吉,逆之者凶。五帝既没,三王既衰,能行谦德者,其惟周公乎。周公以文王之子,武王之弟,成王之叔父,假天子之尊位七年③,所执贽而师见者十人,所还质而友见者十三人④,穷巷白屋之士所先见者四十九人,时进善者百人,宫朝者千人⑤,谏臣五人,辅臣五人,拂臣六人⑥,戴干戈以至于封侯⑦,异族九十七人,而同姓之士百人。孔子曰:"犹以为周公为天下党⑧,则以同族为众,而异族为寡也。"故德行宽容而守之以恭者

荣,土地广大而守之以俭者安,位尊禄重而守之以卑者贵,人众兵强而守之以畏者胜,聪明睿智而守之以愚者哲,博闻强记而守之以浅者不隘。此六者皆谦德也。《易》曰[9]:"谦,亨,君子有终,吉[10]。"能以此终吉者,君子之道也。贵为天子,富有四海,而德不谦,以亡其身,桀、纣是也,而况众庶乎?夫《易》有一道焉,大足以治天下,中足以安家国,近足以守其身者,其惟谦德乎。《诗》曰:"汤降不迟,圣敬日跻。"

【注释】

①本章并见《说苑·敬慎》《说苑·尊贤》,卷三第三十一章与此亦大同,可参。

②抑:谦抑,谦逊。

③假:假借,代理。

④还质:《尚书大传·梓材》作"委质",放下礼物之意。古代卑幼往见尊长,行宾主授受之礼,把礼物放在地上,然后退出。十三:卷三第三十一章作"十二",《荀子·尧问》《尚书大传·梓材》作"三十"。

⑤千人:卷三第三十一章作"万人"。

⑥拂(bì):通"弼",辅弼。

⑦戴:负荷,持举。

⑧犹以为周公为天下党:赵善诒《补正》:"盖以周公分封同族者多,故人云:周公以天下为己党也。"

⑨《易》曰:引文见《易经·谦卦》。

⑩谦,亨,君子有终,吉:孔颖达《周易正义》:"'谦'者,屈躬下物,先人后己,以此待物,则所在皆通,故曰'亨'也。小人行谦则不能长久,唯'君子有终'也。"

【译文】

孔子说："《易经》把《同人卦》排在前面，《大有卦》排在后面，接着是《谦卦》，这样编排不也很合适吗？"所以天道是减损盈满的，补益谦退的；地道是改变盈满的，流向谦下的；鬼神之道是伤害骄盈的，赐福谦逊的；人道是厌恶骄盈的，喜欢谦逊的。所谓"谦"，就是谦逊而自我贬损的意思。保持盈满的方法，就是谦逊而自我贬损，这就是谦德在行为上的体现。顺从谦德的，就会吉利；违逆谦德的，就会凶险。五帝已经去世，三王已经衰亡，能够实行谦德的，大概只有周公了吧。周公以文王的儿子、武王的弟弟、成王的叔父的身份，代理了七年天子的尊位，他拿着礼物，以对待老师的礼节去拜访的有十人，放下礼物，以对待朋友的礼节去求见的有十三人，住在僻陋的里巷、简陋的房屋里的人，周公先去拜访的有四十九人，经常向周公进献好意见的有上百人，到朝廷来朝见他的有上千人，劝谏他的臣子有五人，辅佐他的臣子有五人，辅弼他的臣子有六人，操持干戈征战有功而被封侯，不同姓的有九十七人，同姓的有上百人。孔子说："有人还认为周公把天下当作自己的同党，这是因为他分封同族的诸侯多，而分封不同族的诸侯少。"所以德行宽大从容，能用恭敬来保守住它的人，就会显耀；拥有广大的土地，能用节俭来保守住它的人，就会安定；爵位尊贵，俸禄丰厚，能用谦卑来保守住它的人，就会富贵；拥有众多的百姓，强大的兵力，能用敬畏来保守住它的人，就会胜利；聪明睿智，能用愚昧来保守住它的人，就会明智；见闻广博，记忆力强大，能用浅陋来保守住它的人，就不会见识狭隘。这六种都是谦德。《易经》上说："谦逊，处世就能通达，君子能够始终做到谦逊，这是吉利的。"能够因为谦逊而始终吉利，这就是君子所奉行的道理。拥有天子的尊位，拥有天下的财富，但是德行不谦逊，因此而丧命，桀、纣就是这样的人，更何况普通百姓呢？《易经》中有一种道理，往大了说足以治理天下，往中了说足以安定国家，往小了说足以保全生命，大概只有谦德了吧。《诗经》说："商汤为人谦逊，礼贤下士，十分急切，他圣明恭敬的德行每天上闻于天。"

第三十二章①

昔者田子方出②,见老马于道,喟然有志焉③,以问于御者曰:"此何马也?"御曰:"故公家畜也,罢而不为用④,故出放之也。"田子方曰:"少尽其力,而老弃其身,仁者不为也。"束帛而赎之⑤。穷士闻之,知所归心矣。《诗》曰:"汤降不迟,圣敬日跻。"

【注释】

①本章并见《淮南子·人间训》。

②田子方:注见卷三第六章。

③喟(kuì)然:叹息貌。志:感慨。

④罢(pí):疲乏,衰弱。

⑤束帛:捆为一束的五匹帛。

【译文】

从前田子方外出,看见一匹老马在道路上,长叹一声,内心有所感慨,就问车夫说:"这是什么马啊?"车夫说:"是以前公家养的马,衰弱不能用了,所以把它放出来了。"田子方说:"马年轻时,用尽了它的力量,年老了,就抛弃它,仁者不会这样做。"拿出五匹布把老马赎出来。穷困的士人听到这件事后,心里知道应该归附谁了。《诗经》说:"商汤为人谦逊,礼贤下士,十分急切,他圣明恭敬的德行每天上闻于天。"

第三十三章①

齐庄公出猎②,有螳螂举足将搏其轮。问其御曰:"此何虫也?"御曰:"此是螳螂也。其为虫,知进而不知退,不

量力而轻就敌③。"庄公曰:"此为人,必为天下勇士矣。"于
是回车避之,而勇士归之。《诗》曰:"汤降不迟,圣敬日跻。"

【注释】

①本章并见《淮南子·人间训》《列女传·辩通》。

②齐庄公:注见卷二第十三章。

③就:趋向,冲向。

【译文】

齐庄公外出打猎,有一只螳螂举起前足来要和车轮搏斗。齐庄公问
他的车夫说:"这是什么虫啊?"车夫说:"这是螳螂。这种虫,只知道前
进,不知道后退,不估量自己的力量,就轻率地冲向敌人。"庄公说:"它
如果是人,一定是天下的勇士。"于是把车回转,避开螳螂,勇士们听到
这件事,都来归附他。《诗经》说:"商汤为人谦逊,礼贤下士,十分急切,
他圣明恭敬的德行每天上闻于天。"

第三十四章

魏文侯问李克曰①:"人有恶乎?"李克曰:"有。夫贵者
则贱者恶之,富者则贫者恶之,智者则愚者恶之。"文侯曰:
"善。行此三者,使人勿恶,亦可乎?"李克曰:"可。臣闻贵
而下贱,则众弗恶也;富而分贫,则穷士弗恶也;智而教愚,
则童蒙者弗恶也②。"文侯曰:"善哉言乎!尧、舜其犹病诸③。
寡人虽不敏,请守斯语矣④。"《诗》曰⑤:"不遑启处⑥。"

【注释】

①魏文侯、李克:注见卷三第六章。

②童蒙:幼稚愚昧。

③病:担心,忧虑。

④守:遵守,遵照。

⑤《诗》曰:引诗见《诗经·小雅·四牡》,亦见《小雅·采薇》。

⑥启处:安居。

【译文】

魏文侯问李克说:"人有被别人厌恶的吗?"李克说:"有。尊贵的人被卑贱的人厌恶,富贵的人被贫穷的人厌恶,智慧的人被愚昧的人厌恶。"文侯说:"好的。作为尊贵的人、富贵的人、智慧的人,可以使别人不厌恶自己吗?"李克说:"可以。我听说尊贵的人能谦让卑贱的人,那么众人就不厌恶他;富贵的人能把财物分给贫穷的人,那么贫穷的人就不厌恶他;智慧的人教导愚昧的人,那么幼稚愚昧的人就不厌恶他。"文侯说:"你的话说得好啊!恐怕尧、舜还担心做不到这些。我虽然愚钝,也愿意遵照你所说的话去做。"《诗经》说:"没有闲暇安居。"

第三十五章①

有鸟于此,架巢于葭苇之颠②,天噌然而风③,则葭折而巢坏,何也? 其所托者弱也。稷蜂不攻④,而社鼠不熏⑤,非以稷蜂、社鼠之神,其所托者善也。故圣人求贤者以自辅。夫吞舟之鱼大矣,荡而失水,则为蝼蚁所制⑥,失其辅也。故《诗》曰⑦:"不明尔德,以无陪无侧。尔德不明,以无陪无侧。"

【注释】

①本章并见《说苑·善说》,为客说孟尝君之辞。《荀子·劝学》"南方有鸟焉,名曰蒙鸠"云云,亦可参。

②葭（jiā）苇：芦苇。颠：顶。

③喟（kuì）然：迅疾貌。

④稷（jì）：祭祀谷神的庙。

⑤社：祭祀土神的庙。

⑥"夫吞舟之鱼大矣"三句：语亦见《庄子·庚桑楚》《淮南子·主
术训》《说苑·谈丛》。

⑦《诗》曰：引诗见《诗经·大雅·荡》。又引见卷五第十八章。

【译文】

　　有只鸟在芦苇的顶上筑巢，天刮起疾风，折断了芦苇，鸟巢也摔坏了，为什么呢？因为它托身的芦苇太脆弱了。人不会攻击谷神庙里的蜂，不会用烟去熏土神庙里的老鼠，并不是因为谷神庙里的蜂、土神庙里的老鼠有神威，而是因为它们托身的地方好。所以圣人寻求贤人来辅佐自己。能吞下船的鱼够大的了，但是它游荡而没有了水，就被蝼蛄和蚂蚁所制服，因为它失去了辅佐它的水。所以《诗经》说："不修明你的德行，因为你的身边没有贤臣辅佐。你的德行不光明，因为你的身边没有贤臣辅佐。"

卷九

【题解】

本卷共二十九章，所引《诗》篇主要出自《国风》三卫之诗，及《周南》《召南》《郑风》《魏风》《陈风》《曹风》《小雅》等，较为参差。另外，第三、五、十三、十五、十六、十八、二十一、二十二、二十四、二十六、二十八、二十九章共十二章未引《诗》辞，其中第十六章引《老子》，第十三章引汉代五言诗。从中可见《韩诗外传》虽以引《诗》论说为主，但也有杂引他书，或径无引论者，其中更还存在后世流传过程中脱缺或妄补的情况。如第十三章引"诗曰：代马依北风，飞鸟扬故巢"二句，《文选》李善注、《后汉书》李贤注及薛据《孔子集语·孔子御》引《外传》皆有，可见唐宋时所见《外传》已如此，但此二诗句与《古诗十九首》"胡马依北风，越鸟巢南枝"相近，以《古诗十九首》的创作时代和汉代五言诗的一般发展历史来看，此二句作于韩婴之前的可能性较少，所以赵善诒《补正》认为："盖《外传》诗辞早佚，唐前有人以古诗妄补之。"这也反映了《外传》文本在流传过程中的复杂情况。

本卷部分章节，并见于《说苑》《列女传》《吕氏春秋》《晏子春秋》《新序》等文献，但也存在故事所系属之时代、人物不同的情况，如第十一章所示。再如第十八章载姑布子卿相孔子，与《史记·孔子世家》《孔子家语·困誓》载郑人相孔子之事相同，但后二书中孔子对"丧家之狗"

的评价,都表示:"然乎哉!然乎哉!"而第十八章孔子则"独辞丧家之狗"。以上二例,都反映了早期文本材料在流传过程中的变异。

　　本卷所载故事有些在后代流传甚广,如伯牙、钟子期"高山流水"的故事(第五章),孟母"断织督学""买肉啖子"的故事(第一章)。本卷中有几位贤德的妇女也让人印象深刻,如第二章中田稷的母亲、第六章中魏公子的乳母、第十三章中不忘故旧的妇人、第二十三章中北郭先生的妻子,都具有知礼仪、明大义的美好品德。另外,本卷中还有不少章节与孔子及弟子相关,如第四、七、十五、二十五、二十九章所载,对我们了解孔门论学情形、孔门弟子形象等具有较高的参考价值。

第一章①

　　孟子少时诵,其母方织。孟子辍然中止②,乃复进。其母知其谊也③,呼而问之曰:"何为中止?"对曰:"有所失复得。"其母引刀裂其织,以此诫之。自是之后,孟子不复谊矣。孟子少时,东家杀豚,孟子问其母曰:"东家杀豚何为?"母曰:"欲啖汝④。"其母自悔失言,曰:"吾怀妊是子⑤,席不正不坐,割不正不食⑥,胎教之也。今适有知而欺之⑦,是教之不信也。"乃买东家豚肉以食之,明不欺也。《诗》曰⑧:"宜尔子孙,承承兮⑨。"言贤母使子贤也。

【注释】

　　①本章并见《列女传·母仪》。

　　②辍(chuò)然:突然停止貌。

　　③谊(xuān):通"谖",遗忘。

　　④啖(dàn):给人吃。

⑤怀妊（rèn）：怀孕。

⑥席不正不坐，割不正不食：语见《论语·乡党》。

⑦适：刚。

⑧《诗》曰：引诗见《诗经·周南·螽（zhōng）斯》。

⑨承承：代代相继，形容众盛。马瑞辰《通释》："以诗义求之，亦为众盛。《抑》诗'子孙绳绳'，《韩诗外传》引作'承承'，谓相继之盛也。"本章及下章引《诗》后云"言贤母使子贤也"，即代代相承之义。《毛诗》作"绳绳"，毛传："绳绳，戒慎也。"韩、毛文、义异。又，王先谦《集疏》谓《玉篇·系部》引《韩诗》："绳绳，敬貌也。"按，据查《玉篇·系部》，并无此说，今不从。

【译文】

　　孟子小时候在背诵书，他母亲正在织布。孟子突然中途停止，然后又继续背下去。他母亲知道他是遗忘了，就招呼他过来问道："为什么中途停止啊？"孟子回答说："我忘记了，后来又想起来了。"他母亲拿起刀割断了正织的布，以此劝诫他。从此之后，孟子就不再遗忘了。孟子小时候，东边邻居家杀猪，孟子问他母亲说："东边邻居家为什么杀猪啊？"母亲说："想要给你肉吃。"他母亲后悔说错了话，说："我怀这孩子的时候，席子摆得不正就不坐，肉切得不正就不吃，是要在胎胞里就教育他。现在他刚有点知识就欺骗他，这是教导他不诚信。"于是买了东边邻居家的猪肉给孟子吃，以表明没欺骗他。《诗经》说："适宜你子孙代代相承。"说的是贤德的母亲使她的儿子也贤德。

第二章①

　　田子为相②，三年归休，得金百镒奉其母③。母曰："子安得此金？"对曰："所受俸禄也。"母曰："为相三年不食乎？治官如此，非吾所欲也。孝子之事亲也，尽力致诚，不义之物，不入于馆。为人臣不忠，是为人子不孝也。子其去之。"田子愧惭走出，造朝还金④，退请就狱。王贤其母，说其义，即舍田子罪⑤，令复为相，以金赐其母。《诗》曰："宜尔子孙，承承兮。"言贤母使子贤也。

【注释】

①本章并见《列女传·母仪》。

②田子：即田稷，战国时齐国人。齐宣王相。《列女传·母仪》作"田稷子"。

③得金百镒（yì）：《列女传·母仪》作"受下吏之货金百镒"。镒，古代重量单位。合二十两，一说二十四两。

④造：到。

⑤舍：赦免。

【译文】

田子担任齐国的国相，三年后退休回家，得到一百镒金子，进奉给他的母亲。母亲说："你从哪得来这一百镒金子？"田子回答说："是我得到的俸禄。"母亲说："你做了三年国相，有这么多财产，难道不吃东西吗？你这样做官，不是我所希望的。孝子侍奉父母，要竭尽自己的力量和诚意，不合道义而获得的财物，不带回馆舍。做臣子不忠诚，也就是做儿子不孝顺。你还是离开这吧。"田子惭愧地离开家，到朝廷把金子退还，出来后请求国君把他关进监狱。齐王认为田子的母亲有贤德，欣赏她懂得道义，就赦免了田子的罪，让他再次担任国相，把一百镒金子赏赐给他母亲。《诗经》说："适宜你子孙代代相承。"说的是贤德的母亲使她的儿子也贤德。

第三章①

孔子出行，闻哭声甚悲。孔子曰："驱之驱之！前有贤者。"至则皋鱼也②。被褐拥镰③，哭于道旁。孔子辟车与之言④，曰："子非有丧，何哭之悲也？"皋鱼曰："吾失之三矣。少而好学，周游诸侯，以殁吾亲，失之一也。高尚吾志，简吾事⑤，不事庸君，而晚事无成，失之二也。与友厚而中绝之，失之三矣。夫树欲静而风不止，子欲养而亲不待。往而不可追者年也，去而不可得见者亲也⑥。吾请从此辞矣。"立槁而死⑦。孔子曰："弟子识之，足以诫矣。"于是门人辞归而养亲者十有三人。⑧

【注释】

①本章并见《说苑·敬慎》《孔子家语·致思》。

②皋（gāo）鱼：《说苑·敬慎》《孔子家语·致思》作"丘吾子"。孙志祖《孔子家语疏证》："丘吾、皋鱼，声转字异，一人也。"

③被：披，穿。褐：粗布衣。镰：镰刀。《文选·长笛赋》李善注引作"剑"。

④辟车：离开车子，下车。

⑤简：清简，清廉。

⑥"夫树欲静而风不止"四句：卷七第七章曾子言"往而不可还者亲也，至而不可加者年也。是故孝子欲养，而亲不待也，木欲直，而时不待也"，可与此相参。

⑦立槁：站着绝食，像草木般枯萎而死。《说苑·敬慎》作"自刎"，《孔子家语·致思》作"投水"。

⑧按，本章脱《诗》辞。

【译文】

孔子外出，乘车行在路上，听到十分悲伤的哭声。孔子说："快赶车，快赶车！前面有位贤人。"赶到了，原来是皋鱼。皋鱼穿着粗布衣，拿着镰刀，在路旁哭泣。孔子下车和他说话，问道："你没有丧事，为什么哭得这么悲伤啊？"皋鱼说："我做了三件错事。年轻时爱好学习，周游列国，以至于父母去世，没有好好侍奉，这是第一件错事。让自己的志向高尚，让自己的行为清简，不事奉昏庸的君主，以至于年老了还一事无成，这是第二件错事。和朋友交情深厚，却中途绝交，这是第三件错事。树木想要静止，但风却刮个不停，儿子想要奉养父母，父母却已去世，不能等待。过去了不能再追寻的是年龄，逝去了不能再见的是父母。我就在这里和你们诀别吧。"然后站在那绝食而死了。孔子说："弟子们要记下他的话，足以警诫自己。"于是有十三位学生告辞，回家奉养父母去了。

第四章①

子路曰："有人于斯，夙兴夜寐，手足胼胝而面目黧黑②，树艺五谷以事其亲③，而无孝子之名者，何也？"孔子曰："意者身未敬邪？色不顺邪？辞不逊邪？古人有言曰：'衣歟醙歟④？曾不尔聊⑤。'子劳以事其亲，无此三者，何为无孝之名？意者所友非仁人邪？坐，吾语汝。虽有国士之力⑥，不能自举其身。非无力也，势不便也。是以君子入则笃孝，出则友贤，何为其无孝子之名？"《诗》曰⑦："父母孔迩⑧。"

【注释】

①本章并见《荀子·子道》《孔子家语·困誓》。
②胼胝（pián zhī）：手掌脚底因长期劳动摩擦而生的茧子。黧（lí）

黑:指脸色黑。

③树艺:种植。

④醪(láo):有汁滓的酒,又称"浊酒""醪糟"。《荀子·子道》作
"缪",杨倞释为纰缪,或说绸缪,又引《韩诗》文作"衣予教予"。
卢文弨疑"教"乃"饲(sì)"之讹。按,"衣""醪"对举,与本章所
论为亲谋衣食相合,杨倞注不确。

⑤曾(zēng):则,乃。聊:依靠,依赖。

⑥国士:《荀子·子道》杨倞注:"国士,一国勇力之士。"

⑦《诗》曰:引诗见《诗经·周南·汝坟》。又引见卷一第十七章。

⑧父母孔迩:薛君《韩诗章句》:"孔,甚也。迩,近也。……以父母
甚迫近饥寒之忧,为此禄仕。"

【译文】

子路说:"这里有一个人,他早起晚睡,手脚都长了茧子,面目被晒
得黝黑,种植五谷,来奉养他的父母,但却没有孝子的名声,这是为什么
呢?"孔子说:"大概是他自身行为不够恭敬吧?态度不够和顺吧?言辞
不够谦逊吧?古人说:'孝养父母,是只给父母衣服穿吗?只给父母食物
吃吗?如果儿子不够恭敬和顺,父母也不会依靠你。'儿子殷勤地侍奉父
母,如果没有这三方面不足,怎么会没有孝子的名声呢?大概是所结交
的朋友不是仁人吧?坐下来,我告诉你。即使有勇武有力的国士,也不
能举起自己的身体。这并不是他没有力量,而是情势不便利。所以君子
在家就笃行孝道,出门就与贤人交友,怎么会没有孝子的名声呢?"《诗
经》说:"父母的生活十分迫近饥寒,我还是得出仕。"

第五章①

伯牙鼓琴②,钟子期听之③。方鼓琴,志在太山,钟子期
曰:"善哉鼓琴,巍巍乎如太山④!"莫景之间⑤,志在流水,钟

子期曰："善哉鼓琴,洋洋乎若江河！"钟子期死,伯牙擗琴绝弦⑥,终身不复鼓琴,以为世无足与鼓琴也。非独鼓琴如此,贤者亦有之。苟非其时,则贤者将奚由得遂其功哉！⑦

【注释】

①本章并见《吕氏春秋·本味》《说苑·尊贤》《说苑·谈丛》《淮南子·修务训》《风俗通·声音》《列子·汤问》。

②伯牙:注见卷六第十四章。

③钟子期:春秋时楚国人。善听音乐。《吕氏春秋·本味》高诱注:"伯,姓。牙,名。或作'雅'。钟,氏。期,名。子皆通称。悉楚人也,少善听音。"

④巍巍:巍峨高大。

⑤莫景:没多少光景,不多久。《说苑·尊贤》作"少选"。

⑥擗(pǐ):劈裂。

⑦按,周廷寀《校注》:"疑脱《诗》辞。"

【译文】

伯牙弹琴,钟子期在一旁听琴。伯牙刚开始弹琴时,心里向往着泰山,钟子期说:"弹得好啊,巍峨得像泰山一样！"不多久,伯牙心里向往着流水,钟子期说:"弹得好啊,盛大得像江河一样！"钟子期死后,伯牙劈裂了琴,截断了琴弦,一辈子不再弹琴,认为世间不再有值得为他弹琴的人了。不仅仅弹琴是这样,贤者也是这样。如果没有合适的时机,贤者通过什么成就他的功业呢！

第六章①

秦攻魏,破之②,少子亡而不得。令魏国曰:"有得公子者赐金千斤,匿者罪至十族③。"公子乳母与俱亡。人谓乳母曰："得公子者赏甚重，乳母当知公子处而言之。"乳母应之曰："我不知其处。虽知之，死则死，不可以言也。为人养子，不能隐而言之，是畔上畏死④。吾闻忠不畔上，勇不畏死。凡养人子者务生之，非务杀之也。岂可见利畏诛之故，废义而行诈哉？吾不能生而使公子独死矣。"遂与公子俱逃泽中。秦军见而射之，乳母以身蔽之，着十二矢，遂不令中公子⑤。秦王闻之，飨以太牢⑥，且爵其兄为大夫。《诗》曰⑦："我心匪石，不可转也。"

【注释】

①本章并见《列女传·节义》。

②秦攻魏，破之：按，事在秦始皇二十二年（前225）。《史记·秦始皇本纪》："二十二年，王贲攻魏，引河沟灌大梁，大梁城坏，其王请降，尽取其地。"

③十族：九族加学生。明方孝孺始言"十族"，此"十族"盖极言株连之甚。《列女传·节义》作"夷"。

④畔：通"叛"。

⑤遂不令中公子：《列女传·节义》作"与公子俱死"。

⑥飨（xiǎng）：通"享"，祭祀。

⑦《诗》曰：引诗见《诗经·邶（bèi）风·柏舟》。又引见卷一第八、九、十章。

【译文】

秦国攻打魏国，灭了魏国，魏王的小儿子逃亡了没能抓到。秦国对魏国发布命令说："抓到公子的人，赏赐黄金一千斤，藏匿公子的人，他的十族都要株连治罪。"公子的乳母和公子一起逃亡。有人对乳母说："抓到公子的人，会有丰厚的赏赐，你应该知道公子藏身的地方，可以说出来。"乳母回答说："我不知道公子藏身的地方。即使知道，处死就处死，我也不能说。替别人抚养孩子，不能为他隐瞒，却说出藏身的地方，这是背叛君主而怕死。我听说忠心的人不背叛君主，勇敢的人不怕死。凡是为人抚养孩子的，务必要让孩子成长，而不是努力杀死他。我怎么可以因为见到财利、害怕被杀的缘故，就废弃道义，做出奸诈的事呢？我不能自己活着，而让公子独自去死。"因此，她和公子一起逃到沼泽中。秦国军队发现了，向他们射箭，乳母用身体遮挡公子，身上中了十二支箭，始终没让箭射中公子。秦王听到这件事，用猪、牛、羊祭祀乳母，而且封她的哥哥为大夫。《诗经》说："我的心不是石头，不可以随便转动。"

第七章

　　子路曰："人善我，我亦善之；人不善我，我不善之。"子贡曰："人善我，我亦善之；人不善我，我则引之进退而已耳①。"颜回曰："人善我，我亦善之；人不善我，我亦善之。"三子所持各异，问于夫子。夫子曰："由之所持，蛮貊之言也②。赐之所持，朋友之言也。回之所持，亲属之言也。"《诗》曰③："人而无良④，我以为兄。"

【注释】

①进退：此只用"进"义，属偏义复词。

②蛮貊（mò）：古代称南方和北方的部族。此泛指蛮夷部族。

③《诗》曰：引诗见《诗经·鄘（yōng）风·鹑之奔奔》。

④而：《毛诗》作"之"。

【译文】

　　子路说："别人对我友善，我也对他友善；别人对我不友善，我也对他不友善。"子贡说："别人对我友善,我也对他友善;别人对我不友善,我就引导他进步。"颜回说："别人对我友善,我也对他友善;别人对我不友善,我也对他友善。"三个人的主张各不相同,就去请教孔子。孔子说："仲由所持的,是对待蛮夷的相处之道。赐所持的,是对待朋友的相处之道。颜回所持的,是对待亲属的相处之道。"《诗经》说："别人不善,我还把他当成兄长。"

第八章①

齐景公纵酒,醉而解衣冠,鼓琴以自乐,顾左右曰："仁人亦乐此乎?"左右曰："仁人耳目犹人,何为不乐乎!"景公曰："驾车以迎晏子。"晏子闻之,朝服而至。景公曰："今者寡人此乐,顾与大夫同之。请去礼。"晏子曰："君言过矣。自齐国五尺已上,力皆能胜婴与君,所以不敢乱者,畏礼也。故自天子无礼则无以守社稷②,诸侯无礼则无以守其国。为人上无礼则无以使其下,为人下无礼则无以事其上。大夫无礼则无以治其家,兄弟无礼则不同居。人而无礼,不若遄死。"景公色愧,离席而谢曰："寡人不仁,无良左右淫湎寡人③,以至于此。请杀左右以补其过。"晏子曰："左右无过。君好礼,则有礼者至,无礼者去。君恶礼,则无礼者至,有礼者去。左右何罪乎?"景公曰："善哉!"乃更衣而坐,觞酒三行。晏子辞去,景公拜送。《诗》曰④："人而无礼,胡不遄死!"

【注释】

①本章并见《晏子春秋·外篇》《新序·刺奢》。

②自:许维通《集释》:"'自'字疑涉上文而衍。"

③淫湎(miǎn):惑乱,迷惑。

④《诗》曰:引诗见《诗经·鄘风·相鼠》。又引见卷一第五、六章、卷三第二十二章。

【译文】

齐景公放纵纵喝酒,喝醉了,脱下衣服和帽子,弹琴自己作乐,回头对左右近臣说:"仁人也喜欢这些吗?"左右近臣说:"仁人的耳朵、眼睛和一般人一样,怎么会不喜欢这些呢!"景公说:"驾车去把晏子接过来。"晏子听到国君召见,穿上朝服,来到朝廷。景公说:"今天我有这样的快乐,希望和你共享。请你丢掉那些礼数。"晏子说:"国君的话错了。在齐国五尺以上身材的人,力量都能胜过我和国君,他们之所以不敢作乱,是因为畏惧礼法。所以如果天子不守礼法,就没有办法守住天下;诸侯不守礼法,就没有办法守住国家。在上位的人不守礼法,就没有办法支使在下位的人;在下位的人不守礼法,就没有办法事奉在上位的人。大夫不守礼法,就没有办法治理好封邑;兄弟不守礼法,就没有办法共同居住。人如果不守礼法,不如速死。"景公露出惭愧的脸色,离开席子道歉说:"我没有仁德,不贤良的左右近臣迷惑我,以至于这样。我想杀死这些左右近臣,来弥补我的过失。"晏子说:"左右近臣没有过错。国君如果喜欢礼法,那么守礼法的人就会到来,不守礼法的人就会离开。国君如果厌恶礼法,那么不守礼法的人就会到来,守礼法的人就会离去。左右近臣又有什么罪过呢?"景公说:"好啊!"于是更换好衣服坐下,向晏子进献了三次酒。晏子告辞离开,景公作揖送他。《诗经》说:"人如果没有礼仪,为什么不速死!"

第九章

传曰:堂衣若扣孔子之门曰①:"丘在乎?丘在乎?"子

贡应之曰："君子尊贤而容众,嘉善而矜不能②,亲内及外,己所不欲,勿施于人③。子何言吾师之名为?"堂衣若曰:"子何年少言之绞④!"子贡曰:"大车不绞则不成其任⑤,琴瑟不绞则不成其音。子之言绞,是以绞之也。"堂衣若曰:"吾始以鸿之力,今徒翼耳。"子贡曰:"非鸿之力,安能举其翼?"《诗》曰⑥:"如切如瑳⑦,如错如磨⑧。"

【注释】

①堂衣若:人名。生平不详。

②君子尊贤而容众,嘉善而矜不能:语见《论语·子张》,为子张之言。嘉,嘉许,嘉奖。矜,怜悯。

③己所不欲,勿施于人:语见《论语·颜渊》《卫灵公》。

④绞:急切,直切。

⑤大车:用牛拉的货车。任:载任,承载。

⑥《诗》曰:引诗见《诗经·卫风·淇奥(qí yù)》。又引见卷二第五、六章。

⑦瑳:《毛诗》作"磋",王先谦《集疏》:"《说文》无'磋'字,'瑳'下云:'玉色鲜白。'治象齿令鲜白如玉,故谓之'瑳',明三家正字。"

⑧错:《毛诗》作"琢"。琢玉必用错,故二字义通。

【译文】

传文说:堂衣若敲孔子的家门,说:"孔丘在家吗? 孔丘在家吗?"子贡回答说:"君子尊敬贤人,宽容民众,嘉奖有长处的人,怜悯没有才能的人,亲爱族人,并推广到外人,自己所不想要的东西,不要加在别人身上。你为什么直呼我老师的名字呢?"堂衣若说:"你年纪轻轻,怎么说话那么直切!"子贡说:"大车不绞紧,就不能载任东西;琴瑟的弦不绞紧,就不能弹奏出声音。你说话直切,所以我回答你也直切。"堂衣若说:"我一开始以为你有鸿鸟般强大的力气，现在知道你只是拥有翅膀罢了。"子贡说："没有像鸿鸟般强大的力气，怎么能够举得起它的翅膀呢？"《诗经》说："人们相互研讨学问，好像切磋象牙，好像琢磨美玉。"

第十章①

齐景公出弋昭华之池②，使颜斶聚主鸟而亡之③。景公怒而欲杀之。晏子曰："夫斶聚有死罪四，请数而诛之。"景公曰："诺。"晏子曰："斶聚！汝为吾君主鸟而亡之，是罪一也。使吾君以鸟之故而杀人，是罪二也。使四国诸侯闻之，以吾君重鸟而轻士，是罪三也。天子闻之，必将贬绌吾君，危其社稷，绝其宗庙，是罪四也。此四罪者，故当杀无赦，臣请加诛焉。"景公曰："止！此吾过矣。愿夫子为寡人敬谢焉。"《诗》曰④："邦之司直。"

【注释】

①本章并见《晏子春秋·外篇》《说苑·正谏》。

②弋：用绳系箭，用来射鸟。

③颜斶（zhuó）聚：《太平御览》卷八三二引作"颜涿聚"，《晏子春秋·外篇》作"颜烛邹"，《说苑·正谏》作"烛雏"，诸异文皆形声通用。

④《诗》曰：引诗见《诗经·郑风·羔裘》。又引见卷二第十四章。

【译文】

齐景公外出到昭华池去射鸟，命颜斶聚管鸟，却让鸟飞跑了。景公十分生气，想要杀死颜斶聚。晏子说："颜斶聚有四条死罪，请让我一一数说后再杀了他。"景公说："好的。"晏子说："颜斶聚！你为我们国君管鸟,却让鸟飞跑了,这是第一条罪。让我们国君因为鸟飞跑的缘故而杀人,这是第二条罪。让四方诸侯听到这件事,认为我们国君重视鸟而轻视士人,这是第三条罪。天子听到这件事,一定会贬黜我们国君,危害国家政治,断绝宗庙祭祀,这是第四条罪。有这四条罪,所以应当诛杀,不能赦免,我请求施加死刑。"景公说:"停下!这是我的过错。希望先生替我恭敬地向他道歉。"《诗经》说:"他是国家中负责纠正过错的人。"

第十一章①

魏文侯问于解狐曰②:"寡人将立西河之守,谁可用者?"解狐对曰:"荆伯柳者③,贤人,殆可。"文侯曰:"是非子之雠也?"对曰:"君问可,非问雠也。"于是将以荆伯柳为西河守。荆伯柳问左右:"谁言我于吾君?"左右皆曰解狐。荆伯柳往见解狐而谢之曰:"子乃宽臣之过也,言于君。谨再拜谢。"解狐曰:"言子者公也,怨子者私也。公事已行,怨子如故。"张弓射之,走十步而没④,可谓勇矣。《诗》曰:"邦之司直。"

【注释】

①本章并见《韩非子·外储说左下》,以解狐荐邢伯柳于赵简主为上党守(《群书治要》卷四十引《韩子》较今本更详)。《吕氏春秋·去私》载祁黄羊荐解狐于晋平公为南阳令,《说苑·至公》载咎犯荐虞子羔于晋文公为西河守,与本章文亦多类同,而系属有异。

②解狐:人名。生平不详。《左传·襄公三年》所载解狐,生晋悼公时,与此非一人。盖诸所载有异,难求齐同。

③荆伯柳:人名。生平不详。

④步：举足两次为一步。《礼记·王制》："古者以周尺八尺为步，今以周尺六尺四寸为步。"

【译文】

魏文侯问解狐说："我想要任命西河的郡守，谁可以任用呢？"解狐回答说："荆伯柳是个贤人，大概可以任用。"文侯说："他不是你的仇人吗？"解狐回答说："国君问的是谁可以任命为西河郡守，没问谁是我的仇人。"于是文侯要任命荆伯柳做西河郡守。荆伯柳问魏文侯身边的近臣说："是谁向国君推荐了我？"近臣都说是解狐。荆伯柳去见解狐，向他道歉说："你宽恕我的过错，向国君推荐我。我恭敬地两次拜谢你。"解狐说："推荐你是公事，怨恨你是私事。公事已经做了，但我怨恨你仍和从前一样。"解狐张开弓箭来射荆伯柳，荆伯柳跑了十步才看不见，解狐可说是很勇敢了。《诗经》说："他是国家中负责纠正过错的人。"

第十二章①

楚有善相人者，所言无遗策②，闻于国中。庄王召见而问焉。对曰："臣非能相人也，能相人之友者也。观布衣者，其友皆孝悌，笃谨畏令，如此者家必日益③，而身日安④，此所谓吉人者也⑤。观事君者，其友皆诚信，有行好善，如此者措事日益，官职日进，此所谓吉臣者也。观人主也，朝臣多贤，左右多忠，主有失，皆敢交争正谏，如此者国日安，主日尊，名声日显，此所谓吉主者也。臣非能相人也，能观人之友者也。"王曰："善！"其所以任贤使能而霸天下者，殆遇之于是也⑥。《诗》曰⑦："彼己之子⑧，邦之彦兮⑨。"

【注释】

① 本章并见《吕氏春秋·贵当》《新序·杂事五》《渚宫旧事》。

② 遗策:失策,失算。

③ 益:《吕氏春秋·贵当》高诱注:"益,富也。"

④ 安:《吕氏春秋·贵当》作"荣"。

⑤ 吉:《吕氏春秋·贵当》高诱注:"吉,善也。"

⑥ 遇:得。俞樾《曲园杂纂·读韩诗外传》:"'遇'当作'得',言庄
   王所以霸者,殆得之于是也。"赵善诒《补正》:"'遇''得'义通,
   《孟子·离娄下》'而不相遇也',注:'遇,得也。'可证。"

⑦ 《诗》曰:引诗见《诗经·郑风·羔裘》。又引见卷二第十五章。

⑧ 己:语助词。《毛诗》作"其"。

⑨ 彦:美士,贤人。

【译文】

楚国有善于看相的人,他看相所说的话没有失算过,在楚国十分闻
名。楚庄王召见他,问他看相的事。他回答说:"我不是能看人的面相,
而是能观察人的朋友。观察平民,他的朋友都孝顺父母、友爱兄长,笃实
严谨,敬畏法令,这样的人的家庭一定会一天天地富裕,自身也会一天天
地安定,这就是所谓的好人。观察事奉君主的臣子,他的朋友都诚实守
信,有良好的德行,喜欢行善,这样的臣子办事会一天天地进步,官职会
一天天地上升,这就是所谓的好臣子。观察国君,朝廷上的臣子大多都
有贤能,身边的近臣大多都有忠心,君主有过失,都敢于争相向国君严正
地劝谏,这样的国君的国家会一天天地安定,地位会一天天地尊贵,名声
会一天天地显赫,这就是所谓的好国君。我不是能看人的面相,而是能
观察人的朋友。"庄王说:"好啊!"庄王能够任用贤能、称霸天下的原因,
或许就是从看相人的话中得到的启示。《诗经》说:"那个人,是国家的
贤人。"

第十三章

孔子出游少源之野，有妇人中泽而哭，其音甚哀。孔子怪之，使弟子问焉，曰："夫人何哭之哀？"妇人曰："乡者刈菁薪而亡吾菁簪^①，吾是以哀也。"弟子曰："刈菁薪而亡菁簪，有何悲焉？"妇人曰："非伤亡簪也，吾所以悲者，盖不忘故也。"诗曰："代马依北风，飞鸟扬故巢。"皆不忘故之谓也^②。

【注释】

①乡：通"向"，不久前。刈（yì）：割。菁（shī）薪：当柴烧的菁草。菁簪：用菁草茎做的簪子。

②"诗曰"以下十九字：旧脱，据薛据《孔子集语·孔子御》引补。《文选·古诗十九首》有"胡马依北风，越鸟巢南枝"，与此相近，李善注即引《韩诗外传》曰："代马依北风，飞鸟栖故巢，言不忘本之谓也。"又《文选·宣德皇后令》李善注、《后汉书·班超传》李贤注引《韩诗外传》皆有此诗句，是可证旧脱，当补。

【译文】

孔子外出到少源的郊外游玩，有一位妇人在沼泽中哭泣，哭声十分悲伤。孔子感到奇怪，让学生去问她，说："夫人为什么哭得这么悲伤？"妇人说："不久前我割菁草，丢失了我头上的菁簪，我因此而悲伤。"孔子的学生说："割菁草，丢了菁簪，可以再用菁草做簪子嘛，有什么好悲伤的？"妇人说："我不是悲伤丢了菁簪，我悲伤大概是因为不能忘记旧物。"有诗歌说："代地产的马依恋着北风，飞鸟在旧巢上空飞翔。"说的就是不忘故旧的意思。

第十四章①

传曰:君子之闻道,入之于耳,藏之于心,察之以仁,守之以信,行之以义,出之以逊,故人无不虚心而听也。小人之闻道,入之于耳,出之于口,苟言而已,譬如饱食而呕之,其不惟肌肤无益②,而于志亦戾矣③。《诗》曰④:“胡能有定。”

【注释】

①《荀子·劝学》“君子之学也,入乎耳,著乎心”章,意与本章略同。

②肌肤:指身体。

③志:此指吃饭的本意。戾(lì):乖违,违背。

④《诗》曰:引诗见《诗经·邶风·日月》。

【译文】

传文说:君子听到好的道理,听进耳朵,就记在心里,用仁去体察它,用信去保守它,用义去践行它,用谦逊的语气说出它,所以别人没有不虚心听从的。小人听到了好的道理,刚听进耳朵,就从嘴里说出来,但只是随意说说而已,就像吃饱了又把食物吐出来,这不仅对身体没有益处,而且也与他吃饭的本意相违背。《诗经》说:“他的心志怎么才能坚定呢。”

第十五章①

孔子与子路、子贡、颜渊游于戎山之上②。孔子喟然叹曰:“二三子者各言尔志,予将览焉。由尔何如?”对曰:“得白羽如月,赤羽如日,击钟鼓者,上闻于天,旌旗翩翩③,下蟠于地④,使将而攻之,惟由为能。”孔子曰:“勇士哉!赐尔何如?”对曰:“得素衣缟冠⑤,使于两国之间,不持尺寸之兵、升斗之粮,使两国相亲如兄弟。"孔子曰:"辩士哉! 回尔何如?"对曰:"鲍鱼不与兰茝同筒而藏⑥,桀、纣不与尧、舜同时而治。二子已言,回何言哉?"孔子曰:"回有鄙之心⑦?"颜渊曰:"愿得明王圣主为之相,使城郭不治,沟池不凿,阴阳和调,家给人足,铸库兵以为农器。"孔子曰:"大士哉! 由来⑧,区区汝何攻⑨? 赐来,便便汝何使⑩? 愿得衣冠为子宰焉。"⑪

【注释】

①本章并见《说苑·指武》《孔子家语·致思》。卷七第二十五章,亦可与本章相参。

②戎山:《说苑·指武》《孔子家语·致思》作"农山",许瀚《校议》以为即齐之猱(náo)山,《齐风·还》"遭我乎猱之间兮",《汉书·地理志》引"猱"作"峱(náo)","峱""猱"一音之转。

③翩翩:飘扬摇曳貌。

④蟠(pán):蟠满,遍及。

⑤素衣:白色生绢制的衣服。缟(gǎo)冠:白色生绢制的帽子。

⑥鲍鱼:盐渍的鱼干,其气腥臭。茝(chǎi):香草名。即白芷。筒(sì):盛衣物或饭食等的方形竹器。

⑦回有鄙之心:赵怀玉《校正》:"句下似有脱字。"《说苑·指武》作"若鄙心不与焉,第言之"。

⑧来:语助词。

⑨区区:得志貌。《吕氏春秋·务大》"区区焉相乐也",高诱注:"区区,得志貌也。"

⑩便便:能言善辩貌。《尔雅·释言》:"便便,辩也。"

⑪按,本章脱《诗》辞。

【译文】

　　孔子和子路、子贡、颜渊在戎山上游玩。孔子长叹道："你们各自说说自己的志向吧，让我来看看。仲由，你的志向是什么呢？"子路回答说："我希望拥有一支军队，旌旗上白色的羽毛像月亮一样洁白，红色的羽毛像太阳一样火红，敲击钟鼓的声音，响震天际，旌旗飘扬，遍及大地，率领这样的军队去攻打敌人，只有我能够胜任。"孔子说："仲由真是勇士啊！赐，你的志向是什么呢？"子贡回答说："我希望穿着白色的衣服，戴着白色的帽子，在两国之间聘使，连一把短刀都不用拿，一点粮食都不用带，就能使两个国家像兄弟一样友爱。"孔子说："子贡真是辩士啊！颜回，你的志向是什么呢？"颜渊回答说："鲍鱼不能和兰花、白芷放在同一个竹筒里，桀、纣不能和尧、舜在同一个时代治理天下。两位同学已经说了他们的志向，我还有什么要说的呢？"孔子说："回，你是轻视仲由和赐吗？你姑且说说吧。"颜渊说："我希望找到一个圣明的君王，做他的辅相，不用修治城墙，不用开凿沟池，就能使阴阳协调，家家丰衣足食，把府库里的兵器都铸成农具。"孔子说："颜回是伟大的士人啊！仲由啊，你志气满满的样子，能攻打谁呢？赐啊，你能言善辩的样子，能去哪里出使呢？我愿穿上礼服礼帽，做颜回的家臣。"

第十六章

　　贤士不以耻食，不以辱得①。《老子》曰："名与身孰亲？身与货孰多？得与亡孰病？是故甚爱必大费，多藏必厚亡。知足不辱，知止不殆，可以长久②。大成若缺，其用不敝。大盈若冲，其用不穷。大直若诎，大辩若讷，大巧若拙③，其用不屈④。罪莫大于多欲，祸莫大于不知足，咎莫憯于欲得，故知足之足常足矣⑤。"⑥

【注释】

①贤士不以耻食,不以辱得:《说苑·谈丛》:"君子不以愧食,不以辱得。"

②"名与身孰亲"八句:见《老子》第四十四章。亲,切要。多,《说文·夕部》:"多,重也。"殆(dài),危殆,危险。

③"大成若缺"七句:见《老子》第四十四章。冲,虚。讷,木讷。"大辩若讷,大巧若拙"二句,与《老子》倒置。

④其用不屈(jué):《老子》无此句。屈,竭尽。

⑤"罪莫大于多欲"四句:见《老子》第四十六章。多欲,《老子》作"可欲"。咎,灾祸。憯(cǎn),许维通《集释》:"《说文》:'憯,痛也。'痛犹甚也。"《老子》作"大"。

⑥按,本章无《诗》辞。

【译文】

贤士不会忍受耻辱来求得食物,不会忍受侮辱来求得名利。《老子》说:"名誉和生命,哪一样更切要? 生命和财物,哪一样更贵重? 得到和失去,哪一样更有害? 所以过分爱惜,一定会更多地耗费;过多收藏,一定会更多地丧失。知道满足,就不会受到侮辱,知道适可而止,就不会有危险,可以长久。最大的成功好像还有缺陷,它的作用就不会疲乏。最大的充盈好像还空虚,它的作用就不会穷竭。最直的好像还弯曲,最善于说话的好像还木讷,最灵巧的好像还笨拙,它们的作用就不会竭尽。罪过没有比欲望多更大的,祸患没有比不知足更大的,灾祸没有比贪婪更大的,所以知道满足的满足,是永远的满足。"

第十七章①

孟子妻独居,踞②。孟子入户视之,白其母曰:"妇无礼,请去之。"母曰:"何也?"曰:"踞。"其母曰:"何知之?"孟子曰:"我亲见之。"母曰:"乃汝无礼也,非妇无礼。礼不云乎:'将入门,问孰存③;将上堂,声必扬;将入户,视必下④。'不掩人不备也⑤。今汝往燕私之处⑥,入户不有声,令人踞而视之,是汝之无礼也,非妇无礼也。"于是孟子自责,不敢去妇。《诗》曰⑦:"采葑采菲⑧,无以下礼⑨。"

【注释】

①本章并见《列女传·母仪》。

②踞:盘腿坐。

③问孰存:旧脱,赵怀玉《校正》据《列女传·母仪》补,许维遹《集释》从之。

④"将上堂"四句:见《礼记·曲礼上》。"将入门,问孰存"则不见《曲礼》。

⑤掩:掩袭,乘人不备。

⑥燕私:闲居休息。

⑦《诗》曰:引诗见《诗经·邶风·谷风》。

⑧葑(fēng):芜菁,又名"蔓菁"。叶、根均可食用,块根肉质,花黄色。俗称"大头菜"。菲:萝卜一类的菜。

⑨下礼:《毛诗》作"下体"。指葑菲的根。陈乔枞《韩诗遗说考》:"《外传》五云:'礼者,则天地之体。'是'礼'本训'体',故'礼''体'通假。冯登府云:'《释名》:"礼,体也,得其事体也。"'《广雅·释言》:'礼,体也。'义皆本《韩诗》。'"按,以上二句喻夫妻间毋以小恶而弃其旧好。

【译文】

孟子的妻子独自在房里,盘腿坐着。孟子进门看到了,告诉他母亲说:"妻子没有礼数,请允许我休了她。"孟子母亲说:"她怎么了?"孟子说:"她盘腿坐着。"孟子母亲说:"你怎么知道的?"孟子说:"我亲眼看见的。"母亲说:"是你没有礼数,不是你妻子没有礼数。古礼不是这样说吗:'将要进门,先问谁在里面;将要上堂,声音一定要提高;将要进房门,视线一定要往下看。'为的是不要乘人不备的时候出现。现在你到人家闲居休息的地方,进入房门不发出声音,让她被看到盘腿坐着,这是你没有礼数,不是你妻子没有礼数。"于是孟子责备自己,不敢休掉妻子。《诗经》说:"采摘芜菁、萝卜,不要因为它们的根败坏了就舍弃叶子。"

第十八章①

孔子出卫之东门②,逆姑布子卿③,曰:"二三子使车避,有人将来,必相我者也。志之。"姑布子卿亦曰:"二三子引车避,有圣人将来。"孔子下步,姑步子卿迎而视之五十步,从而望之五十步,顾子贡曰:"是何为者也?"子贡曰:"赐之师也,所谓鲁孔丘歟也。"姑布子卿曰:"是鲁孔丘歟?吾固闻之。"子贡曰:"赐之师何如?"姑布子卿曰:"得尧之颡④,舜之目,禹之颈,皋陶之喙。从前视之,盎盎乎似有土者⑤。从后视之,高肩弱脊,循循固得之,转广一尺四寸⑥,此惟不及四圣者也。"子贡吁然⑦。姑布子卿曰:"子何患焉?污面而不恶⑧,葭喙而不藉⑨,远而望之,羸乎若丧家之狗⑩。子何患焉?"子贡以告孔子,孔子无所辞⑪,独辞丧家之狗耳,曰:"丘何敢乎?"子贡曰:"污面而不恶,葭喙而不藉,赐以知之矣。不知丧家狗,何足辞也?"子曰:"赐,汝独不见夫丧家之狗歟? 既敛而椁,布席而祭,顾望无人。意欲施之,上无明王,下无贤方伯⑫,王道衰,政教失,强陵弱,众暴寡,百姓纵心,莫之纲纪。是人固以丘为欲当之者也。丘何敢乎!"⑬

【注释】

①《史记·孔子世家》《孔子家语·困誓》《白虎通义·寿命》《论衡·骨相》亦载郑人相孔子之语。

②卫：当作"郑"。《史记·孔子世家》载"孔子适郑，与弟子相失，孔子独立郭东门，郑人或谓子贡曰"云云。

③逆：迎。姑布子卿：复姓姑布，字子卿，春秋时晋国人。善相。《史记·赵世家》载其相赵简子之诸子，认为其妾所生子毋恤可为将军，必贵。后简子试之，果贤，立为太子。

④颡（sǎng）：额头。薛据《孔子集语·子出卫》引作"志"，屈守元《笺疏》引《素问》，谓"志"即指脑部，其义与"颡"不殊。

⑤盎盎（àng）乎：盛大充盈的样子。

⑥循循固得之，转广一尺四寸：薛据《孔子集语·子出卫》引作"循循固得之，转要下四寸"，其义不详，文或有讹误。

⑦吁（xū）然：感叹的神情。

⑧污：污黑。恶：丑陋。

⑨葭喙（jiā huì）：许维遹《集释》："《山海经·海内经》'人面豕喙'，郝懿行《笺疏》引此《传》为证，云：'葭'盖与'豭'通，即豕喙也。"藉：杂乱不整齐。

⑩羸（léi）：通"累"，不得志的样子。《史记·孔子世家》作"累累"，裴骃《集解》引王肃曰："累累，不得志之貌也。"

⑪辞：拒绝。

⑫方伯：商周时一方诸侯之长。

⑬按，本章脱《诗》辞。

【译文】

孔子出了卫国的东门，去迎接姑布子卿，对学生说："你们把车停靠在一旁，有人一会儿要来了，他一定会看我的面相。你们把他的话记下来。"姑布子卿也对他的随从说："你们把车引到一旁停靠，有一位圣人一会儿要来了。"孔子下车步行,姑布子卿姑迎面看孔子走了五十步,又跟从着从后面看孔子走了五十步,回头问子贡说:"这个人是干什么的?"子贡说:"我的老师,就是人们所说的鲁国孔丘。"姑布子卿说:"他是鲁国的孔丘吗? 我原来就听说过他。"子贡说:"我的老师面相怎么样?"姑布子卿说:"他长着尧一样的额头,舜一样的眼睛,禹一样的脖子,皋陶一样的嘴。从前面看他,盛大充盈的样子,像是拥有土地的君王。从后面看他,肩膀高耸,脊背瘦弱,循循固得之,转广一尺四寸,只有这一点不如尧、舜、禹、皋陶四位圣人。"子贡露出感叹的神情。姑布子卿说:"你担忧什么呢? 你的老师面部污黑,但不丑陋,嘴巴像猪嘴一样突出,但不杂乱,远远看他,不得志的样子像是有丧事人家里的狗。你担忧什么呢?"子贡把姑布子卿的话告诉孔子,孔子没有拒绝姑布子卿的话,唯独拒绝有丧事人家里的狗这个评说,说:"我怎么敢当啊?"子贡说:"面部污黑但不丑陋,嘴巴像猪嘴一样突出但不杂乱,这些我已经明白了。但不明白说你像有丧事人家里的狗,你为什么要拒绝呢?"孔子说:"赐,你难道没见过有丧事人家的狗吗? 死人被入殓到棺椁里了,人们铺设席子来祭祀他,狗四下张望,没有人理睬它。姑布子卿这么说我,是看出我想要有所施展作为,但是在上没有英明的君王,在下没有贤明的方伯,王道衰微,政教沦丧,强大的欺侮弱小的,人多的侵虐人少的,百姓放纵心意,社会没有纲纪法度。姑布子卿一定认为我想当这个治理天下的人。我怎么敢当呢!"

第十九章①

　　修身不可不慎也。嗜欲侈则行亏②,谗毁行则害成。患生于忿怒,祸起于纤微。污辱难湔洒③,败失不复追。不深念远虑,后悔何益? 徼幸者④,伐性之斧也⑤。嗜欲者,逐祸之马也。谩诞者⑥,趋祸之路也。毁于人者,困穷之舍也。

是故君子去徼幸，节嗜欲，务忠信，无毁于一人，则名声常存，称为君子矣。《诗》曰⑦："何其处也，必有与也⑧。"

【注释】

①本章并见《说苑·敬慎》。

②侈（chǐ）：大，多。

③湔（jiān）洒：洗刷，洗雪。

④徼（jiǎo）幸：非分的企求。徼，通"侥"。

⑤伐：危害，败坏。

⑥谩诞：浮夸虚妄。

⑦《诗》曰：引诗见《诗经·召南·江有汜（sì）》。

⑧与：同"以"，原因。

【译文】

修养自身品德不可以不慎重。欲望过多，德行就会有所亏损，别人对你的毁谤流行开来，祸害就会形成。祸患产生于愤怒，灾祸萌发于细微的事。耻辱很难洗刷掉，失败不能再追补。事前不深谋远虑，事后悔恨又有什么用？非分的企求，是败坏德性的斧头。欲望，是追逐祸害的马。浮夸虚妄，是趋向灾祸的道路。被人毁谤，是穷困居住的地方。所以君子消除非分的企求，节制欲望，致力于忠信，不被一个人毁谤，那么他的名声就会长久保存，被人称为君子。《诗经》说："为什么会处在这样的境地，一定有原因。"

第二十章

君子之居也，绥如安裘①，晏如覆杅②。天下有道，则诸侯畏之。天下无道，则庶人易之③。非独今日，自古亦然。昔者范蠡行游④，与齐屠地居，奄忽龙变⑤，仁义沉浮。汤汤

慨慨⑥,天地同忧。故君子居之,安得自若?《诗》曰⑦:"心
之忧矣,其谁知之!"

【注释】

①绥(suí)如:安闲貌。安裘:安放的衣裘。屈守元《笺疏》谓即
"委裘",《吕氏春秋·察贤》曰:"尧之容若委衣裘,以言少事也。"

②晏如:安稳貌。覆杅(yú):倒置的盂,比喻安稳、安定。杅,盛汤
浆的器皿。

③易:轻视。

④范蠡:注见卷六第十三章。

⑤奄(yǎn)忽:倏忽,突然。龙变:像龙一样乘时兴起。指飞黄腾达。

⑥汤汤:许维遹《集释》:"郝懿行云:'汤'疑当作'惕'。《说文》:'惕,
忧也。'"慨慨:感叹貌。

⑦《诗》曰:引诗见《诗经·魏风·园有桃》。

【译文】

君子日常居处,安闲得像安放的衣裘,安稳得像倒置的杅。天下政
治清明时,诸侯都畏惧他。天下政治昏乱时,平民都轻视他。不仅现在
是这样,自古以来就是这样。从前范蠡游历各地,在齐国的屠宰场居住,
突然就像龙一样乘时兴起,飞黄腾达,他所主张的仁义也随之沉浮。他
悲伤地感叹,天地也同他一起忧愁。所以君子日常居处,怎么能够镇定
自若呢?《诗经》说:"我内心忧愁,有谁知道呢!"

第二十一章①

田子方之魏②,魏太子从车百乘而迎之郊③。太子再
拜,谒田子方,田子方不下车。太子不说,曰:"敢问何如则
可以骄人矣?"田子方曰:"吾闻以天下骄人而亡者有矣,以

一国骄人而亡者有矣。由此观之,则贫贱可以骄人矣。夫志不得,则授履而适秦、楚耳④,安往而不得贫贱乎?"于是太子再拜而后退。田子方遂不下车。⑤

【注释】

①本章并见《史记·魏世家》《说苑·尊贤》及《太平御览》卷四九八引《春秋后语》。

②田子方:注见卷三第六章。

③魏太子:即魏文侯之太子击。

④授履:许维通《集释》引闻一多说,谓"授"当作"扱","扱履"犹"接履",拖曳着鞋子。参卷二第二十二章注。

⑤按,本章脱《诗》辞。

【译文】

田子方到魏国去,魏国太子让一百辆车跟从自己,去郊外迎接他。太子作揖了两次,谒见田子方,田子方也没下车。太子不高兴,说:"请问怎么样的人可以对人傲慢呢?"田子方说:"我听说拥有天下而对人傲慢以至于亡天下的人是有的,拥有国家而对人傲慢以至于亡国的人是有的。由此看来,贫贱的人可以对人傲慢。贫贱的人在这里不得志,就可以拖曳着鞋子到秦国、楚国去,到哪里去得不到贫贱呢?"太子因此再次作揖而后退离开。田子方始终没有下车。

第二十二章

戴晋生弊衣冠而往见梁王①。梁王曰:"前日寡人以上大夫之禄要先生②,先生不留,今过寡人邪?"戴晋生欣然而笑,仰而永叹曰:"嗟乎!由此观之,君曾不足与游也③。君不见大泽中雉乎？五步一嚼④，终日乃饱，羽毛悦泽⑤，光照于日月，奋翼争鸣，声响于陵泽者何？彼乐其志也。援置之囷仓中⑥，常嚼粱粟，不旦时而饱，然犹羽毛憔悴⑦，志气益下，低头不鸣。夫食岂不善哉？彼不得其志故也。今臣不远千里而从君游者，岂食不足？窃慕君之道耳。臣始以君为好士，天下无双，乃今见君不好士，明矣。"辞而去，终不复往。⑧

【注释】

①戴晋生：人名。生平不详。

②要（yāo）：邀请。

③曾（zēng）：竟然。

④嚼（zhuó）：同"啄"。

⑤悦泽：光润悦目。

⑥囷（qūn）仓：粮仓。囷，古代一种圆形谷仓。

⑦憔悴：枯萎无光泽。

⑧按，本章脱《诗》辞。

【译文】

戴晋生穿着破衣服、戴着破帽子去见梁王。梁王说："前些天，我以上大夫的俸禄邀请先生，先生不肯留下来，今天怎么又来探访我了？"戴晋生开心地笑起来，仰头长叹道："唉！从你的话中可以看出，你竟是不值得交游的人。你没见过沼泽中的野鸡吗？它走五步就啄食一次，要整天觅食才能吃饱，但它的羽毛光润悦目，那光泽可以和日月相辉映，振动翅膀，争相鸣叫，声音响彻山陵沼泽，为什么呢？因为它高兴能按自己的志趣生活。把它捉来，安置在粮仓里，能经常啄食粱粟，不到一个早晨就吃饱了，但它的羽毛枯萎没有光泽，精神一天比一天低落，低着头不鸣叫。它吃的难道不好吗？这是因为它不能按自己的志趣生活的缘故。现在我不远千里来跟你交游，难道是食物不够吃吗？只是私下里仰慕你的道德罢了。我起初以为你爱好贤士，天下没有人可比，今天才发现你并不爱好贤士，这是很明显的了。"戴晋生告辞了离开，永远不再来梁国。

第二十三章①

楚庄王使使赍金百斤聘北郭先生②。先生曰："臣有箕帚之使③，愿入计之。"即谓妇人曰："楚欲以我为相，今日相，即结驷列骑④，食方丈于前⑤，如何？"妇人曰："夫子以织屦为食，食粥毚履⑥，无怵惕之忧者何哉⑦？与物无治也。今如结驷列骑，所安不过容膝⑧，食方丈于前，所甘不过一肉。以容膝之安，一肉之味，而殉楚国之忧⑨，其可乎？"于是遂不应聘，与妇去之。《诗》曰⑩："彼美淑姬⑪，可与晤言⑫。"

【注释】

①本章并见《列女传·贤明》《高士传》《渚宫旧事》。

②赍（jī）：携带。北郭先生：人名。《高士传》作"陈仲子"，《列女传·贤明》作"於陵子终"。

③箕帚之使：持箕帚，以供扫除之役使。借作己妻之谦称。

④结驷（sì）列骑：指车马众多，接连成队。形容排场阔绰，高贵显赫。

⑤食方丈于前：极言肴馔之丰盛。《孟子·尽心下》："食前方丈，侍妾数百人，我得志，弗为也。"赵岐注："极五味之馔食，列于前，方一丈。"

⑥毚履（chān lǚ）：插履，即"接履"，履无跟，但以足插入，曳之而行。参卷二第二十二章注。毚，通"攙"，插。

⑦怵（chù）惕：恐惧。

⑧容膝：仅能容纳双膝。形容安身之地狭小。

⑨殉（xùn）：牺牲，献身。《列女传·贤明》作"怀"。

⑩《诗》曰：引诗见《诗经·陈风·东门之池》。

⑪淑：善。

⑫晤（wù）：会面。

【译文】

　　楚庄王派遣使臣携带一百斤黄金，去聘请北郭先生。北郭先生说："我有妻子，我希望能进去和她商量一下。"北郭先生进屋对妻子说："楚国想聘请我做国相，今天我做了国相，就可以乘坐四匹马拉的车，后面还跟着一队车骑，吃饭时面前一丈见方的地方都摆满了佳肴，你觉得怎么样？"妻子说："先生靠编织草鞋为生，喝着粥，拖曳着鞋子，没有恐惧的忧愁，这是为什么？因为你不用治理事务。现在如果乘坐四匹马拉的车，后面还跟着一队车骑，但你感到舒适的地方不过膝前狭小之地，吃饭时面前一丈见方的地方都摆满了佳肴，但你觉得美味的不过一块肉。为了膝前狭小之地的舒适、一块肉的美味，就去为楚国的忧愁而献身，这样做难道值得吗？"于是北郭先生最终没有接受楚国的聘请，和妻子离开了。《诗经》说："那位美丽贤淑的女子，值得和她会面谈话。"

第二十四章①

　　传曰：昔戎将由余使秦②，秦缪公问以得失之要，对曰："古有国者未尝不以恭俭也，失国者未尝不以骄奢也。"由余因论五帝三王之所以衰，及至布衣之所以亡。缪公然之，于是告内史王廖曰："邻国有圣人，敌国之忧也。由余圣人也，将奈之何？"王廖曰："夫戎王居僻陋之地，未尝见中国之声色也。君其遗之女乐以淫其志③，乱其政，其臣下必疏。

因为由余请缓期，使其君臣有间④，然后可图。"缪公曰：
"善。"乃使王廖以女乐二列遗戎王⑤，为由余请期。戎王大
悦，许之。于是张酒听乐，日夜不休，终岁淫纵，牛马多死。
由余归，数谏不听，去之秦。秦缪公迎而拜之上卿。遂并国
十二，辟地千里。⑥

【注释】

①本章并见《韩非子·十过》《吕氏春秋·不苟》《史记·秦本纪》
　《说苑·尊贤》《说苑·反质》。

②由余：春秋时人。其先晋人，亡入戎，任于戎。

③遗（wèi）：赠送。女乐：女乐工。

④间：间隙，嫌隙。

⑤二列：古乐以八人为一列，二列则为十六人。《韩非子·十过》《吕
　氏春秋·不苟》《史记·秦本纪》即作"二八"。

⑥按，周廷寀《校注》："疑脱《诗》辞。"

【译文】

传文说：从前西戎的将军由余出使秦国，秦缪公问他政治得失的要
点，他回答说："古代保有国家的没有不是因为恭敬节俭，丧失国家的没
有不是因为骄傲奢靡。"由余于是议论五帝三王衰微，以及平民死亡的
原因。缪公认为由余说得对，于是告诉内史王廖说："邻国有圣人，这是
它的敌国的忧患。由余是位圣人，该怎么办呢？"王廖说："戎王住在偏
僻简陋的地方，没有见过中原地区的音乐和女色。国君送给他女乐工，
淫逸他的心志，扰乱他的政治，他的臣下一定和他疏远。再替由余向戎
王请求延期回国，让他们君臣之间产生嫌隙，然后我们就可进一步图谋
了。"缪公说："好的。"于是派遣王廖送给戎王十六个女乐工，替由余请
求延期回国。戎王十分高兴，允许了。于是陈设酒席，欣赏音乐，日夜不

休,整年都淫荡放纵,牛马死了大半。由余回国后,屡次劝谏,戎王都不听从,于是离开西戎,到秦国去。秦缪公迎接他,封他为上卿。于是秦国兼并了十二个国家,开辟了上千里的国土。

第二十五章

子夏过曾子,曾子曰:"入食。"子夏曰:"不为公费乎?"曾子曰:"君子有三费,饮食不在其中。君子有三乐,钟磬琴瑟不在其中。"子夏曰:"敢问三乐。"曾子曰:"有亲可畏,有君可事,有子可遗,此一乐也。有亲可谏,有君可去,有子可怒,此二乐也。有君可喻,有友可助,此三乐也。"子夏曰:"敢问三费。"曾子曰:"少而学,长而忘之,此一费也。事君有功,而轻负之,此二费也。久交友而中绝之,此三费也。"子夏曰:"善哉!谨身事一言,愈于终身之诵,而事一士,愈于治万民之功。夫知人者不可以不知,何也?吾尝蘭焉吾田①,期岁不收。土莫不然,何况于人乎!与人以实,虽疏必密。与人以虚,虽戚必疏。夫实之与实,如胶如漆。虚之与虚,如薄冰之见昼日。君子可不留意哉!"《诗》曰②:"神之听之③,终和且平④。"

【注释】

①蘭(lǔ):通"卤",卤莽,粗疏。《庄子·则阳》:"昔予为禾耕而卤莽之,则其实亦卤莽而报予。"《释文》:"司马云:'卤莽,犹粗也,谓浅耕稀种也。'"

②《诗》曰:引诗见《诗经·小雅·伐木》。

③神：通"慎"，谨慎。马瑞辰《通释》："以经文求之，并无求通神明
之意，且'神之'与'听之'相对成文，不得言'神若听之'也。《尔
雅·释诂》：'神，慎也。''慎，诚也。''神之'即'慎之'也。"按，
马说是也，本章所论与神明之意无涉，"谨身事一言，愈于终身之
诵"云云，即"慎之听之"之义。

④终：王引之《经义述闻》："终，犹既也。"

【译文】

子夏去拜访曾子，曾子说："入座来吃饭吧。"子夏说："这不是浪费
公家财物吗？"曾子说："君子有三种浪费，饮食不在其中。君子有三种
快乐，欣赏钟磬琴瑟不在其中。"子夏说："请问什么是三种乐事。"曾子
说："有父母可以敬畏，有君主可以事奉，有儿子可以传承，这是第一种乐
事。有父母，当他们有过错时可以劝谏；有君主，当他不听劝谏时可以离
开；有儿子，当他有过错时可以生气，这是第二种乐事。有君主可以向他
劝谕道理，有朋友当他困难时可以帮助他，这是第三种乐事。"子夏说：
"请问什么是三种浪费。"曾子说："年轻时学习了，年长时忘记了，这是
第一种浪费。事奉君主有功劳，却轻易地背弃了他，这是第二种浪费。
交往了很久的朋友，中途却和他绝交了，这是第三种浪费。"子夏说："说
得好啊！谨慎地践行一句话，胜过一辈子诵读这话，谨慎地与一位贤士
交往，胜过治理万民的功绩。要了解一个人不能不知道这个道理，为什
么呢？我曾经很粗疏地种田，一年都没有好收成。土地没有不这样的，
更何况是人呢！诚实地和人交往，虽然是疏远的人，也会亲密起来。虚
伪地和人交往，虽然是亲近的人，也会变得疏远。诚实的人和诚实的人
交往，就像胶、漆一样亲密坚固。虚伪的人和虚伪的人交往，就像薄冰见
到太阳一样，很快就会融化。君子与人交往时能不留意吗！"《诗经》说：
"谨慎行事，听从善言，就会既和顺又正直。"

第二十六章①

晏子之妻布衣纻表②。田无宇讥之曰③："出于室何为者也?"晏子曰："臣家也④。"田无宇曰："位为中卿,食田七十万⑤,何用是人为畜之?"晏子曰："弃老取少谓之瞀⑥,贵而忘贱谓之乱,见色而说谓之逆。吾岂以逆乱瞀之道哉!"⑦

【注释】

①本章并见《晏子春秋·外篇》。

②纻(zhù):用苎麻为原料织成的粗布。

③田无宇:春秋时齐国大夫,谥桓,故称"田桓子"。田文子田须无之子。历仕齐灵公、齐庄公、齐景公。联合鲍氏攻栾氏、高氏,栾施、高彊奔鲁。以所得粟施舍给贫乏孤寡者,民归陈氏,陈氏因而强大。

④家:家室,妻子。

⑤食田:古代君主赐予臣下作为世禄的封邑。

⑥瞀(gǔ):暗昧,不明事理。

⑦按,本章脱《诗》辞。

【译文】

晏子的妻子穿着粗布衣和麻制外衣。田无宇嘲笑晏子说:"从你房里走出来的是谁啊?"晏子说:"是我的妻子。"田无宇说:"你的爵位是中卿,所食封邑有七十万户,为什么还养这样的妻子?"晏子说:"遗弃年老的妻子,去娶年轻的女子,这叫作'暗昧';地位尊贵了,就遗忘卑贱的时候,这叫作'昏乱';见到美色就喜欢,这叫作'悖逆'。我怎么能够做悖逆、昏乱、暗昧的事情呢!"

第二十七章

夫凤凰之初起也，翾翾十步^①，藩篱之雀，喔咿而笑之^②。及其升少阳^③，一诎一信^④，展羽云间，藩篱之雀超然自知不及远矣^⑤。士褐衣缊著未尝完也^⑥，粝苔之食未尝饱也^⑦，世俗之士即以为羞耳。及其出则安百议^⑧，用则延民命，世俗之士超然自知不及远矣。《诗》曰^⑨："正是国人^⑩，胡不万年^⑪！"

【注释】

①翾翾（xuān）：小飞貌。

②喔咿（wō yī）：嘲笑貌。

③少阳：东方。

④诎（qū）：卷曲。指收拢翅膀。信：通"伸"，指伸展翅膀。

⑤超然：怅然失意的样子。

⑥褐衣：粗布衣。缊著：麻絮衣。

⑦粝（lì）：糙米。苔（dá）：小豆。《说文·艸部》："苔，小未也。"

⑧及其出则安百议：许维遹《集释》："元本'议'作'姓'。"按，卷二第三十二章有"故动则安百姓，议则延民命"二句，后亦引《鸤鸠》"正是国人，胡不万年"，故当从元本作"安百姓"为是。

⑨《诗》曰：引诗见《诗经·曹风·鸤鸠（shī jiū）》。又引见卷二第三十二章。

⑩正：准则，榜样。

⑪胡：何，怎么。

【译文】

凤凰刚飞起来，小飞一下才十步远，篱笆上的麻雀都嘲笑它。等到凤凰飞到东方天空，翅膀一下收拢一下伸展，在云间舒展翅膀，篱笆上的麻雀才怅然地知道自己远不如凤凰。士人连粗布衣、麻絮衣都没有穿过完整的，连糙米、豆叶做的粗恶饭食都没有吃饱过，世俗的士人都为此感到羞耻。等到他出来做官就能安定百姓的生活，被任用就能延长百姓的生命，世俗的士人才怅然地知道自己远不如他。《诗经》说："这位君子是国人的榜样，怎么能不长寿万年呢！"

第二十八章

齐王厚送女，欲妻屠牛吐。屠牛吐辞以疾。其友曰："子终死腥臭之肆而已乎？何谓辞之？"吐应之曰："其女丑。"其友曰："子何以知之？"吐曰："以吾屠知之。"其友曰："何谓也？"吐曰："吾肉善，如量而去，苦少耳①。吾肉不善，虽以他附益之，尚犹贾不售②。今厚送子，子丑故耳。"其友后见之，果丑。传曰③："目如擗杏④，齿如编蠁⑤。"⑥

【注释】

①苦：遗憾。

②贾（gǔ）：卖。不售：卖不出去。

③传曰：陈乔枞《韩诗遗说考》："各本有'传曰'二字，疑衍文也。"《太平御览》卷三八二引即无"传曰"二字。

④擗（pǐ）：拨开。

⑤蠁（xiǎng）：土蛹，生长土中，如蚕而大。又名"地蛹""知声虫"。

⑥按，本章无《诗》辞。

【译文】

齐王用丰厚的嫁妆嫁女儿，想要把女儿嫁给一个叫作吐的杀牛人。

杀牛的吐以生病为由拒绝了。他的朋友说："你想一辈子终老死在腥臭的肉铺？为什么拒绝呢？"吐回答说："齐王的女儿长得丑。"他朋友说："你怎么知道的？"吐说："凭借我杀牛卖肉的经验知道的。"他朋友说："这话什么意思？"吐说："我卖的肉好，按正常的重量卖出去，很快卖完，我还遗憾准备卖的肉少了。我卖的肉不好，即使再附送一些其他肉，也还卖不出去。现在齐王用丰厚的嫁妆嫁女儿，定是女儿长得丑的缘故。"他的朋友后来见到了齐王的女儿，果然长得丑。传文说："眼睛好像拨开的杏子，牙齿好像编窗的土蛹。"

第二十九章

传曰：孔子过康子①，子张、子夏从②。孔子入坐，二子相与论，终日不决。子夏辞气甚隘③，颜色甚变。子张曰："子亦闻夫子之议论邪？徐言訚訚④，威仪翼翼⑤，后言先默，得之推让，巍巍乎⑥，荡荡乎⑦，道有归矣！小人之论也，专意自是⑧，言人之非，瞋目搤腕⑨，疾言喷喷⑩，口沸目赤⑪。一幸得胜，疾笑嗌嗌⑫。威仪固陋，辞气鄙俗，是以君子贱之也。"⑬

【注释】

①康子：季康子，注见卷三第二十二章。

②子张：姓颛孙，名师，字子张，春秋末陈国人。孔子弟子。为人有容貌，宽冲从容。孔子死后，儒分为八派，其中有子张之儒。

③隘：急迫。

④訚訚（yín）：和悦而正直。《论语·乡党》："与上大夫言，訚訚如也。"朱熹《集注》："訚訚，和悦而诤也。"

⑤翼翼:庄严恭敬的样子。

⑥巍巍:高大的样子。

⑦荡荡:广大的样子。

⑧专意:执意,坚持己见。

⑨瞋(chēn):张,瞪。搤(è):用力抓住。《说文·手部》:"搤,捉也。"

⑩喷喷:形容说话急促,喷涌而出。

⑪口沸:口沫横飞。

⑫疾笑:狂笑。喔喔(wò):笑声。

⑬按,周廷寀《校注》:"亦脱《诗》辞。"

【译文】

传文说:孔子拜访季康子,子张、子夏跟从着同去。孔子进屋与季康子坐着谈话,子张、子夏两人就相互辩论起来,辩论了一整天也没有结果。子夏的语气十分急迫,脸色都变了。子张说:"你也听过老师的议论吧?他说话从容,和悦而正直,仪容举止庄严而恭敬,在别人之后说话,在别人之前先沉默,说得在理就推让给别人,他的议论多么高大,多么广大啊,使得正道有了归宿!小人的议论,则是坚持己见,自以为是,指责别人的错误,瞪大眼睛,用力抓住手腕,说话急促,喷涌而出,口沫横飞,眼睛发红。一旦侥幸获胜,就'喔喔'狂笑起来。仪容举止浅陋,语气鄙俗,所以君子看不起这种人。"

卷十

【题解】

本卷共二十五章，所引论《诗》篇均出自《诗经·大雅》，包括《文王》《大明》《皇矣》及《板》《荡》《抑》《桑柔》。另外，第十一、十二、十八、十九、二十、二十一章脱《诗》辞，其中可注意者，第十二章所载秦缪公事，并见《吕氏春秋·爱士》，有引《诗》，但可能因属逸诗，故《外传》载其事时略去了引《诗》。

本卷所载故事，多并见于《晏子春秋》《说苑》《新序》《史记》等文献，部分章节所载，事虽相近而所系属之时代、人物不同，如第一、六、八、二十一、二十二章，盖传闻不同也。

另外，本卷一些记载，如第二十一章"螳螂捕蝉，黄雀在后"、第十七章晏子使楚时所言"橘生于南则为橘，橘生于北则为枳"、第十一章齐景公"牛山之悲"，等等，在后世流传十分广泛，成为人们耳熟能详的寓言和熟语。

第一章①

齐桓公逐白鹿，至麦丘②，见邦人③。曰："尔何谓者也？"对曰："臣麦丘之邦人。"桓公曰："叟年几何？"对曰："臣年八十有三矣。"桓公曰:"美哉寿也!"与之饮。曰:"叟盍为寡人寿也?"对曰:"野人不知为君王之寿④。"桓公曰:"盍以叟之寿祝寡人矣!"邦人奉觞再拜曰:"使吾君固寿,金玉之贱,人民是宝。"桓公曰:"善哉祝乎! 寡人闻之矣,至德不孤,善言必再,叟盍复之⑤?"邦人奉觞再拜曰:"使吾君好学而不恶下问,贤者在侧,谏者得入。"桓公曰:"善哉祝乎! 寡人闻之,至德不孤,善言必三,叟盍复之?"邦人奉觞再拜曰:"无使群臣百姓得罪于吾君,亦无使吾君得罪于群臣百姓。"桓公不说,曰:"此一言者,非夫前二言之祝,叟其革之矣。"邦人澜然而涕下⑥,曰:"愿君孰思之,此一言者,夫前二言之上也。臣闻子得罪于父,可因姑姊妹而谢也⑦,父乃赦之;臣得罪于君,可使左右而谢也,君乃赦之。昔者桀得罪汤,纣得罪于武王,此君得罪于臣也,至今未有为谢者⑧。"桓公曰:"善哉! 寡人赖宗庙之福,社稷之灵,使寡人遇叟于此。"扶而载之,自御以归,荐之于庙而断政焉。桓公之所以九合诸侯,一匡天下,不以兵车者,非独管仲也,亦遇之于是⑨。《诗》曰⑩:"济济多士,文王以宁。"

【注释】

①本章并见《晏子春秋·内篇谏上》《新序·杂事四》《新论·祛(qū)蔽》,《晏子春秋》以为景公,《初学记》卷二九引《外传》亦作"景公",然观章末"桓公之所以九合诸侯"云云,《外传》自当作"桓公"。

②麦丘:齐邑名。在今山东商河西北。

③邦人:读为"封人","封""邦"古音义同。春秋时为典守封疆之

官。《左传·隐公元年》："颍考叔为颍谷封人。"杜预注："封人，典封疆者。"

④君王：按，齐桓公不当以"君王"相称，赵怀玉《校正》："'君王'当作'吾君'。"

⑤复：再。

⑥澜然：潸然，流泪貌。

⑦谢：谢罪，认错。

⑧至今未有为谢者：指没法认错和得到宽恕。《新序》作"莫为谢，至今不赦"。

⑨遇：得。注见卷九第十二章。

⑩《诗》曰：引诗见《诗经·大雅·文王》。又引见卷八第十九章。

【译文】

　　齐桓公田猎，追逐白鹿，到达麦丘这个地方，见到一个管理疆界的封人。齐桓公问道："你是什么人啊？"封人回答说："我是麦丘的封人。"桓公问："老先生多大年纪了？"封人回答说："我八十三岁了。"桓公说："多好啊，这么高寿！"桓公和封人一起饮酒。桓公说："老先生为什么不向我敬酒祝寿呢？"封人回答说："我是粗鄙的人，不知道怎么向国君敬酒祝寿。"桓公说："为什么不用你的高寿来祝福我呢！"封人捧着酒杯拜了又拜，说："祝福我的国君长寿，轻视金玉，重视人民。"桓公说："多么好啊，你的祝福！我听说，最高的道德是不孤单存在的，好话也一定要说两次，老先生为什么不再说一点呢？"封人捧着酒杯拜了又拜，说："祝福我的国君爱好学习，不厌恶屈尊向别人请教，让贤人在你的身旁，劝谏的话能被采纳。"桓公说："多好啊，你的祝福！我听说，最高的道德不会孤单存在，好话也一定要说三次，老先生为什么不再说一点呢？"封人捧着酒杯拜了又拜，说："我祝福群臣百姓不要得罪国君，也祝福国君不要得罪群臣百姓。"桓公感到不高兴，说："这一句话，不如前两句祝辞说得好，老先生你还是换一句吧。"封人潸然泪下，说："希望国君好好思索一下，我这句话,要好过前两句话。我听说,儿子得罪了父亲,可以通过姑母和姐妹向父亲认错,父亲因此宽恕他;臣子得罪了国君,可以通过国君左右近臣向国君认错,国君因此宽恕他。从前,夏桀得罪了汤,商纣得罪了武王,这是君王得罪了臣子,但桀、纣至今也没有能够向汤和武王认错。"桓公说:"说得好啊! 我仰赖祖先的赐福,社稷的神灵,使我在这里遇到老先生。"于是扶着封人上车,亲自驾车回去,在宗庙里向祖先进荐封人,请他参与决断政事。桓公之所以能够多次集合诸侯,匡正天下,不凭借武力,不单单是有管仲的辅佐,也是从封人的话中得到了启示。《诗经》说:"有众多贤士的辅佐,文王因此而安宁。"

第二章①

鲍叔荐管仲曰:"臣所不如管夷吾者五。宽惠柔爱,臣弗如也。忠信可结于百姓,臣弗如也。制礼约法于四方②,臣弗如也。决狱折中③,臣弗如也。执枹鼓立于军门④,使士卒勇,臣弗如也。"《诗》曰:"济济多士,文王以宁。"

【注释】

①本章并见《管子·小匡》《国语·齐语》。

②制礼约法于四方:《管子·小匡》《国语·齐语》作"制礼义,可法于四方"。

③折中:调和不同意见或争执。

④枹(fú):鼓槌。

【译文】

鲍叔牙向齐桓公举荐管仲说:"我有五点不如管仲。宽厚慈惠,和顺仁爱,我不如他。用忠信和百姓结交,我不如他。用礼法和天下人相制约，我不如他。判决诉讼，调和不同意见，我不如他。拿着鼓槌，站在军营门前击鼓，使士兵勇武，我不如他。"《诗经》说："有众多贤士的辅佐，文王因此而安宁。"

第三章①

晋文公重耳亡过曹②，里凫须从③，因盗重耳资而亡。重耳无粮，馁不能行，子推割股肉以食重耳，然后能行。及重耳反国，国中多不附重耳者。于是里凫须造见曰："臣能安晋国。"文公使人应之曰："子尚何面目来见寡人、欲安晋也！"里凫须曰："君沐邪？"使者曰："否。"④里凫须曰："臣闻沐者其心倒，心倒者其言悖。今君不沐，何言之悖也？"使者以闻，文公见之，里凫须仰首曰："离国久，臣民多过君，君反国而民皆自危。里凫须又袭竭君之资⑤，避于深山，而君以馁，介子推割股，天下莫不闻。臣之为贼亦大矣，罪至十族，未足塞责⑥。然君诚赦之罪，与骖乘游于国中⑦，百姓见之，必知不念旧恶，人自安矣。"于是文公大悦，从其计，使骖乘于国中。百姓见之，皆曰："夫里凫须且不诛而骖乘，吾何惧也！"是以晋国大宁。故《书》云⑧："文王卑服⑨，即康功田功⑩。"若里凫须，罪无赦者也⑪。《诗》曰："济济多士，文王以宁。"

【注释】

①此事见《左传·僖公二十四年》《国语·晋语四》，又见《新序·杂事五》。

②晋文公重耳亡过曹：事在鲁僖公二十三年（前637）。

③里凫（fú）须：《左传·僖公二十四年》《国语·晋语四》皆作"竖
　头须"。按，《晋语四》言"竖头须，守藏者也，不从"，是竖头须未
　从重耳出亡。《左传》言"其（重耳）出也，窃藏以逃，尽用以求纳
　之"，是其亦曾出逃，并以所窃求纳重耳，但亦未从重耳出亡。

④"里凫（fú）须曰"四句：据《左传·僖公二十四年》《国语·晋语四》
　所载，是"公辞焉以沐"。《新序·杂事五》则言"文公方沐"。

⑤袭：趁其不备而窃取。竭：尽。

⑥塞责：补过。

⑦骖（cān）乘：陪乘。古时乘车，尊者在左，御者在中，又一人在右
　陪乘，称"车右"或"骖乘"。一般由尊者亲信的勇武之人担任。

⑧《书》云：引文见《尚书·无逸》。

⑨卑服：穿粗劣的衣服。

⑩康：安。田功：农事。伪孔《传》："文王节俭，卑其衣服，以就其安
　人之功，以就田功，以知稼穑之艰难。"

⑪罪无赦者也：文义未足，周廷寀《校注》："下疑有脱。"

【译文】

晋文公重耳流亡时经过曹国，里凫须跟随他，因为偷了重耳的财物
而逃走。重耳没有粮食，饿得不能走路，介子推割下大腿上的肉给重耳
吃，这才能再走路。等到重耳回到晋国，晋国人多数不归附重耳。于是
里凫须来拜见说："我能安定晋国。"文公派人回答说："你还有什么脸面
来见我，还想安定晋国啊！"里凫须说："国君是在洗头吗？"使者说："没
有。"凫须里说："我听说洗头的人，他的心是颠倒过来的，心颠倒的人，
他说的话也不合道理。现在国君没在洗头，为什么说话这么不合道理
呢？"使者把这话告诉文公，文公接见了里凫须，里凫须抬起头说："国君
离开晋国太久了，臣民们有很多都得罪过国君，国君回到晋国，臣民怕你
报复，都感到危险。我又曾经偷过国君的财物，躲到深山里，使国君因此

而挨饿,介子推割下大腿上的肉给你吃,天下人都听说过这件事。我偷窃的罪行很严重,即使我的十族都处刑了,也不足以偿还我的罪责。如果国君真的赦免我的罪过,让我给你当骖乘,在国都中巡行,百姓看见了,一定知道你不计较我之前的罪过,人心自然就安定下来了。"文公听了里凫须的话,十分高兴,听从他的意见,让他当骖乘,在国都中巡行。百姓看见了,都说:"里凫须犯了那么重的罪,国君尚且不杀他,还让他当骖乘,我们还怕什么呢!"因此晋国变得十分安定。所以《尚书》说:"文王穿粗劣的衣服,以安定人心,完成农事。"像里凫须这样的罪过,是不能赦免的。《诗经》说:"有众多贤士的辅佐,文王因此而安宁。"

第四章①

传曰:言为王之不易也②。大命之至③,其太宗、太史、太祝④,斯素服执策,北面而吊乎天子曰⑤:"大命既至矣,如之何忧之长也⑥!"授天子策一矣⑦,曰:"敬享以祭,永主天命⑧,畏之无疆,厥躬无敢宁。"授天子策二矣,曰:"敬之!夙夜伊祝,厥躬无怠,万民望之。"授天子策三矣,曰:"天子南面受于帝位,以治为忧,未以位为乐也。"《诗》曰⑨:"天难讬斯⑩,不易惟王⑪。"

【注释】

①郝懿行《证俗文·古天子即位策书》:"此盖古天子即位,史书策命之词,必古礼经之遗文而传述之者也。一敬天,二勤民,三忧治,是知天子受策亦三命为节。"《荀子·大略》亦载三策之辞,其文略有不同。

②言为王之不易也:屈守元《笺疏》以为此句上无所承,疑当在下文

引"《诗》曰"云云之下,而跳脱误在此。

③大命:即天命。古以君权为神授,统治者自称受命于天,谓之"天命"。

④太宗:即大宗伯,春官之长,掌管邦国祭祀、典礼等事。太史:掌管起草文书,策命诸侯卿大夫,编写史书,兼管典籍、天文历法、祭祀等。太祝:掌管祭祀、祈祷等事。

⑤吊:慰问。先君去世,新君即位,因有丧事,故吊之。

⑥如之何忧之长也:《荀子·大略》载上卿授天子一策,亦有此言。

⑦授天子策一矣:《荀子·大略》以为上卿、中卿、下卿授天子一、二、三策,杨倞注谓上、中、下卿分别当周之冢宰、宗伯、司寇,与本章不同。

⑧主:主持,奉行。

⑨《诗》曰:引诗见《诗经·大雅·大明》。

⑩谌(chén):信赖。《毛诗》作"忱"。

⑪易:容易。郑笺读为"改易"之"易",而《礼记·大学》亦引此诗,郑注:"天之大命,得之诚不易也。"是用三家《诗》说。惟:《毛诗》作"维"。

【译文】

传文说:这说的是做君王不容易。上天的任命降临,太宗、太史、太祝穿着白色的衣服,拿着策书,面朝北方,慰问天子说:"上天的任命已经降临,该怎么处理这长久的忧虑呢!"交给天子第一编策书,说:"恭敬地献上祭品,永远奉行天命,敬畏上天无穷的神威,你的身体不敢安宁。"交给天子第二编策书,说:"要恭敬啊!无论早上晚上都祝祷,你的身体不要懈怠,天下人民都看着你。"交给天子第三编策书,说:"天子面朝南方,接受天帝给予的君位,要把治理天下当成是忧虑的事,不要把拥有君位当成是快乐的事。"《诗经》说:"上天难以信赖,做君王是不容易的。"

第五章①

君子温俭以求于仁，恭让以求于礼，得之自是，不得自是。故君子之于道也，犹农夫之耕，虽不获年，优之无以易也②。大王亶甫有子曰太伯、仲雍、季历③，历有子曰昌④。太伯知大王贤昌而欲季为后也，太伯去之吴。大王将死，谓季曰："我死，汝往让两兄，彼即不来，汝有义而安。"大王薨，季之吴告伯、仲，伯、仲从季而归。群臣欲伯之立季，季又让。伯谓仲曰："今群臣欲我立季，季又让，何以处之？"仲曰："刑有所谓矣⑤，要于扶微者⑥。可以立季。"季遂立而养文王，文王果受命而王。孔子曰："太伯独见，王季独知。伯见父志，季知父心。故大王、太伯、王季，可谓见始知终而能承志矣。"《诗》曰⑦："自太伯王季。惟此王季，因心则友⑧。则友其兄，则笃其庆⑨，载锡之光⑩。受禄无丧，奄有四方⑪。"此之谓也。太伯反吴，吴以为君，至夫差二十八世而灭。

【注释】

①《吴越春秋》详载太伯、仲雍让位于季历之事，可与本章相参。

②优：通"櫌（yōu）"，播种后用櫌平土，掩盖种子。易：怠慢，轻视。

③大王亶甫：又称"古公亶父"。相传为后稷十三代孙。因戎狄侵逼，由豳迁岐山下之周原，改号"周"。周武王时追尊为太王。筑城郭官室，立宗庙，开垦荒地发展农业。太伯：亦作"泰伯"，古公亶父的长子。仲雍：或作"虞仲"，古公亶父的次子。古公亶父欲立季历以传文王，太伯乃与仲雍遂逃至吴以让季历。从当地俗，断发文身，建立吴国。太伯死，仲雍继位。季历：又称"公季"，古

公亶父的三子。季历继古公亶父而立,臣属于殷。殷帝乙时,朝殷,得赏土地、玉与马。殷太丁时,伐戎有功,太丁嘉其功,后忌惮而监禁之,困饿而死。周武王时追尊为王季。古公亶父欲立季历以传昌,事见《史记·周本纪》及《吴太伯世家》。

④昌:即周文王姬昌。注见卷一第二十八章。

⑤刑有所谓矣:此疑有脱文。周廷寀《校注》:"疑。"赵怀玉《校正》:"语未详。"

⑥要(yāo):要挟,胁迫。扶微:扶持衰微。

⑦《诗》曰:引诗见《诗经·大雅·皇矣》。

⑧因心:顺应本心。朱熹《诗集传》:"因心,非勉强也。"

⑨笃(dǔ):厚,多。庆:吉,福。

⑩载:则,乃。锡:通"易",延长,传播。林义光《诗经通解》曰:"言王季之德延及文王,遂受禄而有四方。锡,金文以易为之。"

⑪奄:大。

【译文】

君子温和节俭,希望达到仁的境界;恭敬谦让,希望合乎礼的要求;得意的时候这样做,不得意的时候也这样做。所以君子追求正道,就像农夫耕种一样,虽然没有遇到好的年成,仍然用櫌平土,掩盖种子,不轻视农事。大王亶甫有三个儿子,名叫太伯、仲雍、季历,季历有儿子名叫昌。太伯知道大王认为姬昌有贤德,想要立季历为继承人,以便把君位传给姬昌,因此太伯离开周,去了吴地。大王临死时,对季历说:"我死后,你去吴地把君位让给两位兄长,他们不回来,你的行为符合道义,也可以安心继位了。"大王去世了,季历去吴地告诉太伯、仲雍父亲去世的消息。太伯、仲雍跟随季历回到周国。群臣们都希望太伯拥立季历为君,季历又推让。太伯对仲雍说:"现在群臣们希望我拥立季历,季历又推让,该怎么办呢?"仲雍说:"法令上有说:为了扶持衰微的国家,允许要挟强迫。可以拥立季历。"于是季历被立为国君,抚养文王长大,文王果然接受天命做了周王。孔子说:"太伯能够独自看到,王季能够独自知道。太伯能够看出父亲的志向,季历能够知道父亲的心意。所以大王、太伯、王季可以说是看见了开始,就能知道结果,而且太伯、王季又能够秉承父亲的遗志。"《诗经》说:"周国的兴盛,从太伯、王季就开始了。王季顺应自己的本心,友爱他的兄长。王季友爱他的兄长,增长他的吉庆,把他德行的荣光延传给文王。文王接受上天的福禄,不会失坠,完全拥有天下。"说的就是这件事。太伯回到吴地,吴地人拥护他做国君,传了二十八代,到夫差时才被灭国。

第六章①

齐宣王与魏惠王会田于郊②。魏王曰:"亦有宝乎?"齐王曰:"无有。"魏王曰:"若寡人之小国也,尚有径寸之珠照车前后十二乘者十枚,奈何以万乘之国无宝乎?"齐王曰:"寡人之所以为宝与王异。吾臣有檀子者③,使之守南城,则楚人不敢北乡为寇,泗水上有十二诸侯皆来朝④。吾臣有肦子者⑤,使之守高唐⑥,则赵人不敢东渔于河。吾臣有黔夫者⑦,使之守徐州,则燕人祭北门,赵人祭西门⑧,从而归之者七千余家。吾臣有种首者⑨,使之备盗贼,而道不拾遗。吾将以照千里之外,岂特十二乘哉!"魏王惭,不怿而去⑩。《诗》曰⑪:"辞之怿矣,民之莫矣⑫。"

【注释】

①本章并见《史记·田敬仲完世家》,乃齐威王与魏惠王会田,事在
　　齐威王二十四年、魏惠王十六年(前333)。《史记索隐》:"韩婴
　　《韩诗外传》以为齐宣王,其说异也。"

②齐宣王：注见卷六第十四章。魏惠王：亦称"梁惠王"。名罃，魏
　　武侯之子。即位后迁都大梁。与赵、韩构恶，被齐军大败于马陵。
　　又屡败于秦。召集逢泽之会，改侯称王。招纳贤士，邹衍、淳于
　　髡、孟子等至大梁。在位三十六年。

③檀子：齐臣名。《史记索隐》："檀子，齐臣。檀，姓。子，美称。大
　　夫皆称子。"《说苑·臣术》载邹忌言"忌举田解子为南城，而楚
　　人抱罗绮而朝"，向宗鲁《校证》谓田解子即檀子。

④泗水上有十二诸侯：《史记索隐》："郳、莒、鲁之比。"

⑤朌（fén）子：即田朌，战国时齐国人。齐威王十六年（前341），使
　　田朌、田忌、田婴为将，孙膑为师，大败魏军于马陵，生擒魏太子
　　申，杀将军庞涓。后田婴为相，与之不合，遭排挤。

⑥高唐：齐西邑名。

⑦黔夫：齐臣名。《说苑·臣术》载邹忌言"忌举黔涿子为冥州，而
　　燕人给牲，赵人给盛"，向宗鲁《校证》谓黔涿子即黔夫。

⑧则燕人祭北门，赵人祭西门：《史记集解》："贾逵曰：'齐之北门西
　　门也。言燕、赵之人民畏见侵伐，故祭以求福。'"

⑨种首：齐臣名。《说苑·臣术》载邹忌言"忌举田种首子为即墨，
　　而于齐足究"，向宗鲁《校证》谓田种首子即种首。

⑩怿（yì）：和悦。

⑪《诗》曰：引诗见《诗经·大雅·板》。

⑫莫：安定。《尔雅·释诂》："莫，定也。"

【译文】

齐宣王和魏惠王相约到郊野一同打猎。魏王说："齐国有珍宝吗？"
齐王说："没有。"魏王说："像我这样的小国，都还有直径一寸、能照亮前
后十二辆车子的珠宝十颗，为什么像你这样拥有万辆兵车的大国还没有
珍宝呢？"齐王说："我所认为的珍宝和你不同。我有名叫檀子的臣子，
我派遣他去守护南城，楚国人就不敢向北来侵犯，泗水上郳、莒、鲁等十

二个诸侯国都来朝见。我有名叫盼子的臣子,我派遣他去守护高唐,赵国人就不敢往东到黄河捕鱼。我有名叫黔夫的臣子,我派遣他守护徐州,燕国人就来祭祀齐国的北门,赵国人就来祭祀齐国的西门,以祈求不被侵伐,跟着来归附的有七千多户人家。我有名叫种首的臣子,我派遣他防备盗贼,人民就不拾捡路上丢失的东西。我用他们照亮千里之外的地方,哪里只是照亮十二辆车子啊!"魏王听了感到惭愧,不高兴地离开了。《诗经》说:"言辞和悦,人民生活就会安定。"

第七章①

　　东海有勇士,曰菑丘䜣②,以勇猛闻于天下。过神渊③,曰:"饮马。"其仆曰:"饮马于此者,马必死。"曰:"以䜣之言饮之。"其马果沉。菑丘䜣去朝服,拔剑而入,三日三夜,杀三蛟一龙而出。雷神随而击之,十日十夜,眇其左目④。要离闻之⑤,往见之,曰:"䜣在乎?"曰:"送有丧者⑥。"往见䜣于墓,曰:"闻雷神击子十日十夜,眇子左目。夫天怨不全日⑦,人怨不旋踵⑧。至今弗报,何也?"叱而去,墓上振愤者不可胜数⑨。要离归,谓门人曰:"菑丘䜣,天下勇士也。今日我辱之人中,是其必来攻我。暮无闭门,寝无闭户。"菑丘䜣果夜来,拔剑拄要离颈⑩,曰:"子有死罪三。辱我以人中,死罪一也。暮无闭门,死罪二也。寝不闭户,死罪三也。"要离曰:"子待我一言。来谒⑪,不肖一也。拔剑不刺,不肖二也。刃先辞后,不肖三也。能杀我者,是毒药之死耳。"菑丘䜣引剑而去曰:"嘻!所不若者,天下惟此子尔!"传曰:公子目夷以辞得国⑫,今要离以辞得身。言不可不文⑬,

犹若此乎？《诗》曰："辞之怿矣，民之莫矣。"

【注释】

①本章并见《吴越春秋·阖闾内传》《论衡·龙虚》及《太平广记》卷一九一引《独异志》，《博物志》卷八亦略记此事。

②菑（zī）丘䜣（xīn）：人名。春秋时勇士。《吴越春秋·阖闾内传》作"椒丘䜣"，《论衡·龙虚》作"蔷邱䜣"。

③神渊：深渊。

④眇（miǎo）：一目失明。

⑤要离：吴王阖闾所养死士，春秋末吴国人。阖闾派专诸刺杀吴王僚后，又派要离谋刺出奔在卫的僚子庆忌。

⑥有：通"友"。《吴越春秋·阖闾内传》："遂之吴，会于友人之丧。"

⑦全日：整日。又，《册府元龟》卷八四七作"旋目"，与"旋踵"对文。

⑧旋踵（zhǒng）：掉转脚跟。形容时间短促。

⑨振愤：俞樾《曲园杂纂·读韩诗外传》："'振'当作'震'，'愤'当作'偾'，言墓上之人震惧而偾仆者不可胜数，皆极言菑丘䜣之勇也。"

⑩拄：撑着，抵着。

⑪来谒（yè）：赵怀玉《校正》于其上补"子有三不肖，昏暮"七字。又，屈守元《笺疏》参校《独异志》《册府元龟》，谓当作"来不谒"，《吴越春秋·阖闾内传》作"入门不咳，登堂无声"，亦即"来不谒"之意。

⑫公子目夷：名目夷，字子鱼，又称"司马子鱼"。春秋时宋国公子，宋襄公之庶兄。襄公即位，目夷为司马，又为左师，执掌国政。"公子目夷以辞得国"，当指宋襄公与楚盟于鹿上，为楚所执，公子目夷以辞解围，有存国免主之功。事见《公羊传·僖公二十一年》。

⑬文：文饰，修辞。

【译文】

东海有一位勇士，名叫菑丘诉，以勇猛闻名于天下。有一次，菑丘诉经过一个很深的水渊，说："让马喝水吧。"他的车夫说："马在这里喝水，一定会死。"菑丘诉说："依照我的话，让马在这里喝水。"他的马果然沉到水底死了。菑丘诉脱下朝服，拔出剑来，潜入水底，经过三天三夜，杀死三只蛟、一条龙，才从水底上来。雷神随着和他搏斗了十天十夜，把他的左眼弄瞎了。要离听到这件事，前去见菑丘诉，问道："菑丘诉在吗？"家里人回答说："他去给朋友送丧了。"要离去墓地见菑丘诉，说："听说雷神和你搏斗了十天十夜，把你的左眼弄瞎了。对天有怨恨，不等一整天过去就要报复，对人有怨恨，马上就要报复。你到现在还不报复，这是为什么呢？"菑丘诉大声怒叱而离开，墓地上被惊吓而仆倒的人，多得数不过来。要离回到家，对他的学生说："菑丘诉是天下有名的勇士。今天我在众人面前侮辱了他，他一定会来攻击我。晚上不要关上大门，睡觉时不要关上房门。"菑丘诉夜里果然来了，拔出剑抵着要离的脖子，说："你有三条死罪。在众人面前侮辱我，这是第一条死罪。晚上不关闭大门，这是第二条死罪。睡觉时不关闭房门，这是第三条死罪。"要离说："你等我说几句话。你有三条不贤，夜晚来见我，这是第一条不贤。拔出剑又不刺杀，这是第二条不贤。先用剑刃抵着我，然后和我说话，这是第三条不贤。能杀死我的，只能靠投毒来药死我罢了。"菑丘诉听后收起剑离开，说："唉！我比不上的，天下只有这个人了！"传文说：公子目夷因为善于言辞，得以保全国家，现在要离因为善于言辞，得以保全生命。言辞不可以不加文饰，大概就像这样吗？《诗经》说："言辞和悦，人民生活就会安定。"

第八章①

传曰：齐使使献鸿于楚，鸿渴，使者道饮，鸿攫笼溃失②。

使者遂之楚,曰:"齐使臣献鸿,鸿渴,道饮,攫笪溃失。臣欲亡去,为两君之使不通,欲拔剑而死,人将以吾君贱士贵鸿也。攫笪在此,愿以将事^③。"楚王贤其言,辩其词^④,因留而赐之,终身以为上客。故使者必矜文辞^⑤,喻诚信,明气志,解结申屈^⑥,然后可使也。《诗》曰:"辞之怿矣,民之莫矣。"

【注释】

①《史记》褚少孙补《滑稽列传》载"齐王使淳于髡献鹄于楚",《说苑·奉使》载"魏文侯使舍人毋择献鹄于齐侯",《鲁连子》载"展毋所为鲁君使,遗齐襄君鸿",皆与本章所载相类,向宗鲁《说苑校证》:"疑系一事而四书所载不同。"

②攫(jué):鸟兽以爪抓取。笪(jǔ):圆形的盛物竹器,笼子。溃失:逃跑。

③将事:行事,从事于某项任务。

④辩:认为明辨有理。

⑤矜:崇尚,讲究。

⑥申屈:伸张委屈。屈,委屈,误解。

【译文】

传文说:齐国派遣使者向楚国进献鸿鹄,鸿鹄口渴了,使者在路上让它喝水,鸿鹄抓破笼子逃跑了。使者于是到楚国去,说:"齐王派遣我来进献鸿鹄,鸿鹄口渴了,我在路上让它喝水,鸿鹄抓破笼子逃跑了。我想要逃亡,又恐怕两国国君的聘使因此断绝,想要拔剑自刎,又怕人们认为国君轻视士人而重视鸿雁。被抓破的笼子在这里,我希望以此完成我的任务。"楚王认为他的话说得好,认为他的言辞明辨有理,因此把他留下,赏赐他,让他一辈子做上等的门客。所以使者一定要讲究措辞,使对方明白自己的真诚和信义,表明内心的情感和志向,解开两国的怨结,伸张两国的委屈，然后才可以遣使。《诗经》说："言辞和悦，人民生活就会安定。"

第九章①

扁鹊过虢侯②，世子暴病而死。扁鹊造宫门，曰："吾闻国中卒有壤土之事③，得无有急乎？"曰："世子暴病而死。"扁鹊曰："人言郑医秦越人能活之④。"中庶子之好方者出应之⑤，曰："吾闻上古医曰茅父⑥。茅父之为医也，以莞为席⑦，以刍为狗⑧，北面而祝之，发十言耳，诸扶舆而来者皆平复如故⑨。子之方岂能若是乎？"扁鹊曰："不能。"又曰："吾闻中古之为医者曰踰跗⑩。踰跗之为医也，搦脑髓⑪，爪荒莫⑫，吹区九窍⑬，定脑脱⑭，死者复生。子之方岂能若是乎？"扁鹊曰："不能。"中庶子曰："苟如子之方，譬如以管窥天，以锥刺地，所窥者大，所见者小，所刺者巨，所中者少。如子之方，岂足以变骇童子哉⑮？"扁鹊曰："不然。事故有昧投而中蝨头⑯，掩目而别白黑者。夫世子病，所谓尸蹶者⑰。以为不然，试入诊世子股阴当温⑱，耳焦焦如有啼者声⑲。若此者，皆可活也。"中庶子遂入诊世子，以病报虢侯，虢侯闻之，足跣而起⑳，至门，曰："先生远辱，幸临寡人。先生幸而治之，则粪土之息㉑，得蒙天载地长为人㉒。先生弗治之，则先犬马填沟壑矣㉓。"言未卒而涕泣沾襟。扁鹊入，砥针砺石㉔，取三阳五输㉕，为轩光之灶㉖，八减之汤㉗，子同捣药，子明灸阳㉘，子游按摩，子仪反神㉙，子越扶形，于是世子复生。

天下闻之,皆以扁鹊能起死人也。扁鹊曰:"吾不能起死人,直使夫当生者起耳。"夫死者犹可药,而况生乎㉚? 悲夫! 罢君之治㉛,无可药而息也㉜。《诗》曰㉝:"不可救药。"言必亡而已矣。

【注释】

①本章并见《史记·扁鹊列传》《说苑·辨物》。

②扁鹊:姓秦,名越人,战国时齐国勃海郑人。家于卢国,又称"卢医"。少时学医于长桑君,尽传其医术禁方,能透视五脏症结,特以诊脉著名,时人谓为神医,故借用黄帝时神医"扁鹊"之名称呼他。为秦武王医病,秦太医李醯术不如而嫉之,乃使人刺杀之。《汉书·艺文志·方技略》载录有《扁鹊内经》《外经》,已佚。虢(guó):《史记·扁鹊列传》同,《说苑·辨物》作"赵"。按,诸书载扁鹊行事,其所过从、前后时代多有出入,《史记》三家注及梁玉绳《史记志疑》等多有辩论。泷川资言《史记会注考证》:"扁鹊,古良医名,后世遂称良医曰扁鹊,犹称相马者曰伯乐也。其人既非一,时代亦异,史公误采古书所记扁鹊事迹,凑合作此传,宜矣其多乖错。"故诸书异文,盖传闻有异,不必强同也。

③卒(cù):同"猝",突然。壤土之事:挖掘土地的事。旧说指修治坟墓之讳称,然太子死未半日,外间亦不知太子之死,扁鹊无由问及治坟之事。

④郑医:《史记·扁鹊仓公列传》有"家在于郑"语。

⑤中庶子:官名。掌管公族事务。方:医方。

⑥茅父:上古时良医。《说苑·辨物》作"苗父"。

⑦莞(guān):草名。俗名水葱、席子草,茎可以织席。

⑧以刍(chú)为狗:古代用干草扎成狗,用来祭祀。刍,同"刍",干草。

⑨扶舆:扶持和乘车。《说苑·辨物》作"扶而来者、舆而来者"。

⑩瑜跗(yú fū):黄帝时良医。《史记·扁鹊列传》作"俞跗",《说苑·辨物》作"俞柎"。

⑪搦(nuò):按压。脑髓:脑浆。这里指头腔。

⑫爪:抓,搔。荒莫:通"肓膜",五脏之间的薄膜组织,《素问·痹论篇》:"熏于肓膜,散于胸腹。"王冰注:"肓膜,谓五藏之间,鬲中膜也。"

⑬区:通"呴(xǔ)",嘘气使温热。《老子》"或呴或吹",河上公注:"呴,温也。"《说苑·辨物》作"灼"。九窍:指耳、目、口、鼻及尿道、肛门的九个孔道。

⑭脑脱:屈守元《笺疏》谓当从《说苑·辨物》作"经络",形声之误耳。

⑮变骇:使惊骇而变色。这里指身体起色,有所好转。童子:指世子。《史记·扁鹊列传》作"曾不可以告咳婴之儿",指咳婴之儿(咳,小儿笑也),都知道扁鹊不能救活太子。义与此异。

⑯昧投:暗投,盲投。蟁(wén):同"蚊"。

⑰尸蹶:逆气而昏厥的病。《史记·扁鹊列传》有详言"尸蹶"之原因及症候。

⑱股阴:大腿内侧。《伤寒杂病论·平脉法》"尸厥"条:"阳气退下,热归股阴。"

⑲焦焦:耳鸣声。

⑳足跣(xiǎn):光脚,赤脚。

㉑粪土之息:谦称自己的儿子。息:子息,儿子。

㉒蒙天载地:上得天之蒙覆,下得地之承载。指得到天地的养育。载,《说苑·辨物》作"履"。

㉓犬马:自谦之称。填沟壑:死的谦称。人死埋于地下,故称"填沟壑"。

㉔砥(dǐ)针砺(lì)石:砥、砺,本义为磨刀石,粗者为"砺",细者为

"砥"。此用作动词，磨。针、石，用砭石制成的石针。古代针灸用石针，后世用金针。

㉕三阳：《素问》："手足各有三阴三阳，太阴、少阴、厥阴；太阳、少阳、阳明也。"五输：《史记·扁鹊列传》作"五会"，孙诒让《札迻》："五输者，当为'五俞'之借字。《素问·痹论篇》云：'五藏有俞。'王注云：'肝之俞曰太冲，心之俞曰太陵，脾之俞曰太白，肺之俞曰太渊，肾之俞曰太溪，皆经脉之所注也。'与《史记》'五会'文异而义两通。"又，"砥针"诸事，《史记·扁鹊列传》乃是扁鹊"使弟子子阳"为之，则下文"子通""子明""子游""子仪""子越"诸人，亦当为扁鹊弟子。

㉖轩光：高大敞亮。

㉗八减之汤：《史记·扁鹊列传》作"八减之齐"，上并有"五分之熨"，《史记索隐》："八减之齐者，谓药之齐和所减有八。并越人当时有此方也。"

㉘灸阳：当从《周礼·疾医》贾公彦疏引《说苑》作"炊汤"。

㉙反神：恢复精神、意识。今本《说苑·辨物》同，而《周礼·疾医》贾疏引《说苑》作"脉神"。

㉚夫死者犹可药，而况生乎：《说苑·辨物》作"夫死者犹不可药而生也"，与此异义。

㉛罢（pí）君：昏庸的国君。《说苑·辨物》作"乱君"。治：治疗。指教化。

㉜息：生。指使昏庸的国君变得贤明。

㉝《诗》曰：引诗见《诗经·大雅·板》。

【译文】

扁鹊拜访虢侯，虢侯的世子得急病死了。扁鹊到宫门前问道："我听说都城里突然有挖掘土地的事，莫不是有什么紧急的事情？"看门人说："世子得急病死了。"扁鹊说："你进去告诉虢侯，郑国的医生秦越人能救活世子。"中庶子中喜好医方的出来应对，说："我听说上古的医生名叫茅父。茅父行医，用莞织成席子，用干草扎成狗，面朝北方祝祷，只说出十句话而已，那些扶持着来、乘着车来的病人，身体就都恢复了。你的医术难道也能这样吗？"扁鹊说："不能。"中庶子又说："我听说中古的医生名叫踰跗。踰跗行医，按压头腔，抓挠肓膜，吹气让九窍变得温热，安定经脉和络脉，死的人就能够复活。你的医术难道也能这样吗？"扁鹊说："不能。"中庶子说："假如真是你这样的医术，就像是用管子来看天，用锥子来刺地，天很广大，但你所看到的部分却很小，地很广阔，但你所刺中的部分却很少。像你这样的医术，怎么能把世子救活呢？"扁鹊说："不是的。事情中就有胡乱投掷而能投中蚊子的头、遮住眼睛而能分辨黑白的。世子的病，是所谓的'尸蹶'。如果你认为我说得不对，就试着进去诊断世子的大腿内侧，应当还温暖，耳朵里发出'焦焦'声，像是啼哭的声音。像这种情形，都可以救活。"中庶子于是进去诊断世子，把诊断的情况报告虢侯，虢侯听说了，光着脚站起来，走到宫门口，说："幸蒙先生大老远屈尊来见我。如果我的儿子荣幸得到先生的医治，那么他就能得到天地的养育，长大成人。如果先生不医治他，那么他就要先我而死了。"虢侯话没说完，眼泪就滴落沾湿了衣襟。扁鹊进入宫里，把针灸用的石针磨尖，在三阳五俞的穴位上针灸，造了高大敞亮的灶台，配制了八种减少分量的药方，让弟子子同捣药，让子明煮药汤，让子游给世子按摩，让子仪使世子恢复意识，让子越扶持世子的身体，于是世子复活了。天下人听到这件事，都认为扁鹊能使死人复活。扁鹊说："我不能够使死人复活，我只是使应当活的人活过来罢了。"将死的人都还可以用药救活，何况是活着的人呢？多么可悲啊！昏庸的国君，却不能用药来医治他，使他变得贤明。《诗经》说："不能用药来救活。"意思是说一定会灭亡的。

第十章①

楚丘先生披蓑带索②,往见孟尝君③。孟尝君曰:"先生老矣,春秋高矣,多遗忘矣,何以教文?"楚丘先生曰:"恶将使我老! 恶将使我老! 意者将使我投石超距乎④? 追车赴马乎? 逐麋鹿、搏虎豹乎? 吾则死矣,何暇老哉! 将使我深计远谋乎? 役精神而决嫌疑乎⑤? 出正辞而当诸侯乎? 吾乃始壮耳,何老之有!"孟尝君赧然⑥,汗出至踵,曰:"文过矣,文过矣!"《诗》曰⑦:"老夫灌灌⑧。"

【注释】

①本章并见《新序·杂事五》。

②楚丘先生:复姓楚丘,名不详。索:粗绳。

③孟尝君:注见卷三第十四章。

④超距:跳跃。

⑤役:耗费。嫌疑:疑惑难明的事情。

⑥赧(nǎn)然:惭愧脸红的样子。

⑦《诗》曰:引诗见《诗经·大雅·板》。

⑧灌灌:款款,情意恳切的样子。按,本句后,《新序·杂事五》有"小子骄骄。言老夫欲尽其谋,而少者骄而不受也"。许维遹《集释》:"《新序》采自本书,则本书《诗》辞下仍有脱文。"

【译文】

楚丘先生披着蓑衣,系着粗绳,去见孟尝君。孟尝君说:"先生衰老了,年纪大了,很多事情都遗忘了,你有什么指教我的吗?"楚丘先生说:"你怎么说我老呢! 你怎么说我老呢! 或许是想让我投掷石头、跳跃吗? 让我追赶车马吗? 让我追逐麋鹿、搏斗虎豹吗? 那我早就死了,哪里还有时间变老啊！你是想让我深谋远虑吗？让我耗费精神，判断疑惑的事情吗？让我说正直的话去应对诸侯吗？那我才刚到壮年而已，怎能算老呢！"孟尝君惭愧地脸红了，汗直流到脚跟，说："我错了，我错了！"《诗经》说："我老人家恳切地劝谏你。"

第十一章①

齐景公游于牛山之上②，而北望齐，曰："美哉国乎！郁郁蓁蓁③。使古而无死者，则寡人将去此而何之④！"俯而泣下沾襟。国子、高子曰⑤："然！臣赖君之赐，疏食恶肉可得而食也，驽马柴车可得而乘也⑥，且犹不欲死，而况君乎！"又俯而泣。晏子笑曰："乐哉！今日婴之游也。见怯君一而谀臣二。使古而无死者，则太公至今犹存。吾君方今将被蓑笠而立乎畎亩之中⑦，惟农事之恤⑧，何暇念死乎！"景公惭而举觞自罚，因罚二臣。⑨

【注释】

①本章并见《晏子春秋·内篇谏上》《晏子春秋·外篇》，又见《列子·力命》。

②牛山：山名。在今山东淄博南。《晏子春秋·内篇谏上》亦作"牛山"，而《晏子春秋·外篇》作"泰山"。

③郁郁蓁蓁（zhēn）：繁荣茂盛的样子。蓁蓁，《列子·力命》作"芊芊"。《广雅·释训》："芊芊，蓁蓁，茂也。"

④去此而何之：《晏子春秋·内篇谏上》"去此而死乎"，《晏子春秋·外篇》"去此堂堂国而死乎"，与此义同。

⑤国子：即国惠子，名夏。高子：即高昭子，名张。二人皆为齐景公

的大夫。受景公命立少子荼为太子,景公卒,荼立,是为晏孺子。诸公子出奔。后,国惠子、高昭子为田乞、鲍牧及诸大夫所攻,昭子被杀,惠子奔莒。《文选》陆韩卿《奉答内兄希叔》李善注引作"齐子",《后汉书·赵壹传》李贤注引作"周子高"。《晏子春秋·内篇谏上》作"艾孔、梁丘据",《列子·力命》作"史孔、梁丘据"。

⑥驽马:劣马。柴车:简陋无饰的车子。

⑦蓑笠(suō lì):亦作"簑笠",簑衣与斗笠,皆为雨具。畎(quǎn)亩:田地。

⑧恤:顾念,忧虑。

⑨按,本章脱《诗》辞。

【译文】

齐景公在牛山上游玩,往北眺望齐国,说:"齐国多么美丽啊!草木长得多么茂盛。假使从古到今的人都不死,那么我将离开这里到哪里去呢!"景公低头哭泣起来,泪水沾湿了衣襟。国子和高子说:"是啊!臣子仰赖国君的赏赐,能够吃到粗糙的饭食、劣质的肉,能够乘坐劣马、简陋的车,就这样尚且还不想死,更何况是国君呢!"二人也低头哭泣起来。晏子笑着说:"今天我游玩得好快乐啊!见到一个怯弱的国君,两个谄谀的臣子。假使从古到今的人都不死,那么太公至今还活着。国君现在该穿着蓑衣、戴着斗笠,站在田地里,只顾念着农事,哪有还有空闲来想死的事啊!"景公听了感到惭愧,举起酒杯自罚,同时也罚了国子和高子。

第十二章①

秦缪公将田,而丧其马,求三日而得之于茎山之阳②,有鄙夫乃相与食之③。缪公曰:"此驳马之肉④,不得酒者死。"缪公乃求酒,遍饮之然后去。明年,晋师与缪公战⑤,

晋之右路石者围缪公而击之⑥，甲已堕者六札矣。食马肉者三百余人皆曰："吾君仁而爱人，不可不死。"还击晋之右路石，免缪公之死。⑦

【注释】

①本章并见《吕氏春秋·爱士》《淮南子·氾论训》《淮南子·泰族训》《史记·秦本纪》《说苑·复恩》。

②茎山：《吕氏春秋·爱士》《淮南子·氾论训》作"岐山"。

③鄙夫：郊野之人，乡下人。《吕氏春秋·爱士》作"野夫"，《淮南子·泰族训》作"野人"。

④驳马：毛色斑驳之马。《吕氏春秋·爱士》《淮南子·泰族训》《说苑·复恩》作"骏马"。

⑤明年，晋师与缪公战：《吕氏春秋·爱士》《淮南子·氾论训》《泰族训》《史记·秦本纪》以此为韩原之战。事见《左传·僖公十五年》。

⑥右：车右。路石：人名。

⑦按，本章脱《诗》辞。《吕氏春秋·爱士》有引《诗》，其文曰："此《诗》之所谓曰'君君子则正，以行其德；君贱人则宽，以尽其力'者也。"高诱注："此逸诗也。"

【译文】

秦缪公将要打猎，丢失了他的马，寻找了三天，在茎山的南面找到了，有一些乡下人一起把马吃了。缪公说："这是驳马的肉，吃了肉而不喝酒，是会死的。"于是缪公找来酒，给他们全部喝了酒，然后离开。第二年，晋国军队与缪公作战，晋国的车右叫作路石的，包围缪公而攻击他，缪公的铠甲已经被射穿了六层。吃马肉的三百多人都说："我们的国君仁慈而爱人，我们不能不为他牺牲。"于是反击晋军的车右路石，使缪公免于死难。

第十三章①

传曰：卞庄子好勇②，母无恙时，三战而三北③，交游非之，国君辱之。卞庄子受命，颜色不变。及母死三年，鲁兴师，卞庄子请从。至见于将军，曰："前犹与母处，是以战而北也，辱吾身。今母没矣，请塞责④。"遂走敌而斗，获甲首而献之⑤，曰："请以此塞一北。"又获甲首而献之，曰："请以此塞再北。"将军止之，曰："足！"不止，又获甲首而献之，曰："请以此塞三北。"将军止之，曰："足！请为兄弟。"卞庄子曰："三北以养母也，今母殁矣，吾责塞矣。吾闻之，节士不以辱生。"遂奔敌，杀七十人而死。君子闻之曰："三北已塞责，又灭世断宗⑥，士节小具矣，而于孝未终也。"《诗》曰⑦："靡不有初，鲜克有终。"

【注释】

①本章并见《新序·义勇》。

②卞庄子：春秋时鲁国卞邑大夫。以勇力闻名，谥庄。孔子曾称"卞庄子之勇"（《论语·宪问》）。

③北：战败。

④塞责：补过。

⑤甲首：甲士的首级。

⑥又灭世断宗：按，此句下元至正十五年（1355）嘉兴路儒学刻明修本有"国家义不衰，而神保有所归，是子道也"十五字。

⑦《诗》曰：引诗见《诗经·大雅·荡》。又引见卷五第十七章、卷八第二十二章。

【译文】

传文说：卞庄子喜好勇敢，当他的母亲健在时，他三次作战，三次失败，朋友责备他，国君羞辱他。卞庄子接受他们的责备和羞辱，不改变脸色。等到他的母亲死了三年，鲁国起兵，卞庄子请求从军。他走去见将军，说："以前我还与母亲一起生活，所以作战都失败了，使自己遭受了羞辱。现在母亲去世了，请让我弥补之前战败的罪过。"于是卞庄子奔向敌军，和敌人搏斗，斩获一名甲士的首级献给将军，说："请求以此弥补我第一次败仗的罪过。"又去斩获一名甲士的首级献给将军，说："请求以此弥补我第二次败仗的罪过。"将军阻止他，说："够了！"卞庄子不罢休，又去斩获一名甲士的首级献给将军，说："请求以此弥补我第三次败仗的罪过。"将军阻止他，说："够了！我希望和你结为兄弟。"卞庄子说："三次打了败仗，是为了保全性命来奉养母亲，现在母亲去世了，败仗的罪过也已经弥补了。我听说，有节操的士人不能忍受耻辱而活着。"于是奔向敌军，杀了七十人而战死了。君子听说了这件事，说："卞庄子三次败仗的罪过已经弥补了，又奋不顾身而战死，灭绝了祖宗的世代，他只是稍微具备了士人的节操，但却没有始终尽到孝道。"《诗经》说："人们做事都有不错的开始，但却很少能有好的结局。"

第十四章①

天子有争臣七人②，虽无道，不失其天下。昔殷王纣残贼百姓，绝逆天道，至斮朝涉③，刳孕妇④，脯鬼侯，醢梅伯⑤。然所以不亡者，以其有箕子、比干之故。微子去之，箕子执囚为奴，比干谏而死，然后周加兵而诛绝之。诸侯有争臣五人，虽无道，不失其国。吴王夫差为无道，至驱一市之民以葬阖闾。然所以不亡者，有伍子胥之故也。胥以死，越王勾践欲伐之。范蠡谏曰："子胥之计策，尚未忘于吴王之腹心也。"子胥死后三年，越乃能攻之。大夫有争臣三人，虽无道，不失其家⑥。季氏为无道⑦，僭天子，舞八佾⑧，旅泰山⑨，以《雍》彻⑩。孔子曰⑪："是可忍也，孰不可忍也！"然不亡者⑫，以冉有、季路为宰臣也。故曰："有谔谔争臣者其国昌，有默默谀臣者其国亡⑬。"《诗》曰⑭："不明尔德，以无陪无侧。尔德不明，以无陪无侧。"言文王咨嗟⑮，痛殷商无辅弼谏诤之臣而亡天下矣⑯。

【注释】

① 本章并见《荀子·子道》《孝经·谏诤》《孔子家语·三恕》，而无所举诸人事。

② 争：通"诤"，直言劝谏。

③ 斫（zhuó）：砍。朝涉：指冬天早晨涉水的人。《尚书·泰誓下》："今商王受，……斫朝涉之胫。"孔疏："冬月见朝涉水者，谓其胫耐寒，疑其骨髓有异，斩而视之。"

④ 刳（kū）孕妇：纣剖孕妇事，又载见《尚书·泰誓上》《淮南子·本经训》《道应训》《要略》。

⑤ 脯（fǔ）鬼侯，醢（hǎi）梅伯：《史记·殷本纪》作"醢九侯"（徐广曰："一作鬼侯。"），"脯鄂侯"。脯，做成肉干。醢，做成肉酱。

⑥ 家：卿大夫的采地食邑。

⑦ 季氏：指季孙肥，即季康子。

⑧ 八佾（yì）：古代天子用的一种乐舞。佾，舞列，纵横都是八人，共六十四人。

⑨ 旅：祭名。陈列祭品而祭。礼，诸侯祭封内山川，季氏祭之，是僭诸侯之礼。《论语·八佾》："季氏旅于泰山。"

⑩以《雍》彻：天子宗庙之祭，歌《雍》诗以彻。《雍》，《诗经·周颂·雍》篇。彻，祭祀完毕，撤去馔具。《论语·八佾》："三家者以《雍》彻。"

⑪孔子曰：语见《论语·八佾》。

⑫然不亡者：许维遹《集释》："'然'下脱'所以'二字，上文'然所以不亡者'两见，是其明证。"

⑬有谔谔争（zhèng）臣者其国昌，有默默谀（yú）臣者其国亡：卷七第八章周舍言"昔者商纣默默而亡，武王谔谔而昌"。谔谔，直言争辩的样子。争，通"诤"。

⑭《诗》曰：引诗见《诗经·大雅·荡》。又引见卷五第十八章、卷八第三十五章。

⑮咨嗟：嗟叹，叹息。按，《荡》第二章至末章章首皆言"文王曰咨，咨女殷商"，毛传："咨，嗟也。"《外传》于此盖综论《荡》诗之旨。

⑯辅弼（bì）：辅佐。

【译文】

　　天子有七个直言劝谏的臣子，虽然他不能施行正道，仍然不会丧失天下。从前商纣王残害百姓，悖逆天理，甚至斩断冬天早晨涉水的人的腿，剖开孕妇的肚子，把鬼侯杀了做成肉干，把梅伯杀了做成肉酱。但纣还没有亡国，是因为他有箕子、比干的缘故。等到微子离开商国，箕子被囚禁起来，做了奴隶，比干因为劝谏而被处死，然后周武王出兵诛杀了他。诸侯有五个直言劝谏的臣子，虽然他不能施行正道，仍然不会丧失国家。吴王夫差做了不合道义的事，甚至驱逐全市场的人去陪葬他的父亲阖闾。但夫差还没有亡国，是因为有伍子胥的缘故。伍子胥被夫差处死，越王勾践想要讨伐吴国。范蠡劝谏说："伍子胥定下的计策，吴王的心里还没有忘记。"等到伍子胥死后三年，越国才能攻伐吴国。大夫有三个直言劝谏的臣子，虽然他不能施行正道，仍然不会丧失采邑。季氏做了不合道义的事，僭越天子的礼乐，使用六十四人的舞蹈，祭祀泰山，宗庙祭祀完毕,撤除祭品时演唱《雍》。孔子说:"这都可以忍心做出来,还有什么事情不忍心做出来!"但季氏还没有丧失采邑,是因为有冉有、子路做他的家臣的缘故。所以说:"君主有直言劝谏的臣子,他的国家就会昌盛;有沉默谄媚的臣子,他的国家就会灭亡。"《诗经》说:"不修明你的德行,因为你的身边没有贤臣辅佐。你的德行不光明,因为你的身边没有贤臣辅佐。"说的是文王叹息,悲痛殷商没有辅佐谏诤的臣子,因此丧失了天下。

第十五章①

齐桓公出游,遇一丈夫褒衣应步①,带着桃殳②。桓公怪而问之曰:"是何名?何经所在,何篇所居?何以斥逐,何以避余③?"丈夫曰:"是名戒桃。桃之为言亡也。夫日日慎桃,何患之有?故亡国之社以戒诸侯④,庶人之戒在于桃殳。"桓公说其言,与之共载。来年正月,庶人皆佩。《诗》曰⑤:"殷监不远⑥。"

【注释】

①褒衣:宽大的衣服。应步:即禹步。许维遹《集释》引郝懿行说:"应步,盖禹步也。方术家喜为此态,故桓公怪之。"相传禹治水积劳成疾,身病偏枯,行走艰难,故称。俗巫多效禹步。

②桃殳(shū):桃木做的殳杖。殳,古代兵器。杖属,八棱,顶端装有圆筒形金属,无刃。多用作仪仗。

③何以斥逐,何以避余:许维遹《集释》引闻一多说,谓:"义不可通,二'何'字并当作'可',涉上文而误。古者禁民奇服,此人带着桃殳,异于常制,故桓公欲逐之使避己也。"可备一说。然桓公

"怪而问之",尚不至于怒斥驱逐,故仍随文解之。

④亡国之社:即诫社。《白虎通义·社稷》:"王者诸侯必有诫社者何? 示有存亡也。明为善者得之,为恶者失之。"其制则封掩屋顶,使与天地四方相绝。

⑤《诗》曰:引诗见《诗经·大雅·荡》。又引见卷五第十九章。

⑥监:《毛诗》作"鉴"。

【译文】

齐桓公出外游玩,遇到一成年男子,穿着宽大的衣服,走着禹步,佩带着桃木做的殳杖。桓公觉得奇怪,问他说:"这叫什么啊? 哪部经典上有记载,记载在哪篇啊? 你为什么要驱逐,为什么要躲避我啊?"成年男子说:"这叫作'戒桃'。'桃'有'逃亡'的意思。如果每天都谨慎地戒备着要逃亡,还有什么忧患呢? 所以亡国的社庙用来警戒诸侯,平民用来警戒的东西是这桃木做的殳杖了。"桓公很欣赏他的话,和他一起坐车回去。第二年正月,百姓们都佩带起桃木做的殳杖。《诗经》说:"殷商的借鉴不远,就在夏朝。"

第十六章①

齐桓公置酒,令诸大夫曰:"后者饮一经程②。"管仲后,当饮一经程。饮其一半,而弃其半。桓公曰:"仲父当饮一经程,而弃之何也?"管仲曰:"臣闻之,酒入口者舌出,舌出者言失,言失者弃身。与其弃身,不宁弃酒乎?"桓公曰:"善!"《诗》曰③:"荒湛于酒④。"

【注释】

①本章并见《说苑·敬慎》。

②经程：酒器名。参许维遹《集释》引郝懿行《证俗文》、张雪璈《四
寸学》说。

③《诗》曰：引诗见《诗经·大雅·抑》。

④荒惉（dān）：耽乐，沉溺。《毛诗》作"荒湛"。马瑞辰《通释》：
"《管子》云：'从乐而不反者谓之荒。''荒'亦乐酒无厌之意。……
《韩诗外传》引作'荒惉'，'湛'与'惉'，皆'酖'之假借。《说文》：
'酖，乐酒也。'"

【译文】

　　齐桓公陈设酒宴，命令大夫们说："迟到的人要喝一经程的酒。"管
仲迟到了，应当喝一经程的酒。管仲喝了一半，倒了一半。桓公说："仲
父应当喝一经程的酒，却倒了一半，这是为什么？"管仲说："我听说，酒
喝进嘴里，舌头就会露出来；舌头露出来，就会说错话；说错了话，就会丢
掉性命。与其丢掉性命，不如倒掉酒？"桓公说："说得好啊！"《诗经》说：
"沉溺在酒中。"

第十七章①

　　齐景公遣晏子南使楚。楚王闻之，谓左右曰："齐遣晏
子使寡人之国，几至矣。"左右曰："晏子，天下之辩士也。
与之议国家之务，则不如也；与之论往古之术，则不如也。
王独可以与晏子坐，使有司束人过王，王问之，使言齐人善
盗，故束之。是宜可以困之②。"王曰："善。"晏子至，即与
之坐。图国之急务，辨当世之得失，再举再穷，王默然无以
续语。居有间，束徒以过之。王曰："何为者也？"有司对
曰："是齐人善盗，束而诣吏。"王欣然大笑曰："齐乃冠带之
国，辩士之化，固善盗乎？"晏子曰："然。固取之③。王不见

夫江南之树乎？名橘，树之江北，则化为枳④。何则？土地使然尔。夫子处齐之时，冠带而立，俨有伯夷之廉⑤，今居楚而善盗，意土地之化使然尔。王又何怪乎？"《诗》曰⑥："无言不酬⑦，无德不报。"

【注释】

①本章并见《晏子春秋·内篇杂下》《说苑·奉使》。

②困：窘迫。

③取：有。《册府元龟》卷七四五引作"物固有之"。

④枳（zhǐ）：木名。也称"枸橘""臭橘"。落叶灌木或小乔木。木似橘而小，茎上有刺，春生白花，至秋成实，果小，味酸苦不能食，可入药。

⑤俨：俨然，庄重恭敬的样子。

⑥《诗》曰：引诗见《诗经·大雅·抑》。

⑦酬：酬答，对答。《毛诗》作"雠"。

【译文】

齐景公派遣晏子往南出使楚国。楚王听说了，跟左右近臣说："齐国派遣晏子出使我国，就快要到了。"左右近臣说："晏子是天下有名的辩士。跟他议论国家政务，我们比不上他；和他讨论古代的学术，我们比不上他。君王只可以和晏子坐着谈话时，让官吏捆绑人经过君王面前，君王问起，就让官吏说是齐国人，善于偷盗，所以把他捆绑起来。这样应该可以让晏婴窘迫。"楚王说："好的。"晏子到了楚国，楚王就与他坐着谈话。谈论治理国家急迫的事务，辩论当代政治的得失，一再地发起讨论，一再地讨论穷尽，楚王只好沉默，没有办法继续谈论下去。坐了一会儿，官吏捆绑着人经过楚王面前。楚王说："这是什么人？"官吏回答说："这是齐国人，善于偷盗，所以捆绑了带给负责的官员处治。"楚王大笑着说：

"齐国是戴着礼帽、系着腰带讲究礼义的国家,受到了辩士的教化,所以人们都善于偷盗吗?"晏子说:"是的。事情中本来就有这样的。君王难道没有见过江南的一种树吗? 这种树叫作橘树,把它移植到江北,就变成了枳树。这是为什么呢? 因为土地的不同使它那样了。这个人住在齐国时,戴着礼帽、系着腰带站着,俨然具有伯夷一样廉洁的操守,现在住在楚国就善于偷盗,大概是土地的影响使他这样的吧。君王又有什么好奇怪的呢?"《诗经》说:"善言没有不酬答它的,德行没有不回报它的。"

第十八章①

吴延陵季子游于齐②,见遗金,呼牧者取之③。牧者曰:"何子居之高,视之下,貌之君子,而言之野也! 吾有君不臣,有友不友④,当暑衣裘⑤,吾岂取金者乎?"延陵子知其为贤者,请问姓字。牧者曰:"子乃皮相之士也⑥,何足语姓字哉!"遂去。延陵季子立而望之,不见乃止。孔子曰:"非礼勿视,非礼勿听⑦。"⑧

【注释】

①本章并见《论衡·书虚》《高士传》,又见《艺文类聚》卷八三、《北堂书钞》卷一九二、《太平御览》卷六九四引《吴越春秋》。

②延陵季子:名札,吴王寿梦少子,故称"季札"。封于延陵,称"延陵季子"。后又封州来,称"延州来季子"。寿梦欲立之,辞让。兄诸樊欲让之,又辞。贤明博学,屡次聘问中国诸国,会见晏婴、子产、叔向等。

③牧者:《论衡·书虚》及诸书所引《吴越春秋》作"薪者"。

④有友不友:《册府元龟》卷八〇九引作"有侯不友"。

⑤当暑衣裘:《论衡·书虚》作"吾当夏五月,披裘而薪",似言己非贫贱,不至于取金。又,《册府元龟》卷八〇九引作"暑衣葛,寒衣裘",似言己知寒暑之宜,是明事理之人,则今本或有缺文。

⑥皮相:只看外表,不察内情。

⑦非礼勿视,非礼勿听:语见《论语·颜渊》。

⑧按,本章脱《诗》辞。

【译文】

吴国的延陵季子在齐国周游,见到路上有人遗失的金子,就招呼一个放牧的人去拾取。牧人说:"为什么你地位高,却见识浅,外貌像君子,说话却很粗野！我有国君,但不去事奉他,我有朋友,但不去和他交往,在热天还穿着裘衣,我难道是拾取别人金子的人吗？"延陵季子知道他是贤人,询问他的姓名。牧人说:"你是只看外表的人,哪里值得我告诉你姓名呢！"于是离开了。延陵季子站着看他离开,直到看不见为止。孔子说:"不合礼的事物不看,不合礼的话不听。"

第十九章

颜渊问于孔子曰:"渊愿贫如富,贱如贵,无勇而威,与士交通,终身无患难,亦且可乎？"孔子曰:"善哉！回也①。夫贫而如富,其知足而无欲也。贱而如贵,其让而有礼也。无勇而威,其恭敬而不失于人也。终身无患难,其择言而出之也。若回者,其至乎！虽上古圣人,亦如此而已。"②

【注释】

①回:薛据《孔子集语·子观》引作"问"。

②按，本章脱《诗》辞。

【译文】

颜渊问孔子说："我希望在贫穷时也像富裕一样，卑贱时也像显贵一样，不勇猛却有威严，和士人交往，终身没有忧患危难，这样可以吗？"孔子说："好啊，回！贫穷时能像富裕一样，这是因为知道满足没有贪欲。卑贱时能像显贵一样，这是因为谦让而有礼节。不勇猛却有威严，这是因为态度恭敬，待人没有过失。终身没有忧患危难，这是因为能够选择适当的话说出来。像颜回这样的人，修养已经达到最高境界了！即使是古代的圣人，也不过如此罢了。"

第二十章①

齐景公出田，十有七日而不反，晏子乘而往。比至，衣冠不正，景公见而怪之，曰："夫子何遽乎②？得无有急乎？"晏子对曰："然，有急。国人皆以君为恶民好禽。臣闻之，鱼鳖厌深渊而就干浅③，故得于钓网；禽兽厌深山而下于都泽④，故得于田猎。今君出田十有七日而不反，不亦过乎？"景公曰："不然。为宾客莫应待邪？则行人子牛在⑤。为宗庙而不血食邪⑥？则祝人太宰在⑦。为狱不中邪？则大理子几在⑧。为国家有余不足邪？则巫贤在⑨。寡人有四子⑩，犹有四肢也，而得代焉⑪，不可患焉⑫！"晏子曰："然，人心有四肢而得代焉则善矣，令四肢无心，十有七日不死乎？"景公曰："善哉言！"遂援晏子之手，与骖乘而归。若晏子者，可谓善谏者矣。⑬

【注释】

①本章并见《晏子春秋·内篇谏上》。

②遽（jù）：仓促，匆忙。

③干：河干，河岸。《诗经·伐檀》："寘之河之干兮。"

④都泽：水流汇聚的草泽地带。都，水流汇聚。《水经注》："水泽所聚谓之都。"

⑤行人：官名。掌朝觐聘问的官。子牛：人名。《晏子春秋·内篇谏上》作"子羽"。

⑥血食：谓受享祭品。古代杀牲取血以祭，故称。

⑦祝人：掌祭祀的官。太宰：人名。《晏子春秋·内篇谏上》作"子游"。

⑧大理：掌刑法的官。子几：人名。《晏子春秋·内篇谏上》作"吾为夫妇狱讼之不正乎？则泰士子牛存矣"。

⑨巫贤：人名。《晏子春秋·内篇谏上》作"吾子"，指晏婴。屈守元《笺疏》："巫贤不能任国家有余不足之事，此书有误。"

⑩四子：《晏子春秋·内篇谏上》作"五子"，又有"为田野之不辟、仓库之不实乎？则申田存矣"。屈守元《笺疏》："《晏子》所举五子，有子牛、子羽、申田、吾子，此文但称'四子'，人名职官又复不同。传闻异辞，存而不论可也。"

⑪代：《晏子春秋·内篇谏上》作"佚"，下同。

⑫不可：周廷寀《校注》："'不可'，当为'又何'，盖字误。"许维遹《集释》从之。

⑬本章脱《诗》辞。

【译文】

　　齐景公出外打猎，十七天还没有回来，晏子乘车出去找。将要到达猎场，衣冠都不端正了，景公见到晏子，奇怪地问："先生为什么这么匆忙啊？莫非发生了什么急事吗？"晏子回答说："是的，有急事。国人都以为国君厌恶百姓，喜好禽兽。我听说，鱼鳖厌恶深渊，游到水浅的岸边，所以被人捕捉；禽兽厌恶深山，下山来到水流汇聚的草泽地带，所以被人猎获。现在国君出外打猎十七天还不回去，难道不算有过错吗？"景公说："不是的。是为宾客没有人接待吗？那么有行人子牛在。是为宗庙里没有祭祀祖先的牲血吗？那么有祝人太宰在。是为监狱里诉讼判决不公正吗？那么有大理子几在。是为国家财政有富余或不足吗？那么有巫贤在。我有这四个人，就像有四肢，可以代替我处理国家事务，又有什么可担心的呢！"晏子说："是的，人心有四肢可以代替是很好，但是要让四肢没有心来指挥，过了十七天还能不死吗？"景公说："你说得好啊！"于是牵着晏子的手，让他当陪乘，一起回宫了。像晏子这样的人，可算是善于劝谏了。

第二十一章①

楚庄王将举师伐晋，告士大夫曰："有敢谏者死无赦。"孙叔敖曰②："臣闻畏鞭棰之严而不敢谏其父③，非孝子也；惧斧钺之诛而不敢谏其君，非忠臣也。"于是遂进谏曰："臣园中有榆，其上有蝉。蝉方奋翼悲鸣，欲饮清露，不知螳螂之在后，曲其颈，欲攫而食之也。螳螂方欲食蝉，而不知黄雀在后，举其颈，欲啄而食之也。黄雀方欲食螳螂，不知童子挟弹丸在榆下，迎而欲弹之④。童子方欲弹黄雀，不知前有深坑，后有掘株也⑤。此皆贪前之利，而不顾后害者也。非独昆虫众庶若此也，人主亦然。君今知贪彼之土，而乐其士卒⑥。"楚国不殆，而晋以宁，孙叔敖之力也。⑦

【注释】

①本章所述寓言，又见《庄子·山木》《战国策·楚策四》《新

序·杂事二》《说苑·正谏》《吴越春秋·夫差内传》，各书行文及所系属各有不同，盖为战国以来流行之寓言，传闻有异也。

②孙叔敖：注见卷二第四章。

③棰（chuí）：鞭子。

④迎：《太平御览》卷三〇三引作"仰"。

⑤掘：通"橛"，木桩。株：木根。

⑥而乐其士卒：赵怀玉《校正》、周廷寀《校注》皆疑"士卒"下有脱文。

⑦按，本章脱《诗》辞。

【译文】

楚庄王将要起兵讨伐晋国，告诉士大夫说："有谁敢劝阻我伐晋的，我一定处死他，决不赦免。"孙叔敖说："我听说，畏惧鞭子的严刑，不敢劝谏父亲的，不是孝子；畏惧斧钺的诛杀，不敢劝谏君主的，不是忠臣。"于是孙叔敖进谏说："我的园里有棵榆树，树上有只蝉。蝉正振动翅膀哀叫，想要喝洁净的露水，却不知道螳螂在它后面，弯着脖子，想要捕捉吃掉蝉。螳螂正想吃掉蝉，却不知道黄雀在它后面，伸长脖子，想要啄食螳螂。黄雀正想啄食螳螂，却不知道有个孩童在榆树下拿着弹弓和弹丸，仰头想要弹射黄雀。孩童正想弹射黄雀，却不知道前面有一个深坑，后面有树桩。这都是贪求眼前的利益，却没有顾虑到后面的祸患。不仅昆虫和平民是这样，君主也是这样。君主现在只知道贪求晋国的土地，想要俘虏晋国的士兵。"楚国没有危险，晋国能够安宁，这是孙叔敖的功劳。

第二十二章①

晋平公之时②，藏宝之台烧，士大夫闻者，皆趋车驰马救火。三日三夜，乃胜之。公子晏独奉束帛而贺③，曰："甚善矣！"平公勃然作色曰："珠玉之所藏也，国之重宝也，而天火之。士大夫皆趋车走马而救之,子独束帛而贺,何也? 有说则生,无说则死。"公子晏曰:"何敢无说! 臣闻之,王者藏于天下,诸侯藏于百姓,农夫藏于囷庾④,商贾藏于箧匮⑤。今百姓乏于外,短褐不蔽形⑥,糟糠不充口,虚耗而赋敛无已⑦,收大半而藏之台,是以天火之。且臣闻之,昔者桀残贼海内,赋敛无度,万民甚苦,是故汤诛之,为天下戮笑⑧。今皇天降灾于藏台,是君之福也,而不自知变悟,亦恐君之为邻国笑矣。"公曰:"善! 自今已往,请藏于百姓之间。"《诗》曰⑨:"稼穑维宝⑩,代食维好⑪。"

【注释】

①《说苑·反质》载魏文侯御廪灾,公子成父趋而入贺,与此相类。

②晋平公:注见卷六第二十七章。

③束帛:捆为一束的五匹帛。

④囷庾(qūn yǔ):粮仓。囷,圆形的谷仓。庾,没有屋顶的谷仓。

⑤箧匮(qiè guì):箱柜。

⑥短褐:粗布短衣。古代贫贱者或僮竖之服。

⑦虚耗:浪费。

⑧戮笑:耻笑。戮,辱。

⑨《诗》曰:引诗见《诗经·大雅·桑柔》。

⑩稼穑(jià sè):耕种和收获,泛指农事。宝:重视。

⑪代:通"贷",施予,施舍。好:喜好。

【译文】

晋平公时,储藏珍宝的楼台着火,士大夫们听说了,都赶着车驱着马去救火。三天三夜,才把火扑灭。唯独公子晏捧着一束帛去祝贺晋平公,说:"很好啊!"平公生气,变了脸色说:"储藏的珠玉,是国家的重要珍宝,但是上天把它烧了。士大夫们都赶着车驱着马来救火,只有你捧着一束帛来祝贺,为什么呢? 你解释得有道理,我就让你活;解释得没道理,我就处死你。"公子晏说:"哪里敢解释得没道理啊! 我听说,天子把财物储藏在天下人家里,诸侯把财物储藏在百姓家里,农夫把财物储藏在粮仓里,商人把财物储藏在箱柜里。现在宫外的百姓穷困,连粗布短衣都不够遮蔽身体,糟糠都不够填饱肚子,但国君你浪费财物、征收赋税没有节制,聚敛来的财物大部分都储藏在楼台里,所以上天把它烧了。而且我听说,从前夏桀残害天下百姓,征收赋税没有节度,天下百姓都很困苦,所以商汤诛杀了他,被天下人耻笑。现在上天降下灾害,烧了储藏珍宝的楼台,这是国君的福气,如果不知道改变醒悟,恐怕国君也会被邻国耻笑。"平公说:"好的! 从今以后,我把财物储藏在百姓家里。"《诗经》说:"重视农事,喜好施舍粮食给百姓。"

第二十三章^①

　　魏文侯问里克曰^②:"吴之所以亡者何也?"里克对曰:"数战而数胜。"文侯曰:"数战数胜,国之福也,其独亡何也?"里克对曰:"数战则民疲,数胜则主骄。骄则恣^③,恣则极物^④。疲则怨,怨则极虑^⑤。上下俱极,吴之亡犹晚矣。此夫差所以自丧于干遂^⑥。"《诗》曰^⑦:"天降丧乱,灭我立王。"

【注释】

①本章并见《吕氏春秋·适威》《淮南子·道应训》,作"魏武侯问于李克",又见《新序·杂事五》。

②里克:即李克。注见卷三第六章。

③恣:恣肆,放纵。

④极物:《吕氏春秋·适威》高诱注:"极尽可欲之物。"

⑤极虑:《吕氏春秋·适威》高诱注:"极其巧欺不臣之虑。"

⑥干遂:地名。《史记·春申君列传》张守节《正义》:"干隧,吴地名
也。出万安山西南一里太湖。即吴夫差自颈处,在苏州西北四十
里。"

⑦《诗》曰:引诗见《诗经·大雅·桑柔》。又引见卷八第十七章。

【译文】

魏文侯问里克说:"吴国灭亡的原因是什么啊?"里克回答说:"因为
屡次作战,屡次胜利。"文侯说:"屡次作战,屡次胜利,是国家的福祉,为
什么单单吴国灭亡了啊?"里克回答说:"屡次作战,人民就困乏;屡次胜
利,君主就骄傲。君主骄傲就放纵,放纵就极尽物欲。人民困乏就抱怨,
抱怨就极尽不臣之心。君主极尽物欲、人民穷尽不臣之心,吴国的灭亡
都还算晚的了。这就是夫差在干遂自杀的原因。"《诗经》说:"上天降下
死亡和祸乱,消灭我所拥立的君王。"

第二十四章①

楚有士曰申鸣,治园以养父母,孝闻于楚。王召之,申
鸣辞不往。其父曰:"王欲用汝,何谓辞之?"申鸣曰:"何舍
为孝子,乃为王忠臣乎?"其父曰:"使汝有禄于国,有位于
廷,汝乐而我不忧矣。我欲汝之仕也。"申鸣曰:"喏。"遂
之朝受命,楚王以为左司马。其年遇白公之乱②,杀令尹子
西、司马子期③,申鸣因以兵围之。白公谓石乞曰④:"申鸣,
天下之勇士也。今将兵,为之奈何?"石乞曰:"吾闻申鸣孝
子也,劫其父以兵。"使人谓申鸣曰:"子与我⑤,则与子分楚
国,不与我,则杀乃父。"申鸣流涕而应之曰:"始则父之子,

今则君之臣,已不得为孝子矣,安得不为忠臣乎?"援枹鼓之,遂杀白公,其父亦死焉。王归赏之,申鸣曰:"受君之禄,避君之难,非忠臣也。正君之法,以杀其父,又非孝子也。行不两全,名不两立,悲夫! 若此而生,亦何以示天下之士哉!"遂自刎而死。《诗》曰⑥:"进退惟谷⑦。"

【注释】

①本章并见《说苑·立节》《渚宫旧事》。

②其年:《说苑·立节》作"居三年",《渚宫旧事》作"期年"。白公:注见卷一第二十一章。

③令尹子西:名申,字子西。楚平王庶子。平王死,令尹子常欲立之为王,子西斥其乱国,而拥立太子珍为楚君(楚昭王)。楚昭王十年(前506),吴破郢,昭王逃至随,子西仿王之舆服保护逃散的人。楚惠王六年(前483),任令尹,迁都于鄀,改革楚政。十年(前479),白公胜作乱,被杀。司马子期:注见卷八第三章。

④石乞:《左传·哀公十六年》杜预注:"石乞,胜之徒。"

⑤与:亲附。

⑥《诗》曰:引诗见《诗经·大雅·桑柔》。又引见卷六第十二章。

⑦谷:借为"穀",善,正确。阮元《揅经室集·进退维谷解》以"谷"为"穀"之假借,言石他"处两难善全之事而处之皆善也",毛传、郑笺释作"穷",非是。惟:《毛诗》作"维"。

【译文】

楚国有一位贤士名叫申鸣,耕治田园来奉养父母,他的孝顺名闻楚国。楚王召用他,申鸣推辞没去。他的父亲说:"楚王想要任用你,你为什么推辞呢?"申鸣说:"我为什么放弃做孝子,而去做楚王的忠臣呢?"他的父亲说:"假如你在国家有俸禄,在朝廷有官位,你快乐,我也不会忧愁了。我希望你去做官。"申鸣说:"好的。"于是到朝廷,接受楚王的任命,楚王任命他做左司马。那一年,遭遇了白公胜作乱,杀死了令尹子西、司马子期,申鸣于是领兵包围白公胜。白公对石乞说:"申鸣是天下有名的勇士。现在领兵包围我们,我们该怎么办呢?"石乞说:"我听说申鸣是孝子,我们可以派兵去劫持他的父亲。"白公派人跟申鸣说:"你亲附我,我就和你平分楚国,你不亲附我,我就杀了你的父亲。"申鸣流下眼泪,回答说:"以前我是父亲的儿子,现在我是国君的臣子,已经不能成为孝子了,怎么能不做一个忠臣呢?"于是拿起鼓槌击鼓,下令攻打白公,终于杀死了他,他的父亲也死了。楚王回到朝廷赏赐申鸣,申鸣说:"接受国君的俸禄,国君患难就逃避,这不是忠臣。严正地执行国君的法令,却使得父亲被杀,又不是孝子。忠、孝两种德行不能同时保全,忠臣、孝子两种名声不能同时树立,悲哀啊! 像这样了还活着,还有什么值得给天下士人看的呢!"于是自刎而死。《诗经》说:"无论是前进还是后退,都做得正确。"

第二十五章①

　　昔者太公望、周公旦受封而见。太公问周公何以治鲁,周公曰:"尊尊亲亲。"太公曰:"鲁从此弱矣。"周公问太公曰:"何以治齐?"太公曰:"举贤尚功。"周公曰:"后世必有劫杀之君矣。"后齐日以大,至于霸,二十四世而田氏代之②。鲁日以削,三十四世而亡③。由此观之,圣人能知微矣。《诗》曰④:"惟此圣人⑤,瞻言百里⑥。"

【注释】

　　①本章并见《吕氏春秋·长见》《淮南子·齐俗》《汉书·地理志》。

②二十四世而田氏代之：据《史记·齐太公世家》，齐国自太公至康公二十八世，被田和所篡代。《汉书·地理志》："其后二十九世为强臣田和所灭。"

③三十四世而亡：据《史记·鲁世家》，鲁国自伯禽至顷公三十四世，被楚考烈王所灭。

④《诗》曰：引诗见《诗经·大雅·桑柔》。又引见卷五第二十三章。

⑤惟：《毛诗》作"维"。

⑥瞻言百里：指眼光长远。郑笺："言见事远。"瞻，视。言，语助词。百里，泛指远。

【译文】

从前太公望、周公旦接受周武王的分封时相见。太公问周公怎么治理鲁国，周公说："尊敬长上，亲爱亲人。"太公说："鲁国从此就要衰弱了。"周公问太公说："你怎么治理齐国啊？"太公说："举用贤人，推崇有功劳的人。"周公说："齐国后代一定会有被臣子劫持、弑杀的君主。"后来齐国一天天地变强大，至于称霸诸侯，传了二十四代之后，被田氏篡位。鲁国一天天地削弱，传了三十四代之后灭亡。由此看来，圣人能够从细微的事情中预知它的变化。《诗经》说："只有这样的圣人，能够高瞻远瞩，洞察百里以外的事情。"

《韩诗外传》佚文

说明:所辑《韩诗外传》佚文,均标明出处。其佚文并见诸书者,内容大同,则据较早之书辑出;较晚之书内容更为详多,则据较晚之书辑出。又,诸书所引,或言引自《韩诗》,或言引自《韩诗外传》,或言引自《韩诗内传》,或言引自《韩诗章句》等,出处不一,难以遽为论定是否为《外传》佚文,姑立"存疑"之目以存之,可参屈守元《韩诗外传笺疏》考辨。

一

周成王与弟戏乃,以桐叶为圭,曰:"吾以封汝。"周公曰:"天子无戏言。"王乃应时而封,故曰应侯,乡亦曰应乡。(《水经注》卷三一引。又见《汉书·地理志》应劭注、《太平御览》卷一五九、宋罗泌《路史》卷十九引)

二

颜回望吴门马,见一疋练。孔子曰:"马也。"然则马之光景,一疋长耳,故后人号马为一疋。(《艺文类聚》卷九三引。

又见《史记·货殖列传·索隐》、《太平御览》卷八一八引，文字略异）

三

楚襄王遣使者持金千斤、白璧百双聘庄子，欲以为相。庄子曰："独不见未入庙之牲乎？衣以文绣，食以刍豢，出则清道而行，止则居帐之内，此岂不贵乎？及其不免于死，宰执旌居前，或持在后。当此之时，虽欲为孤犊，从鸡鼠游，岂可得乎！仆闻之，左手据天下之国，右手刭其吭，愚者不为也。"（《太平御览》卷四七四引。又见《艺文类聚》卷八三、卷八四、《初学记》卷二七、《北堂书钞》卷三四、《文选·拟古诗》《月赋》李善注、《白氏六帖》卷二、卷八引）

四

赵简子太子名伯鲁，小子名无恤。简子自为二书牍，亲自表之。书曰："节用听聪，敬贤勿慢，使能勿贱。"与二子，使诵之。居三年，简子坐清台之上，问二书所在。伯鲁忘其表，令诵不能得。无恤出其书于袖，令诵习焉。乃黜伯鲁而立无恤。（《太平御览》卷一四六引。又见《太平御览》卷六〇六、《文选·古诗十九首》李善注引）

五

崔杼杀庄公，陈不占，东观渔者，闻君有难，将往死之，飡则失哺,上车失轼。仆曰:"敌在数百里外,今食则失哺,上车失轼,虽往,其有益乎?"陈不占曰:"死君,义也;无勇,私也。"遂驱车。比至门,闻钟鼓之音、斗战之声,遂骇而死。君子闻之,曰:"陈不占可谓志士矣,无勇而能行义,天下鲜矣。"(《太平御览》卷四九九引。又见《太平御览》卷四一八、《文选·长笛赋》李善注、《册府元龟》卷九二七引)

六

　　鲁哀公使人穿井,三月不得泉,得一玉羊焉。公以为玉羊,使祝鼓舞之,欲上于天,羊不能上。孔子见曰:"水之精为玉,土之精为羊。愿无怪之,此羊肝,土也。"公使杀之,视肝即土矣。(《太平御览》卷九〇二引。又见《初学记》卷七、《白氏六帖》卷三、宋吴淑《事类赋》卷二二引)

七

　　东郭书知宋之将亡,故褰褐而过鬲其朝,曰:"宋将有棘荆,故褰褐而避之也。"居三年,宋果亡。(《太平御览》卷六九三引。又见宋曾慥《类说》卷三八引)

八

　　死为鬼。鬼者,归也。精气归于天,肉归于土,血归于水,脉归于泽,声归于雷,动作归于风,眼归于日月,骨归于

木,筋归于山,齿归于石,膏归于露,发归于草,呼吸之气,复归于人。(《法苑珠林》卷十引。又见《太平御览》卷八八三引)

九

孔子曰:"老箧为雀,老蒲为苇。"(《法苑珠林》卷四三引)

十

人有五藏六府。何谓五藏?精藏于肾,神藏于心,魂藏于肝,魄藏于肺,志藏于脾。此之谓五藏也。何谓六府?咽喉者,量肠之府也;胃者,五谷之府也;大肠者,转输之府也;小肠者,受成之府也;胆者,积精之府也;旁光者,凑液之府也。《诗》曰:"天生蒸民,有物有则。"(《后汉书·马融传》注引。又见《太平御览》卷三六三引,首有"惟天命本人情"句,末无引《诗》。又略见王应麟《小学绀珠》卷三引)

十一

知者知其所知,乃为知矣。(《后汉书·杜笃传》注引)

十二

禽息,秦大夫。荐百里奚不见纳,缪公出,当车以头击阑,脑乃精出。曰:"臣生无补于国,不如死也。"缪公感寤而用百里奚。秦以大化。(《后汉书·朱晖传》注引。又见《后汉

书·孟尝传》注、《太平御览》卷三六三、卷三七五引）

十三

禽息，秦人，知百里奚之贤，荐之于穆公，为私而加刑焉。公后知百里之贤，乃召禽息谢之。禽息对曰："臣闻忠臣进贤不私显，烈士忧国不丧志。奚陷刑臣之罪也。"乃对使者以首触楹而死，以上卿之礼葬之。（《文选·演连珠》李善注引）

十四

众或满堂而饮酒，有人向而悲泣，则一堂为之不乐。王者之于天下也，有一物不得其所，则为之凄怆心伤，尽祭不举乐焉。（《文选·笙赋》李善注引）

十五

天见其象，地见其形，圣人则之。（《文选·晋武帝华林园集诗》李善注引）

十六

孔子曰："水之精为玉，老蒲为苇，愿无怪之。"（《文选·齐故安陆昭王碑文》李善注引）

十七

鲍叔有疾,管仲为之不食,不内水浆。宁戚患之,曰:"鲍叔有疾,而为之不内水浆,无益于鲍叔,又将自伤。且鲍叔非君臣之恩、父子之亲,为之不内水浆,不亦失宜乎?"管子曰:"非子之所知也。昔者吾尝与鲍叔负贩于南阳,而见辱于市中。鲍子不以我为不勇者,知吾欲有名于天下。吾与鲍子说诸侯,三见而三不中,不以我为不肖者,知吾不遇贤主人。吾与鲍子分财而多自与,不以我为贪者,知吾贫无有也。生我者父母,知我者鲍子。士为知己者死,马为知御者良。鲍子卒,天下莫我知,安用水浆?诚有知者,虽为之死,亦何可伤乎?"(《册府元龟》卷八八一引。又见《初学记》卷十八引)

十八

曾参丧妻不更娶,人问其故,曾子曰:"以华元善人也。"(《汉书·王吉传》如淳注引。又见《白氏六帖》卷六引)

十九

孤竹君,是殷汤三月丙寅日所封。相传至夷、齐之父,名初,字子朝。伯夷名允,字公信。叔齐名致,字公达。(《史记·伯夷列传·索隐》引)

二十

赵文子与叔向观于九原。（《礼记·檀弓》孔颖达疏引）

二十一

阴阳相胜，氛祲絪缊也。（《大戴礼记·少间》卢辩注引）

二十二

礼，皮弁以征。（《公羊传·成公二年》徐彦疏引）

二十三

田伯好士。（《北堂书钞》卷三四引）

二十四

子曰："终日言，不遗己之忧，终日行，不遗己之患，唯智者有之。故恐惧所以除患也，恭俭所以避难者也。终日为之，一言败之，可以不谨乎？"（薛据《孔子集语·子观》引）

二十五

子骞早丧母，父娶后妻，生二子，疾恶子骞，以芦花衣之。父察知之，欲逐后母。子骞启曰："母在一子寒，母去三

子单。"父善之而止。母悔改之。后至均平,遂成慈母。(朱熹《四书或问》十六据吴棫说引)

存疑

一

古封太山、禅梁甫者万余人,仲尼观焉,不能尽识。(《尚书序》孔颖达疏引)

二

天子社广五丈,东方青,南方赤,西方白,北方黑,上冒以黄土。将封诸侯,各取其方色土,苴以白茅,以为社,明有土,谨敬洁清也。(《尚书·禹贡》孔颖达疏引。又见《史记·夏本纪·正义》、《孝经注疏》卷二引)

三

孔子升泰山,观易姓而王,可得而数者,七十余人,不得而数者,万数也。(《史记·封禅书·正义》引)

四

鸧括,胎生也。(《史记·司马相如传·正义》引)

五

孔子使子贡适齐，久而未回。孔子占之，遇鼎。谓弟子曰："占之遇鼎，无足而不来。"颜回掩口而笑。孔子曰："回也何哂？"曰："回谓赐必来。"孔子曰："如何？"对曰："卜而鼎，无足，必乘舟而来矣。"赐果至。（《北堂书钞》卷一三七引）

六

凡草木花多五出，雪花独六出。雪花曰霙，雪云曰同云。（《艺文类聚》卷二引。又见《初学记》卷二、《白氏六帖》卷一、《太平御览》卷十二引。）

七

五帝官天下，三王家天下。家以传子，官以传贤。故自唐虞已上，经传无太子称号。夏殷之王，虽则传嗣，其文略矣。至周始见文王世子之制。（《初学记》卷十引。又见《太平御览》卷一四六引）

八

自上而下曰雨雪。（《初学记》卷二引）

九

鲁有男子独处,夜暴风雨至,妇人趋而托之,男子闭户不纳,曰:"吾闻男女不六十不同居。"妇人曰:"子何不学柳下惠也?惠不驱逮门之女,国人不称其乱焉。"(《册府元龟》卷七六九引。又见《后汉书·崔骃传》注引)

十

妇人有五不娶:丧妇之长女不娶,为其不受命也;世有恶疾不娶,弃于天也;世有刑人不娶,弃于人也;乱家女不娶,类不正也;逆家子不娶,废人伦也。(《后汉书·应奉传》注引。又见《册府元龟》卷一百引)

十一

五际,卯、酉、午、戌、亥也。阴阳终始,际会之岁,于此则有变改之政。(《后汉书·郎𫖮传》注引)

十二

二十行役,六十免役。(《后汉书·班超传》注引)

十三

郑交甫将南适楚,遵彼汉皋台下,乃遇二女佩两珠,大

如荆鸡之卵。(《文选·南都赋》李善注引)

十四

白骨类象，鱼目似珠。(《文选·到大司马记室笺》李善注引)

十五

凤举曰上翔，集鸣曰归昌。(《文选·七命》李善注引)

十六

鸾在衡，和在轼前。升车则马动，马动则鸾鸣，鸾鸣则和应。(《荀子·正论》杨倞注引)

十七

八尺曰板。(《公羊传·定公十二年》徐彦疏引)

十八

太公使南宫括至义渠，得骇鸡犀献纣。犀角二，一在顶上，一在鼻上。鼻上者，食角也，今人呼为胡裙犀是也。(唐段公路《北户录》卷一引。又略见明张自烈《正字通》卷六引，又见《艺文类聚》卷九五、《太平御览》卷八九〇引，而无"犀角二"后之文)

十九

夫饮食之礼,不脱屦而即序者,谓之礼;跣而上坐者,谓之宴;能饮者饮之,不能饮者已,谓之醧;齐颜色,均众寡,谓之沉;闭门不出者,谓之湎。故君子可以宴,可以醧,不可以沉,不可以湎。(《太平御览》卷八四五引。又见《初学记》卷十四,卷二六则但称《韩诗》。又见宋吴淑《事类赋》卷十七、宋祝穆《事文类聚》卷十四、宋窦苹《酒谱》引)

二十

溱与洧,三月桃花水下之时,众士女执兰拂除。郑国之俗,三月上巳之日,此两水上招魂,拂除不祥也。(《太平御览》卷五九引)

二十一

溱与洧,说人也。郑国之俗,三月上巳之日,于两水上招魂续魄,被除不祥,故诗人愿与所说者俱往观也。(《太平御览》卷八八六引)

二十二

茉苢,伤夫有恶疾也。(《太平御览》卷七四二引)

二十三

短狐，水神也。（《太平御览》卷九五〇引。又见《太平御览》卷九百九引）

二十四

周宣王大夫韩侯子有贤德。（《广韵》卷二引。又见宋邵思《姓解》卷三引）

二十五

鲁哀公赐孔子桃与黍，孔子先饭黍而后食桃。公曰："以黍雪桃尔。"对曰："黍，五谷之长；桃，六果之下。君子不以贵雪贱。"（宋吴淑《事类赋》卷二六引）

二十六

蜃能吐气为楼台，海中春夏间见。（宋罗璧《识遗》卷七引）

《韩诗外传》引《诗》索引

说明:为方便读者查找《外传》所引《诗》辞,特编制此索引。其格式为,以《外传》所引《诗》之诗题为领起。诗题后,以数字标注《诗》辞所在《外传》的卷数及章数。如《关雎》中,圆点前数字为卷数,圆点后数字为章数。

国风

周南

《关雎》1.16、5.1

《螽斯》9.1、9.2

《汉广》1.3

《汝坟》1.17、9.4

召南

《草虫》1.18

《甘棠》1.28

《行露》1.2

《小星》1.1

《江有汜》9.19

邶风

《柏舟》1.8、1.9、1.10、1.11、1.12、9.6

《日月》1.19、9.14

《雄雉》1.13、1.14、1.15、1.20

《匏有苦叶》1.21

《谷风》1.22、5.2、9.17

《旄丘》1.23、1.24

《北门》1.25、1.26、1.27

《静女》1.20

鄘风

《鹑之奔奔》9.7

《蝃蝀》1.20

商颂

《那》8.28

《长发》3.27、3.28、3.29、3.30、3.31、3.32、3.33、3.34、3.35、3.36、5.32、5.33、8.30、8.31、8.32、8.33

中华经典名著
全本全注全译丛书
（已出书目）

老子	列仙传
道德经	盐铁论
鹖冠子	法言
黄帝四经·关尹子·尸子	方言
孙子兵法	论衡
墨子	潜夫论
管子	政论·昌言
孔子家语	风俗通义
吴子·司马法	申鉴·中论
商君书	太平经
慎子·太白阴经	伤寒论
列子	周易参同契
鬼谷子	人物志
庄子	博物志
公孙龙子(外三种)	抱朴子内篇
荀子	抱朴子外篇
六韬	西京杂记
吕氏春秋	神仙传
韩非子	搜神记
山海经	拾遗记
黄帝内经	世说新语
素书	弘明集
新书	齐民要术
淮南子	刘子
九章算术(附海岛算经)	颜氏家训
新序	中说
说苑	帝范·臣轨·庭训格言